DONGSUH MYSTERY BOOKS 84

THE EAGLE HAS LANDED

독수리는 날개치며 내렸다

잭 히긴스/허문순 옮김

동서문화사

옮긴이 허문순(許文純)

춘천사범 졸업. 경남대학 불교학 수학. 월간〈희망〉편집인. 동아일보신춘
문예〈세 번째 사람〉당선. 지은책 역사소설《대신라기》미스터리《백설령》
《너를 노린다》옮긴책 야마오카 소하치·역사소설《완역 대망 총20권 주
간》, 옮긴책 마스모토 세이초《제로의 초점》《점과 선》에드가와 란포《음
울한 짐승》요꼬미조 세이시《혼징살인사건》. 한국미스터리클럽창립 주도.

DONGSUH MYSTERY BOOKS 84

독수리는 날개치며 내렸다

잭 히긴스 지음/허문순 옮김
초판 발행/1977년 12월 1일
중판 발행/2003년 6월 1일
발행인 고정일/발행처 동서문화사
창업 1956. 12. 12. 등록 16-345(윤)
서울강남구신사동 540-22 ☎ 546-0331~6 (FAX) 545-0331
www.epascal.co.kr

＊

편찬·필름·제작 일체「동판」자본으로 이루어짐에 따라
출판권 소유권자「동판」에서 제조출판판매 세무일체를 전담합니다.
사업자등록번호 211-90-02201
ISBN 89-497-0169-3 04840
ISBN 89-497-0081-6 (세트)

독수리는 날개치며 내렸다

차례

이 작품이 완성될 때까지 저마다 어려움을 겪은 아이들, 세얼, 루스, 젊은 션, 어린 허너에게. 그러나 그 누구보다도 지난 2년 동안, 수화기를 들 때마다 들려온 의미심장한 그 찰칵하는 작은 소리를 참는 데 익숙해진 에이미에게 이 책을 바친다.

프롤로그

1943년 11월 6일, 토요일 새벽 1시, 나치의 친위대 국가비밀경찰 장관 하인리히 히믈러는 짤막한 전문을 받았다. 〈독수리는 날개치며 내렸다〉. 그 뜻은 독일 낙하산 소부대가 무사히 영국에 도착하여, 노퍽 해변에 있는 그 고장 명망가의 저택에서 조용히 주말을 보내기로 되어 있는 영국 수상 윈스턴 처칠을 납치하기 위해 대기하고 있다는 것이었다. 이 책은, 그 놀라우리만큼 대담무쌍한 작전에 얽힌 갖가지 사건들의 재연을 꾀하여 본 것이다. 적어도 내용의 50%는 증거서류가 존재하는 역사적 사실이다. 그 나머지 부분의 어느 정도까지가 추측이며 허구인가는 독자 여러분의 판단에 맡긴다.

바야흐로 싸움터는 잇따른 주검의 벌판으로 변했다.
죽음을 각오한 자는 살고,
무사히 도망치려 하는 자는 죽는다.

　　　　　　　　　　　　　　－한나라 무제(武帝)

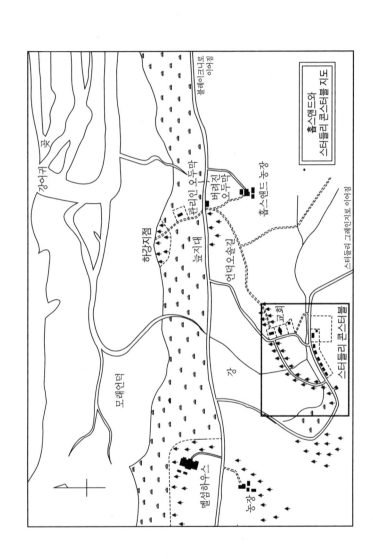

홈스앤드와
스티들리 콘스터블 지도

모래언덕

강어귀 곶

하강지점

블레이크니로 이어짐

펜리인 오두막

버면전 오두막

늪지대

홈스앤드 농장

언덕오솔길

멜섬하우스

농장

교회

스티들리 콘스터블

강

스티들리 그레인저로 이어짐

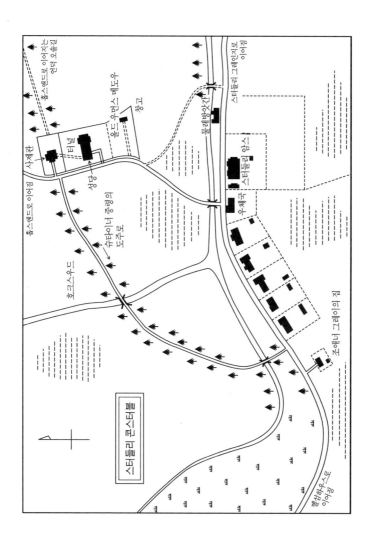

스타들리 코스터블

홈스엔드로 이어지는
홈스엔드로 이어지는 언덕 오솔길

사체관

티빌

성당

용드 우먼스 메도우

창고

슈타이너 중령의
도주로

훅그스우드

스타들리 그레인지로
이어짐

물레방앗간

스타들리 암스

우체국

조에나 그레이의 집

벨섬하우스로
이어짐

등장인물

쿨트 슈타이너 중령 독일 낙하산 부대장
리터 노이만 중위 독일 낙하산 부대원
하피 프레스턴 소위 전 영국 자유군 병사
칼 슈타이너 소장 쿨트의 아버지
페터 게리케 대위 독일군 조종사
막스 라들 중령 군정보국 Z부 제3과 과장
칼 호퍼 상사 라들의 조수
조애너 그레이 군정보국의 여자 간첩
리엄 데블린 IRA의 병사
필립 베리커 신부
파밀라 베리커 필립의 여동생
조지 H. 와일드 스터들리 암스의 주인
아서 시모어 벌목꾼
몰리 프라이어 홉스앤드의 딸
헨리 윌러비 경 퇴역 영국 해군 중령
루벤 거발드 ⎫
        ⎬ 암상인
벤 거발드 ⎭
잭 로건 런던 경시청 경감
퍼거스 그랜트 런던 경시청 경위
로버트 E. 섀프트 대령 미군 레인저 부대장
해리 케인 소령 레인저 대원

독수리는 날개치며 내렸다

지붕을 인 묘지 문으로 들어가자 묘지의 한구석에서 어떤 사람이 무덤 구덩이를 파고 있었다. 그 일은 뒤에 일어난 여러 가지 사건들과 결부되는 무대의 배경 같은 느낌이 들어, 나는 그때의 광경을 똑똑히 기억하고 있다. 그날은 비가 세차게 내렸기 때문에 트렌치코트 옷깃을 세우고 묘석 사이를 누비며 그 구덩이 가까이 다가갔을 때, 묘지 서쪽 끝에 있는 숲에서 대여섯 마리의 산까마귀가 시커먼 걸레다발처럼 날아올라 성난 듯 요란스럽게 울어댔다.

구덩이 속 사나이가 낮은 소리로 혼자 뭐라고 중얼대고 있었다. 내용은 들리지 않았다. 새로 쌓인 흙더미를 돌아, 밑에서 퍼 올려지는 흙덩이를 피하면서 안을 들여다보았다.

"이건 만만찮은 일이야."

사나이는 일손을 잠깐 멈추고, 가래에 기대어 위쪽을 쳐다보았다. 차양이 없는 헝겊 모자에 흙투성이가 된 초라한 옷, 마대를 어깨에 멘 몹시 늙은 사람이었다. 움푹 팬 볼이 다박나룻으로 하얗게 뒤덮여 더부룩하고, 눈마저 짓물러 얼빠진 사람같이 보였다.

또 한 번 말했다. "이 비에는 당할 수 없는 걸."

겨우 알아챈 모양이다. 어두컴컴한 하늘을 올려다보며 턱을 긁었다.

"더 세차게 내리겠군."

"이래가지고는 일이 매우 어렵겠지요."

내가 한마디 했다. 구덩이 밑에는 적어도 6인치쯤 물이 괴었다.

그가 가래로 구덩이 맞은쪽을 찍으니까, 썩은 것이 무너지듯이 쫙 갈라지며 흙더미가 쏟아졌다. "아직 괜찮은 편이야. 오랫동안 이 좁은 묘지에 많이 묻었기 때문에, 사람들은 이제 흙 속으로 묻히는 게 아니라, 모두 사람 뼈 속에 묻히는 꼴이 되었어."

잇몸을 드러내며 웃고 나서, 발밑의 흙을 휘저어 손가락뼈 하나를 집어내 보였다. "내가 한 말뜻을 알겠소?"

풍성하고 무한한 변화 속에 존재하는 인간의 인연으로 말미암아 바뀌어가는 세상의 한 단면을 보여주는 셈이었다. 설사 직업적인 작가라고 하더라도 눈을 피해 외면하고 싶은 경우가 있는데, 나는 서서히 그 자리를 떠나고 싶어졌다.

"잘못 들었다고는 생각되지 않는데, 여기는 가톨릭교회가 맞지요?"

"여기는 모두 로마 가톨릭이라오. 아주 오랜 옛날에서부터 말이오." 그는 그렇게 대답했다.

"그렇다면, 댁은 알고 있을지도 모르겠네요. 나는 묘를 하나 찾고 있어요. 어쩌면 석비로서 교회 안에 서 있을지도 모르지. 거스코인 ……, 찰스 거스코인 선장을 모르겠소?"

"그런 이름은 들어본 일이 없는데. 나는 41년 동안, 여기서 묘지 일만 해왔다오. 그 사내는 언제 매장되었다고 하던가요?"

"1685년 무렵이라던가. "

그 표정에는 별로 변화가 없이 차분한 말투로 이렇게 말했다.

"아, 그렇다면 나보다 그 전에 있었던 일이겠네. 베리커 신부……, 그분이라면 뭔가 알고 있을지도 몰라. "

"교회 안에 계실까요 ? "

"거기가 아니면, 사제관에 계시겠지. 벽 저쪽 나무들이 서 있는 안쪽에 말이오. "

그때 웬일인지 너도밤나무 숲 속에 있던 산까마귀 떼가 갑자기 날아올라 빗속에서 우리의 머리 위를 빙빙 돌면서 그 시끄러운 울음소리로 주위를 소란스럽게 했다. 늙은이가 나무를 쳐다보며, 손에 쥐고 있던 손가락뼈를 무성하게 자란 나뭇가지 쪽으로 내던졌다. 그리고 매우 이상스런 소리를 했다.

"이놈의 귀찮은 까마귀 떼야 ! 레닌그라드로 돌아갓 ! "

그는 큰소리로 외쳤다.

떠나려고 하던 참인데, 그 이상한 말을 듣고 나는 발을 멈췄다.

"레닌그라드라 ? 어째서 그런 말을 하지요 ? "

"저것들은 거기서 온 거요, 찌르레기도 그렇고, 레닌그라드에서 발고리가 채워져, 10월에 이곳으로 날아온다오. 겨울이 너무 추워서 그곳에선 살 수가 없거든. "

"아, 그래요. "

늙은이는 활기를 띠며 귓바퀴 뒤에 끼어 놓았던 피우다 남은 담배를 입에 물었다.

"그쪽 겨울은 원체 추워서 모든 게 딱딱하게 얼어붙어 버린다는 거요. 전쟁 때 숱한 독일 군사들이 레닌그라드에서 죽었거든. 총탄에 쓰러진 게 아니야, 얼어서 동사했다니까. "

그때쯤 해서 나도 흥미를 느끼게 되었다. "그런 얘기를 누구한테 들으셨죠?"

"새들 얘기 말이오?" 그렇게 말하고 나서 늙은이의 표정은 확 달라졌다. 얼굴에 교활한 모습이 드러났다.

"그건 베르너가 말해 준 것이야. 새들에 대한 것은 무엇이나 다 알고 있었소."

"그럼, 그 베르너라는 사람은 어떤 인물이었소?"

"베르너 말이오?" 몇 번인가 눈을 깜빡이는 동안에, 그는 다시 그 얼빠진 표정으로 돌아갔는데, 그것이 그의 진짜 모습인지 가장한 모습인지 분간할 수가 없었다.

"훌륭한 젊은이였지, 베르너는. 좋은 사람이었어. 녀석들은 그를 그런 처지로 몰아세워서는 안 되었는데."

늙은이는, 또 가래에 체중을 실어 구덩이를 파기 시작하더니, 나같은 것은 거들떠보지도 않았다. 나는 잠시 머뭇거리다가, 그가 할 말은 이미 다 한 것이 분명했기 때문에 좋은 화젯거리도 없고 해서 좀 아쉽기는 했지만 못이기는 듯이 그 자리를 떠나 묘비 사이를 걸어 교회의 정면 입구로 향했다.

현관으로 들어가서 나는 발을 멈추었다. 거무스름한 나무판자에 빛바랜 금문자로 쓴 고지판이 벽에 걸려 있었다. '성당, 스터들리 콘스터블'이라고 쓰고, 그 밑에 미사와 고백성사의 시간이 적혀 있다. 아래 단에는 '사제 필립 베리커, 예수회'라고 적었다.

문짝은 떡갈나무로 단단하게 짰는데, 아주 낡아서 철 밴드와 볼트로 보강되어 있었다. 손잡이는 큰 고리를 물린 청동의 사자 머리로, 문짝을 열 때는 그 고리를 한쪽으로 돌려야 했다. 돌리니까 살짝 음향을 울리며 열렸다.

나는 그 안이 컴컴하거나 어둑어둑할 것으로 예상했는데, 눈앞에 나타난 것은 중세기 교회의 축소판으로 빛이 찬란하고 놀랄 만큼 넓은 공간이 나타났다. 본당의 아케이드는 웅장하고 화려하기 그지없었다. 노르만 양식의 둥근기둥이 우뚝 솟아 나무로 만든 지붕과 경탄할 정도로 조화를 이루었고 그 지붕에는 인간과 동물의 갖가지 형상을 조각한 예술품이 잘 보존되어 있었다. 천장의 양쪽에 둥글고 높은 창문이 줄지어 있어, 나를 놀라게 한 광선이 거기에서 흘러 들어오고 있었다.

또 돌로 만든 성수반(聖水盤)이 있고, 그 옆 벽에 걸린 색칠한 판자에는 1132년에 레이프 드 코시로부터 시작하여 1943년에 취임한 베리커에 이르기까지 역대 사제의 이름이 적혀 있다.

그 건너편에 어둡고 작은 성당이 있어, 성모 마리아상 앞에서 촛불이 흔들리고, 그 어둠 속에 성모가 구름 속에 둥둥 떠 있는 것처럼 보였다. 나는 그 앞을 지나서 좌석 사이의 중앙 통로로 나아갔다. 주위는 고요했고, 안쪽에서 루비색 등불이 비치며, 제단 옆에는 십자가를 진 15세기의 그리스도상이 있었다. 비가 위쪽의 창문을 두드리고 있었다.

등 뒤에서 돌층계를 문지르는 듯한 발소리가 들리더니, 차분한 마른 목소리가 들려왔다.

"무슨 일이신가요?"

뒤돌아보니, 성당의 입구에 한 신부가 서 있었다. 키가 큰 야윈 남자로 빛바랜 검은 수단을 걸치고 있었다. 수수한 빛깔의 백발을 짧게 깎고, 최근까지 앓기라도 한 듯 눈이 움푹 꺼져 있는데다가 턱뼈 위를 잡아당기는 살갗이 그 인상을 더욱 강렬하게 했다. 이상스런 얼굴이었다. 군인이나 학자 어느 쪽에도 어울리는 얼굴인데, 고지판에 예수회라고 적혀 있던 것을 생각하면 놀랄 정도의 일은 아니었다. 그러나 내 판단이 다소라도 적중한 것이라면, 끊임없는 육체적 고통을 겪으면서 사는 인간의 모습이기도 하다. 내가 있는 쪽으로 걸음을 재촉

할 때, 지팡이를 짚으며 왼발을 끄는 것이 눈에 띄었다.

"베리커 신부이신가요?"

"그렇소."

"밖에서 노인과 얘기를 했습니다. 무덤 파는 사람 말입니다."

"아, 레이커 암즈비 말이지요."

"이름은 몰랐습니다. 그가 신부님께 여쭤보면 알 수 있을지도 모른다고 하더군요." 나는 손을 내밀었다. "히긴스라고 합니다. 잭 히긴스, 작가입니다."

악수를 하기 전에 잠깐 뜸을 들였는데, 지팡이를 왼손으로 옮기기 위해서였다. 그렇지만 어쩐지 서먹서먹한 기색이 분명했다. 적어도 나한테는 그렇게 느껴졌다.

"그래서, 내가 어떤 도움을 드릴 수 있을까요? 히긴스 씨."

"저는, 미국의 어떤 잡지의 부탁을 받아 시리즈물을 쓰고 있는 중인데, 역사물입니다. 어제는 클레이의 성마가렛에 갔었지요."

"참 아름다운 교회이지요." 그는 옆에 있는 좌석에 앉았다. "실례입니다만, 요즘은 금방 피로를 느껴서요."

"거기에 있는 묘지에 탁자 모양의 묘비가 있습니다. 아십니까? 제임스 그리브……"

그는 말을 가로막았다. "……1676년 1월 14일, 바바리의 트리폴리 항에 있는 적의 함대를 공격할 때 크라우즐리 셔벨 경의 부관……." 미소를 지을 수도 있다는 것을 보여 주었다. "그러나 그것은 이 근방에서는 유명한 묘비명이지요."

"제가 조사하여 본 바로는 그리브가 오렌지 트리 호의 함장이었을 때, 찰스 거스코인이라는 상사가 있었고, 그 사나이도 다음에 함장이 되었습니다. 그가 1683년 예전에 입은 상처 때문에 죽게 되자, 그리브가 매장하려고 유해를 클레이로 옮겨온 것 같아요."

"그렇군요." 점잖게 맞장구를 쳤으나 별로 관심이 있어 보이지는 않았다. 오히려 무언가 초조한 것을 그의 말투에서 감지할 수 있었다.

"클레이의 묘지에는 그의 무덤이 없고, 교구의 기록에도 적혀 있지 않습니다. 그래서 와이브턴과 그랜포드, 그리고 블레이크니의 교회를 조사해 보았으나 결과는 마찬가지였습니다."

"그래서 여기에 있을지도 모른다고 생각한 겁니까?"

"노트를 살펴보던 중 그가 소년 시절에 가톨릭 신자로 성장했다는 점이 생각나서, 저쪽의 교회에 매장되었을지도 모른다는 생각이 든 것입니다. 지금 블레이크니 호텔에서 묵고 있는데, 바텐더와 얘기하던 중에, 그 사나이가 스터들리 콘스터블에 가톨릭교회가 있다고 했습니다. 분명히 사람들 눈에 잘 띄지 않는 작은 마을이더군요. 찾는 데 한 시간이나 걸렸으니까요."

"유감스럽지만, 공연한 헛수고를 하셨군요."

그는 몸을 밀어 올리듯이 벌떡 일어섰다.

"내가 이 교회에 온 지 28년이 되지만, 그 찰스 거스코인이라는 이름은 기록에서 본 적도 없고, 사람들 입에서조차도 들어본 일이 없으며, 어쨌든 그 당시에 이 세인트 메리는 가톨릭이 아니었습니다."

"그렇군요. 저는 헨리 8세와 이 지역에서의 종교개혁이 어떻게 되었을까를 생각하고 있었습니다."

"세인트 메리는 당시의 영국 교회들 대부분이 그렇듯이 영국 국교회가 되었지요. 그런데 지난 세기의 끝 무렵에, 이 건물은 가톨릭으로서 다시 성별(聖別)이 된 겁니다."

"그다지 드문 일은 아닌가요?" 나는 물었다.

"아니요, 별로."

그는 더 이상 설명하려고도 않고, 분연히 초조감을 나타냈다.

나로서는 마지막으로 거는 기대였던 만큼, 실망의 빛이 얼굴에 역력히 나타났을지도 모르지만, 아무튼 끈기를 발휘했다.

"거스코인에 대한 그 말이 절대로 틀림없을까요? 그 시대의 교회 기록은 어떨까요? 매장 기록으로서 뭔가 적혀 있을지도 모르잖아요."

"이 지역 향토사는 가끔 나의 개인적인 흥미의 대상입니다."

그는 분명히 그렇게 알고 있다는 말투로 냉정하게 말했다.

"이 교회와 관계가 있는 서류 가운데 내가 정통하지 않은 것은 하나도 없고, 그 어느 것에도 찰스 거스코인이라는 이름이 적힌 것이 없다는 것을 단언할 수 있습니다. 그럼 실례하겠습니다. 벌써 점심 식사 시간이군요."

그가 걷기 시작할 때, 지팡이가 미끄러지면서 자칫 쓰러질 뻔했다. 나는 당황해서 그의 팔꿈치를 붙잡는데, 그 순간에 그의 왼발을 밟아버렸다. 그는 얼굴의 힘줄 하나도 까딱하지 않았다.

"죄송합니다. 대단히 꼴사나운 짓을 해서."

그는 두 번째의 미소를 보였다.

"실은 아플 만한 데가 하나도 없으니까요."

지팡이로 발을 때려 보였다.

"몹시 불편하지만 그럭저럭 익숙해졌답니다."

대답을 필요로 하는 말이 아니었고, 그 자신도 대답을 기대하지 않는 것 같았다.

우리는 조심스럽게 나란히 통로를 걸어갔다. "대단히 아름다운 교회입니다." 내가 말했다.

"네, 우리들은 그것을 큰 자랑으로 삼고 있습니다." 그가 문을 열어 주었다. "도움이 되어 드리지 못해서 죄송합니다."

"별말씀을요, 온 김에 묘지를 한번 둘러보아도 될까요?"

"어지간히 설득하기 어려운 분 같군요."

그러나 그 말투에는 조금도 악의가 느껴지지 않았다.

"좋습니다. 매우 흥미로운 묘석이 있지요. 특히 서쪽 구획을 권합니다. 18세기 첫 무렵의 묘비인데, 클레이에서도 비슷한 일을 하는 이 고장의 석공 손으로 만든 것이 있습니다."

이번에는 그가 먼저 손을 내밀었다. 악수를 하면서 그가 말했다.

"당신의 이름을 들어본 것 같은 느낌이 들었어요. 작년에 알스타의 소동에 관한 책을 쓰시지 않았던가요?"

"그렇습니다. 어려운 문제지요." 내가 대답했다.

"전쟁은 항상 그런 것이에요, 히긴스 씨."

그는 근엄한 표정이 되었다.

"인간의 잔학성을 최대한으로 발휘하는 짓이 아닐까요? 그럼, 잘 가세요."

그는 문을 닫고, 나는 현관으로 나왔다. 기묘한 만남이었다. 나는 담배에 불을 붙이고, 빗속으로 들어갔다. 아까 무덤을 파던 늙은이도 온데간데없고 묘지에는 나 혼자뿐이었다. 물론 산까마귀는 별문제다.

"레닌그라드에서 온 산까마귀." 다시 그 말이 생각났으나 곧 머릿속에서 지워버렸다. 해야 할 일이 있다. 베리커 신부와 얘기를 나눈 다음에는, 찰스 거스코인의 묘를 찾는 일은 별로 기대할 수 없었으나, 솔직히 말해서 이젠 달리 찾아볼 곳도 없었다.

서쪽 끝에서 시작하여 순서를 따라 살펴보고, 그 동안에 신부가 말한 묘비도 보았다. 확실히 기묘한 묘석이었다. 뼈와 두개골, 날개가 달린 모래시계, 대천사 등이 생동감이 있어 보이기는 하나 좀 단조로운 무늬로 조각되어 있다. 내가 흥미를 갖고 있는 거스코인과는 전혀 다른 시대의 것이었다. 모든 구역을 살펴보는 데 1시간 20분이 걸렸고, 조사가 끝날 무렵에는 결국 체념할 수밖에 없었다. 첫째는 요즘 시골묘지와는 달리, 여기는 구석구석까지 손질이 잘 되어 있었다. 잡초와 덤불을 철저히 깎아내어 웃자란 곳은 아무 데도 찾아볼 수 없었다. 역시 찰스 거스코인은 없었다. 가까스로 패배를 인정하였을 때, 나는 새로 파낸 무덤 옆에 서 있었다. 그 늙은이가 빗물이 고이지 않도록 캔버스를 쳐놓고 갔는데 한쪽 끝이 쑥 들어가 있었다. 허리를 굽혀 그 끝을 끌어올려 놓고 일어서려고 할 때, 이상스런 것이 눈에 띄었다. 1, 2야드밖에 떨어져 있지 않은 탑 언저리에 있는 벽 가의 풀로 뒤덮인 흙바닥에 편평한 묘석이 묻혀 있었다. 18세기 첫 무렵의 것으로, 앞에서 말한 석공의 손으로 만들어진 것이었다. 상부에 십자의 뼈와 두개골이 훌륭하게 조각되어 있었는데, 젤레마이어 플라라고 하는 양모 상인과 그의 아내와 두 아들에게 바쳐진 비석이었다. 내가 허리를 굽히고 있었기 때문에, 그 묘비 밑에 또 한 장의 편평한 돌이 있는 것이 보였다.

켈트인 특유의 성격이 머리를 쳐들어, 나는 졸지에 무슨 중대한 발견이라도 한 것처럼 야릇한 흥분에 싸였다. 그 묘석 위에 몸을 굽혀 밑의 돌에 손가락을 걸어 보려고 했지만 그것이 마음대로 되지 않았다. 그러던 차에 갑자기 윗돌이 움직이기 시작했다.

"자, 나오라, 거스코인." 나는 낮게 소리를 질렀다. "자, 얼굴 좀 드러내 봐."

위의 편평한 돌이 옆으로 미끄러져 흙바닥의 경사면에 멈추고, 밑에 있던 돌이 모습을 드러냈다. 그것은 내 일생에 가장 놀라운 순간이었다. 장식이 없는 산뜻한 비석으로, 독일의 십자장(十字章)이 새겨져 있었다. 일반적으로 철십자장이라고 부르는 것이었다. 그 아래의 비문은 독일어로 새겨 있었다.

내 독일어 수준은 그저 그런 정도였지만 그것을 읽어 내는 데는 충분했다. '1943년 11월 6일에 전사한 쿨트 슈타이너 중령과 독일 낙

하산 부대원 13명, 여기에 잠들다.'

나는 빗속에서 그 자리에 몸을 구부린 채, 그 번역을 신중히 검토했는데 틀림없었다. 읽는 것은 그것으로 됐지만, 어쩐지 조리에 맞지 않았다. 첫째, 그 일에 관해서 예전에 글을 쓴 적이 있는데, 1967년 스태퍼드셔 주의 카녹 체이스에 독일 군인묘지가 개설되었을 때, 제1차와 제2차대전 중에 영국에서 죽은 독일 군인 4925명의 유골이 거기로 옮겨진 것을 알고 있었기 때문이었다.

'전사한'이라고 비문에는 적혀 있다. 이런 터무니없는 일은 있을 수가 없다. 누군가가 재주를 부려 장난을 치고 있는 것은 아닐까? 그게 틀림없어.

갑자기 분노에 찬 외침 소리가 들려 와서 내 생각은 여기에서 끊기고 말았다.

"도대체, 어떻게 할 셈이야?"

베리커 신부가 큰 우산을 쓰고, 발을 끌면서 묘석 사이에 있는 내 쪽으로 다가왔다.

나는 쾌활하게 소리를 질렀다. "신부님도 틀림없이 흥미를 느끼실 겁니다. 놀라운 발견을 했습니다."

나는 그가 곁으로 가까이 오는 것을 보면서, 무엇인가 낌새가 다르다는 것을 느꼈다. 평범하지가 않다. 흥분으로 얼굴이 새파랗게 질리고, 격렬한 분노에 몸을 떨고 있었다.

"그 돌을 움직여서 어쩌자는 거야. 성소(聖所) 모독 행위야······ 달리 말할 방법이 없어."

"알겠습니다. 그 점은 죄송합니다. 그러나 이 밑에서 나온 것을 보십시오."

"그 밑에 무엇이 있든 문제가 되지 않아. 곧 원래대로 복구해 놓으라고."

이제는 내 자신도 좀 불쾌해지기 시작했다. "어리석은 소리 좀 그만하시오, 여기에 적혀진 것을 모릅니까? 독일어를 모른다면 내가 읽어드리지요. '1943년 11월 6일에 전사한 쿨트 슈타이너 중령과 독일 낙하산 부대원 13명, 여기에 잠들다' 어떻소, 매우 흥미 있는 일이라고 생각하지 않습니까?"

"별로 관심없는 일이야."

"그럼, 벌써 보았다는 말씀입니까?"

"물론, 아니야, 그런 일은 없었어." 이제는 무엇에 쫓기고 있는 듯한 태도를 보이며, 그 말투도 필사적으로 간절히 애원하는 느낌을 주었다. "자, 윗돌을 원상태로 해 놓기 바라오."

나는 그의 말을 송두리째 믿지 않았다. "어떤 사람인가요, 이 슈타이너란 인물은? 도대체 무슨 일입니까."

"금방도 말했듯이 나는 아무것도 몰라."

쫓기는 듯한 표정은 점점 더해 갔다.

그때, 나는 문득 생각이 났다. "1943년에는 당신이 여기에 있었지요, 그렇지 않아요? 당신이 이 교구로 옮겨 온 해입니다. 교회 안에 있는 판자에 그렇게 적혀 있었어요."

그의 분노는 폭발하여, 자제력을 잃고 말았다.

"이게 마지막이야, 그 돌을 원상으로 돌려 놓으라고."

"아니오, 미안하지만 그럴 수는 없습니다." 내가 말했다.

이상한 일이지만, 그 시점에서 그는 자제력을 웬만큼 회복한 모양이었다. 차분한 어조로 그가 말했다.

"좋소. 그럼, 당장 여기에서 나가 주시오."

그의 정신상태를 생각할 때, 논쟁이 소용없다고 생각되었기 때문에 나는 말수를 줄였다. "알겠습니다, 신부님. 그렇게 하겠습니다."

내가 좁은 길로 접어들 때, 그가 뒤에서 큰소리로 외쳤다. "다시는 나타나지 말아요, 만일 또 오면 곧장 경찰을 부를 테니까. "

나는 묘지 문을 나와 차를 타고 질주하기 시작했다. 그의 위협에는 전혀 신경을 쓰지 않았다. 너무나 흥분하고, 강렬한 호기심에 그런 것은 문제가 되지 않았다. 스터들리 콘스터블에 관한 모든 것이 수수께끼 같아서 잘 풀리지 않는다. 다른 곳에는 아무 데도 그런 마을이 없다. 노퍽 주의 북부에서 가끔 사람들 눈앞에 모습을 드러내는 이상한 마을이다. 어느 날 우연히 발견하였는데, 다시는 찾을 수가 없어 본디 존재하고 있었는지 어쩐지, 의문을 품게 하는 그런 마을이다.

그렇다고 어엿한 마을을 갖추고 있는 곳도 아니었다. 교회, 벽으로 둘러싸인 뜰 한가운데 있는 낡은 사제관, 냇가를 따라 크기와 모양이 제멋대로인 게딱지같은 작은 가옥이 15, 6채, 크고 낡은 물레방아가 있는 물레방앗간, 그리고 잔디 벌판 저쪽에 마을 선술집, 스터들리 암스가 있다.

나는 냇가 길의 한쪽에 차를 세우고 담배 한 개비를 꺼내 피우면서 지금까지 있었던 일들을 잠시 조용히 생각해 보았다. 베리커 신부는 거짓말을 하고 있다. 그는 이미 그 돌을 보았고, 그 의미도 알고 있다, 그 점은 절대로 틀림이 없어. 돌이켜 보면 얄궂은 인연이다. 자기는 찰스 거스코인을 찾으러 가끔 스터들리 콘스터블을 찾았다. 목표로 삼은 것은 보이지 않고 그대신 훨씬 더 호기심을 자아내는 진짜 수수께끼를 찾아냈다. 그러나 그것에 대해 어떻게 해야 될지 그것이 문제였다.

여기까지 생각이 미치는 순간, 답이 나왔다. 그 해답을 내 준 것은 두 채의 오두막집 사이의 좁은 길에 모습을 나타낸 무덤 파는 그 늙은이 레이커 암즈비였다. 변함없는 흙투성이로 지금도 마대를 어깨에 걸치고 있다. 그가 길을 가로질러 스터들리 암스로 들어갔기 때문에, 나는 곧 차에서 내려 그를 뒤쫓아 갔다.

입구의 판자에 영업 면허는 존 헨리 와일드라는 사람의 명의로 되어 있다. 문을 열자, 판자벽에 끼어 있는 돌층계의 복도가 있다. 왼쪽 문은 열려 있고, 사람들 말소리와 웃음소리가 크게 들려왔다.

안에는 바가 없고, 불이 타고 있는 돌로 된 난로와 등을 대는 높은 벤치가 몇 개 있으며, 나무 테이블이 둘 있는 차분한 방이었다. 손님은 예닐곱 되는데 젊은이는 하나도 없었다. 평균 나이는 60살 쯤 될까? 유감스럽게도 시골의 공통 현상이었다.

모두 햇볕에 그을린 얼굴로, 트위드 캡에 고무장화를 신은, 전형적인 시골 사람들이었다. 세 사람이 도미노(서양 골패의 한 가지)를 하고 있는 것을 두 사람이 구경하고, 한 노인은 난로 옆에서 조용히 하모니카를 불고 있었다. 내가 들어가자 모두들 얼굴을 들고, 어디서나 붙임성 좋은 부류의 인간이 잘 모르는 사람에게 보이는 그 진지한 표정으로 나를 보았다.

"안녕하십니까?" 내가 인사를 했다.

두세 사람은 마지못해 고개를 끄덕였으나, 검은 턱수염이 희끗희끗하고 옹골차게 생긴 큰 체격의 사나이는 수상쩍은 표정으로 나를 보았다. 레이커 암즈비는 혼자 테이블에 앉아서, 맥주 한 잔을 앞에 놓고, 손으로 천천히 담배를 말고 있었다. 그가 담배를 입에 물기에 나는 곁으로 가서 불을 붙여 주었다.

"또 만났군요."

그는 몽롱한 눈으로 치켜보더니, 곧 나를 알아보았다.

"당신을 또 보게 되는군. 베리커 신부는 만나 보았소?"

나는 고개를 끄덕였다. "한 잔 더 않겠소?"

"그 말이 싫지는 않군." 그는 두어 모금 정도로 맥주잔을 비웠다.

"브라운 에일(색깔이 엷은 맥주)이면 돼. 조지!"

뒤돌아보았더니, 와이셔츠 바람의 몸이 딱 벌어진 사나이가 내 뒤에 서 있었다. 주인인 조지 와일드인 모양이다. 다른 사람들과 나이는 비슷해 보이는데, 용모는 그런대로 괜찮게 생겼으나 한 가지 다른 점이 있었다. 인생의 어느 시기에, 아주 가까운 거리에서 얼굴에 총을 맞은 것이다. 나는 지금까지 수많은 총상을 보아왔기 때문에, 그 점에서는 확신이 있었다. 그의 경우는, 총알이 왼쪽 볼 깊숙이 구멍을 내고 지나갔기 때문에, 뼈가 달아나 있었다. 운이 좋았던 것이다.

그는 명랑한 미소를 지었다. "그럼, 손님은?"

보드카와 토닉을 주문하자, 농부인지 누군지는 모르지만, 주위 사람들이 좀 이상하다는 표정이었다. 알코올 음료로서 내가 마실 만한 것은 그것밖에 없기 때문에 별로 신경을 쓰지 않았다. 레이커 암즈비가 말아 피우는 담배는 오래 가지 않았기 때문에, 내 것을 권하자, 그는 기다렸다는 듯이 한 개비를 받았다. 술이 나왔으므로, 나는 에일을 그에게 밀어 주었다.

"세인트 메리 교회의 묘지 일을 몇 년이나 했다고 하였소?"

"41년."

그는 맥주잔을 들어 꿀꺽꿀꺽 마셨다.

"자, 한잔 더 하고, 슈타이너 얘기나 좀 들려주시구려."

갑자기 하모니카 소리가 멈추고, 말소리도 사라졌다. 레이커 암즈비 노인이 또 다시 교활한 표정으로, 맥주잔 너머 나를 보고 있었다.

"슈타이너라고?" 그가 말했다. "그렇지, 슈타이너는……."

조지 와일드가 끼어들어, 빈 맥주잔을 빼앗고 걸레로 테이블을 닦았다. "손님, 시간이 다 되었습니다."

나는 시계를 보았다. 두 시 반이었다.

"시간이 틀리는데. 가게를 닫을 시간은 아직 30분이나 남았잖나."

그는 내 술잔을 빼앗았다가 다시 돌려주었다. "여기는 극히 자유스런 가게입죠. 이처럼 평온한 작은 마을에서는 우리가 맘대로 해도 아무도 간섭하는 사람이 없거든요. 내가 두 시 반이라고 하면 두 시 반에 문을 닫는답니다." 그는 명랑한 미소를 지어 보였다. "자, 어서 다 마시고 가십시오."

자칫하면 터질 것 같은 긴장감이 떠돌았다. 모두가 돌처럼 차가운 굳은 표정으로 나를 지켜보았다. 희끗희끗한 턱수염의 덩치 큰 사나이가 테이블 건너 쪽에서 나를 노려보았다.

"주인장 말대로 해." 위협적인 낮은 소리였다. "자, 얌전하게 잔을 비우고, 어딘지는 모르지만 집으로 돌아가는 거요."

분위기가 점점 험악해졌기 때문에 나는 입을 다물었다. 시간을 두고 천천히 보드카와 토닉을 마셨는데, 허세를 부려 보이려고 했는지 어쩐지 나 자신도 잘 몰랐다. 잔을 비우고 가게를 나왔다. 못마땅하기는 했지만 별로 화는 나지 않았다. 믿기 어려운 사건에 완전히 매료되어, 이제 손을 떼기에는 너무 깊숙이 들어와 있었다. 무슨 수단을 쓰더라도 어떤 해답을 얻어내지 못한다면 견딜 수 없는 일이다. 그러자 그 답을 얻어낼 방법이 머리에 떠올랐다.

차를 타고 다리를 건너, 마을을 빠져 나가 블레이크니로 통하는 길로 나가서 교회와 사제관의 옆을 지나갔다. 교회의 2, 3백 야드 앞에서 차를 작은 옆길로 끌고 가 세우고, 소형 팬택스 카메라를 꺼내 들고 다시 걸어 나왔다.

별로 두렵지는 않았다. 뭐라고 해도 언젠가 벨파스트의 유로파 호텔에서 공항까지, 호주머니에 권총을 숨긴 사나이들에게 호송되어, 목숨이 아까우면 다음 비행기 편을 타고, 다시는 돌아오지 말라고 위협을 당한 일도 있었다. 그러나 그 뒤에도 몇 번이나 되돌아갔을 뿐만 아니라, 그때의 경험을 토대로 책까지 한 권 써 냈었다.

묘지에 다시 돌아와 보니, 슈타이너와 그의 부하에게 바쳐진 묘비는 내가 떠날 때 있었던 그대로였다. 다시 한 번 살펴보며 비문에 잘

못이 없는 것을 확인하고, 여러 각도에서 그것을 사진으로 찍었다. 그 일을 마친 다음 서둘러 교회 안으로 들어갔다.

탑의 자락에 커튼이 쳐져 있어, 나는 그 속으로 들어갔다. 성가대의 짧은 흰옷 따위가 못에 정연하게 걸려 있고, 쇠고리로 둘러맨 낡은 트렁크가 하나 있었다. 위쪽 어두운 데서 종을 당기는 줄이 몇 개 늘어져 있고, 벽에 걸려 있는 판자에, 1936년 7월 22일에 봅 마이너의 종소리 변곡을 5058회 울렸다는 것이 공시되어 있었다. 그때 6명의 종치기 가운데 레이커 암즈비의 이름이 나와 있어, 나의 흥미를 돋우었다.

그보다 더욱 흥미를 끄는 것은 그 판자를 스쳐간 한 줄기 구멍이었다. 예전에는 회반죽으로 메워서 색칠을 했던 것 같다. 그 한 줄기 구멍이 돌벽으로도 이어져 있어, 아무리 보아도 기관총으로 쏘아댄 것으로 밖에 보이지 않지만, 그것은 너무나 비약적인 생각이라 황당할 뿐이었다.

내가 찾고 있는 것은 매장 기록부인데, 거기에는 전혀 그런 책이나 서류가 없었다. 커튼 밖으로 나오자, 성수반의 안쪽 벽에 작은 문이 보였다. 손잡이를 틀자 간단히 열렸다. 안으로 들어가 보니, 성물 보관실이라는 것을 쉽게 알 수 있었다. 떡갈나무 판자로 둘러친 작은 방이었다.

우선 책장을 보자, 목표로 삼은 것이 곧 눈에 띄었다. 선반 하나에 모든 종류의 장부가 가지런히 쌓여 있었다. 매장 기록부가 세 권 있고, 1943년은 둘째 권에 들어 있었다. 재빨리 책장을 넘기면서 살펴보았는데, 금방 깊은 실망감을 안겨 주었다. 1943년 11월의 사망자는 두 사람이 적혀 있었으나 두 사람 다 여자였다. 서둘러 연초까지 거슬러 조사하는 시간은 얼마 걸리지 않았다. 장부를 덮어서 책장 안에 다시 넣어 놓았다. 이것으로써 조사의 수순으로 생각할 수 있는 것은 모두 끝이 난 셈이다. 그가 누군지는 모르지만, 슈타이너가 여기에 매장되었다면 당연히 장부에 적혀 있어야 된다. 영국의 법률에 엄연히 규정되어 있는 일이다. 그러므로, 이것은 도대체 무엇을 의미하는 것일까?

나는 성물 보관실을 나와서 문을 닫았다. 술집에 있었던 사나이 둘이 거기에 있었다. 조지 와일드와 턱수염의 사나이였는데, 한 녀석이 2연발총을 가지고 있는 것을 보고, 나는 멈칫했다.

와일드가 부드러운 어조로 말했다. "마을을 떠나라고 나는 충고했소. 그것은 당신도 인정할 것이요. 어째서 그대로 하지 않았소?"

턱수염의 사내가 말했다.

"뭘 꾸물거리고 있어. 빨리 해치우는 것이 좋겠지."

큰 덩치로 보아서는 놀랄 만큼 재빠르게 내 트렌치코트의 깃을 잡았다. 그 순간에, 등 뒤의 성물 보관실 문이 열리고 베리커가 밖으로 나왔다. 어디서 어떻게 왔는지는 모르지만, 나는 그를 보자 매우 반가웠다.

"도대체 무슨 짓들이야?" 그는 엄숙하게 말했다.

턱수염이 말했다.

"신부님, 이 일은 저희에게 맡겨 주십시오. 저희가 처리하겠습니다."

"그런 행위는 용서할 수 없어, 아서 시모어." 베리커의 태도는 단호했다. "어서, 물러가라고."

시모어는 여전히 내 옷을 거머쥔 채 신부를 쳐다보고 있었다. 나는 그를 혼내줄 술수를 몇 가지 알고 있었으나 별로 도움이 될 것 같지 않았다.

"시모어!" 베리커가 또 말했다. 매우 위엄이 실린 음성이었다.

시모어가 슬그머니 손을 놓자, 베리커가 말했다. "다시는 오지 마시오, 히긴스 씨. 또 오면 당신에게 도움이 안 된다는 것을 이제 똑똑히 아셨겠죠."

"알겠습니다."

베리커가 끼어든 이상, 더 소란을 피우는 일은 없겠지만, 이 주변에서 맴도는 것은 별로 이롭지 못하다는 생각이 들어, 빨리 차 있는 곳으로 돌아왔다. 수수께끼 같은 이번 사건에 대해서는 다음에 천천히 생각해도 된다.

작은 길로 들어가자, 레이커 암즈비가 차의 보닛에 걸터앉아 담배를 말고 있었다. 내가 가까이 가자, 벌떡 일어섰다. "아, 다녀왔군요. 무사히 도망쳐 온 것 같은데." 그가 말했다.

어딘지 교활한 표정이었다. 나는 담배를 꺼내 한 대 권했다.

"말해줄까요?" 내가 입을 열었다. "나는, 영감이 겉으로 보기보다 단순한 사람이 아니라고 생각하는데요."

그는 교활한 웃음을 지으며, 빗속으로 연기를 뿜어냈다.

"얼마요?"

나는 그 의미를 곧 알았지만, 잠시 그의 반응을 살피기로 했다.

"얼마라니, 무슨 뜻이오?"

"당신에게 어느 정도의 가치가 있는 거요? 슈타이너에 대해서 아는 것이."

차에 기대어 나를 쳐다보면서 기다리고 있었기 때문에, 나는 지갑을 꺼내서 5파운드 지폐를 한 장 뽑아 손가락에 끼어들어 보였다. 그가 눈을 빛내며 손을 내밀었다. 그러나 나는 손을 끌어당겼다.

"그러면 두세 가지 대답을 해 주시오."

"좋소, 무엇이 알고 싶소?"

"그 쿨트 슈타이너, 그는 어떤 사람이오?"

그는 히쭉 웃더니, 눈을 껌벅거리며 입가에 교활한 웃음을 띠었다.

"그건 간단해. 그는 미스터 처칠을 저격하려고 부하를 데리고 왔던 독일인이었소."

나는 너무나 놀라서, 그 자리에 우두커니 선 채 그를 멀뚱멀뚱 쳐다보고 있었다. 그는 내 손에서 지폐를 빼앗아 등을 돌리기가 무섭게 비척비척 달아나 버렸다.

세상일 가운데는, 그 충격이 너무나 크기 때문에 의미를 헤아리기가 어려운 경우도 있다. 예를 들면, 자기가 가장 사랑하는 사람이 방금 죽었다는 것을, 모르는 사람이 전화로 알려주는 그런 경우를 말한다. 언어는 의미를 상실하고, 두뇌는 잠시 현실과 스스로 단절하여 안정감을 되찾는 데 시간을 필요로 한다.

레이커 암즈비의 놀라운 한마디를 들은 다음, 나는 마치 그런 상태가 되었다. 그것은 단지 도저히 믿을 수 없는 일이기 때문이 아니다. 가령 내가 지금까지의 인생에서 배운 것이 있다면 그것은, 그런 일은 절대로 있을 수 없다, 불가능하다고 한 일이 반드시 다음 주에 일어난다는 사실이다. 실제로 암즈비가 말한 것이 사실일 경우, 그 말이 암시하는 일이 너무나 중대하기 때문에 얼마 동안 내 두뇌는 그 사실을 받아들일 수가 없는 것이다.

진실은 거기에 있다. 나는 그 존재를 알고 있었으나, 그 일에 대해서 의식적으로 생각하지 않기로 했다. 블레이크니 호텔로 돌아와서 짐을 챙겨 돈을 지불하고, 귀국 길에 올랐다. 그때는 알지 못했으나, 그것은 내가 인생의 만 1년 동안을 고스란히 바치게 될 긴 여행의 첫걸음이 되었다. 몇 백 개나 되는 파일을 뒤져보고, 인터뷰도 몇 십 번을 하면서 지구를 반 바퀴 도는 1년간의 여행이었다. 샌프란시스코, 싱가포르, 아르헨티나, 함부르크, 베를린, 바르샤바, 게다가 얄궂게도 벨파스트의 폴즈 로드까지 가게 되었다. 사실대로 밝혀 주는 것, 더욱이 그가 이 사건 전체의 중심인물이기 때문에, 쿨트 슈타이너라는 수수께끼의 인물에 대한 지식을 얻고 이해를 넓히기 위해, 아무리 사소한 것이라도 실마리가 될 만한 것이 있는 곳이면 어디나 찾아갔다.

2

1943년 9월 12일 일요일, 오토 스코르체니라는 사나이가 제2차 세계대전 중의 모든 기습작전 가운데서 가장 대담무쌍한 기상천외의 작전을 수행함으로써, 늘 그렇듯이 아돌프 히틀러의 생각이 옳고, 군 최고수뇌부의 생각이 잘못된 것을 입증하여 히틀러를 대단히 만족스럽게 했다. 어떤 의미에서는, 모두가 오토 스코르체니의 그 성공에서 비롯된 일이라고 할 수도 있다. 언젠가, 히틀러가 갑자기 개전 초기부터 수많은 성공을 거두고 있는 영국 기습부대 같은 부대가 어째서 독일군에는 없느냐는 질문을 했다. 그를 만족시키기 위해, 군 수뇌부는 그와 같은 부대를 편성하기로 했다. 당시 SS(친위대)의 젊은 중위였던 스코르체니는 부상 때문에 소속된 연대로부터 베를린의 본부에 전근이 되어 불운을 겪고 있었다. 그는 대위로 특진되어 독일 특수부대장으로 임명받았으나 그다지 실속이 있는 직책이 아니었고, 그것은 또 최고사령부가 노리는 점이기도 했다. 군 수뇌부로서는 불운하게도, 스코르체니가 매우 우수한 군인으로서 맡겨진 임무를 제대로 수행하는 타고난 재능을 갖추고 있었다. 그리고 사태가 바뀌면서, 얼마 후에 그 재능을 실증할 기회가 찾아왔다.

1943년 9월 3일에 이탈리아는 항복했고 무솔리니는 추방되는 신세로 바돌리오 원수가 그를 체포하여 어디론가 신병을 숨겨 버렸다. 히틀러는 예전의 맹우(盟友)를 찾아내어 구출해야 된다고 주장했다. 불가능한 일로 생각되어, 그 위대한 롬멜 장군마저, 그런 짓을 해서 무슨 소용이 있는지 이해할 수 없으며, 그 임무가 제발 자기에게 돌아오지 않기를 빌고 있었다.

그에게는 그 임무가 돌아오지 않았다. 왜냐하면 히틀러가 직접 그 일을 스코르체니에게 맡겼기 때문이다. 스코르체니는 그 임무를 완수하기 위해서 온 정성을 기울였다. 얼마 후에 무솔리니가 이탈리아 중부에 있는 아브루치 주 해발 1만 피트의 그랑 삿소 정상의 스포츠 호텔에 감금되어 250명의 경비병들에 의해 감시당하고 있다는 사실을 알아냈다.

스코르체니는 낙하산병 50명을 이끌고 글라이더로 착륙하여, 호텔을 급습함으로써 무솔리니를 구출해냈다. 무솔리니는 소형 탄착 관측기로 로마에 옮겨졌다가, 도르니어(Dornier)기로 다시 동프로이센의 어둡고 축축한 삼림지대에 위치한 라스텐부르크에 있는 히틀러의 동부전선 사령부 이른바 '늑대의 보금자리'로 호송되었다.

이 공로로 스코르체니는 기사십자장을 포함해서 여러 훈장을 받고 그것을 계기로, 그와 같은 대담무쌍(大膽)한 작전을 차례차례 감행함으로써 세계에 용명을 떨치게 되었다. 어느 나라나 마찬가지로, 그런 변칙적인 방식에 의문을 가진 군 수뇌부는 모른 체하고 있기 마련이다.

그러나 히틀러는 그렇지 않았다. 그는 기쁨이 극치에 달하여, 파리 함락 이후로 보인 적이 없을 만큼 들떠서 몹시 말이 많아졌다. 무솔리니가 라스텐부르크에 도착한 다음날인 수요일 밤, 이탈리아 정세와 무솔리니의 장래 역할을 의논하기 위해서 열린 회의 때도, 그 기분은 이어져 갔다.

그 작전실은 벽이고 천장이고 온통 소나무로 꾸민, 놀랄 만큼 느낌이 좋은 방이었다. 한쪽 끝에 동그란 테이블이 있고, 그 둘레로 폭신한 안락의자가 열 하나, 한가운데에 화려한 화분이 놓여 있었다. 방의 반대쪽에는 기다란 지도대(地圖臺)가 있었다. 그 옆에 서서 이탈리아 전선의 상황을 말하고 있는 것은 무솔리니 자신이고, 선전장관 겸 총력전 전권 장관(General Plenipotentiary for Total War) 요셉 괴벨스, SS 국가경찰 장관 하인리히 히믈러와 군정보국, 곧 아프베르의 장관 빌헬름 카나리스 제독이 있었다.

히틀러가 방으로 들어오자 모두 벌떡 일어서서 부동자세를 취했다. 그는 매우 좋은 기분으로 눈을 반짝이며 입가에 미소를 지어, 여간해서는 보이지 않는 애교까지 발산하고 있었다. 성큼성큼 무솔리니한테로 가자 양손으로 상대의 손을 쥐고, 정답게 악수를 했다.

"꽤, 건강해지셨구려. 아주 건강해 보이는데요."

그 자리에서 다른 사람들의 눈에 비친 이탈리아의 독재자 모습은 비참하기 그지없었다. 피로가 심하여 어쩐지 나른한 모습으로 보이는 그에게, 예전의 불타는 듯했던 기개는 전혀 찾아볼 수가 없었다.

그가 억지로 힘없는 웃음을 지어 보이자, 히틀러가 손을 다독거려 주었다. "그럼, 여러분, 우리가 이탈리아에서 다음에 취할 행동은 무엇이요, 장래의 전망은 어떻소? 당신 의견을 말해보오, 장관?"

히믈러가 은테 코안경을 벗어 조심스레 렌즈를 닦으면서 말했다.

"완전한 승리입니다, 총통 각하. 그밖에 달리 무슨 말이 있겠습니까? 무솔리니 님께서 지금 여기에 계신다는 것이, 저 배반자인 바돌리오가 휴전협정에 서명한 후의 사태를 수습하신 각하의 탁월한 작전을 증명하고도 남음이 있습니다."

히틀러는 진지한 표정으로 고개를 끄덕이고 나서, 괴벨스 쪽을 보았다. "그럼, 당신은, 요셉?"

괴벨스는 새까만 눈을 열광적으로 번쩍였다. "동감입니다, 총통 각하. 이번 구출작전은 국내외를 막론하고 대단한 센세이션을 불러일으켰습니다. 적국들까지 감탄하고 있습니다. 각하의 탁월한 지도력 덕분에 최고의 정신적 승리를 축하할 수 있게 되었습니다."

"그것도 장군들의 도움을 빌리지 않고 말이야." 히틀러가 약간 야릇한 웃음을 띠며 지도를 내려다보고 있는 카나리스 쪽을 보았다.

"그럼, 제독? 당신도 최고의 정신적 승리라고 생각하는가?"

진실을 말하는 편이 현명한 경우와 그렇지 않은 경우가 있다. 히틀러를 상대하는 경우는, 그 판단을 내리기가 늘 어려웠다.

"총통 각하, 이탈리아 함대는 현재 말타 섬에서 요새 포대의 비호를 받으며 정박해 있습니다. 우리는 코르시카와 사르데냐를 포기할 수밖에 없게 되었습니다만, 예전의 우리 동맹국이 적의 편에서 싸울 준비를 이미 다 마쳤다는 보고가 들어왔습니다."

히틀러의 얼굴은 창백해졌고, 이마에는 약간 땀이 비쳤으나, 카나리스는 말을 이어갔다. "무솔리니 님께서 선언한 새로운 이탈리아 사회주의 공화국에 대해서는" 여기에서 잠깐 어깨를 움츠렸다. "현재로는, 중립국의 하나인 에스파냐마저 외교관계를 수립하는 데 동의하지 않고 있습니다. 저의 의견으로는, 유감스럽지만 동의할 나라가 없을 듯합니다."

"당신 의견은?" 히틀러의 분노가 폭발했다. "당신은 장군들과 똑같이, 전혀 믿음성이 없어. 내가 그들의 의견을 들었다면 결과가 어떻게 되었겠나? 계속 실패만 거듭했을 거야." 히틀러는 무솔리니의 옆으로 가서, 놀란 표정으로 있는 상대의 어깨에 팔을 얹었다. "무솔리니 님은 최고사령부가 노력한 덕분으로 지금 여기에 있는 것인가? 결코 아니야, 그가 여기에 있는 것은, 기습부대를 편성할 것을 내가 끝까지 주장했기 때문이 아닌가. 내 직감이 그렇게 해야 된다는 것을 알려 주었어."

괴벨스는 걱정스런 얼굴을 했고, 히믈러는 언제나처럼 변함없이 차분해서 그의 속셈을 알 수 없었으나, 카나리스는 물러서지 않았다.

"총통 각하, 각하를 비판할 생각은 추호도 없습니다."

히틀러는 벌써 창문 옆으로 가서, 뒷짐을 진 채 밖을 보고 있었다.

"나는 이런 일에는 직감이 작용하고, 이와 같은 작전이 얼마나 효과적인가를 잘 알고 있어. 소수의 용감한 사람이 모든 위험과 맞서는 거야." 어느새 몸을 돌려 모두를 보았다. "내가 없었으면 그랑 삿소의 성공은 있을 수가 없었어. 왜냐하면 내가 없었다면 스코르체니는 나타나지 않았을 테니까." 성서의 가르침을 설명하는 말투였다. "제독, 당신한테 심하게 나무랄 생각은 없지만, 당신과 군정보국 사람들이 최근에 무슨 성과를 올린 게 있나? 내가 보기로는 드난니 같은 반역자를 낳았을 뿐이야."

군정보국의 요원이었던 한스 폰 드난니는, 4월에 국가에 대한 반역죄로 체포되었다. 카나리스의 얼굴에서 핏기가 싹 가셨다. 바야흐로 얘기는 매우 위험한 경지에 이르고 있다.

"총통 각하, 저와는 아무 관계가 없는……."

히틀러는 그를 무시하고, 히믈러를 보았다.

"그래서, 장관…… 당신은 어떻게 생각하나."

"저는 각하의 생각에 전적으로 찬성합니다." 히믈러가 말했다.

"전면적으로 말입니다. 그러나 동시에, 저는 다소 선입관에 좌우될 가능성이 있습니다. 뭐라고 해도, 스코르체니는 SS의 장교가 아닙니까. 다른 관점에서 보면, 이번 구출작전은 마땅히 브란덴부르크 패들이 해야 될 일이었다는 생각이 듭니다."

그는 브란덴부르크 사단을 말하고 있는 것이다. 특수 임무를 수행하기 위해서 전쟁 초기에 편성된 특수한 부대였다. 그 행동은 사보타지를 전문으로 하는 군정보국 제2부에서 일단 담당하기로 되어 있었다. 실제로는 카나리스가 열심히 반대하고 있음에도 불구하고, 그 정예부대는 주로 아무 소득도 없는 러시아쪽 전선부대에 대한 기습작전에 사용되어 쓸데없는 소모만 계속되고 있었다.

"그렇고 말고." 히틀러가 말했다. "당신의 그 귀중한 브란덴부르크 사단이 한 일이 뭐야? 내세울 만한 성과는 아무것도 없지 않은가.” 히틀러는 이제 스스로 화가 나서, 그런 경우에 늘 그랬듯이 놀라운 기억력으로 머릿속에 담아 놓은 사실을 수시로 꺼내어 아주 정확하게 인용하는 것이었다.

“처음 편성되었을 때, 이 브란덴부르크 부대는 특수임무 중대라고 부르고, 초대 지휘관인 폰 히펠은 자기가 훈련을 마칠 무렵에는 누구나 지옥에서 악마라도 납치해 올 수 있을 만큼 될 것이라고, 대원에게 훈시한 것을 나는 들어서 알고 있어. 나는 그런 것이 매우 얄궂은 일로 생각되는 거야. 제독, 왜냐하면 내 기억으로는 이번에 구출작전을 성공시킨 것은 그들이 아니니까. 그 일은 내가 수배를 해야만 되었던 거야.”

음성이 차차 커지면서 눈에서 불을 뿜고, 얼굴도 흠뻑 땀에 젖었다. “무엇 하나 성과를 내지 못하고 있어!” 날카로운 소리로 외쳤다. “그만큼 우수한 인력과 장비를 갖추고 있다면, 처칠을 내 앞으로 납치해 올 수도 있을 텐데 아무것도 해 놓은 일이 없잖아?”

히틀러가 차례로 얼굴을 둘러보는 동안, 방 안은 쥐 죽은 듯이 조용했다. “그렇게 생각하지 않는가?”

무솔리니는 안절부절못하며 침착성을 잃었고, 괴벨스는 힘을 주어 고개를 끄덕이고 있었다. 히믈러는 온건한 말투로 불에 기름을 부었다. “불가능할 리가 없습니다, 총통 각하. 이번 구출작전으로 총통께서 실증하신 바와 같이, 설사 기적과 같은 일이라고 하더라도 불가능한 것은 결코 아닙니다.”

“그렇고 말고.” 히틀러는 평정을 되찾았다. “군정보국의 역량을 천하에 과시하는 데는 다시없는 기회가 되겠군, 제독.”

카나리스는 몹시 놀랐다.

“총통 각하, 각하께서 말씀하시는 것은…….”

"어쨌든, 영국의 코만도 특공대가 아프리카의 롬멜 사령부를 습격했어." 히틀러가 말했다. "몇 차례나 프랑스 연안 쪽도 기습하고 있어. 독일의 젊은이에게는 그만한 능력이 없다는 말인가?" 히틀러는 카나리스의 어깨를 두드리며 상냥하게 말했다. "수배를 해요, 제독. 신속하게 일을 진행시키는 거야. 뭔가 방법을 찾아낼 수 있을 거란 말이야." 히믈러 쪽을 향했다. "동감인가, 장관?"

"물론입니다." 히믈러가 주저없이 대답했다.

"적어도 가능성 조사는…… 군정보국이 할 수 있지 않겠어?"

히틀러는 멍청하게 우두커니 서 있는 카나리스를 보며 가볍게 미소를 지었다. 카나리스가 마른 입술을 혀끝으로 적시며, 목쉰 소리로 말했다.

"명령을 내리신다면, 총통 각하."

히틀러가 그의 어깨를 안았다. "좋아, 나는 어떤 경우에도 당신을 믿을 수 있는 사나이로 생각해 왔어." 모두를 끌어당길 것 같은 자세로 팔을 내밀고 지도 위를 굽어보았다.

"자, 여러분. 이탈리아의 전황이야."

그날 밤, 카나리스와 히믈러는 항공기로 베를린에 돌아왔다. 두 사람은 거의 같은 시각에 라스텐부르크를 각자의 차로 출발하여 9마일 떨어진 비행장으로 향했다. 카나리스가 15분 늦어서 항공기에 오를 때는 별로 좋은 기분이 아니었다. 히믈러는 벌써 좌석에 앉아 벨트를 맸다. 카나리스는 잠깐 머뭇거리다가 히믈러와 나란히 앉았다.

"고장일까?" 비행기가 덩그렁덩그렁하고 활주로를 달려 하늘로 기수를 돌릴 때, 히믈러가 물었다.

"펑크야." 카나리스가 등받이에 몸을 기댔다. "아까, 여러 가지로 고마웠어. 덕분에 큰 도움이 되었지."

"언제든지, 기쁜 마음으로 협조하겠어." 히믈러가 말했다.

비행기가 이륙을 하여 상승함에 따라 소리는 더 커졌다. "좌우간, 오늘밤에 그는 그야말로 자기의 본성을 마음껏 발휘한 것 같더군." 카나리스가 말했다. "처칠을 끌어 오라고. 그런 터무니없는 소리를 들어본 적이 있나?"

"스코르체니가 그랑 삿소에서 무솔리니를 구출했다고 해서, 세상이 원상태로 되돌아갈 수는 없어. 이제 총통은 기적이 일어날 수 있다고 믿고 있는 것 같아. 덕분에 당신이나 나나 점점 고생만 늘어가게 되었어."

"무솔리니의 경우는 달라." 카나리스가 말했다. "스코르체니의 훌륭한 업적을 트집잡자는 것은 결코 아니지만, 윈스턴 처칠에 관해 말한다면 문제가 전혀 달라."

"자, 그것은 어떨까." 히믈러가 말했다. "나도 당신과 마찬가지로, 적의 뉴스 영화를 여러 가지 보고 있어. 오늘 런던에 있는가 하면, 내일은 맨체스터나 리즈에 나타나지. 모양새 없이 시가를 물고 거리를 지나가면서 시민과 대화하는 장면도 나오고. 내 생각으로는, 세계의 큰 나라 지도자치고 처칠만큼 신변 경비가 허술한 경우는 없는 것 같아."

"정말 그렇게 생각한다면, 당신은 무엇이나 곧이곧대로 믿어버리는 성품이군." 카나리스가 냉정하게 말했다. "남들이 뭐라고 해도 영국인은 바보가 아니야. 영국 첩보부 제5부, 제6부 모두, 옥스퍼드나 케임브리지에서 배운 매우 신중하고 영민한 젊은 사람들을 많이 쓰고 있는데, 그들은 수상하게 여기면 주저하지 않고 권총을 쏜다네. 그건 그렇다 치고, 그 늙은이의 경우도 생각해 봐. 아마 코트 호주머니에 권총을 숨기고 있을 것이고, 아직도 사격 솜씨는 시들지 않았을 걸."

당번병이 두 사람에게 커피를 날라왔다. 히믈러가 말했다.

"그럼, 당신은 이번 일에는 손을 대지 않을 생각인가?"

"어떻게 될지, 당신도 잘 알고 있을 텐데." 카나리스의 말이었다.

"오늘이 수요일이지. 금요일쯤 되면, 그는 이번의 뚱딴지 같은 얘기는 말끔히 잊어버릴 걸."

히믈러는 커피를 마시면서 천천히 고개를 끄덕였다.

"당신 말대로 될지 모르겠어."

카나리스가 일어섰다. "아무튼 좀 실례하겠어. 한숨 자야겠는걸."

그는 다른 좌석으로 옮겨, 준비한 모포로 몸을 감싸고, 세 시간의 여행을 되도록 느긋하게 보내려고 했다.

통로의 건너편에서, 히믈러가 차가운 시선으로 그를 지켜보고 있었다. 그의 얼굴에는 아무 표정이 없었다. 감정의 흔적도 찾아볼 수 없었다. 좌석을 넘어뜨리고 옆으로 누운 그 모습은 오른쪽 볼의 근육이 실룩거리지 않았다면 죽은 사람의 시체로 잘못 볼 수 있을 정도였다.

카나리스가 군정보국의 사무실에 돌아온 것은 날이 새가는 새벽이었다. 그를 템펠호프 공항으로 마중 나온 기사가, 제독이 귀여워하는 애견 닥스훈트 두 마리를 데리고 와서, 카나리스가 차에서 내려 시원스런 발걸음으로 위병 앞을 지나가는데 뒤따랐다.

그는 곧장 자기의 사무실로 올라갔다. 올라가면서 해군 외투 단추를 풀고 외투를 벗어 문을 열어주는 당번병에게 건네주었다.

"커피를 가져오게." 제독이 명하였다. "많이 가져와." 당번병이 문을 닫으려고 할 때, 카나리스가 다시 불렀다. "라들 중령이 있는지 알아 봐."

"어젯밤은 사무실에서 쉰 줄로 압니다, 각하."

"됐어. 내가 만나고 싶다고, 그래."

문이 닫혔다. 그는 혼자 있게 되자, 갑자기 심한 피로가 몰려와 책상 앞 의자에 녹초가 되어 푹 쓰러졌다. 카나리스의 평소 생활은 검소했다. 사무실은 예전의 낡은 방으로 닳아빠진 카펫이 깔려 있을 뿐 텅 비어 있는 느낌이었다. 벽에 헌사(獻辭)가 새겨진 프랑코 장군의 사진이 걸려 있다. 책상 위에는 대리석 문진과, '보지 않는다·듣지 않는다·말하지 않는다'는 세 마리 청동의 원숭이가 놓여 있었다.

"이것이, 바로 나야."

세 마리 원숭이의 머리를 가볍게 두드리면서 그는 중얼거렸다.

그는 기운을 되찾으려고, 숨을 크게 들이마셨다가 천천히 내쉬었다. 그는 이성을 잃은 광기의 세계에서, 칼날 위를 걷는 것과 같은 위험한 처지에 놓여 있음을 잘 알고 있었다. 그마저 알아서는 안 될 일이 진행되고 있다는 것을 어렴풋이 느끼고 있다. 예를 들면 금년 초에 두 사람의 고급장교가 스몰렌스크에서 라스텐부르크로 돌아오는 히틀러의 전용기를 폭파할 계획을 세웠고, 폰 드난니와 그의 동료가 고문에 못 이겨 입을 연다면, 위태로운 처지에 빠질지도 모른다는 불안을 겪고 있다.

당번병이 커피와 커피포트와 컵 둘, 거기에 요즘 베를린에서 매우 귀한 진짜 크림이 들어 있는 조그마한 상자를 쟁반에 얹어왔다.

"거기에 두고 가게." 카나리스가 일렀다.

"내가 따라 마시겠네."

당번병이 물러가고, 카나리스가 커피를 따르고 있는데, 노크 소리가 들렸다. 들어온 사나이는 열병식에서 곧바로 뛰어온 것 같은, 어느 한 점 나무랄 데 없는 단정한 복장을 하고 있었다. 산악부대의 중령으로, 가슴에는 소련 침공 작전의 종군장과 은으로 된 상이기장(傷痍記章)을 붙이고, 목에는 기사십자장을 달고 있다. 오른 눈을 가리고 있는 안대와 왼손의 검정 가죽장갑이 군대의 격식을 물씬 풍기는 인상을 주었다.

"야, 왔구나, 막스." 카나리스가 반겼다. "함께 커피를 마시면서 내가 기운을 좀 차리도록 해 주게나. 라스텐부르크에 다녀올 때마다 점점 간호인의 필요를 느끼게 되는구먼. 적어도 누군가의 도움이 있어야 될 것 같아."

막스 라들은 서른 살로 그날그날의 일기나 몸 상태에 따라 열 살 아니면 열다섯 살은 겉늙어 보였다. 1941년 소련군과의 겨울 전투에서 오른쪽 눈과 왼팔을 잃고, 상이군인으로 본국에 송환된 이래, 카나리스 밑에서 줄곧 일해 왔다. 현재는 군정보국의 핵심 멤버로서, 카나리스 직속의 Z부 제3과장이다. 제3과는 특히 어려운 일을 맡은 부서로, 그 과장인 라들은 군정보국 어느 부서의 일에도 수시로 끼어들 수 있는 권한을 가지고 있어서, 그 결과 동료들 사이에서는 별로 평판이 좋지 않았다.

"그렇게 난감했습니까?"

"난감 정도가 아니었네." 카나리스가 상황을 설명했다. "무솔리니는 완전히 자동인형과 같았고, 괴벨스는 똥마려운 강아지처럼 안절부절못했다네."

라들은 좀 질렸다. 최상층 인물들의 일을 카나리스가 그렇게 말하면, 늘 안정감을 잃은 듯한 기분이 된다. 도청장치를 살피기 위해서 각 기관은 매일 점검을 하지만 완전을 기할 수는 없다.

카나리스가 말을 계속했다.

"히믈러는 늘 그렇듯이 간살스런 송장 같고, 총통은……."

라들은 당황하여 말을 가로막았다.

"커피를 조금 더 드릴까요, 각하."

카나리스가 다시 의자에 앉았다. "그가 말한 것은 시종 구출작전 뿐이었어, 모두 다 기적적인 대성공이었다고 말이야. 군정보국은 어째서 그런 빛나는 성과를 거두지 못하는 것이냐고."

카나리스는 벌떡 일어나서 창문 있는 데로 가더니, 커튼 틈새로 날이 새는 하늘을 올려다보고 있었다. "그가 우리에게 어떤 제안을 했는지, 알겠나, 막스? 처칠을 끌고 오라는 거야."

라들은 깜짝 놀랐다.

"뭐라고요, 그가 설마, 진심으로 한 말은 아니겠지요."

"아무도 몰라. 오늘은 예스이고, 내일은 노라고 한 적도 있어. 살려서 끌고 오라는 건지, 죽어 있어도 되는지는 확실한 지시가 없었어. 무솔리니의 구출 성공으로 우쭐해진 걸세. 이제는 무슨 일이든지 가능하다고 믿고 있다니까. 필요하다면 지옥에서 악마를 납치해 오라고 하는 것도, 장난삼아 한 말이 아니라 실제로 그렇게 하라는 말이었다네."

"그럼, 다른 사람들은, 그들은 그 말을 어떻게 받아들이던 가요?" 라들이 물었다.

"괴벨스는 여느 때처럼 상냥했고, 무솔리니는 갈팡질팡하더군. 고약한 것은 히믈러야. 그는 시종, 총통의 의견을 전적으로 지지한다고 했어. 적어도 그런 작전을 계획하는 정도는 해 볼 수 있다는 거야. 실행 가능성 조사라는 말을 쓰더군."

"그렇군요." 라들은 잠깐 머뭇거렸다. "총통이 진심으로 그렇다고 생각하십니까?"

"물론, 진심은 아니야." 카나리스는 방 한쪽 구석에 있는 간이침대로 가서 모포를 젖히고 앉아 구두끈을 풀기 시작했다. "벌써 잊어버렸을 걸세. 그런 기분에 들떠 있을 때의 총통에 대해서는 내가 잘 알고 있지. 터무니없는 말을 늘어놓는 게야." 침대에 드러눕자 담요를 끌어올렸다. "걱정이 되는 건, 히믈러뿐이야. 그는 나를 함정에 빠뜨리려고 기회를 노리고 있어. 내가 명령을 무시한 것 같이 보이게 하려고, 언젠가 적당한 시기에 총통에게 이번의 터무니없는 일을 상기

시킬 것이 분명해."

"그렇다면, 저는 어떻게 해야 되겠습니까?"

"히믈러가 제안한 대로 하는 거야. 실행 가능성 조사 말이야. 우리가 아주 진지하게 다루고 있는 것처럼 그럴듯한 장문의 보고서를 작성하는 거야. 가령 처칠이 현재 캐나다에 있다고 하자. 그럼, 아마 배로 돌아오겠지. 때와 장소를 골라 U보트를 배치하는 것을 진지하게 검토한 것처럼 보일 수 있지 않겠어? 뭐라고 해도, 총통 각하가 불과 여섯 시간 전에 나한테 단언한 것처럼 기적이 확실히 일어날 수 있어. 다만 진실한 인간이 신의 도움으로 영감을 얻는 경우에만 그래. 한 시간 반 뒤에 깨우도록, 크로겔에게 일러두게."

그가 담요를 머리 위에까지 끌어올리자, 라들은 불을 끄고 방을 나왔다. 사무실로 돌아가는 동안에도, 그는 불안감에 시달렸으나, 그것은 엉뚱한 임무를 맡게 된 탓이 아니었다. 그런 것은 일상의 다반사에 지나지 않았다. 실제로 그는 제3과를 이치에 닿지 않는 어려운 일이 많은 '난제과(難題課)'라고 부를 때가 많았다.

그게 아니고 걱정이 되는 것은 카나리스의 말버릇이며, 자기 자신에게 더없이 정직한 마음을 가진 인간이기 때문에, 라들은 자기가 걱정하는 것이 단지 제독 자신의 일이 아니라는 것을 솔직히 인정하고 있었다. 자기 자신과 가족에 대한 걱정이 먼저 머릿속을 차지하고 있었다.

이치로 말한다면, 국가 비밀경찰은 제복을 입은 사람에게는 관할권이 없다. 그렇지만, 그가 아는 많은 사람들이 흔적도 없이 지구상에서 자취를 감추는 것을 보았기 때문에, 그런 이치가 통한다고는 생각하지 않았다. 불운한 패들은 글자 그대로 밤안개 속에 사라져 간, 그 악명 높은 '밤과 안개 명령'은 점령 지역의 주민밖에 적용이 안 되도록 되어 있었으나, 현재 5만 명이나 비(非) 유대계 독일 시민이 수용소에 수용되어 있는 것을 라들은 알고 있다. 나치가 집권한 1933년 이래 20만 명 가까이 죽어갔다.

사무실로 들어가자, 조수인 호퍼 상사가 방금 도착한 야간 배달 우편물을 훑어보고 있었다. 그는 48세로 머리칼이 검은 과묵한 사나이다. 할츠 산지의 여관 주인으로 스키의 명수이고, 나이를 속여 입대하여 라들의 부하로서 소련과의 전투에 종군했다.

라들은 의자에 앉자, 책상 위의 바이에른 산중에서 무사히 살고 있는 아내와 세 딸의 사진을 묵묵히 바라보았다. 그 마음의 상태를 헤아린 호퍼가 담배를 건네고, 책상 맨 밑의 서랍에 간수해둔 브랜디를 조금 따랐다.

"그렇게 난감한 일인가요, 중령님?"

"그래, 호퍼, 골치 아픈 일이야."

라들이 브랜디를 홀짝이면서, 사정을 설명했다.

여기서 믿기 어려운 우연한 일이 생기지 않았으면, 그 문제는 그것으로 끝났을지 모른다. 카나리스와 얘기를 나눈 날부터 딱 1주일이 지난 22일 아침, 라들은 책상에 앉아 사흘 동안 파리 출장 중에 쌓인 서류 처리에 몰두하고 있었다.

별로 기분이 좋지 않은 참에 호퍼가 문을 열고 들어오자, 눈살을 찌푸리고 신경질적으로 말했다.

"무슨 일이야, 호퍼, 방해하지 말라고 했지 않아. 용건이 뭐야?"

"중령님, 죄송합니다. 흥미를 가지실지 모를 보고서가 하나 눈에 띄어서 왔습니다."

"어디서 온 거야?"

"제1부입니다."

군정보국 제1부는 해외에서의 첩보활동을 담당하고 있어, 라들은 별로 달갑지 않으나, 어쩐지 좀 흥미를 느꼈다. 호퍼가 마닐라 홀더를 안은 채 기다리고 있기 때문에 라들은 한숨을 내쉬면서 펜을 놓았다. "자, 말해봐."

호퍼가 홀더를 그의 앞에다 놓고 열었다.

"이것이 영국에 있는 첩자한테서 온 최신 보고입니다. 첩자의 암호 이름은 '찌르레기'입니다."

라들은 책상 위의 상자에서 담배를 꺼내면서, 표지를 보았다. "미세스 조애너 그레이."

"그녀는 노퍽 주 북부의 바닷가 가까이서 살고 있습니다. 스터들리 콘스터블이라는 마을입니다."

"그래." 갑자기 관심이 끌린 말투로 라들이 말했다. "그녀는 '오베' 기지의 세밀한 정보를 입수한 사람 아니던가?" 첫 2, 3페이지를 재빨리 훑어보고 눈썹을 모았다. "상당히 많은 분량이군. 그녀가 어떻게 이것을?"

"그녀는 에스파냐 대사관에 아주 믿을 만한 연락망이 있어서, 그 사람이 그녀의 보고서를 외교용 행낭으로 보내주는 겁니다. 우체통에 넣듯이 말입니다. 대체로 사흘 안에 여기에 도착하지요."

"대단하군." 라들이 말했다. "그녀의 보고 횟수는?"

"한 달에 한 번입니다. 그녀는 무선 연락도 할 수 있지만, 웬만해선 그것을 안 씁니다. 그러나 긴급한 연락을 요하는 경우에 대비하여, 지시대로, 일주일에 세 번, 한 시간씩 채널을 열어 놓습니다. 이쪽의 연락 담당자는 마이어 대위입니다."

"됐네, 호퍼. 커피를 가져오게, 보고서를 읽어봐야지."

"흥미 있는 부분에 빨간 표시를 해 놓았습니다. 3페이지에 있습니다. 그리고 그 지역의 영국 육지 측량부의 대축척 지도를 첨부해 놓았습니다." 호퍼가 설명을 마치고, 밖으로 나갔다.

보고서는 아주 훌륭하게 정리되어 있었다. 명쾌하고, 가치 있는 정보로 가득 차 있었는데, 그 지역의 일반 상황, 더 워시의 남쪽에 있는 미국 B-17 2개 항공대의 신설기지와 셸링엄 근교의 B-24 1개 항공대 기지의 위치 따위. 어느 것이나 그다지 놀랄 정도의 것은 아니지만 알차고 유익한 정보였다. 그 가운데 3페이지의 빨간 표시가 있는 짧은 항목을 읽기 시작한 순간, 그는 발작적인 신경의 흥분으로 배 언저리가 조여들며 따끔한 통증을 느꼈다.

내용은 간단했다. 영국 수상 윈스턴 처칠이, 11월 6일, 토요일에 더 워시 가까이에 있는 영국 공군 폭격대기지를 시찰한다는 것이었다. 그리고 같은 날, 킹즈 링 가까이에 있는 어느 공장으로 가서 종업원에게 격려연설을 할 예정이 잡혀 있었다.

더욱 흥미를 끄는 것은 그 다음이었다. 그 길로 런던으로 돌아가지 않고, 그는 스터들리 콘스터블 마을에서 5마일쯤 떨어진 스터들리 그레인지의 헨리 윌러비 경의 집에서 주말을 보낼 예정으로 되어 있었다. 어디까지나 사적인 방문으로, 자세한 내용은 비밀로 되어 있다. 마을 사람들은 아무도 그 일정을 모르는데, 퇴역 해군 중령 헨리 경이 절친한 여자친구인 조애너 그레이에게 알려주고 싶어서 좀이 쑤셨던 모양이다.

라들은 뭔가를 생각하면서 잠시 그 보고서를 물끄러미 들여다보고 있는데, 그 사이에 호퍼가 첨부한 지도를 꺼내어 펴 놓았다. 문이 열리고, 호퍼가 커피를 날라왔다. 그는 쟁반을 테이블에 놓고 컵에 커피를 따르고 나서, 표정을 죽이고 기다리고 있었다.

라들이 얼굴을 들었다.

"알았네, 요놈의 것을, 장소를 말해 봐. 잘 알고 있겠지?"

"물론입니다. 중령님." 호퍼가 더 워시에 손가락을 대고, 해안선을 따라 남쪽으로 내려갔다. "스터들리 콘스터블, 이 바닷가의 블레이크니와 클레이에서 세모꼴을 이룹니다. 그 지역에 관한 전쟁 전의 미세스 그레이의 보고서를 한번 보지요. 인적이 드문 곳으로, 아주 깊은 시골입니다. 널따란 모래사장과 바닷물이 드나드는 늪지가 있는 한가한 해안입니다."

라들은 잠시 지도를 뚫어지게 보고 있더니, 마침내 결단을 내렸다.

"한스 마이어를 불러오게. 내가 만나고 싶다고 전하게. 단, 용건은 절대로 입 밖에 내서는 안돼."

"알겠습니다. 중령님."

호퍼가 문 쪽으로 갔다. "그리고, 호퍼," 라들이 한마디를 덧붙였다. "그녀의 보고서를 하나도 남기지 말고, 그 전 지역에 관한 자료를 모조리 가져와야 돼."

문이 닫히자, 방 안은 갑자기 호젓한 느낌이었다. 그는 손을 뻗어 담배를 집었다. 늘 피우는 러시아 담배로, 절반이 담배고, 나머지 절반은 마분지 대롱이다. 동부전선에 종군한 사람 가운데, 겉치레로 그 담배를 피우는 사람이 있다. 라들의 경우는 좋아서 피운다. 맛이 좀 독해서 기침이 날 때가 있다. 그 점은 전혀 부담을 안 느꼈다. 담배를 많이 피우면 이미 몸의 여기저기에 입은 중상 때문에 수명이 상당히 짧아진다는 것을 의사에게서 이미 경고받았다.

책상을 떠나서 이상하게 기운이 빠진 느낌으로 창문가에 다가섰다. 모두가 실제로는 터무니없는 광대놀이인 것이다. 총통, 히믈러, 카나리스, 모두 다 그림자 놀이의 하얀 천에 비친 그림자 같은 존재들이다. 실체가 없다. 현실의 존재가 아니다. 터무니없는 이번 얘기도 그렇다. 처칠에 관한 일까지 하나의 건수로 치더라도, 동부전선에서 아까운 사나이들이 하루에 몇 천 명씩 죽어 가는데, 자기는 도저히 실현성도 없는 허황한 게임을 즐기고 있는 것이다.

그는 스스로 자신이 싫어져 뚜렷한 까닭도 없이 제풀에 화가 나 있을 때, 문짝을 두드리는 노크 소리가 들려 퍼뜩 정신을 가다듬었다.

들어온 사나이는 중키에 투박한 모직 옷을 입고 있다. 더부룩한 반백의 머리에 각진 안경 탓인지, 뭔가 짜임새가 없는 인상을 준다.

"어이, 마이어. 일부러 오게 해서 미안하오."

당시에 한스 마이어는 50세였다. 제1차대전 때는 독일 해군에서 가장 젊은 U보트 함장의 한 사람이었다. 1922년부터 줄곧 정보활동의 전문가로, 겉으로 보기보다는 훨씬 총명하고 민첩한 사람이었다.

"중령님." 딱딱하게 인사를 했다.

"자, 앉으시오." 라들이 의자를 권했다.

"당신네 공작원의 한 사람으로부터 방금 도착한 보고서를 읽고 있던 참이오. '찌르레기'에 매우 흥미를 느낍니다."

"아, 그녀 말인가요." 마이어가 안경을 벗고, 좀 지저분해진 손수건을 꺼내 닦았다. "조애너 그레이, 참 굉장한 여성이지요."

"그녀에 관한 얘기를 좀 들려주시오."

마이어가 약간 눈썹을 모으고 뜸을 들였다.

"무엇을 알고 싶습니까, 중령님?"

"모두 다!"

마이어는 잠시 주저하며 까닭을 물어 보려고 하다가 그만두고, 안경을 끼더니 말하기 시작했다.

조애너 그레이는 1875년 3월에, 남아프리카의 오렌지 자유국 빌스코프라는 작은 읍에서 조애너 뷘 아우스틴으로 태어났다. 아버지는 농민으로, 네덜란드 개혁파 교회의 목사이기도 했다. 그는 열 살 때, 1836년부터 1838년에 걸쳐, 1만 명 이상의 보어인 농민이 영국의 지배에서 벗어나기 위해 케이프 식민지로부터 오렌지 강 북쪽의 새 개척지로 옮기는 집단 이주에 끼어 갔다.

그녀는 스무 살 때에, 다크 쟌센이라는 농민과 결혼했다. 보어전쟁으로 알려진 영국과의 싸움이 일어나기 전 해인 1898년에 딸을 낳았다.

그녀의 아버지는 기마 기습대를 편성하여 싸웠고, 1900년 5월에 블룸폰테인 가까이에서 죽었다. 그 달부터 전쟁은 실질적으로 끝났으나, 그로부터 2년 동안이 그 분쟁 가운데서 가장 비극적인 부분으로, 다크 쟌센은 다른 동지들과 함께 변두리 농민의 지원에 힘입어 소부대에 의한 게릴라전을 계속하였다.

1901년 6월 11일에 쟌센 농장을 찾아온 영국의 기마 순찰대는 다크 쟌센을 찾고 있었는데, 불운하게도 그는 2개월 전에 산중의 진지에서 부상이 악화되어 죽었다. 그의 아내도 그것을 몰랐다. 농장에는 조애너와 그녀의 어머니와 딸이 있을 뿐이었다. 그녀는 기마 순찰대장의 질문에 대답을 거부했기 때문에, 창고로 끌려가서 신문을 당하고, 두 번이나 폭행을 당했다.

지구 사령관에게 제출한 그녀의 진정서는 각하되었는데, 어쨌든 당시의 영국군은 게릴라에 대한 대항 수단으로서 농장을 불태워 전 지역을 소탕하고, 주민들을 강제 수용소에 집어넣었다. 수용소의 관리 상태는 극도로 나빴다. 악의에 의해 일부러 그런 것은 아니고, 관리자의 능력이 모자랐기 때문이다. 질병이 발생하여 14개월 동안에 2만 명 이상이 죽고, 그 가운데는 조애너 쟌센의 어머니와 딸도 포함됐다. 그녀 자신도 죽게 되었으나, 기구하게도 찰스 그레이라는 영국인 의사의 지극한 간호로 목숨을 구했다. 찰스는 수용소의 실정을 알게 된 영국 본국의 여론이 들끓었기 때문에, 수용소를 개선하도록 파견된 의사였다.

그녀의 영국에 대한 증오심은 병적일 정도로 격렬해서, 머릿속에 철저하게 각인되었다. 그렇지만 그레이가 청혼하자, 그녀는 승낙했다. 당시 그녀는 스물여덟 살로 슬픔에 젖어 있었다. 남편과 아이뿐 아니라, 친척도 한 사람 없는 데다 돈도 한 푼 없었다.

그레이가 그녀를 사랑한 것은 의심할 여지가 없다. 그는 15년 연상으로, 무엇을 요구하는 말은 일체 하지 않고, 예의 바르고 친절했다. 몇 해가 지나는 동안에, 그녀도 남편에게 어느 정도의 애정을 품게되었지만, 그것은 말을 듣지 않는 아이에게 애태우는 모정 같은 감정이 섞여 있었다.

그는 런던 성서협회의 요청을 받아들여 의사 선교사가 되어 몇 년동안 로디지아, 케냐, 그리고 마지막에는 줄루(Zulu)족의 마을까지찾아가서 선교를 했다. 그녀는, 그녀의 입장에서 보면 흑인이라는 것밖에 다른 아무것도 아닌 현지 사람들에 대한 남편의 열의를 이해할수가 없었다. 그러나 그를 돕기 위해 고생이 많은 교사의 역할을 맡아 체념에 가까운 기분으로 협력했다.

1925년 3월, 남편이 뇌졸중으로 죽고, 주변 정리를 마치고 나니 150파운드밖에 돈이 남지 않았다. 운명이 또 혹독한 타격을 주었으나, 그녀는 위축되지 않았다. 그때 나이 50세였다. 케이프 타운의 영국인 관리 집의 가정교사가 되었다. 그 동안 보어 내셔널리즘에 관심을 갖기 시작하여, 대영제국으로부터 남아프리카를 탈퇴시키려는 운동을 펴고 있는 과격한 단체의 정기적인 모임에 나가고 있었다. 어느날, 그 모임에서 한스 마이어라는 독일인 토목기사를 만났다. 마이어는 그녀보다 열 살 연하였으나, 그래도 한동안 로맨스의 꽃을 피워그녀는 처음 결혼생활을 한 이래, 오랜만에 진정한 육체적 환희를 맛보았다.

마이어는, 실제로는 독일 해군 정보부의 첩보원으로 남아프리카에있는 영국 해군기지의 정보를 수집하기 위해 케이프 타운에 와 있었다. 때마침 조애너 그레이의 고용주가 영국 해군성에 근무하고 있기때문에, 그녀는 그다지 큰 위험도 없이 집의 금고에서 비밀서류를 꺼낼 수가 있어, 마이어가 사진을 찍고 나면 그녀는 금고에 도로 넣기만 하면 되었다.

그녀는 그에게 열렬한 애정을 가지고 있었기 때문에 기쁜 마음으로 협력했지만, 그녀의 동기에는 그 이상의 것이 있었다. 그녀는 그 인생에서 처음으로 영국에게 타격을 준 것이다. 자기가 받은 고통의 일부라도 앙갚음을 하고 있는 것 같은 느낌이었다. 마이어는 독일에 돌아와서도 편지를 계속 주고받았다. 그런데 1929년, 유럽이 대불황을 겪으며 수많은 사람들이 파멸적인 상황에서 허우적거리고 있을 때, 조애너 그레이는 난생 처음으로 뜻밖의 행운을 얻게 되었다. 그녀는, 노리치의 변호사 사무실로부터 한 통의 편지를 받았다. 그에 따르면, 죽은 남편의 숙모가 세상을 떠남으로써 그녀는 노퍽 주 북부의 스터들리 콘스터블이라는 마을 가까이에 있는 집과 4천 파운드도 더 되는 연금의 유산을 받게 되었다는 것이다. 다만 문제점이 하나 있었다. 작고한 노부인은 그 집에 대하여 몹시 애착심을 가지고 있었기 때문에, 조애너 그레이가 그 집에 사는 것이 '절대 조건'이라고 유언장에 적혀 있었다.

'영국에서 살아야 된다'는 생각만으로도 그녀는 소름이 끼치는 듯했으나, 달리 길이 없었다. 현재의 점잖은 노예 생활을 계속한다면 결국 빈곤 속에서 말년을 보낼 수밖에 없다. 그녀는 도서관에서 노퍽에 관한 책을 빌려다가 구석구석까지, 특히 북부의 연안지역에 관한 부분을 정성들여 읽었다.

거기에 나오는 지명을 보면서, 그녀는 어리둥절했다. 스티프키, 모스턴, 블레이크니, 클레이 넥스트 더 시(Cley next the Sea), 갯벌, 모래톱, 어느 것을 보나 전혀 딴 세상 같은 느낌이 들어 한스 마이어에게 편지로 의논을 하자, 그는 곧 답장을 보내어 영국으로 이주를 권하고 되도록 빠른 시일 안에 그녀를 찾아가기로 약속했다.

이주를 결심한 것은, 그녀의 일생에 최선의 결단이었다. 찾아가 보니, 그 집은 벽으로 둘러싸인 반 에이커 크기의 정원에 세워진 침실이 다섯이나 되는 조지 왕조식의 아름다운 건물이었다. 당시 노퍽은 영국에서도 가장 시골티가 나는 주로, 19세기 이래 거의 변한 것이 없고 스터들리 콘스터블의 작은 마을에서, 그녀는 부유한 부인으로서 사회적 지위가 높은 인물로 대접받고 있었다. 그와는 달리, 더 뜻밖의 일이 생겼다. 그녀는 밀물이 드나드는 늪지와 모래사장에 몹시 매력을 느껴 이 지역을 마음으로 사랑하게 되어, 그때까지의 인생에서 어느 때보다 행복하였다.

그해 가을에 마이어가 영국으로 몇 번인가 그녀를 찾아갔다. 두 사람은 먼데까지 산책을 하였다. 그녀는 모든 곳으로 그를 안내했다. 한없이 뻗어 있는 해안선, 갯벌, 블레이크니 곶의 모래언덕. 그는 정보 입수에 협력해 준 케이프 타운 시대의 일은 한 번도 입 밖에 내지 않았고, 그녀는 현재의 그에 대해서 한마디 질문도 하지 않았다.

두 사람은 그 후에도 편지를 계속했고, 1935년에 그녀는 베를린으로 그를 찾아왔다. 그는 국가사회주의가 독일에서 하고 있는 역할을 설명하면서, 여기저기를 안내했다. 그녀는 거대한 규모의 집회와 행진, 그곳의 어디서나 볼 수 있는 제복차림, 용모 단정한 젊은이들의 웃는 모습, 즐거운 듯한 여자아이들, 보이는 모든 것에 열중했다. 그야말로 새로운 사회라는 것을 마음으로 인정했다. 세상은 그렇게 돼야 한다.

그러던 어느 날, 총통도 와 있는 오페라에서 하루 저녁을 지낸 다음 운타 덴 린덴을 두 사람이 거닐면서, 마이어가 조용한 말투로 자기는 지금 군정보국에 소속되어 있는데, 영국에 사는 공작원으로서 정보국을 위해 일해 줄 생각이 없느냐고 물었다. 그녀는 즉석에서 예스라고 대답했다. 지금까지 경험해 보지 못한 흥분에 온몸이 떨리어 생각해 볼 필요조차 없었다. 그리하여 상류층의 영국부인으로서 존대를 받으며, 스웨터에 모직 스커트 차림으로 검정 리트리버(사냥개의 일종)를 끌고 시골을 산책하는 인상 좋은 여성이 60세가 되어 첩자가 된 것이다. 그 온화한 용모의 백발 여성은, 서재에 딸린 안쪽 작은 방에 무선 송수신기를 차려 놓고 정보를 제공했다. 또 부피가 큰 보고서 같은 것은 모두 에스파냐 대사관에 있는 연락원에게 건네주면, 그것이 외교용 행낭으로 마드리드에 도착, 거기서 독일 정보부 사람에게 전달하도록 되어 있었다.

그녀의 활동성과는 항상 우수했다. 국방 부인회원으로서 각지의 군사시설에 드나드는 일이 많았기에 노퍽 주에 있는 영국 공군 중폭격기 기지의 거의 모든 상세한 정보를, 그리고 많은 관련 정보까지 수집할 수가 있었다.

1943년 초에, 영국 공군이 독일에 대한 야간폭격의 성공률을 비약적으로 높이는 데 큰 기대를 건, 두 군데에 야간 유도 폭격 장치가 설치되었을 때 그녀는 최고의 공로를 세웠다.

그 둘 중에서 특히 중요했던 것은, 두 군데의 지상국이 공동작업으로 실시하는 '오보에' 였다. 지상국의 하나는 도버에 있어 '쥐'라고 불렀고, 또 하나의 지상국은 노퍽 주 북부 연안의 클로머에 있어 '고양이'라는 이름이 붙어 있었다.

공군 장병들이 책이나 다과를 가지고 위문을 오는 국방 부인회의 다정한 아주머니들에게 중요한 정보를 아무 거리낌없이 밝히는 것은 예사로서 클로머의 '오보에' 기지를 대여섯 번 방문하는 동안에, 그녀는 초소형 카메라를 활용할 수가 있었다. 연락원인 에스파냐 대사관의 서기 시뇨르 롤카에게 전화를 걸어 놓고 기차로 런던으로 가서, 그린파크에서 그를 만나기만 하면 충분했다.

24시간도 되기 전에, '오보에'의 정보는 에스파냐의 외교용 행낭으로 영국을 떠났다. 36시간 후에는, 한스 마이어가 기쁜 마음으로 그 것을 받아 틸피츠 우파의 사무실로부터, 카나리스 제독의 책상 위에, 그 정보가 놓였다.

한스 마이어가 얘기를 끝내자, 라들이 그때까지 간단하게 메모를 하던 펜을 놓았다. "부인의 활동이 놀랍군. 정말 대단해. 그런데…… 그녀는 어느 정도의 훈련을 받은 거요?" 라들이 물었다.

"충분한 훈련을 받았습니다, 중령님." 마이어가 대답했다. "그녀 는 1936년과 37년에 독일에서 휴가를 보냈습니다. 그때에 특정 사항 에 관한 훈련을 받았지요. 암호, 무선기 사용법, 사진기술, 파괴공작 의 기본적인 기술 따위를 말입니다. 그다지 정도가 높은 것은 아니 죠, 모르스 암호를 익히는 일 말고는요. 그러나 처음부터 그녀의 역 할에는, 힘을 쓰는 훈련은 포함되지 않았습니다."

"그래, 그것은 알아. 무기를 다루는 것은 어때?"

"그것은 굳이 필요가 없습니다. 그녀는 남아프리카 초원지대에서 자랐기 때문입니다. 열 살쯤 되어서부터 벌써 100야드 앞에 있는 사슴 눈을 맞힐 정도의 사격 솜씨를 보였으니까요."

라들은 고개를 끄덕이면서, 엄숙한 표정으로 천장을 응시하고 있었 다. 마이어가 주저주저하면서 조심스럽게 물었다.

"무슨 특별한 일이라도 생긴 겁니까, 중령님? 뭔가 저에게 심부름 을 시킬 만한 일이라도?"

"지금은 없어." 라들이 말했다. "그러나 얼마 후에 당신이 필요할 것 같아. 그때에 연락하겠소. 지금으로서는, 조애너 그레이에 관한 파일을 모두 이쪽으로 이관하고, 추후 명령이 있을 때까지 무선연락 을 중지하기만 하면 되오."

마이어는 깜짝 놀라, 엉겁결에 입을 열었다. "제발 부탁입니다, 중령님. 만에 하나라도 조애녀의 신변에 위험이 닥친다면……."

"그런 일은 전혀 없어요." 라들이 단언했다. "당신이 염려하는 것은 잘 알지만, 나를 믿어요, 지금은 그 이상 뭐라고 말할 수 없어. 최고기관에 관계되는 일이니까, 마이어."

마이어는 평정을 되찾고 말했다. "알겠습니다, 중령님. 죄송합니다. 그녀의 오랜 친구로서……"

그가 밖으로 나가자 거의 동시에 호퍼가 몇 권의 파일과 둘둘 말린 지도를 두 장 가지고, 대기실에서 왔다. "찾으셨던 정보입니다, 중령님. 그리고 그 연안 쪽의 영국 해군본부 해도를 두 장, 108번과 106번입니다."

"조애녀 그레이에 관한 파일을 전부 자네한테 넘기고, 무선연락을 중지하도록 마이어에게 일러두었네. 이제부터는 자네가 연락을 담당하는 거야."

그가 늘 피우는 러시아 담배를 꺼내자, 호퍼가 라이터를 갖다 댔다. "그럼, 작전을 시작하는 겁니까, 중령님?"

라들이 연기를 크게 뿜어내며, 천장을 쳐다보았다.

"칼 융이 쓴 책을 읽어 본 일이 있나?"

"전쟁이 일어날 때까지, 저는 맥주하고 포도주를 파는 장사꾼이었다는 것을 아실 텐데요."

"융은 그가 말한 동시성에 대해서 설명하고 있어. 여러 가지 사건의 발생이 우연히 시간적으로 일치되는 경우가 있다는 거야. 그 때문에 더욱 심원한 직접적 원인이 개재되어 있는 것이 아닌가를 느낀다고 했어."

"죄송합니다만, 중령님."

호퍼가 예의에 어긋나지 않도록 조심스럽게 말했다.

"이번 일을 생각해 보면 알아. 당연하지만 신의 비호를 받고 있는 총통이 갑자기 영감을 얻어, 우리가 무솔리니 구출작전에서 스코르체니가 한 성공을 모방해서 처칠을 납치해야 된다는, 터무니없는 엉뚱한 생각을 하게 된 걸세. 그럴 경우 처칠을 산 채로 잡아와야 되는지 어떤지는 확실하지 않아. 그런데, 거기에 군정보국에 제출하는 보고서라는 형태로, 동시성이 그 추한 모습을 들고 나온 거야. 처칠이 바닷가에서 7, 8마일 밖에 떨어지지 않은 인적이 드문 조용한 시골 저택이라는, 이상적인 장소에서 주말을 보내기로 예정되어 있다는 사실이, 그 보고서에 간단히 적힌 걸세. 내가 말하고 싶은 뜻을 알겠나? 다른 때라면, 미세스 그레이의 그 보고서는 아무 의미도 없다는 말이야."

"그 말씀은, 작전 개시를 뜻하는 것입니까, 중령님?"

"어쩐지, 운명이 진로를 지시하고 있는 것 같아, 호퍼." 라들이 그렇게 대답했다. "미세스 그레이의 보고서가 에스파냐의 외교용 행낭을 통해서 도착하는 데 얼마나 걸린다고 했지?"

"누군가가 마드리드에서 도착을 기다리면 사흘이면 됩니다. 설사 곤란한 일이 생기더라도 1주일 이상은 걸리지 않습니다."

"그럼, 이번 무선연락 예정은?"

"오늘 저녁입니다, 중령님."

"잘 됐네…… 연락문을 다음과 같이 타전해 주게." 라들이 천장을 쳐다보면서 내용을 압축하려고 골똘히 생각하였다.

"11월 6일의 방문자에게 대단히 관심이 있음. 그를 만나, 동행 귀국하도록 설득하기를 빌며, 친구 몇 명 파견하겠음. 귀하의 의견과 관련 정보를 통상의 루트로 빨리 보내도록."

"그것뿐입니까, 중령님?"

"그래, 그러면 됐네."

그것은 수요일의 일로, 베를린에서는 비가 내렸는데 다음날 아침, 베리커 신부가 발을 끌며 스터들리 콘스터블의 성당 묘지 문에서 나올 때는 햇빛이 쨍쨍 쪼이며, 모든 것 중에서 가장 아름다운, 구름 한점 없는 쾌청한 가을 하늘이었다.

당시 필립 베리커는 큰 키에 깡마른 30세의 청년으로, 검정 수단 때문에 더욱 더 멀쑥하게 보였다. 지팡이에 체중을 실어 걷고 있는 동안 얼굴이 고통으로 딱딱하게 일그러졌다. 그는, 겨우 4개 월 전에 군병원에서 퇴원한 몸이었다. 할리 거리에 있는 외과의사의 차남인 그는, 케임브리지 대학에서도 뛰어난 성적이었기에 모든 면에서 장래가 매우 촉망되는 청년이었다. 그런데 그는 가족의 기대를 저버리고, 성직자가 되기로 결심하여, 로마의 잉글리시 칼리지로 옮겨 예수회에 들어갔다.

1940년에 종군 사제로서 육군에 들어가, 결국 낙하산 연대에 배속되어 1942년 11월에 튀니지에서 한 번밖에 실전을 경험하지 못했다. 그는 튀니스 교외의 10마일에 위치한 우드너 비행장의 점령을 명령 받은 제1 낙하산 여단의 일원으로 수송기에서 뛰어내렸다. 결과적으로 부대는 줄곧 하늘에서 기총소사를 당하고, 또 지상부대의 집요한 공격을 받아, 평지에서 싸우면서 50마일이나 퇴각하게 되었다. 180명이 안전지대에 당도하였다. 260명은 돌아오지 못했다. 베리커는 총알이 왼쪽 발목을 뚫고 지나가 뼈가 부서졌음에도 불구하고, 행운으로 살아온 한 사람이었다. 야전병원에 도착했을 때는 이미 패혈증에 걸려 있었다. 왼발을 끊어내고 제대하게 되었다.

그 무렵 베리커는 상냥하고 부드러운 얼굴을 하고 있었으나 고통이 심했다. 그래도 코테지 공원 가까이까지 갔을 때에, 조애너 그레이가 개를 끌고 자전거를 밀고 오는 것을 보자, 간신히 미소를 지을 수가 있었다.

"안녕하세요, 필립." 그녀가 인사를 했다. "요 며칠 보이지 않으시더군요."

그녀는 트위드 스커트를 걸치고, 노란 방수 코트 밑에 목을 둥글게 판 스웨터를 입고, 하얀 머리에 명주 스카프를 두르고 있었다. 남아프리카의 햇볕에 탄 가무스름한 얼굴에, 그 옷차림이 조화를 이루어 매우 매력적이었다.

"몸이 나빠서 기분은 별로 즐겁지 않군요." 베리커가 대답했다. "무엇보다도 따분해서 명이 줄어드는 듯한 느낌이에요. 저번에 만난 뒤로 기쁜 소식이 하나 있습니다. 여동생 파밀라의 얘긴데, 그애에 대해서 말한 것을 기억하시겠지요? 저보다 열 살 아래입니다. 공군 부인 보조부대의 중사이지요."

"기억하고말고요." 미세스 그레이가 말했다. "무슨 일이 있었나요?"

"그녀가 여기서 15마일밖에 떨어지지 않은 판본의 폭격기 기지에 배속되었습니다. 그래서 가끔 만날 수 있게 되었답니다. 이번 주말에 오기로 했는데 소개하고 싶군요."

"기대하겠어요." 조애너 그레이가 자전거에 올라탔다.

"오늘밤, 체스 어떻습니까?" 그가 기대를 걸고 말했다.

"좋아요. 여덟 시쯤 오세요. 저녁 식사도 함께 하고요. 그럼, 또."

그녀가 냇가 길로 자전거를 몰고, 애견도 뒤를 따랐다. 그녀의 얼굴은 아주 심각했다. 어젯밤의 무선연락은 너무나 충격적이었다. 실제 그녀는 잘못 보지 않았나 해서 암호문을 세 번씩이나 해독하며 거듭 확인했다.

그녀는 거의 다섯 시까지 잠을 이루지 못하고, 침대에 누운 채 랭커스터 중폭격기가 유럽으로 바다를 건너갔다가 몇 시간 후에 돌아오는 소리를 들었다. 이상하게도, 겨우 잠이 들어 일곱 시 반에 눈을 떴을 때에는 기력이 회복된 것 같았다.

비로소 참으로 중대한 임무가 주어진 것 같은 느낌이 들었다. 그렇다 하더라도 믿기 어려운 말이었다. 처칠을 납치한다, 삼엄한 경비망을 속여 그를 데리고 사라진다는 것이다.

그녀는 큰소리로 웃었다. 영국인들은 크게 화를 내겠지. 전 세계가 경악하는 가운데, 그들은 완전히 체면이 땅에 떨어질 것이다.

큰길을 향해서 언덕길을 내려가는데, 바로 뒤에서 경적이 울리고 소형 승용차가 그녀를 추월하여 길가에 섰다. 운전석의 사나이는 하얀 콧수염을 당당하게 기르고, 술꾼 같은 붉은 얼굴을 하고 있었다. 국방 시민군의 중령 제복을 입고 있었다.

"안녕, 조애너." 그는 쾌활하게 소리를 질렀다.

거기서 마주친 것은 정말 행운이었다. 오후에라도 스터들리 그레인지까지 갈 작정이었는데, 가지 않아도 되었기 때문이다. "안녕, 헨리." 그녀는 자전거에서 내렸다.

그도 차에서 내려왔다. "토요일 밤에 손님을 몇 사람 초대하기로 했어요. 카드놀이를 하고 나서, 저녁식사를 하기로 했지요. 대단한 건 아니지만, 아내가 당신을 초대하고 싶다고 하더군요."

"고마워요. 기쁜 마음으로 참석할게요." 조애너 그레이가 말했다.

"부인은 귀중한 손님을 모시는 준비로 매우 바쁘겠네요."

헨리 경이 약간 당황한 빛을 보이더니, 낮은 목소리로 말했다.

"설마, 그 일을 아무한테나 말하지 않았겠지요?"

조애너 그레이는 적당히 멈칫해 보였다. "물론, 입 밖에 내지 않았지요. 당신이 극비로 하라고 일러 주셨지 않아요."

"사실은, 절대로 입도 벙끗해서는 안 되는 일인데 조애너라면 아무 걱정이 없으니까 말이오." 그는 그녀의 허리에 팔을 감았다. "토요일 밤, 그 일은 비밀이야. 알겠지요? 나를 생각해서. 그 패의 누군가가 조금이라도 냄새를 맡는다면 금세 주 전체에 알려지고 말테니까."

"내가 당신을 위해서라면 무슨 일인들 못할 일이 있겠어요? 당신도 잘 알면서." 그녀는 조용하게 말했다.

"정말, 그래. 조애너?" 그의 음성이 흐트러지면서, 그녀에게 강요하였음에도 불구하고 살짝 떨렸다. 그가 갑자기 몸을 떼 놓았다.

"자, 가야겠어. 홀트에서 지구 사령관 회의가 있거든요."

"가슴이 울렁거리겠네요." 그녀가 말했다. "수상을 맞이하게 될 터이니까."

"그렇고 말고, 대단한 영광이지." 헨리 경이 만면에 웃음을 지었다. "수상은 그림을 그리고 싶다고 하셨어. 그레인지에서 바라본 경치가 아름답지 않아?" 그는 차문을 열고 운전석으로 돌아가 물었다. "그런데 어느 쪽으로 갈 셈이오?"

그녀는 바로 그 질문을 기다리고 있었던 듯 말했다. "늘 그랬듯이 새를 구경하려고 클레이나 늪 있는 데로 가볼까 해요. 아직은 정하지 않았지만 지금이 흥미로운 철새가 잠시 쉬어가는 시기인걸요."

"아주 조심해야 돼." 신중한 말투로 그가 말했다. "얼마 전에 내가 말한 것을 잊으면 안돼."

그는 국방 시민의 지구 사령관으로서, 그 지역의 연안 방비태세의 모든 자료를 가지고 있었다. 그 가운데는 지뢰를 부설한 해안과——이것이 가장 중요하지만——부설한 것처럼 가장한 해안의 세밀한 도면까지 포함되어 있었다. 언젠가, 그녀의 신변에 탈이 없도록, 그는 두 시간 이상이나 그녀에게 지도를 설명하며, 조류 관찰 때 가서는 안 되는 장소를 정확히 가르쳐 주었다.

"상황이 늘 바뀌겠지요?" 그녀가 물었다. "한 번 더 지도를 집으로 가져와서, 위험한 장소를 가르쳐 주면 좋겠어요."

그는 흥분이 되어 눈이 흐리멍덩해진 것 같았다.

"정말, 더 알고 싶은가?"

"그러믄요, 오늘 오후에는 집에 있을 거예요."

"점심때 지나서 두 시쯤 갈게."

그는 핸드 브레이크를 풀고 고속으로 달려갔다.

조애너 그레이는 다시 자전거를 타고, 큰길 쪽으로 언덕을 내려갔다. 개도 그 뒤를 따라 달렸다. 가엾은 헨리, 그녀는 거짓 없이 그를 좋아했다. 어린아이처럼 마음대로 다룰 수 있는 남자였다.

30분 후에 그녀는 해안도로에서 벗어나 그 고장 사람들이 홉스앤 드라고 부르는 황량한 갯벌의 둑 위를 달리고 있었다. 딴 세상처럼 호젓한 지역으로, 바닷물이 올라오는 작은 만과 간척지가 있어 사람 키보다 큰 갈대가 요새처럼 이어져 있었다. 그곳에 살고 있는 것은 시베리아의 겨울을 피하여 서쪽의 갯벌로 찾아온 도요새나 기러기들 뿐이었다. 둑 한가운데쯤에 소나무가 듬성듬성 서 있어 밖을 가리고, 무너질 듯한 석벽의 뒤에 납죽 엎드린 집이 한 채 있었다. 오두막 몇 채와 큰 창고가 딸려 있어 그럭저럭 집의 형체는 갖춘 셈이나, 창문에는 셔터가 내려져 있어 낡아빠지고 사람이 살고 있지 않은 느낌을 준다. 그 일대 갯벌을 관리하는 집인데, 1940년 이래로 관리인은 두고 있지 않았다.

그녀는 소나무가 늘어서 있는 좀 높은 둑 쪽으로 올라갔다. 자전거는 나무에 기대 놓았다. 저쪽으로 모래언덕이 있고, 바닷물이 4분의 1마일쯤 앞바다로 빠지면 널따란 모래밭이 나타난다. 저 멀리 삼각강의 대안에, 거대한 팔을 구부린 듯한 곳이 수로와 모래톱과 얕은 여울을 감싸 안은 듯 활 모양으로 굽어 있어 밀물 때에는 노퍽 연안의 곳곳에 항해해서는 안 될 위험이 도사리고 있었다.

그녀는 카메라를 꺼내어 여러 각도에서 많은 사진을 찍었다. 그 일을 마치자, 개가 던져준 막대를 물고 와 그녀의 발밑에 가만히 놓았다. 그녀는 개를 끌어안고 귀 언저리를 쓰다듬어 주었다. "그렇지, 패티." 그녀는 낮은 소리로 말했다. "여기가 아주 적합한 장소인 것 같아."

그녀는 출입금지가 되어 있는 갯벌의 철조망 너머로 막대기를 던졌다. 패티가 '지뢰에 주의'라고 쓴 팻말 옆을 달려서 빠져 나갔다.

헨리 덕분에, 그녀는 그 일대에는 지뢰가 깔려 있지 않다는 것을 알고 있었다.

왼쪽에 콘크리트의 토치카와 기관총좌가 있으나 모두 황폐한 상태라는 것을 확실히 알았고, 그 중간의 소나무숲 속에 대전차 참호가 있는데 날려 온 모래로 덮여 있었다. 3년 전만해도 됭케르크 대철수 작전 직후에 이 주변에 군대가 있었을 것이 분명하다. 1년 전까지는 국방 시민군이 있었으나 지금은 없었다.

1940년 6월에 더 워시에서 라이까지의 사이에 있는 해안으로부터 20마일의 지역이 방위지구로 지정되었다. 그 지역 주민에게는 아무런 행동의 제약이 없었으나, 외부 사람이 들어올 때는 충분한 이유를 대야 했다. 그후 정세가 많이 변했기 때문에 3년이 지난 지금은 그럴 필요가 없다는 단순 명쾌한 이유로, 그 규제에 따르도록 요구하는 사람은 아무도 없었다.

조애너 그레이는 구부리고 앉아, 개의 귀 언저리를 만져 주었다.

"어떻게 되었는지 알아, 패티야? 영국인은 적이 쳐들어오는 일은 이제 절대로 없다고 생각하고 있는 거야."

3

다음 화요일에 조애너 그레이의 보고서가 틸피츠 우파에 도착했다. 호퍼는 그 보고서를 최우선적으로 다루도록 지시를 받았기 때문에 기다리고 있다가 받아 들자마자 그대로 라들한테 가지고 가서, 중령과 함께 개봉하여 내용을 살폈다.

홉스앤드의 늪지대와 모래톱의 사진이 들어 있고, 각각의 위치와 지도의 색인 번호가 암호로 적혀 있을 뿐이었다. 라들이 보고서를 호퍼에게 건네주었다.

"먼저 해독을 시키고, 되도록 내 곁에서 기다리게."

군정보국은 새로 개발한 존라 해독장치를 쓰기 시작했기 때문에 거기에 넣으면, 지금까지 몇 시간이나 걸리던 일이 몇 분이면 된다. 그 장치에는 보통의 타이프라이터와 같은 키보드가 붙어 있다. 계원이 그 키로 암호문을 치자, 자동적으로 해독된 내용이 밀봉된 릴에 말려 나간다. 담당 계원까지는 내용을 볼 수 없다.

호퍼는 20분도 걸리지 않고 돌아와서, 중령이 보고서를 읽고 있는 동안 조용히 기다렸다. 라들이 빙긋 웃으면서 얼굴을 들고 보고서를 밀어 놓았다. "읽어 보게, 호퍼. 어쨌든 읽어 봐. 아주 훌륭해……. 참으로 놀라워. 대단한 여인이야."

담배에 불을 붙이고 호퍼가 다 읽는 것을 들뜬 표정으로 지켜보았다. 마침내 상사가 얼굴을 들었다.

"대단히 유망할 것 같은 생각이 듭니다."

"유망? 더 적절한 말이 떠오르지 않는가? 뭐라고 해야 되나, 실행이 가능하다, 실현될 가능성이 대단히 크다……."

그는 요 몇 달 동안 경험해 보지 못한 흥분에 사로잡혀 광범위하게 퍼진 중상으로 말미암아 과잉 부담이 되어 있는 심장에 더 부담을 주고 있는 것을 깨닫지 못하고 있었다. 검정 안대 밑에서 눈구멍이 쑤시고, 장갑 속의 알루미늄으로 만든 손에 피가 통하는 듯한 느낌이 들었다. 온몸의 힘줄이 활처럼 팽팽히 바짝 당겨졌다. 그는 숨이 차서 헐떡이며 의자에 축 늘어졌다.

호퍼가 곧 서랍에서 브랜디 병을 꺼내어 글라스에 반쯤 따라 중령에게 건네었다. 라들은 그 절반 가량을 마시고, 심하게 기침을 했다. 그러나 기침이 멈추자 긴장이 풀려 편안해진 것 같았다.

그는 쓴웃음을 지었다.

"너무 자주 이런 일이 있어서는 안 되겠어. 호퍼, 그렇지 않아? 이젠 겨우 두 병밖에 남지 않았지. 황금 같이 귀중한 액체야."

"그렇게 흥분하시면 안 됩니다, 중령님." 호퍼는 그렇게 말하고, 무뚝뚝하게 한마디를 덧붙였다. "몸을 생각하셔야죠."

라들이 브랜디를 한 모금 더 마셨다. "알고 있네, 호퍼. 잘 알고 있지만, 자네도 이해가 되겠지? 지금까지는 그저 하나의 농담이었어……. 수요일에 총통이 기분이 상해서 생각해 낸 말인데, 금요일에는 잊어버릴 것으로 여겼어. 가능성 조사 보고서. 히믈러가 꺼낸 말인데, 그것도 다만 제독의 발목을 잡기 위한 수작이었지. 그래서 제독은 일단 서류의 형식을 갖추어서 가져오라고 나한테 말한 거야. 무엇이든지 좋아. 우리가 게으름을 피우고 있지 않다는 것을 효과적으로 보여주기만 한다면 말이지."

일어서서 창문 쪽으로 걸어갔다. "그런데 사정이 달라진 거야, 호퍼. 이젠 농담이 아니야. 실행이 가능해진 거야."

호퍼는 아무런 감정 표현도 없이 책상 맞은쪽에 우두커니 서 있었다. "그렇습니다, 중령님. 실행 가능하다고 생각합니다."

"그 가능성에 대해서, 뭔가 마음에 끌리는 것이 없는가?"

라들은 부르르 몸을 떨었다.

"나는 어쩐지 두렵네. 그때 그 영국 해군본부의 해도와 육지 측량부의 지도를 가져오게."

호퍼가 지도를 책상 위에 펴 놓자, 라들은 홉스앤드를 찾아내어 사진과 비교해 보았다. "이 이상은 기대할 수 없는 이상적인 조건이야. 낙하산 부대가 내리기에 가장 알맞은 지역이고, 문제의 주말에는 동이 트기 전에 만조가 되어, 모든 흔적을 완전히 씻어버리겠군."

"그러나 아무리 소규모 부대라고 하더라도, 수송기나 폭격기로 날라야 되지 않겠어요?" 호퍼가 지적했다. "지금의 노픽 연안에서 항공기가 안전하게 날 수 있을까요? 그곳에는 많은 폭격기 기지가 있어 야간 전투기가 끊임없이 경계비행을 계속하는데?"

"그렇겠군." 라들이 말했다. "그러나 그점은 인정하지만 극복 못할 문제는 아니야. 우리 공군의 공격 목표도에 따르면 연안의 어느 특정 지점에는 저공용 레이더가 없거든. 왜냐하면 고도 6백 피트 이하로 접근하면 탐지되지 않는다는 거야. 그런 구체적인 사항은 지금은 관계가 없어. 다음에 대책을 생각하면 되는 걸세. 가능성 조사 보고서야, 호퍼. 지금 단계에서는 그것만으로 충분하네. 그 해안에 기습부대를 낙하시키는 일이 이론적으로 가능하다는 것은 인정하나?"

"하나의 안으로서는 인정합니다, 그러나 그들을 데려오는 데는? U보트입니까?" 호퍼의 질문이었다.

라들은 잠시 해도를 보다가 고개를 내저었다. "그건 별로 좋은 생각이 아니야. 기습부대 인원이 너무 많아. 어떻게든 전원을 군함 안으로 끌어들일 수는 있겠지만, 꽤 먼 바다에서 합류하도록 할 수밖에 없고, 많은 인원을 거기까지 데려가는 것도 문제야. 더 간단하고 직접적인 방법이라야만 돼. 이를테면 E보트(독일 고속 어뢰정)를 이용하는 거야. 그 지역의 연안 항로에는, E보트가 맹렬하게 활동하고 있거든. 한 척쯤 그 해안과 곶 사이로 몰래 잠입하지 못할 이유가 없네. 한창 만조 때이고 보고서에 따르면, 그 수로에는 기뢰가 부설되어 있지 않으니 일은 아주 간단하지."

"그점은 해군의 의견을 들을 필요가 있겠군요." 호퍼가 신중하게 말했다. "미세스 그레이는, 보고서 가운데서 그 근방은 위험수역이라고 했습니다."

"뱃사람들의 솜씨에 달린 문제야. 그 밖에 달리 무슨 납득이 되지 않은 점은 없는가?"

"제가 잘못 생각한 것이라면 용서하십시오, 중령님. 작전의 성패를 좌우할지 모르는 시간의 문제가 남아 있습니다. 그 해결방법이 머리에 떠오르지 않는군요." 호퍼가 육지 측량부의 지도에서 스터들리 그레인지를 손가락으로 가리켰다. "여기가 공격목표입니다. 낙하지점에서 약 8마일 떨어져 있습니다. 익숙하지 않은 땅이라는 점과 캄캄한 어둠을 고려하면, 기습부대가 목표지점까지 도달하는 데 두 시간, 그 작전이 아무리 쉽게 끝나더라도 돌아올 때도 같은 시간이 걸립니다. 저의 대충 계산으로는, 작전 행동시간은 여섯 시간이 될 것입니다. 비밀을 지키기 위해 한밤중을 전후해서 부대를 낙하시켜야 된다고 하면, E보트와 합류하는 것은 빨라야 새벽이 될 것이기 때문에 이것은 완전히 문제밖의 일입니다. E보트가 잠행하는 데는 적어도 두 시간의 어둠이 필요합니다."

라들은 의자에 등을 기대고 천장으로 얼굴을 향한 채 눈을 감고 있었다. "아주 명쾌하게 의견을 말해 주었네, 호퍼. 상당히 연구를 했네 그려." 그는 몸을 일으켰다. "자네 말이 맞아. 그래서 부대는 그 전날 밤에 낙하를 하지 않으면 안 돼."

"중령님." 얼굴에 놀란 표정을 지으며, 호퍼가 말했다. "저는 이해가 되지 않습니다."

"아주 간단해. 처칠은 6일 오후나 저녁에 스터들리 그레인지에 도착하여, 거기서 하룻밤을 묵거든. 우리 부대는 그 전날, 다시 말해 11월 5일 밤에 내리는 거야."

호퍼가 이마에 주름을 모으며 말했다. "물론, 그 경우 이점은 압니다. 그만큼 여분의 시간이 있으면, 예측하지 못했던 사태가 발생하더라도 대처하는 데 여유를 가질 수 있습니다."

"동시에 E보트의 경우도 이미 문제가 되지 않는다는 말이야. 부대는 토요일 밤, 열 시나 열한 시에 보트와 합류하면 돼." 라들은 빙긋 웃고 나서 담배를 꺼냈다. "그럼, 그점도 실행이 가능하다는 것을 인정하지?"

"토요일 하루 동안, 몸을 숨겨야 된다는 중대한 문제가 생깁니다." 호퍼가 지적했다. "더구나, 인원이 꽤 많은 경우에 말입니다."

"그렇겠지." 라들은 의자에서 일어나, 또 방 안을 돌아다니기 시작했다. "그러나, 아주 명확한 해결책이 있을 것 같이 내게는 생각되네, 호퍼. 예전에 수풀을 자기 집처럼 생각한다던 자네한테 한 가지 물어보고 싶은 게 있어. 한 그루 소나무를 숨길 때, 지구상에서 가장 안전한 은닉처는 어디라고 생각하나?"

"수풀 속이 아니겠어요?"

"그렇고 말고. 그런 인적이 드문 곳에서 외지인은——어떤 외지인이더라도——괴물처럼 남의 이목을 끌기 마련인데, 전시에는 더구나 그렇거든, 알겠나? 휴가로 나가는 사람은 한 사람도 없는 거야. 영국인은 독일 국민과 마찬가지로 전쟁에 이바지하기 위해서 휴가를 자기 집에서 보내고 있어. 더욱이 미세스 그레이의 보고에 따르면, 매주 외지인들이 끊임없이 그 지역의 길과 마을을 지나가면서도 의심받지 않는다는 거야." 호퍼는 이해가 잘 안 된다는 표정을 지었고, 라들은 하던 말을 계속했다. "연습 중의 군대야, 호퍼. 전투훈련에서 적을 수색하는 행동을 취하면서 산울타리의 덤불 사이를 휘돌아다니는 군대 말이야." 책상에서 조애너 그레이의 보고서를 끌어다 책장을 넘겼다. "예를 들면, 여기 3페이지에 스터들리 콘스터블에서 8마일 떨어져 있는 멜섬하우스라는 저택에 관한 기록이 있어. 지난 1년 동안에 코만도와 비슷한 부대가 네 번 훈련시설을 이용했다고. 두 번은 영국의 코만도, 한 번은 영국인 장교가 지휘한 폴란드와 체코 인으로 이루어진 부대, 다음 한 번은 미국의 레인저 부대야."

그가 건네준 보고서를 호퍼가 보았다.

"영국군 제복만 있으면, 아무 지장 없이 시골을 돌아다닐 수가 있어. 폴란드의 코만도 부대라고 하면 안성맞춤이지."

"분명히 언어 문제는 그렇게 해결이 됩니다." 호퍼가 말했다. "그러나 이 보고서의 폴란드 인 부대는, 단지 영어를 할 수 있는 장교라는 말이 아니고 정규의 영국인 장교가 딸리는 것입니다. 굳이 말씀드린다면, 그 두 가지에는 대단한 차이가 있습니다. 중령님."

"그렇지, 자네 말이 옳아, 전혀 다른 거야. 지휘관이 영국인이든가 누가 보아도 영국인으로 보이는 사나이면, 일단 안심할 수 있는 거지."

호퍼가 시계를 보았다. "실례합니다, 중령님. 매주의 부과장 회의가 정확히 10분 후에 제독의 사무실에서 시작됩니다."

"고맙네, 호퍼." 라들이 벨트를 고쳐 매고 일어섰다. "이것으로 그럭저럭 우리의 가능성 조사는 완료된 것이나 다름없어. 모든 것을 다 검토한 것 같네."

"가장 중요한 사항만 빼고 말입니다, 중령님."

라들은 문 쪽으로 가다가 발을 멈췄다. "호퍼, 어서 말해봐."

"대단히 위험한 작전의 지휘관 말입니다, 중령님. 뛰어난 재능을 가진 장교가 아니면 안 됩니다."

"스코르체니 같은 사나이 말이지."

"그렇습니다." 호퍼가 말했다. "단, 이번의 경우에는 한 가지 더 조건이 붙습니다. 영국인으로 통할 수 있다는 조건입니다."

라들이 빙긋 웃었다. "그런 사나이를 찾아보게나, 호퍼. 48시간의 여유를 줄 테니까." 그는 문을 활짝 열고 밖으로 나갔다.

그런데 라들은 다음날 뜻밖에도 뮌헨으로 가야 되는 일이 생겨서 사무실로 돌아온 것은 목요일 오후였다. 전날 밤 뮌헨에서 거의 잠을 이루지 못했기 때문에 피곤해서 녹초가 되었다. 영국 공군의 랭커스터 폭격기가 여느 때보다 격렬한 공격을 뮌헨에 집중했다.

호퍼가 커피를 날라오고, 곧이어 브랜디를 글라스에 따랐다.

"여행은 어떠셨습니까, 중령님?"

"그저, 그랬어." 라들이 말했다. "실제로 제일 흥미 있었던 것은, 어제 우리 비행기가 착륙하기 직전에 일어난 일이었네. 우리가 타고 있던 융커스(독일 쌍발 폭격기)를 스치듯이 하면서, 미국의 무스탕 전투기 한 대가 날아간 걸세. 잠깐 동안 초긴장 상태의 공황을 겪었지. 그런데 그 전투기의 꼬리에 갈고리의 십자장이 그려져 있지 않은가 말이야. 어쨌든 불시착한 것을 공군이 수리해서 시험비행을 하였던 모양이야."

"희한한 일이었군요, 중령님."

라들이 고개를 끄덕였다. "그 사건 때문에 문득 어떤 생각이 떠오른 거야, 호퍼. 노퍽 연안 쪽에서는 융커스 같은 항공기는 견디지 못한다고 했었지. 그 자세한 점에 대해서 말이야." 그때 아주 새로운 녹색의 마닐라 파일이 책상 위에 놓여 있는 것을 알았다.

"이게 뭔가?"

"중령님이 지시하신 임무입니다. 영국인으로 통할 수 있는 장교 말입니다. 솔직히 말해, 조사해서 알아내는 데 상당히 힘이 들었습니다. 그 외에 군법회의 보고서를 청구해 놓았습니다. 오늘 오후에 당도할 것입니다."

"군법회의라고?" 라들이 물었다. "어쩐지 마음에 안 드는군." 홀더를 폈다. "도대체, 그 사나이는 어떤 사람이야?"

"이름은 슈타이너. 쿨트 슈타이너 중령입니다. 천천히 읽어 보십시오, 저는 이만 물러가겠습니다. 흥미 있는 얘기입니다."

흥미 있는 애기는 아니었으나, 매료될 만한 이야기였다.

슈타이너는 현재 브르타뉴 지구 사령관으로 있는 칼 슈타이너 소장의 외아들이다. 그는 1916년, 부친이 포병 소령일 때 태어났다. 어머니는 미국인으로, 사업상의 필요에 의해 런던으로 주거를 옮긴 보스턴의 부유한 양모피 상인의 딸이었다. 아들이 태어난 그 달에, 그녀의 하나밖에 없는 오빠가 요크셔 보병연대의 대위로서, 솜 전투에서 전사했다.

아들은 런던에서 교육을 받고, 아버지가 독일대사관의 무관이던, 5년 동안 세인트 폴에서 배워, 영어는 영국인과 다름이 없었다. 1931년에 어머니가 교통사고로 사망하자, 아버지와 함께 독일로 돌아왔으나, 1938년까지는 꾸준히 요크셔의 친척을 방문하고 있었다.

그는 얼마 동안, 아버지한테서 학자금을 받아 파리에서 미술 공부를 한 적이 있었다. 그때의 약속은 파리에서의 미술 공부가 잘 되지 않으면 육군에 들어간다는 것이었다. 결국 그렇게 되고 말았다. 그는 소위로서 잠시 포병대에 근무한 다음, 1936년 슈텐달에서 낙하산 훈련의 지원자 모집에 응모하였는데, 따분한 군대생활에서 벗어나려는 생각에서였다.

얼마 후에 그가 해적 비슷한 군사 활동에 적합한 재능을 타고났다는 것이 증명되었다. 폴란드에서 지상전투를 경험한 다음 노르웨이 작전에서는 나르빅에 낙하산으로 투하했다. 1940년의 벨기에 진격 때는 알베르트 운하를 확보한 부대와 함께 글라이더로 착륙하였는데 그때 팔에 부상을 당했다. 다음은 그리스의 코린트 운하에서 그때까지 겪어보지 못한 지옥 같은 전투를 경험했다. 1941년 5월 대위 때에 크레타 섬에 낙하하여, 더없이 격렬한 마렘 비행장의 공방전에서 중상을 입었다.

그 다음이, 대 소련 동계작전이었다. 그 동계전이라는 글자만 보아도 라들은 등골이 서늘하였다. "우리가 러시아를 잊을 수가 있을까？ 그때 거기에서 싸워본 사람치고？"

소령 대행으로서 슈타이너는 레닌그라드의 싸움에서 고립된 2개 사단과 접촉하여, 구출을 꾀한 지원병 3백 명으로 이루어진 특공대를 이끌고 야간 낙하를 감행하였다. 그 싸움에서 오른쪽 다리에 총상을 입어 아직도 약간 다리를 절고 있는데, 그 공로로 기사십자장을 수여받은 동시에 그런 구출작전의 명지휘관으로서 명성을 떨치게 되었다. 그 후 그와 같은 작전에서 두 번 지휘관을 지내고 중령으로 승진하자 얼마 후에 스탈린그라드로 파견되어 부하의 절반을 잃었는데, 패색이 결정적이 된 몇 주일 전에 아직 비행기가 오가고 있을 때에 귀환 명령이 내렸다. 1월에 또 다시 퇴로를 차단당한 보병 2개 사단을 구출하기 위해, 처음 특공대에서 살아남은 167명을 이끌고 키예프 근교에 낙하했다. 그 결과 피투성이가 된 3백 마일의 철수작전이 감행되었는데, 4월의 첫 주에 슈타이너는 살아남은 부하 30명을 이끌고 독일 진영으로 돌아왔다.

곧 그의 기사십자장에 백엽장(柏葉章)이 추가되었고, 슈타이너와 부하들은 빨리 본국으로 송환되는 열차를 타고 5월 1일 아침 바르샤바를 통과했다. 그날 저녁 SS소장 겸 국가경찰소장 유르겐 슈트로프의 명령으로 체포되어, 엄중한 감시 속에 바르샤바를 떠났다.

그 다음날, 군법회의가 열렸다. 심리한 내용은 밝혀지지 않았으나 판결은 군정보국에 들어온 것이었다. 슈타이너와 그의 부하들은 독일군 점령 하에 있는 채널제도의 올더니 섬에서 징역부대로서 '황새치 작전'에 종사하도록 선고받은 것이다. 라들은 가만히 앉은 채 홀더를 물끄러미 보고 있다가 곧 그것을 덮고 버저를 누르자, 호퍼가 들어왔다.

"중령님, 부르셨습니까？"

"바르샤바에서 어떤 일이 있었나?"

"잘 모르겠습니다, 중령님. 군법회의의 심리내용이 오늘 오후에 도착하기로 되어 있습니다."

"그건 그렇고, 그들은 채널제도에서 무엇을 하고 있는 거야?"

"제가 조사한 바로는 중령님, '황새치 작전'이라는 것은 일종의 자살행위로 목적은 해협 안에서 연합국의 수송선을 공격하는 일이랍니다."

"어떻게 공격한다는 거야?"

"그들은 폭약을 뽑아낸 어뢰를 타고 가는 모양입니다, 중령님. 그들은 유리로 만든 보호용 바람막이를 달고 있지요. 그 빈 어뢰 밑에 폭약이 든 어뢰를 매달고 가서 한계점에 다다른 순간 그것을 풀어놓고 돌아오는 모양입니다."

"어떻게 그런 끔찍한 짓을." 소름이 끼친 표정으로 라들이 말했다. "과연 징역부대가 아니면 못할 짓이겠군."

라들은 오랫동안 말없이 앉아서 파일을 보고 있었다. 호퍼가 헛기침을 하면서 조심스럽게 입을 열었다.

"그는 쓸만한 지휘관 같습니까?"

"쓰지 못할 이유가 없는 것 같아." 라들이 말했다. "지금 하고 있는 일에 비한다면, 무슨 일이라도 그보다는 나을 것 같네. 제독은 지금 사무실에 계시나?"

"물어보고 오겠습니다, 중령님."

"계시면 오늘 오후에 면회할 수 있도록, 시간을 잡아 놓게. 서서히 작업의 진행상황을 보고하는 것이 좋을 것 같아. 계획의 개요도 써 놓아야겠어. 간단명료하게 말이야. 한쪽으로 압축해서 자네가 타이프를 쳐야 돼. 다른 사람에게는 절대로 알리고 싶지 않아. 부대의 사람까지도 말일세."

바로 그 시간에 쿨트 슈타이너 중령은 영국해협의 얼음장 같은 물속에 허리까지 잠겨 있었다. 태어나서 지금까지 경험해보지 못한 찬 기운이 러시아의 추위보다도 혹독하여 어뢰의 바람막이 유리 뒤에 넙죽 엎드려 있는 동안 한기가 뇌까지 마비시킬 지경이었다.

그의 정확한 위치는 올더니 섬 블레이 항의 북동 2마일 지점으로 난바다의 바호우라는 작은 섬의 북쪽이지만, 잡힐 듯한 짙은 안개에 둘러싸여 있기 때문에 주변의 아무것도 보이지 않는 점에서 땅 끝에 있는 것이나 마찬가지였다. 그러나 혼자가 아니었다. 탯줄처럼 삼으로 꼰 구명 밧줄이 양쪽 안개 속으로 뻗어 있어 왼쪽의 오토 렘케 상사와 오른쪽의 리터 노이만 중위에게 이어져 있었다.

오늘 오후에 출동명령을 받고, 슈타이너는 깜짝 놀랐다. 더욱 놀란 것은 섬 가까이에 있는 배를 레이더가 탐지한 일이었다. 올라가는 주항로는 훨씬 북쪽으로 기울어져 있었다. 나중에 안 일이지만 문제의 배, 조셉 존슨 호는 사흘 전에 런즈 앤드 부근에서 폭풍을 만나 조타장치에 손상을 입은 배였다. 그 고장과 짙은 안개 때문에 진로를 벗어난 것이다. 이 배는 고성능 폭탄을 가득 싣고 보스턴을 출항하여 플리머스 항으로 가던 8천 톤급 리버티선이었다.

바호우 섬의 북쪽에 이르자 슈타이너는 속도를 늦추고 밧줄을 당기어 양쪽의 동료에게 신호를 보냈다. 잠시 후 두 사람이 안개 속에서 모습을 드러내어 그가 있는 쪽으로 가까이 왔다. 검정 잠수용 두건을 쓴 리터 노이만의 얼굴이 추워서 보랏빛이 되어 있었다. "가까이 다 가온 것 같습니다, 중령님. 소리가 들립니다." 그가 말했다.

렘케 상사도 가까이 왔다. 그가 자랑하는 검은 턱수염은, 러시아의 총탄에 턱을 맞아 일그러졌기 때문에 수염을 길러도 된다고 슈타이너가 특별히 허락하여 기른 것이었다. 그는 몹시 흥분하여 눈을 번쩍거리며 큰 모험에라도 나서는 용사의 자세였다.

"저도 들립니다, 중령님."

슈타이너가 손을 들어 조용하게 하고 귀에 온 신경을 집중시켰다. 조셉 존슨 호는 극히 신중하게 전진하고 있어 둔한 엔진 소리가 아주 가까이 들려왔다.

"이런 건 문제없어요, 중령님." 추위에 입을 덜덜 떨면서, 렘케가 히쭉 웃었다. "지금까지 있었던 중에 제일 큰 봉입니다. 상대는 공격당한 줄도 모르고 침몰할 겁니다."

"그런 소리는 안 하는 게 좋아." 리터 노이만이 말했다. "내가 이 짧은 인생에서 배운 것이 있다면 그것은 무엇이든 큰 기대를 갖지 말라는 것이고, 특히 너무 잘 나아갈 때는 의심을 품으라는 거야."

그 말을 뒷받침이라도 하듯이 갑작스런 돌풍으로 안개의 커튼에 구멍이 났다. 세 사람의 뒤쪽에 올더니 섬의 짙은 녹색의 기복이 보이고, 블레이 항의 화강암 방파제가 1천 야드쯤 난바다로 뻗어 있어 포트 알버트의, 빅토리아 왕조시대의 해군 방비시설이 뚜렷이 눈에 비쳤다.

150야드도 채 안되는 거리에서 조셉 존슨 호가 넓은 수역을 향해 북서쪽으로 진로를 잡아 8 내지 10노트의 착실한 속도로 나아가고 있었다. 불과 몇 초안에 발견되어 버릴 것이다. 슈타이너는 즉시 결단을 내렸다. "자, 이제 직진이다, 50야드의 거리에서 어뢰를 풀어놓고 곧 철수한다. 무모한 짓은 절대 안돼, 렘케, 알겠나, 징역부대에서는 훈장 같은 건 있지도 않아. 주는 것은 주검을 담는 관뿐이야."

그는 속도를 높여 돌진했다. 파도가 덮쳐오기 때문에 바람막이 뒤에 납작 엎드렸다. 리터 노이만이 오른쪽에서 자기보다 조금 앞서가는 것을 알았으나, 렘케가 너무 세차게 나아가 벌써 15야드에서 20야드를 앞서가고 있었다.

"이 바보녀석." 슈타이너는 그렇게 생각했다. "무슨 생각을 하고 있는 거야, '경기병의 진격'이라도 하는 줄 아나?"

조셉 존슨 호의 난간 옆에서 두 사나이가 소총을 겨누고 있고 사관이 조타실에서 나와 선교에서 동그란 탄창이 달린 기관단총을 쏘기 시작했다. 배는 속도를 높여 다시 밀려오는 안개의 얇은 커튼 속으로 들어가려 하고 있었다.

몇 초만 지나면 아주 보이지 않게 될 것이다. 난간 옆의 두 사수는 심하게 흔들리는 갑판에서 훨씬 떨어진 아래쪽 물속의 표적을 노리는데 애를 먹으며 총탄이 터무니없이 빗나가고 있었다. 어떤 경우에도 별로 정확성이 없는 톰슨 기관단총 역시 총소리만 요란하게 울릴 뿐이었다.

렘케가 두 사람에 앞서 50야드의 거리에 다다랐으나, 계속 그대로 더 나아갔다. 슈타이너는 손을 쓸 수가 없었다. 소총의 겨냥이 정확해져 바람막이 앞의 어뢰의 본체에 한 방이 맞아 튀어나갔다.

슈타이너가 옆을 향해 노이만에게 손을 흔들었다. "바로 지금이야!" 그는 외치면서 자기의 어뢰를 풀어놓았다.

그가 타고 있는 어뢰가 매달고 있던 무게를 풀어놓자 가속도가 붙어 쏜살같이 앞으로 튀어나갔다. 그는 휙 오른쪽으로 방향을 바꾸고 배에서 되도록 빨리 이탈하기 위해, 노이만의 뒤를 쫓아 크게 선회하였다.

렘케도 이제야 방향을 바꾸기 시작했으나 배에서 25야드밖에 떨어져 있지 않아 난간 옆의 사나이들이 그를 노려 집중적으로 총격을 퍼부었다. 누군가의 총탄에 명중된 것 같은데, 슈타이너는 확신이 없었다. 확실한 것은 그 순간 렘케가 매달리듯이 어뢰를 타고 위험으로부터 벗어나려고 애쓰던 모습뿐이었다. 다음 순간, 그의 모습은 이미 자취를 감추고 말았다.

1초 후에 세 어뢰 가운데 하나가 배의 고물 쪽에 명중했다. 고물의 선창에는 영국에 있는 미국 제8항공군, 제1항공 사단의 '하늘의 요새' 중폭연대가 사용할 고성능 폭탄이 수백 톤이나 빼곡히 실려 있었다. 조셉 존슨 호는 안개 속으로 빨려 들어가는 순간, 폭발을 일으켜 그 요란한 폭음이 섬에 부딪쳐 몇 번이나 메아리쳤다. 슈타이너는 어뢰에 딱 달라붙어 폭풍을 피하며 커다란 금속 파편들이 앞쪽 바닷물에 떨어지자 신속하게 방향을 바꾸었다.

파편이 폭포처럼 쏟아졌다. 공중으로 솟아오르는 것이 있는가 하면, 무엇인가가 세차게 노이만의 머리에 부딪쳤다. 그는 외마디 소리를 외치며 양손을 치켜들고 그대로 몸을 뒤로 젖히며 바다에 떨어지고, 어뢰는 저절로 질주하여 파도 사이로 사라져 갔다.

노이만은 이마의 상처에서 피가 솟아 의식을 잃었으나, 자동적으로 부풀어오른 구명재킷 덕분에 바다 위로 떠올랐다. 슈타이너가 옆으로 가서 밧줄의 한쪽 끝을 중위의 몸에 감고는 그대로 방파제를 향해 어뢰를 달렸다. 섬쪽으로부터 또 다시 짙은 안개가 몰려와 블레이 항이 점차 보이지 않게 되었다.

조수가 급속히 빠지고 있었다. 항구에 다다를 가능성이 전혀 없어 쓸데없는 짓인 줄 알면서도 썰물을 거슬러 앞으로 나아가는 수밖에 없다는 생각만이 머리에 가득했다. 자칫하면 해협의 저 멀리 난바다로 밀려가서 다시는 돌아올 수 없게 될 것이다.

갑자기 리터 노이만이 의식을 회복하여 자기를 쳐다보고 있는 것을 알았다. "풀어줘요!" 노이만이 가냘픈 소리로 말했다. "줄을 끊어 줘요, 당신 혼자라면 돌아갈 수도 있잖아요."

슈타이너는 대답을 하지 않고 어뢰의 앞 끝을 오른쪽으로 돌리는데 온 신경을 쏟고 있었다. 바호우 항구는 저 두꺼운 안개의 벽 반대쪽에 있다. 썰물이 자기들을 항구로 보내 줄 가능성은 있다. 실낱같은 희망이지만 전혀 없는 것보다는 낫다.

그가 차분한 어조로 말했다.

"우리가 함께 근무하기 시작한 지 얼마나 되었지, 리터?"

"당신이 더 잘 알 텐데요." 리터가 말했다. "내가 처음으로 당신을 본 것은 나르빅의 상공에서 제가 비행기에서 뛰어내리는 것을 무서워 할 때였어요."

"아, 생각이 나는군." 슈타이너가 말했다. "내가 생각을 바꿔보라 고 설득하였지."

"말하는 법도 여러 가지군요." 리터가 말했다. "나를 떠밀어 버렸 잖아요."

그는 추워서 몸을 부들부들 떨며, 이를 딱딱 부딪쳤다. 슈타이너는 손을 뻗어 밧줄의 이음매를 점검했다. "그렇지, 대학에서 그대로 온 18세의 좀 건방진 베를린 토박이였어. 늘 뒷호주머니에 시집을 한 권 씩 넣고 다녔지. 대학교수 아들로, 내가 알베르트 운하에서 부상당했 을 때, 빗발치는 총탄을 무릅쓰고 50야드나 포복하여 구급상자를 가 져왔었지?"

"그때 그냥 내버려두었어야 되는데." 리터가 말했다. "모두가 다 당신 덕분이예요. 크레타 섬, 그리고 제가 바라지도 않은 소위 임관, 러시아, 그래서 이 꼴이 됐어요. 되게 재수 없는 제비를 뽑은 거지 요." 리터는 눈을 지긋이 감고, 부드러운 어조로 말했다. "고맙소, 쿨트, 그렇지만 소용없는 짓이오."

갑자기 억센 조류가 두 사람을 붙잡아 항구의 툭 튀어나온 바위 쪽 으로 밀어붙였다. 거기에 배가 한 척 있다. 아니, 반쪽 짜리 배라고 나 할까. 금년 초에 폭풍을 만나 좌초한 프랑스 연안 항행선의 잔해 였다. 고물 갑판의 일부가 수면에 얼굴을 내밀고 있었다. 파도가 두 사람을 그쪽으로 보내주어, 어뢰가 높이 치솟는 순간 한 손으로 노이 만의 밧줄을 꽉 잡은 채 또 한 손으로는 배의 난간을 붙잡았다.

파도가 물러가고, 어뢰도 딸려갔다. 슈타이너는 일어나서 기울어진 갑판을 지나 조타실로 올라갔다. 부서진 문에 몸을 기대고, 중위를 끌어올렸다. 두 사람은 지붕이 없는 조타실 안에서 웅크리고 있는데, 비가 촉촉이 내리기 시작했다.

"이제는 어떻게 되는 거죠?" 노이만이 힘없는 소리로 물었다.

"조용히 기다리는 거야." 슈타이너가 말했다. "안개가 걷히기 시작하면 브렌트가 구명정으로 데리러 오겠지."

"담배가 피고 싶은데요." 노이만이 말하고 있는 순간에 깜짝 놀라 몸이 굳어지며 망가진 출입구 너머 밖을 가리켰다. "저기 좀 봐요."

슈타이너가 난간까지 갔다. 이제는 썰물의 흐름이 빨라 암초와 바위 사이를 소용돌이치면서 전쟁의 잔해를 휩쓸고 갔다. 조셉 존슨 호의 파편이 그 일대에 떠 있었다.

"역시 격침을 시켰군." 노이만이 말하더니 일어서려고 했다. "쿨트, 저기에 노란색 구명구를 착용한 사나이가 있어요, 고물 밑에요."

슈타이너가 갑판을 미끄러져 내려가서 고물 밑으로 뛰어들어가 널조각들을 좌우로 밀어 헤치면서 눈을 감고 위를 향해 떠 있는 사나이에게로 가까이 갔다. 아주 젊어 보였으며 금발이 머리에 찰싹 달라붙어 있었다. 슈타이너가 구명구를 손으로 잡고, 고물의 갑판 쪽으로 끌고 가려고 하자, 젊은이가 눈을 뜨고 그를 보았다. 고개를 흔들면서 뭔가 말을 하려고 했다.

슈타이너가 이끄는 것을 멈추고, 젊은이의 옆에 떠 있었다. "뭐야?" 그가 영어로 물었다. "부탁입니다." 소년이 속삭였다. "놓아주십시오."

다시 눈을 감았기 때문에, 슈타이너는 갑판 쪽으로 끌고 갔다. 노이만이 조타실에서 보았더니, 슈타이너가 소년을 기울어진 갑판으로 끌어올리려고 했다. 그러더니 손을 멈추고 한참 동안 가만히 있다가 소년을 살그머니 물속으로 도로 내려놓았다. 소년이 파도에 휩쓸려 보이지 않게 되자, 슈타이너가 피로에 지친 듯이 돌아왔다.

"어떻게 된 거요?" 노이만이 힘없이 물었다.

"양다리가 무릎부터 밑으로는 없었어."

슈타이너가 조심스레 앉아서 난간에 발을 걸쳤다.

"스탈린그라드에서 네가 늘 얘기하던 그 엘리엇의 시라는 건, 도대체 무엇을 말하는 거였지? 내가 싫어했던 시였는데."

"우리는 쥐새끼들이 들끓는 뒷골목에 사는 것 같은 느낌이 들어요." 노이만이 말했다. "죽은 사람의 뼈가 없어지는 뒷골목에 말이오."

"드디어 알겠네." 슈타이너가 말했다. "그가 말하고 있는 의미를, 이제서야 확실히 알겠네."

두 사람은 말없이 앉아 있었다. 추위가 점점 심해지고, 비가 더 줄기차게 내리면서 안개는 급속히 사라졌다. 20분쯤 지났을 때 별로 멀지 않은 데서 엔진 소리가 들려왔다. 슈타이너가 오른쪽 다리에 매달고 있는 자루에서 소형 신호총을 꺼내어 방수탄알을 장전해서 발사했다.

얼마 후 구명정이 안개 속에서 나타나 속도를 떨어뜨리면서 두 사람이 있는 데로 가까이 왔다. 브렌트 특무상사가 이물 앞에 서서, 줄을 던질 자세를 취했다. 6피트도 더 되는 거구의 사나이로 키만큼 어깨도 떡 벌어졌는데, 등 뒤에 영국 구명정협회라고 쓴, 거구에는 어울리지 않은 노란색 방수코트를 입고 있었다. 나머지 승무원들도 모두 슈타이너의 부하였다. 슈투름 상사가 키를 잡고, 브리겔' 병장과 베르크 일병이 갑판원 역할을 하고 있었다. 브렌트가 기울어진 갑판으로 뛰어올라 난간에 밧줄을 매자 슈타이너와 노이만이 거기까지 미끄러져 내려갔다.

"격침됐습니다, 중령님. 렘케는 어떻게 되었습니까?"

"그놈의 용사놀음을 하다가 그만······." 슈타이너의 말이었다. "이번에는 너무 지나쳤어. 노이만 중위를 조심스럽게 다루게. 머리에 파열상을 입었다네."

"알트만 상사가 리델과 마이어를 데리고, 다른 구명정으로 출동했습니다. 렘케를 찾아낼지도 모릅니다. 그 녀석은 악마처럼 운이 좋은 녀석이니까." 놀라운 힘으로, 브렌트가 노이만을 껴안아서 난간 너머로 밀어 올렸다. "선실로 옮겨."

그러나 노이만은 고물에 느슨하게 앉아서 난간에 기대었다. 슈타이너가 그 옆에 앉았다. 배가 달리기 시작하자, 브렌트가 두 사람에게 담배를 주었다. 슈타이너는 심한 피로감에 휩싸였다. 오랜 동안 경험해 보지 못한 피로였다. '전쟁의 4년 동안' 때로는 그것이 자기 인생의 전부일 뿐 아니라, 그 밖의 인생은 있을 수도 없다는 생각까지 하였다.

배가 방파제의 앞 끝을 돌아서 제방을 따라 1천 야드쯤 나아가서 항구로 들어갔다. 항구에는 놀랄 만큼 수많은 배들이 들어와 있었다. 이 섬의 여러 곳에서 진행하고 있는 방어공사의 자재를 대륙에서 날라온 프랑스 배들이었다.

작은 부두를 확장하고 있었다. 거기에 E보트 한 척이 매달려 있어 구명정이 후진하며 천천히 뱃전을 스치자, 갑판에 있던 수병들이 환성을 올리고, 소금기가 밴 모자에 두툼한 스웨터를 입은 수염이 더부룩한 젊은 소위가 날렵하게 부동자세를 취하며 경례를 했다.

"훌륭했습니다, 중령님."

슈타이너가 답례를 하고 난간을 뛰어넘었다. "고마워, 쾨니히!"

그가 부두 위쪽으로 나가는 계단을 올라가자, 힘센 팔로 노이만을 떠받친 브렌트가 뒤를 따랐다. 그들이 다 올라갔을 때, 대형의 검정 세단인 구식 울즈리가 부두로 들어와서 멈춰 섰다. 운전기사가 뛰어 내려 뒷문을 열었다.

먼저 내려온 사람은 섬의 사령관 대행을 맡고 있는 포병대령 한스 노이호프였다. 슈타이너와 마찬가지로, 대소련전에 종군하여, 레닌그 라드에서 가슴에 부상을 당한 이래 끝내 건강을 회복하지 못하고 있 었다. 폐의 상처가 손을 쓸 수 없는 중상으로, 시시각각 죽음이 가까 워지고 있는 것을 알고 이미 체념을 하고 있는 사람이었다. 이어서 그의 아내가 내렸다.

일저 노이호프는 27세, 몸이 날씬한 귀족적인 느낌의 금발로, 입가 에 매력적인 미소를 띤 훌륭한 용모를 가진 여자였다. 대개의 사람들 이 저도 모르게 뒤돌아보는 것은, 다만 그녀가 미인이기 때문이 아니 라, 어디선가 본 기억이 있는 얼굴이기 때문이다. 그녀는 베를린의 우파(UFA)사의 젊은 여배우로서 대단한 활약을 하고 있었다. 누구 에게나 호감을 주는 여성으로, 베를린의 사교계에서는 항상 인기를 끌었다. 괴벨스의 친구이고, 총통도 그녀의 팬이었다.

그녀는 성애를 초월한 마음으로부터의 우정을 느껴 한스 노이호프 와 결혼했는데, 어쨌든 그는 이미 그 당시에 성적능력을 상실하고 있 었다. 그녀는 러시아 전선에서 돌아온 남편을 간호하여 온 정성을 다 해 재기를 시키고, 지인들의 영향력을 최고로 활용하여 남편에게 현 재의 직위를 확보해 주었다. 그리고는 괴벨스의 권력을 이용하여, 수 시로 남편을 찾아볼 수 있도록 통행증까지 얻어냈다. 그들 부부는 따 뜻한 서로의 이해가 있었기 때문에 슈타이너의 곁으로 가서 남들이 보는 앞에서 거리낌없이 그의 볼에 입을 맞출 수가 있었다.

"모두들 당신 일을 걱정하고 있었어요, 쿨트."

노이호프도 진심으로 기쁜 듯이 악수를 했다. "정말 잘했네, 쿨트. 즉시 베를린으로 연락하겠네."

"당치 않습니다. 제발 그러지 마십시오." 슈타이너가 익살을 떨며 놀란 표정을 지었다. "그들은 나를 다시 러시아로 보낼 생각을 할지도 모릅니다."

일저가 그의 팔에 손을 걸었다. "내가 저번에 타로점을 쳐드릴 때는 그런 점괘는 나오지 않았는데, 어쩌면 오늘밤에 한 번 더 점을 쳐드릴까요?"

부두 밑에서 부르는 소리가 요란스럽게 들려왔기 때문에 모두들 그리로 다가가 보니, 두 번째 구명정이 도착하고 있었다. 배의 고물 갑판에 담요를 덮은 시체가 뉘어져 있고, 알트만 상사와 슈타이너의 부하가 또 한 사람, 조타실에서 나왔다. "중령님." 상사가 소리를 지르며 명령을 기다렸다.

슈타이너가 고개를 끄덕이자, 알트만이 담요의 끝을 잡아 획 젖혔다. 슈타이너의 옆에 와 있던 노이만이 몹시 괴로운 말투로 말했다. "렘케! 크레타 섬, 레닌그라드, 스탈린그라드……오랜 싸움을 겪어온 결과가 고작 이런 것인가?"

"자기 이름이 새겨진 탄알을 만나면, 그것이 마지막이 되는 거야." 브렌트가 말했다.

슈타이너가 방향을 돌려, 일저 노이호프가 슬퍼하는 얼굴을 보았다. "가엾은 일저. 타로 카드는 상자 속에 넣어두는 게 좋겠소. 앞으로 며칠 더 이런 일이 이어지면 최악의 사태가 오느냐 마느냐가 아니고, 언제 올 것인가가 문제가 되는 거요."

그녀의 팔을 잡고 상냥한 웃음을 지으며, 그녀를 차까지 배웅하러 갔다.

그날 오후 카나리스는 리벤트로프와 괴벨스 두 사람과 회의를 하고 있어 라들이 가까스로 그를 만날 수 있게 된 것은 여섯 시나 되어서였다. 슈타이너의 군법회의 서류는 아직 도착하지 않았다.

6시 5분 전에 호퍼가 노크를 하고 라들의 방에 들어왔다. "왔나?" 라들이 더는 기다리지 못하겠다는 듯이 말했다.

"유감스럽게도 아직 안 왔습니다, 중령님."

"도대체 어째서 아직 오지 않는 거야?"

라들이 화가 난 듯이 말했다.

"일의 발단은 SS에서 불만을 제기했기 때문인 것 같은데, 기록은 프린츠 알브레히트 거리에 있습니다."

"내가 부탁한 계획의 개요는 다 만들었겠지?"

"예, 여기 있습니다, 중령님."

호퍼가 정연하게 타이프를 친 한 장의 종이를 건네주었다.

라들이 재빨리 훑어보았다. "잘 되었네, 호퍼. 아주 정연해." 빙긋 웃고 나서 완벽한 제복차림을 다시 매만졌다. "이것으로 자네는 근무를 마쳐야지, 그렇지?"

"중령님이 돌아오실 때까지 기다리겠습니다." 호퍼가 말했다.

라들이 미소를 지으며, 그의 어깨를 탁 두드렸다.

"됐어, 그럼 빨리 일을 마치고 오겠네."

라들이 들어가자, 당번병이 제독에게 커피를 따르고 있었다.

"여어, 또 왔나, 막스?" 제독이 기쁜 듯이 말했다. "한잔 어때?"

당번병이 다른 컵에 커피를 따르고, 등화관제용 검정 커튼의 상태를 살펴본 다음 물러갔다. 카나리스는 후유하고 한숨을 내쉬더니, 의자에 등을 기대고 밑으로 손을 뻗어 애견의 귀를 만지고 있었다. 녹초가 된 듯 눈과 입 언저리에 피로의 빛이 역력했다.

"몹시 피로하신 것 같군요." 라들이 말했다.

"누구인들 지치지 않겠나, 리벤트로프와 괴벨스 두 사람과 한 나절씩 방에 틀어박혀 있으면 말이야. 그 두 사람은 만날 때마다 답답해 죽겠네. 괴벨스는 아직도 우리가 전쟁에서 계속 이기고 있다는 걸세, 막스. 이보다 바보 같은 소리가 어디 있겠나?"

라들은 대답이 궁했으나 제독이 말을 계속하는 바람에 위기를 넘겼다.

"그런데 나를 만나려고 하는 용건은 뭔가?"

라들이 호퍼가 타이프로 친 계획 개요서를 책상 위에 놓자, 제독은 읽기 시작했다. 그러더니 당황한 빛을 뚜렷이 나타내며 고개를 들었다.

"도대체 이게 뭐야?"

"명령하셨던 가능성 조사입니다, 각하. 저번에 말씀하신 처칠에 관한 것입니다. 서류로 만들어 놓으라고 지시하셨습니다."

"아, 그래." 겨우 생각이 난 듯이 제독은 또 서류를 들여다보았다. 얼마 후에 미소를 지었다. "아주 잘 만들었네, 막스. 물론 터무니없는 생각이지만. 이렇게 서류로 꾸며 놓으니까, 미치광이 놀음에도 일단 조리가 서는 것 같이 보이네. 히믈러가 총통을 부추겨서 그건 어떻게 되었지 하고 나한테 묻는 경우에 대비하기 위해 잘 간수해 두게나."

"그것만으로 되는 겁니까, 각하?" 라들이 물었다. "그 이상 작업을 진행시키지 않아도 됩니까?"

카나리스는 파일 한 권을 펴보더니 깜짝 놀란 표정으로 얼굴을 들었다. "막스, 어쩐지 자네는 잘못 알고 있는 것 같군. 이런 일을 할 때는 상사가 제안해 오는 착상이 어리석으면 어리석을수록 열광적인 태도로 그것을 받아들이는 걸세, 아무리 광기어린 생각일지라도 말이야. 그 작업에 모든 열성을 기울이는 척하는 거야……. 물론 겉치레를 하는 짓이지만. 어느 정도 시간이 지나면 곤란한 점이 눈에 띄도록 하는 거지. 그러면 상사는 자기 생각이 잘못되었다는 것을 차츰 스스로 느끼게 되는 걸세. 누구나 실패할 것을 뻔히 알면서 말려들고 싶지는 않으니까. 그래서 그 계획은 어느새 자취를 감추게 되지 않겠나?" 가볍게 웃음소리를 내면서 개요서를 손가락으로 툭툭 건드렸다. "알겠나? 아무리 총통이라 하더라도 웬만큼 머리에 착각을 일으키지 않는 한, 이런 터무니없는 짓이 가능하다고 생각할 리 없지."

라들은 엉겁결에 그 계획을 입 밖으로 꺼내고 말았다.

"이것은 가능한 일입니다, 각하. 이 작전에 가장 적합한 인물까지 물색하여 놓았습니다."

"마땅히 그렇게 했겠지, 막스. 지금까지 보여준 자네의 치밀한 일솜씨로 보아서는." 그는 웃고 나서 개요서를 쭉 앞으로 밀어냈다.

"자네는 이 문제를 너무 진지하게 생각했던 것 같아. 아마 히믈러에 대해서 내가 한 말에 신경이 많이 쓰였던 것 같네. 그러나 그럴 필요는 전혀 없어. 그에 대한 일은 걱정 안 해도 돼. 설사 총통이 묻더라도 이렇게 만들어 놓은 서류만으로 충분하네. 이젠 자네도 다른 일을 착수해야 되겠어…… 정말 중요한 일이야."

나가도 된다는 표시로 고개를 끄덕이면서 펜을 들었다. 그런데 라들이 고집을 부렸다.

"하지만 각하, 총통께서 바라고 계신다면……"

카나리스가 펜을 내던지면서, 화를 내며 큰소리를 질렀다.

"무슨 소리를 하고 있는 거야? 우리는 이미 전쟁에 지고 있는데, 처칠을 죽여 어쩌자는 거야? 그게 무슨 소용이 있다는 말인가?"

그는 벌떡 일어나서 책상에 양손을 짚고 몸을 앞으로 쭉 내밀었다. 라들은 부동자세를 취하고, 제독의 머리 위의 허공을 목각 인형처럼 물끄러미 쳐다보았다. 카나리스는 자기가 지나친 말을 했다는 것과 화를 못 참고 말을 내뱉은 것에 후회하는 표정이었으나 이미 엎질러진 물이라고 생각하는 듯 얼굴이 벌게졌다.

"어서 돌아가 쉬게나." 그가 말했다.

라들은 지시에 따랐다. "예, 각하."

"우리는 오랫동안 같이 일해온 사이였네, 막스."

"예, 그렇습니다."

"그러니까 나를 믿어주게. 나는 내 자신이 무엇을 하고 있는지 잘 알고 있네."

"알겠습니다, 각하." 라들은 시원스런 어조로 말했다.

그는 한걸음 물러나서 구둣소리를 찰칵 내더니, 방향을 돌려 밖으로 나갔다. 카나리스는 책상에 양손을 짚은 채 그 자리에 우두커니 서 있었는데, 눈에 띄게 야윈 모습이 갑자기 더 늙어 보였다. "아, 주님" 하고 그는 중얼거렸다. "내 결점은 언제나 되어야……."

앉아서 커피잔을 잡았지만, 손이 부들부들 떨려 접시에서 달그락거리는 소리를 냈다.

라들이 사무실로 들어가니 호퍼가 그의 책상 위의 서류를 정리하고 있었다.

상사는 라들을 보고, 그의 표정이 굳어져 있는 것을 알았다.

"제독의 마음에 들지 않은 겁니까, 중령님?"

"미치광이 놀음이지만 조리에 닿도록 잘 꾸몄다고 하더군. 솔직히 말해 대단히 좋아하는 모습이었네."

"앞으로 어떻게 되는 겁니까, 중령님?"

"어떻게 할 수도 없는 노릇이 아닌가, 호퍼." 난처한 듯이 말하고, 라들은 의자에 앉았다. "그들의 요구로 서류는 꾸몄지만, 가능성조사란 것이 다시는 요구되지 않을 것 같아. 우리의 작업은 끝난 셈이지. 다른 일에나 착수하세."

그가 러시아 담배를 꺼내자 호퍼가 불을 붙여주었다. "뭘 좀 가져올까요, 중령님?" 동정심을 노골적으로 나타내지 않으려고 조심해서 말했다.

"아니야, 아무것도 필요없네. 슬슬 퇴근이나 해볼까. 그럼, 내일 아침에 만나지."

"예, 중령님."

호퍼가 찰칵 구둣소리를 냈으나 아직도 머뭇머뭇했다.

라들이 말했다.

"자, 나가세나, 호퍼. 아무것도 걱정할 건 없어. 여러 가지로 고맙네."

호퍼가 밖으로 나가자, 라들은 한 손으로 얼굴을 만졌다. 눈구멍이 뜨거워지고, 보이지 않은 의수가 쑤셔댔다. 때로는 갈갈이 찢겨진 자기 몸의 결함을 다시 맞출 때, 의사들이 배선을 잘못한 것이 아닌가, 하는 의심이 들 때도 있었다. 이렇게 실망을 맛보리라고는 조금도 생각하지 못했다. 뭔가 소중한 것을 잃어버린 느낌이었다.

"이만하면 됐어." 그는 조용히 중얼거렸다. "나는 이 문제를 너무 진지하게 생각하고 있는 거야."

조애너 그레이의 파일을 다시 펴서 읽기 시작했다. 그러다가 육지 측량부의 지도를 끌어당겨 펴다가 갑자기 손을 멈추었다. 오늘은 이제 이 작은 사무실에 더 있고 싶지 않았다. 군정보국도 어쩐지 시들해졌다. 라들은 책상 밑에서 서류가방을 끌어내어 파일과 지도를 집어넣고, 문 뒤에 걸어 놓은 가죽외투를 들었다.

영국 공군이 내습하기엔 아직 이른 시간이었기 때문에, 그가 현관에서 밖으로 나갈 때는 이상할 정도로 거리가 한산했다. 차를 부르지 않고 잠시 조용한 시간을 이용해서 평온함을 맛보며 아파트까지 걸어가기로 했다. 머리가 깨질 듯이 쑤셔댔지만, 짙은 안개 속을 걸어가니 기분이 상쾌해졌다. 돌계단을 내려가서 위병의 경례를 받고, 빛을 가려 놓은 가로등 밑을 지나갔다. 틸피츠 우파 거리의 어딘가에서 차가 움직이더니, 그의 옆에 와서 멈춰 섰다.

검정 세단으로, 앞좌석에서 내려 기다리고 있는 두 사람의 게슈타포 제복도 새까맸다. 자기에게 가까운 쪽 사나이의 정복 소매에 표시된 수장을 보는 순간 라들은 심장이 멈추는 것 같았다. RFSS. SS장관. 그 수장은 히믈러의 개인 참모라는 것을 말한다.

뒷좌석에서 내린 젊은 사나이는 검정 가죽코트에 차양이 넓은 중절모를 쓰고 있었다. 그의 미소는 가장을 잘하는 인간 특유의 차가운 매력이 깔려 있었다. "라들 중령입니까?" 한 사나이가 물었다. "댁으로 가시기 전에 만나게 돼서 다행입니다. 장관으로부터 전갈입니다. 잠시 시간을 내주시면, 대단히 고맙겠다고 말씀하셨습니다." 교묘하게 라들의 손에서 가방을 낚아채 갔다. "제가 들고 가겠습니다."

라들은 입술을 가볍게 빨며, 간신히 웃음을 지어 보였다. "물론, 가겠습니다." 세단의 뒷좌석으로 들어갔다.

젊은 사나이가 뒤따라 타고, 다른 두 사나이가 앞좌석에 오르자, 차가 달리기 시작했다. 조수석의 사나이가 경찰전용의 기관단총을 무릎 위에 가지고 있는 것이 보였다. 라들은 숨을 크게 들이마셔서 솟아오르는 공포감을 억눌렀다.

"담배를 드릴까요, 중령님?"

"고맙소." 라들은 말했다. "그런데, 어디로 가는 거요?"

"프린츠 알브레히트 거리로 갑니다." 젊은 사나이가 라이터를 내밀면서 미소를 지었다. "게슈타포 본부 말입니다."

4

라들이 게슈타포 본부의 1층 사무실로 들어가자, 파일을 산더미처럼 쌓아놓은 큰 책상을 앞에 놓고 히믈러가 앉아 있었다. SS장관의 정장을 한 모습이, 간접 조명 속에서 검은옷의 악마 같은 인상을 주었다. 코안경을 낀 얼굴은 차갑고 무표정했다.

라들을 안내해 온 검정 가죽코트의 젊은 사나이가 나치식 경례를 붙이고, 서류가방을 책상에 놓았다.

"명령대로 모셔 왔습니다, 장관 각하."

"고맙네, 로스만. 밖에서 기다리게, 다음에 일이 있을지 모르니까." 히믈러가 대답했다.

로스만이 나가고 히믈러는 전투에 대비하여 태세를 갖추듯이 파일 더미를 정연하게 책상 한쪽으로 모아 놓았다. 다음으로 서류가방을 끌어다 놓고, 무슨 생각을 하면서 차분히 보고 있었다. 이상하게도 라들에겐 타고난 고집센 성품이 가끔 되살아나, 때로는 그의 마음을 받쳐주는 일종의 야릇한 유머 감각이 머리를 든다.

"사형수라도 마지막 담배 한 대는 허락하는 것 아닙니까, 장관 각하."

히믈러가 살그머니 미소를 띠며, 그가 몹시 싫어하는 담배이지만, "좋아, 피우라고" 하면서 손을 흔들어 이례적인 허락을 하였다. "자네는 대단한 용기를 가진 사나이로 듣고 있네. 동계 전쟁으로 기사십자장을 받았다지?"

"그렇습니다, 장관 각하."

라들이 한쪽 손으로 담배갑을 꺼내며, 재치 있게 열었다.

"그리고, 그 후부터 카나리스 제독 밑에서 일해 왔구면?"

라들이 담배를 천천히 맛있게 피우며 기다리는 동안 히믈러는 또 서류가방을 쳐다보고 있었다. 간접 조명으로 방안은 느낌이 아주 좋았다. 난로에서 장작이 벌겋게 타고 있고, 그 위에 금테를 두른 액자에 총통이 서명한 사진이 걸려 있다.

히믈러가 말했다. "요즘 군정보국에서 일어난 일로, 내가 모르는 것은 거의 없다네. 놀라운가? 이를테면 이 달 22일에 자네는 영국에 있는 군정보국의 공작원인 미세스 조애너 그레이라는 여성으로부터 보고서를 받았는데, 거기에 윈스턴 처칠이라는 매력 있는 이름이 적혀 있었지. "

"장관 각하, 저로서는 어떻게 대답해야 할지 모르겠습니다. "

라들이 말했다.

"더욱 흥미 있는 것은, 자네는 군정보국 제1부로부터 그녀 관계의 파일을 전부 다 자네의 과로 이관시킨 데다, 오랫동안 그녀의 연락계를 담당해온 마이어 대위를, 그 임무에서 떠나게 한 일이야. 그는 대단히 걱정을 하는 모양이더군. "

히믈러가 서류가방 위에 손을 올려놓았다.

"자, 중령, 우리는 다 어른일세. 서로 탐색할 필요는 없어. 내가 무슨 말을 하고 있는지 자네가 잘 알겠지. 뭔가 나한테 하고 싶은 말은 없나? "

막스 라들은 현실주의자였다. 그로서는 선택의 여지가 없었다.

"그 서류가방에 관계자료가 다 들어 있습니다, 각하. 한 가지만 빼놓고 말입니다. "

"낙하산 연대의 쿨트 슈타이너 중령의 군법회의에 관한 서류 외에는 말이지? " 히믈러가 책상 끝에 있는 서류 더미에서 맨 위에 있는 파일을 집어 건네주었다. "공정한 교환조건일세. 밖으로 나가서 읽어보게나. " 서류가방을 열어 속에 든 것을 꺼냈다. "필요할 때는 부르겠네. "

라들은 팔을 올리려고 하다가 강인한 자존심 때문인지 전통적인 경례로 바꾸었다. 휙 등을 돌리고 문을 나와 대기실로 들어갔다.

로스만은 안락의자에 앉아 다리를 죽 뻗고, 군기관지 〈지그날〉을 읽고 있었다. 그는 깜짝 놀란 표정으로 얼굴을 들었다.

"벌써 돌아가시는 겁니까?"

"그렇게 쉽게 끝날 것 같지가 않아." 라들은 파일을 탁자 위에 탁 내려놓고 혁대의 버클을 풀었다. "읽어보아야 될 것이 있거든."

로스만이 상냥스럽게 웃음을 지었다. "어디서 커피를 좀 찾아보겠 습니다. 잠시 여기에 더 계실 것 같으니까요."

그가 밖으로 나간 뒤 라들은 담배에 불을 붙이고 앉아서 파일을 펼 쳤다.

바르샤바의 유대인 거주지역을 지구상에서 말살하는 날이 4월 19 일로 결정되었다. 20일이 히틀러의 탄생일이기 때문에 히믈러는 그 좋은 소식을 선물할 생각이었다. 그러나 유감스럽게도 작전지휘관인 SS준장 폰 자메른 프랑케네크가 부하들과 함께 행진하며 들어갔으나 모르데카이 아니엘레비츠가 지휘하는 유대인 전투단에 의해 퇴각을 당하고 말았다.

히믈러는 즉시 프랑크케네크를 해임시키고, SS소장 겸 국가경찰소 장인 유르겐 슈트로프를 지휘관으로 임명했다. 그는 SS와 변절한 폴 란드 인과 우크라이나 인의 혼성부대를 이끌고 건물을 한 채도 남기 지 않고, 유대인을 한 명도 살려두지 않는다는 사명을 완수하는 데 전력을 다하였다. "바르샤바의 유대인 거주지역은 이제 존재하지 않 는다"는 것을 히믈러가 직접 보고할 수 있도록, 그가 그 사명을 완수 하는 데 28일이 걸렸다.

슈타이너와 그의 부하는 동부전선에서 베를린으로 향하는 병원열 차를 타고, 그 13일째 되는 날 아침 바르샤바에 도착했다. 기관차의 냉각장치에 고장이 있어 수리하는 데 걸리는 시간도 있었지만, 어쨌 든 열차는 한 시간 내지 두 시간 정차해야만 했다. 그러나 아무도 역 사 밖으로 나가면 안 된다는 명령이 확성기를 통해서 내려졌다. 그

명령에 위반자가 나오지 않도록 각 출입구에 헌병이 배치되었다.

부하의 대부분은 차 안에 남았으나, 슈타이너는 몸을 좀 풀어보려고 플랫폼에 내렸는데, 리터 노이만도 따라 나왔다. 슈타이너의 장화는 닳아빠지고, 가죽외투도 낡아서 구깃구깃해진 데다 흔히 하사관이 쓰는 하얀 지저분한 스카프를 목에 두르고 하사관용 전투모를 쓰고 있었다.

정면 현관을 경비하고 있던 헌병이 양손으로 소총을 비스듬히 겨누고 거친 말투로 쏘아붙였다.

"명령 소리도 못 들었나? 제자리로 돌아갓!"

"무슨 이유 때문인지 우리의 모습을 사람들 눈에 띄지 않도록 하려는 것 같아요, 중령님." 노이만이 말했다.

헌병이 깜짝 놀라 서둘러 부동자세를 취했다.

"잘못했습니다, 중령님. 몰라뵈었습니다."

등 뒤에서 성급한 발소리가 들리더니, 험악한 말투로 질문이 튀어나왔다. "슐르, 이게 도대체 무슨 짓이야?"

슈타이너와 노이만은, 그 따지는 듯한 힐책을 무시하고 밖으로 나갔다. 검은 연기가 하늘을 뒤덮고, 먼 데서 둔한 포성과 총소리가 요란스럽게 들려왔다. 누군가가 어깨를 잡아 휙 돌리기에 슈타이너가 뒤를 돌아보자, 주름살 하나 없는 훌륭한 제복을 입은 소령이 서 있었다. 번쩍번쩍한 놋쇠로 된 장식 기장을 목걸이처럼 목에 걸고 있었다. 슈타이너가 한숨을 내쉬면서 목에 두르고 있던 스카프를 풀자, 계급장과 백엽장이 딸린 기사십자장이 나타났다.

"슈타이너." 그가 말했다. "낙하산 연대의……"

소령이 단정하게 경례를 붙였으나, 마지못해 하는 경례였다.

"죄송합니다만, 중령님. 명령은 어디까지나 명령입니다."

"이름을 말해봐." 슈타이너가 엄숙한 말투로 요구했다.

이제는 미소 따위와는 상관없는 험악한 태도로 나왔기 때문에 어쩌면 성가신 일이 벌어질지도 모른다는 생각이 들었는지, "오토 프랑크입니다, 중령님" 하고 대답했다.

"됐어. 이젠 서로 신원을 알았으니까, 여기에서 도대체 무슨 일이 벌어지고 있는지, 가르쳐 줄 수 없겠나? 폴란드군은 1939년에 무조건 항복한 것으로 알고 있는데?"

"그들은 지금 바르샤바의 유대인 거주지역을 철저하게 소탕하고 있습니다."

프랑크가 대답했다.

"누가?"

"특별편성부대입니다. 유르겐 슈트로프 소장이 지휘하는 SS와 여러 부대의 혼성병력입니다. 상대는 유대인 무법자들입니다, 중령님. 그들은 집 지하실, 하수구에 틀어박혀 벌써 열 사흘 동안이나 저항하고 있습니다. 그래서 지금 불로 태워버리고 있는 중입니다. 뿌리를 뽑는 데는 제일 좋은 방법이지요."

슈타이너는 레닌그라드에서 입은 상처로 요양 휴가 중에 프랑스에서 근무하는 아버지를 찾아갔었는데, 그는 예전과는 상당히 달라져 있었다. 장군은 그전에도 신체제에 의문을 품고 있었다. 그는 6개월 전에 폴란드의 아우슈비츠를 방문한 참상을 말하였다.

"사령관은 루돌프 헤스라는 아주 천박한 사나이더라, 쿨트, 믿을 수 있겠느냐? 살인죄로 종신형을 살고 있었는데, 1928년의 대사면 때 석방된 녀석이었어. 그런 인간이 특별히 만든 가스실에서 유대인들을 수천 명 단위로 죽여 가지고, 거대한 소각로에서 시체를 처리하고 있었어. 금이빨이나 그 밖의 자질구레한 것을 뽑아낸 다음에 말이야."

노장군은 그런 얘기를 할 때쯤 되어서는 꽤 취해 있었지만, 머리는 아직 말짱한 상태였다. "그런 짓을 하라고 우리가 싸우고 있는 거냐, 쿨트? 헤스 같은 비열한 악당을 지켜주기 위해서야? 때가 되면 온 세계 사람들은 뭐라고 할까? 우리는 모두 다 유죄라고? 방관하였기 때문에 독일 국민은 유하느님을 믿고 명예를 존중하는 사람들이 아무 것도 하지 않고 그냥 보고만 있었다는 말을 듣게 되는 것은 아닐까? 나는 싫다! 그렇게 되면, 나는 내 자신을 용서할 수가 없어!"

지금 바르샤바 역의 입구에 서서 그때의 기억이 생생하게 되살아나자, 슈타이너의 얼굴에 이제까지와는 다른 험악한 표정이 나타났다. 그것을 본 소령은 엉겁결에 한두 걸음 뒷걸음질쳤다. "그쪽으로 서는 게 좋겠군." 슈타이너가 말했다. "이왕이면, 바람이 불어 가는 쪽으로 돌아서면, 더욱 고맙겠네."

노이만과 함께 슈타이너가 걸어나가자, 프랑크 소령의 놀란 표정이 금세 분노의 형상으로 바뀌었다. "적당히 해요, 중령님. 적당히요." 노이만이 걱정스레 말했다.

플랫폼의 반대쪽에서 SS의 병사들이 누더기 옷을 걸친 때투성이의 사람들을 벽가에 늘어 세우고 있었다. 남녀의 구별조차 전혀 할 수 없는데, 슈타이너가 보니까 그들은 옷을 벗기 시작했다.

헌병 한 사람이 플랫폼의 가장자리에 서서 바라보고 있기 때문에 슈타이너가 물어 보았다. "저기에서 무엇을 하고 있는 거야?"

"유대인입니다, 중령님." 헌병이 대답했다. "거주지역에서 오늘 아침에 붙잡혀온 패거리들입니다. 트레브린카로 보내어 오늘 오후에 처리할 것입니다. 저렇게 발가벗겨 검사를 하는 것은 주로 여자들 때문입니다. 여자 가운데는 탄알을 장전한 권총을 속옷 밑에 숨기는 경우가 가끔 있으니까요."

반대쪽에서 야비한 웃음소리가 터져 나오고, 누군가가 아픈 듯이 비명을 질렀다. 너무나 불쾌해서 슈타이너가 고개를 돌려 노이만 쪽을 보자, 중위가 눈이 동그래져 플랫폼 언저리에 있는 군용열차의 뒤 꽁무니 쪽을 보고 있었다. 머리가 더부룩하고 얼굴이 매연으로 새까 맣게 된 짧은 소매의 남자 외투를 걸친 14, 5세로 보이는 여자가 객 차 밑에 숨어 있었다. 저쪽에 있는 집단으로부터 빠져나와 병원열차 가 달리기 시작하면 차의 어딘가에 매달려 도망치려고 하는 모양이었다.

거의 동시에 플랫폼의 가장자리에 서 있던 헌병이 그 아이를 발견 하여 모두에게 알리고, 선로에 뛰어내려 붙잡았다. 그녀는 비명을 지 르며 난폭하게 헌병의 손을 뿌리치고 플랫폼으로 기어올라와 역의 현 관 쪽으로 달려갔는데, 마침 그때에 사무실에서 나온 프랑크 소령의 팔 안으로 뛰어든 꼴이 되어버렸다.

소령이 소녀의 머리를 잡아 이리저리 흔들어댔다.

"이 더러운 유대인년 같으니, 예법을 좀 가르쳐 줘야지."

슈타이너가 날렵하게 앞으로 나갔다. "안됩니다, 중령님!" 노이 만이 제지하려고 했으나 미치지 못하였다.

슈타이너가 프랑크의 목덜미를 잡아 넘어뜨릴 듯이 힘껏 떠밀어버 리고, 소녀의 손을 잡아 자기의 뒤로 오게 했다.

자세를 바로잡은 프랑크 소령의 얼굴이 분을 참지 못해 일그러졌 다. 그가 허리의 권총에 손을 댔으나, 슈타이너가 먼저 가죽외투의 포켓에서 총을 꺼내서 소령의 미간에 들이댔다. "권총을 뽑아봐." 슈 타이너가 말했다. "네 녀석의 대가리를 날려 버릴 테니까, 생각하기 에 따라 인류에 이바지하는 일이 될지도 몰라."

적어도 10여 명의 헌병이 기관단총과 소총을 들고 뛰어와서 3, 4야 드의 거리를 두고 반원을 그렸다. 키가 큰 상사가 소총을 겨누자, 슈 타이너는 프랑크의 옷을 잡아 끌어당기고, 권총을 머리에 디밀었다.

"쏘지 않는 게 좋을 텐데."

그때 석탄을 실은 무개화차를 끌고 기관차가 시속 5, 6마일의 속도로 천천히 구내를 지나가려고 했다. 슈타이너는 앞을 향한 채 뒤에 있는 여자아이한테 말했다. "이름이 뭐냐?"

"브라나, 브라나 레젬니코프."

"알겠느냐, 브라나! 네가 내가 생각한 만큼 용기 있는 아이라면, 저 화차에 뛰어들어 여기를 빠져나갈 때까지 꽉 붙잡아라. 내가 너한테 해줄 수 있는 것은 그것뿐이야." 소녀가 즉시 뛰어가자 슈타이너가 큰소리로 말했다. "저 아이에게 발포하는 자는, 이 소령을 쏘는 것이 된다."

소녀는 화차에 뛰어들어 꽉 붙잡고, 연결기 위로 올라갔다. 열차가 역 구내를 빠져나갔다. 누구 하나 헛기침을 하는 사람조차 없었다.

프랑크 소령이 말했다.

"저년은 다음 역에서 붙잡히고 말 거야. 내가 직접 수배하겠어."

슈타이너가 그를 밀어내고, 권총을 호주머니에 집어넣었다. 곧 헌병들이 바짝 다가오자, 노이만이 소리쳤다. "여러분, 오늘은 이것으로 끝내는 것이 좋겠소."

슈타이너가 뒤를 돌아보자, 중위가 기관단총을 겨누고 있었다. 부하 전원이 모두 무기를 들고, 그의 뒤에 줄을 서 있었다.

역의 현관 쪽에서 갑자기 소음이 들려오지 않았다면, 그 자리가 어떻게 되었을지 모른다. 친위대의 한 떼가 소총을 겨누고 뛰어왔다.

그들이 V자형을 그리며 자리를 잡자, 얼마 후에 저마다 권총을 든 여러 계급의 SS장교를 양쪽에 거느린 SS소장 겸 국가경찰소장 유르겐 슈트로프가 들어왔다. 그는 야전모에 통상의 근무복을 입은, 별로 눈에 띄지 않는 사나이였다.

"도대체, 무슨 일인가, 프랑크?"

"저 사람한테 물어보십시오, 각하." 화가 치밀어 오른 소령의 말이었다. "독일군 장교인 저 사나이가 방금 유대인 테러리스트를 도망치도록 했습니다."

슈트로프가 힐끗 슈타이너를 둘러보고, 백엽장이 딸린 기사십자장을 보았다. "자네는 누군가?" 엄격한 어조로 물었다.

"쿨트 슈타이너……낙하산연대." 슈타이너의 대답이었다. "그래, 그쪽은 누구신지?"

유르겐 슈트로프는 절대로 자제심을 잃지 않는 사나이였다. 그는 차분하게 말했다. "나한테 그런 식으로 말하면 안되지 않아, 중령. 자네가 잘 알다시피, 나는 소장이야."

"내 아버지도 그렇소." 슈타이너가 말했다. "그러니까, 그다지 놀랄 것이 없소. 그러나, 좀 알고 싶은 것이 있는데, 당신이 이곳 학살을 지휘하고 있는 슈트로프 소장이오?"

"그래, 내가 지휘관이지."

슈타이너는 콧날에 주름을 모았다. "그럴 거라고 생각하고 있었소. 당신을 보고 내가 무슨 생각이 났는지 아시겠소?"

"모르겠는데, 중령. 말해 보게나."

"시궁창 속에서 가끔 구두에 달라붙는 것 말이오." 슈타이너가 말했다. "여름에 더욱 불쾌한 거지요."

여전히 얼음장처럼 변함없이 냉정한 유르겐 슈트로프가 손을 내밀었다. 슈타이너가 한숨을 내쉬면서 호주머니에서 권총을 꺼내어 건네주었다. 어깨 너머로 자기의 부하들을 둘러보았다. "이제 됐어, 너희들은 뒤로 물러가." 슈트로프 쪽으로 방향을 다시 돌렸다. "그들은 웬일인지 나한테 이해할 수 없는 이유로 충성심 같은 것을 가지고 있어요. 당신이, 나 혼자만으로 만족하고, 그들이 한 일은 눈감아 줄 수 없겠소?"

"결코, 그렇게 할 수는 없어." 유르겐 슈트로프 소장이 말했다.

"그럴 줄 알았소." 슈타이너가 말했다. "나는 언제나 한 번만 보아도 못된 인간을 가려내는 안목을 자랑으로 삼고 있으니까."

라들은 군법회의 기록을 다 읽고 나서도 파일을 무릎 위에 올려놓은 채 오랫동안 가만히 앉아 있었다. 슈타이너가 총살형을 면한 것만 해도 행운이라고 할 수밖에 없었다. 부친의 영향력에 힘입은 점도 있을 것이지만 거기엔 뭐라고 해도 그와 그의 부하들이 역전의 영웅이었기 때문이었다. 백엽장이 달린 기사십자장의 주인공을 총살형에 처하는 것은 사기에 나쁜 영향을 끼친다. 더구나 채널제도 같은 동떨어진 섬에서 '황새치 작전'에 종사시키면, 언젠가 전원이 다 죽게 되어 총살한 것이나 같은 결과가 된다. 누군가의 예리한 머리에서 나온 명안임이 틀림없다.

로스만은 마주 보이는 의자에서 다리를 뻗고 검정 중절모로 눈을 가린 채 자는 것 같았는데, 문 옆에 있는 등불이 켜지자, 벌떡 일어섰다. 노크도 하지 않고 들어갔다가 곧 돌아왔다.

"부르십니다."

SS장관은 여전히 책상 앞에 앉아 있었다. 지금은 육지 측량부의 지도를 앞에 펴놓고 있었다. 얼굴을 들었다. "그런데 바르샤바에서 우리의 친구 슈타이너가 저지른 이상한 행동을 어떻게 생각하나?"

"놀라운 얘기입니다." 라들이 조심스럽게 대답했다. "뭐라고 할까, 드문 인물입니다."

"그보다 용기 있는 사나이는 별로 없겠지." 히믈러가 조용한 어조로 말했다. "대단히 머리가 좋고, 용기가 있고, 냉정한, 뛰어난 군인이지. 그리고 낭만적인 어리석은 데가 있는 자야. 마지막 부분은 절반이 미국인의 피가 섞인 탓으로밖에 생각할 수 없어." 장관이 좌우로 고개를 흔들었다. "백엽장이 딸린 기사십자장의 주인공이 아닌가. 저 러시아 전선의 구출작전을 성공시켰을 때, 총통이 만나보고 싶다고 했었네. 그런데 무슨 짓이야? 그때까지 한 번도 본 적이 없는 유대인 꼬마 소녀 때문에, 찬란한 군인 경력과 장래의 출세를 모조리 내동댕이친 게 아니냔 말이야."

대답을 기다리는 것처럼 라들을 쳐다보았기 때문에 조심스럽게 대답했다. "너무나 놀라운 일입니다, 장관 각하."

히믈러는 머리를 끄덕이더니, 그 얘기는 그 정도로 끝낸다는 듯이 양손을 비비면서 지도 위로 몸을 구부렸다. "이 그레이라는 여성의 보고서는 참으로 훌륭해. 대단히 유능한 공작원이야." 고개를 숙이고, 눈을 지도에 가까이 갖다댔다.

"실행이 가능한가?"

"저는 그렇게 생각합니다." 주저하지 않고 그렇게 말했다.

"그런데 제독은 어떻게 생각하고 있지?"

라들은 적당한 대답을 찾기 위해 최대한으로 머리를 굴렸다.

"그것은 대답하기가 대단히 어려운 질문입니다."

히믈러는 의자에 기대어 양손을 쥐었다. 그 순간 라들은 어려서 반바지를 입고 교장선생님 앞에 서 있을 때 같은 느낌이 들었다.

"자네가 말하지 않아도 대개는 알 수 있네. 상관에 대한 충성심에는 경의를 표하지만, 이런 경우에는 독일과 총통에 대한 충성심이 앞서야 된다는 것을 잊지 말게."

"물론입니다, 장관 각하." 라들은 서둘러 대답했다.

"유감스럽게도 그렇게 생각하지 않는 자들이 있다네." 히믈러가 말을 이어갔다. "우리 나라의 모든 계층에 반역분자가 있어. 최고사령부의 장군들 중에도 말일세. 놀라운 일이지?"

라들은 진심으로 놀라서 말했다. "하지만, 장관 각하, 저는 도저히 믿을 수가 없습니다……."

"총통께 충성을 맹세한 축들 가운데도 그런 자들이 있다는 말일세."안타까운 듯이 고개를 흔들었다. "금년 3월에 국방군의 고급장교들이 스몰렌스크에서 라스텐부르크로 가는 도중에 폭발하도록 총통 전용기에 폭탄을 장치했었어."

"그런 무서운 짓을⋯⋯." 라들이 말했다.

"폭탄은 불발로 끝나고, 다음에 밀고자들의 손으로 제거되었지. 물론 그 일로 우리의 목적 달성에 실패는 있을 수 없고 궁극적인 승리는 우리의 것이라는 신념은 더욱 굳어졌지만, 하늘의 뜻으로 총통의 목숨이 무사한 것은 분명해. 나는 항상 인간세계의 배후에 보다 높은 무엇이 존재한다고 믿고 있네. 자네는 그렇게 생각하지 않나?"

"물론 저도 그렇게 믿고 있습니다. 장관 각하."

"그렇고 말고. 그것을 믿지 않는다면, 마르크스주의자하고 우리가 무엇이 다르겠는가. 그래서 나는 SS의 전원에게 하느님을 믿으라고 강조하고 있네." 코안경을 벗고 잠시 콧날을 손가락 끝으로 살며시 만지고 있었다. "요컨대 모든 곳에 배반자가 있다는 말일세. 육군이고 해군이고, 그것도 가장 상층부에 말이야."

다시 안경을 끼더니, 라들을 응시하였다. "그러니까, 라들. 내 생각으로는 카나리스 제독이 이 계획을 틀림없이 물리쳤을 것이라고 믿는 충분한 근거를 가지고 있는 걸세."

라들은 멍청하게 상대를 응시하고 있었다. 몸 전체가 얼음장같이 싸늘해졌다. 히믈러는 부드러운 말투로 말을 계속했다. "이 계획은 그가 목적하는 것과는 맞지 않아. 더구나, 그 목적은 독일제국이 이 전쟁에서 이기는 데 있는 것이 아니니까 말일세."

'군정보국 장관이 국가에 대하여 반역심을 품고 있다'는 해괴하기 짝이 없는 터무니없는 사고방식이 아닌가. 그러나, 그때 라들은 제독이 몹시 못마땅한 듯이 말하던 모습을 떠올렸다. 국가의 최고수뇌부에 대해서, 때로는 히틀러에 대해서도, 경멸적인 말을 서슴지 않았다. 오늘 저녁때 그가 나타내던 반응, "우리는 전쟁에서 졌다"는 말이 군정보국 장관의 입에서 나온 것이다.

히믈러가 벨을 누르자, 로스만이 들어왔다. "나는 중요한 전화를 걸어야 되는데 10분 동안 중령을 안내해서 여기저기 둘러보고 다시 이곳으로 돌아오게." 그리고 라들 쪽을 돌아봤다. "자네는 아직 이곳 지하실을 본 적이 없지?"

"그렇습니다, 장관 각하."

게슈타포 본부의 지하실은 이 세상에서 가장 보고 싶지 않은 곳이다. 그는 마음속으로 독백했다. 그러나 어쩔 수 없이 보게 되어 있다는 것을 알았고, 로스만의 입가에 나타난 비웃는 듯한 웃음에서도 처음부터 그것이 예정된 일이었음을 알 수 있었다.

두 사람은 1층으로 내려가서, 건물 안으로 통하는 복도를 걸어갔다. 철모를 쓰고 기관단총을 가진 게슈타포 대원 두 명이 경비하고 있는 철문이 있었다.

"전투라도 시작하는 줄로 아는 모양이지?" 라들이 물었다.

로스만이 히쭉 웃었다.

"찾아온 손님에게 강한 인상을 보이려는 겁니다."

경비원이 철문을 열쇠로 열자, 로스만이 앞장서서 계단을 내려갔다. 지하 통로는 환하게 불이 밝혀져 있고, 벽의 벽돌이 페인트로 하얗게 도장되어 있으며 좌우로 문이 있었다. 으스스할 정도로 쥐죽은 듯이 조용하였다.

"그럼, 여기서부터 둘러보시지요."

로스만이 바로 옆방의 문을 열고 불을 켰다.

하얗게 칠한 어디에나 있을 법한 지하실이었으나, 막다른 벽만은 아주 모양새 없이 콘크리트가 발라져 있어, 표면이 울퉁불퉁하고 여기저기에 무슨 흔적이 남아 있었다. 그 옆의 천장 들보에서 쇠사슬이 내려와 있고, 그 끝에 줄사다리 모양의 코일 스프링이 달려 있었다.

"이것은, 매우 성공률이 높은 장치인 모양입니다." 로스만이 담배를 꺼내서 한 대 권했다. "나는 쓸데없는 짓으로 생각합니다. 자백시키는 것이 목적인데, 미치게 만들면 무슨 의미가 있겠습니까?"

"어떻게 한다는 거야?"

"용의자를 저 줄사다리에 매달아 놓고, 전기를 흘려보내기만 하면 됩니다. 전기 흐름을 효과적으로 하기 위해서, 저 콘크리트 벽에 물을 끼얹는 겁니다. 놀랄 만큼 효과적이라고 해요. 잘 살펴보시면 내가 하는 말의 의미를 알게 될 겁니다."

라들이 가까이 가서 보았더니, 모양새 없이 바른 줄 알았던 콘크리트 벽은 고문을 당하는 사람이 너무나 고통스러운 나머지 손가락으로 긁었던 자국이었다.

"신문관들이 감동했겠구먼."

"괴로운 상상은 떨쳐버리시는 게 좋습니다, 중령님. 그런 사고방식은 여기에서는 손해입니다. 나는 장군들이 네 손발로 기면서 애원하는 것을 여러 번 보았습니다." 문 있는 데로 걸어갔다. "그럼, 다음에는 무엇을 보여 드릴까요?"

"아무것도 더 보고 싶지 않네. 이것으로 충분해." 라들이 말했다.

"자네가 말하고 싶은 걸 다 보여준 셈이야. 그것이 안내하는 목적이 아니었겠나? 위로 올라가자고."

"알았습니다, 중령님." 로스만은 어깨를 으쓱하고는 불을 껐다.

라들이 사무실로 돌아오자, 히믈러는 파일에다 무엇을 열심히 적어 넣고 있었다. 그러더니 얼굴을 들고 조용한 어조로 말했다. "무서운 일이지만 하지 않을 수 없네. 개인적으로는 나도 구역질이 날 정도로 싫은 일일세. 어떠한 폭력도 참을 수가 없어. 새로운 생명을 만들어 내기 위해서는 시체를 넘어서 가야만 되는 것이 위대한 사람의 숙명이 아니겠는가, 중령?"

"장관 각하, 저에게 무엇을 바라십니까?" 라들이 말했다.

놀랍게도 극히 희미하기는 했으나 히믈러가 웃음기를 띠어 그 때문에 더욱 기분 나쁜 모습이 되었다. "실은 극히 간단한 일일세. 그 처칠에 관한 문제 말이야. 그것을 실행에 옮겼으면 하네."

"그러나 제독에게는 그럴 의사가 없습니다."

"자네는 상당히 자주적으로 일을 처리하도록 허락받고 있어, 그렇지 않은가? 자네 과의 일을 마음대로 진행하지 않나? 마음대로 여행도 할 수 있고? 최근 2주일 동안에 뮌헨, 파리, 앙트워프를 다녀왔었지?" 히믈러가 어깨를 으쓱했다. "자네가 무엇을 하고 있는지 제독이 알 수 없도록 하지 못할 이유가 없다고 생각하는데, 필요한 일의 대부분은 다른 일과 함께 처리할 수도 있을 것이고."

"그러나 장관 각하, 그런 방식으로 하는 것이 어째서 필요한 것입니까?"

"왜냐하면 첫째로, 이 문제에 대한 제독의 사고방식이 완전히 잘못되었다고 생각하기 때문일세. 모두 순조롭게 진행되면 자네의 이 계획은 성공하네. 무솔리니의 구출작전에서 보여준 스코르체니의 경우와 똑같은 일이야. 이것이 성공되어 처칠을 죽이든가 납치할 수가 있으면——내 개인 생각으로는 깨끗이 죽이는 편이 낫다고 생각하는데——온 세계에 큰 소동이 일어날 걸세. 전략상 유례 없는 대성과를 거두는 일이 아니겠나?"

"그러나 제독의 생각을 존중한다면, 절대로 있을 수 없는 일이지요. 알았습니다. 그의 관에 박을 못이 하나 더 늘게 되는 셈인가요?" 라들이 말했다.

"실행되지 않는 경우를 생각한다면, 그로서는 당연한 응보가 아닐까. 그렇게 생각되지 않나?"

"뭐라고, 대답할 말이 없습니다."

"그와 같이 잘못된 판단을 내린 사나이를, 못 본 체하고 넘어가야 되느냐? 그것이 자네의 바람인가, 라들. 충성스런 독일군 장교로서 말이야?"

"그러나 장관 각하, 그 때문에 제가 매우 난처한 입장에 서게 된다는 것을 아실 줄로 압니다." 라들이 말했다. "지금까지 제독과 저 사이는 아주 원만했습니다." 이런 때 강조해선 안 되는 말이라는 것을 느꼈지만 이미 입 밖에 낸 말이라 다급하게 덧붙여 말했다. "물론 저의 한 개인에 대한 충성심이 문제가 아니지만, 저는 어떤 권한에 근거하여 그와 같은 계획을 진행시킬 수 있는 것입니까?"

히믈러는 책상 서랍에서 두툼한 마닐라 봉투를 꺼냈다. 봉을 뜯어 편지 한 통을 꺼내더니 말없이 라들에게 건넸다. 위에 금빛 찬란한 독일의 독수리 인장과 철십자장이 붙어 있었다.

총통 겸 수상으로부터

−극비−

라들 중령은 나의 직접 또 개인적 명령에 근거하여, 독일제국에 있어 극히 중요한 임무에 복무하고 있다. 그는 나에게 대해서만 책임을 갖는다. 군·민을 불문하고 계급에 상관없이 관계자 전원이 그의 필요를 충족시키도록 최대한의 협력을 요구한다.

아돌프 히틀러

라들은 어리둥절했다. 그렇게 믿기 어려울 정도의 권한을 부여한 서류는 이제까지 본 적이 없었다. 그런 열쇠를 가지고 있으면, 나라 전체의 어떠한 문도 열 수가 있고, 어떤 요구라도 거절당하는 일이 없을 것이다. 소름이 끼치는 느낌을 맛봄과 동시에 이상한 흥분이 온몸에 퍼졌다.

"보아서 아는 바와 같이 그 서류의 진위를 확인하려면, 총통에게 직접 물어보는 수밖에 없네." 히믈러가 시원스럽게 양손을 문질렀다.

"그것으로 그 문제는 처리가 됐어. 총통이 자네한테 맡긴 이 임무를 받아들일 마음가짐은 되어 있나?"

당연하지만 대답은 하나밖에 없었다.

"물론 되어 있습니다, 장관 각하."

"됐네." 히믈러는 만족한 것 같았다. "그럼, 당면한 작업을 시작하세. 슈타이너를 선택한 자네의 생각은 옳았어. 이 작업에 가장 적합한 사나이야. 지체없이 그를 만나러 가기를 권하네."

"방금 생각난 일입니다만," 라들이 쾌활한 어조로 말했다. "최근 그의 신상에 생긴 일을 감안하면, 이런 임무에 관심을 보이지 않을지도 모르겠습니다."

"그 점에 대해서는 그가 좋다 싫다 따질 처지가 못돼." 히믈러가 말했다. "나흘 전에 그의 부친이 국가에 대한 반역죄 혐의로 체포되었네."

"슈타이너 장군 말입니까?" 라들은 깜짝 놀랐다.

"그렇다네. 그 어리석은 노인이 아주 좋지 못한 패거리들 속에 끼여든 모양이야. 현재 베를린으로 호송되고 있어."

"이 프린츠 알브레히트 거리로 말입니까?"

"물론, 그렇지. 슈타이너를 만나거든 지금 독일제국을 위하여 충성하는 것은 다만 그 자신을 위해서만이 아니라는 것을 지적해 주는 것이 좋을 것 같네. 그와 같은 충성심의 표명이 부친의 심리 결과에 좋은 영향을 준다는 것은 충분히 고려될 수 있으니까. " 라들은 모골이 송연한 공포심에 질렸으나, 히믈러는 태연하게 말을 이었다. "자, 그럼 두세 가지 구체적인 문제를 검토해 보세. 우선 개요서에 적혀 있는 위장의 문제에 대해 자세한 설명을 해보게. 흥미 있는 일이야. "

라들은 완전히 딴 세계에 있는 듯한 느낌이었다. 어떤 사람이건 아무도 안전할 수 없다. 그는 게슈타포가 찾아온 다음, 온 가족이 자취를 감춘 사례들을 알고 있다. 그는 아내인 트루디와 사랑하는 세 딸을 머리에 떠올리면, 저 겨울 전쟁에서 느끼곤 하던 용맹스런 피가 온몸에 솟구쳤다. 그들을 위해서, 어떻게 해서라도 살아야만 된다. 어떤 대가를 치르더라도.

다시 얘기를 시작했을 때, 라들은 자신의 말투가 차분한 것에 스스로 놀랐다. "장관 각하도 잘 아시는 바와 같이, 영국에는 수많은 코만도 연대가 있으나 그 중에서도 특히 우수한 성과를 올리고 있는 부대는, 아프리카의 우리 전선의 후방에서 행동을 전개하기 위해 스털링이라는 영국군 장교가 편성한 부대가 아닌가 생각합니다. 특수공정 부대라고 불리고 있죠. "

"아, 사람들이 '환상의 소령'이라고 부르던 그 사나이 말인가? 롬멜도 높이 평가했었지. "

"그는 금년 1월에 포로가 되었습니다, 장관 각하. 지금은 콜디츠에 있을 겁니다만, 그가 시작한 작업은 그 뒤에도 이어졌을 뿐만 아니라 오히려 확대되고 있습니다. 우리가 최근에 입수한 정보에 따르면, 아마 대륙진공작전의 준비를 위한 것으로 보입니다만, 그들의 제1, 제2 특수공정 연대와, 제3, 제4 프랑스 인 낙하산 대대가 얼마 후에 본국으로 철수하도록 되어 있습니다. 그 가운데는 폴란드 인 낙하산 중대도 포함되어 있습니다. "

"그래서, 자네가 말하고 싶은 핵심은 무엇인가? "

"그런 부대는 종래의 육군 각부 말단 조직에게는 그 실태가 거의 알려져 있지 않습니다. 그들의 작전목표가 비밀이라는 것이 일반에게 인식되고 있으므로 누군가에게 의심받을 가능성이 별로 없다는 말입니다."

"우리편 사람을 그 특수부대인 폴란드 인 부대의 일부로 위장시킬 셈인가?"

"바로 그렇습니다. 장관 각하."

"그래서 복장은 어떻게 할 셈인가?"

"그들의 대부분은 현재 SS의 제복과 흡사한 얼룩무늬 전투복을 입고 있습니다. 게다가 특별한 배지를 단 영국 낙하산 부대의 붉은 베레모를 쓰고 있습니다. '위험을 무릅쓰는 자는 이긴다'는 문구가 들어 있는 단검의 배지를 달고 있지요."

"연극같구먼." 히믈러가 냉담하게 말했다.

"군정보국은 그리스 제도, 유고슬라비아, 알바니아에서 포로로 잡은 특수 공정부대원으로부터 그런 제복을 많이 입수하였습니다."

"그럼, 장비는?"

"문제없습니다. 영국 특수작전 집행부는 네덜란드 지하 저항조직에 대한 우리의 침투 정도를 아직도 정확하게 파악하지 못하고 있습니다."

"저항조직이 아니라 테러활동이라고 해야겠지." 히믈러가 정정했다. "자, 괜찮아, 어서 계속해보게."

"영국측은 매일 밤같이 무기와 탄약, 파괴 공작기구, 현금까지 공중투하로 보급하고 있습니다. 그들은 수신하고 있는 모든 무선연락이 사실은 모두 우리의 군정보국에서 발신하고 있다는 것을 아직 까맣게 모르고 있습니다."

"놀랍군." 히믈러가 탄복했다. "그럼에도 우리가 전쟁에서 지고 있다니! " 그는 의자에서 벌떡 일어나 난로 쪽으로 가서 두 손을 불에 쬤다. "적의 군복을 입는다는 것은 대단히 미묘한 문제를 야기할수 있다네. 제네바협정으로 금지된 사항이야. 벌칙은 하나밖에 없네.총살이야. "

"그렇습니다, 장관 각하. "

"이번의 경우에는 절충안을 취하는 것이 제일 좋을 것 같네. 기습부대는 영국의 얼룩전투복 속에 우리 정규 군복을 입는 거야. 그러면 그들은 무법자로서가 아니고, 독일군으로서 싸우는 것이 되지.습격 직전에 위장 전투복을 벗어 던지는 걸세. 어때? "

라들은 마음속으로 가장 졸렬한 방침이라고 생각되었으나 의논을해보아야 소용이 없다는 판단을 했다. "알겠습니다, 장관 각하. "

"좋아, 그 밖에 조직문제만 남았구먼. 공군과 해군에서 각각 수송수단을 제공한다, 그 점은 문제가 없어. 총통의 그 지령서에 따라모든 문이 자네한테 열려 있으니까. 또 나한테 물어볼 말은 없는가? "

"처칠에 관한 일입니다만, 생포해야 됩니까? "

"되도록이면, 달리 방법이 없으면 죽이는 수밖에. "

"알았습니다. "

"잘됐어. 이것으로 이 안건은 모두 안심하고 자네한테 맡길 수 있게 되었네. 밖에 나가면 로스만이 특별한 전화번호를 가르쳐 줄 거야. 진행상황을 매일 보고하도록. "

보고서와 지도를 서류가방에 도로 넣어서 라들에게 건네주었다.

"알았습니다, 장관 각하. "

라들은 귀중한 지령서를 봉투에 넣어 윗옷 속주머니에 챙겨 넣었다. 서류가방과 가죽외투를 들고 문 쪽으로 걸어갔다.

또 무엇인가 쓰기 시작하던 히믈러가 불렀다. "라들 중령. "

라들이 돌아섰다. "예, 장관 각하."

"총통과 국가에 대한 독일군인의 맹세, 그것을 외우고 있나?"

"물론 외우고 있습니다."

히믈러가 얼굴을 들고 냉혹한 표정으로 말했다.

"그 자리에서 말해보게."

"나는 신의 이름으로 신성한 맹세를 한다. 나는 독일제국과 독일국민의 지도자이며, 전군 최고사령관인 아돌프 히틀러의 명령에 무조건 복종하며, 용감한 군인으로서, 필요하면 이 맹세를 지키기 위해 목숨을 바칠 각오이다."

다시 또 한쪽 눈구멍이 따끔거리고 의수가 쑤시기 시작했다.

"아주 잘했어, 라들 중령. 여기서 한 가지만 더 외워두게. 실패는 약자의 증거다."

히믈러가 얼굴을 숙이고 또 쓰기 시작했다. 라들은 서둘러 문을 열고 비틀거리듯이 밖으로 나왔다.

그는 아파트로 돌아갈 셈이었으나 생각을 바꾸었다. 로스만에게 틸피츠 우파에서 내려 달라고 해서 사무실로 올라가 긴급한 경우를 위해 놓아둔 조립식 침대에서 잤다. 그렇다고 잠이 잘 든 것은 아니었다. 눈을 감을 때마다 그 은테의 코안경과 냉혹한 눈, 모골이 송연한 말을 서슴없이 내뱉던 그 무표정하고 차분한 말투를 상기하였다.

5시, 잠들기를 체념하고 브랜디 병을 꺼내면서 한 가지만은 확실하다고 생각하며 자기 자신에게 타일렀다. 이 작업은 어떻게 해서든지 수행해야 된다. 그것도 자신을 위해서가 아니고 아내와 딸들을 위해서. 대개의 경우 게슈타포에게 감시의 대상이 되는 것은 견딜 수 없는 일이다. 그는 불을 끄면서 중얼거렸다.

"그런데 나는 히틀러에게 감시당하는 처지가 되고 말았어."

그 뒤에 곧 잠이 들어 8시에 커피를 날라온 호퍼가 깨워주었다. 라들은 침대에서 내려와, 빵을 먹으면서 창문 쪽으로 갔다. 침침한 아침으로 밖에는 비가 세차게 내리고 있었다.

"공습은 심했나, 호퍼?"

"그다지 심하지는 않았습니다, 랭커스터를 여덟 대, 격추시킨 모양입니다."

"내 윗옷 속주머니에 봉투가 들어 있을 거야. 그 속의 편지를 읽어보게."

그는 비를 쳐다보면서 기다리다가, 잠시 후 돌아섰다. 호퍼가 놀란 표정으로 지령서를 뚫어지게 보고 있었다.

"이게 무슨 의미입니까, 중령님?"

"문제의 처칠에 관한 건이야, 호퍼. 계획을 실행하라는 걸세. 총통이 그렇게 희망하고 있다네. 어제 저녁에 히믈러가 직접 그 지령서를 건네주었어."

"그러면, 제독은 어떻게 되는 겁니까, 중령님?"

"아무것도 알리면 안돼."

호퍼는 지령서를 한 손에 쥔 채 어찌할 바를 모르는 얼굴로 라들을 바라보았다. 라들이 그의 손에서 지령서를 빼앗았다.

"자네나 나나 거대한 거미줄에 걸린 졸개 신세가 되었네그려. 끝까지 조심스럽게 행동해야 돼. 이 지령서를 가지면 무엇이나 할 수는 있네. 총통 자신이 낸 명령이야. 내가 말한 의미를 알겠는가?"

"알 것 같습니다."

"그리고, 나를 믿어줄 수 있겠는가?"

호퍼가 벌떡 일어서서 부동자세를 취했다. "저는 중령님께서 하시는 일에 의심을 품은 적은 한 번도 없습니다. 단 한번도 말입니다."

라들의 가슴에 뜨거운 우정이 솟아올랐다. "됐어. 그럼, 내가 한 말을 초극비로 추진하는 거야."

"알았습니다, 중령님."

"그럼, 호퍼, 관계자료를 모두 다 가져오게. 가지고 있는 것을 모조리 말이야. 그래서 둘이 다시 한 번 검토해 보세."

그는 창가로 가서 창문을 열고 크게 숨을 들이마셨다. 공기가, 어젯밤의 화재연기 때문에 씁쓸한 맛을 띠고 있었다. 창문으로 내다보이는 시가지의 일부가 폐허로 변해 있었다. 그는 매우 이상스런 흥분을 느꼈다.

"그녀는 남자가 한 사람 필요해, 호퍼."

"지금 뭐라고 하셨습니까, 중령님?"

두 사람은 책상 위로 몸을 구부리고, 그 앞에 보고서와 지도를 펴놓고 있었다. "미세스 그레이 말일세." 라들이 설명했다. "그녀에게 남자가 한 사람 있어야 된다는 말이야."

호퍼가 말했다. "아, 알겠습니다. 누군가, 어깨가 듬직한 사나이 말인가요. 힘이 센, 말하자면 둔기 노릇을 할?"

"아니야." 라들이 미간으로 주름을 모으며 러시아 담배를 한 대 꺼냈다. "머리도 있어야 하네. 그것이 절대조건일세."

호퍼가 라이터를 내밀었다. "어려운 짝 맞추기군요."

"어떤 경우라도 그런 걸세. 지금 영국에서 제1과가 쓰고 있는 사람은 누군가, 역할을 해낼 만한 사람이 있나? 절대로 신뢰할 수 있는 사람이 없겠나?"

"생각해 볼 만한 사람이 7, 8명은 될 것입니다. 이를테면 '흰눈' 같은 사람 말입니다. 그는 최근 2년 동안 포츠머스 해군 사무실에 근무하고 있습니다. 북대서양 항로의 수송선단에 관한 귀중한 정보를 정기적으로 보내오고 있죠."

라들이 초조한 듯이 고개를 흔들었다. "그런 사람은 안돼. 그런 중 요한 일을 하고 있는 사람은, 어떤 일이 있어도 사람들 눈에 띄게 하면 안 되네. 누군가 다른 사람이 없겠나?"

"적어도 50명은 있을 겁니다." 호퍼가 어깨를 움츠렸다. "다만 불운하게도 영국 정보부 제5부 대적 첩보과가 최근 1년 반 동안에 놀랄 만한 성과를 내고 있다는 사실입니다."

라들이 일어서서 창가로 갔다. 초조한 듯이 한쪽 다리의 발가락 끝으로 마루를 탕탕 쳤다. 화가 나서가 아니었다. 걱정이 되어서였다. 조애너 그레이는 68세로 아무리 헌신적이고, 아무리 믿음직스럽다 해도 역시 남자가 필요했다. 호퍼가 말한 것처럼 힘이 필요하다. 그것이 없으면 모든 계획이 실패로 끝날지도 모른다.

왼손이 아팠다. 거기에 붙어 있지도 않은 손이 아픈 것은 분명히 스트레스 때문이다. 머리가 빠개질 듯이 아프다. "실패는 약자의 증거다." 냉혹한 눈초리로 히믈러가 그렇게 말했다. 라들은 떨리는 몸을 가눌 수가 없었다. 게슈타포 본부의 지하실을 상기할 때 가슴속이 얼음장같이 싸늘해졌다.

호퍼가 조심스레 입을 열었다.

"물론 아일랜드 과도 고려의 대상이 될 수는 있습니다만."

"지금 뭐라고 했나?"

"아일랜드 과 말입니다. IRA, 아일랜드 공화국 군 말입니다."

"전혀 도움이 안 돼." 라들이 말했다. "IRA와의 연결선은 벌써 오래 전에 끊어졌어. 괴르츠 외의 공작원이 모두 실패해버린 이후로 모든 계획이 완전히 실패로 돌아가고 말았네."

"그렇게 단념할 일은 아닙니다, 중령님."

호퍼가 파일 캐비닛의 서랍을 열고 재빨리 차례를 보다가 마닐라 파일을 한 권 꺼내어 책상 위에 놓았다. 라들이 눈썹을 찡그리면서 의자로 돌아와 그 파일을 열었다.

"그래, 이자가, 그가 아직도 이곳에 있었나? 대학에?"

"그렇답니다. 우리 정보국에서 필요할 때는 다소의 번역작업도 한답니다."

"그래서, 지금은 어떤 이름을 쓰고 있나?"

"데블린, 리엄 데블린입니다."

"데리고 오게!"

"지금 말입니까, 중령님?"

"잘 들었지. 한 시간 안으로 여기로 데려와야 하네. 베를린 거리를 샅샅이 뒤져서라도 찾아내야 돼. 설사 게슈타포의 손을 빌리더라도 상관없어."

호퍼가 발꿈치를 찰칵 올리면서 서둘러 나갔다. 라들은 떨리는 손으로 또 담배에 불을 붙이고 파일을 읽기 시작했다.

라들이 한 말은 별로 틀리지 않아 개전 초기부터 아일랜드 공화국 군과의 연계를 시도했으나 독일측의 노력은 모두 수포로 돌아가고 말았는데, 그 경위는 군정보국의 파일 속에도 최대의 고민과 실망의 기록으로 남아 있다.

아일랜드에 파견된 독일의 공작원으로 내놓을 만한 성과를 거둔 자는 한 사람도 없었다. 장기간에 걸쳐 체포를 면한 것은 오직 한 사람, 1940년 5월에 미스 상공의 하인켈 기에서 낙하산으로 내린 괴르츠 대위로 그 역시 소득은 없었지만, 19개월 동안 붙잡히지 않고 자유의 몸으로 있는데 성공했다.

괴르츠는 IRA 패들이 화가 날 정도의 풋내기로, 어떤 충고나 제언도 들으려는 의사가 없는 것을 알았다. 훗날 그가 말했듯이 그들은 아일랜드를 위하여 죽는 것은 알지만, 자기 나라를 위해 싸우는 것은 아무것도 모르고, 얼스터의 영국군 기지를 끊임없이 공격하려던 독일 측의 기대는 허망하게 사라지고 말았다.

그런 사정을 라들은 잘 알고 있었다. 그의 관심의 목표는 오직 리엄 데블린이라고 부르는 한 사나이였다. 데블린은 군정보국의 사명을 띠고 아일랜드에 낙하산으로 낙하하여, 체포되지 않았을 뿐만 아니라 마침내 독일로 무사히 돌아왔다. 유례가 없는 위업이었다.

리엄 데블린은 1908년 7월 북아일랜드 다운 주의 리즈모어에서 태어났다. 부친은 가난한 소작농으로, 영국과 아일랜드의 싸움에서 아일랜드 공화국 군의 유격대에 들어갔는데, 1921년에 처형되었다. 어머니는 벨파스트 로드 지구의 가톨릭 신부인 오빠의 집으로 옮겨 가 가사를 돌보게 되었다. 그 외삼촌 덕분에 데블린은 남부 예수회 기숙학교에 입학했다. 그 학교에서 더블린의 트리니티 대학으로 진학하여 영국문학으로 훌륭한 학위를 받았다.

그는 작은 시집을 출판하고, 저널리즘 분야에 관심을 가지고 있어 단 한 번의 사건이 계기가 되어 인생의 진로에 변화가 없었다면, 아마 작가로서 성공하였을 것이다. 1931년에 종교 폭동이 한창 격렬한 와중에서 벨파스트의 집으로 돌아와 있을 때, 그는 오렌지 당 패거리들이 외삼촌의 교회를 습격하여 파괴, 약탈을 자행하는 것을 목격했다. 노신부는 심하게 구타를 당하여 한쪽 눈을 실명하였다. 그 순간부터 데블린은 아일랜드 민족주의에 몸을 바치기로 결심했다.

1932년에 지하운동의 자금을 만들기 위해 데리의 은행을 습격했으나 경찰과의 총격전에서 부상을 당하고, 10년형을 선고받았다.

1934년에 크럼린 로드 교도소에서 탈주하여 도피생활을 하던 중에 1935년에 폭동이 일어나 벨파스트의 가톨릭 지구의 방어전을 지휘하였다.

그해에 경찰이 안전을 고려하여 출국시킨 밀고자를 처형하기 위해 그는 뉴욕으로 파견되었다. 그 사나이의 밀고로 IRA에 지원한 젊은 이 마이클 레일리가 체포되어 교수형에 처해진 것이다. 데블린은 그 사명을 재치 있게 완수함으로써, 이미 전설적인 존재로 되어가던 그의 명성을 한결 더 드높였다. 같은 해에 그는 똑같은 임무를 거듭 수행하였다. 한 번은 런던에서, 그리고 또 한 번은 미국에서였는데 처형지는 보스턴이었다.

1936년에 그는 에스파냐로 건너가, 링컨 워싱턴 여단에 소속되어 싸웠다. 부상을 당하여 이탈리아군에게 붙잡혔으나, 이탈리아군이 자기편 장교와 교환할 셈으로 총살하지 않고 살려 놓았다. 그 교환은 끝내 실현되지 않았지만, 그 덕택에 그는 연명을 하게 되었고 정전을 맞아, 프랑코 정부에 넘겨져서 종신형을 선고받았다.

1940년에 그는 독일 군정보국의 요청에 의해 석방되어 베를린으로 가게 되었다.

독일 군정보국은 그를 첩보활동에 이용할 생각이었다. 그러나 그 기대는 완전히 무너졌다. 기록에 따르면 데블린은 공산주의를 지지할 생각은 결코 없었으나, 파시즘에 대해서는 절대반대의 입장을 취하였다고 신문내용에 뚜렷이 밝혀져 있다. 그래서 독일이 이용하기에는 위험한 인물이라는 판단이 내려져, 기밀 정도가 낮은 문서의 번역이나 베를린 대학에서 영어강사로밖에 쓸 수 없었던 것이다.

그러던 중에 사태는 크게 바뀌었다. 군정보국은 괴르츠를 아일랜드에서 구출하려는 시도를 몇 번이나 꾀하였다. 하지만 모두 실패로 돌아갔다. 마지막 수단으로서 군정보국 아일랜드 과는 데블린을 불러내어, 위조 여행서류를 가지고 아일랜드에 낙하산으로 내려서, 괴르츠와 접촉, 포르투갈이나 어느 중립국 선박을 이용해서 그를 구출해 주지 않겠느냐고 부탁했다. 데블린은 1941년 11월 18일 미스 주에 강하했는데, 그 몇 주일 후 아직 연락을 취하지도 못한 동안에 괴르츠가 아일랜드 경찰 특별 보안부에 체포되었다.

데블린은 뼈를 깎는 고난을 겪으며 도망쳐 다녔는데, 가는 곳마다 배반을 당했다. 그 무렵에는 IRA 지지자의 대부분은 아일랜드 정부에 의해 카라수용소에 감금되어 있었기 때문에 믿을 수 있는 은신처는 거의 남아 있지 않았다.

1942년 6월에 켈리이의 농가에서 경찰대에 포위되어, 그는 두 명을 부상시켰으나, 그도 총알이 이마를 드러내듯이 스치고 지나가는 바람에 의식을 잃었다. 그는 병원에서 탈출하여 던레라에 당도해 리스본으로 가는 브라질 배에 승선했다. 그리고 리스본에서 에스파냐의 비밀경로를 이용하여 독일 군정보국으로 돌아왔다.

그때부터 군정보국의 아일랜드 공작은 벽에 부딪친 것이나 다름없이 되었다. 리엄 데블린은 다시 번역을 하고, 참으로 얄궂게도 베를린 대학에서 영문학을 가르치는 따분한 생활로 되돌아갔다.

정오 직전에 호퍼가 사무실로 돌아왔다.

"그를 데리고 왔습니다, 중령님."

라들은 고개를 들고 펜을 놓았다.

"데블린을?"

일어서서 창가로 가, 얘기를 꺼낼 방법을 생각하면서 복장을 고쳤다. 실패하면 안 된다. 어떻게 해서든지 얘기가 잘 돼야 한다. 동시에 데블린을 신중하게 다루어야 된다. 뭐라고 해도, 그는 중립국의 국민이다. 찰칵하는 소리를 내며 문이 열리자, 그는 돌아섰다.

리엄 데블린은 그가 상상했던 것보다 몸집이 작았다. 키는 고작해야 5피트 5인치(165센티미터)쯤 될 것 같다. 검은머리가 물결치고, 창백한 얼굴에 눈은 라들이 이제까지 본 적이 없을 만큼 생기에 넘치는 푸른빛이었다. 굳어버린 듯 입가에는 짓궂은 웃음을 짓고 있었다.

인생을 불운한 웃음거리로 알고, 웃으며 살 수밖에 없다고 여기는 사나이의 그런 얼굴이었다. 검정 트렌치코트를 입고 지난 번 아일랜드에 갔을 때 입은 총상으로, 왼쪽 이마에 뚜렷한 흉터가 남아 있었다.

"미스터 데블린." 라들이 책상 반대쪽으로 돌아가서 손을 내밀었다. "라들입니다, 막스 라들. 와주셔서 고맙소."

"너무나 정중한 인사군요." 데블린은 유창한 독일어로 말했다.

"저의 인상으로는, 나무랄 데 없는 느낌입니다. 과연 여기가 모든 일을 처리한다는 제3과입니까?"

그는 외투의 단추를 풀면서 앞으로 나왔다.

"앉으십시오, 미스터 데블린."

라들이 의자를 앞으로 밀면서, 담배를 권하였다.

데블린이 상체를 굽혀 담뱃불을 받았다. 독한 연기가 목구멍을 자극하여 숨이 넘어갈 정도로 심한 기침을 했다. "놀랍군요, 중령. 물자가 부족한 것은 알고 있지만, 이렇게 심한 줄은 몰랐습니다. 무엇이 담배에 들어가 있지요, 어쩌면 묻는 것이 실례일지 모르겠지만."

"러시아 제입니다. 동계전 때 맛을 들였죠." 라들이 말했다.

"혹시 눈 속에서 졸리지 않도록 깨어 있으려고 이것을 피우셨던 건 아닙니까?"

라들은 차츰 그에게 친근감을 느끼면서 미소 지었다. "그랬을지도 모르겠군요." 브랜디병과 유리컵 둘을 꺼냈다. "코냑입니다, 한잔 드시겠소?"

"이거, 분수에 넘치는 대접인데요." 데블린이 잔을 받아 한 모금 마시고 나서 잠시 눈을 감았다. "아일랜드산은 아니지만 지금으로서는 이것이면 황송하지. 그런데 거북한 얘기는 언제쯤 시작하실 겁니까? 저번에 군정보국에 왔을 때는 심야에 미스 상공 5천피트에서 낙하산으로 뛰어내리도록 부탁받았는데, 실은 난 심한 고소공포증이 있

117

거든요."

"말씀드리겠소, 미스터 데블린." 라들이 말했다. "당신이 흥미를 가지신다면 부탁하고 싶은 일이 있소."

"일이라면 지금도 가지고 있습니다."

"대학에서의 일 말입니까? 선생 같은 분에게 그런 일은 천리마가 짐수레를 끄는 꼴이겠지요."

데블린은 몸을 흔들며 큰소리로 웃었다.

"중령, 당신은 금세 내 약점을 간파한 것 같군요. 허영, 허영심 말입니다. 좀더 쓰다듬어 주시면, 션 아저씨의 노망한 고양이처럼 목청을 돋우기 시작할지 모르겠습니다. 당신은 아주 듣기 좋은 완곡한 표현으로 나한테 다시 한 번 아일랜드에 가 달라는 말을 하고 싶은 것이지요? 혹시 그렇다면 부질없는 일입니다. 지금의 정세로는 내가 무사할 가능성이 절대로 없으니까요. 곧 붙잡혀서 5년 동안 수용소에 갇혀 살고 싶은 생각은 추호도 없어요. 교도소 생활은 지긋지긋할 만큼 경험했으니까."

"아일랜드는 아직도 엄연한 중립국이고, 미스터 드 발레라(아일랜드 수상)는 끝까지 중립을 지키겠다고 선언하지 않았습니까?"

"그렇지요, 그건 알고 있습니다. 그러니까, 10만 명이나 되는 아일랜드 인이 영국군에 들어가 있지요. 그뿐만 아니고 영국 공군기가 아일랜드에 불시착할 때마다 며칠이 지나지 않아서 탑승원이 국경을 넘어 돌아가는 실정입니다. 반면에 그들은 지금까지 독일 공군 조종사를 몇 명이나 돌려보냈을까요?" 데블린이 힐쭉 웃었다. "어쩌면, 그 훌륭한 버터와 크림, 그리고 아가씨들을 생각하면 조종사들도 그쪽에 있는 편이 낫다고 생각할지도 모르지요."

"아닙니다, 미스터 데블린. 아일랜드로 가라는 것이 아니에요."

"그러면 대체 무엇을 바라십니까?"

"그에 앞서서 묻고 싶은 말이 있습니다. 당신은 아직도 IRA의 지지자이신가요?"

"그 병사입니다." 데블린이 말을 바로잡았다. "우리 나라에 이런 속담이 있습니다, 중령. '한 번 들어가면, 다시는 나오지 않는다.'"

"그렇다면, 당신의 간절한 소원은 영국에 대하여 승리를 거두는 것을 말합니까?"

"중령께서 자유롭고 완전하게 독립한 통일 아일랜드를 말하는 것이라면, 나는 환호의 소리를 지를 것입니다. 그것도 확실하게 실현되면 믿겠지만, 그때까지는 절대로 믿지 않을 거요."

라들은 그 뜻을 이해하는 데 고심했다.

"그렇다면 어째서 싸우는 거지요?"

"참, 줄줄이 질문도 많이 하시는군요." 데블린이 어깨를 으쓱했다. "토요일 밤 마피의 술집 앞에서 주먹다짐을 하는 것보다는 낫기 때문이지요. 어쩌면 내가 게임놀이를 좋아해서 그런지도 모르겠습니다."

"그럼, 그건 무슨 게임인가요?"

"아니, 중령은 이런 일을 하고 계시면서, 모른다고 하고 싶은가요?"

웬일인지 불안한 기분이 들어 라들은 서둘러 또 질문했다.

"그럼, 런던에서의 동지의 행동에 찬성을 하지 않는다는 말입니까?"

"베이스워터 같은 데 숨어서 하숙집 아주머니의 냄비로 '팩소우'를 만드는 일 말이오? 나는 그런 것을 싫어합니다."

"팩소우라고요?" 라들이 당황했다.

"농담이오. '팩소우'라는 것은 유명한 불법 소포를 말하죠. 그래서 그 패들은, 자기들이 조합한 폭약을 그렇게 불렀지요. 염소산 칼륨과 황산, 그 밖의 몇 가지 종류의 재료를 섞어 만든 것이지요."

"위험한 물건이군요."

"더욱이 한창 만드는 도중에 폭발하면 말이죠."

"1939년 1월에 당신네 동지들이 영국 수상에게 최후통첩을 보내고 시작한 그 폭탄전술은……."

데블린이 웃었다. "그래서 관심을 보일 것으로 그들이 기대했던 상대는 히틀러, 무솔리니, 그 밖에 저 톰 코브리 아저씨였는데."

"톰 코브리 아저씨라니요?"

"농담으로 한 말이오. 내 나쁜 버릇이거든. 무슨 일이나 별로 진지하게 받아들이지 못하는 게." 데블린이 말했다.

"왜죠, 미스터 데블린? 꼭 그 이유를 듣고 싶군요."

"알고 있으면서 물어보는 것은 짓궂은 사람이나 하는 것인데, 중령. 이 세상은 전능하신 하느님이 머리가 잘못되었을 때 생각한 서투른 장난에 지나지 않아요. 나는 항상 하느님을 그날 아침에, 아마 숙취 때문에 그렇게 되었을 것이라고 생각하고 있어요. 그건 그렇고 폭탄전술에 대해서 뭐라고 하셨던가요?"

"당신은 찬성하는 겁니까?"

"아니, 난 안이한 목표는 딱 질색이오. 여자니 어린애니 통행인 따위. 만약 싸워야 한다면, 밖으로 내세우는 대의명분을 내가 진심으로 믿고 그것이 또 정당하다면, 그때는 젖먹던 힘까지 다해 당당히 싸워야겠지."

그의 얼굴은 창백해지면서 진지한 표정이 되었다. 이마의 흉터가 낙인처럼 붉게 빛났다. 다음 순간 긴장을 확 풀면서 웃었다. "짓궂어요. 본심을 드러내 놓도록 하는군요. 아침 일찍부터 진지한 얘기를 나누는 것은 딱 질색이거든요."

라들이 말했다. "그렇군요. 모럴리스트가 아니신가요? 그러나 영국인은 당신 생각에 동의하지 않을 겁니다. 매일 밤 우리나라를 철저하게 폭격하는 걸 보면."

"그런 얘기를 계속하게 되면, 나는 곧 눈물로 세월을 보내게 될 게 뻔합니다. 알고 계시겠지만, 나는 에스파냐에서 인민전선 편에 서서 싸웠소. 프랑코 편을 들어준 독일의 급강하 폭격기가 무엇을 했다고 생각하십니까? 바르셀로나나 게르니카라는 이름을 들어본 일이 없는 것 같군요."

"어쩐지 기묘하군요, 미스터 데블린. 당신은 분명히 우리를 증오하고 있는데, 나는 당신의 증오 대상이 영국인이라고 생각했어요."

"영국인이오?" 데블린이 웃었다.

"그렇소. 영국인을 좋아하지는 않지만 그들은 계모 같은 존재지요. 웬만한 건 눈을 감아주어야 되는 상대입니다. 아니, 나는 영국인을 증오하고 있지 않아요……. 내가 증오하는 것은, 저 대영제국입니다."

"그러니까, 당신은 아일랜드의 자유 독립을 바라는 거요?"

"바로 그렇습니다."

데블린은 멋대로 러시아 담배를 한 개비 빼갔다.

"그렇다면, 그 목적을 달성하기 위해서 독일이 이번 전쟁에서 이기는 것이다, 라는 견해에 동의하십니까?"

"그 동안에 돼지가 하늘을 나는 시대가 올지 모르지만, 나는 독일이 이기리라고 보지 않아요."

"그런데 어째서 베를린에서 지내고 있습니까?"

"선택의 여지가 있는 줄은 미처 몰랐군요."

"그러나 있어요, 미스터 데블린." 라들은 부드러운 어조로 말했다.

"내 부탁을 받아들여 영국으로 갈 수가 있어요."

데블린은 너무나 놀라, 둥그래진 눈으로 라들을 뚫어지게 바라보았다. 뜻밖의 소리에 마음먹은 대로 말이 나오지 않았다.

"아, 주여, 이 사나이는 미쳤습니다."

"그렇지 않아요, 미스터 데블린. 나는 극히 정상입니다." 라들이 코냑 병을 상대방한테 내밀면서, 파일을 그 옆에 놓았다. "한 잔 더 하고 그 파일을 읽어보시지요, 그런 다음에 또 얘기를 계속합시다."

그리고 일어나서 라들은 사무실 밖으로 나갔다.

30분이 지나도 데블린이 나오지 않자 라들은 문을 열고 사무실 안으로 들어갔다. 데블린은 책상에 발을 얹고, 한 손에 조애너 그레이의 보고서, 또 한 손에는 술잔을 들고 있었다. 병 속의 술이 꽤 줄어든 것 같았다.

그가 고개를 들었다. "아, 돌아오셨군요. 당신 신변에 무슨 일이 있지나 않았나 하고 걱정하던 참이었소."

"어떻게 생각합니까?" 라들이 단도직입적으로 물었다.

"내가 어릴 적에 들은 얘기가 생각납니다. 1921년에 영국과의 전쟁중에 있었던 일이지요. 에밋 돌턴이라는 사나이에 관한 얘깁니다. 그는 다음에 아일랜드 자유국 육군 장군이 되었어요. 들어본 일이 있습니까?"

"유감스럽게도 없습니다."

라들이 초조감을 감추지 못하고 말했다.

"우리가 흔히 하는 말로 존경할 만한 사나이였어요. 제1차 세계대전 중에 영국군 소령으로서 전공을 세운 공로로 전공 십자 훈장이 수여되었지요. 그리고 전쟁이 끝나자 IRA의 일원이 되고."

"미스터 데블린, 실례지만 그것이 본론과 무슨 상관이 있습니까?"

데블린은 그 질문을 무시했다. "더블린의 마운트조이 교도소에 맥 여운이라는 사나이가 들어가 있었소. 멋있는 사나이였는데, 얼마 후에 교수형에 처하게 되어 있었죠." 코냑을 따랐다. "에밋 돌턴에게는 딴 생각이 있었어요. 그는 영국군의 장갑차를 훔치고, 예전의 소령 제복을 입고, 몇 사람의 젊은이에게 영국 군복을 입혀, 수위를 속이고는 교도소로 들어가서 곧장 교도소 소장의 사무실로 들어간 겁니다. 믿어지지 않는 얘기로 들리지 않습니까?"

이제 라들은 초조함을 잊고 흥미에 이끌렸다.

"그래서 그 맥여운을 구해 냈습니까?"

"불운하게도 그날 아침에 한해서 그가 요구한 소장 면회가 거절당한 것입니다."

"그래서 그 사나이들, 그들은 어떻게 되었습니까?"

"서로간에 총격전은 있었지만, 무사하게 도망쳤소. 그렇다 치더라도 뻔뻔스런 수법이 아니겠소." 히쭉 웃고 나서 조애너 그레이의 보고서를 집어들었다. "그와 마찬가지 아닙니까?"

"잘 될 것 같습니까?" 라들이 벼르던 끝에 질문을 했다. "가능하다고 생각합니까?"

"얄미울 만큼 뻔뻔스러운 계획이라는 것이 확실하오."

데블린이 보고서를 책상 위에 내던졌다.

"광기가 심한 것은 아일랜드 인이라고 생각했는데, 한밤중에 저 거물인 윈스턴 처칠이 잠든 때를 노려서 쳐들어가 납치한다? 언뜻 그럴듯한 말이오. 온 세계 사람들이 깜짝 놀랄 일이고."

데블린은 큰소리를 내어 웃었다.

"그래서 당신은 그게 성공하기를 바라는가요?"

"엄청나게 기묘한 계책인 것만은 확실하지요." 데블린이 얼굴 가득히 웃음을 지으며 덧붙였다. "그러나 전쟁이 진행되는 데에는 아무런 영향도 주지 못할 것이오. 영국은 곧 애틀리를 승격시켜서 공석을 메울 것이고, 밤에는 랭커스터 중폭이, 낮에는 '하늘의 요새'가 날아오는 것에 아무 변화도 없을 게요."

"요컨대, 당신 생각으로는 우리가 어떤 짓을 해도 진다, 그런 말인가요?"

"그것은 언제든지 내기를 한다면 50마르크를 걸지요." 데블린이 히쭉 웃었다. "그렇다고, 그 소풍행렬에 참가하지 않는 것은 어쩐지 유감스런 일이고, 다만 당신이 진심으로 하는 말이면 그렇다는 것입니다."

"요컨대 갈 마음은 있다는 말입니까? 그러나 잘 이해가 가지 않는군요. 왜죠?"

라들은 당황했다.

"내 생각이 대체로 어리석다는 것은 잘 알고 있어요." 데블린이 말했다. "내가 팽개쳐야 할 생활이 얼마나 혜택을 받고 있는가를 생각해 보시오. 밤에는 영국이, 낮에는 양키에게 폭격을 당하고 있는 베를린대학에서 안전하고 또 편안한 직책을 가지고 있는데 말이오. 식료품은 날로 궁핍해지며, 동부전선은 붕괴되어 가고 있거든요."

라들은 웃으면서 두 손을 들었다.

"알았습니다. 더 묻지 않겠습니다. 아일랜드 인이 미친 사람이라는 것은 분명해요. 그전부터 들어온 말이지만, 정말 그렇군요."

"당신으로서는 대단히 다행한 일이지요. 게다가, 내가 고른 스위스 은행의 비밀계좌에 2만 파운드를 입금시켜 준다는 것도 잊지 마시오."

라들은 깊은 실망감을 맛보았다. "그러지요, 미스터 데블린. 당신도 우리 범상한 사람들과 마찬가지로 돈에 움직이게 되는군요?"

"내가 참여하고 있는 지하운동은 자금이 없는 것으로 유명하다오. 중령, 나는 2만 파운드보다 훨씬 적은 자금으로 혁명운동을 시작하는 것을 보았소."

데블린이 웃었다.

"알겠소." 라들이 말했다. "준비하겠소. 당신이 떠나기 전에, 입금 확인서가 도착하도록 하겠습니다."

"그러면 되었소. 그럼, 어떻게 하면 되겠소?" 데블린이 말했다.

"오늘은 10월 1일, 딱 1주일 남았군요."

"내 역할은 뭐요?"

"미세스 그레이는 일급 공작원이지만, 68세입니다. 남자가 필요해요."

"뛰어다니며 심부름을 하는 사람 말인가요? 힘쓰는 일을 맡아서 할?"

"바로 그런 역할이오."

"그래서 어떻게 나를 들여보낸다는 것이오?"

라들이 빙긋 웃었다. "솔직히 말해서 매우 신중하게 검토를 하였소. 이렇게 하면 어떨까요? 당신은 영국 육군의 일원으로서 싸운 아일랜드 시민이 되는 거요. 중상을 입고, 상이 제대를 한 사람으로. 그 점에서, 이마의 흉터는 아주 쓸모가 있겠군요."

"미세스 그레이하고는 어떻게 접선을 하나요?"

"그녀는 당신네 집안의 옛 친구로 노퍽에 취직자리를 알선해 주는 걸로 하지요. 아니면, 그녀에게 무슨 좋은 생각이 있는가를 다시 물어보겠소. 우리는 그녀가 꾸며 낸 계획에 따라 아일랜드 국적 패스포트로부터 상이 제대 증명서에 이르기까지 필요한 서류를 모두 준비하겠소."

"웬만큼 될성 싶소. 그러나 어떻게 현지까지 가는 거요?"

"아일랜드에 낙하하면 됩니다. 되도록 알스타와 가까운 지점에 말이오. 그 일대는 세관 검문소를 거치지 않기 때문에 경계선을 넘어가기가 아주 쉬울 것이오."

"밤에 배편으로 벨파스트에서 헤이섬으로, 그리고 열차로 노퍽으로 보통 여행자들과 마찬가지로 여행하는 것이지요."

데블린이 육지 측량부의 지도를 가까이 끌어다가 보고 있었다.

"됐어요, 이의는 없소. 언제 출발하지요?"

"일주일 뒤, 늦어도 열흘 후에. 그 동안은 절대로 비밀을 지켜야 됩니다. 그동안 대학의 직책을 사직하고, 현재 아파트도 퇴거를 해야 돼요. 완전히 자취를 감추는 것이오. 주택이나 그 밖의 일을 호퍼가 정리해 줄 겁니다."

"그 다음은?"

"나는 기습부대 지휘관이 될 예정의 사나이를 만나러 갑니다. 내일이나 모레 비행기편이 수배되는 대로. 그때 당신도 함께 가면 좋지요. 그 사람과는 서로 여러 가지로 협력이 필요하니까, 어떻겠소?"

"거절할 이유가 없어요, 중령. 어떤 길을 지나가도 결국은 지옥에 도달하기 마련이니까, 그렇지요?"

데블린은 남아 있는 코냑을 잔에 따랐다.

5

올더니 섬은 채널제도 가운데서 제일 북쪽에 있어 프랑스 본토에서 가장 가까운 섬이다. 1940년 여름, 독일 육군이 서쪽을 향해 파죽지세로 진격을 계속하고 있을 때 섬사람들은 투표로 피난을 결정했다. 1940년 7월 2일 독일 공군의 첫 비행기가 벼랑 위의 풀이 돋아 있는 작은 활주로에 착륙했을 때는 섬에서 사람의 그림자라고는 찾아볼 수 없었고, 세인트 앤의 옥돌로 포장된 작은 읍은 으스스할 만큼 쥐죽은 듯이 고요했다.

1942년 가을에는 육해공군 장병 3천 명쯤이 지낼 수 있는 병영과 새 방어공사의 거대한 콘크리트 포대를 만들기 위해 대륙에서 끌어온 강제노동자의 캠프가 몇 동 서 있었다. 그 밖에 SS와 게슈타포가 관리하는 강제수용소가 있었다. 영국 영토에 존재하는 독일의 유일한 수용소였다.

일요일 정오가 조금 지났을 무렵, 라들과 데블린이 슈토르히 착탄 정찰기로 이 섬에 도착했다. 저지 섬에서 불과 30분 거리이므로 슈토르히 (독어로 황새) 기는 무장하지 않았고 시종 거의 해면 위를 아슬아슬하게 날다가 도착 직전에 7백 피트의 고도까지 올라갔을 뿐이었다.

비행기가 긴 방파제 위로 접근하자 올더니 섬이 지도에서 보이는 것처럼 눈앞에 펼쳐졌다. 브레이 만과 항구, 거리 등 섬 전체가 한눈에 들어왔다. 섬은 길이 4마일, 너비 1마일 반 정도의 크기로 싱그러운 초록색에 덮여 있었다. 한쪽에는 벼랑이 솟아 있고, 그 낭떠러지로부터 육지가 경사를 이루며, 반대쪽의 크고작은 후미진 모래사장까지에 이르고 있었다.

비행기가 순풍을 타고 기수를 돌려 벼랑 위의 풀에 덮인 비행장 활주로에 내렸다. 라들이 지금까지 보아온 비행장 가운데 가장 작은 꼬마 비행장이었다. 장난감 같은 관제탑과 왜소한 조립식 건물이 몇 군데에 띄엄띄엄 서 있었으나 격납고는 보이지 않았다.

관제탑 옆에 검정 세단차가 멈춰서 있고, 라들과 데블린이 걸어가자 운전기사인 포병 상사가 내려서 뒷문을 열었다. 상사가 경례를 했다.

"라들 중령이십니까? 사령관님의 명령으로 모시러 왔습니다. 곧장 야전사령부로 안내하라고 하셨습니다."

"알았네." 라들이 말했다.

두 사람이 올라타자 곧 차가 달리기 시작하더니, 이윽고 시골길로 접어들었다. 햇볕이 찬란한 맑은 날씨에 훈훈한 기운이 초가을이라기보다는 늦봄 같은 느낌이 들었다.

"살기 좋은 고장 같군." 라들이 말했다.

"일부 사람들에게는 그렇겠지요." 데블린이 왼쪽으로 고개를 돌렸다. 먼 데서 수백 명의 강제 노동자가 거대한 콘크리트 요새 같은 것을 쌓아올리고 있었다. 세인트 앤 거리의 집들은, 프랑스 전원양식과 영국 조지왕조의 양식이 뒤섞여 있고, 길은 옥돌로 포장되어 있고 늘 바람이 불어오기 때문에 정원은 높은 벽으로 둘러싸여 있었다. 전쟁의 상징물인 토치카와 철조망, 기관총좌와 멀리 아래쪽으로 폭탄자국들이 여기저기에 보였지만, 라들이 흥미를 끈 것은 모두가 어딘지 영국식이라는 점이었다. 코놋 광장에 야전용 승용차가 멈춰서 있고 그 속에 SS대원 둘이 보이고, '우체국'이라고 영어로 쓴 간판 밑에서 독일공군 병사가 친구의 담배에 불을 붙여주는 광경이 주위의 환경과 어딘지 어울리지 않게 평화롭게 보였다.

채널제도의 독일 행정청과 제515 야전 사령부는 빅토리아 거리의 옛날 로이드 은행 건물에 있어, 차가 정문 앞에서 멈추자 노이호프 자신이 직접 현관에 나와 있었다.

그가 손을 내밀면서 앞으로 나왔다.

"라들 중령? 한스 노이호프, 여기 임시 사령관이오. 잘 오셨소."

라들이 말했다. "이쪽은 저의 동료입니다."

그 이상 데블린을 소개하려고 하지 않는 것을 보고, 노이호프의 눈에 경계의 빛이 역력했다. 평복에 라들이 구해준 군의 검정 가죽외투를 입은 데블린의 모습에 사람들은 호기심을 갖지 않을 수 없기 때문이다. 누구나 먼저 생각하는 것은 게슈타포가 아닌가 하는 것이었다. 베를린에서 브르타뉴에 이르는 길에서도, 그와 같은 경계의 표정을 사람들 얼굴에서 발견하고, 야릇한 만족감을 맛보았다.

데블린은 "안녕하세요"라고 말할 뿐 악수를 하려고 하지 않았다.

점점 곤혹스러움을 느낀 노이호프가 서둘러서 말했다.

"그럼 이쪽으로 오십시오."

청사 안에는 서기 세 명이 마호가니제의 카운터에서 일을 보고 있었다. 그들의 뒷벽에 새로운 선전성 표어가 걸려 있었다. 나치의 갈고리 십자장을 쥔 독수리가 당당하게 날개를 펴고, 그 밑에 '최후의 승리는 우리의 것이다'라는 표어였다.

"놀랍군. 사람들 중에는 무엇이든지 믿어 버리는 패들이 있단 말이야." 데블린이 속삭였다.

예전에 지점장실 입구로 보이는 문 앞에 헌병이 한 사람 서 있었다. 노이호프가 앞서서 들어갔다. 작업장 같은 느낌이 드는 검소한 방이었다. 그가 의자를 둘 가져왔다. 라들은 그중 한 의자에 앉았으나 데블린은 담배에 불을 붙이고는 창가로 가서 서 있었다.

노이호프가 불안한 듯이 뒤쪽을 힐끗 보고 나서 어색한 웃음을 지었다. "음료수를 좀 가져올까? 코냑이 어떨지요?"

"되도록 빨리 용건을 서둘러야합니다." 라들이 말했다.

"그렇게 하지요, 중령."

라들이 윗옷 단추를 풀고, 속주머니에서 그 봉투를 집어내어 지령서를 꺼냈다. "우선 이것부터 읽어보십시오."

노이호프가 살짝 눈살을 찌푸리고 지령서를 집어 죽 훑어보았다.

"총통께서 직접 명령……" 놀란 표정으로 라들을 보았다. "그러나 이해가 잘 되지 않는데, 나에게 어떤 역할을 하라는 거요?"

"완전한 협력이 필요합니다. 노이호프 대령." 라들이 말했다. "그리고 절대로 이유를 묻지 않는 것입니다. 여기에 징역부대가 있다고 들었습니다만? '황새치 작전'의 패거리들 말입니다."

노이호프의 눈에는 지금까지와 다른 경계의 표정이 나타난 것을 데블린이 보았다. 대령의 몸은 금세 굳어지는 것 같았다.

"그래, 중령, 여기에 있어요. 낙하산 연대의 슈타이너 중령의 지휘하에 말이오."

"그렇소, 슈타이너 중령, 노이만 중위와 낙하산병 29명입니까?"

라들이 말했다.

노이호프가 인원을 정정했다.

"슈타이너 중령, 리터 노이만과 낙하산병 14명."

라들은 깜짝 놀라 대령을 보았다.

"어째서 그렇습니까? 다른 사람은 어디 있습니까?"

"죽은 거요, 중령. '황새치 작전'을 알아요? 그들이 어떤 역할을 했는가를? 그들은 어뢰에 올라타고……"

노이호프가 털어놓고 말했다.

"그것은 압니다." 라들이 일어나서 총통의 지령서를 봉투에 도로 넣었다. "오늘 예정된 작전은 있습니까?"

"레이더가 적의 함선을 포착하느냐 못하느냐에 달려 있소."

"중지하시오. 지금 이 순간부터 중지하시오."

라들이 봉투를 들어올렸다.

"이것이 이 지령서에 근거한 나의 첫 명령입니다."

노이호프가 미소 지었다.

"그런 명령이라면 기꺼이 따르도록 하지요."

"됐어요, 슈타이너 중령과 친구인가요?" 라들이 물었다.

"나는 명예로 여기고 있소. 그의 인품을 알면 내 말의 뜻을 알 거요. 그 사람처럼 뛰어난 자질을 타고난 인물은 죽는 것보다 살아 있는 것이 독일제국을 위해서 유익하다고 생각하오."

노이호프가 말했다.

"바로 그 때문에 내가 여기에 온 거요. 그런데 어디로 가야 그를 만날 수 있습니까?"

"부두 바로 앞에 있는 여관입니다. 슈타이너와 그의 부하들이 거기를 본부로 쓰고 있지요. 내가 안내를 하겠소."

"그럴 필요는 없습니다." 라들이 말했다. "그와 단 둘이서 얘기를 하고 싶습니다. 먼가요?"

"4분의 1마일 정도요."

"됐어요. 걸어서 가겠습니다."

노이호프가 일어섰다. "며칠이나 머무를 예정인지?"

"내일 아침 첫 번째로 슈토르히 기가 맞으러 오도록 수배했습니다. 어떻게든지 11시까지는 저지 섬 비행장에 도착해야 됩니다. 브르타뉴로 가는 편이 11시에 출발하니까요."

"내가 중령과 저 친구 분의 숙소를 마련해 놓겠소. 오늘 저녁은 나하고 함께 식사를 하지 않겠소? 아내가 매우 기뻐할 것이고, 슈타이너도 올지 모르겠소."

노이호프가 데블린을 힐끗 보았다.

"대단히 고맙습니다. 기꺼이 가겠습니다." 라들이 말했다.

셔터를 내린 가게와 인기척이 없는 빅토리아 거리를 두 사람이 내려가면서 데블린이 말했다.

"무엇에 씌어서 그랬을까요? 상당히 고자세이시던걸. 오늘은 둘이 다 원기왕성해서 그랬을까?"

라들이 좀 부끄러운 듯이 웃었다. "그 지령서를 꺼낼 때마다 무엇에 씐 것 같은 이상한 기분이 되거든. 부하가 절대 복종했다던 저 고대 로마의 백인대(百人隊) 대장 같은 기분 말이요."

두 사람이 브레이 로드로 들어섰을 때 야전용 승용차가 지나갔다. 그들을 비행장으로 마중 나왔던 포병 상사가 운전하고 있었다.

"노이호프 대령이 경고 전령을 파견한 거요." 라들이 말했다. "예고해 주는 게 좋을까 하고 생각하고 있었소."

"나를 게슈타포로 생각한 것이 틀림없어." 데블린이 말했다. "그가 무서워하는 것 같았소. ”

“그런지도 모르지. 그런데 미스터 데블린, 당신은 무섭다고 생각해 본 일이 있소? ” 라들이 말했다.

“글쎄요, 그런 경험은 없는 것 같은데. ” 데블린이 허전한 웃음소리를 냈다. “이제까지 아무한테도 말하지 않은 비밀을 말하겠소. 몹시 위험한 일에 부딪쳤을 때요. 그렇지, 예전엔 그런 일을 수없이 경험했지요. 사신을 노려보고 있을 때조차도 나는 불가사의한 기분에 젖었지요. 손을 내밀어 사신과 손을 잡고 싶은 그런 기분 말이오. 이런 바보 같은 소리는 처음 듣겠지요? ”

리터 노이만이 검정 잠수복을 입고, 엔진을 수리중인 1호 구명정에 매어놓은 어뢰에 올라타고 있을 때, 야전용 승용차가 소음을 내면서 부두로 달려와서 멈춰 섰다. 노이만이 손으로 햇빛을 가리며 위를 쳐다보니, 브렌트 특무상사가 내려왔다.

“뭘 그렇게 허둥대나? 전쟁이라도 끝난 거야? ”

노이만이 고함을 쳤다.

“성가신 일이 생긴 것 같습니다, 중위님. 저지 섬에서 참모가 비행기로 왔습니다. 라들 중령이라든가, 그가 우리 중령을 만나러 왔답니다. 방금 사령부에서 연락이 왔습니다. ”

“참모라고? ” 노이만이 구명정의 난간을 뛰어넘으며 리델 일병이 내민 타월을 받아들었다. “어디에서 온 거야? ”

“베를린입니다! 게다가 민간인같이 보이지만 그렇지 않은 사람과 함께 왔습니다. ” 브렌트가 엄숙한 표정으로 말했다.

“게슈타포 말인가? ”

“그런 모양입니다. 두 사람이 본부로 오고 있습니다…… 걸어서. ”

노이만이 점프 부츠를 신고 서둘러 사다리에 올랐다.

"우리 패들이 알고 있나?"

브렌트가 험상궂은 표정으로 고개를 끄덕였다. "모두 흥분되어 있습니다. 우리 중령을 다그치려고 온 줄 알면 두 놈 발목에 쇠사슬을 감아서 바다에 집어던질 걸요."

"좋아, 본부로 서둘러 돌아가서 모두를 진정시키라고. 나는 그 차로 중령을 맞으러 가겠네. 일저 노이호프와 방파제를 거닐고 계시네." 노이만이 말했다.

슈타이너와 일저 노이호프는 방파제의 쑥 내민 끄트머리에 가 있었다. 그녀는 날씬한 다리를 흔들거리며, 제방 끝에 앉아 있었다. 바닷바람에 금발과 스커트가 하늘거리며 나부꼈다. 그녀는 웃으면서 슈타이너를 내려다보고 있었다. 차가 급정거를 하자, 그가 돌아보았다. 노이만이 급하게 차에서 내려서자 슈타이너는 그의 얼굴을 한 번 보고 짓궂은 미소를 지었다.

"언짢은 소식인가보군, 리터. 이렇게 맑고 아름다운 날에."

"베를린에서 라들 중령이라는 참모장교가 당신을 만나러 왔소. 게슈타포가 한 사람 함께 온 모양이오."

노이만이 어두운 표정으로 말했다.

슈타이너는 조금도 신경을 쓰지 않았다.

"덕분에 오늘 하루는 좀 재미있을 것 같군."

양팔을 뻗어 일저가 뛰어내리는 것을 제지하고, 잠시 껴안고 있었다. 그녀는 불안해서 부르르 떨고 있었다.

"쿨트, 당신은 무슨 일이나 진지하게 받아들이지 않는군요?"

"그 사나이는 그저 우리의 머릿수나 헤아려 보려고 찾아온 것이 분명해. 지금쯤 우리는 다 죽어 있어야 될 몸이니까. 게슈타포 본부에서 몹시 신경을 쓰는 모양이지."

그 낡은 여관집은 항구로 통하는 길 옆에 있고, 브레이 만의 모래톱을 등지고 있었다. 라들이 가까이 가자 이상할 만큼 조용했다.

"아주 기분 좋은 선술집인걸. 혹시라도 안에 술이 남아 있을 것 같소?" 데블린이 말했다.

라들이 정면 문의 손잡이를 틀어보았다. 활짝 열렸기 때문에 안으로 들어갔다. 어두운 복도였다. 그들의 뒤에서 문이 찰칵 열렸다. "이쪽으로 오십시오, 중령님."

누군가가 교양 있는 조용한 어조로 말했다.

한스 알트만 상사가 두 사람의 출구를 막는 것 같이 현관문에 기대고 있었다. 동계 전쟁 종군장, 제1급과 제2급 철십자장, 적어도 세 번 전상을 입은 것을 표시하는 은으로 된 전상배지, 공군 지상전 배지, 거기에 낙하산 부대원이 최고의 명예로 여기는 '크레타 섬' 수장 따위가 라들의 눈에 들어왔다.

"누군가?" 라들이 엄숙한 말투로 물었다.

알트만은 그 질문을 무시하고 묵묵히 발로, '바'라고 쓰여진 문을 열었다. 라들은 무엇인지 확신은 서지 않았으나 뭔가 이상한 낌새에 턱을 쑥 내밀고 방으로 들어갔다.

그다지 넓지 않은 방이었다. 왼쪽으로 바의 카운터가 있고, 그 건너편에 텅빈 선반과 옛날 난파선의 그림이 몇 장 벽에 걸려 있고 모퉁이에 피아노가 놓여 있었다. 낙하산 부대원 열두 어 명이 여기저기에 흩어져 있었는데, 모두가 노골적으로 적의를 드러내고 있었다. 냉정하게 그들을 둘러본 라들은 크게 감명을 받았다. 이만큼 수많은 훈장을 달고 있는 사나이들의 모임을 아직껏 본 일이 없었다. 제1급 철십자장을 붙이지 않은 사람은 하나도 없고, 전상 배지 따위는 수두룩했다.

라들은 외투 깃을 세운 채 서류가방을 겨드랑이에 끼고 방 한가운데에 섰다. 그는 부드러운 말투로 조용히 말했다.

"지금 지적해 둘 것이 있소. 이제까지 그런 태도 때문에 총살당한 사람이 많이 있었소."

누군가가 큰소리로 웃었다. 바의 반대쪽에서 루가 권총을 손질하고 있던 슈투름 상사가 말했다. "지금 말은 명언이구려, 중령님. 재미있는 얘기를 하나 들려 드릴까? 우리가 10주일 전에 여기에서 작전을 개시할 때는 중령을 포함해서 31명이었소. 그런데 이런저런 행운을 입었음에도 불구하고 지금은 얼마나 남은 줄 알아, 16명이 되었소. 당신과 이 게슈타포의 개가 어떻게 우리를 더 혼내 준다는 말이오?"

"나를 끌어들이지 마시오, 나는 중립이야." 데블린이 말했다.

열두 살 때부터 함부르크에서 거룻배 일을 했던 슈투름은 말이 좀 거친 데가 있었다.

"나는 한 번 말하면 그만이니까, 잘 들어두시오. 우리 중령은 아무 데도 가지 않아. 너희들과는 가지 않아. 아무도 중령을 데려갈 수는 없어."

그는 단호하게 고개를 좌우로 흔들었다.

"중령, 멋진 모자를 쓰셨군. 당신은 베를린에서 오랫동안 안락한 의자에만 너무 앉아 있었기 때문에 군대의 진짜 기분이 뭔지 다 잊어버렸을 거야. 나치당 합창이라도 듣고 싶어서 여기에 왔다면 한참 잘못 생각한 거요."

"과연 말솜씨가 일품이군. 그러나 자네는 상황을 이해하는 방식에 지성이 결여되어 있어. 상사라는 자가 고작 그 모양이라니, 정말 한심스럽군."

그는 카운터 위로 서류가방을 내던지고, 성한 손으로 외투 단추를 풀어 어깨를 흔들어서 벗었다. 기사십자장과 동계전쟁 종군장이 드러나자 슈투름이 입을 딱 벌렸다.

라들이 기회를 놓칠세라 공세로 나아갔다.

"차렷! 너희들 모두 일어섯!" 그가 호령을 했다. 순식간에 모두가 일어섬과 동시에 문이 활짝 열리면서 브렌트가 뛰어들어왔다. "특무상사, 너도 함께!" 라들이 으르렁거리는 듯한 말투로 소리쳤다.

전원이 부동자세를 취하자 방 안은 물을 끼얹은 듯이 조용해졌다. 이렇게 상황이 급변하는 것을 즐기면서, 데블린은 바에 앉아 담배에 불을 붙였다.

라들이 말했다.

"너희들은 자신이 독일군인이라고 생각하고 있겠지. 입고 있는 군복을 생각하면 당연한 착각일지도 모르지만, 너희들은 독일군인이 아니야!" 한 사람으로부터 다음 사나이에게로 옮겨가면서, 그 얼굴을 기억에 새겨 놓기라도 할 듯이 노려보고 있었다.

"너희들이 무엇인지, 가르쳐 줄까?"

그의 말은 간단명료했다. 그 말투의 엄격함에 비한다면 슈투름의 말 따위는 어린애의 잠꼬대에 불과했다. 2, 3분쯤 지나서 그가 한숨 돌리기 위해 잠깐 말을 쉬었을 때, 활짝 열린 입구에서 가벼운 헛기침 소리가 들렸다. 그가 뒤돌아보니, 슈타이너가 서 있고 그 뒤에 일저 노이호프도 있었다.

"내 자신도 그렇게 훌륭하게 표현하지 못했을 겁니다, 라들 중령. 이제까지 일은 잘못된 열정 탓으로 돌리시고 잊어주시기 바랍니다. 내가 잘 훈계를 하겠습니다. 약속합니다." 거부할 수 없는 매력적인 미소를 지으며 손을 내밀었다. "쿨트 슈타이너입니다."

라들은 그 처음의 만남을 잊을 수가 없었다. 슈타이너는 모든 나라의 공정 부대원에게서 볼 수 있는 일종의 독특한 인상을 주었다. 임무에 위험이 따른 데에서 생긴 오만이라고도 할 수 있는 자신감을 엿보게 했다. 그는 날개가 둘 있는 노란 계급장이 붙은 회청색 짧은 윗옷에 낙하용 바지를 입고, 배 모양의 좁고 긴 전투모를 비스듬히 쓰고 있었다. 그 밖에는 모든 훈장을 다 받은 사나이로서는 놀랄 만큼 간소했다. '크레타 섬'의 수장, 동계전쟁 종군장과 낙하산 부대원 자격증인 금과 은의 독수리를 달고 있을 뿐이었다. 백엽장이 딸린 기사 십자장은 느슨하게 목에 감은 비단 스카프 속에 숨겨져 있었다.

"실은 슈타이너 중령, 댁의 짓궂은 부하들에게 기합을 주는 것을 내심 즐기고 있었소."

일저 노이호프가 킥킥 웃었다.

"실례일지 모르지만, 대단한 연기시더군요, 중령."

슈타이너가 틀에 박힌 소개를 하자, 라들이 그녀의 손등에 입술을 댔다. "영광입니다, 일저 노이호프." 이마에 주름을 모았다. "예전에 뵌 적이 있는 것 같습니다만."

"그런 것 같은데요." 슈타이너가 말하면서 검정 잠수복을 입은 채 뒤에서 머뭇머뭇하고 있는 리터 노이만을 앞으로 끌어냈다. "그리고 이쪽은 언뜻 보기에 대서양의 바다표범으로 보이지만 실은 리터 노이만 중위입니다."

"반갑네, 중위." 라들은 리터 노이만을 힐끗 보고 문제의 군법회의 때문에 기사십자장의 수여가 취소된 것을 알고 있을까 하고 생각했다.

"그런데 이 분은요?" 슈타이너가 데블린 쪽을 보자, 아일랜드 인이 카운터에서 뛰어내려 왔다.

"여기 있는 사람들은 모두 나를 게슈타포라고 생각하는 모양인데, 나로서는 별로 반갑지 않은 일입니다." 그는 손을 내밀었다. "데블린입니다. 중령, 리엄 데블린."

"미스터 데블린은 내 동료입니다." 라들이 서둘러서 설명했다.

"그럼 당신은?"

"군정보국 사람입니다. 별 지장이 없으면 극히 중대한 사항으로 당신과 세 사람만 함께 의논을 하고 싶습니다."

슈타이너가 눈살을 찌푸리자, 방 안은 다시 조용해졌다. 그가 일저 쪽을 보았다.

"노이만이 바래다 줄 거요."

"아니오, 라들 중령과 얘기를 마칠 때까지 기다릴래요."

매우 불안한 심리가 그녀의 눈에 나타나 보였다. 슈타이너가 부드러운 말투로 말했다. "그렇게 오래 걸리지는 않을 거요. 잘 좀 부탁하네, 노이만." 라들 쪽으로 돌아섰다. "자, 이쪽으로."

라들이 데블린에게 가볍게 고개를 끄덕였다. 두 사람은 슈타이너의 뒤를 따라갔다.

"자, 모두들 편히 쉬어. 이 바보들아." 리터 노이만이 말했다.

모두가 긴장을 풀었다. 알트만이 피아노 앞에 앉아, 모두 다 잘되어 간다는 가사의 유행가를 치기 시작했다. "일저 노이호프 부인, 노래 한 곡 어떻습니까?" 그가 소리를 질렀다.

일저가 바의 낡은 의자에 앉으며 말했다.

"노래 부를 기분이 아니에요. 말해 줄까요, 여러분? 나는 이 시시한 전쟁에 넌더리가 나요. 지금 내가 바라는 것은, 제대로 된 담배 한 대하고 술 한 잔, 그 이상 바라지도 않지만, 그마저 기적을 바라는 것이나 다름없지 않아요?"

"자, 어떤가요, 일저 노이호프." 브렌트가 바를 뛰어넘어와서 그녀와 마주앉았다. "당신을 위하는 일이라면 무엇이든지 가능합니다. 가령 담배도 좋고, 런던 진까지."

양손을 카운터 밑으로 집어넣어, 골드 프레이크 한 상자하고 비피터 진 병을 꺼냈다.

"자, 이젠 부르시겠지요? 일저 노이호프."

한스 알트만이 큰소리로 말했다.

데블린과 라들은 제방에 기대어 희미한 햇빛 아래 맑고 깊은 바다를 바라보고 있었다. 슈타이너는 선창 끝에 앉아 라들의 서류가방에 들어 있는 것들을 훑어보고 있었다. 곶의 꼭대기인 알버트 요새가 우뚝 솟아 있고, 그 밑 벼랑의 여기저기에 새똥이 쌓여 있는데, 갈매기와 가마우지 같은 바닷새들이 구름처럼 떼를 지어 난무하고 있었다.

슈타이너가 불렀다. "라들 중령."

라들이 그가 있는 쪽으로 가고, 데블린이 따라가서 2, 3야드 앞에 멈추어 벽에 기댔다. 라들이 물었다. "다 보았소?"

"예, 보았어요." 슈타이너는 여러 가지 서류를 가방 속에 넣었다.

"세밀하게 검토하셨소?"

"물론이오."

슈타이너가 손을 뻗어, 라들의 동계전쟁 종군장을 집게손가락으로 톡톡 두드렸다.

"내가 할 수 있는 말은 저 러시아의 추위가 당신 머리에 영향을 끼쳤을 게 분명하다는 것뿐이오."

라들은 윗옷 안주머니에서 봉투를 꺼내 총통의 지령서를 내밀었다.

"이걸 봐두는 게 좋을 것 같군요."

슈타이너는 표정 하나 바꾸지 않은 채 지령서를 읽고서 어깨를 으쓱하더니 라들에게 돌려줬다.

"자, 이제 어쩌냐, 그런 뜻이오?"

"슈타이너 중령, 당신은 독일 군인이오. 우리들은 같은 맹세를 했소. 이것은 총통이 직접 명령한 것이오."

"당신은 지극히 중요한 한 가지 사실을 잊고 있는 것 같소. 난 지금 공식적으로 불명예스러운 낙인이 찍혔고, 사형 집행 유예로 징

역 부대에 있소. 내가 하는 일의 특수성 때문에 계급을 유지하고
있소."

그는 엉덩이에 붙은 호주머니에서 꼬깃꼬깃해진 담뱃갑을 꺼내 한
개 입에 물었다.

"어쨌든 난 아돌프가 싫소. 목소리가 크고 입에서 구린내가 나."

라들은 그 말을 무시했다.

"우리들은 싸우지 않으면 안 되오. 그 밖에 다른 길이 없소."

"마지막 한 사람까지?"

"다른 방법이 있을까요?"

"우린 이길 수가 없소."

라들은 정상적인 손으로 주먹을 꽉 쥐었다. 감정이 격하게 끓어올
랐다.

"그들의 생각을 바꾸게끔 할 수가 없소. 끝없이 서로 죽고 죽이는
것보다 화해하는 게 낫다는 것을 조금이라도 이해시킬 수가 없단
말이오."

"그래서, 처칠을 죽이는 게 도움이 된다는 말이오?"

의심스럽다는 듯이 슈타이너가 말했다.

"우리가 아직 만만치 않다는 것을 그들에게 보여줄 필요가 있소.
스코르체니가 그랑 삿소에서 무솔리니를 구출했을 때의 대소동을
보시오. 일대 센세이션을 불러일으켰잖소."

슈타이너가 말했다.

"내가 듣기로는 슈트덴트 장군과 낙하산 부대원 몇 명이 거들었다
던데."

라들이 초조한 듯 말했다.

"알겠소. 세상 사람들 눈에 어떻게 비칠지를 생각해 보시오. 독일
부대가 영국에 낙하산으로 낙하했다는 것은 물론이거니와, 문제는

그 목적이오. 당신은 불가능하다고 생각할지도 모르겠지만……."

"불가능하다고는 보지 않소. 지금 본 서류 내용이 정확하고, 당신이 예비 조사를 충분히 했다면 한 치의 어긋남도 없이 실행할 수 있을 것이오. 완전히 영국 사람들의 허를 찌를 수 있소. 그들이 뭐가 뭔지 모르는 사이에 습격하고 철수할 수 있을지 몰라도 문제는 그게 아니오."

슈타이너가 부드러운 말투로 말했다.

초조해진 라들이 대들 듯 물었다.

"뭐가 문제란 말이오? 그 군법 회의에 대한 보복으로 총통을 바보 취급하는 게 중요하단 말이오? 이런 곳에 보내져서? 알겠소, 중령! 여기 있으면 당신도 부하도 모두 죽을 것이오. 8주 전에 31명이었으나 지금은 몇 명 남았죠? 15명? 당신은 부하와 당신 자신을 위해 살아남을 수 있는 마지막 기회를 활용할 책임이 있잖소."

"그렇지 않으면 영국에서 죽든지……." 라들은 어깨를 으쓱했다.

"한 치의 착오도 없이 순식간에 덮치고 재빨리 철수할 것이오. 그렇게 말한 건 바로 당신이오."

"이런 일에서 가장 무서운 것은 비록 극히 자그마한 일일지라도 하나가 잘못되면 전체가 뒤틀려 버린다는 것이오."

데블린이 끼어들었다.

"바로 그렇소, 데블린 씨. 한 가지 묻고 싶은 게 있소. 당신은 무엇 때문에 가죠?"

슈타이너가 물었다.

"대답은 간단해요. 모험이 있기 때문이오. 난 위대한 모험가의 마지막 한 사람이오."

슈타이너가 즐거운 듯이 웃었다.

"근사하시군. 그것은 나도 인정합니다. 게임 말입니다. 최대 최고의 게임. 하지만 그걸로는 아직 납득이 가지 않소. 그러나 이곳에서의 확실한 죽음에서 피할 수 있는 길이기 때문에, 내가 부하들을 위해서 그것을 할 책임과 의무가 있다고, 이 라들 중령은 말했소. 솔직한 얘기지만, 난 어느 누구에 대해서도 의무나 책임이 없다고 생각하오."

"아버지에 대해서조차도?"

라들이 말했다.

한동안 침묵이 흘렀다. 들리는 것은 바위를 씻어 내리는 파도 소리뿐, 갑자기 슈타이너의 얼굴에서 핏기가 사라지고 뺨의 근육이 꿈틀거리며 눈에 어두운 그림자가 드리워졌다.

"좋소, 말해 보시오."

"게슈타포가 당신 아버지를 프린츠 알브레히트 거리로 연행했소. 반역죄 혐의로."

슈타이너는 1942년 프랑스에 있는 부친의 사령부에서 1주일간 지낼 때 늙은 아버지가 말했던 것이 떠올라 이내 라들의 말이 거짓이 아니라는 것을 알았다.

그는 낮은 소리로 말했다.

"이제 알겠소. 내가 착한 아이가 되어 시키는 대로 하면 아버지에 대한 정상 참작에 도움이 되겠지."

그러더니 갑자기 거친 표정으로 손을 뻗쳤다.

"이 개자식! 네놈들은 모두 개새끼들이야."

슈타이너는 라들의 목을 움켜잡았다. 데블린이 재빨리 끼어들었으나 슈타이너를 떼어놓는 데는 힘이 필요했다.

"이 멍청이 같으니라고! 이 사람은 아니오! 이 사람은 당신과 마찬가지로 꼼짝없이 매인 몸이란 말이오! 누군가를 쳐 죽이고 싶으면 히믈러나 죽이시오! 당신의 원수는 바로 그자요!"

라들은 매우 고통스러운 듯 제방에 어깨를 기대고 숨을 몰아쉬고 있었다.

"미안하오."

슈타이너는 진심으로 걱정하는 듯 라들의 어깨에 손을 짚었다.

"몰랐소."

라들이 의수를 들어 보였다.

"이게 보이오, 슈타이너? 이 눈도? 이 밖에도 사람들에겐 보이지 않는 상처가 있소. 운이 좋으면 2년이라고 하더군. 나 때문이 아니오. 아내와 딸들 때문에 하고 있는 것이오. 그들이 어떻게 될까하는 이런저런 생각으로 한밤중에 땀에 흠씬 젖어 깨어날 때도 있소."

슈타이너가 천천히 고개를 끄덕였다.

"물론 그렇겠지. 잘 알겠소. 우린 모두 어둠 속에서 출구를 찾아 헤매고 있군요."

슈타이너는 깊이 숨을 들이쉬었다.

"좋소, 돌아갑시다. 모두에게 설명하겠소."

"마지막 목표는 말해선 안 되오. 지금 단계에서는."

라들이 말했다.

"그러면 행선지만이라도, 그들은 행선지를 알 권리가 있소. 그 밖의 일은 노이만하고만 얘기하겠소."

그가 걷기 시작하자 라들이 말했다.

"슈타이너, 한 가지만은 분명히 말해 두고 싶은 게 있소."

슈타이너가 라들을 돌아보았다.

"난 이번 일은 해볼 만한 가치가 있다고 보고 있소. 데블린이 분명히 말했듯이, 생사를 불문하고 처칠을 납치한다고 해서 우리가 전쟁에 이기게 되는 것은 아니지만, 그들에게 충격은 줄 수 있소. 평화 교섭에 관해 다시 생각하게 될 것이란 말이오."

슈타이너가 말했다.

"정말로 그렇게 믿고 있다면 당신은 둘도 없는 호인이오, 라들. 만일 성공했을 경우 이번 작전으로 영국에게서 무엇을 얻을 수 있는지 가르쳐 줄까요? 제로요, 아무것도 없단 말이오."

슈타이너는 휙 돌아서서 선창을 걸어갔다.

바는 담배 연기로 자욱했다. 한스 알트만이 피아노를 치고 모두가 일저의 주위에 몰려 있었다. 그녀는 카운터에 걸터앉아 한 손에 진 글라스를 들고 현재 상류 사회에 떠도는 별로 고상하지 않은 소문, 헤르만 괴링 원수의 정사 얘기를 모두에게 들려주고 있었다.

슈타이너 뒤를 따라 라들과 데블린이 들어왔을 때 모두들 폭소를 터뜨리고 있었다. 슈타이너가 깜짝 놀란 표정으로 방 안을 둘러보았다.

"도대체 무슨 일이지?"

모두들 바에서 물러서고 브렌트와 함께 카운터 안에 들어가 있던 리터 노이만이 말했다.

"오늘 아침 알트만이 바 뒤쪽 골풀로 짠 낡은 깔개 밑에 문이 있는 걸 발견했습니다. 그 아래 우리가 알지 못했던 지하실이 있었는데 거기서 포장 안 된 담배가 두 상자, 한 상자에 5천 개비씩 들어 있었어요."

그는 카운터를 따라 손을 움직였다.

"골든 프레이크, 비피터 진, 화이트 호스 스카치 위스키에 헤이그 앤드 헤이그."

그리고 병을 집어 들고 떠듬거리며 영어를 읽었다.

"부시밀스 아이리시 위스키, 증류."

리엄 데블린이 환성을 올리며 그 병을 낚아챘다.

"이걸 한 방울이라도 마시는 자는 쏴버리겠어. 거짓말 아니라구, 이건 모두 내 거야."

모두가 웃음을 터뜨리자 슈타이너가 손을 들어 소동을 가라앉혔다.

"조용히 하게. 일이 생겼어."

슈타이너는 일저 노이호프를 바라보았다.

"미안하지만 극비 사항이오."

그녀는 과연 군인의 아내답게 한마디도 불평하지 않았다.

"밖에서 기다릴게요. 하지만 이 진은 제가 가지고 가겠어요."

그녀는 한 손에 잔을, 또 한 손에 비피터 병을 들고 밖으로 나갔다.

바 안은 조용해졌다. 모두가 진지한 표정으로 슈타이너가 입을 열기를 기다렸다.

"간단히 얘기하면 여기서 빠져나갈 방법이 있는데 특수 임무야."

"무엇입니까, 중령님?"

알트만 중사가 물었다.

"너희들의 본업이지. 훈련받은 그대로야."

돌연 흥분으로 술렁거리기 시작했다. 누군가 중얼거렸다.

"그러면 우리가 뛰어내린다는 건가요?"

"바로 그렇다네. 단 지원자만. 여기에 있는 각자가 스스로 판단을 내리도록."

슈타이너가 말했다.

"러시아입니까, 중령님?"

브렌트가 묻자 슈타이너는 고개를 저었다.

"지금껏 독일 군인이 싸운 적이 없는 곳이야."

모두들 호기심을 드러내고 긴장한 표정으로 서로의 얼굴을 쳐다보았다.

"너희들 가운데 영어를 할 줄 아는 자가 몇 명이나 되나?"

그가 조용한 말투로 말했다.

모두 어안이 벙벙한 채 조용했다. 리터 노이만이 쉰 목소리로 말했다.

"무슨 말씀을 하시는 거죠, 쿨트? 농담이겠죠."

슈타이너가 고개를 저었다.

"진담일세. 지금부터 얘기하는 것은 극비 사항이야. 요점만 얘기하면, 약 5주일 후 우리는 네덜란드 건너편 북해에 면해 있는 인적 드문 영국 해안에 야간 낙하를 감행하는데 만사가 계획대로 진행되면 다음날 밤 돌아오는 거야."

"계획대로 되지 않으면?"

노이만이 물었다.

"당연히 죽는 거지. 그러므로 달리 걱정하지 않아도 좋을 것이다."

슈타이너가 모두를 둘러봤다.

"또 질문 있나?"

"임무의 목적을 가르쳐 주시겠습니까, 중령님?"

알트만이 물었다.

"스코르체니와 낙하산 훈련 대대가 그랑 삿소에서 한 것과 같은 일이야. 지금으로서는 그 말밖에 할 수 없네."

"난 그걸로 충분해. 가도 죽고 여기에 있어도 죽는다면, 중령님. 우리들도 가겠습니다."

브렌트가 모두를 둘러보며 말했다.

"모두들 찬성입니다."

리터 노이만이 말하면서 부동자세를 취했다.

모두들 잇달아 차렷 자세를 취했다. 슈타이너는 오랫동안 그 자리에 선 채 자기 마음속의 어둡고 비밀스러운 부분을 바라보고 있었다. 그는 고개를 끄덕였다.

"자, 그건 그렇고, 누가 화이트 호스 스카치라고 했지?"

모두들 카운터 쪽으로 몰려갔다. 알트만이 다시 피아노 앞에 앉아 〈우리는 영국으로 진군한다〉를 치기 시작했다. 누군가 그에게 모자를 냅다 던졌고 슈투름이 소리쳤다.

"그런 시시한 곡은 집어치워. 좀더 들을 만한 걸 쳐봐."

문이 열리고 일저 노이호프가 입구에 나타났다.

"이제 들어가도 될까요?"

모두들 일제히 환성을 올렸다. 눈 깜짝할 사이에 그녀는 카운터로 옮겨졌다.

"노래를!"

모두들 입을 모아 요구했다.

"좋아요, 뭘 부를까요?"

그녀가 웃으면서 말했다.

슈타이너가 누구보다도 먼저 날카로운 목소리로 말했다.

"'모든 게 미쳐 있다(알레스 이스트 페뤼크트)'."

모두들 조용해졌다. 그를 내려다보던 그녀의 얼굴이 핼쑥해졌다.

"정말이에요?"

"지금 딱 맞는 노래야. 거짓말이 아니오."

한스 알트만이 힘주어 연주를 시작하고 일저가 두 손을 허리에 대고 카운터 위를 천천히 왔다갔다하면서 노래를 부르기 시작했다. 동계 전쟁에 종군한 사람은 누구나 알고 있는, 그 묘한 애수가 담긴 노래를……

우리들은 여기서 무엇을 하고 있나?

대체 무슨 일인가? 알레스 이스트 페뤼크트.

모든 게 미쳐 있어, 모든 것이 이미 엉망진창.

그녀의 눈에는 눈물이 어려 있었다. 모두를 포용할 듯이 그녀가 두 팔을 벌리자 전원이 그녀를 올려다보면서 낮은 목소리로 노래하기 시작했다. 슈타이너, 리터, 라들까지도.

데블린은 어찌할 바를 모르겠다는 듯 사람들의 얼굴을 주욱 둘러보다가, 이윽고 휙 등을 돌려 문을 열고 비틀거리는 발걸음으로 방을 나섰다.

"미친 것은 나인가, 아니면 저들인가?"

그는 혼자 중얼거렸다.

등화관제로 밖은 어두웠으나 라들과 슈타이너는 저녁 식사 후 담배를 피우기 위해 테라스로 나갔다. 하기야 둘만의 시간을 갖는 것이 주된 목적이기는 했다. 창문을 덮고 있는 프랑스 풍의 두꺼운 커튼을 통해 리엄 데블린의 목소리, 일저 노이호프와 그녀 남편의 밝은 웃음소리가 들려왔다.

"꽤 매력적인 사람이군요."

슈타이너가 말하자 라들이 머리를 끄덕였다.

"그에게는 여러 가지로 뛰어난 점이 많소. 그 같은 자가 좀더 많더라면 영국은 오래 전에 아일랜드에서 손을 뗐을 것이오. 오늘 오후 당신과 둘이 있었을 때 서로 유익한 얘기가 오갔을 것 같은데?"

"서로 속마음을 충분히 알았다고 할 수 있겠죠. 우리 둘은 지도를 신중하게 검토했소. 꾸미거나 거짓없이 그가 선발대로 가주면 도움이 될 거요."

슈타이너가 말했다.

"그 밖에 제가 알아둬야 할 것은?"

"깜박했소. 베르너 브리겔이 실제로 그 지역에 간 적이 있소."

"브리겔이라? 그게 누구죠?"

"병장. 21세. 군대 생활 3년째. 발트 해 연안의 바르트 출신이오. 그 부근의 해안은 노퍽과 상당히 비슷하다고 하지요. 인적 드문 광대한 모래톱, 모래언덕, 그리고 새들이 많다고 합니다."

"새?"

라들이 말했다.

슈타이너가 어둠 속에서 미소 지었다.

"설명이 좀 필요한 이야긴데 하여간 젊은 베르너의 인생 최대의 즐거움도 새라네. 예전에 레닌그라드 근처에서 우린 빨치산의 함정에서 구사일생으로 벗어난 적이 있소. 그들이 찌르레기 떼를 놀라게 해서 날아가게 했기 때문이었소. 베르너와 나는 한동안 어디 숨을 데도 없는 곳에서 총격을 당하며 진창에 고개를 처박은 채 엎드려 있었소. 그때 그가, 찌르레기가 어떻게 겨울철에 영국으로 날아가는가를 자세하게 설명해 주어, 덕분에 지루하지 않게 보낼 수가 있었소."

"재미있는 얘기군요."

라들이 빈정거리는 투로 말했다.

"당신은 비웃을지 모르지만 그 이야기 덕분에, 비참한 30분이 무척 짧게 느껴졌소. 1937년 그와 부친이 노퍽 북부에 간 것은 조류 관찰을 하기 위해서였소. 그 일대는 조류로 유명하오."

"그것도 괜찮겠지. 다 제멋에 사는 거니까. 영어는 어떻소? 그 점은 조사해 봤소?"

"노이만 중위, 알트만 중사, 그리고 젊은 브리겔은 제법 영어를 구사할 줄 압니다. 물론 악센트가 문제지요. 영국인으로 통하는 것은 도저히 무리요. 그 밖에 브렌트와 크루겔이 조금 할 줄 알지만 용무를 볼 수 있을 정도지요. 그리고 브렌트는 젊었을 때 화물선 갑판원 일을 한 적이 있소. 함부르크와 헐 사이를 오가면서."

라들이 고개를 끄덕였다.

"그저 그만그만한 정도로군요. 그런데 노이호프가 뭔가 묻던가요?"

"묻진 않았지만 무척 호기심을 보이고 있소. 게다가 일저는 걱정이 대단하고, 일 내용도 알지 못하면서 날 구하겠다는 일념뿐이에요. 라벤트로프에게 얘기하지 않도록 잘 말해 둘 필요가 있겠군요."

"그게 좋겠소. 앞으로는 아무것도 하지 말고 기다려 주시오. 네덜란드에서 적당한 기지를 찾아내는 데 얼마나 걸릴지 모르지만, 1주일이나 열흘 안으로 이동 명령이 떨어질 것이오. 당신도 알고 있듯이 데블린은 1주일 안으로 그쪽으로 갈 것이오. 이제 방안으로 들어갑시다."

슈타이너가 그의 팔을 잡았다.

"그런데, 아버지는?"

"그 일에 대해 내게 다소라도 영향력이 있다고 말한다면 그건 당신을 속이는 일일 거요. 모든 열쇠는 히믈러가 쥐고 있소. 내가 할 수 있는 것은 반드시 하겠지만, 당신이 얼마나 협조적인가를 그에게 확실히 알리는 것뿐이오."

라들이 말했다.

"당신은 정말로 그걸로 충분하다고 믿고 있는 거요?"

"그러면……."

슈타이너가 얼빠진 웃음소리를 냈다.

"그자는 명예에 관한 관념이 완전히 결여된 자요."

"그럼 당신은, 당신은 있소?"

라들이 말했다.

"없을지도 모르오. 아니면 내가 표현하기에는 너무나도 고상한 말일지도 모르겠소. 약속한 건 반드시 지킨다든가, 무슨 일이 있어도 친구를 도와준다는 따위의 단순한 말밖에는 못하지요. 그런 것들을 합친 것을 명예라고 할 수도 있지 않을까요?"

"나는 뭐라 할 말이 없군요. 단 한 가지 내가 확신을 갖고 말할 수 있는 것은, 당신이 히믈러와 같은 인간들보다는 몇 백 배나 훌륭하다는 것이오. 이건 진심이오."

라들은 슈타이너의 어깨에 팔을 둘렀다.

"자, 이 이상 여기에 있으면 좋지 않을 듯싶소."

일저와 노이호프 대령, 데블린은 난로 옆 작은 테이블을 둘러싸고 앉아 있었다. 일저는 왼손에 쥔 카드를 부지런히 늘어놓고 있었다.

"자, 깜짝 놀라게 해보시죠."

데블린이 말했다.

"못 믿으시겠다는 거예요, 데블린 씨?"

"저 같은 훌륭한 가톨릭 신자가요? 예수회가 자랑으로 여기는 최고의 산물인 제가요? 자, 어떤가요?"

그가 싱긋 웃었다. "당신은 대단한 미신가예요, 데블린 씨."

그의 미소가 약간 엷어졌다.

"알겠어요? 저는 세상에서 이상 감응력의 소유자로 불리는 사람 중의 하나예요. 카드는 중요하지 않아요. 이건 단지 도구에 불과하니까요." 그녀는 계속했다.

"그럼, 점을 쳐주시겠어요?"

"좋아요. 당신의 미래를 알리는 한 장의 카드. 제가 젖히는 것은 일곱 번째 카드예요."

그녀는 재빨리 수를 세고, 일곱 번째 카드를 집어 들었다. 커다란 낫을 가진 해골이 그려진 카드는 위아래가 반대로 되어 있었다.

"상당히 괜찮은 놈이군요."

데블린은 짐짓 태연하게 말했지만 불안감이 엿보였다.

"그래요, 사신이에요. 하지만 위아래가 반대이므로 당신이 생각하는 그런 의미는 아니지요."

그녀는 좀더 가까이 카드를 들여다보다가 빠르게 말했다.

"당신은 오래 살 거예요, 데블린 씨. 얼마 있지 않아 당신에겐 오랜 타성의 기간, 침체라고 해도 좋을 기간이 시작되고, 인생의 만년에 혁명, 아마도 암살……"

그녀는 차분한 표정으로 그의 얼굴을 응시했다.

"마음에 드십니까?"

"오래 사는 부분은."

데블린이 밝은 목소리로 말했다.

"다른 부분의 운은 하늘에다 맡기죠."

"제 점도 쳐주시겠소, 노이호프?"

라들이 말했다.

"원하신다면."

그녀는 카드를 셌다. 일곱 번째 카드는 위아래가 반대로 된 별이었다. 그녀는 다시 오랫동안 들여다보았다.

"당신은 아무래도 건강 상태가 좋지 않으시군요, 중령님."

"그렇습니다."

라들이 대답했다.

그녀가 얼굴을 들고 아무렇지도 않은 투로 말했다.

"뭐가 나타나 있는지 아시는 것 같은데요?"

"고맙소, 알 것 같군요."

조용히 미소 지으며 그가 말했다.

갑자기 썰렁한 기운에 휩싸이며 좌석의 흥이 깨졌으나 슈타이너가 사이를 두지 않고 말했다.

"일저, 난 어떻소?"

그녀는 카드를 모으다가 손놀림을 멈췄다.

"지금은 안 돼요, 쿨트. 오늘 밤은 이 정도로 해둘게요."

"농담 아니오. 꼭 해주시오. 왼손으로 당신에게 건네는 거죠, 그렇죠?"

그가 말하며 카드를 들어올렸다.

그녀는 아무래도 내키지 않는 듯 카드를 받더니 말없이 애원의 표정으로 그를 쳐다보았으나 곧 카드를 세기 시작했다. 일곱 번째 카드를 재빨리 젖혀 자기만 힐끔 보고는 뒤집어 카드 다발 맨 위에다 올려놓았다.

"카드 쪽도 운이 좋은 것 같아요, 쿨트. 당신의 카드는 힘, 커다란 행운, 역경에서의 승리, 그리고 갑작스런 출세였어요."

그녀는 상냥하게 미소 지었다.

"그럼, 이만 실례하고 커피를 가져올게요."

그녀가 방을 나서자 슈타이너는 손을 내밀어 카드를 젖혔다. 교수형에 처해진 사내였다. 그가 한숨을 쉬었다.

"여자들은 가끔 어린아이들 같은 짓을 하는군. 그렇지 않습니까, 여러분?"

다음날 아침은 안개가 자욱이 끼어 있었다. 날도 밝기 전에 노이호프가 라들을 깨워 함께 커피를 마시면서 안개가 짙게 끼었다고 알렸다.

"여기서는 늘 있는 일이오. 어쨌든 안개가 끼어 있고 전체적인 기상 예보도 좋지 않아. 지금으로서는 저녁때까지 비행기가 이륙할 가망이 없소. 그때까지 기다리겠소?"

라들이 고개를 저었다.

"오늘 저녁까지 파리에 가야만 합니다. 브르타뉴에서 비행기를 갈아타려면 어떻게든 11시에는 저지 섬을 출발하는 수송기를 타야 하는데, 다른 방법은 없습니까?"

"정 그렇다면 E보트를 알아보는 수밖에 없겠소. 타기가 별로 편하지도 않고 위험하기도 하오. 이 지역에서는 영국 공군보다 해군이 말썽이지. 어쨌든 예정대로 세인트 헬리어에 도착하려면 즉시 출발하지 않으면 안 되겠소."

"고맙습니다. 즉시 준비해 주십시오. 저는 데블린을 깨우겠습니다."

7시가 조금 지나 노이호프가 직접 차를 몰아 두 사람을 부두까지 데려가 주었다. 데블린은 뒷좌석에 웅크리고 앉아 지독한 숙취 증세를 보이고 있었다. 아래쪽 잔교에서 E보트가 기다리고 있었다. 두 사람이 돌계단을 내려가니 긴 군화를 신고 해군 사관 재킷을 입은 슈타이너가 현장에 기대어, 두터운 스웨터에 소금기로 얼룩진 모자를 쓰고 수염을 기른 젊은 해군 소위와 얘기를 나누고 있었다.

슈타이너가 몸을 일으켜 두 사람을 맞이했다.

"배로 여행하기에는 딱 좋은 아침이오. 귀중한 짐을 수송할 거라고 쾨니히에게 설명하고 있던 참이오."

소위가 경례했다.

"안녕하십니까, 중령님?"

데블린은 아무래도 기분이 좋지 않은 듯 두 손을 주머니에 찔러 넣은 채 우두커니 서 있었다.

"별로 기분이 좋지 않은 것 같은데요, 데블린 씨?"

슈타이너가 물었다. 데블린이 신음 소리를 냈다.

"와인은 사람을 놀리는 정도지만 센 술은 미치게 만들거든요."

슈타이너가 병을 들어올리며 말했다.

"그럼 이건 볼일이 없겠군. 사실은 브렌트가 부시밀스를 또 한 병 찾아냈소."

데블린이 병을 홱 낚아챘다.

"이놈 덕분에 이렇게 됐지만, 다른 사람에게도 그런 일을 당하게 할 수는 없소. 양심이 허락하질 않는군요."

두 사람은 악수했다.

"당신이 내려오는 걸 내가 쳐다볼 수 있게 되기를 기도하겠소."

데블린은 배다리를 뛰어넘어 배 뒤쪽에 앉았다.

라들은 노이호프와 악수한 다음 슈타이너에게로 돌아섰다.

"가까운 시일 내에 연락하겠소. 또 하나 가능한 한 최선을 다하겠소."

슈타이너는 가만히 있었다. 악수를 하려고도 하지 않았으므로 라들은 잠시 머뭇거리다 배다리를 넘었다. 쾨니히가 조타실 창에서 얼굴을 내밀고 힘차게 명령을 내렸다. 밧줄이 풀리고 E보트는 안개 짙은 바다로 사라져 갔다.

어뢰정은 방파제 끝을 나서자 속력을 올렸다. 라들은 주의 깊게 주변을 둘러보았다. 승무원은 확실히 만만치 않은 자들로 절반 정도가 턱수염을 길렀는데 두터운 재킷이나 스웨터에 작업복 바지와 수부용 긴 장화를 신고 있었다. 사실 해군다운 점은 거의 없었다. 잘 살펴보니 기묘한 안테나가 여기저기 붙어 있는 배의 모습은, 그가 알고 있는 E보트와는 전혀 달랐다.

그가 망루에 올라가니 쾨니히가 해도대(海圖臺) 위에 몸을 구부려 항로를 살펴보고 있고, 검은 수염을 기른 덩치 큰 사내가 핸들을 쥐고 있었다. 그는 하사관 계급장이 붙은 빛바랜 해군 재킷을 입고 있었으나 해군 같아 보이지는 않았다.

쾨니히가 예의바르게 경례했다.

"어서 오십시오, 중령님. 불편하신 데는 없습니까?"

"없기를 바라고 있네."

"거리는?"

라들이 해도대 위로 몸을 구부렸다.

"약 80킬로미터입니다."

"예정 시간 안에 도착하겠나?"

쾨니히가 시계를 보았다.

"영국 해군의 방해가 없다면, 10시 조금 전까지 세인트 헬리어에 도착할 겁니다."

라들이 창을 통해 밖을 내다보았다.

"소위, 자네 부하들은 늘 어부 같은 차림을 하나? E보트는 우리 해군의 자랑으로 알고 있었는데."

쾨니히가 웃었다.

"하지만 이것은 E보트가 아닙니다, 중령님. 그렇게 보이도록 만들어졌을 뿐입니다."

"그러면 뭐지?"

이해하기 어려운 듯 라들이 물었다.

"솔직히 말하면 저희도 잘 모릅니다. 그렇지, 뮐러?"

하사관이 씨익 웃자 소위가 말했다.

"보시다시피 고속 군함의 일종입니다, 중령님. 원래 터키 해군을 위해 영국에서 만든 것을 영국 해군이 징발한 것입니다."

"어떻게 해서 손에 넣었나?"

"썰물 때 브르타뉴의 모를레 모래톱에 좌초한 것입니다. 선장은 대피하기 전에 폭약을 설치했었죠."

"그래서?"

"폭발되지 않아 다시 폭약을 설치하러 배로 돌아오는 선장과 부하를 포로로 잡았습니다."

"불쌍한 멍청이들, 동정하고 싶을 정도군."

라들이 말했다.

"얘기는 아직 남았습니다, 중령님. 그런데 선장이 보낸 마지막 연락이 배를 포기하고 폭파한다는 내용이었으므로, 당연한 일이지만 영국 해군성은 그렇게 한 걸로 알고 있죠."

"그래서 자넨 영국 해군 배로 바다를 달리고 있군. 이제 알겠네."

"그렇습니다. 중령님께선 아까 뱃머리 깃대를 보셨는데, 영국 해군의 흰 깃발이 금방이라도 펼쳐질 것처럼 된 것을 보고 이상하게 생각하셨을 겁니다."

"그럼, 그 덕분에 도움을 받은 적이 있나?"

"물론이지요. 우리는 영국 군함기를 올리고 의례적 신호와 함께 그대로 달려갑니다. 그러면 무사통과이지요."

라들은 또다시 가슴속에서 점차 흥분이 끓어오르는 것을 느꼈다.

"이 배에 대해 설명해 주게. 속도는?"

"원래 최고 속도는 25노트였지만 브레스트 해군 공장에서 30으로 끌어올렸지요. 물론 E보트에는 미치지 못하지만 그럭저럭 쓸만합니다. 길이는 약 35미터, 무장은 2.7킬로그램과 0.9킬로그램 포 각한 대, 2열 기총좌가 한 대, 2열 20밀리 대공 속사포 한 대."

라들이 말을 가로막았다.

"과연 군함이 분명하군. 항속 거리는?"

"21노트 속력으로 1600킬로미터입니다. 물론 소음 장치를 사용하면 연료가 더 먹히죠."

"그리고 저건 뭐지?"

라들이 안테나들을 가리켰다.

"일부는 항해용이고 나머지는 S전화용입니다. 달리고 있는 배와 육지 공작원 사이의 무선 통신용 초단파 무전기입니다. 우리 쪽 어떤 무선장치보다도 뛰어납니다. 공작원이 상륙 안내를 하기 위해 사용했던 것 같습니다. 전 이미 싫증이 날 정도로 저지 섬 사령부 사람들에게 그 우수성을 얘기했지만 아무도 흥미를 보이지 않습니다. 그래서 저희들은⋯⋯."

소위는 위험하다 싶은 데서 입을 딱 다물었다. 라들이 힐끗 그 얼굴을 보고 온화한 어조로 말했다.

"그 훌륭한 장치의 유효 범위는 어떤가?"

"기상 상황이 좋을 때는 24킬로미터입니다. 하지만 안심하고 사용할 수 있는 거리는 그 절반 가량이라고 봅니다. 그 거리라면 육지에서 전화로 얘기하는 거나 다름이 없습니다."

라들은 설명 들은 내용에 대해 생각하면서 잠시 그 자리에 서 있다가 갑자기 고개를 끄덕였다.

"고맙네, 쾨니히."

라들은 망루를 나섰다.

데블린은 선실에서 위를 향해 누워 부시밀스 병을 가슴에 올려놓고 눈을 감고 있었다. 라들은 화도 나고 불안하기도 해서 눈살을 찌푸렸으나 잘 보니 위스키 병마개는 닫혀 있었다.

"걱정 마시오, 중령. 아직 술의 포로가 되진 않았다오."

눈을 뜨지도 않은 채 데블린이 말했다.

"내 서류 가방을 갖고 왔소?"

데블린이 몸을 뒤척여 밑에서 가방을 꺼냈다.

"목숨을 걸고 지키고 있소."

라들은 입구 쪽으로 되돌아갔다.

"고맙군. 이 배 조타실에 무전기가 있는데 저쪽에 도착할 때까지 봐두었으면 하네."

"무전기?"

데블린이 되물었다.

"아니, 좋소, 나중에 설명하지."

그가 망루로 되돌아가니 쾨니히가 해도대 앞 회전의자에 앉아 알루미늄 컵으로 커피를 마시고 있었다. 여전히 뮐러가 키를 조종하고 있었다.

쾨니히가 놀라 일어서자 라들이 말했다.

"저지 섬 해군 사령관은 누군가? 이름은?"

"한스 올브리히트 해군 대령입니다."

"그래? 자네가 예정하고 있는 도착 시간보다 30분 빨리 세인트 헬리어에 도착할 수 없겠나?"

쾨니히가 자신 없는 듯 뮐러 쪽을 보았다.

"글쎄요, 중령님. 해보긴 하겠지만요, 중요한 일입니까?"

"매우 중요하네. 자네의 전속 수속을 위해 올브리히트와 얘기할 시간이 필요하거든."

쾨니히가 깜짝 놀랐다.

"전속이라니요, 중령님? 어디 있는 기지로 말입니까?"

"내가 있는 곳일세. 이걸 읽어 보게."

라들이 봉투를 꺼내 총통 지령서를 내밀었다.

쾨니히는 불안한 태도로 두세 걸음 떨어져 담뱃불을 붙였다. 한참 있다가 돌아서는 그의 눈은 동그래져 있었다.

"오, 하느님."

쾨니히가 작은 소리로 부르짖었다.

"이번 일에 하느님은 관계없네."

라들은 지령서를 받아 봉투에 집어넣었다. 그리고 뮬러 쪽을 향해 턱짓을 했다.

"저 황소는 믿을 만한가?"

"절대로요, 중령님."

"좋아, 명령서 내용이 확정될 때까지 하루나 이틀 저지 섬에서 기다리고 있게. 그동안에 해안을 따라 불로뉴로 가 거기서 내 지시를 기다리게. 불로뉴로 가는 데는 문제없겠나?"

쾨니히가 고개를 저었다.

"없습니다. 이런 종류의 배로 연안을 항해하는 것은 무척 쉽지요."

그리고 잠시 망설이다가 물었다.

"그리고 그 다음은요, 중령님?"

"네덜란드 북부 덴헬더 근처 어딘가야. 아직 적당한 장소를 찾아내지 못했어. 그 근처를 알고 있나?"

뮬러가 기침을 하고 입을 열었다.

"실례지만 중령님, 저는 그 연안 일대에 대해서는 우리집 마당처럼 훤히 잘 알고 있습니다. 예전에 로테르담을 근거지로 했던 네덜란드 샐비지 선의 일등 항해사였거든요."

"그거 반가운 소식이군."

그는 망루를 떠나 고물 쪽에 있는 포 옆에 서서 담배를 태우며 혼잣말로 낮게 중얼거렸다.

"나가는 거야. 일은 혼자서 진행하는 거야."

가슴속이 흥분으로 끓어올랐다.

6

조애너 그레이는 그린파크의 어느 벤치 위에 놓여 있는 〈타임스〉지 속에 끼워진 커다란 봉투를 발견했다. 때는 10월 6일 수요일 정오 무렵, 에스파냐 대사관의 연락원이 놓아 둔 것이다.

봉투를 손에 넣자마자 곧장 킹스크로스 역으로 돌아와 북쪽으로 가는 첫급행열차를 탔고, 피터버러에서 지선으로 갈아타고 차를 세워 놓은 킹즈린에 갔다. 부인 의용대용으로 특별 배급된 가솔린을 절약해 조금씩 모아 둔 게 도움이 되었다. 차를 파크 카티 뒤뜰에 집어넣었을 때는 이미 6시가 다 되어 있었고 몸은 물먹은 솜처럼 피곤했다. 부엌에 들어가자 애견 패티가 매우 반가워하며 맞아 주었다. 개가 달라붙는 걸 내버려둔 채 거실로 가 스카치를 잔에 가득 따랐다. 헨리 윌러비 경 덕분에 위스키는 충분히 있었다. 위스키를 다 마시자 계단을 올라가 침실 옆 작은 서재로 갔다.

제임스 1세 시대에 만들어진 나무 벽의 한쪽에는 비밀 문이 있었다. 그 문은 그녀가 만든 게 아니라, 제임스 1세 당시의 일종의 유행으로, 나무벽과 구별이 안 되도록 만들어져 있었던 것이다. 그녀는 목에 걸고 있는 열쇠 중 하나로 그 문을 열었다. 거기서부터 짧은 나무 계단이 지붕 밑 다락방으로 통해 있었고, 그 다락방에는 무선 송수신기가 놓여 있었다. 그녀는 작은 테이블 앞에 앉아 서랍을 열고 총알이 들어 있는 루가 권총을 한쪽으로 밀어 놓았다. 그리고 손으로 더듬어 연필을 찾아내고 암호책을 꺼내 일을 시작했다.

한 시간쯤 지났을까, 의자 등받이에 기댄 그녀의 얼굴은 흥분한 나머지 굳어져 있었다. 그녀는 남아프리카의 네덜란드어로 중얼거렸다.

"놀랍군! 그들은 진심으로, 정말로 할 생각인 모양이야."

깊이 숨을 들이쉬어 마음을 진정시키고 계단을 내려갔다. 문 옆에서 끈기 있게 기다리고 있던 패티가 꼬리를 흔들며 거실까지 따라왔다. 그녀는 수화기를 들고 스터들리 그레인지에 전화를 걸었다. 헨리 윌러비 경이 직접 전화를 받았다.

"헨리, 조애너 그레이예요."

갑자기 그의 목소리가 친절해졌다.

"브리지 게임에 못 온다고 전화를 건 것은 아니겠지? 잊지 않았겠죠? 8시 반이오."

그녀는 잊고 있었으나 지금 그런 게 문제가 아니었다.

"물론 잊지 않았어요, 헨리. 실은 부탁이 하나 있는데 당신과 둘이서만 얘기하고 싶어요."

그의 말투에 진지함이 더해졌다.

"말해 보구려. 내가 할 수 있는 거라면 뭐든 해드리리다."

"실은 죽은 남편 친구인 아일랜드 사람들한테 연락이 왔어요. 그들의 조카를 어떻게 돌봐 줄 수 없냐는 거예요. 어쨌든 그를 보낸다고 하니까, 2, 3일 내로 이쪽으로 오게 될 거예요."

"뭘 어떻게 해달라는 거요?"

"이름은 데블린, 리엄 데블린인데, 그 가엾은 사람은 실은 영국 육군에 입대하여 프랑스에서 중상을 입었어요. 의병 제대를 하고 벌써 1년 가까이 치료를 계속해 왔어요. 이젠 완전히 나아 당장에라도 일을 할 수 있게 되었지만 집 밖에서 하는 일이어야만 해요."

"그래서, 나라면 일을 찾아낼 수 있을 거라고 생각했구려? 그런 거라면 간단하지. 당신도 알다시피 지금 저택 관리 일을 해줄 사람이 없잖소."

헨리 경이 기쁜 듯이 말했다.

"처음엔 별로 도움이 안 될 거예요. 실은 전 홉스앤드 늪지 관리인이라면 어떨까 하고 생각하고 있었어요. 2년 전 톰 킹이 육군에 입대한 이래 아무도 없잖아요. 게다가 그 집이 빈집인 채 그대로 있고, 누가 살면 좋을 것 같아서요."

"그렇게 합시다, 조애너. 당신 생각도 괜찮아요. 그 일은 천천히 얘기해 봐야 될 것 같소. 브리지 게임에는 다른 사람들도 올 테니까 얘기하기는 무리고, 내일 오후 집에 있겠지요?"

"물론, 있겠어요. 이렇게 힘이 되어 주셔서 정말 감사해요. 요즘 당신한테 여러 모로 폐를 끼치는 것 같아요."

"당치도 않소. 그게 바로 내가 여기 있는 이유가 아니겠소? 여자는 자기가 할 수 없는 일을 부탁할 남자가 필요한 거라오."

그는 위엄 있는 말투로 말했으나 어쩐지 희미하게 떨리고 있었다.

"그럼, 전화를 끊겠어요. 나중에 만나 뵙도록 하죠."

"이따 봅시다."

그녀는 수화기를 놓고 패티의 머리를 톡톡 두드렸다. 다락방으로 올라가자 개가 뒤를 따랐다. 그녀는 송신기 앞에 앉아 베를린을 향해 네덜란드 항공 표지 주파수로 지극히 짧은 신호를 보냈다. 지령을 무사히 받았으며, 데블린의 취업을 조심스럽게 추진하고 있다는 내용이었다.

베를린에는 비가 내리고 있었다. 멀리 우랄 산맥에서 불어오는 게 아닌가 할 정도로 차가운 바람이 불고, 검은 비구름이 하늘을 뒤덮고 있었다. 프린츠 알브레히트 거리에 있는 히믈러 사무실 밖의 대기실에 막스 라들과 데블린이 마주보고 앉아 있었다. 두 사람은 그런 상태로 벌써 한 시간 이상이나 기다리고 있었다.

"대체 어떻게 된 거지? 우리를 만나고 싶은 거야, 만나고 싶지 않은 거야?"

데블린이 말했다.

"노크를 하고 들어가 물어 보시지 그래?"

라들이 말했다.

바로 그때 밖의 문이 열리고 로스만이 들어왔다. 코트에서 빗물이 떨어졌다. 그는 중절모를 벗어 빗물을 털어내며 밝게 웃었다.

"두 분 다 아직 여기 계셨군요?"

데블린이 라들에게 말했다.

"기지가 풍부한 자로군. 그렇게 생각지 않소?"

로스만이 노크를 하고 들어갔다. 문은 열린 채로였다.

"그를 데려왔습니다, 장관 각하."

히믈러의 말소리가 들렸다.

"좋아, 그럼 라들과 그 아일랜드 인을 만나겠네."

"도대체 어떻게 된 거요? 우리가 무슨 오픈 게임용인가?"

데블린이 투덜거렸다.

"말조심하시오, 그리고 얘기는 내게 맡기고."

라들이 말했다.

그가 앞서 들어가고 데블린이 뒤이어 들어가자 로스만이 문을 닫았다. 방 안은 모든 게 첫날 저녁때와 똑같았다. 조명은 희미했으며, 난롯불이 후끈후끈 타오르고 있었다. 히믈러는 책상 너머에 앉아 있었다.

SS 장관이 말했다.

"훌륭하게 처리했더군, 라들. 난 자네의 진행 상황에 대단히 만족하고 있다네. 이 사람이 데블린인가?"

"그렇습니다. 늪지에서 온 아일랜드의 불쌍하고도 가난한 농민, 그게 바로 접니다, 각하."

데블린이 밝은 목소리로 말했다.

히믈러는 알아듣기 어렵다는 듯 눈살을 찌푸렸다.

"도대체 이자가 뭐라고 하는 거야?"

"장관 각하, 아일랜드 인은 다른 나라 사람들과는 다릅니다."

라들이 자그마한 목소리로 말했다.

"비 탓이오."

데블린이 라들에게 말했다.

히믈러가 깜짝 놀란 표정으로 그를 바라보다가 다시 라들 쪽을 보았다.

"이번 일에 적임자인 게 확실한가?"

"그렇습니다."

"언제 가나?"

"일요일입니다."

"그 밖의 일도 순조롭게 진행되고 있겠지?"

"지금까지는요. 올더니 섬에는 파리에서의 군 정보국 일을 핑계삼아 다녀왔고, 다음 주의 암스테르담 방문에 필요한 그럴싸한 핑계도 준비해 두었습니다. 제독은 아무것도 모릅니다. 다른 일에 정신이 없으니까요."

"좋아."

히믈러는 뭔가를 생각하면서 물끄러미 천장을 바라보았다.

"그 밖에 다른 일이 없습니까, 장관 각하?"

데블린이 안절부절못하기 시작했으므로 라들이 물었다.

"오늘밤 오라고 한 데에는 두 가지 이유가 있네. 하나는 데블린 씨를 내 눈으로 보고 싶었고, 또 하나는 슈타이너의 기습 부대 구성에 관해서야."

"자리를 비키는 게 좋을 것 같군요."

데블린이 말했다.

"그럴 필요는 없소. 다만 한쪽 구석에 가만히 앉아 있어 주면 좋겠소. 그렇지, 아일랜드 인은 그런 데 익숙하지 않은가?"

"못할 것은 없습니다만 좀처럼 안 하죠."

그는 난로 옆으로 가 담배를 꺼내 불을 붙였다. 그 모습을 히믈러가 무서운 얼굴을 하고 보고 있다가, 무슨 말인가를 할 듯했으나 이내 마음을 고쳐먹은 듯했다. 그리고 라들 쪽으로 시선을 돌렸다.

"말씀하시지요, 장관 각하."

"그래, 슈타이너의 기습 부대 구성에 약점이 한 가지 있는 것 같아. 어느 정도 영어를 할 줄 아는 자가 4, 5명 있으나 영국인으로 통할 만한 자는 슈타이너 단 한 명뿐이더군. 그렇다면 문제가 되네. 내 생각으론, 슈타이너 정도의 능력을 가진 자의 보좌가 필요해."

"하지만 그 같은 능력을 가진 자는 좀처럼 없습니다."

"그 해결책을 찾아낸 것 같네. 실은 에이머리라고 하는 자가 있지. 존 에이머리, 영국의 유명한 정치가의 아들이지. 그는 프랑코를 위해 무기 밀매를 했었지. 또 볼셰비키를 증오했네. 그자가 상당히 오래 전부터 우리 쪽에 협력하고 있다네."

"도움이 될까요?"

"글쎄, 그런데 그자가 세인트 조지 영국인 의용군을 창설하면 어떨까 하는 제안을 해왔어. 요컨대 포로 수용소 내 영국인 중에서 지원자를 모아 주로 동부 전선에서 싸우게 한다는 것이야."

"지원자가 있었습니까?"

"조금은. 많지는 않고 대부분 불량배들이지. 에이머리는 지금은 관계하고 있지 않아. 잠시 국방군 관할하에 있었으나 SS가 인계했네."

"지원자는 몇 명 정도입니까?"

"마지막으로 들었을 때는 50명인가 60명인가였어. 현재 그들에게는 영국 자유군이라는 훌륭한 이름이 붙어 있다네."

히믈러는 눈앞에 있는 서류철을 열고 기록 카드를 한 장 꺼냈다.

"그런 패들도 때론 쓸모가 있는 법이야. 이 하피 프레스턴이라는 자가 그런 예지. 벨기에에서 포로가 되었을 때 그는 영국 근위 보병 연대 대위 군복을 입고 있었는데, 내가 들은 바로는 그의 영국 귀족다운 말씨와 태도를 의심하는 자는 한 명도 없었다고 하네."

"사실은 그렇지 않았습니까?"

"스스로 판단해 보게."

라들은 카드의 내용을 살펴봤다. 하피 프레스턴은 1916년 요크셔 주 헤러게이트에서 철도역 짐꾼의 아들로 태어났다. 14세 때 집을 나와 어느 유랑 극단의 소도구 담당원이 되었고, 18세에 사우스포트 극단의 배우가 되었다. 1937년에 윈체스터 순회 재판소에서 네 건의 사기죄로 2년형을 선고받았다.

1939년 출옥했으나, 1개월 뒤 영국 공군 장교를 사칭하고 현금 사기를 쳐 다시 9개월 형을 선고받았다. 그때 판사는 프레스턴이 입대한다는 조건으로 집행 유예를 내렸다. 그는 영국 병참 부대 중대 사무실 서기로 프랑스로 건너갔고, 포로가 되었을 때의 계급은 분대 근무의 병장이었다.

수용소에서의 행동은 보는 측의 입장에 따라 좋기도 하고 나쁘기도 하다. 그도 그럴 것이, 동료 포로의 탈주 기도를 다섯 차례나 관리자 측에 밀고했던 것이다. 그러나 다섯 번째 그들을 밀고한 사실이 드러났고, 만일 그가 자유군에 지원하지 않았다면 그의 안전을 위해 다른 곳으로 옮겨야만 했을 것이다. 라들은 데블린에게 기록 카드를 건네고 히믈러 쪽으로 돌아섰다.

"그러면 각하께선 슈타이너에게 이……"

"사기꾼이라고 말하려는 건가? 그는 소모품에 불과해. 하지만 영국 귀족 흉내가 매우 뛰어난 자야. 정말로 겉모습은 당당하게 생겼지, 라들. 한마디 물어 보자마자 경찰이 경례를 하게 되는 자야. 이 프레스턴은 매우 쓸모가 있을 거라고 보네."

"하지만 장관 각하, 슈타이너와 그의 부하는 군인입니다. 진짜 군인들이죠. 그런 그들과 그런 자가 잘 어울릴 수 있을까요? 명령에 따르겠습니까?"

"그는 하라는 대로 할 거야. 그 점은 문제없네. 어디 한번 불러 볼까?"

히믈러가 벨을 누르자 로스만이 입구에 나타났다.

"프레스턴을 데려오게."

로스만은 문을 열어 놓은 채 나갔다. 그와 동시에 프레스턴이 들어와 문을 닫고 나치식 경례를 했다.

그는 27세로 썩 어울리게 맞춘 군복을 입은 장신의 호남아였다. 라들이 특히 흥미를 느낀 것은 그 복장이었다. 앞이 뾰족한 군모에 SS 해골 배지를 붙이고, 칼라에는 표범이 세 마리 붙어 있었다. 왼쪽 소맷자락 독수리 아래 영국 국기를 본뜬 방패가 있고 검은색과 은색의 고딕체로 '영국 자유군'이라는 독일어가 씌어 있었다.

"아주 멋진데."

데블린이 말했지만 소리가 낮았으므로 라들에게만 들렸다.

히믈러가 소개했다.

"하급 돌격 중대 지휘관 프레스턴 소위. 이쪽은 군 정보국의 라들 중령과 데블린 씨. 오늘 읽어 두라고 준 서류를 보면 이번 일에서 이 두 사람이 해내는 역할을 알 수 있을 것이네."

프레스턴이 어중간하게 라들 쪽을 향해 고개를 숙이고 차렷 자세를 취했다. 극히 전형적이고 군인다운 동작이었다. 배우가 무대에서 장교역을 연기하고 있는 것 같았다.

"그리고 자넨 이번 일에 관해 충분히 생각할 여유가 있었을 것으로 믿네. 자신이 뭘 해야 하는지 이해하고 있나?"

히믈러가 말했다.

프레스턴이 조심스럽게 대답했다.

"라들 중령이 이 임무를 위해 지원자를 구하고 있다고 생각해도 괜찮겠습니까?"

독일어는 제법 능숙했으나 악센트에 아직 개선의 여지가 다분히 있었다.

히믈러는 코안경을 벗고 집게손가락으로 살짝 콧등을 문지르고는 다시 조심스럽게 안경을 썼다. 어쩐지 기분 나쁜 인상을 주는 동작이었다. 말을 꺼냈을 때 그 목소리는, 바람에 낙엽이 바삭거리며 굴러가는 듯한 메마른 목소리였다.

"대체 뭘 말하고 싶은 건가, 소위?"

"단지 제가 상당히 곤란한 입장에 놓이게 된다는 것뿐입니다. 장관 각하도 아시듯이 영국 자유군 대원은, 어떤 경우에도 영국 또는 영국 국왕에 대한 무력 행위를 하도록, 또 영국 국민의 이익에 반하는 행위에 지원하도록 강요받지 않는다는 보장을 받았습니다."

라들이 말했다.

"이분은 동부 전선에서 싸우는 쪽을 선호하고 있는 것 같은데요, 장관 각하? 폰 만슈타인 원수가 지휘하는 남방군 집단에서요. 거기라면 호전적인 용사를 만족시키기에 충분한 지역이 얼마든지 있을 겁니다."

프레스턴은 엄청난 실수를 저질렀음을 깨닫고 서둘러 말을 정정하려고 했다.

"맹세코 말씀드리겠습니다만, 장관 각하……."

히믈러는 그럴 여유를 주지 않았다.

"자넨 지원이란 말을 사용했는데, 나는 그 말을 신성한 본분을 다하는 행위라고 이해하고 있네. 요컨대 총통과 독일 제국에 충성을 다하는 기회를 바라는 것이야."

프레스턴이 차렷하고 부동자세를 취했다. 너무 뛰어난 연기여서 데블린은 내심 그것을 즐기고 있었다.

"물론입니다, 장관 각하. 그것이 저의 유일한 바람입니다."

"자네는 그러한 취지의 선서를 했을 걸로 보는데, 그렇지 않나? 신성한 선서 말야?"

"옛, 장관 각하."

"그렇다면 더 이상 말할 필요가 없네. 지금 이 순간부터 라들 중령의 지휘하에 들어간 것으로 하도록."

"알겠습니다, 장관 각하."

"라들 중령, 자네와 둘이서만 잠시 할말이 있네."

그러면서 히믈러는 데블린 쪽을 보았다.

"데블린 씨, 정말로 미안하지만 프레스턴 소위와 함께 대기실에서 기다려 주시오."

프레스턴은 하일 히틀러 경례를 하고 영국 근위병에 뒤지지 않는 멋진 동작으로 홱 오른쪽으로 돌아 밖으로 나갔다. 데블린이 그 뒤를 따라 나가며 문을 닫았다.

로스만의 모습은 보이지 않았다. 프레스턴은 팔걸이의자의 옆구리를 힘껏 발로 차고 모자를 벗어 테이블 위로 내던졌다. 분노로 얼굴이 핼쑥했다. 그가 은으로 된 케이스를 꺼내 담배를 집는 손은 떨리고 있었다.

데블린이 옆으로 가, 프레스턴이 케이스를 닫을 틈을 주지 않고 멋대로 한 개비를 집어 들며 싱긋 웃었다.

"그거 참, 자네는 저 할아버지한테 급소를 찔린 것 같은데."

데블린이 영어로 말하자 프레스턴이 그를 매섭게 쏘아보면서 역시 영어로 말했다.

"대체 무슨 뜻이오?"

"어지간히 하라구, 이 철부지야. 난 자네 얘기를 들어서 알고 있어. 세인트 조지 부대. 영국 자유군. 그들이 무슨 방법으로 자네들을 매수했지? 술도 여자도 원하는 대로 주었겠지. 단, 이것저것 가리지 않는 경우의 얘기지만. 이번엔 자네들이 그 대가를 지불할 차례인 거야."

키가 180센티를 넘는 프레스턴은 모멸에 찬 눈초리로 아일랜드 인을 내려다보며 코를 킁킁거렸다.

"정말, 여러 가지 인간을 만나는군. 냄새를 맡아 보니 늪지에서 막바로 기어 나온 게 틀림없어. 자, 내게서 떨어져. 구역질 나는 아일랜드 인 행세는 다른 데 가서나 하시지. 어서! 그렇지 않으면 가만두지 않을 테니!"

성냥을 켜 담뱃불을 붙이던 데블린은 프레스턴의 오른쪽 무릎을 겨냥한 뒤 냅다 걷어찼다.

히믈러의 사무실 안에서는 라들의 경과보고가 거의 끝나가고 있었다.

"훌륭하네. 그러면 그 아일랜드 인은 일요일에 출발하겠군."

히믈러가 말했다.

"브레스트 교외의 라뷰 공군 기지에서 도르니어 기로 날아갑니다. 거기서 북서로 진로를 잡으면 영국 상공을 지나지 않고 아일랜드에 갈 수 있습니다. 고도 2만 5천 피트로 날기 때문에 도중에 문제는 없을 겁니다."

"그럼, 아일랜드 공군 쪽은?"

"어느 공군 말입니까, 장관 각하?"

"그렇군! 이로써 계획은 드디어 실행 단계로 들어가는 거야. 자네의 일솜씨에는 매우 만족하고 있네, 라들. 연락을 소홀히 하지 않도록."

히믈러는 서류철을 덮었다. 용무가 끝났음을 알리듯 히믈러가 펜을 집어 들자 라들이 말했다.

"또 하나 있습니다."

히믈러가 고개를 들었다.

"뭔가?"

"슈타이너 소장입니다."

히믈러가 펜을 놓았다.

"그가 어째서?"

라들은 어떻게 얘기를 꺼내야 좋을지 몰랐으나 어떻게든 이쪽의 뜻을 상대에게 전해야만 했다. 슈타이너를 위해 그렇게 해야 할 의무가 있었다. 실제로 그는, 여러 가지 상황을 고려해 볼 때, 어떻게든 약속을 지키지 않으면 안 된다는 자신의 깊은 열의에 스스로 놀랐다.

"이번 계획에 대한 그의 태도가 그의 부친의 심리에 중대한 영향을 미칠 가능성이 있음을 그에게 명확히 전하는 것은 장관 각하께서 내놓았던 의견이었습니다."

"그렇네. 그런데 그게 어쨌다는 거지?"

히믈러가 부드러운 어조로 말했다.

"전 슈타이너 중령에게 약속했습니다, 장관 각하. 그에게 확약했습니다······ 요컨대······."

라들이 결심한 듯 말했다.

"그 같은 확약을 줄 권한이 자네에겐 없어. 그러나 여러 상황을 고려해서, 자네가 나의 이름으로 슈타이너에게 그 확약을 주는 것을 허용하네."

히믈러는 다시 펜을 집어 들었다.

"가도 좋아. 프레스턴에게 남아 있으라고 전해 주게. 좀더 그에게 얘기해 둘 게 있어. 내일 자네 있는 곳으로 보내겠네."

라들이 대기실로 들어가자 데블린은 좁은 커튼 틈으로 밖을 내다보았다. 프레스턴은 팔걸이의자에 앉아 있었다.

"밖에는 비가 억수같이 쏟아지고 있소. 오랜만에 영국 공군이 집 안에 틀어박혀 있겠군. 돌아갈까요?"

라들이 고개를 끄덕이고 나서 프레스턴에게 말했다.

"자넨 남아 있게. 각하께서 만나고 싶어 하신다네. 내일은 군 정보국에 오지 않아도 좋아. 이쪽에서 연락하겠네."

프레스턴이 또다시 너무나 군인다운 태도로 자리에서 일어나 팔을 들어 올렸다.

"알겠습니다, 중령님. 하일 히틀러!"

데블린은 라들과 함께 문 밖으로 나가면서 엄지손가락을 추켜들고 씨익 웃었다.

"공화국 만세다, 철부지야!"

프레스턴은 갑자기 팔을 내리고 험상궂은 표정을 지었다. 데블린은 문을 닫고 라들 뒤를 따라 계단을 내려갔다.

"그들은 대체 어디서 저런 놈을 찾아냈지? 히믈러는 머리가 어떻게 된 거 아니오?"

"글쎄……."

두 사람은 SS 위병 옆에 멈춰 세차게 쏟아지는 비에 대비해서 코트 깃을 세웠다.

"누가 봐도 영국인으로 보이는 장교를 한 명 더 첨가한다는 생각은 그다지 나쁘지 않지만, 저 프레스턴은 아무래도……."

라들이 크게 고개를 저었다.

"성격적 결함이 매우 많은 자요, 이류 배우에 작은 악당. 독선적 환상에 빠져 인생의 대부분을 낭비해 온 인간이지."

"그럼에도 우리는 그를 사용할 수밖에 없잖소, 슈타이너는 어떻게 생각할까?"

데블린이 말했다.

라들의 전용차가 다가오자 두 사람은 빗속을 달려 뒷좌석에 올라탔다.

"슈타이너는 어떻게든 할 거요. 슈타이너 같은 사람은 어떤 경우에도 최선책을 찾아낼 것이오. 하지만 지금은 그런 것보다 일이 더 중요하오. 우린 내일 오후에 파리로 가야 하오."

"그 뒤는?"

"네덜란드에서 중요한 일이 기다리고 있소. 이미 얘기했듯이 모든 작전은 란즈부르트를 기지로 해서 전개되오. 그곳은 지구의 끝 같은 매우 좋은 곳이오. 작전 기간 중 나는 거기에 있을 거요. 그러므로 당신은 누가 수신하고 있는가를 알면서 송신할 수가 있소. 나는 당신을 파리에 남겨 놓고 암스테르담으로 갈 것이오. 당신은 브레스트 근교 라뷰 비행장으로 가서 거기서 일요일 밤 10시에 날아가면 되오."

"그때는 당신도 오나요?"

데블린이 물었다.

"노력은 해보겠지만, 못 갈지도 모르오."

이윽고 차가 군 정보국에 도착했다. 두 사람이 현관으로 뛰어 들어가니 마침 호퍼가 모자를 쓰고 두툼한 외투를 입고 막 나가려던 참이었다. 그가 경례를 하자 라들이 말했다.

"퇴근인가, 칼? 나한테 온 연락은 없나?"

"있었습니다, 중령님. 그레이 여사한테서요."

라들의 온몸은 흥분으로 가득 찼다.

"어떤 연락이지? 무슨 내용이야?"

"'지시 수령'입니다, 중령님. 그리고 데블린 씨의 취직 건을 조심스럽게 추진하고 있다는 내용입니다."

라들은 산악 부대 제복에서 빗방울을 털면서 우쭐해진 듯한 표정으로 데블린 쪽을 바라보았다.

"어떤가 친구, 무슨 할말이 있소?"

"공화국 만세, 만만세요, 애국심의 표명은 이 정도로 됐소? 괜찮다면 안에 들어가 한잔 하고 싶은데?"

데블린이 어두운 표정으로 말했다.

사무실문이 찰칵 하고 열렸을 때 프레스턴은 군 기관지 〈지그날〉의 영어판을 읽고 있었다. 눈을 들자 입구에서 히믈러가 물끄러미 자신을 바라보고 있으므로 깜짝 놀라 일어섰다.

"실례했습니다, 장관 각하."

"무슨 실례를 했다는 거야? 함께 가세. 자네에게 보여주고 싶은 게 있어."

히믈러가 말했다.

의아심과 함께 뜻모를 불안을 느끼면서 프레스턴은 히믈러를 따라 계단을 내려가 1층 복도 저쪽 두 명의 게슈타포가 경비하고 있는 철문 앞까지 걸어갔다. 한 명이 문을 열고 둘이서 차렷 경례를 하자 히믈러가 고개를 끄덕이고는 계단을 내려갔다.

하얀 칠을 한 통로는 조용했다. 잠시 후 프레스턴은 멀리서 들려오는 듯한 둔탁하고 리드미컬한 소리를 들었다. 히믈러가 독방 문 앞에서 발을 멈추고 철로 된 창살문을 열자 방탄유리를 끼운 작은 창이 있었다.

너덜거리는 셔츠에 군복 바지를 입은 60세 전후의 백발 사내가 의자에 납작 엎드려 있었다. 체격 좋은 SS 대원 둘이 고무 곤봉으로 등과 엉덩이를 규칙적으로 후려치고 있었다. 셔츠 소매를 걷어 올린 로스만이 그 옆에서 담배를 피우며 바라보고 있었다.

"난 이런 무자비한 폭력을 매우 싫어한다네. 자넨 어떤가, 소위?"

히믈러가 말했다.

프레스턴은 입 안이 바싹 마르고 속이 울렁거렸다.

"옛, 장관 각하. 무서운 일입니다."

"바보 같은 놈들, 우리가 말하는 데 귀를 기울이기만 하면 될 것을. 정말로 꺼림칙한 일이지만, 국가에 대한 반역자를 응징하는 데 다른 방법이 있을까? 독일 제국과 총통은 무조건적이고 절대적인 충성을 요구하고 있네. 그 요구를 충족시키지 못하는 자는 당연히 대가를 받지 않으면 안 된다네, 알겠나?"

프레스턴은 너무나도 잘 알았다. 지나칠 정도로. SS 장관이 그곳을 떠나 계단을 올라가기 시작하자 그는 손수건을 입에 대어 넘어오려는 것을 억제하면서 비틀비틀 뒤를 따라갔다.

어두운 지하 독방 안에 갇힌 포병 소장 칼 슈타이너는 한쪽 구석으로 기어가 몸을 웅크렸다. 그리고 자신의 몸이 조각조각 떨어져 나가지 않도록 하려는 듯 팔짱을 꼈다.

"한마디도 안 할 거다. 죽어도 안 할 거야. 신에게 맹세한다."

부풀어 오른 그의 입술 사이로 희미한 소리가 흘러나왔다.

10월 9일 토요일 오전 2시 20분, 네덜란드 연안의 그랑하임을 기지로 하는 제7 야간 전투기 연대의 페터 게리케 대위는 38번째 적기를 확인 격추시키는 기록을 세우고 있었다. 그는 융커스 88로 두꺼운 구름 속을 날고 있었다. 여러 개의 기묘한 레이더 용 안테나가 붙어 있는, 언뜻 보면 볼품없는 검은 쌍발기였으나 유럽 각지를 야간 폭격하고 있는 영국 폭격대에게는 두려운 적이었다.

그날 밤 근무에서 게리케는 처음에는 불운을 탓하고 있었다. 오른쪽 엔진 연료 파이프가 막혀, 하노버를 공습하고 네덜란드 해안을 넘어 귀환하는 영국 폭격기 대편대를 습격하기 위해 중대가 날아올랐을 때 30분이나 지상에 남아 있어야 했던 것이다.

게리케가 공격 지역에 도달했을 때, 아군 편대의 대부분은 이미 귀환 길에 오르고 있었다. 그러나 언제나 뒤처지는 비행기가 있기 때문에 좀더 순찰하기로 했다.

게리케는 스물 셋이었다. 미남이지만 좀 신경질적인 젊은이로, 그 검은 눈빛에는 더딘 인생의 흐름을 못 견뎌 초조해하는 기색이 역력했다. 그러나 지금은 〈전원 교향곡〉 제1악장을 휘파람으로 나직이 불고 있었다.

그의 등 뒤에서 레이더 세트 위에 몸을 구부리고 있던 레이더 담당 하우프트가 갑자기 헉 하고 숨을 들이켰다.

"한 대 발견!"

거의 동시에 기지로부터 제7항공단 지상 관제관 한스 베르거 소령의 귀에 익은 목소리가 게리케의 헤드폰을 통해 들려왔다.

"방랑자 4호, 여기는 흑기사. 심부름꾼을 한 명 포착했다, 들리나?"

"감도 양호."

"항로 0——8——7도, 거리 10킬로미터."

융커스가 숨어 있던 구름 속에서 벗어나는 순간, 정찰담당 보믈러가 게리케의 팔을 건드렸다. 그 순간 게리케는 목표물을 발견했다. 상처 입은 랭커스터 폭격기 한 대가 밝은 달빛 아래 왼쪽 날개 엔진에서 연기를 내뿜으며 날고 있었다.

"흑기사, 여기는 방랑자 4호, 시계에 포착됐음. 더 이상 원조 필요 없음."

게리케가 말했다.

그는 다시 구름 속으로 돌아와 고도를 150미터 정도 내리고 왼쪽으로 급선회하여 손상된 랭커스터의 후방 아래쪽으로 날아갔다. 목표물은 천천히 연기를 내뿜으며 위쪽에서 잿빛 유령처럼 표류하고 있었다. 1943년 후반 독일 야간 전투기 상당수가 속칭 슈레게 무지크라는 신병기를 탑재하기 시작했다. 10 내지 20도의 각도로 위쪽으로 발사할 수 있도록 동체에 부착한 2문의 20밀리 기관포였다. 그 신병기로 인해 아래쪽에서도 공격할 수 있게 되었는데, 그 위치의 이점은, 폭격기 전체가 하나의 거대한 표적으로 확연히 보일 뿐만 아니라 공격하는 측은 상대의 시계 밖에 있게 된다는 것이었다.

지금의 경우도 그랬다. 게리케는 한순간 랭커스터와 나란히 가다가 항구 쪽으로 방향을 틀었고, 랭커스터는 약 천 미터 아래 바다 속으로 떨어져 갔다. 낙하산이 하나 그리고 다시 또 하나 펴졌다. 그 바로 뒤에서 폭격기가 폭발하여 새빨간 불덩어리로 변했다. 동체가 떨어져 나가고 낙하산 하나에 확 불이 옮겨 붙었다.

"오, 하느님!"

두려운 표정으로 보블러가 말했다.

"하느님은 무슨 얼어 죽을 하느님이야! 구조하도록 저 불쌍한 놈의 위치를 기지에 알려줘. 자, 돌아가자."

게리케가 사나운 말투로 말했다.

게리케와 두 탑승원이 작전 본부 정보실에 보고하러 가니, 선임 정보 장교인 아들러 소령이 있을 뿐 다른 사람은 없었다. 쉰 살의 소령은 화상을 입어 표정이 얼어붙은 듯이 보였으나 실은 쾌활한 성격의 소유자였다. 제1차 대전 때 폰 리히트호펜 중대에 소속했던 조종사로 블루 막스 공훈장을 목에 걸고 있었다.

"여, 돌아왔군 페터. 아무리 늦어도 돌아오지 않는 것보다는 낫지. 자네가 목표물을 격추시킨 것은 그 해역에 있는 E보트의 무선 연락으로 확인됐네."

"탈출한 자는 어떻게 됐죠? 찾았나요?"

게리케가 다그치듯 물었다.

"아직까지는. 하지만 수색하고 있다네. 그 근처에는 구명정도 있으니까."

소령이 책상 위 백단나무 상자를 밀어 건넸다. 연필처럼 가늘고 긴 네덜란드제 여송연이 들어 있었다. 게리케가 한 개비 집었다.

"그들이 걱정되나보군, 페터. 자네가 인도주의자일 줄은 꿈에도 생각하지 못했네."

아들러 소령이 말했다.

"인도주의자가 아닙니다. 하지만 내일 밤엔 제가 그렇게 될지도 모르지요. 그래서 구조대원들이 대기하고 있는지 어떤지 걱정이 된 겁니다."

게리케는 여송연에 불을 붙이면서 쌀쌀맞은 말투로 말했다.

그가 입구 쪽으로 향하자 소령이 말했다.

"프라거가 만나고 싶어하네."

오토 프라거 중령은 그랑하임의 대대장으로 그의 휘하에는 게리케 중대를 포함한 3개 중대가 있다. 엄격한 규율주의자이며 열성적인 국가사회주의자였으나 게리케는 그 어느 쪽도 마음에 들지 않았다. 하지만 중령은 제1급의 조종사였으며, 부하들의 안전과 복지를 위해 헌신적인 노력을 기울였다. 그리고 이러한 사실이 그의 단점을 가려 주고 있었다.

"무슨 일일까요?"

아들러 소령이 어깨를 으쓱했다.

"난 잘 모르겠네만, 전화로 돌아오는 즉시 오라고 거듭 강조했네."

"알았소. 괴링이 전화를 걸어 대위님을 주말에 카리브로 초대했을 겁니다. 너무 늦었지만."

보믈러가 말했다.

독일 공군 조종사에게 기사십자장이 수여될 때, 예전에 조종사였던 국가 원수 괴링은 자신의 손으로 직접 수여하기를 좋아하였고, 누구나 그 사실을 알고 있었다.

"당치도 않은 소리!"

게리케가 몹시 불쾌한 듯 말했다. 사실 그보다 격추기 수가 적은 조종사들도 그 귀중한 훈장을 받은 터였다. 그로서는 대단히 불만스러운 점이었다.

"신경 쓰지 말게, 페터. 조만간 자네 차례가 올 거야."

세 사람이 밖으로 나갈 때 아들러 소령이 말했다.

"그때까지만 살아 있으면."

현관 돌계단 위에 멈추며 게리케가 보믈러에게 말했다.

"어때, 한잔 하지 않겠나?"

"아니, 됐습니다. 제게 필요한 것은 뜨거운 목욕물과 여덟 시간의 수면입니다. 대위님도 아시겠지만 전 이런 아침 시간에 술 마시는 걸 별로 좋아하지 않습니다. 비록 밤과 낮이 뒤바뀐 생활을 하고 있긴 하지만."

보믈러가 말했다.

하우프트는 벌써 하품을 하기 시작했다. 게리케가 퉁명스럽게 말했다.

"재미없는 친구 같으니라고. 알았네. 둘 다 잘들 해보라구."

그가 걸어가기 시작하자 뒤에서 보믈러가 외쳤다.

"프라거가 만나자고 한 말 잊지 마십시오."

"나중에, 나중에 만날 거야." 게리케가 말하면서 나갔다.

"일부러 화를 불러일으키는 것 같아. 요즈음 왠지 이상해. 왜 저러지?"

게리케의 뒷모습을 지켜보며 하우프트가 말했다.

"우리 모두 마찬가지야. 출격 횟수가 너무 많아서 그래."

보믈러가 말했다.

게리케는 구두 소리를 울리면서 피곤해진 몸을 이끌고 장교 집회소 쪽으로 걸어갔다. 어떻게 된 건지 자신도 모르는 사이에 모든 것이 끝판에 도달한 듯한 개운치 않은 기분이었다. 랭커스터의 생존자 일이 아무리 해도 머리에서 떠나지 않는 게 이상했다. 지금 필요한 건 한 잔의 술과 혀를 델 듯한 뜨거운 한 잔의 커피, 그리고 슈납스 또는 슈타인하거라도 좋다.

대기실에 들어가자 프라거 중령의 모습이 제일 먼저 눈에 띄었다. 건너편 구석에 있는 안락의자에 앉아 다른 장교와 머리를 맞대고 낮은 소리로 애기를 나누고 있었다. 게리케는 도망쳐 나와야 할지 어떨지 잠시 망설였다. 비행복 차림으로 집회소에 들어오는 것에 대해 대대장은 유달리 말이 많았기 때문이다. 프라거가 고개를 들고 그를 보았다.

"여, 왔나, 페터. 이쪽으로 와 앉게."

게리케가 다가가자 중령이 손뼉을 쳐 가까이 있던 급사에게 커피를 가져오게 했다. 그는 조종사들이 술을 마시는 것을 달가워하지 않았다.

"안녕하십니까, 중령님?"

기사십자장을 달고, 한쪽 눈에 검은 안대를 한 산악 부대 중령이 왜 이런 곳에 와 있을까 의아심을 품으면서 게리케가 밝은 음성으로 말했다.

"축하하네. 또 한 대 확인됐다더군."

"예, 랭커스터입니다. 한 명이 무사히 탈출했습니다. 낙하산이 펴지는 걸 봤는데, 지금 찾고 있는 중이랍니다."

"이쪽은 라들 중령일세."

프라거가 소개했다.

라들이 성한 한쪽 손을 내밀자 게리케가 얼른 손을 내밀어 악수를 했다.

"처음 뵙겠습니다, 중령님."

프라거 중령은 게리케가 지금껏 본 적이 없는 심각한 표정이었다. 급사가 커피포트와 잔 세 개가 놓인 쟁반을 들고 왔을 때 아무래도 안정이 안 되는 듯 이리저리 자세를 고쳐 앉는 걸로 봐서 어떤 정신적인 중압감을 애써 견디고 있는 것을 분명히 알 수 있었다.

"놓고 가봐. 그대로 놓고 가도 좋아!"

프라거 중령이 근엄한 말투로 명령했다.

급사가 물러간 뒤 잠시 거북한 침묵이 계속되었다. 그러다가 대대장이 갑자기 말문을 열었다.

"라들 중령은 군 정보국에서 오셨네. 자네에 대한 새로운 명을 가지고 말야."

"새로운 명령입니까, 중령님?"

프라거가 자리에서 일어섰다.

"라들 중령이 자세히 얘기해 주겠지만, 어쨌든 자네에게 우리 독일 제국에 충성을 다할 수 있는 다시없는 좋은 기회가 주어질 것 같네."

게리케가 일어서자 프라거는 잠시 망설이다가 손을 내밀었다.

"페터, 자넨 매우 열심히 일해 주었네. 난 자넬 자랑으로 여기고 있지. 그래서 훈장에 관해서 나는 벌써 세 번이나 자넬 추천했다 네. 이제 내 힘으로는 아무래도 안 될 것 같아."

"알고 있습니다, 중령님. 매우 감사하고 있습니다."

게리케가 진심으로 말했다.

프라거가 자리를 뜨자 게리케가 의자에 앉았다. 라들이 말했다.

"이번 랭커스터를 합쳐 확인된 격추기 수가 38대가 된다고 하던 데?"

"중령님께선 아주 잘 알고 계시는 것 같군요. 한잔 하시겠습니 까?"

게리케가 말했다.

"좋아, 코냑으로 하지."

게리케가 급사를 불러 주문했다.

"38대나 격추시켰는데 아직 기사십자장을 받지 못했다면 이례적인 일 아닌가?"

게리케가 꾸물거리며 몸을 움직였다.

"때론 그럴 수도 있겠지요."

"알고 있는지 모르겠지만 고려해야 할 사실이 하나 있네. 1940년 여름 칼레 근처 기지에 있는 메서슈미트 109형 기를 조종하던 자 네는, 부대를 시찰 중이던 국가 원수 괴링에게, 스핏파이어가 더 우수한 비행기라고 말했다지?"

라들이 미소를 지었다.

"그처럼 지위가 높은 사람은 그런 말을 하는 하급 장교를 잊지 않 는 법이야."

"실례되는 말씀을 올릴 생각은 추호도 없지만, 중령님. 저와 같은 일을 하는 자는 당장 내일 죽을지도 모르기 때문에 확실하게 자기 생각을 얘기할 수 있는 것은 오늘밤에 없습니다. 대체 무슨 일인지 들려주시면 대단히 감사하겠습니다."

"얘기는 간단하네. 난 특별 작전에 조종사가 필요하다네."

"중령님이요?"

"그렇다네, 독일 제국이지. 기분이 좀 좋아지는가?"

"별로 그렇진 않지만."

게리케는 빈 슈납스 잔을 급사 쪽으로 내밀고 신호를 했다.

"실은 저는 여기가 좋습니다."

"새벽 4시에 슈납스를 그렇게 마시는 인간이…… 믿을 수 없군. 어쨌든 본건에 관해서 자네는 선택의 여지가 없네."

"네? 뭐라고요?"

게리케는 화가 난 듯했다.

"그 점은 대대장에게 물어 봐도 좋아."

급사가 두 잔째의 슈납스를 가져오자 게리케는 단숨에 마셔 버리고는 얼굴을 찡그렸다.

"이놈의 술!"

"그러면서 왜 마시나?"

"모릅니다. 어둠 속에 너무 오래 있은 탓인지도 모르겠고, 아니면 너무 오랫동안 하늘을 날아서인지…….."

게리케가 빈정대는 듯한 웃음을 띠었다.

"어떤 기회가 필요해서인지도 모르죠."

"자랑은 아니지만, 내가 그 기회를 제공할 수 있는 건 확실하네."

"좋습니다."

게리케는 남은 커피를 다 마셨다.

"앞으로 어떻게 해야 하죠?"

"난 9시에 암스테르담에서 사람을 만날 약속이 있네. 그 뒤 우리가 갈 곳은 그 도시 북쪽 32킬로미터 지점 되는 어느 곳일세."

라들이 손목시계를 들여다보았다.

"7시 반까지는 여기를 출발해야 해."

게리케가 말했다.

"그러면 목욕하고 아침 먹을 시간은 있군요. 지장이 없다면 차 속에서 조금 눈을 붙이겠습니다."

게리케가 자리에서 일어섰을 때 중대 당번병이 들어왔다. 경례를 하고 대위에게 통신 용지를 한 장 건넸다. 게리케는 그것을 읽고 씨익 웃었다.

"중요한 건가?"

라들이 물었다.

"오늘 아침 랭커스터에서 탈출한 영국인을 구조했답니다. 조종 장교라는군요."

"운이 좋은 자로군."

라들이 말하자 게리케가 중얼거렸다.

"재수가 좋은 거죠. 제 운도 좋기를 빌겠습니다."

란즈부르트는 암스테르담 북쪽 약 32킬로미터 지점에 위치한, 스하헨과 바다 사이에 있는 황량한 지역이었다. 게리케는 가는 도중 계속 잠을 자다가 라들이 팔을 붙잡고 흔들자 겨우 눈을 떴다.

오래된 농가와 가축 외양간, 물결 모양의 함석지붕이 녹투성이가 된 격납고 두 개, 그리고 콘크리트 바닥의 갈라진 틈에서 풀이 돋아난 활주로가 있었다. 주위의 철조망은 특별히 별다른 것은 아니었고, 아직 만든 지 얼마 안 되는 느낌을 주었다. 철문 앞에는 요란한 헌병 장식 기장을 목에 두른 중사가 경비를 서고 있었다. 중사는 소형 기관총으로 무장하고 한 손에 사납고 억세게 생긴 셰퍼드를 묶은 쇠줄을 잡고 있었다.

그가 무표정하게 서류를 조사하는 동안 개가 사납게 으르렁거렸다. 라들은 문을 통과해 격납고 앞에 차를 세웠다.

"자, 다 왔네."

믿을 수 없을 정도로 널찍하고 평평한 땅이 저 멀리 모래톱으로, 그리고 그 너머 북해로 뻗어 있었다. 게리케가 문을 열고 내리자 엷은 소금기를 머금은 비바람이 바다 쪽에서 불어왔다. 그가 활주로 옆으로 가 몇 번 발을 구르자 콘크리트 조각들이 부서졌다.

"10년인가 12년 전 로테르담의 해운업계 거물이 개인용으로 만든 것이라네. 어떻게 생각하나?"

차에서 내려 게리케 쪽으로 걸어오면서 라들이 말했다.

"여기에 라이트 형제만 있으면 모든 준비가 다 갖추어지겠군요."

게리케는 바다 쪽을 바라보다가 부르르 몸을 떨고는 가죽코트 호주머니에 손을 찔러 넣었다.

"지독한 곳이군요, 하느님 수첩에 마지막으로 적혀 있는 게 여기 아닐까요?"

"우리 목적에는 딱 맞는 장소이지. 그럼 일을 시작하세."

라들이 앞장서서 옆에 있는 격납고로 갔다. 셰퍼드를 거느린 다른 헌병이 경비를 서고 있었다. 라들이 고갯짓을 하자 헌병이 문을 열어젖혔다.

안은 눅눅해서 꽤 추웠고 지붕 틈새에서는 비가 새고 있었다. 안에 갇혀 있던 쌍발기는 멀리 고향을 떠나 외로움을 못 견뎌하는 듯이 보였다. 이제 이 세상 어떤 일에도 놀라지 않는다고 자부하던 게리케였으나 오늘 아침은 그렇게 되지 않았다.

그 비행기는 저 유명한 더글러스 DC3, 통칭 다코타였다. 지금까지 만들어진 만능 수송기 중에서 가장 성공한 기종으로, 제2차 세계대전 중 독일군의 융커스 52형과 마찬가지로 연합군의 손발이 되어 활약한 비행기이다. 그러나 흥미롭게도 양 날개에는 독일 공군 기장이, 꼬리 날개에는 십자 기장이 붙어 있었다.

페터 게리케는 사람들이 자기 말을 사랑하듯 변함없는 열정을 가지고 비행기를 사랑했다. 슬쩍 손을 뻗어 날개를 만지며 대단히 다정한 말투로 말했다.

"오랜만이구나, 애야."

"이런 형의 비행기를 알고 있나?"

라들이 물었다.

"어떤 여자보다도 잘 알고 있죠."

"1938년 6월부터 11월까지 6개월간 브라질의 란드로스 공수 회사에 근무. 비행시간 9백 30시간. 열아홉 살 젊은이치고는 대단한 기록이야. 상당히 몸이 고되었겠지."

"그랬군요, 그래서 제가 뽑혔나요?"

"모든 것이 자네 인사 기록에 적혀 있었네."

"이놈을 어디에서 얻었습니까?"

"4개월 전 네덜란드 지하 저항 조직에 하늘에서 보급품을 투하하고 있던 영국 공군 수송대원한테서야. 자네 동료인 야간 전투기가 쏘아 떨어뜨린 거야. 엔진에 가벼운 손상을 입었을 뿐이었지. 연료 펌프가 어떻게 된 것 같아. 심한 중상을 입어 정찰병은 낙하산으로 탈출할 수 없었지. 조종사가 겨우 밭으로 불시착했는데 불운하게도 거기는 SS 병영 바로 옆이었어. 동료를 기내에서 꺼내기는 했으나 폭파시킬 틈은 없었던 거야."

문이 열려 있었으므로 게리케는 올라탔다. 계기판을 바라보며 조종석에 앉는 순간, 마나우스에서 바다까지, 정글 속을 지나며 거대한 뱀처럼 구불구불 흐르고 있는 아마존 강이 저 아래 보이는 듯했다.

라들이 다른 좌석에 앉았다. 은으로 된 케이스를 꺼내 게리케에게 러시아 담배를 권했다.

"이 비행기를 조종할 수 있겠나?"

"어디로요?"

"멀진 않아. 북해 건너편 노퍽이다. 빠르게 출격했다가 재빨리 되돌아오는 거야."

"맡긴 일은?"

"낙하산 부대원 16명을 수송하는 일이야."

놀란 나머지 게리케는 연기를 너무 깊이 들이마시어 독한 러시아 담배 연기에 숨이 막힐 것 같았다. 잠시 뒤 그는 큰소리로 웃었다.

"겨우 '바다 사자 작전' 개시인가요? 영국 본토 침공은 좀 때늦은 감이 들지 않습니까?"

"그 해안의 특정 구역에는 저공용 레이더망이 설치되어 있지 않다네. 고도 6백 피트 이하로 가면 문제없어. 물론 비행기를 꼼꼼하게 정비하고 날개에 영국 공군 기장을 붙인다. 발견되어도 영국 공군기가 정상 임무를 수행하는 것으로밖에는 안 보일 거야."

라들이 침착한 말투로 말했다.

"하지만 왜죠? 저쪽에 도착하면 그들은 대체 뭘 하는 거죠?"

"자네완 관계없는 일이야. 자넨 단지 버스 운전기사에 지나지 않아."

라들이 딱 잘라 말했다.

그가 비행기 밖으로 나가자 게리케가 뒤따라 내려왔다.

"잠깐만요, 중령님. 좀더 얘기해 줄 수 없나요?"

라들은 대꾸도 없이 걸어가더니 차 옆에 서서 비행장 건너편 바다를 바라보았다.

"자신이 없나?"

"당치도 않은 말씀입니다. 제가 무슨 일에 연루되는지 그것을 알고 싶을 뿐이에요."

게리케가 분명히 말했다.

라들은 외투를 젖히고 윗옷 단추를 끌렀다. 안주머니에서 예의 그 지령서가 들어 있는 뻣뻣한 마닐라 봉투를 꺼내 게리케에게 건넸다.

"이걸 읽어 봐."

게리케가 고개를 들었을 때, 지금까지 없었던 엄숙한 표정이 떠올랐다.

"그렇게 중대한 일인가요? 프라거 중령이 놀라 당황한 것도 무리가 아니군요."

"그렇다네."

"알겠습니다. 준비 기간은 어느 정도 있나요?"

"약 4주간일세."

"정찰장교인 보블러와 함께 가게 해주십시오. 그는 제가 지금까지 만난 사람 중 최고입니다."

"필요한 건 뭐든지 준비할 테니 거리낌없이 말해주게. 물론 모든 것은 극비야. 원한다면 1주간 휴가를 취해도 좋다. 그후는 외부와의 연락을 끊고 여기서 침식을 해야 하네."

"시험 비행을 해도 괜찮습니까?"

"불가피하다면. 하지만 그것도 야간에 한 번뿐이야. 공군에서 최고의 기술을 갖춘 수리공 한 팀을 대기시켜 놓았네. 필요한 것은 뭐든 손에 넣을 수 있어. 자넨 그 일의 책임자야. 자네가 노퍽 늪지 4백 피트 상공에 있을 때 하찮은 실수로 엔진이 고장을 일으키는 일이 있어선 절대로 안 되겠지. 자, 암스테르담으로 돌아가게."

라들이 차 문을 열자, 게리케가 말했다.

"한 가지, 이곳은 경비가 별로 엄중한 편은 아닌가 보군요."

라들은 눈썹을 찌푸렸다.

"나는 그렇게 생각지 않는다네. 이러한 지형에서는 숨기가 불가능하지. 너무 평탄하거든. 접근하는 자는 이미 수 마일 앞에서부터 눈에 띄게 마련이지."

먼 데서 치는 천둥 같은 소리로 으르렁대며 두 사람에게 다가오려고 발버둥을 치는 독일 셰퍼드를 제압하고 있는 헌병에게 라들이 턱짓했다.

"12명 이상 되는 저런 헌병이 철조망을 순찰하고 있을 뿐만 아니라, 저 개들도 단 3초면 인간을 죽일 수 있다는 사실을 알고 있을걸."

"그럴 것 같군요."

게리케는 그 헌병과 셰퍼드에게 다가갔다. 헌병이 큰소리로 경고했고, 개는 사슬이 끊어져라 잡아당기면서 뒷다리로 서서 으르렁댔다. 게리케가 '딱!' 하고 손가락을 퉁기자, 라들은 어찌된 노릇인지 떨떠름한 얼굴로 묘하고 쓸쓸하게 낮은 휘파람을 불었다. 셰퍼드는 꼼짝도 않고 올려다보고 있었는데 그 얼굴에서 서서히 난폭함이 사라졌다. 게리케가 개 옆에 쪼그리고 앉아 낮게 휘파람을 불면서 셰퍼드의 귀를 쓰다듬어 주었다. 헌병은 굉장히 기분이 상한 듯했지만 라들은 모른 체 말했다.

"내 눈으로 보지 않았다면 참으로 믿기 어려운 일이군!"

"전 하르츠 산맥에서 자랐습니다. 할아버지 땅에서. 개가 굉장히 많았지요. 제가 이런 일을 할 수 있다고 알게 된 것은 6살 무렵입니다. 지금 생각해도 너무 신기합니다."

게리케는 이렇게 말하면서 메르세데스에 올라탔고, 라들이 운전석에 앉아 차를 출발시켰다.

"굉장히 맘씨 좋고 겸손한 양반이군! 지금이 중세였다면 자넨 아마 화형에 처해졌을 걸세."

정문이 열리기를 기다리기 위해 차의 속도를 떨어뜨렸을 때 게리케가 말했다.

"그 사실은 틀림없이 입증되겠군요!"

"그 사실이라니?"

게리케는 헌병과 난폭한 개 쪽으로 고개를 기울였다.

"이 세상에선 그 어떤 일도 방심해서는 안 된다는 사실 말입니다."

그는 좌석에 몸을 기대더니 모자챙을 푹 내려 눈을 덮고는 곧 잠이 들었다. 라들은 무거운 표정으로 단조롭고 황량한 풍경 속으로 차를 달렸다.

다음날 밤 9시 반 조금 못되어 라들은 정기여객편인 융커스 52 수송기로 브레스트 교외의 라뷰 비행장에 도착했다. 물먹은 솜 같았다. 암스테르담을 출발한 이래 예기치 않았던 일들이 지연되면서 일정이 뒤틀리는 바람에 굉장히 피곤한 상태였고 신경도 곤두서 있었다. 르부르제에서 출발이 한 시간 늦어진 것도 모자라 몸체가 가늘어서 속칭 '하늘을 나는 연필'로 불리는 도르니어 25 폭격기 한 대가 지금 이륙하는 바람에 관제탑은 그가 탄 비행기를 상공에서 선회시켰다.

데블린의 출발예정시간은 10시였다. 시간이 별로 없었던 터라 융커스에서 내릴 때까지 라들은 조바심치며 짜증을 냈다. 문이 열리기 바쁘게 계단을 내려가자 전투모에 검은 가죽코트를 입은 공군소위가 기다렸다는 듯이 곧 인사를 했다.

"라들 중위님이십니까? 이곳 라뷰의 비행대장 한스 루델 소윕니다."

"그 아일랜드 인은 어떤가?" 라들은 딱딱하게 물었다. "그의 상태는?"

191

"방금 떠났습니다, 중위님. 채 5분도 안되었습니다."

"좀 전에 이륙하던 그 도르니어!"

라들은 저도 모르게 고함을 질렀다.

"하지만 그런 일은 있을 수 없어. 출발시간은 10시였을 텐데?"

"몇 시간 전에 굉장히 안 좋은 기상보고를 받았습니다." 루델이 설명했다. "한랭전선이 대서양에서 밀려들면서 비나 안개가 낄 겁니다. 이륙할 수 있을 때 출발하는 편이 낫다고 생각했을 겁니다."

라들은 고개를 끄덕였다.

"그래, 이해하겠네. 그에게 메시지를 보낼 수 있겠나?"

"물론 가능합니다, 중위님. 이리 오십시오, 제가 안내해 드리겠습니다." 루델은 앞장서서 관제탑을 향해 빠른 걸음을 옮겼다.

5분 후, 비행복에 비행모를 쓰고 슈타이너가 준 부시밀스$\binom{\text{bushmills,}}{\text{위스키}}$병을 양손으로 가슴에 끌어안은 채 눈을 감고 도르니어 바닥에 누워 있던 데블린은, 누군가 제 어깨를 건드리는 것을 느꼈다. 눈을 뜨니, 종이 한 장을 손에 든 통신병이 몸을 구부리고 들여다보고 있었다.

"메시지입니다!"

엔진소음을 훨씬 능가하는 큰 목소리로 그가 외쳤다.

"알았어." 데블린도 덩달아 고함을 질렀다. "읽어봐."

"'늦어서 미안하네. 간발의 차이로 만나지 못했네'라고만 했습니다." 통신병은 주저하면서 조심스럽게 말했다. "그런데 끝 부분은 영 이해가 안 됩니다."

"어서 읽어봐."

"'행운을 비네, 빌어먹을 공화국' 이해하시겠습니까?"

"완전히 이해하네."

리엄 데블린은 씨익 웃으며 또다시 눈을 감았다.

그 다음날 오전 2시 45분 정각, 모나한 주 컨로이의 목부(牧夫)

셰이머스 오브로인은 집으로 돌아가는 길을 찾으면서 드넓은 벌판을 헤매고 있었다. 그의 나이 일흔여섯으로 주변의 친구들이 마치 순서를 기다렸다는 듯 차례차례 사라져 가고 있었다. 오늘도 오브로인은 죽은 친구를 위해 열일곱 시간이나 밤샘을 하고 집으로 돌아가는 중이었다. 그래서인지 좀처럼 길을 찾을 수 없었다.

그는 아일랜드 인이 흔히 말하는 '한잔 걸친 정도'가 아니었다. 엄청난 양을 마셨기 때문에 자신이 지금 이 세상에 있는 것인지 아니면 저 세상에 있는 것인지조차 분명치 않았다. 그래서 거대한 하얀 새처럼 보이는 게 머리 위 어둠 속에서 소리 없이 나타나더니 돌담 건너편 들판에 기세 좋게 내려앉았는데도 전혀 공포감을 느끼지 않았고, 단지 희미한 호기심을 품었을 뿐이었다.

데블린은 이상적으로 착지했다. 벨트에 낀 쇠고리에는 가느다란 줄이 매어 있었고, 그 줄 아래로 자루 하나가 매달려 있었다. 자루가 먼저 땅에 닿았고, 다음 순간 폭신폭신한 아일랜드 잔디 위에서 한 바퀴 돌고 일어나 등에 있는 낙하산 끈을 풀었다. 마침 그때 구름 사이로 초승달이 비쳐 일하기에 안성맞춤이었다. 그는 자루를 열고 작은 삽, 검은색 레인코트, 트위드 모자, 구두 한 켤레, 그리고 가죽으로 만든 커다란 여행 가방을 꺼냈다.

가시나무 울타리 옆에는 도랑이 있었다. 데블린은 삽으로 재빨리 도랑 밑에 구멍을 판 뒤 낙하산복 앞 지퍼를 열었다. 그 안에 트위드 양복을 입고 있었고, 벨트에 찔러 두었던 월서 권총을 오른쪽 포켓으로 옮겨 넣었다. 구두를 신고 낙하산복, 낙하산, 반장화를 자루 안에 밀어 넣은 뒤 구멍 속에 재빨리 처넣고 흙을 덮었다. 그 위에 낙엽과 마른 가지를 덮어 구멍 흔적을 완전히 없애고 삽을 근처 잡목 숲으로 던져 버렸다.

레인코트를 입고 여행 가방을 들고서 돌아선 순간 셰이머스 오브로

인이 벽에 기대어 이쪽을 바라보고 있는 것이 보였다. 데블린은 권총에 손을 댄 채 재빨리 움직였다. 그러나 다음 순간 아일랜드 위스키 냄새와 혀 꼬부라진 말씨로 상황을 완전히 이해할 수 있었다.

"넌 누구냐? 사람이냐 악마냐? 산 자냐 죽은 자냐?"

한마디 한마디 신중히 발음하면서 노인이 물었다.

"큰일났군요, 할아버지. 어이쿠, 이 지독한 술 냄새. 지금 성냥을 그어댄다면 둘 다 눈 깜짝할 사이에 지옥행이겠네. 질문에 대답하지요. 난 약간 그렇기는 하나 그 둘 다 아니에요. 오랫동안 외국에 있던 아일랜드의 젊은이가 별난 방법으로 돌아왔을 뿐이에요."

"그게 정말인가?"

오브로인이 말했다.

"제가 지금 말했잖아요."

노인이 즐거운 듯이 웃으며 아일랜드 말로 말했다.

"귀향을 진심으로 환영하네."

데블린이 싱긋 웃었다. 그리고 고맙다고 아일랜드 말로 응수했다. 그는 가방을 들고 벽을 뛰어넘어 가볍게 휘파람을 불며 빠르게 초원을 가로질러 갔다. 고향에 돌아오니 역시 기분이 좋았다. 아무리 짧은 기간이라 할지라도.

예나 지금이나 얼스터 지역의 국경선은 그러했다. 지리를 아는 자는 어렵지 않게 오갈 수 있었다. 시골의 밭두렁 길을 두 시간 걸어서 그는 아마 주(州), 즉 영국 영토에 도달했다. 데블린은 우유 배달 트럭을 얻어 타고 6시에 아마 시로 들어섰다. 그리고 30분 뒤에는 벨파스트 행 새벽 열차 3등실에 있었다.

7

수요일은 하루 종일 비가 내렸다. 오후가 되자 클레이와 홉스앤드,

그리고 블레이크니 늪지대에는 북해로부터 안개가 몰려왔다.

그런 날씨에도 아랑곳하지 않고 조애너 그레이는 점심을 먹고 정원 일에 매달렸다. 그녀가 과수원 옆 야채 밭에서 감자를 캐고 있는데 정원 문이 삐걱거리며 열렸다. 패티가 짖어대며 순식간에 달려 나갔다. 그녀가 돌아서 보니, 창백한 얼굴에 어깨가 딱 벌어진 작은 몸집의 사내가 검은 레인코트에 트위드 모자를 쓰고 밭 가장자리에 서 있었다. 그는 왼손에 여행가방을 들고 있었는데, 그녀가 지금까지 본적이 없을 정도로 놀랄 만큼 아름다운 파란 눈을 갖고 있었다.

"그레이 부인이십니까? 조애너 그레이 부인?"

아일랜드 인 특유의 부드러운 목소리가 들렸다.

"그런데요."

그녀는 흥분으로 아랫배 언저리가 굳어졌다. 순간 숨을 쉴 수가 없었다.

그가 미소 지었다.

"나는 영원히 꺼지지 않을 이해의 빛을 마음속에 밝히겠습니다."

"마그나 에스트 베리터스 에트 프라에발레트 (진리는 위대하며 항상 이긴다)."

"진리는 그 무엇보다 훨씬 위대하다. 차 한 잔 마시고 싶군요. 그레이 부인. 이번 여행은 정말 지독했습니다."

리엄 데블린은 싱긋 웃었다.

데블린은 월요일 벨파스트 발 헤이섬 행 야간 배표를 얻을 수 없었고 글래스고 행도 마찬가지였다. 그러나 친절한 매표원이 행운을 안겨 주었다. 란으로 북상한 그는 화요일 아침에 스코틀랜드의 스트랜라 행 배를 탈 수 있었다.

전시중의 열차 여행은 매우 불편했다. 한없이 계속될 것 같은 여행 끝에 칼라일에 도착했고 리즈 행 열차로 갈아탔다. 리즈에서는 수요일 아침까지 오랜 시간 기다린 끝에 겨우 피터버러 행 열차를 탈 수 있었고, 피터버러에서 다시 킹즈린 행 열차로 갈아탔다.

오던 길을 돌이켜보고 있는데, 스토브에서 차를 끓이던 조애너 그레이가 그를 향해 돌아서며 말했다.

"오시는 도중엔 어땠죠?"

"별다른 일은 없었어요, 여러 가지 점에서 의외였습니다."

"여러 가지?"

"글쎄요, 사람들과 세상의 모습이랄까, 예상했던 것과는 상당히 달랐어요."

그는 특히 리즈 역 식당에서의 일을 떠올렸다. 떠들썩하게 제각기 열차를 기다리고 있는 여행객들로 식당은 하룻밤 내내 북적거렸다. 벽에 붙은 포스터가 그에게는 특히 얄궂게 느껴졌다. '스스로 물어봅시다. 지금 당신의 여행은 정말로 필요한 것인가요?'

그는 활기찬 사람들의 모습, 대체로 좋은 건강 상태를 보면서, 베를린에 마지막으로 갔을 때 느꼈던 어둠침침한 중앙역의 분위기와 비교하건대 이쪽이 훨씬 사기가 높다고 생각했다.

"사람들은 조만간 이 전쟁에서 영국이 이길 거라고 확신하는 것 같았어요."

그녀가 쟁반을 가져오자 데블린이 말했다.

"병든 자들의 천국이에요, 이 나라는. 그들은 아무리 세월이 지나도 몰라요, 총통이 독일에 가져다 준 그러한 조직의 질서를 확립한 적이 한 번도 없어요."

데블린은 연합군의 폭격으로 여기저기 파괴된 총통부와 거대한 벽돌더미로 변해 버린 베를린 거리를 떠올리며 상황이 예전의 좋은 시절과는 매우 달라졌다는 것을 그녀에게 알려 주고 싶었다. 그러나 그 말이 호의적으로 받아들여지지 않을 것임을 분명히 느낄 수 있었다.

그래서 그는 아무 말없이 차를 마시면서 그녀가 구석 찬장으로 가서 병을 꺼내는 것을 바라보고 있었다. 깔끔한 트위드 스커트에 무릎까지 오는 부츠를 신은 이 인상 좋은 은발의 여인이 스파이라는 게 도저히 믿어지지 않았다.

그녀는 두 개의 잔에 위스키를 듬뿍 따르더니 건배하기 위해 그중 하나를 들어올렸다.

"영국 대작전을 위해 건배!"

그녀는 눈을 빛내고 있었다.

데블린은 에스파냐 무적함대 같은 말을 한다고 말하려다 그 불운한 대모험의 결말을 생각해 내고는 입을 다물었다.

"영국 대작전을 위하여!"

그가 엄숙한 말투로 말했다.

"이젠 됐어요."

그녀가 잔을 놓았다.

"자, 그럼 당신의 서류를 빠짐없이 보여주세요. 모든 게 다 갖춰져 있는지 확인해 두고 싶어요."

그가 여권, 제대 명령서, 전에 상관이 써준 듯이 꾸민 증명서, 교구 신부의 편지, 부상 및 건강 상태에 관한 각종 증명서 따위를 꺼냈다.

"훌륭해요. 모두 다 잘되어 있군요. 그리고 일은 이렇게 됐어요. 당신을 이 지역 명사 헨리 월러비 경 밑에서 일하도록 일거리를 마련해 놨어요. 당신이 도착하는 대로 만나보고 싶다고 말했으니까 그 일은 오늘 중으로 정리합시다. 내일 아침 차로 당신을 베이크넘으로 데려다 줄게요. 여기서 16킬로미터쯤 떨어진 읍이에요."

"거기서 뭘 하는 거죠?"

"이 지방 경찰서에 출두하는 거예요. 그들이 외국인 등록표를 줄 거예요. 아일랜드 시민은 누구나 기입해서 제출해야만 돼요. 그 밖에 여권용 사진도 있지만 그쪽은 문제없어요. 그리고 보험증, 신분증명서, 배급 통장, 의류와 식량 배급권도 받아야만 해요."

조애너가 손가락을 꼽아가며 말하자 데블린이 싱긋 웃었다.

"잠깐만요. 좀 성가시군요. 3주일 뒤 토요일까집니다. 그날 이후면 원래 없었던 듯이 느껴질 정도로 난 재빨리 자취를 감출 텐데요."

"이런 것들은 절대로 필요해요. 모두들 갖고 있으므로 당신도 갖고 있어야 한다구요. 베이크넘이나 킹즈린의 말단 서기가 당신이 아무것도 신청하지 않은 것을 알고 조사하기 시작하면 어떻게 할 셈이죠?"

데블린은 쾌활한 목소리로 말했다.

"알겠어요. 당신이 두목이니까. 그리고 그 일이라는 것은?"

"홉스앤드 늪지 관리인이에요. 이곳은 외부와 격리되어 있어요. 집이 한 채 딸려 있는데 대단치는 않지만 쓸 만할 거예요."

"그럼 난 거기에서 어떤 일을 하면 되죠?"

"사냥터 관리가 주된 일이지만, 그 밖에 수문을 정기적으로 점검하는 일도 있어요. 이전의 관리인이 군에 입대하고 나서 2년이나 비어 있었어요. 또 해로운 짐승들이 얼씬거리지 못하게 하는 일도 있구요. 여우가 들새들 둥지를 망치거든요."

"어떻게 하는 거죠? 여우한테 돌이라도 던지나요?"

"아니, 헨리 경이 엽총을 줄 거예요."

"그거 아주 잘 됐군요. 탈것은?"

"최대한 손을 써봤어요. 당신에게 농장용 오토바이를 한 대 배당하도록 헨리 경을 설득했지요. 농장 관계 일이라서 얘기가 잘됐어요. 이미 버스는 다니지 않는 거나 마찬가지이므로, 사람들이 중요한 용건이 있을 경우 읍내에 나갈 수 있도록 매달 조금씩 가솔린을 배급하고 있어요."

밖에서 차 경적 소리가 울렸다. 그녀는 거실로 나가더니 곧 돌아왔다.

"헨리 경이에요. 얘기는 나한테 맡겨 둬요. 상황에 맞게 예의바르게 행동하세요. 얘기를 걸어 올 때만 말을 하도록 해요. 그러면 그의 맘에 들 거예요. 그럼 이리로 데려올게요."

현관문이 열리고 그녀가 놀란 체하는 목소리가 들렸다.

"지금 또 사령관 회의로 홀트에 가는 참이오. 조애너, 뭐 필요한 게 없나 해서 들렀소."

그녀가 말소리를 죽였으므로 무슨 말을 하는지 데블린에게는 들리지 않았다. 헨리 경도 소리를 낮춰 뭐라고 서로 얘기를 나누다 이윽고 두 사람이 부엌으로 들어왔다.

헨리 경은 국방 시민군 중령 제복을 입고 있었다. 제1차 대전과 인도에서 받은 훈장 기장이 왼쪽 가슴을 장식하고 있었다. 한 손을 등 뒤로 돌리고 다른 손으로 턱수염을 쓰다듬으면서 날카로운 눈초리로 데블린을 훑어보았다.

"음, 자네가 데블린인가?"

데블린이 당황하며 일어나 트위드 모자를 두 손으로 만지작거렸다.

"진심으로 감사드립니다."

그는 일부러 아일랜드 사투리를 강하게 섞어 말했다.

"많은 도움을 주셨다고 그레이 부인에게 들었습니다. 감사합니다."

"천만에. 자넨 우리나라를 위해 최선을 다해 주었네. 그렇지? 프랑스에서, 부상을 당했다고?"

헨리 경은 무뚝뚝하게 말했으나 득의양양한 듯 가슴을 펴고 다리를 더 벌렸다.

데블린이 힘주어 고개를 끄덕이자 헨리 경이 몸을 앞으로 구부려 아일랜드 경찰 특별 보안부 총탄으로 생긴, 이마의 왼쪽 상처를 뚫어 지게 쳐다보았다.

"놀랍군! 이런데도 무사할 수 있었다니. 정말로 운이 좋았네."

"당신 대신에 제가 그 집으로 데려가서 여러 가지로 설명하려고 해요. 그래도 괜찮겠지요, 헨리? 당신은 무척 바쁜 분이라서요."

"그래 주겠소?"

그가 시계를 봤다.

"30분 내로 홀트에 가야만 하오."

"염려 마세요. 제가 오두막으로 데려가 늪이랑 두루 안내할게요."

"그러고 보니 홉스앤드에 관해선 당신이 나보다 더 잘 알고 있겠구려."

그는 순간 자기도 모르게 팔로 그녀의 허리를 감았으나 황급히 손을 빼고는 데블린에게 말했다.

"빨리 베이크넘 경찰에 출두하게. 그 일은 알고 있겠지?"

"네."

"그 밖에 내게 묻고 싶은 것은?"

"총입니다. 간혹 총을 사용할 필요가 있다고 들어서요."

"아, 그렇지. 그 일은 문제없어. 내일 오후 스터들리 그레인지로 오면 준비해 놓겠네. 그때 오토바이도 가져가도록. 그 이야기는 그레이 부인한테서 들었겠지? 알겠나, 가솔린은 한 달에 3갤런밖에 못 받으니까 가능한 한 유효하게 사용하도록. 전쟁 중이라 모두가 참고 견뎌야만 하네."

그는 또 수염을 쓰다듬었다.

"데블린, 랭커스터 한 대가 루르에 도달하는 데 2천 갤런이나 드는 것을 알고 있나?"

"아뇨."

"그럴걸세. 우리 모두 최선을 다한다는 마음가짐이 있어야 하네."

조애너 그레이가 그의 팔에 팔짱을 꼈다.

"회의에 늦겠어요, 헨리."

"그렇군. 그럼 데블린, 내일 오후에 또 만나세."

헨리 경은 데블린에게 고갯짓을 했다.

데블린은 시골 사람처럼 이마에 손을 대고 경례를 했다. 두 사람이 밖으로 나갈 때까지 기다리다 거실로 갔다. 헨리 경이 차를 몰고 떠나는 것을 확인하고 담배에 불을 붙이고 있을 때 조애너 그레이가 돌아왔다.

"좀 묻겠는데요, 그와 처칠은 정말로 친구인가요?"

"내가 들은 바로는 두 사람은 한 번도 만난 적이 없는 것 같아요. 스터들리 그레인지는 엘리자베스 여왕 시대풍의 정원으로 유명해요. 수상은 런던으로 돌아가기 전에 조용히 주말을 보내면서 그림을 그릴 생각이래요."

"그래서 헨리 경이 매우 감격하고 있는 거군요? 알 만해요."

그녀가 타이르듯 고개를 좌우로 흔들었다.

"당신이 혹시 실수하지 않을까 해서 조마조마했어요, 데블린 씨."

"리엄, 리엄이라고 불러 주세요. 제가 당신을 그레이 부인으로 부르고 당신이 절 리엄으로 불러 주는 편이 자연스러우니까요. 그런데 헨리 경은 저 나이에도 당신에게 마음이 있나 보군요?"

"초로의 로맨스, 별로 신기할 것도 없잖아요?"

"만년의 로맨스라고 하는 편이 맞겠는데요. 어쨌든 상황이 매우 좋은 것 같군요."

"그 정도가 아니라 최고의 상황이라고요. 그건 그렇고, 가방을 가져와요. 내가 차로 홉스앤드로 안내할게요."

바다로부터 차가운 비바람이 불어오고 늦지는 비안개로 부옇게 뒤덮여 있었다. 조애너 그레이가 낡은 관리인 오두막 뜰에 차를 세우자 데블린이 내려서 무언가 생각에 잠긴 채 주변을 둘러보았다. 기묘하게 을씨년스러워 보이고 저절로 목덜미의 털이 곤두설 듯한 곳이었다. 좁은 샛강과 개펄이 여기저기 있고, 드넓은 갈대밭이 안개에 휩싸여 있으며, 저 멀리 어디선가 때때로 새 울음 소리와 자취 없는 날갯짓 소리가 들려왔다.

"바깥 세상과 격리되어 있다고 한 의미를 알겠군요."

그녀는 문 옆 넓적한 돌 밑에서 열쇠를 꺼내 자물쇠를 열고, 앞장서서 바닥이 돌로 된 통로를 따라 들어갔다. 습기를 머금은 벽의 회반죽이 들떠 있었다. 왼쪽 문을 열어 보니 부엌 겸 거실인 넓은 방이 있었다. 거기도 바닥은 돌이었다. 커다란 난로가 있고 그 앞에 따로 짠 깔개가 놓여 있었다. 방 한쪽에는 무쇠로 된 조리용 스토브가 있고, 꼭지가 하나 달린 설거지통은 가장 자리에 이가 빠져 있었다. 가구다운 것이라곤 소나무로 만든 커다란 테이블과 의자 둘, 난로 옆의 예스러운 팔걸이의자뿐이었다.

"놀라실지 모르겠지만, 전, 북아일랜드의 다운 주에서 이와 똑같은 오두막에서 자랐답니다. 난롯불을 피워 방안의 습기를 없애기만 하면 됩니다."

"게다가 이곳은 큰 이점이 있어요. 마을에서 멀리 떨어져 있다는 점이에요. 당신은 여기에 있는 동안 사람을 보는 일이 없을 거예요."

데블린이 가방을 열고 옷과 책 서너 권을 꺼냈다. 그리고 안쪽 가장자리를 손끝으로 더듬어 숨겨져 있는 손잡이를 찾아내 이중으로 된 가방 밑바닥을 열었다. 거기에는 월서 P38 권총과 셋으로 분해 된, 소음 장치가 붙은 소형 기관총, 주머니에 들어갈 만한 크기의 육상

공작원용 무전기가 들어 있었다. 그리고 1파운드짜리 지폐로 천 파운드와 5파운드짜리 지폐로 천 파운드의 돈이 들어 있었다. 그 밖에 하얀 천으로 싼 것이 있었으나 그는 그것을 보여 주려 하지 않았다.

"활동 자금이오."

"차량을 손에 넣기 위한?"

"그렇소. 그런 일을 하고 있는 자들의 주소를 적어 왔소."

"어디서?"

"그런 정도의 자료는 군 정보국 본부 서류에 들어 있어요."

"어딘가요?"

"버밍엄입니다. 이번 주말에 잠깐 갔다 오려고 하는데, 혹 제가 알아둬야 할 사항은 없나요?"

그녀는 테이블 가장자리에 걸터앉아 그가 소형 기관총의 총신을 본체에 밀어 넣고 개머리판을 붙이는 것을 바라보았다.

"상당한 거리예요. 왕복 500킬로미터 정도는 될 거예요."

"가솔린 3갤런으론 도저히 무리겠군. 어쩌면 좋죠?"

"중개인을 알고 있으면 암시장에서 가솔린을 얼마든지 구할 수 있어요. 세 배의 가격으로. 상업용 가솔린은 경찰이 조사하기 쉽도록 빨간색을 칠해 놓았지만 민간용 가스 마스크 필터로 여과하면 착색제를 간단히 제거할 수 있거든요."

데블린은 소형 기관총에 탄창을 끼운 채 신중히 점검하고서 다시 분해하여 가방 밑바닥에 감췄다.

그가 혼잣말처럼 말했다.

"정말 기술 진보는 대단해요. 이건 근거리에서 발사해도 노리쇠의 찰칵 하는 소리밖에 들리지 않아요. 그런데 이것은 영국제랍니다. 영국 특수 작전 본부가 네덜란드 지하 저항 조직의 손에 전했다고 기뻐하는 보급품의 하나죠."

그는 담배를 꺼내 입에 물었다.

"그 밖에 여행 중 알아둬야 할 일이 또 있나요? 성가신 일이 생길 가능성은요?"

"거의 없어요. 오토바이의 라이트 규정대로 차광 장치가 되어 있으니까 문제없고 도로는, 특히 시골에서는 차량 통행이 거의 없는 거나 마찬가지예요. 게다가 대부분의 도로 중앙에 흰 선이 그어져 있어 도움이 될 거예요."

"경찰이나 보안 부대는?"

그녀는 무표정한 얼굴로 말없이 그를 바라보았다.

"그 점은 전혀 걱정할 필요없어요. 군인이 불러 세우는 것은 출입 제한 구역에 들어가려고 하는 경우뿐이에요. 규칙상 여기는 아직도 방위 구역이지만 지금 그런 규칙에 신경 쓰는 사람은 아무도 없어요. 때로 경찰이 사람을 불러 세워 신분증명서를 조사하는 경우도 있고, 가솔린 낭비 방지 운동의 일환으로 큰길에서 불심 검문을 하는 경우도 있기는 해요."

마치 화난 듯한 말투였다. 데블린은 베를린의 상황을 떠올리며 그곳 실정을 다소나마 그녀에게 알려 주고 싶어졌다. 그러나 그 밖에 다른 것은 없느냐고 물었을 뿐이었다.

"군 시설물 주변의 제한 속도는 시속 30킬로미터예요. 물론 표지판은 아무데도 없지만. 또 올여름 초부터 지명을 알리는 팻말을 여기저기 설치하기 시작했어요."

"그렇다면 귀찮은 일이 생길 염려는 일단 없다고 봐도 되겠군요?"

"난 한 번도 검문을 받은 적이 없어요. 지금은 아무도 그런 것을 하지 않아요."

그녀가 어깨를 으쓱했다.

"걱정할 것 없어요. 지역 부인 의용대 본부에는 모든 종류의 서류가 있어요. 그중에 입원중인 친척을 문병 가기 위한 허가서가 있어요. 버밍엄에 있는 병원에 동생인가 누군가를 문병하러 간다는 내용으로 내가 한 장 준비해 둘게요. 그리고 육군 상이 제대 증명서가 있으면 아무도 뭐라 하질 않아요. 요즘은 모두 부상으로 제대한 용사에게 무척이나 대접이 후하죠. "

데블린이 싱긋 웃었다.

"실례될 말인지 모르지만요, 그레이 부인. 우리 두 사람은 매우 잘해 나갈 것 같군요. "

그는 설거지통으로 가더니 그 밑에 있는 찬장 문을 열고 녹슨 망치와 못 하나를 들고 돌아왔다.

"마침 잘되었군. "

"어디에 박으려고요? "

그는 벽난로 속으로 들어가 난로 윗부분을 받치고 있는 새까맣게 그을은 받침대 안쪽에 못을 박았다. 그리고 월서 권총의 방아쇠를 못에 걸어 매달았다.

"이것이 제 히든카드지요. 만일의 경우에 대비해 가까운 곳에 놓아두기로 한 거죠. 자, 그럼 부근을 안내해 주시겠습니까? "

거의 허물어져 가는 몇 개의 부속 창고와 제법 괜찮은 상태의 가축 우리가 한 채 있었다. 그 뒤 늪가에, 돌에 이끼가 끼어 녹색이 된 매우 낡은 오두막이 또 한 채 있었다. 데블린은 커다란 문을 가까스로 열었다. 안에는 축축하고 차가운 기운이 돌고 있어 몇 년 동안 사용하지 않았음을 한눈에 알 수 있었다.

"정말 모든 게 안성맞춤이군요. 설령 윌러비 영감이 살피러 온다해도 이 안까지 보지는 않겠군요. "

"그는 무척 바빠요. 주와 재판소의 일, 이 지역 국방 시민군 지휘관 일, 전부 다 열심이에요. 다른 일을 할 겨를이 없어요. "

"하지만 당신에게는 다르죠. 그 호색한 영감은 당신을 위해 할애할 시간은 얼마든지 있겠던데요."

그녀가 미소 지었다.

"그래요, 그건 그래요."

그녀는 그의 팔에 팔짱을 꼈다.

"이번엔 낙하지점으로 안내할게요."

두 사람은 둑 윗길을 지나 늪지 안쪽으로 들어갔다. 차츰 빗발이 더 심해지고, 바람은 부패한 식물의 축축한 냄새를 머금고 있었다. 검은 갈매기 몇 마리가 공격에 나서는 폭격기 같이 편대를 이루며 어둠 속에서 날아오르더니 저 멀리 회색 커튼 속으로 사라져 갔다.

두 사람은, 데블린이 사진을 통해 완전히 머릿속에 담고 있는 소나무숲, 토치카, 모래로 메워진 대전차 참호, '지뢰 주의'라고 쓰인 팻말 따위가 있는 지역에 도달했다. 조애너 그레이가 모래톱 쪽으로 돌을 던지자 패티가 철조망 사이를 빠져 달려갔다.

"틀림없겠죠?"

데블린이 물었다.

"절대로."

그가 빈정거리는 웃음을 웃었다.

"전 가톨릭입니다. 만일에 대비해 기억해 주셨으면 합니다."

"이곳은 모두 마찬가지예요. 꼭 묻어 줄게요."

그는 철조망을 넘어 걸어가더니 모래톱 가장자리에 멈추어 섰다. 잠시 후 다시 걷기 시작했으나 또다시 멈추어 섰다. 그리고 이번엔 달리기 시작했다. 썰물이 빠진 지 얼마 되지 않은 모래톱에는 선명한 발자국이 남았다. 그는 방향을 바꿔 이쪽으로 달려와 다시 철조망을 넘었다.

그가 매우 기쁜 듯 그녀의 어깨를 안았다.

"당신이 말한 대로요, 하나에서 열까지 전부. 이번 일은 성공할 것이오, 절대로 ! "

그는 안개 속에서 샛강과 모래언덕, 바다, 그리고 저 멀리 곶을 바라보았다.

"아름다운 경치군요. 여기를 떠나야 하니 무척 슬프시겠군요. "

"떠나요 ? "

그녀가 아연한 표정으로 그를 올려다봤다.

"무슨 말이죠 ? "

"여기에 있을 수는 없잖아요. 일이 모두 끝난 뒤에는 당연하다고 생각하는데요. "

그녀는 그게 마지막이기나 한 듯 물끄러미 곶을 바라보았다. 이상하게도 이 땅을 떠나지 않으면 안 되는 사실 따윈 꿈에도 생각해 본 적이 없었다. 바닷바람이 비를 몰아오자 무의식중에 부르르 몸을 떨었다.

랜드빌트에서도 슈타이너와 리터 노이만이 처음으로 활주로 주변 지역을 돌아보며 조사하던 중에 비가 내렸다. 융커스 52 수송기로 부하들과 함께 셰르부르에서 암스테르담에 도착한 슈타이너는, 불과 한 시간 앞서 트럭으로 도착했을 뿐인 유능한 브렌트 특무조장에게 당면한 병영문제를 일임해 버렸다.

슈타이너와 리터는 그 농가와 4분의 1마일 정도 떨어진 해안을 잇는 오솔길을 걸어갔다. 나무라곤 찾아보기 어려운 황량하기 이를 데 없는 풍경이었다.

노이만이 말했다.

"정말 지독한 곳이군 ! 아주 긴 3주간이 되겠군요. "

"자네와 브렌트가 계획을 잘 짜면 그리 심심하지는 않을 걸세. " 슈타이너가 말했다. "가혹한 일정을 잡아서 착지훈련을 되풀이하는 거지. 아마 대원들 대부분은 그럴 필요가 있을 거야. 잘 알겠나? 우리는 꽤 오랫동안 낙하산 하강을 하지 않았어. 게다가 영국 병기에 익숙해질 필요도 있고. 또, 목표 설명 같은 것도 해야겠지? 앞으로 3주간은 꽤 충실한 나날이 되겠군."

"언제 이야기합니까? 목표에 대한 설명 말입니다만…… 혹시 마지막까지 미룰 생각이십니까?"

"그런 생각은 하지 않네. 출발 1주일 전쯤이 좋겠지. 그러면 남은 수일간은 그들이 굉장히 진지해질 테니. 이런 작전에서 마냥 엄중한 기밀보호 상태의 중심에 놓이게 되면 그들의 기분이 어떻게 되는지는 자네도 잘 알겠지?"

"귀에 못이 박일 지경입니다. 전쟁 초반 에반 에마르 요새 급습이며 알베르토 운하의 몇몇 다리를 확보하려고 준비하던 당시 힐데스하임 공군기지의 상황을 기억하시지요? 그때 도대체 우리가 얼마나 격리되어 있었습니까? 한 6개월?"

"허나 그것이 효과를 발휘한 거야. 기억하고 있겠지? 말단 세부에 이르기까지 모든 일들이 완벽하게 진행되지 않았나?" 슈타이너가 거친 숨을 내쉬었다. "꽤 오래된 얘기지, 리터. 옛날이야기 속에 나오는 일 같아. 마치 다른 전쟁이었던 것처럼."

여기저기 잡초가 드문드문 눈에 들어오는 오솔길은, 육지와 바다를 가르는 하얀 모래언덕 사이로 구불구불 지나고 있었다. 모래언덕 너머로 부서진 콘크리트 나루가 걸쳐진 강어귀가 나타났다. 수심은 깊은 듯했다.

"저런 걸 무엇에 썼을까요?" 노이만이 물었다.

"모래를 운반하려고 헤이그와 로테르담에서 해안을 따라 연락선이 와 있었던 거야." 슈타이너가 설명했다. "쾨니히는 젊어서 아주 마음에 들어하겠군!"

"그는 언제 옵니까?"

"전화로 얘기했을 때 라들은 아직 모르는 듯했어. 물론 1주일 내로 오겠지. 그런데 쾨니히는 단독으로 오기보다는 연안호송선 틈에 섞여서 오는 편이 더 낫지 않을까 생각하더군."

나루 중앙에 널빤지를 댄 보도를 걸어가는 두 사람의 발소리가 외롭게 울려 퍼졌다. 짙은 바다내음과 함께, 아래쪽 콘크리트 구조물 사이에서 소용돌이치는 파도의 신음소리가 들려왔다. 슈타이너는 나루 끝까지 걸어가서 안개와 비가 만들어낸 회색 커튼을 물끄러미 바라보았다.

"목표는 저 너머서 우리를 기다리고 있다, 리터. 서쪽으로 곧장 가면 160마일밖에 안되는 곳에서."

"과연 앞으로도 완벽하게 성공할 수 있을까요, 중위님?" 리터 노이만이 말했다. "에반 에마르 때처럼 말단 세부에 이르기까지?"

"그랑 삿소에서 스코르체니의 경우는 성공하지 않았나?"

"제가 여쭙는 것은 그런 게 아닙니다."

"알겠네. 어디 잘 설명할 수 있을지 없을지 좀 의심스럽지만 내 한번 노력해봄세." 슈타이너가 천천히 담배에 불을 붙인 뒤 성냥을 허공으로 날려 보냈다. "전쟁에서 사람들이 죽게 되는 것은 보통 어떻게 손쓸 도리도 없는 불리한 상황에서 패배했을 때야."

"그건 도대체 무슨 말씀이십니까?"

"즉, 행운이 필요하다는 말일세, 리터. 어떠한 경우든 말이야. 결국 아무리 훌륭한 계획을 세웠다손 치더라도 늘 예기치 못한 일이 일어날 가능성이 있으니까. 가령, 꿈에도 생각지 못한 어떤 일이 하나 일어나지. 그럼 그 우스꽝스럽고 하잘 것 없는 사소한 일 때문에 모든 계획이 물거품이 될 가능성도 생긴다네."

슈타이너는 싱긋 웃었다. "그 사실을 명심하고, 다소나마 운이 우릴 도와준다면 이 계획은 아마 보기 좋게 성공할 걸세. 우리가 신속하게 침입하여 일을 끝내고 나올 수 있도록, 상대방은 우리가 없어지고도 한참 뒤에야 침입한 사실을 깨달아야지."

"만약 그렇게 되지 않을 때엔?"

"그때야말로 이 세상 모든 걱정근심은 한순간에 사라지는 거지!" 슈타이너는 희미하게 웃었다. "자, 이제 그만 돌아가자고." 말을 마치자 빙글 돌아서더니 뚜벅뚜벅 나루를 걸어갔다.

그날 밤 8시 20분경, 틸피츠 우파 사무실에서 일을 하고 있던 막스 라들은 오늘은 이쯤 해 두기로 마음먹었다. 브르타뉴에서 돌아온 이래 계속 몸의 컨디션이 좋지 않았고, 진찰한 의사는 그의 건강 상태에 크게 놀랐다.

"중령, 이런 상태로 일을 계속하면 자살하는 거나 같소."

의사는 단호히 말했다.

라들은 치료비를 지불하고 알약을 세 종류나 받아 왔다. 운이 좋으면 이 약으로 잠시 동안은 버텨낼 수 있을지 모른다. 군의관 손에 걸리지만 않는다면. 아직 희망이 있으나 저들에게 다시 한번 건강 진단을 받으면 모든 게 끝나고 만다. 당장에 제대라는 쓰라린 일을 당하고 말 것이다.

그는 서랍을 열고 약병 하나를 꺼내 두 알을 입 안에 털어 넣었다. 진통제이긴 하나 만일을 위해 브랜디를 잔에 절반 정도 따랐다. 그때 노크 소리가 들리고 호퍼가 들어왔다. 언제나 무표정했던 얼굴에 감동의 빛이 넘치고 눈이 빛나고 있었다.

"뭐야, 칼, 무슨 일인가?"

라들이 날카롭게 물었다.

호퍼가 통신 용지를 한 장 내밀었다.

"방금 수신했습니다, 중령님. '찌르레기'로부터입니다. 그레이 부인이요, 그는 무사히 도착했답니다. 그녀와 함께 있다고요."

그는 두려움에 휩싸인 표정으로 통신 용지를 바라보며 중얼거렸다.

"훌륭하군, 데블린. 드디어 해냈어. 성공한 거야."

육체의 통증과 긴장이 순식간에 사라졌다. 제일 아랫서랍에서 또 하나의 잔을 꺼냈다.

"칼, 누가 뭐래도 건배다!"

그가 자리에서 일어섰다. 최근 몇 년 동안 느껴 보지 못한 격렬한 환희에 사로잡혔다. 1940년 여름 부대의 선두에 서서 프랑스 해안을 향해 진격하던 때 느꼈던 행복감, 그리고 지금 그때의 기분을 맛보았다.

잔을 들어올리고 호퍼에게 말했다.

"건배, 칼."

그리고 마음속으로 리엄 데블린에게 말했다.

"공화국 만세."

데블린은 에스파냐에서 링컨 워싱턴 여단 참모 장교로 있을 때 행동이 부자유스런 산악 지대에서 각지에 산재해 있는 부대와 연락을 취하는 데는 오토바이가 가장 유용하다는 것을 알았다. 노퍽과 에스파냐의 지형은 전혀 달랐지만 스터들리 그레인지에서 마을을 향해 조용한 시골길을 달리고 있을 때 에스파냐에서와 같은 자유로운 해방감을 맛보았다.

그는 그날 아침 홀트에서 아무 문제없이 다른 서류와 함께 운전 면허증을 받았다. 경찰서나 직업소개소에서도 전의 보병부대 병사에 부상으로 제대한 걸로 되어 있는 가짜 경력이 멋지게 효과를 발휘하였다. 모든 사람이 지극히 호의적으로 사무를 처리해 주었다. 역시 그가 들은 바대로였다. 전시 중에는 어느 누구나 군인을 사랑하고 특히 부상자에게는 친절한 법이다.

오토바이는 물론 전쟁 전 것으로 상당히 낡아 있었다. 350cc의 BSA형으로 그가 처음 만난 직선 도로에서 최대한으로 스로틀(조절판)을 열자 어렵지 않게 바늘이 60을 가리켰다. 만일의 경우에 대비할 수 있는 출력이 있음을 확인했으므로 서둘러 속력을 늦추었다. 일부러 문제를 일으킬 필요는 없었다. 스터들리 콘스터블에 주재 경관은 없으나 때때로 홀트에서 오토바이로 오는 일이 있다고 조애너 그레이가 주의를 주었던 것이다.

그는 경사가 급한 언덕길을 내려간 다음 낡은 물레방앗간 옆을 지나서 마을로 들어섰다. 그리고 우유병 세 개를 실은 이륜마차를 조랑말로 끌고 가는 젊은 여자가 지나가도록 더욱 속도를 늦추었다. 여자는 감색 베레모를 쓰고 너끈히 자기 몸의 두 배는 될 정도로 큰 제1차 세계대전 시대의 낡아빠진 트렌치코트를 입고 있었다. 광대뼈가 튀어나오고, 커다란 눈에 입은 좀 큰 느낌을 주었으며, 털실로 짠 장갑 구멍으로 손가락 세 개가 보였다.

"날씨가 좋군요, 아가씨."

그녀가 도로를 가로질러 다리로 통하는 작은 길로 들어서는 것을 기다리면서 쾌활하게 말을 걸었다.

"정말 열심히 일하는군요."

여자는 깜짝 놀라 눈을 동그랗게 뜨고 입을 조금 벌렸다. 생각대로 말이 나오지 않는 듯 혓소리로 조랑말을 재촉하여 다리를 건너더니 걸음을 빨리하여 성당 앞으로 나 있는 언덕길로 올라갔다.

그가 낮은 목소리로 말했다.

"귀엽고 못생긴 시골 아가씨가 날 한 번도 아니고 두 번이나 뒤를 돌아다보게 했어."

그는 싱긋 웃으며 중얼거렸다.

"안 돼, 리엄. 그건 안 될 일이야. 지금은 안 돼."

오토바이를 스터들리 암스 쪽으로 향했을 때 한 사내가 술집 창가에 서서 자기를 무섭게 노려보고 있음을 알아챘다. 30살 전후의 거구로 시꺼먼 턱수염을 기른 사내였다. 트위드 모자를 쓰고 낡아빠진 두꺼운 천으로 된 짧은 코트를 입고 있었다.

'내가 대체 뭘 어쨌다는 거요?'

사내의 시선이 막 성당 옆 언덕길을 올라간 여자와 마차를 쫓다가 다시 데블린에게 돌아왔다. 그걸로 알만 했다. 데블린은 오토바이를 세워 놓고, 목에 걸고 있던 엽총 자루를 풀어 겨드랑이에 낀 채 술집으로 들어갔다.

술집 안은 바는 없고, 대들보가 낮아 편안한 느낌을 주는 넓은 홀이 있을 뿐 등받이의자 몇 개와 나무 탁자가 두 개 놓여 있었다. 난로에는 장작이 활활 타고 있었다.

홀 안에는 세 사람밖에 없었다. 난로 옆에서 하모니카를 불고 있는 사내와 창가의 검은 턱수염의 사내, 그리고 30살 전으로 보이는 와이셔츠 차림에 키는 작지만 다부진 체격의 사내였다.

"여어, 모두들 안녕하시오."

아일랜드 촌티를 최대한 풍기면서 데블린이 말했다.

그가 자루에 들어 있는 엽총을 테이블 위에 놓자 와이셔츠 차림의 사내가 빙긋이 웃으면서 손을 내밀었다.

"이 가게 주인인 조지 와일드요. 당신은 새로 온 헨리 경의 늪지 관리인이구먼. 모두 당신 얘기는 들어서 알고 있었소."

"벌써요?"

데블린이 말했다.

"시골은 당신도 잘 알잖소."

"어떠신가?"

창가에 있던 거구의 사내가 가시 돋친 말투로 말했다.

"전 원래 농부로 자라 왔소."

데블린이 말했다.

와일드는 좀 걱정스러운 표정을 지으며 두 사람을 소개했다.

"이쪽은 아서 시모어. 난로 옆 할아버지가 레이커 암즈비요."

나중에 알게 되었지만 레이커는 아직 50살 전이었다. 그러나 나이에 비해 늙어 보였으며 옷차림도 너무나 초라했다. 찢어진 트위드 모자에 코트는 끈으로 매고 바지와 구두에는 진흙이 덕지덕지 묻어 있었다.

"어떻소, 모두들 한 잔씩 하지 않겠소?"

데블린이 말했다.

"그거 반가운 소리군, 난 브라운 에일이면 족해."

레이커 암즈비가 말했다.

시모어는 포도주를 벌컥벌컥 들이키더니 병을 내동댕이치듯 테이블 위에 내려놓았다.

"난 내 돈 내고 먹어."

이렇게 말하고는 엽총을 들어올려 한 손으로 무게를 가늠했다.

"주인님도 어지간히 신경을 쓰시는군. 게다가 저 오토바이, 주인 농장에서 오랫동안 일해 온 자들도 이런 대접을 받지 못하는데 어디서 굴러온 타관 놈이 왜 이런 대우를 받는 거지?"

"내 미모 탓이겠지."

데블린이 말했다.

시모어의 눈에 뜨겁고 광포한 악마 같은 기운이 서렸다. 그러더니 데블린의 가슴을 쥐어 잡고 끌어당겼다.

"날 놀리고 있네, 이 조그만 놈이. 다시 한 번 더 놀리면 버러지처럼 밟아 줄 테다."

와일드가 그의 팔을 잡았다.

"자, 진정하게, 아서."

그러나 시모어는 그를 밀어붙였다.

"이 근방에서는 예의바르게 처신해야 해. 네 분수를 알고 행동하면 잘 봐줄 수도 있어. 알겠나?"

데블린이 약간 초조한 듯 미소를 띠었다.

"알겠소. 뭔가 신경에 거슬렸다면 사과하겠소."

시모어는 데블린의 가슴을 풀어 주고는 다시 뺨을 톡톡 두드렸다.

"그럼 됐어. 그러는 게 좋을 거야. 앞으로 한 가지 기억해 둘 것이 있어. 내가 들어오면 넌 나가는 거야."

그가 나가고 문이 쾅 닫히자 레이커 암즈비가 큰소리로 웃었다.

"정말 처치 곤란한 놈이야, 저 아서란 놈은."

조지 와일드가 안쪽 방으로 사라지더니 스카치 병과 잔을 가지고 돌아왔다.

"이것은 요즘 좀처럼 손에 넣을 수 없는 것인데, 사과하는 뜻으로 내가 한잔 내겠소, 데블린 씨."

"리엄, 리엄이라 불러 주시오."

데블린이 잔을 받으며 말했다.

"저자는 항상 저렇소?"

"내가 처음 알았을 때부터 주욱."

"내가 들어올 때 망아지로 이륜마차를 끌던 여자 아이가 밖에 있었소. 저자는 그 여자에게 무슨 특별한 관심이라도 갖고 있나요?"

"놈은 혼자 꿈을 꾸는 거지. 그애는 쳐다보지도 않는데."

레이커 암즈비가 웃었다.

"그애는 몰리 프라이어요. 그애와 모친은 홉스앤드에서 3킬로미터 정도 떨어진 곳에서 농사를 짓고 있지. 작년에 부친이 죽은 이래 둘이서 살고 있다오. 성당 일이 한가할 때는 레이커가 몇 시간씩 거들어 주지요."

"시모어도 거들지, 힘든 일은."

"그래서 큰소리쳤군요. 그런데 왜 군대에 안 갔죠?"

"그것도 그가 신경 쓰고 있는 것이라오. 고막에 구멍이 나서 신체검사에서 불합격되었소."

"모욕감을 느꼈겠군요."

와일드는 어떤 설명이 필요함을 느낀 듯 어색한 말투로 말했다.

"나는 1940년 4월에 나르빅에서 부상당했지요. 포병이었는데 오른쪽 무릎 종지뼈가 없어졌어요. 내겐 짧은 전쟁이었지만 혹독했지요. 당신도 프랑스에서 부상당했다고요?"

"그렇소. 아라스 근처에서요. 됭케르크에서 들것에 실려 돌아왔지만 난 아무 기억도 없어요."

데블린이 태연자약하게 말했다.

"1년 이상이나 입원했었다고 그레이 부인이 말하던데요?"

와일드가 고개를 끄덕였다.

"훌륭한 분이오. 난 진심으로 감사하고 있소. 그녀 남편이 몇 년 전에 우리 친척들과 친분이 있었다오. 난 그녀 덕분에 이 일을 얻게 됐죠."

"숙녀지요. 진짜 숙녀요. 이 근방에서 그녀만큼 모든 사람들로부터 사랑받는 사람도 없을걸."

와일드가 말했다.

레이커 암즈비가 대화에 끼어들었다.

"나로 말할 것 같으면, 처음으로 부상당한 게 1916년 솜에서였지. 근위 보병 연대에 있었고."

"설마."

데블린은 1실링짜리 은화를 테이블 위에 올려놓고는 와일드에게 윙크를 했다.

"그에게 한잔 더 주시오. 난 그만 가봐야겠소. 일이 있어서."

데블린은 또다시 엽총을 짊어지고 오토바이의 엔진을 걸어 산장공원으로 갔다. 조애너 그레이는 국방부인회 제복을 입고 정원에 서서 차를 마시고 있었다. 눈부신 화창한 웃음을 보이면서 문으로 다가왔다.

"만사 OK?"

"그렇소. 할아버지와 만나서 오토바이와 총을 받아왔으니 이제 그 문제는 끝난 셈이지. 지금까지 있었던 유일하게 골치 아픈 사건은 방금 전 술집에서 일어난 일이오. 시모어라고 하는 황소 같은 녀석은 타지 사람이라면 치를 떨더군."

"무조건 피해요." 조애너 그레이가 말했다. "정신적으로 굉장히 불안정한 사람이니까. 언제 버밍엄으로 갈 거예요?"

"토요일 일박이야. 일요일 오후나 저녁 무렵에는 돌아올 거요."

"알겠어요." 그녀는 침착하게 대답했다. "그러면 이제 뒤로 돌아가서 약속한 서식(書式)을 받아요. 또 차고에는 가솔린이 든 깡통도 있을 텐데, 2갤런이니 버밍엄까지는 가고도 남겠죠."

"당신이 없었으면 난 어떻게 되었을까?"

"그러게 말이에요, 데블린 씨."

그녀는 다시 집으로 들어갔고, 데블린은 오토바이를 끌고 뒤뜰로 갔다.

IRA의 일원이어서 리엄 데블린은 공식적으로 오랜 세월 고해성사를 거부당하고 있었는데, 에스파냐에서 공화국의 대의명분을 지지했다는 이유로 지금은 한층 더 어려운 입장에 처해 있었다. 그렇지만 인민전선의 대의명분에 동정적인 사람도 꽤 있었기 때문에 인간의 그런 허약함을 못 본 체 눈감아줄 만한 늙은 신부를 발견하는 것쯤 어려운 일도 아니었지만, 데블린은 한 번도 고해성사를 받지 않았다. 이미 오래 전부터 받고 싶다는 기분조차 전혀 들지 않았던 것이다.

그렇지만 그는 성당건물에 대해서는 늘 심미적인 환희를 맛보았다. 성당에 존재하는 냉엄한 영성(靈性)과 과거의 향기, 사람들의 인생에서 역사의 흐름을 느끼는 걸 좋아했다. 그런 이유로 성모와 모든 성인들이 모여 있는 성당의 문을 열고 들어갔을 때, 그의 기대는 훌륭하게 보답 받았다.

"오오!" 조그맣게 탄성을 지르며 주위를 둘러보다 저도 모르게 성수에 손가락을 살짝 담그고 성호를 그었다.

대단히 아름다운 성당이었다. 마치 다음에 일어날 일을 기다리며 숨죽이고 있는 듯한 긴장감, 일렁이는 촛불, 성단에 놓인 루비처럼 아름다운 램프의 불빛. 그는 가까운 좌석에 자리를 잡고 팔짱을 낀 채 기분 좋은 향수에 젖어들었다.

뒤에서 딸깍 하는 문소리와 함께 발소리가 점점 가까워졌다. 뒤돌아보니 베리커 신부였다. 데블린은 벌떡 일어섰다.

"안녕하십니까, 신부님?"

"제가 무슨 도울 일이라도?"

"아니, 없습니다. 주홍빛 복사복에 짧은 백의를 걸친 작은 사내아이가 성수 그릇을 들고 통로로 지나가는 것을 지켜보면서, 저것이 과연 옛날의 내 모습인가 하고 생각하던 참입니다."

"그런 기분은 너무 잘 알지요." 베리커는 미소와 함께 손을 내밀었다. "당신이 데블린 씨로군요, 여기 올 거라는 소식은 그레이 부인에게서 들었다오."

데블린은 악수를 했다. "그녀의 배려에 그저 고마울 따름입니다."

베리커는 상당히 직설적으로 말하는 신부였다.

"당신은 가톨릭 아닙니까?"

"제가 아일랜드 인이라서 말입니까, 신부님?" 데블린은 빙그레 웃었다. "그렇지 않은 아일랜드 인이 지금 제 눈앞에는 하나 둘 떠오르는 중입니다만, 울프 톤이라는 남자의 이름도 한두 번 들은 적이 있는 것 같군요."

"무슨 말인지 잘 알겠습니다."

베리커는 억지로 웃어 보였다. 때때로 알루미늄 의족때문에 굉장히 고통을 겪을 때가 있는데, 오늘이 바로 그런 날이었다. "여긴 신도들이 얼마 안 돼 미사에 15명이나 20명 이상이 참석하는 경우는 한 번도 없다오. 탈것이 없으니 멀리 떨어진 농장에서 오는 게 어디 쉬운 일이겠소. 그러니 당신을 보니 반갑기 그지없구려. 고백시간은 바깥 게시판에 적혀 있어요."

"죄송하지만 신부님, 그건 제가 오랫동안 하지 않고 있던 일입니다."

베리커는 갑자기 얼굴을 굳히더니 미간을 좁혔다.

"이유를 가르쳐줄 수 있겠소?"

"물론 상관없지만 신부님은 절대 믿지 않을 겁니다. 그저 리엄 데블린과 성당은 꽤 오래전부터 몇몇 일들에 대해 서로 의견이 달랐다는 정도로만 알고 계십시오."

"하지만 나로서는 도저히 용인할 수도 없고, 허락도 할 수 없는 일이라오, 데블린 씨."

"하여간 영겁의 불더미에서 당신이 구해내기에는 악마와 같은 행운이 필요한 인간이 하나 여기 있는 셈입니다. 거짓말이 아닙니다."

데블린은 기분 나쁜 웃음을 지었다.

"이제 가보겠습니다. 그럼 이만……."

데블린이 문까지 갔을 때 베리커 신부가 불렀다.

"데블린 씨!"

데블린은 문을 열다 말고 신부를 돌아보았다.

"네, 신부님?"

"다음에 또 봅시다. 내게 시간만큼은 언제든 흘러넘치니까."

데블린은 한숨을 쉬었다.

"잘 알고 있습니다, 신부님. 그게 바로 당신들의 곤란한 점이죠, 모두 늘 시간이 남아도니……."

해안 도로에 이르자 데블린은 홉스앤드 늪지 북쪽 끝에 있는 둑길로 들어서서 소나무숲 쪽으로 달렸다. 춥기는 하나 심신이 긴장되는 상쾌한 가을 날씨로 흰 구름이 잇따라 파란 하늘 아래로 흘러갔다. 그는 스로틀을 열고 좁은 둑길을 힘차게 달렸다. 자칫 잘못하면 늪속에 처박혀 버릴 위험이 있었다. 어리석은 짓인 줄은 알지만 왠지 그렇게 하고 싶었고, 해방감으로 마음이 들떠 있었다.

속도를 늦추어 오솔길로 들어선 뒤 새끼줄 같이 좁은 둑길을 따라 오토바이를 몰았다. 해안에 가까워졌을 때 오른쪽으로 30여 미터 떨어진 갈대숲에서 말을 탄 사람이 나타나더니 건너편 둑 위로 기어오르듯이 올라갔다. 그가 마을에서 본 몰리 프라이어였다. 그가 속력을 늦추자 그녀는 말 잔등에 엎드려 서서히 말의 속도를 더하고 있었다. 그것은 마치 시합을 청하는 듯한 모습이었다. 데블린은 곧바로 그에 응해 스로틀을 열고 뒤쪽 늪에 흙을 튀기면서 달려 나갔다. 그녀 쪽 둑길은 곧장 소나무숲으로 나 있었으므로 아무래도 그녀 쪽이 유리했다. 데블린은 미로와 같은 길을 달려야 했으므로 점차 뒤로 처지기 시작했다.

이제 그녀는 숲 가까이에 도달해 있었다. 데블린이 오토바이를 비스듬히 몰아 굽은 길을 벗어나 직선으로 된 길을 달리기 시작하자, 그녀는 지금 길을 택한 듯, 진흙탕 속으로 뛰어든 뒤 갈대숲 사이로 달려갔다. 말은 그녀의 기대에 부응하는 듯 힘차게 달렸고 이내 소나무숲 속으로 사라져 갔다.

데블린은 둑길을 빠르게 벗어나 모래 언덕을 올라간 뒤 공중으로 날아올랐다. 부드럽고 하얀 모래 위에 착륙한 그는 한참을 데굴데굴 구르더니 한쪽 무릎을 짚고 일어섰다.

몰리 프라이어는 소나무에 등을 기대고 앉아 턱을 무릎에 괴고 바다를 바라보고 있었다. 옷차림은 아까 데블린이 본 것과 같은 것이었는데 지금은 베레모를 벗고 짧은 황갈색 머리칼을 드러내고 있었다. 말은 해변에서 풀을 뜯고 있었다.

데블린은 오토바이를 세워 놓고 그녀 옆으로 가서 주저앉았다.

"날씨가 좋군요, 하느님 덕분에."

여자가 그를 보고 아무렇지도 않게 말했다.

"왜 빨리 달리지 못하고 뭉그적거렸어요?"

데블린은 벗은 모자로 이마의 땀을 닦고 있다가 깜짝 놀라며 여자를 쳐다봤다.

"뭐, 뭉그적거렸다고?"

그러자 그녀는 미소 지었고, 다음 순간 고개를 뒤로 젖히고 큰소리로 웃기 시작했다. 데블린도 따라 웃었다.

"이 세상 종말을 고하는 소리가 울려 퍼질 때까지 너를 기억할 거야."

"그것이, 그게 무슨 뜻이죠?"

아직까지도 귀에 생소한 노퍽 사투리로 그녀가 말했다.

"우리나라에서 사용하는 흔한 표현이야."

그가 담배를 꺼내 입에 물었다.

"이런 것 피우나?"

"아뇨."

"좋았어. 이런 건 성장을 방해하니까. 또 넌 아직 어른이 되기까지 몇 년은 더 자라야 하니까."

"분명히 말해 두겠지만 전 17살이에요. 내년 2월에는 18살이 되고요."

데블린은 담뱃불을 붙이고 누워 팔베개를 한 뒤 모자의 챙을 눈 위까지 내렸다.

"2월 며칠이지?"

"22일."

"흐음. 물고기잖아? 쌍어궁이군. 나는 전갈, 천갈궁이라서 우리 둘은 궁합이 맞을 거야. 그런데 처녀궁하고는 절대로 결혼해선 안 돼. 처녀궁과 쌍어궁이 만나 잘될 가능성은 하나도 없어. 예를 든다면 아서, 그는 틀림없이 처녀궁일 것 같은 생각이 든단 말이야. 내가 너라면 조심할 거야."

"아서? 아서 시모어 말인가요? 당신 미쳤어요?"

"아니, 하지만 그는 미쳐 있는 것 같더군."

데블린은 그대로 말을 계속했다.

"너는 순진하고 깨끗하지만 아직은 별로 처녀 냄새가 나지 않아. 보는 사람으로선 무척 유감이지만."

그녀가 그를 바라보기 위해 몸을 비틀자 낡은 코트 앞자락이 빠끔히 열렸다. 가슴은 완전히 성숙한 듯 불룩 튀어나와 무명 블라우스가 미어질 듯했다.

"조심하라고. 너는 먹는 데 신경 쓰지 않으면 2, 3년 안에 뚱뚱해져서 많이 고생할걸."

그녀의 눈이 반짝 빛났다. 그리고 가슴을 내려다보더니 당황하며 코트 앞을 여몄다.

"심술쟁이."

그녀는 내뱉듯이 말했다. 그때 그의 입술이 떨리고 있는 것을 알아 채고 모자 챙 아래로 들여다보았다.

"어쩜 너무해요, 절 비웃고 있잖아요."

그녀는 그의 모자를 낚아채 내던졌다.

"너를 상대로 그럴 수가 있나, 몰리 프라이어."

그가 두 손으로 막는 시늉을 했다.

"안 돼, 그러지 마세요."

그녀는 나무에 기대어 두 손을 주머니에 찔러 넣었다.

"어떻게 제 이름을 알았죠?"

"술집에서 조지 와일드가 가르쳐 주었지."

"그렇게 알았군요. 그런데 거기에 아서도 있었나요?"

"있었지. 그는 널 자기 것으로 생각하고 있는 것 같았어."

"웃기는군요. 난 어느 누구의 것도 아니에요."

그녀는 갑자기 험상궂은 말투로 말했다.

그는 입에 담배를 문 채 그녀를 올려다보며 빙긋이 웃었다.

"이봐, 넌 때때로 코가 위로 향하는구나. 누구한테 그런 말 못 들 었니? 게다가 화가 나면 입 가장자리가 내려가고."

그 말이 그녀의 가슴속에 감춰 두고 있던 상처를 건드린 듯했다. 그녀가 확 얼굴을 붉히면서 화가 난 듯 말했다.

"그래요, 전 확실히 얼굴이 못생겼어요, 데블린 씨. 홀트의 댄스파 티에서 아무도 춤을 신청하지 않아 하룻밤 내내 그냥 앉아 있는 일 이 가끔 있었으니까 저 자신도 잘 알고 있어요. 그래도 당신은 비 오는 토요일 밤 절 내쫓는 짓은 하지 않겠죠? 그게 남자예요, 어떤 여자라도 없는 것보단 나으니까요."

그녀가 일어서려고 하자 데블린은 그녀의 발목을 붙잡아 쓰러뜨리고 한 팔로 발버둥치는 그녀를 억눌렀다.

"내 이름을 알고 있군. 어떻게 알았지?"

"흥분하지 마세요. 모두들 당신을 알고 있어요. 알 필요가 있는 것은 전부."

"미안하지만 넌 나에 대해 하나도 알고 있지 못해. 알고 있다면 내가 비 오는 토요일 밤보다는 소나무 그늘에서 멋진 가을날 오후를 즐기는 것을 더 좋아한다는 것을 벌써 알았어야 해. 가는 모래가 들어가지 말아야 할 곳에 들어가 버리는 괘씸한 점이 있긴 하지만."

그녀는 꼼짝도 하지 않고 누워 있었다.

그는 그 입에 가볍게 입술을 대고는 구르듯이 떨어졌다.

"자, 내가 미친 듯한 열정에 사로잡히기 전에 빨리 여기를 떠나."

그녀는 베레모를 집어든 뒤 펄쩍 뛰어 말고삐를 쥐었다. 뒤로 돌아 그를 바라보는 그녀의 얼굴은 너무나도 진지했으나, 안장에 올라타고 말머리를 돌려 다시 한 번 그를 보았을 때는 미소를 띠고 있었다.

"아일랜드 사람들은 모두들 머리가 이상하다고 들었는데 정말이었군요. 전 일요일 오후에 미사에 참석해요. 당신은?"

"내가 교회에 나갈 인간으로 보이나?"

말이 발짓을 해가며 몸을 움직였으나 그녀는 잘 제어했다.

"그래요. 올 거라고 봐요."

그녀가 고지식한 말투로 말했다. 그리고 말머리를 돌려 달려 나갔다.

"넌 어떻게 된 놈이냐, 리엄? 언제 철이 들 거냐?"

모래언덕 옆에서 소나무 숲을 지나 둑길까지 오토바이를 끌고 가면서 그가 낮은 목소리로 중얼거렸다.

그는 둑 위를 천천히 달려 돌아와 가축우리에 오토바이를 집어넣었다. 문 옆 돌 밑에 넣어 둔 열쇠를 꺼내 집 안으로 들어갔다. 복도 옆에 엽총을 세워 두고, 레인코트 단추를 풀면서 부엌에 들어가 발걸음을 멈추었다. 테이블 위에 우유가 들어 있는 병과 열 개 남짓한 계란이 들어 있는 하얀 주발이 놓여 있었다.

"이거 놀랍군. 이게 뭐지?"

그는 중얼거리며 손끝으로 살짝 주발을 쓰다듬었으나 곧 코트를 벗기 위해 테이블에서 떨어졌다. 그의 얼굴에는 엄숙한 표정이 떠올랐다.

8

빌헬름스하펜에서 발신한 일요일 북해 전역의 기상예보는 맑은 날씨와는 거리가 멀었다. 비를 동반한 풍력 5~6의 바람으로 특히 네덜란드 해안 날씨는 최악이었는데, 검고 두터운 비구름이 수평선에 짙게 드리워져 있었다.

일출은 6시 15분이었으나 9시 30분이 되어도 시야는 조금도 트이지 않아서 영국 공군조차 출동을 미루고 있을 정도였다. 따라서 갑자기 뒤편에서 저공으로 공격해오는 모스키토 기(機)를 미처 발견하지 못한 것도 누구를 책망할 문제가 아니었다. 파일럿은 한 줄로 늘어서 있는 연안무역선의 네 번째와 다섯 번째 갑판을 기관총으로 깨부수고 재차 공격하기 위해 방향을 바꾸려고 선회했다.

한 시간쯤 수면을 취할 생각으로 침대에 누워 있던 쾨니히는 번쩍 눈을 뜨고 갑판 계단으로 달려갔다. 갑판에서는 포수(砲手)들이 두 줄짜리 대공기관총을 향해 허둥지둥 달려가는 중이었다. 그러나 쾨니히는 어느새 자리에 앉아 대공포 발사핸들을 붙잡고 있었다.

모스키토가 두 번째로 공격해왔을 때 쾨니히는 선단의 다른 포수 전원과 함께 적기를 향해 사정없이 발사했지만 모스키토의 기관포탄이 바로 코앞에 있던 화물선 선루에 명중했다. 모스키토가 시속 400마일 가까운 속도로 지나갔으므로 쾨니히의 탄이 명중하지 못했던 것도 무리는 아니었다. 적기는 왼쪽에서 검은 연기 덩어리만 내뿜으며 빙 돌아서 망령처럼 아침안개 속으로 달아났다.

포성이 뚝 그치고, 호위구축함 1척이 아침안개 속으로 검은 연기를 올리고 있는 4번째 연안무역선으로 쏜살같이 달려갔다. 승무원이 호스를 끌어내고 있는 게 쾨니히의 눈에도 뚜렷이 보였다.

그는 일어나서 대공기관포의 책임자인 클란트 일등수병을 노려보았다.

"클란트, 너와 네 부하들은 제 위치로 가는 것이 5초 늦었어. 그런 것 때문에 치명적인 위험이 야기된다는 것을 왜 알지 못하나! 더 이상 말 안 해도 알겠지?"

포수들은 황급히 이리저리 움직이고 있었지만 클란트는 짝 소리 나게 발을 모았다.

"그렇습니다, 소위님! 두 번 다시 이런 일 없도록 하겠습니다."

"만약 또 다시 이런 일이 일어날 시엔" 쾨니히는 단단히 못을 박았다. "넌 3년 전 해군에 처음 입대하던 시절의 계급으로 돌아갈 거야. 내 틀림없이 약속하지."

뮬러가 조종키가 달려 있는 군함다리로 가자, 쾨니히는 지도 받침대에 딸린 의자에 털썩 엉덩이를 내렸다. 담배에 불을 붙이는 손가락이 떨렸다.

"고독한 시라소니군!" 뮬러가 말했다.

쾨니히는 고개를 끄덕였다. "그들은 오늘 아침 같은 폭풍 속에는 비행기를 내보내지 않아. 날씨 탓에 많은 비행기를 잃게 되니까."

"포수들 일은 죄송합니다." 뮬러가 사과했다. "변명의 여지가 없습니다. 클란트에게 단단히 주의를 주겠습니다."

"그만 두게. 모두 힘든 항해를 해왔으니 휴양이 필요하다는 의미일 뿐이니까."

상당히 함축적인 표현이었다. 자지이에서 셰르부르, 그리고 불로뉴까지 오는 항해에서 때때로 풍력8의 바람을 안은 극도의 악천후 때문에 이만저만 고생을 한 것도 아니지만, 선단과의 항행은 대부분이 최악의 상태였던 것이다.

많은 기뢰를 부설해놓은 연안은 영국 해안에 대한 방어책으로는 충분히 효과적이지만 영국 공군에게는 그야말로 무용지물이었다. 선단은 도버해협 통과 중에 2번이나 전투기의 맹공격을 받았고, 됭케르크 근처에서는 배도 두 척이나 잃어야 했다.

젊은 수병이 커피 잔을 두 개 들고 와서 탁자에 놓았다. 해군에서만 전해오는 작은 기적 덕분에 커피는 진짜였다. 쾨니히의 눈은 수면부족으로 모래가 버석거리는 듯 까끌까끌했고 등짝도 쑤셨지만, 갑자기 인간으로 되돌아온 듯한 기분이 들었다.

그가 몸을 비틀면서 고개를 돌리니 뮬러가 걱정스러운 눈초리로 슬쩍슬쩍 그를 곁눈질하고 있었다.

"기분은 좀 나아지셨습니까, 소위님?"

쾨니히는 싱긋 웃었다. "훨씬 개운해졌네. 이젠 괜찮아."

"뭘 좀 드시지요?"

"아니야, 자네가 먼저 먹게. 내가 잠시 키를 잡고 있을 테니."

뮬러가 무어라 반대하려는 기색이었으므로 쾨니히는 벌떡 일어섰다.

"잠시 혼자 있고 싶어서 그래, 에리히. 생각할 게 있다고. 알겠나?"

"옛! 소위님."

뮐러도 더는 어쩔 수 없이 키를 물려주고 조종실을 나갔다.

쾨니히는 또다시 담배를 피워 물고 옆 창문 하나를 열어 상쾌한 바닷바람을 가슴깊이 들이마셨다. 4번째 연안무역선의 소화 작업도 지금은 거의 완료된 뒤라 호위를 맡은 구축함 2척과 무장 패트롤선 4척이 짧은 전투를 마치고 다시금 제 위치로 돌아가고 있었다.

공복, 부단한 피로, 등줄기의 통증, 수명을 몇 년은 갉아먹고 있을 스트레스 같은 이런 불리한 조건 속에서도 자신이 실제로는 즐기고 있는 것이 쾨니히는 좀처럼 이해가 되지 않았다. 전쟁 전에는 함부르크에 있는 은행에서 수습 중이던 신참내기 회계담당 직원이었는데, 지금은 바다가 그의 인생이 되었다. 이제 바다는 그에게 먹음직한 고기이자 술이며, 그 어떤 여자보다 더 소중한 것이 되었다. 어쩌다보니 전쟁 때문에 이런 생활을 하게 된 것이지만 그렇다고 언제까지 전쟁이 계속될 리는 없는데도.

쾨니히는 작은 소리로 중얼거렸다.

"전쟁이 모두 끝나면 나는 그때 무엇을 해야 하지?"

그때, 군함다리에서 신호등을 깜박이면서 선두 구축함이 빠른 속도로 스쳐갔다. 옆 창으로 몸을 내밀고 쾨니히는 손잡이 근처에서 근무하고 있던 일등 신호병 토이젠에게 물었다.

"방금 뭐라고 한 거야?"

"'지금부터 로테르담으로 항로변경. 잘 가라, 행운을 빈다.'"

쾨니히는 손을 흔들었다.

"송신해. '대단히 감사. 멋진 임무수행능력이었다. 축하'"

토이젠의 신호등이 찰칵찰칵 소리를 냈다. 네덜란드 해안을 향해 선단의 항로변경을 선도하려고 방향을 바꾸면서 구축함이 수신신호를 보내왔다. 2포인트 항로를 바꿔 E보트가 속도를 올려 넘실대는 파도를 넘어 잿빛 커튼 같은 빗속으로 사라질 때, 쾨니히는 좀 전의 그 문제는 어쩌면 저절로 해결될지도 모른다는 생각에 음울한 만족감을 느꼈다. 즉, 란즈부르르트에서 자신을 기다리고 있을 임무를 생각하면 역시 전쟁에서 살아남을 가능성은 절대 희박하겠다고.

버밍엄 거리에는 찬바람이 휘몰아치고 있었고, 솔트리 거리 차고 2층에 있는 벤 거발드의 아파트 유리창도 비바람에 시달리고 있었다. 비단 가운을 입고 스카프를 머리에 두르고 곱실거리는 검은 머리칼을 단정하게 빗어 올린 그의 모습은 꽤나 관록이 있어 보였다. 그리고 구부러진 콧대는 천박한 중후함을 더해 주었다. 가까이서 보면 그다지 잘생긴 얼굴은 아니며, 무절제한 생활의 자취가 살찐 오만한 얼굴에 여실히 드러나 있었다.

그러나 오늘 아침에는 여느 때의 오만함과는 다른 어떤 것이 얼굴에 나타나 있었다. 세상에 대한 강한 분노였다. 어젯밤 11시 반, 그가 벌인 사업 중의 하나인 애스턴 고급 주택가에 설치했던 소규모 도박 클럽이 버밍엄 시 경찰의 단속을 받았다. 물론 거발드 자신이 체포될 위험은 전혀 없었다. 그 때문에 이름뿐인 지배인을 고용하고 있었고, 그자는 그에 상응하는 보상을 받고 있었다. 그보다 훨씬 중요한 것은 경찰이 압수한 판돈 3천 5백 파운드였다.

부엌문이 열리고 17, 8세 가량의 젊은 여자애가 들어왔다. 핑크색 레이스 가운을 걸치고, 염색한 금발은 마구 헝클어져 있었으며, 얼굴은 울었는지 퉁퉁 부어 있었다.

"그 밖에 필요한 것은요, 거발드 씨?"

여자애가 가느다란 목소리로 말했다.

"그 밖에라고? 너도 참 웃긴다. 넌 아직 아무것도 주지 않았잖아?"

그가 등진 채 말했다. 그는 방금 오토바이를 타고 들어와 트럭 옆에 주차한 사내에게 관심을 쏟고 있었다. 전날 밤 거발드의 이상한 요구에 응할 수 없었던 여자가 우는 소리로 말했다.

"죄송해요, 거발드 씨."

아래층의 사내가 정원을 가로질러 집 가까이 다가오자 모습이 보이지 않게 되었다. 거발드가 여자에게 말했다.

"자, 빨리 준비하고 냉큼 꺼져."

그녀는 겁에 질려 부들부들 떨면서 꼼짝도 하지 못하고 그를 쳐다보았다. 그는 성욕에 가까운 어떤 달콤한 욕망이 몸 안에 차오름을 느꼈다. 여자의 머리칼을 붙잡아 확 비틀었다.

"시키는 대로 해. 알겠나?"

여자가 안으로 도망치자 곧 밖의 문이 열리고 동생 루벤 거발드가 들어왔다. 한쪽 어깨가 다른 쪽 어깨보다 약간 올라가 있으며 병자 같은 느낌이 드는 왜소한 사내였는데, 창백한 얼굴 속의 까만 눈동자는 끊임없이 움직이고 있어 어느 것 하나 놓치지 않을 듯했다. 그는 불쾌한 표정으로 침실로 뛰어 들어가는 여자의 뒷모습을 바라보았다.

"어지간히 해둬요, 형. 저런 돼지를 상대하다가 병이라도 옮으면 어쩌려고."

"그래서 페니실린이 발명됐잖니. 그건 그렇고, 무슨 일이냐?"

"형을 만나고 싶어하는 자가 있어요."

"그래, 용건은?"

"말하지 않았어요. 좀 시건방진 조그만 아일랜드 놈이에요. 이걸 주래요. 나머지 반은 만나서 넘겨주겠다면서."

루벤이 5파운드 지폐의 반쪽을 내밀었다. 거발드는 아주 자연스럽게 웃으며 그것을 건네받았다.

"맘에 들었어, 아주 맘에 들었어."

그리고 창가로 가 살펴보았다.

"진짜인 것 같은데."

싱글벙글 웃으면서 동생에게 말했다.

"아직 많이 갖고 있을까, 루벤? 한번 만나 보지."

루벤이 밖으로 나가자 거발드는 기분이 좋은 듯 찬장 쪽으로 가 스카치를 따라 한 잔을 마셨다. 오늘 아침은 어쩌면 어젯밤 손실을 어느 정도 메울 수 있는 일이 생길지도 모른다. 아주 재미있는 얘기일 가능성도 있다. 그는 창가의 안락의자에 앉았다.

문이 열리고 루벤이 데블린을 안내해 들어왔다. 데블린의 레인코트는 비에 흠뻑 젖어 있었다. 그는 트위드 모자를 벗어 관상용 화초가 가득한 중국 도자기 위로 물기를 짜냈다.

"이걸 좀 보시오."

"알았소. 아일랜드 인은 모두 미치광이란 걸 잘 알고 있소. 일부러 보여줄 필요까진 없소. 이름은?"

거발드가 말했다.

"머피요, 거발드 씨."

"얼른 그 코트나 벗으시오. 카펫이 엉망이 되니까. 진짜 악스민스터요. 요즈음은 웬만한 돈으론 살 수 없는 물건이오."

데블린이 물이 떨어지는 레인코트를 벗어 루벤에게 건넸다. 루벤은 화가 났으나 일단 받아 들고 창가 의자에 걸쳐 놓았다.

"좋아, 난 시간이 별로 많지 않소. 그러니 빨리 본론으로 들어갑시다."

데블린은 웃옷에 손을 닦고 담배를 꺼냈다.

"듣자하니 당신은 운수업을 하고 있다던데. 여러 가지 일 외에도."

"누가 그러던가요?"

"여기저기서."

"그래서?"

"트럭이 필요하오. 군용 3톤 베드퍼드가."

"그것뿐이오?"

거발드는 여전히 미소를 띠고 있었지만 눈빛은 날카로웠다.

"아니, 그 밖에 지프 한 대, 공기압축기 한 벌과 국방색 페인트 2 갤런, 그리고 두 차 모두 군용 번호판이 필요하오."

거발드가 소리를 내어 웃었다.

"뭘 하려고 그러시오? 혼자서 제2전선이라도 전개할 셈인가?"

데블린이 안주머니에서 큰 봉투를 꺼내 내밀었다.

"여기 대금의 일부로 5백 파운드가 들어 있소. 날 상대로 시간을 낭비하고 있지 않다는 걸 증명하기 위해 보여주는 것이오."

거발드가 턱짓을 하자 동생이 봉투를 받아 안을 조사했다.

"그가 말한 대론데, 형. 그것도 빳빳한 5파운드 지폐로."

그는 형 쪽으로 봉투를 밀었다. 거발드는 무게를 확인한 듯 잠시 손바닥에 얹고 있다가 테이블 위에 툭 던져 놓고 의자 등받이에 기댔다.

"좋아, 그럼, 본론으로 들어가 볼까. 한데 당신은 누구 밑에서 일 하고 있소?"

"나 자신이오."

데블린이 말했다.

거발드의 얼굴에 순간 믿을 수 없다는 표정이 떠올랐으나 굳이 더 묻지는 않았다.

"그만큼의 수고를 들이는 걸 보면 상당히 괜찮은 일인가 보군요. 다소 사람 손이 필요할지는 모르겠지만."

"난 필요한 것을 이미 얘기했소. 베드퍼드 3톤 트럭 한 대, 지프 한 대, 공기압축기 한 벌, 국방색 페인트 2갤런. 준비할 수 없다면 없다고 말하시오. 여기 아니라도 얼마든지 알아볼 데가 있으니까."

루벤이 화가 난 목소리로 말했다.

"이봐, 자신을 뭘로 생각하고 있지? 여기 들어오는 건 쉬울지 모르지만 나가는 건 그리 간단하지 않아."

루벤을 바라보는 데블린의 얼굴은 매우 창백했으며 그 파란 눈은 루벤 뒤의 먼 곳을 바라보는 듯해 왠지 냉정하고 무관심해 보였다.

"호오, 그런가?"

왼손으로 주머니 속의 월서 권총 손잡이를 쥔 채 오른손을 지폐 다발 쪽으로 내밀었다. 거발드가 지폐 다발 위에 손을 얹었다. 그리고 낮은 목소리로 말했다.

"돈이 들 텐데. 딱 잘라서 2천 파운드."

거발드는 도전하듯 데블린의 눈을 쳐다보았다. 잠시 침묵이 흐르고 이윽고 데블린이 미소를 띠었다.

"젊었을 때는 왼쪽 펀치가 굉장했겠군."

"지금도 마찬가지요."

거발드가 주먹을 내보였다.

"당할 자가 없을걸."

"좋소. 군용 석유통에 가솔린을 50갤런 붙여 주면 승낙하겠소."

"좋소. 축하주로 한잔 합시다. 뭐가 좋겠소?"

"아이리시 위스키. 가능하면 부시밀스가 좋겠소."

"난 뭐든 있소. 없는 게 없지."

그리고 손가락으로 딱 소리를 냈다.

"루벤, 이분에게 부시밀스를 갖다 드리게."

루벤이 분노로 얼굴이 굳어진 채 머뭇거리자 거발드가 위협하듯 낮은 소리로 말했다.

"부시밀스야, 루벤."

루벤이 장식장으로 가 밑의 문을 여니, 거기에는 갖가지 종류의 술병이 수십 개나 들어 있었다.

"사업이 상당히 잘되나 보군요."

데블린이 말했다.

"물론이오."

거발드가 테이블 위 상자에서 여송연을 한 개비 집어 들었다.

"물건은 버밍엄에서 인수할 거요, 아니면 어디 다른 장소에서?"

"1번 국도 연변의 피터버러 근처요."

루벤이 그에게 잔을 건넸다.

"왜 그렇게 조건이 많지?"

거발드가 끼어들었다.

"아니, 상관없어. 노먼크로스를 아시오? 피터버러에서 8킬로미터 정도 되는 곳이오. 거기서 3킬로미터 정도 더 가면 포거티라는 자동차 차고가 있소. 지금은 문이 닫혀 있지."

"찾아내겠소." 데블린이 말했다.

"물건은 언제 넘겨받고 싶소?"

"28일 목요일과 29일 금요일. 첫날밤에 트럭과 공기압축기와 석유통, 페인트를 넘겨받고 그 다음날 밤 지프를 넘겨받겠소."

거발드가 살짝 미간을 찌푸렸다.

"요컨대 모든 일을 당신 혼자서 한단 말이오?"

"그렇소."

"알겠소. 몇 시쯤 올 거요?"

"어두워지고 나서요. 그러니까 9시나 9시 반쯤 되겠군."

"그리고 돈은?"

"그 5백 파운드는 선금이오. 트럭을 넘겨받을 때 7백 50십, 나머지는 지프와 교환할 것이오. 양쪽 다 배달 증명서를 동봉해 주시오."

"그야 간단하지, 하지만 목적과 보낼 곳을 기입해야만 하는데."

"서류를 넘겨받으면 내가 써넣겠소."

거발드가 뭔가를 생각하면서 천천히 고개를 끄덕였다.

"좋아, 일을 맡겠소. 한 잔 더 하시겠소?"

"아니, 됐소. 따로 갈 데가 있어서."

트렌치코트를 입고 재빨리 단추를 끼웠다. 거발드가 자리에서 일어나 장식장으로 가서 방금 딴 부시밀스 병을 들고 왔다.

"이걸 가져가시오. 별다른 뜻이 없음을 나타내는 표시로 말이오."

"이거 뜻밖이군요. 하지만 고맙게 받아 두겠소. 답례의 의미는 아니지만, 이건 당신 것이오."

데블린은 가슴 앞에 달린 주머니에서 5파운드의 남은 반쪽을 꺼내 내밀었다.

거발드가 받아 들고 씨익 웃었다.

"제법 잘하시는데, 응, 머피?"

"전에도 그런 말을 들은 적이 있지요."

"좋아. 28일 노먼크로스에서 만납시다. 바래다 드리게, 루벤. 실례되는 짓은 하지 않도록."

루벤은 일그러진 얼굴로 밖으로 나갔다. 데블린은 따라 나가다가 거발드가 의자에 앉았을 때 입구에서 돌아섰다.

"또 한 가지, 거발드 씨."

"뭐요?"

"난 약속을 지키는 남자요."

"그렇다면 안심이오."

"그쪽도 지켜 주시오."

잠시 한 조각의 미소도 보이지 않고 엄숙한 표정으로 꼼짝도 않고 거발드의 눈을 바라보다가 이윽고 홱 등을 돌려 밖으로 나갔다.

거발드는 의자에서 일어나 스카치를 한 잔 따라 가지고 창가로 가서 정원을 내려다보았다. 데블린이 오토바이의 시동을 걸고 있는 모습이 보였다. 문이 열리고 루벤이 들어왔다. 그는 몹시 화가 나 있었다.

"대체 어떻게 된 거야, 형? 난 도저히 이해할 수 없어. 시골에서 갓 올라와 아직 신발에 진흙이 묻어 있는 쬐끄만 아일랜드 놈을 제멋대로 지껄이도록 내버려두다니. 지금까지 그런 적이 없었잖아."

거발드는 데블린이 큰길로 나가 세찬 빗속을 달려 사라지는 것을 물끄러미 바라보았다.

"저놈은 무언가 괜찮은 일을 발견한 거야, 루벤. 왕창 벌게 되는 일 말이야."

거발드는 낮은 소리로 말했다.

"하지만 왜 육군 군용차가 필요한 걸까?"

"여러 가지로 생각할 수 있지. 예를 들면 지난주의 슈롭셔에서 일어난 일 같은. 어떤 자가 군인 복장을 하고 군인 매점 창고에 군용트럭을 타고 들어가 3만 파운드 상당의 스카치를 꺼내 갔어. 그게 암시장에서 얼마가 될 것 같으냐?"

"형님은 저놈이 그런 일을 계획하고 있다고 보는 거야?"

"틀림없어, 루벤. 그리고 놈이 싫든 좋든 난 끼어들 테다."

거발드는 자존심이 상한 표정을 지으며 머리를 좌우로 흔들었다.

"알겠나 루벤, 놈은 나에게 협박했어. 그건 용서해 줄 수 없어. 그렇지?"

아직 3시 전후였으나 쾨니히가 E보트의 뱃머리를 기복이 작은 해안선 쪽으로 향했을 무렵 햇살은 벌써 엷어지고 있었다. 저 멀리 가장자리가 핑크색으로 빛나는 검은 비를 몰아오는 구름이 뭉게뭉게 일어나고 있었다. 해도대 위에 엎드려 있던 뮬러가 말했다.

"곧 태풍이 몰아칠 것 같은데요, 소위님."

쾨니히가 창으로 밖을 내다보았다.

"아직 15분 동안은 괜찮아. 그 안에 해안에 도착할 거야."

기분 나쁜 천둥소리가 울리고 하늘이 갑자기 어두워졌다. 목적지를 한시라도 빨리 보고 싶어 갑판에 나와 있던 승무원들은 이상하게도 조용했다.

쾨니히가 말했다.

"무리도 아니지. 세인트 헬리어에 비하면 마치 땅끝 같은 곳이니까."

모래언덕 너머의 지면은 평탄했으나 바람이 불 뿐 아무것도 보이지 않았다. 저 멀리 희미하게 지평선에 떠오르고 있는 농가와 활주로 옆의 격납고가 보였다. 바람으로 파도가 몹시 심하게 쳤다. 쾨니히는 곳에 다다르자 속도를 늦추었다.

"뒤를 부탁하네, 에리히."

뮐러가 키를 잡았다. 쾨니히는 낡은 코트를 입고 갑판으로 나와 뱃전 울타리 옆에 서서 담배를 피웠다. 이상하게 기분이 우울했다. 이곳까지 오는 도중에도 그랬지만, 어떤 의미에서 문제는 지금부터였다. 예를 들면 함께 일하게 될 패거리들이었다. 그것은 매우 중요한 문제였다. 과거에 몇 번, 지금과 유사한 상황에 처해 불행한 일을 경험한 적이 있었다.

하늘이라도 갈라진 듯 비가 무서운 기세로 쏟아졌다. 배가 콘크리트 잔교에 천천히 다가가자 모래언덕 사이로 난 길을 군용 승용차가 달려오는 게 보였다. 뮐러가 엔진을 끄고 창에서 상체를 쑥 내밀어 명령을 내렸다. 승무원들이 해안으로 밧줄을 던지려고 움직이는데 차가 잔교 위로 와 멈췄다. 슈타이너와 리터 노이만이 차에서 내려 잔교 끝까지 걸어왔다.

"여어, 쾨니히. 무사히 도착했군. 란즈부르트에 온 걸 환영한다."

슈타이너가 쾌활하게 말했다.

사다리를 반쯤 오르고 있던 쾨니히는 놀란 나머지 발을 헛디뎌 하마터면 바다로 떨어질 뻔했다.

"아니, 중령님 아닌가요, 어떻게 된 거죠?"

그는 일이 어떻게 되어 가는지 비로소 이해가 되자 큰소리로 웃었다.

"전 대체 누구 밑에서 일하게 될까, 그것만 생각했었습니다."

쾨니히는 사다리를 다 올라와 슈타이너의 손을 힘껏 잡았다.

데블린이 선술집 앞을 지나 마을을 빠져나왔을 때는 4시 반이었다. 다리를 건너자 오르간 소리가 들리고, 아직은 완전히 어두워지지 않아 교회 창문으로 비치는 빛이 희미하게 보였다. 조애너 그레이가 등화관제 때문에 저녁 미사는 오후에 드린다고 말했다. 언덕길을 올라가면서 몰리 프라이어가 한 말을 떠올렸다. 혼자서 미소 지으면서 교회 밖에 멈춰섰다. 그녀가 와 있음이 분명했다. 조랑말이 2륜마차에 매인 채 구유통에 머리를 처넣고 얌전하게 서 있었다. 그 밖에 차 두어 대와 짐받이 칸에 테두리가 없는 트럭이 한 대, 그리고 자전거 몇 대가 놓여 있었다.

데블린이 문을 열자 베리커 신부가 복사 세 명을 거느리고, 통로를 지나가고 있었다. 그중 한 소년이 성수 그릇을 들고 있었고, 베리커는 지나가면서 신자들의 머리 위에 성수를 뿌려 주었다. 그가 성수를 뿌리며 성가를 부르는 사이, 데블린은 살그머니 오른쪽 통로로 들어가 빈 좌석을 찾아냈다.

모인 사람은 17, 8명 정도였다. 헨리 경과 그의 아내로 보이는 부인이 있었고, 그 옆에는 공군 부인 보조 부대 제복을 입고 있는 22,

3세의 여자가 앉아 있었다. 아마도 파밀라 베리커이리라. 조지 와일드도 아내와 함께 와 있었다. 몸을 깨끗이 씻고 빳빳하게 다린 흰 셔츠에 낡은 검은 옷을 입은 레이커 암즈비가 그들 옆에 앉아 있었다.

몰리 프라이어는 통로 맞은편 좌석에 어머니와 함께 있었다. 어머니는 친절해 보이는 얼굴의 중년 부인이었다. 몰리는 조화를 단 밀짚 모자를 눈앞까지 드리우고, 몸뚱이를 단추로 꽉 쥔 약간 짧은 꽃무늬 무명 드레스를 입고 있었다. 코트는 단정히 개어져 좌석 등받이에 놓여 있었다.

'저앤 저 옷을 3년은 더 입었을 거야.'

데블린은 속으로 중얼거렸다.

그녀가 갑자기 고개를 돌려 그를 바라보았다. 미소는 띠지 않고 1초 정도 그를 바라보았을 뿐 곧 시선을 돌렸다. 장밋빛 제의를 입은 베리커 신부가 제단 앞에서 두 손을 모으고 미사를 시작했다.

"나는 나의 잘못으로 죄를 범한 사실을 전지전능하신 하느님과 형제자매에게 고백합니다. 내 탓이오, 내 탓이오, 내 큰 탓이로소이다."

그가 자기 가슴을 두드렸다. 데블린은 몰리 프라이어가 모자 챙 밑으로 비스듬히 자기를 보고 있음을 눈치채고 장난기가 발동하여, 다른 사람들이 하는 대로 따라서 성모 마리아, 모든 천사와 성인, 회중들에게 자기를 위해 하느님에게 기도해 달라고 큰소리로 말했다.

그녀는 방석 위로 무릎을 꿇을 때 15센티미터 정도 스커트를 들어 올린 뒤 천천히 앉았다. 그 짐짓 고상한 척하는 동작에 데블린은 하마터면 웃음을 터뜨릴 뻔했다. 그러나 건너편 통로 기둥 뒤에서 아서 시모어가 광기 어린 눈으로 자기를 노려보고 있음을 알자, 억지로 참고 있던 웃음까지도 순식간에 사라져 버렸다.

미사가 끝나자 데블린은 제일 먼저 밖으로 나왔다.

"데블린 씨, 잠깐만요."

오토바이를 타고 막 출발하려 할 때 그녀의 목소리가 들렸다. 그가 뒤를 돌아보니 그녀가 우산을 쓰고 빠른 걸음으로 다가왔고 2, 3미터 뒤에 어머니가 따라왔다.

"그렇게 서두르지 마세요. 부끄러우세요?"

몰리가 말했다.

"오길 정말 잘 했어."

데블린이 말했다.

그녀의 얼굴이 빨개졌는지 어떤지는 주위가 어두워서 잘 알 수 없었다. 그때 어머니가 다가왔다.

"저희 어머니예요. 이쪽은 데블린 씨."

몰리가 말했다.

"당신에 대해서는 잘 알고 있어요. 우리의 도움이 필요하시면 언제든지 말씀하세요. 남자 혼자 사는 건 보통 일이 아니니까요."

플레이어 부인이 말했다.

"우리 집에 가서 차라도 한잔 안 하실래요?"

몰리가 말했다.

두 사람 뒤쪽에 있는 문 옆에서 아서 시모어가 화난 눈초리로 이쪽을 바라보고 있었다.

"친절은 매우 고맙지만 솔직히 말해 방문할 형편이 못 되는군요."

플레이어 부인이 손을 뻗어 그를 만졌다.

"어머, 흠뻑 젖었네요. 집에 돌아가시면 곧바로 뜨거운 물에 들어가세요. 병이라도 나면 큰일이니까."

"그렇게 하세요. 돌아가면 꼭 어머니가 말씀하신 대로 하세요."

데블린은 오토바이에 올라탔다. '하느님, 이 두려운 여자들로부터 저를 지켜 주소서'라고 중얼거리며 달려 나갔다.

목욕은 도저히 불가능했다. 부엌에서 물을 데우는 데는 시간이 너무 걸렸다. 그 대신 돌로 된 커다란 난로에 장작을 많이 집어넣고 기세 좋게 불을 피웠다. 옷을 벗고 재빨리 몸을 닦은 뒤 푸른 플란넬 셔츠에 검은 모직바지를 입었다. 배가 고팠으나 피곤해서 아무것도 만들 기분이 나지 않았으므로, 거발드가 준 부시밀스 병과 잔, 책을 한 권 들고 난로 옆 낡은 팔걸이의자에 앉아 발을 쬐면서 책을 읽기 시작했다. 한 시간 정도 지났을 때 언뜻 목덜미에 와 닿은 차가운 공기가 느껴졌다. 문 여는 소리를 듣진 못했으나 곧 그녀임을 알았다.

"너무 늦었군."

뒤도 돌아보지 않은 채 그가 말했다.

"눈치도 빠르네요. 비 내리는 어두운 들판을 걸어서 저녁 식사를 가져왔으니, 뭔가 다른 말도 있을 법한데요."

그녀는 난로 쪽으로 다가왔다. 낡은 레인코트에 무릎까지 오는 긴 부츠, 머리에 스카프를 두르고 한 손에 바구니를 들고 있었다.

"고기와 감자 파이인데, 이미 식사는 했겠죠?"

그가 큰소리로 말했다.

"수다 떨지 말고 빨리 오븐에 집어넣어."

그녀가 바구니를 놓고 부츠를 벗고 레인코트 단추를 풀었다. 속에는 아까 교회에서 본 옷을 입고 있었다. 그녀는 스카프를 풀고 머리를 이리저리 흔들었다.

"이제 좀 나아졌군요. 뭘 읽고 계셨어요?"

그가 책을 건넸다.

"시집이야. 먼 옛날 아일랜드의 래프터리라는 장님 시인이 쓴 거야."

그녀는 난로 불빛에 비추며 그 페이지를 보았다.

"못 읽겠어요. 외국어로 씌어 있잖아요."

"아일랜드 말이야. 왕들의 언어지."

그가 책을 들고 읽기 시작했다.

　……드디어 봄이다. 해는 길어지고

　성 브리짓 축제일에 나는 돛을 올리리라.

　길 떠날 생각에 내 발걸음도 나날이 힘이 솟는다

　메이요 평원에 다시 설 그날까지…….

"아름다워요. 정말 아름다운 시예요."

그녀는 그의 옆에 있는 깔개 위에 앉아 몸을 의자에 기대고 왼손을 그의 팔에 댔다.

"당신은 거기에서 왔나요, 그 메이요라는 데서?"

"아니, 좀더 북쪽이지만 래프터리의 생각은 옳았어."

평온한 목소리로, 그러나 왠지 곤란을 느끼면서 그가 말했다.

"리엄도 아일랜드 말인가요?"

"그래."

"무슨 뜻이죠?"

"윌리엄."

그녀가 미간을 찡그렸다.

"아니, 역시 리엄이 좋아요, 윌리엄은 너무 흔하거든요."

데블린은 책을 왼손에 든 채 오른손으로 그녀의 목덜미 근처의 머리칼을 움켜쥐었다.

"예수, 마리아, 요셉이시여, 날 도와 주소서."

"대체 그건 무슨 뜻이에요?"

그녀가 천진스럽게 물었다.

"지금 이 순간에 파이를 오븐에서 접시로 옮기지 않으면 무슨 일이 일어나도 내겐 전혀 책임이 없다는 뜻이오."

그녀는 갑자기 쿡쿡 웃으며 상체를 쓰러뜨려 잠시 그의 무릎에 머리를 얹었다.

"너무나 좋아요, 아시겠어요? 선술집 앞에서 오토바이에 탄 당신을 본 그 순간부터 당신이 좋아졌어요."

그가 크게 신음소리를 내며 눈을 감자 그녀는 일어서서 스커트를 추스르고 오븐에서 빵을 꺼냈다.

데블린이 들판을 지나 그녀를 집까지 바래다 줄 때는 비가 완전히 개어 구름이 걷히고 하늘에는 별이 빛나고 있었다.

들판의 오솔길을 지나고 있을 때 찬바람이 나뭇가지를 흔들어 두 사람 위로 빗방울을 떨어뜨렸다. 데블린은 엽총을 메고 있었고 그녀는 그의 왼팔을 잡고 있었다.

식사 후 두 사람은 거의 얘기를 하지 않았다. 그녀는 한쪽 무릎을 세우고 그에게 기대어 그가 시를 읊는 걸 듣고 있었다. 그런데 그가 상상도 하지 않았던 성가신 사태가 일어났다. 전혀 계산에 들어 있지 않은 사건이었다. 그에겐 3주일의 시간밖에 없고, 그 안에 해야 할 일이 너무 많아 다른 일에 신경을 쓸 여유가 없었다.

집 앞에 다다르자 두 사람은 발을 멈췄다.

"수요일 오후 다른 볼일이 없으면 창고 정리하는 걸 도와주시겠어요? 겨울에 대비해 기계를 옮겨 놔야 해요. 어머니와 나 둘만으로는 약간 힘에 부쳐서요. 그 뒤에 집에서 저녁 식사를 하면 어때요?"

거절하는 것은 너무 무례한 일이었다.

"그러지."

그녀는 그의 목덜미에 손을 얹고 얼굴을 끌어당겨 정열적인 키스를 했다. 그 미숙한 격렬함에 그는 뜻밖에도 가슴이 저려 왔다. 그녀는 라벤더 비슷한 더할 나위 없이 달콤한 향수를 뿌리고 있었는데 아마도 그녀에게는 무척이나 귀한 물건일 것이다. 그는 그 향기를 죽을 때까지 잊을 수 없을 것 같았다.

그는 기대어 있는 그녀의 귀 언저리에 입을 대고 부드럽게 말했다.

"넌 열일곱 살이고 나는 너무 늙어 버린 서른다섯이란다. 그걸 생각해 본 적 있니?"

그녀가 멍한 눈으로 그를 올려다보았다.

"당신은 아름다워요, 훌륭해요."

다른 때 같았으면 웃음밖에 나오지 않을 말이었으나, 지금은 웃을 기분이 전혀 아니었다. 데블린은 그녀의 입술에 가볍게 자신의 입술을 포갰다.

"자, 그만 들어가!"

그녀가 마당을 가로질러 가자 닭들이 술렁거렸다. 개가 힘없는 소리로 짖어대고 문이 쾅 하고 닫혔다. 데블린은 돌아서서 오두막으로 발걸음을 옮겼다.

큰길 위쪽 초원 언저리를 지나고 있을 때 또 비가 내리기 시작했다. 그는 둑 위의 '홉스앤드 농장'이라는 팻말 앞에 섰다. 아무도 철거할 생각을 하지 않아 방치되어 있는 팻말이었다. 데블린이 몸을 숙여 세찬 빗속을 나아가는데 갑자기 오른쪽 갈대가 흔들리더니 사람 모습이 오솔길 앞에 나타났다.

비는 내리고 있으나 구름은 거의 없었다. 희미한 초승달 빛 아래 저 앞에서 공격 자세를 취하고 있는 자는 아서 시모어였다.

"내가 말했겠다! 분명히 경고했는데 넌 듣지 않았어! 이렇게 되면 거친 방법으로 가르쳐 줄 수밖에 없지!"

데블린은 순간 어깨에서 엽총을 내렸다. 총알은 들어 있지 않았으나 그런 건 아무래도 좋았다. 찰칵찰칵 공이치기를 두 번 움직여 총구를 시모어의 턱밑에 갖다 댔다.

"알겠나, 조심하라고. 나는 주인한테서 해로운 짐승을 쏴도 좋다는 허가를 받았고, 넌 지금 주인 땅에 들어와 있어."

시모어가 뒤로 물러섰다.

"어디 두고 보자. 널 그냥 두지 않겠어. 저 더러운 계집년도, 너희 둘을 그냥 두지 않을 거야."

시모어는 홱 돌아서더니 어둠 속으로 달아났다. 데블린은 총을 어깨에 메고, 비가 점점 거세게 쏟아졌으므로 머리를 숙여 오두막으로 걸어갔다. 시모어는 미쳤다. 아니, 그 정도까지는 아니다. 단지 자제력을 잃었을 뿐이다. 그의 위협은 전혀 신경 쓰지 않았으나 다른 순간 몰리의 일이 머리에 떠오르자 아랫배가 차가워졌다.

"만약 그녀에게 해를 끼친다면 저놈을 죽여 버릴 거야. 반드시 죽여 버리겠어."

낮은 소리로 중얼거렸다.

9

슈텐 건이라는 소형 기관단총은 제2차 세계대전 때 대량 생산된 병기 중에서 아마도 가장 우수한 것으로 거의 모든 영국 보병이 사용했던 총이다. 겉보기엔 볼썽사납지만 같은 종류의 다른 어떤 총보다 견고했다. 몇 초 안에 분해할 수 있고, 핸드백이나 외투 주머니 속에도 들어갔다. 저항 조직에게 그 이상 귀중한 무기는 없었다. 진흙 속에 떨어뜨려 짓밟아도 매우 고가품인 톰슨 형 경기관총에 못지않은 살상력을 발휘했다.

MKⅡS형은 특히 기습 부대용으로 개발된 것으로서 화약 폭발음을 놀라울 정도로 흡수하는 소음 장치가 부착되어 있었다. 발사할 때 들리는 것이라곤 노리쇠가 찰칵하는 소리뿐이며, 그것도 20미터 정도 떨어지면 거의 들리지 않았다.

10월 20일 수요일 아침, 란즈부르트 모래언덕 사이에 설치한 임시 사격장에서 빌리 샤이드 상사가 손에 쥐고 있는 것은 가장 최신형이었다. 저쪽 끝에 돌격해 오는 영국 병사의 실물 크기의 표적이 늘어서 있었다. 그가 다섯 개의 표적을 향해 왼쪽에서 오른쪽으로 쏘아댔다. 찰칵찰칵 하는 노리쇠의 소리밖에 들리지 않는 가운데 표적은 구멍투성이가 되어 갔다. 왠지 기분이 으스스했다. 그를 반원형으로 둘러싸고 있는 슈타이너와 부하들은 매우 감탄하고 있었다.

"훌륭해! 아주 훌륭하군!"

슈타이너가 손을 내밀자 샤이드가 슈텐 건을 건넸다. 슈타이너는 총기를 살펴보고 노이만에게 넘겨주었다.

갑자기 노이만이 소리쳤다.

"이런, 아직 총신이 뜨겁군!"

"그렇습니다, 중위님. 방열 커버 외에는 손으로 만지지 않도록 주의해 주십시오. 전자동으로 발사하면 소음관이 급속히 뜨거워집니다."

샤이드가 말했다.

샤이드는 함부르크 병기창에서 파견되어 왔다. 테두리가 쇠로 된 안경을 쓰고 몸집이 작은 평범한 사내로 슈타이너가 지금까지 본 적이 없는 지저분한 제복을 입고 있었다. 그는 방수포 위에 각종 병기가 나란히 놓여 있는 쪽으로 갔다.

"여러분이 휴대용으로 사용할 것은 소음 장치가 부착된 것과 그렇지 않은 일반형 슈텐 건입니다. 슈텐 건은 일반용 병기로서는 우리측 MG42형 경기관총, 즉 브렌 건에 뒤지지만 특수 전투 병기로서는 대단히 우수한 병기입니다. 단발로 사격할 수도 있고 4, 5발 연발도 가능하여 매우 경제적이며, 또한 지극히 정확합니다. ”

“소총과 비교하면 어떤가 ? ”

슈타이너가 물었다.

샤이드가 대답하려고 하는데 노이만이 슈타이너의 어깨를 가볍게 두드렸다. 슈타이너가 뒤를 돌아보니 슈토르히 기가 아이셀 호수 쪽에서 저공으로 날아와 비행장 위에서 첫 번째 선회를 하고 있었다.

슈타이너가 말했다.

“상사, 내가 모두에게 할말이 있네. ”

그는 다시 부하들을 향해 말했다.

“지금부터 모두들 샤이드 상사의 말에 따르도록 한다. 앞으로 2주일 남았다. 그 기간 동안 전원이 이 병기들을 눈감고도 분해하고 조립할 수 있을 정도로 훈련을 쌓아야 한다. ”

그리고 브렌트를 보았다.

“가능한 한 상사를 도와주도록, 알겠나 ? ”

브렌트가 차렷 자세를 취했다.

“알겠습니다, 중령님. ”

“좋아. ”

슈타이너는 한 사람 한 사람 얼굴을 확인하듯이 천천히 둘러보았다.

“노이만 중위와 나는 너희들과 항상 함께 있을 것이다. 그러므로 아무것도 걱정할 필요가 없다. 때가 되면 모든 것을 자세히 설명해 주겠다. ”

브렌트의 구령으로 모두가 차렷 자세를 취했다. 슈타이너가 경례를 받고 서둘러 근처에 세워 둔 차로 갔다. 노이만이 그 뒤를 따랐다. 슈타이너가 차 뒷좌석에 올라타고 노이만이 운전하여 달려갔다. 차가 비행장 문에 이르자 경비하는 헌병이 문을 열었다. 그리고 그는 이빨을 드러내고 있는 셰퍼드의 쇠줄을 잡은 채 부자연스럽게 경례를 했다.

"조만간 저 맹견은 헌병이 한눈 팔 때 도망치고 말 거야. 솔직히 말해 저 개는 누가 아군인지도 모르고 있을 겁니다."

노이만이 말했다.

슈토르히 기가 고도를 낮추어 보기 좋게 착륙하자 공군 네댓 명이 소형 트럭으로 달려갔다. 노이만도 그 뒤를 따라 차를 몰아 슈토르히 기에서 4, 5미터 떨어진 곳에 세웠다. 둘이서 라들이 내려오길 기다리는 동안 슈타이너가 담배에 불을 붙였다.

"누군가 함께 오고 있군요."

노이만이 말했다.

슈타이너가 눈썹을 치켜올리며 고개를 들자 라들이 밝은 미소를 띠고 다가왔다. 라들이 손을 내밀며 물었다.

"쿨트, 잘 있었소?"

그러나 슈타이너는 그가 데려온 사내에게 관심이 쏠려 있었다. SS 해골이 그려진 모자를 쓴, 키가 크고 몸동작이 우아한 젊은 사나이였다.

"이 친구는 누구요, 막스?"

슈타이너가 낮은 목소리로 물었다. 라들이 당혹스러운 웃음을 지으며 소개했다.

"이쪽은 쿨트 슈타이너 중령, 이쪽은 영국 자유군 소속의 하피 프레스턴 소위요."

슈타이너는 농가의 거실을 개조하여 작전 지휘 사무실로 사용하고 있었다. 한쪽 끝에 그와 노이만의 간이침대가 두 개 놓여 있고, 중앙에 있는 커다란 두 개의 테이블 위에는 홉스앤드와 스터들리 콘스터블 지역 일대의 사진과 입체 모형이 놓여 있었다. 라들은 브랜디 잔을 한 손에 든 채 흥미로운 듯 몸을 구부려 그것들을 바라보고 있었다. 리터 노이만은 테이블 건너편에서 초조하게 담배를 피우며 창가를 왔다 갔다 했다.

라들이 말했다.

"이거 정말 뛰어난 모형이군요. 누가 만들었소?"

"크루겔 일병입니다. 전쟁 전에 화가였다고 합니다."

노이만이 말했다.

슈타이너가 초조한 기색으로 두 사람을 향해 말했다.

"화제를 딴 데로 돌리지 마시오, 막스. 차녠 내가 저기 있는 저 인형을 인수하길 정말로 원하고 있소?"

"내가 아니오. 장관이 생각해 낸 거지. 쿨트, 이번 일에서 난 명령을 내리는 쪽이 아니라 받는 쪽이오."

라들이 부드럽게 말했다.

"그는 정말 미쳤소."

라들은 고개를 끄덕이고 찬장으로 가 코냑을 따랐다.

"그런 말은 전에도 어디선가 들은 적이 있소."

"좋소. 그렇다면 문제를 완전히 실제적인 각도에서 검토해 봅시다. 이번 작전을 성공시키기 위해서는 모두가 한 몸같이 생각하고 행동하는 고도의 훈련을 쌓은 집단이 필요한데, 바로 그러한 집단이 여기에 있소. 우리 대원은 모두 함께 지옥에 갔다왔으니까요. 크레타, 레닌그라드, 스탈린그라드, 그 밖에도 여기저기 갔지만, 난 항상 그들과 행동을 같이했소. 때로는 막스, 내가 굳이 명령할 필요가 없는 경우조차 있었소."

"그 점은 나도 충분히 인정하오."

"그런데 도대체 왜 낯선 사람과 함께 이 작전을 수행하라는 것이오, 그것도 프레스턴 같은 인간과 말이오. 그렇지 않소?"

슈타이너는 라들이 준 서류를 들어올려 흔들었다.

"태어날 때부터 자기자신에 대해서 연기를 한 거드름쟁이 작은 악당이오."

그는 너무나도 불쾌한 듯 서류를 내던졌다.

"저놈은 참다운 군인이 어떤 것인지조차 몰라."

"더욱 중요한 문제점이 있다는 생각이 드는군요. 그가 한 번도 비행기에서 뛰어내려 본 적이 없다는 점이 그것입니다."

리터 노이만이 말을 꺼냈다.

라들이 러시아 담배를 꺼내자 노이만이 불을 붙여 주었다.

"이번 건에 대한 당신의 생각이 지나치게 감정에 지배되고 있는 게 아닌가 싶소, 쿨트."

"그렇소. 미국인의 피를 이어받은 나의 반쪽은 배신자에다가 매국노인 그를 증오하고 있고, 독일인의 피를 이어받은 남은 반쪽도 그를 저질 인간으로 생각하고 있소."

슈타이너는 초조함을 억제할 수 없는 듯 머리를 흔들었다.

"막스, 당신은 낙하 훈련이 어떤 것인지 조금이라도 알고 있소?"

슈타이너는 노이만 쪽을 바라보았다.

"얘기해 주게, 리터."

"낙하산 부대원이 되는 자격을 얻기 위해서는 여섯 번, 그후 자격을 유지하기 위해서 1년에 적어도 여섯 번은 뛰어내려야 합니다. 이것은 이등병부터 장관에 이르기까지 모두 똑같습니다. 낙하 수당은 계급에 따라 1개월에 65에서 120마르크입니다."

"그리고?"

라들이 말했다.

"그 수당의 수급 자격을 얻기 위해서는 2개월의 지상 훈련을 마치고 고도 6백 피트에서 첫 번째 낙하를 해야만 합니다. 그후 어둠을 비롯한 여러 밝기에서 그룹으로 다섯 번. 그러는 사이 점차 고도가 낮아져 이윽고 그랜드 피날레(웅장한 종료)가 됩니다. 아홉 대의 비행기로 고도 4백 피트 이하에서 전투태세를 갖추고 뛰어내리는 겁니다."

"생각보다 철저하군. 그러나 프레스턴은 단 한 번 낙하할 뿐이오. 야간에 인적 없는 넓은 지역에 내릴 것이오. 당신들도 인정하듯이 이상적인 낙하지점이지. 그 단 한 번의 낙하를 할 수 있도록 훈련을 시키는 게 불가능진 않다고 보는데."

노이만이 어찌할 줄을 몰라 슈타이너를 바라보았다.

"더 이상 말할 수 없군요."

"더 이상 필요없네. 어찌됐든 그는 갈 테니까. SS 장관이 좋다고 생각한 이상 그는 가지 않으면 안 돼."

라들이 말했다.

"무슨 말이오? 절대로 불가능해, 막스, 모르겠소?"

슈타이너가 말했다.

"나는 내일 아침 베를린으로 돌아갈 것이오. 당신이 그렇게 생각한다면 함께 가서 직접 그에게 얘기해 보는 게 어떻겠소?"

라들이 대답했다.

슈타이너의 얼굴에서 핏기가 싹 가셨다.

"너무하는군, 막스, 내가 갈 수 없다는 것도 잘 알잖소."

잠시 말이 나오지 않는 모양이었다.

"아버지는 무사하신가, 만나 보았소?"

"만나지 못했소. 그러나 그 일에 관해서 장관이 직접 확인했다는 사실을 당신에게 전하도록 지시를 받았소."

라들이 말했다.

"그런 약속이 도대체 무슨 의미가 있다는 거요?"

슈타이너는 숨을 한 번 크게 들이쉬고 냉소적인 웃음을 지었다.

"내가 알고 있는 사실이 하나 있소. 내친 김에 분명히 말해 두지만, 난 개인적으로 처칠을 존경하오. 그의 어머니가 미국인이기 때문만은 아니오. 그야 어찌됐든 처칠이 우리 손에 납치될 정도면 우린 프린츠 알브레히트 거리의 게슈타포 본부에 낙하해서 그 거지 같은 놈을 납치할 수도 있다는 거요. 제법 괜찮은 생각 아니오?"

그리고 노이만을 보고 싱긋 웃었다.

"어때, 리터?"

"그럼, 그를 끼워 주는 거요? 프레스턴 말이오."

라들이 간절하게 물었다.

"아, 원하시는 대로 훈련시켜 드리겠소. 단, 내가 만족할 때까지 훈련을 시키겠소. 훈련을 마칠 무렵에 그놈은 이 세상에 태어난 것을 분명히 후회하게 될 것이오."

슈타이너는 노이만을 돌아보았다.

"리터, 그를 데려오게. 지옥이 어떤 곳인지 설명해 주겠다."

극단에 있을 때 하피 프레스턴은 제1차 세계대전을 배경으로 한 저 유명한 연극 〈여로의 끝〉에서 참호 속에 있는 용감한 젊은 영국군 장교로 출연한 적이 있었다. 떨떠름한 웃음을 띠고, 오른손으로 건배할 잔을 들어 올리면서 죽음을 맞이할 수 있는, 나이에 걸맞지 않게 인생 경험을 쌓은 용기 있는 젊은 역전의 용사였다. 마침내 대피호의 지붕이 무너져 내리고 막이 내리면 일어나 대기실로 돌아가 피를 닦아 내면 일은 끝났다.

그러나 지금은 그렇지 않았다. 지금은 모든 것이 실제로 일어나고 있었고, 그것을 생각하면 갑자기 토할 것 같은 공포에 휩싸였다. 그것은 궁극적으로 독일이 승리할 것이라는 그의 신념이 흔들려서가 아니었다. 그점에 대해서는 절대적인 확신을 품고 있었다. 단지, 살아서 영광의 그날을 맞이하고 싶은 것이 그의 간절한 소망이었다.

바깥뜰은 추웠다. 그는 신경질적으로 담배를 피우며 집 안에서 사람 모습이 나타나기를 초조하게 기다리고 있었다. 신경이 몹시 날카로워져 있었다. 슈타이너가 부엌 입구에 나타나서는 영어로 소리쳤다.

"프레스턴! 안으로 들어와."

슈타이너는 그렇게 말하더니 휙 등을 돌렸다.

프레스턴이 거실 안으로 들어가니 슈타이너, 라들, 노이만 등 세 사람이 지도가 놓여 있는 테이블 앞에 서 있었다.

"부르셨습니까, 중령님?"

"입 다물어!"

슈타이너가 냉담하게 말했다. 그리고 라들을 보고 고개를 끄덕였다.

"명령을 전해 주시오."

라들이 딱딱한 말투로 말했다.

"영국 자유군 하피 프레스턴은 지금 이 순간부터 낙하산 연대 슈타이너 중령의 완전하고 절대적인 지휘하에 들어간다. 이것은 SS 장관 하인리히 히틀러가 직접 내린 명령에 의한 것이다. 알겠나?"

프레스턴의 입장에서 보면 라들은 검은 비로드 모자를 쓴 판사와 다름없었다. 그의 말이 사형 선고처럼 느껴졌기 때문이다. 프레스턴은 이마에 땀을 흘리며 슈타이너를 보고 허둥대며 말했다.

"그렇지만, 중령님, 전 한 번도 낙하산을 타고 낙하해 본 적이 없습니다."

"자네한테 결여된 것은 그 밖에도 아직 많아."

슈타이너가 엄격한 표정으로 말했다.

"하지만 그 모든 결함을 반드시 시정해 줄 것이다, 완전히."

"중령님, 몇 가지 여쭐……."

프레스턴이 말하려 하자 슈타이너가 칼로 자르듯이 막았다.

"입 닥치고 두 발을 모아. 이제부터 내가 물어볼 때만 입을 여는 거야. 쓸데없는 것은 묻지 마라."

그리고 직립 부동자세를 취하고 있는 프레스턴의 주위를 돌았다.

"지금 넌 쓸데없는 짐에 불과하다. 군인도 아니고, 알맹이 없는 깨끗한 제복에 지나지 않아. 그것을 바꿀 수 있는지 어떤지는 해봐야만 알겠지. 그렇지?"

슈타이너는 방 안이 조용해진 가운데 프레스턴의 귀밑에 입을 갖다대고는 낮은 목소리로 질문을 반복했다.

"그렇지?"

그 목소리에 무서운 위협이 들어 있음을 감지한 프레스턴은 황급히 대답했다.

"옛, 중령님."

"좋아. 우리는 서로를 이해해야 한다."

슈타이너는 다시 그의 앞으로 갔다.

"첫째로 주의할 것은, 란즈부르트에 있는 자로서 이번 작전의 목적을 알고 있는 사람은 지금 이 방에 있는 네 명뿐이다. 내가 모두에게 설명하기 전에 너의 부주의한 한마디로 누군가 그 목적을 알게 되면 내 손으로 널 사살할 것이다. 알겠나?"

"옛, 중령님."

"계급에 대해선데, 당분간 넌 계급이 없다. 노이만 중위가 네게 낙하산 부대원 작업복과 전투복을 지급할 것이다. 그러므로 너는 함께 훈련하는 동료들과 똑같은 복장을 하게 된다. 당연한 일이지만

네 경우에는 더 많은 훈련이 필요하다. 하지만 그것은 나중에 설명하겠다. 질문 있나?"

프레스턴은 분노한 나머지 눈이 타는 듯이 뜨거워지고 호흡에 곤란을 느꼈다.

라들이 침착한 어조로 말했다.

"소위, 물론 그게 불만이라면 나와 함께 베를린으로 돌아가 직접 장관에게 고충을 말해도 좋다."

쉰 듯한 목소리로 프레스턴이 중얼거렸다.

"질문 없습니다."

"좋아."

슈타이너는 리터 노이만에게 말했다.

"장비를 지급하고 브렌트에게 인계하도록. 훈련 계획에 대해서는 뒤에 얘기하겠다."

그리고 프레스턴에게 고개를 끄덕였다.

"가도 좋아."

프레스턴은 나치식 경례를 하지 않았다. 반감을 불러일으킬 것이라는 생각이 갑자기 들었기 때문이다. 보통식으로 경례를 하고 우향우 자세를 취한 뒤 서둘러 밖으로 나갔다. 리터 노이만이 싱긋 웃고는 뒤를 따랐다.

문이 닫히자 슈타이너가 말했다.

"이럴 때야말로 술이 필요하지."

그는 찬장으로 가서 코냑을 따랐다.

"잘될 것 같소, 쿨트?"

라들이 물었다.

"알 수 없지."

슈타이너는 심술궂은 미소를 띠었다.

"잘하면 훈련 중에 다리를 부러뜨릴지도 모르지."

그리고 브랜디를 한 모금 마셨다.

"어쨌든 더 중요한 문제를 검토해 봅시다. 데블린 쪽은 어떻게 됐소? 그 뒤 무슨 연락은 있었소?"

홉스앤드 연못 위쪽에 있는 낡은 농가의 작은 침실에서 몰리 프라이어는 점심 식사를 하러 오기로 한 데블린을 맞이하기 위해 몸치장을 하고 있었다. 재빨리 옷을 벗고 팬티와 브래지어 차림으로 낡은 마호가니 옷장 거울 앞에 섰다. 속옷은 깔끔하고 청결했다. 기운 자국이 여기저기 보였으나 그 점은 개의치 않았다. 왜냐하면 모두 마찬가지였기 때문이다. 옷감과 의류의 배급이 모두에게 돌아갈 정도로 충분한 적은 한 번도 없었다. 문제는 그 속에 있는 것으로 그쪽은 그런대로 괜찮았다. 팽팽하게 솟아오른 유방, 둥글고 풍만한 히프, 허벅지 모양도 좋았다.

배에 손을 대고, 데블린이 그와 같이 자기를 만지는 장면을 상상하자 몸이 타는 듯이 뜨거워졌다. 옷장 맨 윗서랍에서 한 켤레밖에 없는, 그것도 몇 번이나 기운 자국이 있는 실크 스타킹을 조심스럽게 신었다. 그리고 장롱에서 지난 일요일에 입었던 무명 드레스를 꺼냈다.

드레스를 머리 위로 뒤집어쓰고 있는데 밖에서 차의 경적이 울렸다. 창으로 내다보니 낡아빠진 모리스가 뜰로 들어오는 것이 보였다. 베리커 신부였다. 몰리는 조그만 소리로 저주를 퍼부으며 드레스를 조심스럽게 아래로 내렸으나 한쪽 옆구리 아래 꿰맨 자리가 뜯어졌다. 그녀는 5센티미터 높이의 굽이 붙은 일요일에만 신는 외출용 구두를 신었다.

머리를 빗으면서 아래층으로 내려가다가 엉킨 머리에 빗이 걸려 무심코 얼굴을 찡그렸다. 베리커는 어머니와 함께 부엌에 있다가 따뜻한 미소를 띠고 그녀를 맞이했다.

"여, 몰리, 잘 지냈나?"

"일도 많고 힘들어요, 신부님."

그녀는 앞치마를 허리에 두르고 어머니에게 말했다.

"고기하고 감자 파이 다 됐어요? 곧 그가 올 텐데."

"아, 손님이 오기로 되어 있었군."

베리커가 지팡이를 짚고 일어섰다.

"방해해서 미안하게 됐네. 아무래도 때를 잘못 맞추어 온 것 같군요."

"그렇지 않아요, 신부님. 홉스앤드의 새 관리인 데블린이 올 뿐이에요. 여기서 점심을 먹고 일을 도와주기로 했거든요. 무슨 특별한 일이라도 있으세요?"

플레이어 부인이 말했다.

베리커는 뭔가를 생각하면서 몰리의 드레스와 구두를 훑어보았다. 그리고 어딘가 마음에 들지 않았는지 눈살을 찌푸렸다. 몰리는 갑자기 화가 났다. 왼손을 허리에 대고 도전하듯 신부를 바라보며, 기분 나쁘리만큼 조용한 말투로 말했다.

"제게 무슨 볼일이라도 있나요, 신부님?"

"아니, 아서와 잠깐 얘기를 나누고 싶어서. 그는 화요일과 수요일 여기서 일을 도와주고 있다지?"

그가 거짓말을 하고 있음을 몰리는 단번에 알아차렸다.

"아서 시모어는 더 이상 여기서 일하지 않아요, 신부님. 알고 계신 줄로 알았는데, 아니면 제가 거절한 사실을 그가 신부님께 얘기하지 않았나 보지요?"

베리커의 얼굴이 금세 핼쑥해졌다. 시모어한테서 들었다고 인정할 생각은 없었으나 그렇다고 해서 정면으로 그녀에게 거짓말을 할 수도 없었다. 궁색해진 그는 대답 대신 질문을 던졌다.

"그건 왜 그랬니, 몰리?"

"이제 더 이상 우리 집에 오지 않았으면 해서요."

신부가 의아한 듯이 몰리의 어머니를 바라보았다. 플레이어 부인은 머뭇거리다가 어깨를 으쓱했다.

"그는 사람은커녕 짐승보다도 못한 사내예요."

"마을 사람들은 그가 냉대를 받았다고 보고 있지. 외지인한테 마음을 빼앗긴 것보다 좀더 충분한 이유로 그를 박대하는 게 좋았다고 말하고 있어. 자기 시간을 할애해서 성심성의껏 도와준 사람한테 미안하지 않니, 몰리야?"

"사람? 그가 사람이었나요, 신부님? 모르셨군요. 사람들에게 말해 주시겠어요? 그놈은 틈만 있으면 제 스커트 밑으로 손을 집어넣었다고요."

베리커의 얼굴이 창백해졌으나 그녀는 개의치 않고 계속 퍼부었다.

"물론, 마을 사람들은 그런데 개의치 않겠지요. 어쨌든 그놈은 열두어 살 때부터 치마만 두르면 그런 짓을 해댔고, 마을 사람들은 그것에 대해 무엇 하나 어떻게 해보려고도 하지 않았어요. 그리고 그 점은 신부님도 마찬가지예요."

"몰리!"

어머니가 깜짝 놀라며 부르짖었다.

"그렇더라도 진실을 말해 성직자를 분노하게 해선 안 된다, 그렇게 말하고 싶으세요?"

신부를 바라보는 그녀의 얼굴에는 경멸의 표정이 분명히 드러나 있었다.

"그가 어떤 인간인지 모른다고 하진 않겠죠, 신부님? 그는 일요일 미사에 한 번도 빠진 적이 없고, 수없이 고백 성사를 했을 테니까요."

문에서 노크 소리가 들렸으므로 그녀는 분노가 일고 있는 신부의 눈에서 얼굴을 돌려 드레스의 허리 부분을 매만지면서 서둘러 문 쪽으로 갔다. 그러나 거기에는 데블린이 아닌 레이커 암즈비가 담배를 말면서 서 있었다. 그 옆에 트랙터와 무를 가득 실은 트레일러가 보였다.

그가 싱긋 웃었다.

"이걸 어디에 갖다 놓으면 되겠니, 몰리?"

"어쩔 수 없는 사람이군요, 레이커. 이럴 때 오다니. 헛간에 갖다 놓으세요. 어차피 잘 모를 테니까 제가 함께 가죠."

외출용 구두를 신은 그녀는 흙탕물을 피하면서 뜰을 가로질러갔고 레이커가 그 뒤를 따라갔다.

"오늘은 한껏 멋을 부렸구나. 좋은 일이라도 있니, 몰리?"

"쓸데없는 참견 말아요, 레이커 암즈비. 자, 이 문을 열어 줘요."

레이커가 빗장을 벗기고 커다란 헛간문을 열었다. 그런데 놀랍게도 그 안에는 아서 시모어가 서 있었다. 광기 어린 눈 위까지 모자를 푹 눌러쓰고 있고, 큰 어깨 때문에 낡고 두꺼운 코트의 꿰맨 자리가 당장에라도 터질 듯했다.

"잠깐, 아서."

조심스럽게 상대를 응시하며 레이커가 말했다.

시모어는 그를 밀어붙인 뒤 몰리의 오른쪽 손목을 붙잡고 끌어당겼다.

"이쪽으로 와, 이년아. 할말이 있어."

레이커가 그의 팔을 잡았으나 아무 도움이 되지 않았다.

"바보 같은 짓은 그만둬, 아서. 그래선 안 돼."

시모어가 손등으로 후려치자 레이커의 코에서 주르르 피가 쏟아졌다.

"저리 비켜!"

시모어는 진흙탕 속에 레이커를 처박아 버렸다.

몰리는 있는 힘을 다해 그를 걷어찼다.

"놓지 못해!"

"그렇게는 안 되지."

시모어는 문을 닫고 손을 뒤로 해 빗장을 질렀다.

"더 이상 용서할 수 없어, 몰리."

그는 왼손으로 그녀의 머리카락을 움켜쥐었다.

"얌전히 해. 시키는 대로 하면 봐주겠어. 저 아일랜드 놈한테 한 짓을 나한테도 해주면 용서해 주지."

손가락이 스커트 가장자리를 더듬었다.

"너한텐 악취가 나. 알겠어? 똥 속을 굴러다니는 늙은 암돼지 같은 냄새가 난단 말이야."

몰리는 몸을 구부리고 그의 손목을 사납게 물어뜯었다. 그는 아픈 나머지 비명을 지르면서 손을 놓았으나, 곧 다른 손으로 그녀를 잡아챘다. 그녀는 홱 몸을 비틀어, 드레스가 찢어지는 것도 개의치 않고 다락으로 올라가는 사다리를 향해 달려갔다.

홉스앤드에서 들판을 건너 데블린이 목초지에 도달했을 때, 몰리와 레이커 암즈비가 헛간으로 가는 게 보였다. 잠시 후 레이커가 헛간에서 밀려나 뒤로 벌렁 쓰러지고 커다란 문이 쾅 하고 닫혔다. 데블린은 피우던 담배를 내던지고 언덕을 달려 내려갔다.

그가 울타리를 뛰어넘고 보니 베리커 신부와 플레이어 부인이 헛간에 도착해 있었다. 신부가 지팡이로 문을 두드렸다.

"아서, 문을 열게. 바보 같은 짓 하지 말고."

몰리의 비명 소리가 들렸다.

"어떻게 된 겁니까?"

데블린이 물었다.

"시모어일세. 몰리를 데리고 들어가 안에서 빗장을 질렀어."

레이커가 피투성이가 된 손수건을 코에 댄 채 말했다.

데블린이 어깨로 문을 밀었으나 문은 끄덕도 안 했다. 몰리의 비명 소리가 들리는 가운데 데블린은 재빨리 주변을 둘러보다가 레이커가 시동을 걸어 둔 채 놓아둔 트랙터를 발견했다. 데블린은 뜰을 가로질러 달려가 높은 운전대에 기어오른 뒤 기어를 넣었다. 액셀을 너무 밟았기 때문에 트랙터가 돌진하면서 트레일러가 심하게 흔들려 순무가 포탄처럼 마당에 흩어지며 떨어졌다. 베리커, 플레이어 부인, 레이커 세 사람이 당황하며 물러섬과 동시에 트랙터는 문을 부수고 그대로 안으로 돌진해 들어갔다.

데블린은 급브레이크를 밟았다. 몰리는 다락으로 올라가 있고, 시모어는 그녀가 넘어뜨린 사다리를 다시 세우려 하고 있었다. 데블린이 시동을 끄자 시모어가 뒤를 돌아보더니 묘하게 얼빠진 눈으로 그를 바라보았다.

"자, 덤벼 봐, 이놈아!"

데블린이 말했다.

베리커가 절름거리면서 들어와 소리쳤다.

"안 돼, 데블린. 나한테 맡겨 둬!"

그는 다시 시모어에게 돌아서며 말했다.

"아서, 이러면 안 돼, 알겠나?"

시모어는 두 사람을 완전히 무시했다. 두 사람이 전혀 눈에 들어오지 않는 듯, 돌아서서 사다리를 올라가기 시작했다. 데블린이 트랙터에서 뛰어내려 사다리를 발로 찼다. 시모어는 쿵 하고 바닥으로 떨어졌다. 시모어는 잠시 나동그라진 채 머리를 흔들었고, 그러는 사이 모든 게 똑똑히 보였다.

시모어가 일어나자 베리커가 앞으로 나섰다.

"아서, 내가 말했잖아……."

거기까지 말했을 때 시모어가 베리커 신부를 격렬한 기세로 걷어찼다.

"데블린, 죽여 버리겠어!"

시모어는 화가 나 으르렁거리면서 커다란 주먹을 휘두르며 돌진했다. 데블린이 옆으로 피하자 시모어는 엄청난 기세로 트랙터에 부딪쳤다. 데블린이 좌우 복부를 연타하고 물러서자 시모어는 고통스러운 듯 신음소리를 냈다.

시모어가 큰소리로 외치면서 다가오자 데블린은 오른손을 뻗는 척하다가 왼손으로 입을 내리쳤다. 시모어의 입술이 터지고 피가 흘렀다. 데블린은 계속해서 오른손으로 늑골 밑을 강타했다. 도끼로 나무를 빠개는 듯한 소리가 났다.

데블린은 시모어가 맹목적으로 휘두르는 팔을 재빨리 피하고는 다시 늑골 밑을 공격했다.

"발놀림, 타이밍, 그리고 공격 장소, 이게 요령입니다, 신부님. 그걸 우린 삼위일체라고 부른답니다. 이걸 알아 두시면 양순한 자들처럼 틀림없이 땅을 물려받을 것이오. 물론 때로는 더러운 방법도 사용하지 않으면 안 되지만."

데블린은 시모어의 오른쪽 무릎을 걷어찼다. 시모어는 아픈 나머지 몸을 숙였고, 데블린이 다시 무릎으로 얼굴을 걷어찼다.

시모어는 문 밖으로 날아가 진흙 위에 벌렁 쓰러졌다. 천천히 일어나는 그의 얼굴은 피투성이였다. 그 모습은 마치 광장 한복판에 멍한 눈으로 서 있는 황소를 보는 듯했다.

데블린이 옆으로 다가갔다.

"얼마나 당하고 쓰러져야 할지 모르는 것 같군, 시모어. 하긴 뇌가 좁쌀만하니 무리도 아니지."

데블린은 오른발을 내미는 순간 진흙에 미끄러져 한쪽 무릎을 꿇었다. 그 순간 시모어가 이마에 세차게 일격을 가했고, 데블린은 뒤로 벌렁 넘어졌다. 몰리가 비명을 지르며 시모어에게 달려가 얼굴을 할퀴었다. 시모어는 몰리를 밀어붙이고 데블린을 짓밟으려는 듯 한쪽 발을 들었다. 그러나 데블린이 발목을 잡고 비틀자 거구는 비틀거리며 헛간으로 들어갔다.

거구가 이쪽으로 돌아섰을 때, 데블린은 이미 싸울 태세를 갖추고 있었다. 얼굴에는 더 이상 웃음을 찾아볼 수 없고 살기가 번득였다.

"좋아, 아서. 끝장을 내자. 난 지금 배가 고프니까."

시모어가 돌진해 오자 데블린은 몸을 돌려 피했다. 데블린은 숨 돌릴 틈도 주지 않고 계속 공격하면서 마당 저쪽으로 한 걸음 한 걸음 몰아붙였다. 거구가 다시 주먹을 휘둘렀으나 간단히 피하고는 주먹으로 상대의 얼굴을 연타했다. 시모어의 얼굴은 그야말로 피투성이가 되었다.

집 뒷문 옆에 낡은 함석 물통이 있었다. 데블린은 공격을 늦추지 않고 상대를 그쪽으로 몰고 갔다.

"잘 들어, 이 짐승아! 또다시 저 여자한테 손가락 하나라도 대면 그땐 네놈을 갈가리 찢어 버리겠다, 알겠나?"

다시 가슴 밑에 일격을 가하자 시모어는 신음 소리를 내고 두 손을 떨어뜨렸다.

"그리고 앞으로 네가 있는 곳에 내가 들어가면 넌 자리에서 일어나 나가는 거다. 그것도 알겠나?"

오른손으로 무방비 상태인 턱을 두 번 치자 시모어는 물통 너머로 벌렁 자빠졌다.

데블린은 털썩 무릎을 꿇고 물통 안 빗물에 고개를 처박았다. 숨이 가빠져 고개를 들어올리니 옆에 몰리가 앉아 있고, 베리커가 몸을 구부려 시모어를 내려다보고 있었다.

"이게 무슨 일인가 데블린, 죽었을지도 모르네."

신부가 말했다.

"미안하지만 그놈은 죽지 않아요."

데블린이 말했다.

그 말을 뒷받침이나 하듯 시모어가 신음 소리를 내면서 일어나려고 했다. 그때 플레이어 부인이 엽총을 들고 안에서 나오더니 베리커 신부에게 말했다.

"이자를 여기서 데려가 주세요. 그리고 조금이라도 제정신이 돌아오면 절 대신해서 말씀해 주세요. 앞으로 두 번 다시 우리 집에 와제 딸에게 행패를 부리면 개새끼로 여기고 쏴죽이겠다고요."

레이커 암즈비가 양동이로 물통에서 물을 퍼 시모어의 머리 위에 퍼부었다.

"시원하지, 시모어? 미카엘 축일 이래 처음으로 몸을 씻겠지?"

그가 즐거운 듯이 말했다.

시모어가 신음하며 물통을 붙들고 몸을 일으키자 베리커가 말했다.

"좀 거들어 주시오, 레이커."

신부와 레이커는 시모어를 부축하여 신부의 차 쪽으로 데리고 갔다.

갑자기 데블린은 발아래 지면이 물결처럼 크게 흔들림을 느꼈다. 그는 눈을 감았다. 몰리가 놀라 소리치고, 그녀의 젊고 강한 어깨가 자기 겨드랑이 밑으로 들어오고, 몰리의 어머니가 반대쪽을 부축해

집 안으로 들어가는 것을 어렴풋이 느꼈다.

정신이 들어 보니 부엌 난로 옆 의자에 앉아 몰리의 가슴에 고개를 기대고 있었다. 그녀가 젖은 수건을 그의 이마에 얹었다.

"이제 괜찮아. 그만 해도 돼."

그녀가 불안한 표정으로 내려다보았다.

"그놈 주먹에 당신 머리가 깨지는 줄 알았어요."

"나의 약점이야."

그녀가 얼마나 불안해하는지를 알아차린 데블린은 더없이 진지한 말투로 말했다.

"극도의 긴장감이 풀리면 이따금 갑자기 기운이 빠져 의식을 잃는 일이 있어. 어떤 심리적인 원인인 것 같아."

"그게 무슨 말이에요?"

이해하기 어려운 듯 그녀가 물었다.

"그런 건 아무래도 괜찮아. 그보다 내 머리를 네 오른쪽 가슴이 보이는 위치로 돌려 줘."

그녀는 찢어진 옷자락을 얼른 손으로 감추며 얼굴을 붉혔다.

"심술쟁이."

"명심해. 그런 상황이 되면 아서나 나나 별반 다를 바가 없는 거야."

그녀가 손끝으로 그의 미간을 살짝 튀겼다.

"어른이 그런 소릴 하다니, 점잖지 못해요."

몰리의 어머니가 깨끗한 앞치마 끈을 묶으면서 부엌으로 허둥지둥 들어왔다.

"한바탕 난리를 치렀으니 배고플 거예요. 고기하고 감자 파이를 먹을 힘이 있겠어요?"

데블린이 몰리를 올려다보며 빙그레 웃었다.

"감사합니다. 실은 무슨 일이든 할 수 있습니다."

몰리는 웃음이 나오는 걸 억지로 참으며 그의 코앞에 주먹을 흔들어 보이고는 어머니를 도와주러 갔다.

데블린이 홉스앤드로 돌아왔을 때 주위는 꽤나 어두워져 있었다. 늦은 비를 예고하는 듯한 정적에 휩싸였고 하늘은 어두웠으며 멀리 수평선에서 천둥이 울리고 있었다. 그가 길을 우회하여 그물코 같은 수로의 수량을 조절하는 수문을 둘러보고 집에 도착해 보니 오두막 입구 옆에 조애너 그레이의 차가 세워져 있었다. 그녀는 부인 의용대 제복을 입고 벽에 기대서서 바다를 바라보고 있었고, 그 곁에는 애견이 얌전히 앉아 있었다. 그가 옆으로 가자 그녀가 그에게로 돌아섰다. 시모어에게 얻어맞은 이마에 꽤 넓게 멍이 들어 있었다.

"아프겠군요, 이따금 자살하고 싶어지나 보죠?"

그가 씨익 웃었다.

"그 녀석의 모습을 보여주고 싶군요."

"봤어요, 그만둬요, 리엄."

그녀가 고개를 흔들었다. 그가 성냥불을 손으로 감싸며 담뱃불을 붙였다.

"뭘요?"

"몰리 프라이어, 당신은 그런 일 때문에 온 게 아니에요. 해야 할 임무가 있어요."

"그만해요. 28일 날 거발드를 만날 때까지는 아무것도 할 게 없어요."

"바보 같은 소리 말아요. 이럴 때 세상 사람들은 모두 똑같은 법이에요. 당신도 그건 충분히 알고 있을 거예요. 외지 사람을 멀리하고 자기네 마을 사람을 감싸 주는 것을. 모두들 당신이 아서 시모어에게 한 짓을 불쾌하게 여기고 있어요."

"나는 놈이 몰리에게 하려고 한 짓이 마음에 들지 않았소."

그는 미소 지으며 믿을 수 없다는 표정으로 변했다.

"농담이 아닙니다. 오늘 오후 레이커 암즈비가 내게 말한 것 중 절반이라도 사실이라면, 마을 사람들은 시모어를 훨씬 오래 전에 교도소에 집어넣었어야 했소. 부녀자 폭행이 셀 수 없을 정도이고, 그 동안에 적어도 두 남자를 병신으로 만들어 놨소."

"이런 데서는 절대로 경찰의 손을 빌리지 않아요. 자기들 스스로 처리하지."

조애너 그레이는 초조한 듯 머리를 흔들었다.

"이런 일은 우리에게 아무 도움도 안 돼요. 마을 사람들이 우릴 싫어하면 곤란하니까 현명하게 처신하세요."

"명령입니까?"

"바보 같은 소리 하지 말아요. 나는 당신의 양식에 호소하고 있을 뿐이에요."

그녀는 차 쪽으로 걸어가 뒷좌석에 개를 태우고 운전석에 앉았다.

"헨리 경 쪽은 무슨 새로운 뉴스라도 있습니까?"

그녀가 시동을 걸자 데블린이 물었다.

그녀가 미소 지었다.

"충분히 길들여 놨으니까 걱정할 필요없어요. 금요일 밤 다시 라들에게 연락하기로 했어요. 무슨 일이 있으면 바로 연락할게요."

그녀가 떠나자 데블린은 자물쇠를 열고 안으로 들어갔다. 그는 오랫동안 생각에 잠겨 있다가 이윽고 빗장을 걸고 거실로 갔다. 커튼을 닫고 난롯불을 아주 약하게 피운 뒤, 거발드가 준 위스키를 유리잔에 따라 들고 난로 옆 의자에 앉았다.

유감스럽지만, 매우 유감스럽지만 조애너 그레이가 한 말이 맞겠지. 스스로 자진해서 주민과 마찰을 일으키는 것은 참으로 어리석은 짓이야. 순간 그는 몰리를 떠올렸으나 이내 그 생각을 떨쳐 버리고, 갖고 있는 몇 권 안 되는 책 중에서 아일랜드 어로 쓰여진 《한밤중의 법정》을 뽑아 억지로 책에 신경을 집중했다.

빗방울이 창문을 두드리기 시작했다. 7시쯤 밖의 문손잡이가 달그락거리는 소리가 났으나 그는 일어서지 않았다. 조금 지나자 커튼이 달린 창을 가볍게 두드리는 소리가 들리고 몰리가 조용히 그의 이름을 불렀다. 그는 점차 약해지는 불빛에 애써 글씨를 더듬어 읽어 나갔다. 이윽고 그녀가 돌아갔다.

그는 음울한 분노에 휩싸여 낮은 소리로 욕을 퍼붓고는 책을 벽에 집어 던졌다. 밖으로 뛰어나가 그녀 뒤를 쫓아가고 싶은 마음을 애써 눌렀다. 다시 위스키를 따르고 창가로 갔다. 갑자기 기세를 더한 비가 늪지에 내리퍼붓는 것을 보고 있으려니, 별안간 예전에 느끼지 못했던 고독감이 엄습해 왔다.

란즈부르트에는 바다로부터 불어오는 강풍이 몰아치고 있었다. 칼날처럼 피부를 가르는 듯한 차가운 비를 동반한 바람이었다. 농가 정원 문에서 보초를 서고 있던 하피 프레스턴은 벽에 달라붙어 몸을 웅크리고 슈타이너, 라들, 히믈러 등 자신을 이런 비참한 지경에 빠지게 한 인간들을 저주하고 있었다.

10

제2차 세계대전 때 독일 낙하산 부대는 매우 중요한 점에서 한 가지 영국 낙하산 부대와 달랐다. 그것은 바로 사용하고 있는 낙하산의 종류였다.

독일쪽 것은 공군 조종사와 승무원에게 지급되는 것과는 달리 멜빵과 낙하산 줄을 연결하는, 리프트 웹이라 불리는 폭넓은 연결 끈이 붙어 있지 않았다. 즉, 낙하산 줄이 등에 진 배낭에 직접 연결되어 있었고, 그 결과 뛰어내리는 방법이 전혀 달랐다. 그 때문에 란즈부르트에 있던 슈타이너는 일요일 아침, 농가 뒤 창고에서 영국 표준형 낙하산의 사용법을 훈련하라는 명령을 내렸다.

부하들이 반원을 그리며 슈타이너의 앞에 나란히 정렬해 있었고, 다른 사람과 똑같이 군화에 작업복 차림을 한 하피 프레스턴이 그 중앙에 있었다. 슈타이너가 대원들을 향해 서고 그 양옆에 리터 노이만과 브렌트가 서 있었다.

슈타이너가 말했다.

"이미 여러 번 설명했듯이 이번 작전에서 우리는 영국 공군 특수부대의 폴란드 인 부대로 위장한다. 그리고 영국군 장비를 사용할 뿐만 아니라 영국 공정 부대가 사용하는 낙하산으로 낙하를 한다."

그리고 리터 노이만을 향해 말했다.

"자, 뒤를 이어 계속해주게."

브렌트가 낙하산 다발을 들어올리자 노이만이 말했다.

"이것이 영국 공정 부대가 사용하고 있는 X형 낙하산이다. 중량은 약 13킬로그램으로 중령님이 말씀하셨듯이 우리 것과는 매우 다르다."

브렌트가 손잡이를 당기자 다발이 풀리고 카키색 낙하산이 쏟아지듯 펼쳐졌다. 노이만이 말했다.

"낙하산 줄이 연결 끈을 지나 멜빵에 이어져 있는 점에 주목하라. 우리 공군 것과 완전히 똑같다."

슈타이너가 설명에 끼어들었다.

"중요한 점은, 이 낙하산의 경우 조작에 의해 방향을 바꿀 수가 있다는 것, 즉 너희들이 사용하고 있는 낙하산으로는 불가능한 낙하

방향 조절이 어느 정도 가능하다는 점이야."

리터가 말했다.

"또 하나 우리 낙하산은 모두 알고 있듯이 중심의 위치가 높아 약간 엎드린 자세로 뛰어내리지 않으면 낙하산 줄에 휘감겨 버리는데, 이 X형을 사용하면 직립 자세로 뛰어내려도 좋다. 지금부터 그것을 연습한다."

그가 브렌트에게 고갯짓을 하자 브렌트가 말했다.

"자, 모두 저쪽으로 가자."

헛간 안쪽 높이 5미터 지점에 건초 더미를 올려놓는 다락이 있었다. 그 위 대들보에 줄이 걸려 있고, 그 한끝에 X형 낙하산의 멜빵이 매달려 있었다.

브렌트가 유쾌하게 말했다.

"원시적이지만 이걸로 충분해. 저 다락 위에서 뛰어내리는데, 너무 기세 좋게 착지하지 않도록 줄 끝을 5, 6명이 붙잡고 있을 것이다. 제일 먼저 누가 하겠나?"

"내가 먼저 해보지. 다른 볼일이 있어서."

슈타이너가 말했다.

슈타이너가 리터의 도움을 받아 멜빵을 매자 브렌트와 다른 네 명이 줄의 한쪽 끝을 잡고 슈타이너를 다락 위로 끌어올렸다. 다락 끝에 서서 자세를 갖춘 슈타이너는 리터가 신호를 보내자 공중으로 뛰어내렸다. 줄의 반대 끝이 올라가고 세 명이 공중에 매달렸으나, 브렌트와 슈투름 중사의 몸무게가 실리자 줄은 더 이상 위로 올라가지 않았다. 슈타이너는 착지하여 멋지게 한 바퀴를 구른 뒤 일어섰다.

슈타이너가 리터에게 말했다.

"좋았어. 순서대로 하도록. 모두가 한 번씩 뛰는 것을 볼 만큼 시간은 있다. 다 보고 나서 가겠다."

그는 뒤쪽으로 가 담배를 피우면서 노이만이 멜빵을 매는 것을 바라보았다. 약간 떨어져서 바라보니 중위가 매달려 올라가는 모습이 제법 위험해 보였다. 잠시 후 리터가 착지를 잘못하여 뒤로 나자빠지자 모두 웃음을 터뜨렸다.

"봤지? 그 시시껄렁한 어뢰를 타서 저렇게 된 거야. 중위님은 모두 잊어버린 거라구."

크루겔 일병이 베르너 브리겔에게 말했다.

다음은 브렌트의 차례였다. 슈타이너는 프레스턴의 모습을 물끄러미 지켜보았다. 영국인은 얼굴이 새파래지고 땀을 흘리고 있었다. 요컨대 몹시 겁을 먹고 있었다. 잘하고 못하고 차이는 있었으나 모두가 차례차례로 뛰었다. 하글 일병의 차례 때 줄 끝을 붙잡고 있던 대원들이 신호를 착각하고 손을 잘못 놓았다. 그는 감자 자루를 내팽개치듯 떨어졌으나 별 상처는 입지 않은 듯 곧 일어섰다.

마침내 프레스턴의 차례가 되었다. 모두의 쾌활한 술렁거림이 일시에 사라졌다.

슈타이너는 브렌트에게 고갯짓을 하며 말했다.

"끌어올려."

다섯 명이 힘껏 끌어올리자 프레스턴은 다락 가장자리에 부딪치며 지붕 바로 밑까지 순식간에 들어올려졌다. 다시 다락 가장자리까지 내리자 그는 거기에 서서 미친 듯한 눈으로 모두들 내려다보았다.

브렌트가 소리쳤다.

"좋아, 영국인. 내가 말한 것을 기억하겠지? 신호를 하면 뛰어내려!"

브렌트는 줄 끝을 잡고 있는 대원들에게 지시를 내리기 위해 옆으로 고개를 돌렸다. 프레스턴이 앞으로 쓰러지는 듯한 자세로 뛰어내리자 브리겔이 큰소리로 외쳤다. 리터 노이만도 로프에 달려들었다.

프레스턴은 땅위 90센티미터 높이에서 멈추었으나, 두 팔을 축 늘어 뜨리고 머리를 앞으로 숙인 채 시계추처럼 왔다갔다하고 있었다.

브렌트가 영국인의 턱을 들어올려 얼굴을 살폈다.

"기절했습니다."

"그런 것 같군."

슈타이너가 말했다.

"이자를 어떻게 할까요, 중령님?"

리터 노이만이 엄숙한 표정으로 물었다.

"정신 차리게 해줘. 그리고 다시 끌어올리는 거다. 만족스럽게 할 때까지. 아니면 실수해서 다리가 부러질 때까지. 그럼, 계속하도록."

슈타이너는 온화하게 말하더니 홱 등을 돌려 헛간을 나섰다.

데블린이 지붕이 얹혀진 성당 묘지문을 지났을 때 살아 있는 존재라고는 처마 끝에 앉아 있는 산까마귀떼뿐이었다. 그가 주인이라는 것을 아는 듯, 새들은 투덜투덜 소란스럽게 날아올랐다. 데블린이 문을 열고 들어가니 성당은 고즈넉한 정적에 휩싸여 돌바닥을 밟는 그의 발소리만 둥근 기둥들 사이로 울려 퍼졌다.

어두컴컴한 부속 예배당에 있는 성모는 하늘하늘 일렁대는 촛불 위에 떠 있는 듯이 보였는데, 중세풍의 아름다운 그 얼굴은 영원한 안식을 떠올리게 했다. 베리커는 성모 앞에 무릎 꿇고 기도하고 있었다. 데블린이 다가가니 성호를 긋고 힘들게 일어나더니 지팡이에 체중을 싣고 방향을 틀었다. 얼굴이 딱딱하게 굳어 있었다. 그리고 굉장히 초췌해져 있어서, 그의 고통이 보는 사람에게도 그대로 전해졌다.

"절 만나고 싶다고요?" 데블린이 먼저 물었다.

"와 줘서 고맙네."

데블린이 아무 대꾸가 없자, 베리커는 균형을 잃어버린 것처럼 몸을 비틀대더니 의자 끝을 붙잡고 간신히 자리에 앉았다.

"미안하네. 상태가 별로 좋지 않아. 실례 좀 하겠네."

데블린은 신부가 자신의 건강상태에 대해 이야기하는 것을 처음 들었다. 참으로 뜻밖이었다. 데블린과 알게 된 짧은 기간 동안 신부는 자신의 병약함을 드러내길 굉장히 꺼렸고, 마치 병이란 것 자체가 세상에 존재하지 않는다는 듯이 행동하는 인상까지 받았기 때문이었다.

"괜찮습니다. 그런데 무슨 일입니까?"

"빙 돌려서 얘기해봤자 다 소용없겠지." 베리커가 말했다. "몰리 때문에 그러네. 몰리 프라이어."

"그래서요?" 데블린이 물었다. "그 애가 뭘 어쨌다는 겁니까?"

"두 번 다시 만나지 말았으면 하네."

"댁이 나에게 두 번 다시 그녀를 만나지 말라고?"

데블린은 벌컥 웃음을 터뜨렸다.

베리커의 창백한 얼굴에는 분노의 기색이 역력했다.

"너무 버릇이 없군!"

"이런, 미안하게 됐수다."

아일랜드 시골 사투리를 일부러 더 과장해서 데블린이 말했다. "지금 내가 모자만 쓰고 있었다면 당신에게 거수경례라도 붙였을 텐데."

"그녀에게 접근하지 말게." 이제 베리커는 화가 단단히 나 있었다.

"미안한데 이유나 좀 압시다?"

"이유야 얼마든지 있어. 첫째 자네는 그녀의 아버지뻘 되는 나일세."

데블린의 웃음소리가 또다시 허공에 메아리쳤다. 그는 손에 들고 있던 모자로 허벅지를 펑펑 두들겼다.

"정말 놀랍군요, 신부님. 만약 그게 정말이라면 나는 아주 어렸을 때부터 분발했어야 하는 건데……! "

"말조심해! " 베리커가 말했다. "지금 신의 전당에 있음을 잊지 말게. "

지팡이를 움켜쥔 손가락 관절이 하얗게 번뜩였다. "자넨 부적절한 인간일세, 데블린. 그녀에게나, 이 교회에도. "

"내가 1주일에 한번 댁에게 미주알고주알 고해바치지 않고, 가톨릭 신자인 예의바른 젊은이들처럼 미사에 참석하지 않아서 그런가? 아서 시모어처럼? 그는 시계바늘처럼 정확히 찾아오더군. 수요일, 토요일. 안 그렇소? 그러니까 달리 그가 무슨 짓을 하건 아무 상관없다는 말인가? "

베리커는 말 한 마디 하는 데도 무척 힘겨워보였다. "아서 시모어는 자기 행동을 책임질 수 없는 불행하고 가엾은 사내야. 나는 그를 좋은 길로 인도하려고 나름대로 노력해왔어. 우리 모두가 그렇게 하고 있지. 외부인인 당신은 절대 이해할 수 없겠지만. 이곳에서는 모두 서로 돕고 또 도움을 받지. "

"그러니까 여기서는 모두가 한 덩어리가 되어 두엄더미 같은 손바닥만한 작은 마을에서 사이좋게 썩어 없어진다는 말이군. "

데블린의 노여움은 천천히 타들어가는 도화선 같았다. "댁은 일전에 그 괴물이 몰리에게 무슨 짓을 하려고 했는지 알기나 해? 그 녀석은 지금까지 곳곳에서 그런 짓을 해왔고, 말투로 보아서는 꽤 성공한 듯싶더군. 그런데 마을사람들은 대체 무슨 조치를 취하고 있지? "

"그건 마을의 문제다. 외부인이 나설 일이 아니야. 마을 사람들은 아서를 다루는 법을 알고 있어. 우리는 모두 알고 있지. 하지만 자넨 모르지 않나? 그러니 아무 상관하지 말게나. "

"댁은 제 한 몸도 다루지 못하잖소? " 데블린의 경멸에 찬 말투였다. "제 모습이나 한번 보시지. 자기 연민이 제 몸을 갉아먹고 있잖아. 내 아버지는 당신의 신념을 위해 싸웠고, 그들은 아버지를 개처럼 다루면서 교수형에 처했어. 댁이 튀니지에서 잃은 것이 정말 한쪽 발뿐이오? 다른 것은 잃어버리지 않았소?"

데블린은 미간을 찌푸렸다. "혹시 자존심 아닌가? 왜? 두렵소? 신부님? 그래?" 혼자서 고개를 끄덕였다. "그렇겠지! 당신 같은 인간이 그런 일을 괴로워하고 고통스러워하는 것은 충분히 상상이 가. 애초부터 자기가 꽤 훌륭한 인간이라고 생각하고 있을 테니."

베리커의 얼굴에 땀방울이 맺히기 시작했고, 눈알은 당장이라도 튀어나올 듯했다.

"그만 돌아가게." 목소리가 갈라졌다.

"아무렴 돌아가야지. 걱정하지 마시오. 갑자기 여기 공기가 더러워졌으니."

"돌아가!" 베리커가 고통스럽게 소리를 질렀다.

"좀 전에 신의 전당이라고 했던가, 신부님?" 돌아서는 데블린의 발소리가 메아리쳤다. 그가 문을 열고 포치로 나가니 파밀라 베리커가 오솔길을 올라오고 있었다. 스웨터에 바지차림, 그리고 승마용 채찍을 들고 있었다.

그녀가 환하게 웃었다.

"데블린 씨 맞죠?"

"글쎄요, 나도 가끔 헷갈릴 때가 있으니." 데블린이 대답했다. "특히 오늘 같은 날. 오빠를 만나러 왔다면 들어가 봐요. 내 보기엔 차 한 잔과 위로의 말이 필요해 보이더군."

그녀는 영문을 몰라 살짝 눈썹을 찡그렸다. 데블린은 과장된 몸짓으로 정중하게 모자챙에 손을 갖다 붙이더니, 오솔길을 따라 오토바이를 몰고 내려가 버렸다.

데블린이 안으로 들어갔을 때 선술집 스터들리 암스에는 손님이 열 명 이상 있었다. 레이커 암즈비는 항상 앉는 난로 옆 자리에서 하모니카를 불고 있었고 다른 사람들은 커다란 테이블 두 개를 둘러싸고 도미노 놀이를 하고 있었다. 아서 시모어는 술잔을 손에 든 채 창을 통해 밖을 멀거니 내다보고 있었다.

"모두에게 신의 가호가 있기를."

데블린이 쾌활한 목소리로 말했다. 홀 안은 순식간에 조용해졌고, 시모어 이외의 모든 사람들이 일제히 그를 쳐다보았다.

"당신에게도 신의 은총이 있기를. 이게 대답하는 말이라오, 나 원."

등 뒤에서 발소리가 들려 돌아보니 조지 와일드가 푸줏간에서 사용하는 듯한 앞치마로 손을 닦으면서 안에서 나왔다. 와일드의 굳은 얼굴에는 감정이라곤 전혀 나타나 있지 않았다.

"데블린 씨, 마침 가게 문을 닫을 참이었습니다."

정중한 말투였다.

"한잔 마실 시간은 있겠지요."

"유감스럽지만 없군요. 죄송하지만 돌아가 주셨으면 합니다."

홀 안은 여전히 조용했다. 데블린은 두 손을 주머니에 찔러 넣고 어깨를 들어올린 채 고개를 숙였다. 그가 고개를 들어올리자 와일드가 엉겁결에 한 걸음 뒤로 물러났다. 데블린의 얼굴은 핼쑥했고, 피부는 경련을 일으켰으며, 파란 눈이 번득였다.

"이 방에서 나갈 자가 한 명 있지. 하지만 그건 내가 아니오."

데블린이 조용히 말했다.

창가에 있던 시모어가 데블린 쪽으로 돌아섰다. 한쪽 눈은 아직도 완전히 감겨 있었고, 부어오른 입술에는 피딱지가 앉았으며, 멍투성이 얼굴은 일그러져 보였다. 그는 멍청히 데블린을 바라보다가 술잔을 내려놓고는 풀이 죽은 모습으로 밖으로 나갔다.

데블린은 다시 와일드 쪽으로 고개를 돌렸다.

"나는 술을 마실 것이오, 와일드 씨. 아이리시 위스키는 이 조그만 시골구석에서는 들어본 적이 없을 테니 스카치로 하지. 고객용으로 카운터 밑에 한 병이나 두 병 놓여 있을 것이오, 없다고는 못 하겠지."

와일드가 무슨 말인가를 하려다가 생각을 바꾼 듯 안으로 가더니 화이트 호스 병과 작은 잔을 가져왔다. 그리고 싱글로 한 잔 따라 카운터 위에 놓았다. 데블린이 호주머니에서 잔돈을 꺼냈다.

"1실링 6펜스요."

그는 옆 테이블 위에 돈을 놓으면서 밝은 말투로 말했다.

"요즘 시세대로요. 물론 당신같이 교회의 기둥이랄 수 있는 훌륭한 인물이 암시장의 술을 팔 리가 없다는 가정 아래 하는 얘기지만."

와일드는 가만히 있었다. 홀 안의 사람들은 숨을 죽인 채 보고 있었다. 데블린은 잔을 들어올려 햇빛에 비추어 보더니 이내 그 황금빛 액체를 마룻바닥에 쏟았다. 그리고 천천히 잔을 테이블 위에 놓았다.

"훌륭해, 정말 맛있었소."

레이커 암즈비가 큰소리로 껄껄대며 웃었고 데블린도 씨익 웃었다.

"고맙소, 레이커. 나도 당신이 매우 좋소."

그리고 데블린은 가게를 나섰다.

란즈부르트에는 비가 세차게 내리고 있었다. 슈타이너는 군용차로 활주로를 가로질러 격납고 바로 앞에 차를 세우고 안으로 뛰어들어갔다. DC3의 오른쪽 엔진 덮개가 열려 있고 낡은 작업복을 입은 페터 게리케가 공군 중사 한 명, 수리공 세 명과 함께 팔꿈치 언저리까지 기름투성이가 되어 일을 하고 있었다.

슈타이너가 불렀다.

"페터, 잠깐 얘기 좀 하세. 현재 진행 상황을 알고 싶네."

"모든 게 순조롭습니다."

"엔진은 문제가 없나?"

"전혀 없습니다. 9백 마력의 라이트 사이클론입니다. 진짜 최고급 엔진으로, 제가 볼 때 거의 사용하지 않은 듯합니다. 만일을 위해 분해 검사를 하고 있는 겁니다."

"자넨 항상 직접 엔진을 손질하나?"

"허가만 얻으면요."

게리케는 미소 지었다.

"남아메리카에서 DC3에 탔을 때는 직접 엔진을 손질해야만 했지요. 따로 할 사람이 없었거든요."

"엔진은 문제가 없는 거지?"

"제가 본 바로는 없습니다. 다음 주에 페인트칠을 할 건데 그 일은 별로 급하지 않고, 레이더를 사용할 수 있도록 보블러가 리히텐슈타인 세트를 설치하고 있습니다. 문제없어요. 북해 쪽으로 한 시간, 돌아오는 데 한 시간, 간단합니다."

"최고 속도가 영국이나 독일 전투기의 반밖에 되지 않는데?"

게리케가 어깨를 으쓱했다.

"문제는 속도가 아니라 어떻게 나느냐지요."

"자넨 시험 비행을 하고 싶은 거지?"

"그렇습니다."

"나 역시 생각하고 있었네. 시험 비행과 아울러 낙하 훈련을 하면 어떻겠나? 가능하면 조수가 완전히 빠진 밤을 이용해서. 방파제 북쪽 해안에서 하면 될 거야. 모두들 그 영국 낙하산을 사용해 볼 기회가 생기잖아."

"고도는 어느 정도로 생각하고 계십니까?"

"120미터 정도, 낙하하는 시간은 짧을수록 좋지. 그 높이라면 15초로 충분하지."

"제가 뛰어내리는 게 아니어서 다행이군요. 낙하산 신세를 진 것은 아직 세 번밖에 없지만, 그보다 훨씬 높은 곳이었죠."

비바람이 비행장을 휩쓸고 지나가자 게리케가 몸을 부르르 떨었다.

"정말 기분 나쁜 곳이군요."

"그래서 우리 목적에 딱 맞는 이상적인 장소인 거지."

"그런데 그 목적이라는 것은요?"

슈타이너가 씨익 웃었다.

"자넨 적어도 매일 다섯 번은 같은 질문을 하는군. 지치지도 않나?"

"무슨 일인지 알고 싶습니다. 그뿐입니다."

"조만간 알게 될지도 모르지만, 그것도 라들 마음에 달렸네. 우리는 여기에 와 있고, 그러므로 여기에 있는 거야. 지금으로선 이것만 알고 있으면 돼."

"그러면 프레스턴은요? 그가 여기에 있는 이유는 뭘까 하는 생각이 종종 듭니다. 무슨 이유로 저런 일을 하는 거죠?"

"여러 가지가 있지. 깨끗한 제복과 장교라는 지위를 얻었잖나. 또 태어나서 처음으로 사람 구실을 하는 존재가 되었고, 그것은 인간 쓰레기나 마찬가지였던 자에게 매우 중요한 변화가 아닌가? 그 밖의 이유에 대해선…… 어쨌든 히믈러의 직접 명령에 의해 여기에 온 것이야."

"중령님은 어떠신가요? 제3제국을 위해선가요? 총통에게 목숨을 바치기 위해선가요?"

슈타이너가 미소를 지었다.

"하느님한테 물을 수밖에. 전쟁이란 시각 차이의 문제이지. 예를 들면 아버지가 미국인이고 어머니가 독일인이었다면 난 저쪽에 서서 싸우고 있겠지. 낙하산 부대에 들어온 점에 대해선…… 그때 괜찮을 거라는 생각이 들어서 들어왔을 뿐이야. 그리고 뭐든 다 그렇지만, 얼마 동안 하다 보니 차츰 애착을 가지게 되었지."

"전 누가 뭐라든 조종을 하고 싶습니다. 북해 저편에 있는 영국 공군들 역시 거의 그럴 거라고 봅니다. 그러나 중령님의 경우는……."

게리케는 세게 머리를 저었다.

"아무래도 이해할 수 없어요. 이것은 중령님에게 일종의 게임인가요? 단지 그만큼의 의미밖에 없습니까?"

슈타이너가 지친 어조로 말했다.

"전에는 확고한 생각이 있었지만 지금은 별로 확신이 없다. 나의 아버지는 구식 군인이지, 전형적인 프로이센 군인 말이다. 정열과 강철 같은 의지를 지니고 있고 명예도 중히 여기는 분이시지."

"그래서 당신에게 주어진 이번 임무, 뭔지 모르겠지만 영국에서의 일에 당신은 전혀 의심을 품고 있지 않은 건가요?"

"추호도 품고 있지 않아. 군사적으로 완전히 합법적인 작전이거든. 사실. 처칠이라 할지라도 비난하지 못할 거야. 적어도 원칙상으로는 말야."

게리케는 미소 지으려 했으나 잘 되지 않았다.

"나도 잘 알고 있다. 울고 싶을 때가 있어, 자신과 모두를 생각하면."

슈타이너는 홱 돌아서서 빗속으로 나갔다.

SS 장관 사무실에서 히믈러가 보고서를 읽고 있는 동안, 라들이 그의 책상 앞에 서 있었다.

"훌륭하군."

조금 있다가 히믈러는 다시 말했다.

"정말로 훌륭해."

그리고 보고서를 내려놓았다.

"모든 것이 예상 이상으로 순조롭게 진행되는 것 같군. 그 아일랜드 인 한테서는 무슨 연락 없었나?"

"아뇨, 그레이 부인으로부터 연락이 왔을 뿐입니다. 그렇게 하기로 했거든요. 데블린은 매우 우수한 무전기 세트를 갖고 있습니다. 영국 특수 작전 본부의 보급품으로부터 입수한 것으로, 그는 그것으로 접근해 오는 E보트와 연락을 취할 겁니다. 통신에 관해 이번 작전에서 그가 담당하는 역할은 그것뿐입니다."

"제독은 아직 모르고 있겠지? 무슨 일이 행해지는가 어렴풋이나마 알아챈 낌새는 없나? 그 점은 절대로 틀림없겠지?"

"절대로 틀림없습니다, 장관 각하. 프랑스와 네덜란드에는 파리와 안트베르펜, 암스테르담의 정보국 관계 일을 이용하여 갔습니다. 아시는 바와 같이 저에게는 제가 속한 과의 일에 관해서 오래 전부터 상당한 자유 재량권이 주어져 있으니까요."

"란즈부르트에는 언제 또 갈 건가?"

"이번 주말입니다. 다행스럽게도 제독께서 11월 1일이나 2일쯤에 이탈리아에 가시게 됩니다. 그 덕분에 작전이 실시되는 중대한 시기에 란즈부르트에 있을 수 있습니다."

"제독의 이탈리아 여행은 전혀 우연이 아니야."

히믈러가 은근히 미소를 띠었다.

"최적의 기회를 골라 내가 총통에게 완곡히 제안했지. 5분도 지나지 않아 총통은 자기가 생각해 낸 걸로 믿고 있었어."

히믈러는 펜을 집어 들었다.

"착착 진행돼 가고 있군, 라들. 앞으로 2주일이면 모든 게 끝난다. 연락을 소홀히 하지 않도록."

그가 일을 시작하자 라들은 바싹 마른 입술을 혀로 적셨다. 어떻게든 물어 봐야만 한다.

"장관 각하."

히믈러가 깊은 한숨을 내쉬었다.

"난 무척 바쁜 몸이야, 라들. 뭐지?"

"슈타이너 장군 일입니다, 장관 각하. 그는 건강합니까?"

"물론. 왜 묻지?"

히믈러가 부드럽게 말했다.

"슈타이너 중령이…… 당연한 일이지만, 매우 걱정이 되어……"

가슴을 두근거리면서 라들이 설명했다.

"걱정 따위 할 필요없어. 내가 자네한테 분명히 말했을 텐데."

히믈러가 엄숙한 어조로 말했다.

"물론 알고 있습니다."

라들은 입구까지 뒷걸음질로 걸어갔다.

"감사합니다."

그리고 홱 돌아서서 도망치듯 방을 빠져나갔다.

히믈러는 고개를 흔들고 초조한 듯이 한숨을 내쉬고는 다시 일을 시작했다.

데블린이 성당에 들어갔을 때는 미사가 거의 끝나 가고 있었다. 그는 소리를 내지 않고 통로를 지나 살그머니 자리에 앉았다. 저번 일요일과 똑같은 차림으로 몰리가 어머니와 함께 나란히 무릎을 꿇고 앉아 있었다. 드레스에는 아서 시모어에게 난폭한 짓을 당한 흔적이 전혀 남아 있지 않았다. 시모어도 전과 똑같은 자리에 앉아 있었고 곧 데블린을 알아봤다. 그의 표정은 변하지 않았으나 그늘진 통로를 조용히 지나 밖으로 나갔다.

데블린은 촛불 속에서 무릎을 꿇고 무심히 기도를 올리고 있는 몰리의 모습을 바라보면서 기다렸다. 이윽고 그녀가 눈을 뜨고 그의 존재를 피부로 느꼈는지 천천히 그가 있는 쪽으로 얼굴을 돌렸다. 그녀는 놀라 눈을 크게 뜨고 오랫동안 그를 바라보다가 이윽고 고개를 앞으로 돌렸다.

데블린은 미사가 끝나기 바로 직전에 자리에서 일어나 재빨리 밖으로 나왔다. 처음 한 무리가 밖으로 나왔을 때는 오토바이 옆까지 와 있었다. 안개비가 내리고 있었으므로 그는 트렌치코트 깃을 세우고 오토바이에 올라탄 채 기다렸다. 곧 몰리와 그녀의 어머니가 나타났으나, 그녀는 완전히 그를 무시했다. 두 사람이 이륜마차에 타자 어머니가 고삐를 쥐고 달려갔다.

"허, 이런."

데블린은 조용히 중얼거렸다.

오토바이에 시동을 거는데 이름을 부르는 소리가 들렸다. 뒤돌아보니 조애너 그레이가 빠른 걸음으로 다가왔다. 그녀가 낮은 소리로 말했다.

"오늘 오후 필립 베리커가 두 시간 동안이나 불만을 토로했어요. 헨리 경에게 당신 얘기를 하겠다는 거예요."

"무리도 아니죠."

"때론 5분간만이라도 진지해질 수 없나요?"

"그래요, 긴장을 참을 수가 없어서요."

그가 말하고 있는데 윌러비 부부가 다가왔으므로 그녀는 더 이상 얘기를 할 수 없었다.

헨리 경은 제복을 입고 있었다.

"여, 데블린, 이젠 완전히 익숙해졌나?"

"네, 덕분에. 이렇게 도움을 주셔서 어떻게 감사를 드려야 할지 모르겠습니다."

데블린은 애써 아일랜드 사투리를 써서 말했다.

조애너 그레이는 뒤에 서서 신경질적인 얼굴을 하고 있었지만, 헨리 경은 그 인사가 마음에 든 모양이었다.

"아니, 괜찮네. 자네에 관해서는 여러 가지로 좋은 보고를 받고 있네. 매우 훌륭해. 열심히 잘해 보도록."

헨리 경이 조애너 그레이에게 말을 걸기 위해 등을 돌렸으므로 데블린은 그 기회를 이용하여 도망쳤다.

오두막에 돌아왔을 때는 비가 더욱 심해졌으므로 그는 오토바이를 바로 앞에 있는 헛간에 집어넣고, 무릎 위까지 올라오는 장화에 우비 차림으로 엽총을 들고 늪으로 나갔다. 이렇게 폭우가 내릴 때는 수문을 점검해야 했고, 또 빗속을 돌아다니다 보면 머릿속의 잡념들을 잊을 수 있었다.

그러나 그렇게 되지 않았다. 아무리 해도 몰리의 일이 머리에서 떠나지 않았다. 전번 일요일 미사 때 그녀가 천천히 몸을 낮추고 스커트가 종아리 위로 올라가 있었던 때의 광경이 눈에 선하게 떠올랐다. 도저히 머리에서 떨쳐 버릴 수가 없었다.

"오, 하느님. 이게 진짜 사랑이라면, 리엄, 그걸 아는 데 오래도 걸렸구먼."

그가 조용히 중얼거렸다.

수문 옆을 지나 오두막에 가까이 가자, 습한 공기 속에서 장작 타는 냄새가 났다. 등화관제용 커튼의 좁은 틈새로 희미한 불빛이 땅거미 속을 뚫고 흘러나오고 있었다. 문을 여니 요리 냄새가 풍겼다. 그는 구석에 엽총을 세워 놓고 비옷을 못에 건 다음 거실로 들어갔다.

그녀는 난로 앞에 한쪽 무릎을 꿇은 채 불 위에 장작 하나를 올려 놓고 있었다. 그녀는 어깨 너머로 걱정스럽게 그를 쳐다보았다.

"속까지 다 젖었겠어요."

"불 앞에 30분 정도 앉아 위스키 한두 잔 마시고 나면 괜찮아."

그녀가 찬장으로 가 부시밀스 병과 잔 하나를 가져왔다.

"바닥에 쏟으면 안 돼요. 이번엔 마시는 게 좋을걸요."

"그럼, 그 일을 알고 있군?"

"이런 데선 비밀이란 게 없어요. 아이리시 스튜를 만들고 있는데, 좋아하나요?"

"좋지."

"앞으로 30분이면 될 거예요."

그녀가 설거지통으로 가 유리 접시를 손으로 집었다.

"왜 그러시죠, 리엄? 왜 날 피하는 거예요?"

그는 팔걸이의자에 앉아 난롯불 앞에 두 다리를 벌렸다. 바지에서 김이 오르기 시작했다.

"처음엔 그렇게 하는 게 좋을 거라고 생각했어."

"왜요?"

"내 나름대로 이유가 있었지."

"그럼 오늘은 어째서죠?"

"일요일 탓이야. 지겨운 일요일. 알잖아."

"모르겠어요."

몰리는 앞치마로 손을 닦으며 돌아와 바지에서 김이 나는 것을 바라보았다.

"빨리 갈아입지 않으면 병이 날 거예요. 류머티즘에라도 걸릴걸요."

"귀찮아. 곧 잘 거야. 피곤해."

그녀가 머뭇머뭇 손을 뻗어 그의 머리칼을 만졌다. 그는 그 손을 붙잡아 키스했다.

"널 사랑한다, 알고 있겠지?"

그 말에 그녀 몸 안에 있는 어떤 빛의 스위치가 켜진 듯했다. 얼굴이 빛을 발하면서 가슴이 부풀어 오르고 전혀 다른 모습으로 변했다.

"기뻐요. 이제는 양심의 가책을 느끼지 않고 날 받아들이는 거죠?"

"난 네게 어울리지 않는 사람이란다. 아무것도 아니야. 경고해 두지. 밝은 장래는 절대로 오지 않을 거야. 침실 입구에 이렇게 써서 걸어 둬야 할걸. '이곳에 들어오는 자는 모두 희망을 버리시오'라고 말야."

"그런지 아닌지 곧 알게 되겠죠. 스튜를 가져올게요."

그녀는 스토브 쪽으로 갔다.

얼마 뒤 한쪽 팔로 그녀를 안고 낡은 철 침대에 누운 채 천장에 난롯불이 만들어 내는 여러 가지 그림자를 바라보면서 그는 최근 몇 년 동안 느껴 보지 못한 마음의 평화와 만족을 느꼈다.

그녀 쪽 침대 옆 작은 탁자 위에 라디오가 놓여 있었다. 그녀는 스위치를 켜고 그의 옆에 엎드려 한숨을 쉬며 눈을 감았다.

"훌륭했어요. 다시 한번 해주지 않을래요?"

"한숨 돌릴 틈도 주지 않을 셈인가?"

그녀는 미소 지으며 살짝 그의 배를 쓰다듬었다.

"불쌍해라. 저걸 들어 봐요."

라디오에서 노래가 흘러나왔다.

그 남자가 죽어 사라지면
어느 아름다운 날 소식이 들려올 거야.
콧수염을 기른 사탄이
무덤 속에 잠들어 있다고.

"그렇게 되면 기쁠 거예요."
그녀는 졸리는 목소리로 말했다.
"어떻게 되면?"
"콧수염을 기른 사탄이 무덤 속에 묻히면. 히틀러 말이에요. 그럼 모든 게 끝나겠죠?"
그녀가 그의 옆으로 바싹 다가왔다.
"우린 어떻게 되는 거죠, 리엄? 전쟁이 끝나면?"
"모르겠어."
그는 불빛을 바라보면서 그대로 누워 있었다. 그녀의 숨결이 고르게 되더니 이윽고 잠이 들었다.
'전쟁이 끝나면?' 어떤 전쟁이? 이럭저럭 벌써 12년 동안이나 바리케이드에 서 있었다. 그것을 어떻게 그녀에게 말할 수 있겠는가? 그곳은 아담하고 깨끗한 농장이며 남자 손이 필요하다. 정말 유감이다. 그는 그녀를 바싹 끌어안았다. 바람에 오두막이 삐걱이고 창이 덜컹거렸다.

베를린 프린츠 알브레히트 거리의 히틀러는 책상에 앉아 열 가지 이상의 보고서와 통계표를 들여다보고 있었다. 동유럽과 러시아의 점령 지역에 파견되어, 유태인과 집시, 정신적 육체적 장애가 있는 자들, 자신들의 대유럽 구상에 적합지 않다고 판단된 인간들을 처리하는 말살반으로부터 온 서류였다.

조용히 노크 소리가 들리고 칼 로스만이 들어왔다. 히믈러가 고개를 들었다.

"어떤가?"

"죄송합니다, 장관 각하. 모든 수단을 다 동원했지만 여전히 불지 않고 있습니다. 역시 그는 혐의가 없지 않나 하는 생각이 듭니다."

"절대로 그럴 리 없다!"

히믈러가 종이 한 장을 내밀었다.

"오늘 저녁에 이 서류를 받았네. 2년간 칼 슈타이너 소장의 당번병을 지냈고, 그 동안에 그의 직접 명령으로 국가 안보에 해를 끼치는 행동을 해온 포병 중사의 자백서야."

"앞으로 어떻게 할까요, 장관 각하?"

"나는 어떻게든 슈타이너 소장 자신의 서명이 든 자백서를 손에 넣고 싶네. 그러면 모든 면에서 입증이 쉬워지거든."

히믈러가 살짝 눈살을 찌푸렸다.

"심리적인 수단을 사용해 보지. 몸을 깨끗이 씻기고, SS 의사에게 치료를 받게 하고, 음식을 충분히 주는 거야. 하는 방법은 알고 있겠지? 모든 것은 누군가의 터무니없는 오해에 의한 것이다. 지금까지 신병을 구금시켜 매우 죄송하지만 이 기회에 명확히 해둘 필요가 있는 점이 아직 한두 가지 있다고."

"그 뒤는요?"

"열흘 정도 그렇게 한 뒤 다시 고문을 가하는 거야. 갑작스럽게, 예고 없이. 그 쇼크로 입을 열지도 모르지."

"지시대로 해보겠습니다, 장관 각하."

11

10월 28일 목요일 오후 4시, 조애너 그레이가 홉스앤드 오두막에 차를 세웠을 때 데블린은 헛간에서 오토바이를 손질하고 있었다.

"이번 주 내내 당신을 찾았어요. 어디에 있었죠?"

"여기저기요. 여기저기 돌아다녔죠. 전에도 말했듯이 거발드와 만날 때까지는 할일이 없어요. 그래서 여기저기 구경했죠."

데블린은 걸레로 손의 기름을 닦아내며 쾌활한 목소리로 말했다.

"그런 것 같더군요. 그 오토바이 뒤에 몰리 프라이어를 태우고 돌아다녔지요? 화요일 밤 홀트의 댄스파티에서 당신을 본 사람이 있어요."

조애너 그레이가 냉정한 표정으로 말했다.

"매우 유익한 모임인 듯하더군요. 그날의 표어는 승리를 위한 날개였지요. 당신 친구 베리커도 와서 미운 독일 놈들을 이기는 데 신의 가호가 있기를 어쩌구 하며 감동적으로 지껄였죠. 독일 어디를 가나 '신은 우리와 함께 계시다'라는 표어가 눈에 띄던 것을 떠올리니 왠지 묘한 기분이 들더군요."

"그녀와 만나지 말라고 말했을 텐데요."

"노력은 했지만 잘 안됐어요. 한데 용건은? 지금 좀 바빠서요. 자석 발전기 상태가 안 좋아서 오늘밤 피터버러에 갈 때까지 완전히 고쳐 두려고요."

"멜섬하우스에 부대가 들어왔어요. 화요일 밤 도착했어요."

"멜섬하우스라…… 특수 부대가 훈련하는 곳이 아니었나요?"

"그래요. 스터들리 콘스터블 해안 도로에서 13킬로미터 정도 북쪽으로 올라간 곳에 있어요."

"어떤 부대죠?"

"미국의 레인저 부대예요."

"흠, 그래요? 그들이 여기에 왔으니 앞으로 상황이 달라지겠죠?"

"꼭 그렇지만은 않을 거예요. 그쪽 시설을 사용하는 부대는 대개 그 근처에서 멀리 가지 않아요. 수목이 빽빽이 들어찬 숲과 염전, 게다가 적당한 모래가 있죠. 단지 고려해 둬야 할 요소에 지나지 않아요."

데블린이 고개를 끄덕였다.

"알았어요. 다음에 연락할 때 라들에게 그 사실을 알리는 것으로 당신의 역할은 충분해요. 자, 그럼 일을 계속해 볼까."

그녀는 차 있는 데로 걸어가다가 걸음을 멈췄다.

"그 거발드라는 자, 왠지 걱정이 돼요."

"저도 그렇지만, 괜찮아요. 조만간 악당의 정체를 드러낸다 할지라도 오늘밤은 그러지 않을 테니까."

그녀가 차를 몰고 떠나자 그는 계속 오토바이를 손질했다. 20분 후 말안장에 바구니를 싣고 몰리가 늪쪽에서 나타났다. 그녀는 안장에서 내리더니 물통 위 벽의 쇠고리에 말을 매었다.

"저민 고기로 만든 파이를 가져왔어요."

"네 몫이야, 아니면 어머니 몫이야?"

그녀가 나뭇조각을 던지자 그가 고개를 움츠려 피했다.

"그건 나중에 먹을게. 오늘밤 나가 봐야 해. 오븐에 넣어 둬. 내가 나중에 데울 테니까."

"같이 가도 돼요?"

"절대로 안 돼. 너무 멀어. 그리고 이건 일이야."

그는 그녀의 엉덩이를 툭 쳤다.

"지금 내가 원하는 건 한 잔의 차야. 빨리 물을 끓여 줘."

그녀는 그가 또 손을 내미는 것을 피하고는 바구니를 들고 오두막으로 뛰어 들어갔다. 데블린은 뒤를 쫓지 않았다. 그녀는 거실로 들어가 테이블 위에 바구니를 놓았다. 테이블 반대쪽 끝에 여행 가방이 놓여 있었는데 스토브 쪽으로 가려던 그녀의 왼쪽 팔에 스쳐 바닥으로 떨어졌다. 가방이 열리고 지폐 다발과 슈텐 건 부품이 주위에 흩어졌다.

그녀는 그 자리에 무릎을 꿇은 채 잠시 아연해 있었다. 이제 모든 것이 전과 같은 상태로 되지는 않을 거라는 예감이 들자, 온몸이 얼음처럼 차가워졌다.

입구에서 발소리가 들리고 데블린이 조용히 말했다.

"자, 착하지. 모두 가방 속에 다시 넣어 주지 않겠니?"

그녀가 얼굴을 들었다. 얼굴이 새파랗게 질려 있었으나 말투는 냉정했다.

"이게 뭐죠? 무슨 일이에요?"

"아무것도 아냐. 여자애하고는 관계없는 일이야."

"그래도 이렇게 많은 돈이……."

그녀는 5파운드 지폐 다발 하나를 들었다. 데블린은 가방에 지폐 다발과 총을 집어넣고 지퍼를 잠갔다. 그리고 창 아래 있는 찬장 문을 열고 커다란 봉투를 꺼내 그녀에게 던졌다.

"사이즈 10이다. 그걸로 됐니?"

그녀는 봉투를 열어 안을 들여다보았다. 순간 그녀의 얼굴에 경탄의 표정이 가득했다.

"실크 스타킹, 진짜 실크 스타킹이 두 켤레나! 대체 어디서 구했죠?"

"베이크넘 술집에서 만난 사람한테서. 그런 사람만 알고 있으면 뭐든 구할 수 있지."

"암거래 말이죠? 당신은 암상인과 거래하고 있군요, 그렇죠?"

그녀의 눈에 안도하는 기색이 역력히 떠올랐다. 그는 싱긋 웃었다.

"내가 좋아하는 색깔이야. 자, 빨리 물을 끓여 주지 않겠니? 6시까지 나가야 하는데 아직 수리가 덜 끝났거든."

그녀는 잠시 스타킹을 가슴에 품고 있다가 그에게 몸을 기댔다.

"리엄, 괜찮은 거죠, 그렇죠?"

"괜찮고말고, 왜 그런 걸 묻지?"

그는 그녀에게 가볍게 키스하고 자신의 부주의를 저주하면서 밖으로 나갔다.

그 일만으로 그치지는 않을 것이다. 도대체 저 여자 아이에게 무슨 짓을 하고 있는가? 이제 더 이상 이 사실을 회피해서는 안 된다. 1주일쯤 지나면 그녀의 세상은 온통 뒤집어질 것이다. 절대로 피할 수도 없고, 뭔가를 어떻게 해볼 수도 없다. 그녀 혼자서 마음의 상처를 달래도록 내버려 둘 수밖에 없다. 또 반드시 그렇게 해야만 한다.

헛간으로 향하고 있던 데블린의 마음은 너무나도 어지러웠다. 그는 갑자기 격렬한 자기혐오에 빠져 옆에 있는 나무 상자를 힘껏 걷어찼다.

"이 개 같은 놈. 넌 짐승만도 못한 인간이다, 리엄."

루벤 거발드는 포거티 창고 문에 나 있는 조그만 구멍을 열고 밖을 내다보았다. 콘크리트로 포장된 공터에 녹투성이 가솔린 펌프 두 대가 쓸쓸히 놓여 있고, 비가 세차게 쏟아지고 있었다. 그는 급히 엿보는 구멍을 닫고 문에서 떨어졌다.

전에 창고로 쓰였던 그 수리 작업장은 의외로 넓었다. 다락으로 통하는 나무 계단이 있고 한쪽 구석에 세단 승용차의 잔해가 있었으나, 그래도 베드퍼드 형 3톤 트럭과 거발드 형제가 버밍엄에서 타고 온 밴 트럭이 들어갈 여지가 충분히 있었다. 형인 벤 거발드는 초조하게 주위를 서성거리며 이따금 자기 가슴을 두드렸다. 두꺼운 외투를 입고 머플러를 둘렀지만 그래도 몹시 추웠다.

"정말 지독한 곳이군. 그 아일랜드 놈은 아직 안 보이니?"

"아직 9시 15분 전이야, 형."

"시간 따윈 문제가 아냐."

벤 거발드는 트럭에 기대 신문을 읽고 있는 가죽 점퍼 차림의 체격이 좋은 젊은 사내를 향해 투덜거렸다.

"내일 밤에는 불을 피워 둬, 새미. 안 그러면 혼내 줄 거야. 알아들었니?"

검은 구레나룻을 기르고 냉혹한 인상을 지닌 새미는 전혀 신경 쓰지 않는 것 같았다.

"좋아요, 거발드 씨. 해놓죠."

"꼭 해야 해. 그렇지 않으면 육군에 도로 보내 버릴 테니까."

거발드가 새미의 뺨을 톡톡 건드렸다. 그가 담배를 한 개비 집어 들자 새미가 가면 같은 미소를 띠며 불을 내밀었다.

"당신은 정말 재미있는 사람이군요, 거발드 씨."

그때 문 옆에서 루벤이 소리쳤다.

"방금 앞마당으로 들어섰어."

거발드가 새미의 팔을 잡아당겼다.

"문을 열고 놈을 안으로 데려와."

비바람이 휘몰아치는 속에서 데블린이 들어왔다. 트렌치코트를 입고, 방수 각반을 매고, 베이크넘의 고물상에서 산 조종사용 가죽 모자에 먼지막이용 안경을 쓰고 있었다. 얼굴이 진흙투성이여서 오토바이 스위치를 끄고 안경을 위로 올리자 눈 주위에 하얀 자국이 보였다.

"지독한 날씨요, 거발드 씨."

그가 오토바이를 세우면서 말했다.

"그렇소, 잘 지냈소?"

거발드가 쾌활하게 응수하며 상냥하게 악수를 청했다.

"루벤은 알고 있고, 이쪽은 우리 젊은 식구 중 한 명인 새미 잭슨 이오. 당신을 위해 베드퍼드를 운전해 왔지."

어쩐지 잭슨이 무척 애를 썼다는 듯한 말투였으므로 데블린은 또 아일랜드 사투리를 강하게 섞어 맞장구를 치며 새미와 악수를 했다.

"호오, 그랬군요. 그거 고맙군요."

새미는 그를 깔보듯이 바라보다가 희미하게 미소 지었다. 거발드가 말했다.

"자, 난 다른 일도 있고, 당신도 오래 있고 싶진 않겠지. 저게 당신이 요구한 트럭인데, 어떻소?"

베드퍼드 트럭은 꽤 낡고 칠도 여기저기 벗겨져 있었으나, 타이어는 그런대로 괜찮았고 범포(돛을 만드는 데 쓰이는 베)로 만든 비막이 차양은 신품에 가까웠다. 짐칸을 들여다보니 요구한 대로 육군의 석유통, 착색 장비, 페인트 통 따위가 실려 있었다.

"당신 요구대로 모두 준비했지."

거발드가 담배를 권했다.

"뭣하면 가솔린을 조사해 봐도 좋소."

"아니, 당신을 믿겠소."

거발드가 가솔린 따위로 이상한 짓을 할 리는 없었다. 그 점은 확신하고 있었다. 무엇보다 내일 밤에도 와주어야 하는 것이다. 차 앞으로 돌아와 보닛을 올렸다. 엔진도 이상이 없는 듯했다.

"시동을 걸어 보시겠소?"

거발드가 권했다.

데블린이 스위치를 넣고 액셀을 가볍게 밟자 생각한 대로 상태가 좋은 소리가 났다. 거발드는 이쪽의 계획을 알고 싶어 안달일 터이므로 지금 단계에서 이상한 짓은 하지 않을 것이다.

데블린은 운전대에서 내려와 다시 한 번 트럭을 둘러보고 군 번호판이 달려 있는 것을 확인했다.

"만족합니까?"

거발드가 물었다.

"아, 물론이지요."

데블린은 천천히 고개를 끄덕였다.

"이 상태로 보건대 토부르크(북아프리카 요충지)나, 아니면 다른 데서 꽤 고생하다 온 것 같군요."

"그럴 가능성은 충분하지."

거발드가 차바퀴를 찼다.

"하지만 이놈은 거친 일에 견딜 수 있도록 만들어졌소."

"부탁한 배달 증명서는?"

"있고말고."

거발드가 딱 하고 손가락을 튕겼다.

"서류를 내놔 봐, 루벤."

루벤이 서류를 봉투에서 꺼내 들고 뚱한 말투로 말했다.

"이자의 돈은 언제 구경하는 거야?"

"그런 소리하지 마, 루벤. 머피 씨는 무척 신용 있는 분이니까."

"아니, 그가 말한 게 옳소. 즉시 교환하도록 하지요."

데블린은 안쪽 호주머니에서 두터운 봉투를 꺼내 루벤에게 건넸다.

"약속대로 5파운드 지폐로 7백 50이오."

데블린은 루벤한테 받은 서류를 훑어보고 주머니에 집어넣었다. 벤 거발드가 말했다.

"왜 필요한 사항을 적어 넣지 않소?"

데블린은 콧등을 만지며 교활한 표정을 지었다.

"그래서 행선지를 당신에게 알린다? 왜 그런 멍청한 짓을 하겠소, 거발드 씨."

거발드가 유쾌하게 웃으며 데블린의 어깨에 팔을 둘렀다. 데블린이 말했다.

"오토바이를 싣는 것을 도와주지 않겠소? 곧 돌아가고 싶은데."

거발드가 턱을 치켜올리자 잭슨이 트럭 뒤에 붙어 있는 판자를 떼어 가져왔다. 그와 데블린은 오토바이를 트럭 위로 밀어올리고 한쪽에 눕혀 놓았다. 데블린은 판자를 다시 트럭 뒤에 붙이고 거발드 쪽으로 돌아섰다.

"그럼, 데블린 씨, 내일도 똑같은 시간에."

다시 악수를 하면서 거발드가 말했다.

"새미, 문을 열어 드리게."

데블린은 운전대로 올라가 시동을 걸고 창 밖으로 몸을 쑥 내밀었다.

"또 한 가지, 거발드 씨. 설마 헌병이 쫓아오는 일은 없겠죠?"

"내가 그런 짓을 할 리 있겠소?"

거발드가 씩 웃었다. 그리고 손바닥으로 트럭 옆을 툭 쳤다.

"내일 밤 또 만나세. 오늘밤처럼 같은 시간 같은 장소요. 부시밀스를 갖고 오겠소."

데블린이 어둠 속으로 트럭을 몰고 가고 새미 잭슨과 루벤은 문을 닫았다. 거발드의 얼굴에서 웃음이 사라졌다.

"이젠 프레디 차례다."

"놈을 놓치면요?"

루벤이 물었다.

"내일 밤이 또 있잖아."

거발드가 동생의 빰을 툭 쳤다.

"네가 가져온 브랜디는 어디 두었지?"

"놓친다구? 아니 저 피라미를?"

잭슨이 껄껄거리며 웃었다.

"저놈은 안내해 주지 않으면 혼자서 변소도 찾지 못할걸."

비탈길을 400미터쯤 내려갔을 때, 데블린은 뒤에서 비치는 희미한 차의 불빛을 감지했다. 그 차는 1분쯤 전에 지나친 도로변 공터에서 부터 쫓아오고 있었다. 예상한 대로였다.

왼쪽 어둠 속에 허물어져 가는 풍차 오두막이 보이고 그 앞에 평평한 공터가 있었다. 순간 그는 라이트를 전부 끄고 홱 핸들을 꺾어 그 공터로 트럭을 몰고 가 세웠다. 따라오던 차는 속도를 더하며 그대로 달려갔다. 데블린은 운전대에서 뛰어내려 트럭 뒤로 돌아가 미등 전구를 빼냈다. 운전대로 돌아와 반원을 그리며 차를 돌린 뒤 앞 라이트만 켜고 노먼크로스 방향으로 되돌아갔다.

포거티 창고 400미터 앞에서 샛길인 B660 도로로 들어서 홀름 거리를 지난 뒤 도딩턴 교외에서 15분 정도 차를 멈추고 미등 전구를 원래대로 끼워 넣었다. 운전대로 돌아와 배달 증명서를 꺼내 회중전등 불빛 아래에서 필요한 사항을 적어 넣었다. 아래쪽에 버밍엄 근교의 차량 수리대 도장이 찍혀 있고, 스러시 소령이라는 부대장의 서명이 적혀 있었다. 거발드는 주도면밀했지만, 전혀 실수가 없을 수는 없었다. 데블린은 싱긋 웃으며 행선지를 홉스앤드 해안 도로에서 16킬로미터 떨어진 셸링엄 영국 공군 레이더 기지로 적어 넣었다.

다시 핸들을 잡고 달리기 시작했다. 스와팜을 경유해 베이크넘으로 갔다. 미리 지도를 보고 계획해 둔 경로였다. 헤드라이트에 등화관제용 덮개를 씌워 불빛이 약했으므로 좌석에 편히 기대 조심스럽게 차를 몰았다. 서두를 필요가 없었다. 시간은 충분했다. 담배를 물고 거발드가 지금 어떻게 하고 있을까를 생각했다.

홉스앤드 오두막 뜰에 도착했을 때는 12시가 조금 지나 있었다. 오는 도중에는 전혀 문제가 없었고, 대담하게도 거의 반을 큰길로 달렸음에도 불구하고 스치고 지나간 차는 겨우 네다섯 대에 지나지 않았다. 늪가의 낡은 창고를 지나 억수 같이 퍼붓는 빗속에 차에서 내려 자물쇠를 열었다. 그 창고는 위쪽에 둥근 창이 두 개 있을 뿐이어서 빛이 새어 나가지 않도록 막기란 간단했다. 아세틸렌 램프 두 개에 불을 붙이고 펌프질을 하여 불빛을 밝게 했다. 그리고 밖으로 나가 불빛이 새지 않는 것을 확인하고서 안으로 들어와 코트를 벗었다.

두꺼운 판자를 트럭 뒤에 걸치고 오토바이와 콤프레셔를 미끄럼 태우듯이 끌어내렸다. 트럭의 짐을 모두 내리는 데는 30분도 채 걸리지 않았다. 5갤런들이 석유통은 구석에 쌓아 놓고 낡은 천으로 덮었다. 그리고 트럭을 물로 깨끗이 닦았다. 이 이상 더 깨끗하게 할 수 없다는 생각이 들자 준비해 둔 신문지와 테이프로 창을 덮어 가리기 시작했다. 정신을 모아서 체계 있게 작업을 진행했다. 그 일이 끝나자 오두막으로 가 몰리가 가져온 저민 고기 파이를 먹고 우유 한 잔을 마셨다.

그는 다시 창고로 뛰어갔다. 비는 여전히 늪 수면을 세차게 때리고, 그 소리가 주변의 어둠 속에 가득 차 있었다. 작업하기에는 그야말로 안성맞춤인 날씨였다. 콤프레셔에 가솔린을 넣고 펌프를 조절한 뒤 시동을 걸었다. 그리고 스프레이 건을 조립하고 페인트를 섞어 넣었다. 먼저 짐칸 뒤판자부터 천천히 칠하기 시작했다. 일은 순조롭게 진행되었고, 5분도 되지 않아 뒤판자는 반짝반짝 윤기 나는 카키색으로 변했다.

"조심해야겠는걸. 나한테 나쁜 생각이 없기에 망정이지, 그럴 생각이 있다면 이런 일로도 먹고 살 수 있겠는걸."

그는 혼자 중얼거리며 트럭 왼쪽으로 돌아 옆면을 칠하기 시작했다.

금요일 점심 식사 후 그가 흰 페인트로 트럭 번호판을 칠하고 있는데 차가 다가오는 소리가 들렸다. 손을 닦고 재빨리 나가 오두막 모퉁이를 돌자 조애너 그레이가 보였다. 그녀는 바깥문을 열려 하고 있었다. 부인 의용대의 녹색 제복을 바싹 죄어 입은 모습이 놀랄 만큼 젊어 보였다.

"당신의 그 제복은 잘 어울리는군요. 그 모습을 볼 때마다 늙은 헨리 경이 흥분하겠지요."

그녀가 미소 지었다.

"당신도 좋아 보여요. 일이 잘되나 보죠?"

"한번 보겠습니까?"

그가 창고 문을 열고 안으로 안내했다. 카키색 페인트로 칠을 막 끝낸 트럭은 새 것처럼 보였다.

"내가 듣기론 특수 부대 차량은 사단과 연대의 기장을 붙이지 않는다던데, 그런가요?"

"그래요. 이제까지 멜섬하우스에서 훈련했던 부대는 절대로 부대 이름을 알리지 않았어요."

그녀는 무척 감탄하고 있었다.

"정말 훌륭해요, 리엄. 아무 문제없었나요?"

"그 녀석이 부하에게 나를 미행하도록 시켰지만 금방 따돌렸죠. 결정적인 대결은 오늘 밤이오."

"잘 해낼 수 있겠어요?"

"이것이 해줄 것이오."

그는 브러시와 페인트 통 옆 나무 상자 위에 있는 헝겊으로 싼 것을 집어든 뒤 헝겊을 젖히고, 둥근 총신이 붙은 기묘한 모양의 모제르 권총을 꺼냈다.

"본 적 있소?"

"없어요."

그녀는 흥미를 보이며 왼손으로 무게를 가늠하고는 겨냥을 해보았다.

"일부 SS 보안 대원이 사용하는 거예요. 물량이 충분치 못해 아직 모두에게 보급되지는 않았지요. 내가 지금까지 본 소음 권총 중에서는 이게 가장 우수해요."

그녀가 걱정스럽게 말했다.

"당신은 혼자예요."

"혼자서 행동하는 게 이번이 처음은 아니니까요."

모제르를 다시 헝겊에 싸고 그녀를 입구까지 배웅하러 나갔다.

"모든 것이 계획대로 되면 지프를 타고 2시쯤에는 돌아올 겁니다. 내일 아침 일찍 연락드리지요."

"난 그때까지 가만히 앉아 기다릴 수 없어요."

그녀의 얼굴은 불안으로 굳어져 있었다. 그녀가 무심코 손을 내밀었다. 그가 손을 쥐었다.

"걱정하지 않아도 돼요. 반드시 잘될 겁니다. 난 직감이 뛰어나다고 할머님께서 늘 말씀하셨거든요."

"익살맞기는."

그녀는 그의 뺨에 진심이 담긴 애정어린 키스를 했다.

"가끔, 당신이 지금까지 어떻게 살아남을 수 있었을까 하고 기이하게 생각할 때가 있어요."

"대답은 간단하지요. 지금까지 살고 죽는 데 신경을 써본 적이 없기 때문이지요."

"진심으로 말하는 것 같군요?"

"내일 뵙지요, 아무런 일 없을 거예요."

그는 부드러운 미소를 띠었다.

그녀가 떠나는 것을 전송한 뒤 창고 문을 뒷발로 차 닫아 버리고는 담배를 찾아 입에 물었다.

"이젠 나와도 돼."

그가 말했다.

잠시 후 뜰 저쪽 갈대밭 사이에서 몰리가 모습을 나타냈다. 멀리 떨어져 있어 대화 내용을 들을 리가 없으므로 그냥 내버려두었던 것이다. 그는 문에 자물쇠를 채우고 그녀 쪽으로 다가갔다. 1미터 정도 앞에 멈춰 두 손을 호주머니에 집어넣었다.

"귀여운 몰리, 나는 널 사랑하지만, 지금 같은 짓을 하면 혼내 줄 거야."

그가 다정스레 말했다.

몰리가 그의 목에 매달렸다.

"그 말 약속해 줄래요?"

"정말 창피한 줄 모르는 아가씨군."

그녀가 목에 매달린 채 물었다.

"오늘 밤에 또 와도 돼요?"

"안 돼. 와도 나는 없을 거야."

그 말은 사실이었다.

"피터버러에 가서 밤늦게까지 못 올 거야."

그녀의 코끝을 손가락으로 툭 쳤다.

"이건 둘만의 얘기니까 다른 사람한테 말하지 마."

"또 실크 스타킹, 아니면 이번엔 스카치?"

"양키들은 한 병에 5파운드나 주고 사거든."

"그만뒀으면 좋겠어요. 왜 다른 사람들처럼 정상적인 생활을 하지 못하는 거죠?"

그녀가 걱정스럽게 말했다.

"그렇게 빨리 내가 죽었으면 좋겠니?"

그는 그녀를 빙글 돌려 오두막 쪽으로 세웠다.

"자, 물주전자를 올려놓아 주지 않겠니? 착하지. 저녁 식사 준비를 해야지. 아니면 다른 먹을 거라도 말야."

몰리는 갑자기 얼굴을 빛내면서 어깨 너머로 생긋 웃고는 오두막으로 달려갔다. 데블린은 또 담배를 입에 물었으나 불을 붙이려고는 하지 않았다. 수평선 저 멀리서 비를 예고하는 천둥이 울렸다.

"또 흠뻑 젖겠군."

그는 한숨을 쉬고 오두막으로 발걸음을 옮겼다.

포거티 창고 안은 전날 밤보다 더 추웠다. 드럼통에 구멍을 뚫어 석탄불을 피워 보려는 새미 잭슨의 시도는 별 효험이 없었고 연기 냄새만 지독할 뿐이었다.

한 손에 브랜디 병을 쥐고 다른 한 손에 플라스틱 컵을 든 채 옆에 서 있던 벤 거발드가 얼른 뒷걸음질쳤다.

"대체 뭐하는 거야? 날 죽일 셈인가?"

드럼통 건너편 나무 상자에 앉아 총신을 짧게 줄인 엽총을 무릎에 올려놓고 헝겊으로 닦고 있던 잭슨이 총을 놓고 일어났다.

"죄송합니다, 거발드 씨. 석탄이 문제입니다. 너무 젖었거든요."

엿보는 구멍에 착 달라붙어 있던 루벤이 갑자기 소리쳤다.

"놈인 것 같아요."

"그걸 감춰."

벤이 서둘러 말했다.

"그리고 섣불리 나서지 말고 내가 신호할 때까지 기다려, 알겠나?"

그는 플라스틱 컵에 또 브랜디를 따르고는 빙긋이 웃었다.

"나는 즐기고 싶거든, 새미 아가야. 그러니 시키는 대로 하게."

새미가 옆에 있는 마대 밑으로 재빨리 엽총을 감추고 급히 담뱃불을 붙였다. 다가오는 오토바이 소리가 점점 커지는 가운데 세 사람은 숨을 죽였다. 오토바이는 그대로 지나쳐 버렸는지 소리가 점차 멀어져 갔다.

"제기랄, 놈이 아니군. 지금 몇 시야?"

벤 거발드는 실망하는 듯했다.

루벤이 손목시계를 보았다.

"정각 9시. 곧 오겠지."

그들은 전혀 눈치채지 못했으나 데블린은 이미 와 있었다. 그는 깨진 유리창을 대충 판자로 막아 놓은 창문 옆에서 비를 맞으며 서 있었다. 그 틈새로 보이는 시야는 제한되어 있었으나 드럼통 옆에 있는 벤과 잭슨의 모습은 볼 수 있었다. 물론 이 5분간 그들이 나눈 대화도 전부 듣고 있었다.

거발드가 말했다.

"자, 새미, 기다리는 동안 필요한 것을 조금이라도 준비해 두는 게 좋겠어. 당장에라도 버밍엄으로 돌아갈 수 있도록 두 통의 가솔린을 지프 탱크에 넣어 두라고."

데블린은 창에서 떨어져 안뜰에 넘겨져 있는 차의 잔해 사이를 조심스럽게 빠져나와 도로로 나온 뒤 400미터 앞에 오토바이가 놓여 있는 곳까지 달려갔다.

트렌치코트 앞 단추를 풀고 모제르 권총을 꺼내 헤드라이트 빛으로 점검했다. 이상 없음을 확인하고는 다시 권총을 코트 안에 집어넣었다. 그리고 단추는 끼우지 않은 채 오토바이에 올라탔다. 공포 따위는 추호도 없었다. 다소 흥분한 탓인지 신경이 더 예민해졌다. 시동을 걸고 도로로 나왔다.

잭슨이 지프 탱크를 가득 채웠을 때였다. 밖을 내다보고 있던 루벤이 뒤로 돌아보며 소리쳤다.

"놈이다! 이번엔 절대로 틀림없어. 지금 이쪽으로 오고 있어."

"좋아, 문을 열고 놈을 안으로 들여보내게."

벤 거발드가 말했다.

데블린이 창고 안으로 들어오자 강풍이 몰아치고 석탄이 마른 장작처럼 소리를 내며 타올랐다. 데블린은 시동을 끄고 오토바이를 세워놓았다. 얼굴은 어젯밤보다 더 엉망으로 진흙이 달라붙어 있었다. 손으로 먼지막이용 안경을 밀어 올리자 싱글거리는 웃음 띤 얼굴이 나타났다.

"여, 안녕하시오, 거발드 씨?"

"어서 오시오."

벤 거발드가 브랜디 병을 건넸다.

"한잔 하지 않겠소?"

"부시밀스는 갖고 왔겠지?"

"물론이오. 루벤, 그 밴 트럭에 있는 위스키 두 병을 이쪽으로 가져오시오."

데블린이 병째 입에 대고 브랜디를 한 모금 마셨다. 루벤이 밴 트럭으로 가 부시밀스 두 병을 가져왔다. 벤이 그것을 받아들었다.

"여기 있소, 약속대로요."

지프로 가 보조석에 술병을 놓으며 거발드가 말했다.

"어젯밤에 무사했소?"

"전혀 문제없었소."

데블린이 말했다.

그가 지프 쪽으로 걸어갔다. 어제의 트럭처럼 차체는 칠할 필요가 있지만 그 외에는 그런대로 쓸 만했다. 비막이 차양이 붙어 있고 양 옆은 트여 있고 기관총을 설치하는 선반이 있었다. 번호판은 다른 부분과 달리 새로 페인트칠이 되어 있었는데, 데블린이 자세히 보니 그 속에 다른 번호자국이 있었다.

"이게 문제로군, 거발드 씨. 어느 미군 부대에서 지프가 없어져 소동이 일어난 건 아니오?"

"이봐, 말조심해."

루벤이 화를 내며 말하자 데블린이 가로막았다.

"지금 생각이 나는데, 거발드 씨. 어젯밤 잠깐이었지만 누군지 나를 따라붙는 것 같았소. 신경 탓이겠지. 어쨌든 아무 일도 없었지만."

데블린은 다시 지프 쪽을 향한 채 브랜디를 한 모금 마셨다. 그때까지 간신히 억누르고 있던 벤 거발드의 분노가 폭발했다.

"너한테 뭐가 필요한지 알겠나?"

"뭐지?"

데블린이 조용히 물었다. 브랜디 병을 든 채 돌아서며 오른손으로 코트 깃을 누르고 있었다.

"예의야, 이 애송이 놈아. 네놈은 분수를 깨달을 필요가 있고 난 그것을 깨우쳐 줄 자신이 있지. 넌 시골에서 조용히 사는 게 좋겠어."

거발드가 외투 단추를 끄르기 시작하자 데블린이 말했다.

"호오, 그럴까? 자네가 시작하기 전에 저기 있는 새미 보이에게 물어보고 싶은 게 있네. 그 마대 밑에 있는 엽총이 공이치기가 당겨져 있는지를 말야. 당겨져 있지 않으면 곤란할 텐데."

그 숨막힐 듯한 순간, 벤 거발드는 지금까지의 생애에서 최악의 실수를 범했음을 깨달았다.

"해치워, 새미!"

그가 외쳤다.

잭슨은 그 말이 끝나기도 전에 날쌔게 자루 밑에 손을 집어넣고 있었으나 때는 이미 늦었다. 필사적으로 공이치기를 당기는 사이 데블린이 코트 속에서 손을 뺐다. 소음 권총 모제르가 가벼운 외침 소리를 내자 탄알은 벌써 잭슨의 왼쪽팔을 꿰뚫었고, 그 바람에 그의 몸이 빙글 돌았다. 두 번째 총알이 등을 꿰뚫자 그는 구석에 있는 차의 잔해 속으로 머리를 처박고 쓰러졌다. 죽음 직전의 경련으로 손가락이 방아쇠를 당겼고, 2연발 총이 지면을 향해 불을 토했다.

거발드 형제는 천천히 출구 쪽으로 뒷걸음질쳤다. 루벤은 공포에 떨고 있었고, 벤은 가만히 틈을 엿보고 있었다.

데블린이 말했다.

"거기 서!"

자그마한 몸에 흠뻑 젖은 코트, 낡은 조종사 모자, 먼지막이용 안경 차림의 기묘한 모습이긴 하나, 모제르를 손에 쥐고 드럼통 저쪽에 서 있는 데블린의 모습은 오싹 소름이 끼치는 공포감을 자아내기에 충분했다.

"알았소, 내가 잘못했소."

거발드가 말했다.

"그뿐이 아니야. 넌 약속을 깨뜨렸어. 내 고향에서는 약속을 깨뜨린 자에게는 특별 처벌이 있지."

"기다려, 머피……."

말이 끊어졌다. 데블린이 방아쇠를 당기자 둔탁한 총소리가 났다. 총알이 거발드의 오른쪽 무릎을 꿰뚫었다. 그는 숨이 넘어갈 듯이 비명을 지르며 문에 부딪치더니 그대로 땅에 쓰러졌다. 무릎을 누르고 있는 두 손 사이로 피가 뿜어져 나왔다.

루벤은 두 손을 올리고 몸을 움츠린 채 고개를 숙이고 있었다. 일찍이 느껴 보지 못한 공포에 떨면서 몇 초 동안 그러고 있다가 용기를 내어 고개를 들었다. 데블린이 지프 옆에 판자를 걸치더니 뒷좌석에 오토바이를 올려놓았다.

그가 다가와 창고 문 한쪽을 열었다. 그리고 루벤을 향해 딱 하고 손가락을 울렸다.

"배달 증명서."

루벤이 떨리는 손으로 서류를 봉투에서 꺼내 건넸다. 데블린은 재빨리 그것을 훑어보더니 다른 봉투를 거발드의 다리 옆으로 던졌다.

"거래는 거래니까, 7백 5십 파운드를 지불하네. 난 약속을 지키는 사람이니까, 자네도 때로 흉내를 좀 내보시지."

데블린이 지프에 올라 시동을 걸고 어둠 속으로 사라졌다.

"문!"

이를 악물면서 거발드가 동생에게 말했다.

"빨리 문 닫아, 안 그러면 불빛을 보고 이 근처에 있는 경찰이 온다."

루벤은 시키는 대로 문을 닫고 형 옆으로 갔다. 푸르스름한 연기와 화약 냄새가 주변에 가득했다.

루벤이 부들부들 몸을 떨었다.

"저놈은 어떤 놈이지, 형?"

"몰라, 그런 건 아무래도 좋아."

벤 거발드가 목에 두른 하얀 비단 스카프를 풀었다.

"이걸로 무릎을 묶어."

루벤은 마치 무서운 것에 어쩔 수 없이 이끌리듯이 상처를 바라보았다. 직경 7.63밀리의 총탄이 무릎을 관통했고, 부서진 무릎 뼈가

307

살과 피 속에서 허옇게 드러나 보였다.

"지독한 상처야, 형. 병원에 가야 해."

"바보 같은 소리! 총상을 입은 몸으로 병원에 가봐. 놈들에게 즉시 연락될 테고, 순식간에 경찰이 들이닥칠 거야. 괜찮으니까 빨리 그 스카프나 감아."

벤의 얼굴에 진땀이 배었다. 루벤이 스카프를 감기 시작했다. 금방이라도 울 것 같은 표정이었다.

"새미는 어떡하지, 형?"

"저대로 내버려둬. 천으로 덮어 두기나 해. 내일 몇 명 보내 치우도록 하게."

루벤이 다리를 묶자 벤이 신음소리를 냈다.

"서둘러. 빨리 여기서 나가야 해."

"어디로 가지, 형?"

"곧장 버밍엄으로 가는 거야. 아스턴에 있는 그 병원으로 데려다 줘. 그 인도인 의사가 하는 곳 말야. 뭐라더라?"

"다스?"

루벤이 고개를 저었다.

"그자는 낙태 전문의야, 형. 도움이 안 돼."

"그자도 의사잖아? 나 좀 일으켜 줘. 이런 곳에서 우물거리는 건 좋지 않아."

데블린은 12시 30분쯤 홉스앤드 뜰에 도착했다. 바람이 세차게 불고 비가 억수같이 쏟아져 지프를 들여놓기 위해 문을 여닫는 데 고생했다. 아세틸렌 램프를 켜고 지프 뒷좌석에서 오토바이를 내렸다. 견딜 수 없이 추웠고 피곤했으나 아직 잠이 올 정도는 아니었다. 묘하게 기분이 안정되지 않아 담배를 피우며 주위를 계속 서성거렸다.

지붕을 때리는 빗소리와 슉슉거리며 타들어가는 램프 소리가 있을 뿐 창고 안은 조용했다. 갑자기 문이 열리고 비바람이 휘몰아쳤다. 놀랍게도 몰리가 들어와 문을 닫았다. 낡은 트렌치코트에 장화를 신고 머리에 스카프를 두르고 있었다. 비에 흠뻑 젖어 추위에 떨고 있었으나 그다지 신경 쓰지는 않는 듯했다. 그녀는 의심스러운 표정으로 지프 쪽으로 다가갔다.

　멍한 표정으로 데블린을 바라보았다.

　"리엄?"

　"너 약속했지? 참견 안 하겠다고. 이것으로 네가 약속을 어떻게 지키는가 알아서 다행이야."

　"죄송해요. 하지만 걱정이 돼 견딜 수 없었어요. 그런데 이건……."

　그녀가 두 대의 차를 가리키며 물었다.

　"이게 뭐죠?"

　"너도 알잖아. 지금 이 순간부터 너하고는 절교야. 이 일을 경찰에 알리고 싶으면 그렇게 해."

　그는 거칠게 쏘아붙였다.

　그녀는 입술을 달싹거리면서 눈을 동그랗게 뜨고 그를 바라보았다.

　"빨리 신고해! 신고하고 싶으면 하라고! 나가!"

　그녀는 울면서 그에게 매달렸다.

　"아니에요, 리엄. 쫓아내지 말아요. 이젠 절대로 아무것도 묻지 않겠다고 약속할게요. 앞으로 참견하지 않을 테니까 쫓아내지만 말아줘요."

　그로서는 생애에서 가장 비열한 행위였다. 그는 그녀를 포옹하면서 자신에 대한 심한 모멸감에 휩싸였다. 그러나 한편으로는 잘된 일이라고 생각되었다. 그녀는 그를 궁지에 몰아넣는 일 따위는 두 번 다시 하지 않을 것이다. 그 점은 확실했다.

그는 그녀의 이마에 키스했다.

"이런, 몸이 꽁꽁 얼어 있잖아. 먼저 오두막에 가서 불을 지펴 주지 않겠니? 곧 뒤따라 갈 테니."

그녀는 탐색하듯 물끄러미 그를 올려다보다가 이윽고 밖으로 나갔다. 데블린은 한숨을 쉬면서 지프 쪽으로 가 부시밀스 병을 집어 들었다. 마개를 따고 한 모금 벌컥 들이켰다.

"건배다, 리엄."

말할 수 없이 슬픈 어조로 스스로에게 말했다.

벤 거발드는 아스턴 병원의 조그마한 수술실 침대에 누워 눈을 감고 있었다. 루벤이 그 옆에 서 있고 새하얀 옷을 입은 여위고 키가 큰 인도인 의사가 외과용 가위로 바지의 무릎 부분을 자르고 있었다.

"어떻소?"

루벤이 떨리는 목소리로 물었다.

"중상이오. 불구가 되고 싶지 않으면 일류 외과의사 치료를 받아야 할 거요. 패혈증도 생각해야만 하오."

다스가 침착한 어조로 말했다.

"이 미개인 의사놈. 문에 붙어 있는 저 간판에는 내과, 외과라고 써 있잖아."

벤 거발드가 눈을 치뜨며 말했다.

"그렇소, 거발드 씨. 나는 봄베이 대학과 런던 대학 두 군데서 학위를 받았지만, 문제는 그런 게 아니오. 지금은 전문의가 필요합니다."

다스가 냉정하게 말했다.

벤 거발드가 한쪽 팔꿈치를 딛고 상체를 일으켰다. 격심한 고통으로 얼굴에 땀이 흘러내렸다.

"잘 들어. 3개월 전에 여기서 젊은 여자가 한 명 죽었다. 낙태 수술 때문이었지. 난 그 사실도, 그리고 그 밖의 많은 것들도 알고 있어. 내가 고발한다면 최소한 7년은 교도소에서 지내야 할 걸. 그러니 경찰에 끌려가고 싶지 않으면 빨리 이 다리나 치료해!"

다스는 그 말에 전혀 개의치 않는 것 같았다.

"좋소, 벤 거발드 씨. 원한다면, 우선 마취를 해야 하는데 그건 알고 있겠죠?"

"뭐든 좋으니까 빨리 해."

벤 거발드는 눈을 감았다. 다스가 서랍을 열고 가제 마스크와 클로로포름 병을 꺼냈다.

"좀 도와주시오. 클로로포름을 내 지시에 따라 이 가제에 한 방울씩 떨어뜨려 주시오. 할 수 있겠소?"

루벤은 가슴이 메어 말을 못하고 고개만 끄덕였다.

12

다음날 아침 데블린은 오토바이를 몰아 조애너 그레이의 집으로 향했다. 여전히 비가 내리고 있었다. 차고에 오토바이를 넣고 뒷문으로 돌아가니 그녀가 곧 문을 열고 그를 끌어들였다. 아직 가운을 입은 채로 그녀의 얼굴은 불안으로 굳어 있었다.

"수고했어요, 리엄."

두 손으로 그의 얼굴을 감싸 흔들었다.

"난 거의 한숨도 자지 못했어요. 5시에 일어나 위스키와 차를 번갈아 마셨어요. 이렇게 아침 일찍부터 마셔대는 사람이 아닌데도."

그리고 마음에서 우러나오는 키스를 했다.

"당신은 무뢰한이지만 무사해서 정말 다행이에요."

개가 아는 체를 해달라는 듯 열심히 꼬리를 흔들었다. 조애너 그레이가 스토브 주위에서 움직이는 동안 데블린은 불 앞에 서 있었다.

"어땠어요?"

그녀가 물었다.

"순조로웠소."

자기의 대처 방법에 그녀가 불안해할 것 같았으므로 일부러 아무렇지도 않은 듯이 말했다.

그녀가 의외라는 표정으로 돌아보았다.

"그들이 이상한 짓을 하지 않았나요?"

"했지. 하지만 그만두는 게 좋을 거라고 설득했어요."

"총을 사용했나요?"

"그럴 필요가 없었소. 그 모제르를 보이는 것으로 충분했어요. 영국 범죄자들은 총에 익숙지 않은 것 같더군요. 면도칼 같은 것에나 자신이 있는 모양이오."

데블린이 평온한 말투로 말했다.

그녀가 차 쟁반을 테이블로 가져왔다.

"오, 하느님. 때때로 난 영국인들에게 두 손을 들 때가 있어요."

"시간은 무시하기로 하고, 지금 그 말에 건배합시다. 위스키는 어딨죠?"

그녀가 술병과 잔 두 개를 가져왔다.

"아침 일찍부터 볼썽사납긴 하지만 한잔 하지요. 앞으로 우린 어떻게 하는 거죠?"

"기다리는 거요. 나는 지프의 페인트칠과 그 밖의 다른 일을 해야 하지만 그뿐이오. 당신은 마지막 순간까지 헨리 영감한테 정보를 짜내는 거요. 그리고는 앞으로 6일간 손톱이나 물어뜯으면서 기다리는 거예요."

"그렇지도 않아요, 우리들의 행운을 빌 수도 있잖아요."

그녀가 잔을 들어올렸다.

"하느님의 은혜로 당신이 장수하기를."

"당신도요."

그녀가 잔을 비웠다. 갑자기 배를 칼로 찌르는 듯한 통증이 데블린의 몸속에 퍼졌다. 그는 이번 계획이 완전히 실패할 것이라고 확신했다.

파밀라 베리커는 그 주말 오전 7시 근무가 끝난 뒤 36시간의 외출허가를 받았고, 오빠가 차로 팽번까지 마중 나왔다. 사제관에 도착하자마자 더 이상 참을 수 없다는 듯 제복을 벗어던지고 승마용 바지와 스웨터로 갈아입었다.

극히 짧은 시간이나마 중폭격기 기지에서의 일상생활로부터 해방되었지만 마음은 여전히 초조하고 불안했으며 몹시 피로했다. 점심식사가 끝나자 해안도로를 따라 10킬로미터 떨어진 멜섬 베일 농장까지 자전거로 달렸다. 베리커의 성당 신도인 농장 주인은 말을 기르고 있었는데, 말은 운동량이 무척이나 부족하였다.

농장 뒤 모래언덕을 넘자 그녀는 말고삐를 늦추어 가시금작화 덩굴과 덤불 사이로 난 꾸불꾸불한 길을 질주하여 위쪽의 숲이 있는 산등성이를 향해 올라갔다. 얼굴에 비를 맞으며 말을 달리니 기분이 매우 상쾌했다. 잠시 그녀는 즐거웠던 어린 시절의 세계로 돌아갔다. 1939년 9월 1일 오전 4시 45분 게르프 폰 룬슈테드 장군의 남방군 집단이 폴란드를 침입함으로써 막을 내린 세계였다.

그녀는 예전에 산림 관리 위원회가 만든 오솔길을 지나 숲으로 들어갔다. 언덕 꼭대기에 다다르자 말이 속도를 늦추었다. 1, 2미터 앞에 바람에 쓰러진 소나무가 길을 막고 있었다.

그 높이는 1미터도 안 되어 말이 쉽게 뛰어넘었다. 건너편으로 착지한 순간, 오른쪽 덤불 숲에서 사람 그림자가 불쑥 나타났다. 말이 놀라 머리를 옆으로 돌렸고, 파밀라 베리커는 안장에서 떨어져 밑으로 나동그라졌다. 석남 덤불이 완충 역할을 해주었으나 그래도 잠시 숨이 막혀, 주변 사람들의 말소리를 의식하면서 쓰러진 채 호흡을 가다듬었다.

"크루코프스키, 이 멍청아. 하마터면 큰일 날 뻔했잖아!"

누군가 말했다.

말투가 미국인이었다. 눈을 떠 보니 둘레에 군인들이 에워싸고 있었다. 전투복에 철모를 쓰고 얼굴에는 위장용 크림을 바르고 중무장을 하고 있었다. 상사 계급장을 단 덩치 큰 흑인이 무릎을 꿇고 그녀를 내려다보고 있었다.

"괜찮습니까, 아가씨?"

그가 걱정스러운 듯 물었다. 그녀는 눈살을 찌푸리며 고개를 두세 번 흔들었다. 그러자 어느 정도 상태가 나아졌다.

"당신은 누구시죠?"

그가 경례하는 동작으로 철모에 손을 갖다댔다.

"가비입니다. 상사로 제21 특별 기습 부대 소속입니다. 멜섬하우스를 기지로 해서 2주일 정도 전투 훈련을 받고 있지요."

그때 지프가 달려와 진흙 위에 급정거했다. 운전하고 있는 사람이 장교라는 것을 느낌으로 알았지만, 미군과는 관계없는 일을 해왔으므로 정확한 계급을 잘 알지 못했다. 전투모에 제복 차림으로 확실히 연습용 복장은 아니었다.

"뭘 하고 있나, 이런 데서?"

장교가 엄격하게 말했다.

"이 아가씨가 말에서 떨어졌습니다, 소령님. 말이 달려오는데 크루코프스키가 갑자기 덤불에서 뛰어나갔습니다, 소령님."

가비가 말했다.

저렇게 젊은 사람이 소령이라니, 그녀는 놀랐다.

"전 괜찮아요. 정말이에요."

그녀는 자리에서 일어났다.

몸이 흔들렸으므로 소령이 얼른 팔을 부축했다.

"그렇지도 않은 것 같군요. 집이 멉니까?"

"스터들리 콘스터블. 오빠가 그곳 교구의 신부예요."

그가 다짜고짜 그녀를 지프로 데리고 갔다.

"저랑 함께 가는 게 좋겠소. 멜섬하우스에 군의관이 있습니다. 상처가 있는지 진찰을 받아 보는 게 좋아요."

그녀는 그의 어깨 기장에 '레인저'라고 써 있는 것을 보고, 그들이 영국 코만도와 유사한 부대일 거라고 생각했다.

"멜섬하우스요?"

"실례했습니다. 제 소개를 하지요. 로버트 E. 섀프트 대령 지휘 하에 있는 제21 특별 기습 부대 소속 해리 케인 소령입니다. 전투 훈련을 위해 이곳에 왔습니다."

"아아, 그랬군요. 요즈음 멜섬이 그런 목적으로 사용되고 있다는 것을 오빠한테 들은 적이 있어요."

그녀는 눈을 감았다.

"죄송합니다. 좀 어지럽군요."

"자세를 편안히 하십시오. 곧 도착합니다."

상쾌한 느낌을 주는 매우 듣기 좋은 목소리였다. 자기도 모르게 그녀는 가슴이 두근거렸다. 시키는 대로 편안히 좌석에 기대었다.

멜섬하우스의 넓이 5에이커 되는 정원은 높이가 2미터 가량 되는 노퍽 특유의 돌담으로 둘러싸여 있었다. 경비를 더 엄중히 하기 위해서 그 돌담 위에 철조망이 둘러쳐져 있었다. 멜섬은 17세기 초기에 지어진 작은 지주의 저택으로 규모는 그다지 크지 않았다. 담과 똑같이 대량의 돌을 사용했고, 집의 건축 양식, 특히 박공지붕 형태에는 네덜란드의 영향이 분명히 나타나 있었다.

해리 케인과 파밀라는 덤불 숲을 빠져나와 천천히 집 쪽으로 걸어갔다. 그는 한 시간 이상이나 저택 안을 안내해 주었고, 그녀는 매우 즐거웠다.

"지금 여기엔 몇 명이나 있어요?"

"지금은 90명이오, 물론 대부분 텐트 생활을 하고 있죠. 제가 아까 말한 덤불 숲 건너편 캠프 구역에서요."

"왜 거긴 구경시켜 주지 않죠? 비밀 훈련이라도 하고 있나요?"

"아니 그게 아니라……."

그가 웃었다.

"이유는 간단하오, 당신이 너무 미인이기 때문이오."

젊은 병사가 테라스의 계단을 급히 내려오더니 두 사람 쪽으로 다가와 경례했다.

"대령께서 돌아왔습니다. 지금 가비 상사와 함께 있습니다."

"좋아, 알았네, 애플비."

젊은 군인은 경례를 하고 서둘러 돌아갔다.

"미군은 규율이 무척 느슨할 거라고 생각했는데요."

파밀라가 말했다.

케인은 싱긋 웃었다.

"당신은 아직 새프트를 만나 보지 않아서 그런 말을 하는 거예요. 규율주의자라는 말은 그를 위해 만들어진 말일 것이오."

두 사람이 테라스로 올라가자 한 장교가 유리로 된 문에서 나왔다.

승마용 채찍으로 무릎을 치면서 두 사람을 바라보고 있는 그의 몸에서는 잠시도 가만히 있지 못하는 동물적인 활력이 넘쳐흘렀다. 그가 누구인지 가르쳐 주지 않아도 알 듯했다. 케인이 경례했다.

"새프트 대령님, 베리커 양을 소개합니다."

로버트 새프트는 44세로 오만한 느낌을 주는 단아한 얼굴을 한 사내였다. 승마용 바지에 번쩍번쩍 빛나는 군화를 신은 모습은 꽤 세련돼 보였고, 전투모를 옆으로 비스듬히 쓰고 색깔이 선명한 두 줄의 약장을 왼쪽 가슴에 붙이고 있었다. 그의 모습에서 특히 눈에 띄는 것은 손잡이를 조개껍질로 장식한 콜트45를 왼쪽 허리의 권총케이스에 꽂고 있는 점이었다.

그가 채찍을 이마에 대고 근엄한 말투로 말했다.

"사고가 난 것은 매우 유감스럽게 생각합니다, 베리커 양. 부하의 부주의를 사과하는 뜻에서 무엇을 해드릴까요?"

"감사합니다. 케인 소령이 친절하게도 저를 스터들리 콘스터블까지 바래다주신다고 했거든요. 물론 대령님이 허락하신다면요. 오빠가 그 교구의 신부이거든요."

"물론 허락하고말고요."

그녀는 또 케인을 만나고 싶었고, 그러자면 방법은 한 가지밖에 없다고 생각했다.

"내일 밤 사제관에서 몇몇이 모여 파티를 열기로 했어요. 음료수와 샌드위치만이 나오는 조촐한 모임인데, 대령님과 케인 소령도 참석해 주셨으면 합니다만."

새프트는 망설였다. 무슨 핑계를 댈 것 같았으므로 그녀는 얼른 말을 계속했다.

"이 지역 유력자인 헨리 윌러비 경도 오시는데, 혹 만나 보신 적 있으신가요?"

샤프트가 눈을 빛냈다.

"아뇨, 유감스럽지만 아직 그럴 기회가 없었습니다."

"베리커 양의 오빠는 영국 제1낙하산 여단의 종군 사제였답니다. 작년에 여단과 함께 튀니지의 우드너에 낙하했답니다. 그 전투는 알고 계시죠, 대령님?"

케인이 말했다.

"물론 알고 있네. 대단한 격전이었지. 그 전투에서 살아남았다니, 오라버님도 대단한 분이시군요."

샤프트가 말했다.

"전공 십자장을 받았어요. 저는 오빠를 매우 자랑스럽게 생각하고 있답니다."

"당연하지요. 오라버님을 뵐 수 있기를 기대하면서 내일 파티에 기꺼이 참석하겠습니다. 필요한 준비를 해주게, 해리. 그럼 볼일이 있어서 이만 실례."

그는 다시 채찍을 들어 경례했다.

"대령을 만나본 감상이 어떻소?"

지프를 타고 해안 도로를 달리면서 케인이 물었다.

"잘 모르겠어요. 화려한 느낌을 주는 사람 같네요."

"너무 조심스럽게 말씀하는군요. 샤프트는 군인들 세계에서 말하는 이른바 전투용 용사지요. 일찍이 멋진 지휘봉 하나만을 들고 부하들의 선두에 서서 플랑드르 부근의 참호에서 뛰쳐나간 그런 류의 인간입니다. 발라클라바(크림 지역의 전쟁터)에서 프랑스 장군이 말했듯이, 보기엔 훌륭했지만 그런 건 전쟁이 아니오."

"요컨대 머리를 쓰지 않았다는 얘긴가요?"

"어쨌든 육군 수뇌부에서 봤을 경우 그에게는 매우 큰 결함이 하나 있지요, 즉, 명령받는 것을 싫어하는 거예요. 상대가 그 누구이든 간에. 전쟁터의 용사 보비 섀프트…… 보병의 우상. 작년 4월 일본군이 바탄 반도를 제압했을 때 그는 무사히 탈출했죠. 문제는 보병 1개 연대를 뒤에 남겨 두고 온 것이었소. 그 일이 국방성의 마음에 들지 않았던 거죠. 아무도 그를 환영하지 않았고, 결국 공동 작전 사령부 일을 하도록 런던에 파견한 것이오."

"마음에 들지 않았겠군요?"

"물론이오. 그러나 그는 그것을 영광을 위한 발판으로 이용했지요. 영국이 야간에 소규모 기습 부대를 해협 건너편 해안으로 보내 보이 스카우트 놀이 같은 것을 하는 걸 보고 미국 육군도 같은 종류의 부대를 가져야 한다고 생각했소. 불행하게도 공동 작전 사령부의 어떤 멍청이가 그것을 명안이라고 환영했으며……."

"당신도 그렇게 보지 않나요?"

그는 그 물음을 얼버무리며 넘겼다.

"최근 9개월 동안 제21 특별 기습 부대원들은 열네 번이나 해협 건너편 연안을 기습했소."

"믿어지지가 않아요."

"그중에는 방치된 노르망디의 등대 파괴 작전과 수차례에 걸친 프랑스 무인도 상륙 작전이 포함되어 있지요."

"당신은 그를 별로 좋게 생각하지 않는 것 같군요?"

"대미국 시민은 매우 감탄하고 있지요. 3개월 전 런던에서 기삿거리가 없어 고민하던 어느 종군 기자가, 섀프트가 벨기에 연안에서 등대선 승무원을 포로로 잡은 이야기를 우연히 주워들었소. 상대방 여섯 명은 모두 독일 군인으로서, 새벽 안개를 가르며 도버 해협으로 들어오는 배의 사진은 제법 괜찮았소. 철모 끈 한쪽을 늘어뜨린 섀프트와 부하들, 그리고 그 장면에 어울리는 겁에 질린 표정의 독일병. 마치 MGM 영화사의 10번 스튜디오를 보는 듯했거든요."

그는 어처구니없다는 듯 고개를 흔들었다.

"그 사진이 본국에서 센세이션을 일으켰죠. 섀프트 기습부대. 라이프, 콜리어서, 〈새터데이 이브닝 포스트〉 등 어느 잡지를 보나 그의 기사가 실려 있지요. 국민의 영웅으로. 수훈 십자장 두 개, 무공 훈장이 붙은 은성장. 명예 훈장을 빼고는 모두 받았죠. 그는 우리 모두를 전사시키는 한이 있더라도 그런 훈장들을 손에 쥘 것이오."

그녀가 딱딱한 말투로 말했다.

"그런데 당신은 왜 이 부대에 참가했죠?"

"책상에 매어 있었소. 간단히 말하면 책상물림에서 벗어나는 일이라면 어떤 일이라도 해야 했으니까요. 또 실제로 했고요."

"그렇다면 아까 말한 어떤 기습에도 당신은 왜 참가하지 않았나요?"

"그것은……."

"그렇다면 용감한 인간의 행동을, 그것도 사무실이라는 위치에서 바라보면서, 비판하기 전에 다시 한번 생각해 보라고 권하고 싶군요."

그는 지프를 길가에 세우고 미소 띤 밝은 얼굴로 그녀를 바라보았다.

"야, 당신이 지금 한 말 참 좋았소. 그 말을 어디엔가 써두어야겠군요. 우리 저널리스트들이 쓰고 싶어하는 그런 위대한 소설을 쓸 때 사용해 먹기 위해서요."

"무례하군요, 해리 케인."

그녀가 때리는 시늉으로 손을 올리는데 그가 캐멀 갑을 꺼내 그녀에게 내밀었다.

"저를 때리는 대신 한 개비 피우시죠, 기분이 가라앉을 거요."

그녀는 담배를 한 개비 집어 불을 붙이고는 깊숙이 연기를 들이마시며 엽전 너머 저 멀리 바다를 바라보았다.

"미안합니다. 제 반응이 너무 지나쳤는지 모르겠지만, 저 개인적으로 이번 전쟁은 너무 감당하기 힘들어요."

"오빠의 일?"

"그것만이 아니에요. 일도 마찬가지예요. 어제 오후 근무 도중 북해 상공 공중전에서 파괴된 전투기의 조종사로부터 무전 연락이 있었어요. 전투기가 불타고 있는데 조종석에서 탈출할 수 없다고 바다로 떨어질 때까지 계속 절규했어요."

"처음엔 매우 좋은 만남이었는데, 그만 그렇지 않게 되었군요."

그가 핸들에 손을 얹자 그녀가 무심코 그 손 위에 자기의 손을 얹었다.

"미안해요. 정말 할말이 없군요."

그녀의 얼굴에 의아한 표정이 떠오르더니 그의 손을 들어올렸다.

"손가락이 어떻게 된 거예요? 몇 개가 굽어 있어요. 아, 손톱이…… 해리, 손톱은 어떻게 됐죠?"

"아, 그것 말이오? 어떤 작자들이 날 대신해서 뽑아 주었다오."

그녀는 아연해져 그를 쳐다보았다.

"그들은 독일인이었나요, 해리?"

그녀가 속삭였다.

그가 시동을 걸었다.

"아니, 실은 프랑스 인이었소. 물론 저쪽 편에 붙은 패거리였지만. 거기서 매우 비극적인 사실을 발견했죠. 세상을 구성하는 데는 모든 종류의 인간이 필요하다는 엄연한 사실을."

그는 쓴웃음을 지으며 차를 몰기 시작했다.

같은 날 저녁, 아스턴 병원의 개인 병실에 들어 있는 벤 거발드의 용태는 악화되었다. 그는 6시에 의식을 잃었다. 그 사실을 안 것은 한 시간이 지난 후였다. 간호사의 긴급 연락으로 의사 다스가 도착한 시간은 8시였고, 루벤이 병원에 와 상황을 안 것은 10시가 조금 지나서였다.

형의 지시에 따라 루벤은 거발드 형제의 수많은 사업 중의 하나인 장의사에서 관과 영구차를 빌려 포거티 창고로 갔다. 불운한 잭슨은 형제가 출자하고 있던 화장터에서 처리되었다. 거발드 형제는 귀찮은 시체들을 늘 그렇게 처리해 왔던 것이다.

벤은 얼굴이 땀으로 범벅이 되어 신음하면서 몸을 좌우로 비틀었다. 주변에는 살이 썩는 냄새가 희미하게 떠돌았다. 루벤은 다스가 붕대를 풀 때 얼핏 상처를 보았다. 그리고 심한 불안감에 싸여 형을 바라보았다.

"형?"

루벤의 말에 벤이 눈을 떴다. 잠시 동생을 알아보지 못하는 듯했으나 곧 미소 지었다.

"끝났니, 벤? 그를 처리했겠지?"

"재가 되어 흙으로 돌아갔어, 형."

벤이 눈을 감자 루벤은 다스를 향해 돌아섰다.

"경과는 어떻소?"

"매우 위험합니다. 다리가 썩을 수도 있소, 전에 경고했듯이."

"오, 하느님. 나는 처음부터 큰 병원에 가야 한다는 걸 알았소."

루벤이 말했다.

벤 거발드의 몸은 열에 들떠 있었다. 다시 눈을 뜨더니 손을 뻗어 동생의 손목을 붙잡았다.

"큰 병원은 절대로 안 돼, 알겠니? 어떻게 될 건가는 뻔해. 몇 년

씩이나 노려 오던 경찰 놈들한테 체포될 수 있는 기회를 선선히 주
란 말이냐?"

벤이 다시 눈을 감고 벌렁 눕자 다스가 말했다.

"한 가지 방법은 있소, 페니실린이라는 약이오, 들은 적 있소?"

"물론이오, 뭐든 낫는다는 약 말이지요, 어마어마한 값으로 암거래
되고 있다던데."

"그렇소, 이럴 때는 기적적인 효과를 발휘하지, 구할 수 있겠소?
지금 당장, 아니면 오늘밤 안으로."

"버밍엄 시내에만 있다면 한 시간 이내로 가져오겠소."

루벤이 문 쪽으로 가다가 돌아섰다.

"만일 형이 죽는다면, 그땐 당신도 함께라는 것을 기억해 두시오,
알겠소?"

그가 밖으로 나가고 문이 닫혔다.

같은 시간, 란즈부르트에서는 다코타 기가 활주로를 날아올라 기수
를 바다로 향했다. 게리케는 잠시도 시간을 헛되이 보내지 않았다.
300미터 고도에 이르자 오른쪽으로 크게 선회한 뒤 해안을 향해 고도
를 낮추며 나아갔다. 기내에는 슈타이너와 부하들이 낙하 준비를 하
고 있었다. 모두 영국 낙하산 부대원 복장을 하고, 무기와 장비와 그
밖의 모든 것을 영국식으로 자루에 넣었다.

"좋아."

슈타이너가 말했다.

모두가 일어서 앵커 라인 케이블에 각기 자동 낙하산 줄을 끼웠다.
서로 자기 앞에 있는 동료의 상태를 점검하고 슈타이너가 맨 뒤에 있
는 하피 프레스턴의 것을 점검했다. 프레스턴은 떨고 있었고 그 떨림
이 줄을 죄고 있는 슈타이너의 손에 전달되었다.

"15초다. 눈 깜짝할 사이에 착지할 거야, 알겠나? 모두들 잘 들어라. 다리를 부러뜨리려거든 노력이 아니라 여기서 부러뜨리길 바란다."

슈타이너가 말했다.

모두가 웃고 있는 가운데 그는 열의 맨 앞에 있는 리터 노이만에게 가서 자신의 상태를 점검받았다. 머리 위의 빨간 램프가 깜빡거리고, 슈타이너가 문을 열자 갑자기 바람 소리가 밀려들어와 기내를 가득 채웠다.

조종석의 게리케가 속도를 늦추고 고도를 낮추었다. 썰물이 먼 바다까지 빠져 있고, 달빛 아래 파르스름하게 내려다보이는 축축한 모래밭이 아득하게 펼쳐져 있었다. 옆에 있는 보믈러는 고도계에 신경을 집중하고 있었다.

"좋아!"

게리케가 외치자 보믈러가 단추를 눌렀다.

슈타이너의 머리 위에 녹색 램프가 켜지고 그가 리터의 어깨를 탁 쳤다. 젊은 중위가 뛰어내리고 모두들 민첩하게 그 뒤를 이었으며 마지막으로 브렌트가 뛰어내렸다. 프레스턴은 그 자리에 우뚝 서 입을 벌린 채 어둠 속을 바라보고 있었다.

"뛰어내려!"

슈타이너가 소리치며 그의 어깨를 잡았다. 프레스턴이 그 손을 피해 기둥에 달라붙었다. 입술을 달싹거리며 고개를 흔들었다.

"안 돼요!"

겨우 소리를 냈다.

"못하겠어요!"

슈타이너가 그의 뺨을 후려치고 오른쪽 팔을 붙잡아 문 쪽으로 끌고 갔다. 프레스턴은 두 손으로 출구 위쪽을 꽉 붙잡았으나 슈타이너가 엉덩이를 발로 걷어 차 밖으로 밀어냈다. 그리고 곧 자신도 앵커라인 케이블에 자동 낙하산 줄을 끼우고 뛰어내렸다.

고도 120미터 정도에서 뛰어내리면 현실적으로 겁내고 어쩌고 할 틈이 없다. 프레스턴은 자신이 공중제비를 하고 있음을 알았다. 생각할 틈도 없이 줄을 잡아당기자 낙하산이 단숨에 공기로 채워지는 소리가 들리고, 다음 순간 자신의 몸이 어두운 카키색 낙하산 아래에서 흔들리고 있음을 깨달았다.

멋진 기분이었다. 수평선 위로 푸르스름한 달이 떠 있고, 축축한 모래밭과 바닷가에 밀려온 파도의 하얀 거품이 보였다. 방파제 옆의 E보트가 똑똑히 보였다. 그리고 저 멀리 해안을 따라 먼저 일렬로 착지한 낙하산들과 자기들의 낙하산을 개고 있는 동료대원들이 보였다. 위를 올려다보니 바로 자기 위에 있는 듯한 슈타이너의 모습이 얼핏 보였고, 왼쪽으로 고개를 돌리는 순간 낙하 속도가 점점 빨라지고 있음을 느꼈다.

허리에 맨 밧줄 6미터 아래 매달려 있는 자루가 털썩 모래 위로 떨어지며 주의를 환기시켜 주었다. 그는 기세 좋게 착지했는데, 한 바퀴 돌고 정신을 차려 보니 기적적으로 땅 위에 서 있었고 낙하산이 푸르스름한 꽃처럼 달빛 아래 부풀어 올라 있었다. 배운 대로 달려들어 부풀어오른 낙하산을 누르려다가 갑자기 몸을 구부리고 움직임을 멈췄다. 태어나서 처음으로 느끼는 자신감과 말할 수 없는 환희, 그는 미친 듯이 큰소리로 외치기 시작했다.

"해냈다! 놈들한테 보여줬어. 난 해냈다! 해냈단 말이다!"

아스턴 병원 침대 위의 벤 거발드는 꼼짝도 않고 누워 있었다. 루벤이 침대 끝에 서서 의사 다스가 청진기로 맥박치는 심장의 고동을 듣고 있는 것을 보고 있었다.

"어떻소?"

루벤이 물었다.

"살아 있긴 하지만 잠시뿐이오."

루벤은 뭔가를 결심하고 곧 실행에 옮겼다. 다스의 어깨를 붙잡고 출구 쪽으로 떠밀었다.

"빨리 구급차를 불러. 큰 병원으로 옮기겠어."

"그러면 경찰이 알 거요, 거발드 씨."

다스가 지적했다.

"그런 건 지금 문제가 아냐. 난 무슨 일이 있어도 형을 죽게 해서는 안돼, 알겠나? 내 형이야. 자, 빨리 서둘러!"

루벤은 쉰 목소리로 말하며 문을 열고 다스를 떼밀었다. 침대 옆으로 돌아왔을 때는 눈물이 흐르고 있었다.

"한 가지만은 약속할게, 형. 무슨 일이 있어도 저 아일랜드 놈한테 꼭 복수를 하고 말겠어."

그가 더듬거리며 말했다.

13

마흔다섯인 잭 로건은 25년 가까이 경찰관으로 재직하고 있었다. 하루 3교대로 근무를 해온, 또 이웃 사람에게서 미움을 받아 온 오랜 세월이었다. 그러나 그것이 바로 경찰관의 직무였고, 자주 아내에게 얘기했듯이 당연한 인과응보였다.

11월 2일 화요일 9시 반, 그는 런던 경시청에 있는 자기 사무실로 들어갔다. 원래는 사무실에 있을 예정이 아니었다. 머스웰 힐에서 밤새도록 어느 아일랜드 인 클럽 회원을 신문하고 난 뒤였으므로 당연히 몇 시간의 수면을 취해도 되었으나 그 전에 정리해야 할 서류가

쌓여 있었다.

그가 책상에 앉았을 때 노크 소리가 들리고, 조수인 퍼거스 그랜트 경위가 들어왔다. 그랜트는 은퇴한 인도 주둔군 대령의 차남이었다. 그는 윈체스터 고등학교와 핸튼 경찰 대학에서 공부한, 경찰 조직을 근대화시킬 만한 참신한 경찰관 중의 한 명이었다. 그런 것과는 관계없이 그와 로건은 손발이 잘 맞았다.

로건이 두 손으로 막는 시늉을 했다.

"퍼거스, 난 지금 편지 몇 통에 서명만 하고 차를 마신 다음 집에 돌아가겠네. 어젯밤은 너무 힘들었어."

"알고 있습니다. 그런데 버밍엄 시 경찰로부터 이상한 보고가 들어와서요. 관심이 있으실 것 같아서……."

"내게, 아니면 아일랜드 과에?"

"양쪽 다입니다."

"좋아."

로건은 의자를 끌어당기고 다 해진 가죽 주머니 속에서 가루 담배를 꺼내 파이프에 채워 넣기 시작했다.

"읽을 기운이 없으니까, 대신 설명해 주게."

"거발드라는 자를 알고 계십니까?"

로건은 잠시 생각을 더듬었다.

"벤 거발드 말인가? 오랫동안 나쁜 짓을 일삼아 온 자지. 그는 중부 지방 제일의 악당일걸 아마."

"그가 오늘 아침 일찍 죽었답니다, 총상으로요. 입원했을 때 이미 너무 늦었다고 병원측이 말했어요."

로건이 성냥을 그었다.

"내가 알고 있는 무리들에게는 최근 몇 년에 걸쳐 가장 좋은 뉴스거리겠지만, 그게 우리와 무슨 상관이 있단 말인가?"

"그는 무릎에 총상을 입었습니다. 아일랜드 인한테서요."

로건이 눈을 동그랗게 떴다.

"그거 재미있군. IRA가 정한, 배신자에 대한 처벌이겠지."

로건은 왼손에 켜 들고 있던 성냥이 타들어가 손가락이 뜨거워지자 다급히 성냥을 버렸다.

"그 아일랜드 인의 이름은?"

"머피랍니다."

"그렇겠지. 얘기가 더 있나?"

"있습니다. 거발드에게 동생이 있는데, 형의 죽음에 대한 원한 때문에 뭐든지 모조리 털어놓았습니다. 머피를 꼭 붙잡고 싶어한답니다."

그랜트의 말에 로건이 고개를 끄덕였다.

"조사는 해야겠지만, 대체 어떻게 된 일인가?"

퍼거스 그랜트가 자세한 설명을 마치기까지 로건은 줄곧 눈썹을 찡그리고 있었다.

"육군 트럭, 지프, 카키색 페인트라고? 무엇 때문에 그런 것들이 필요했던 걸까?"

"그들은 병영을 습격할지도 모릅니다. 무기를 얻기 위해서지요."

로건은 자리에서 일어나 창가로 걸어갔다.

"확실한 증거가 없으니 믿을 수야 없지 않나? 그들은 요즘 그런 것들을 필요로 할 만큼 활동이 활발하지 않았거든. 그 정도의 대사업을 벌일 만한 능력이 없다는 건 자네도 잘 알잖아."

그는 다시 책상으로 돌아왔다.

"우린 이곳 영국과 아일랜드에 있는 IRA를 뿌리째 뽑아 버렸고, 드 발레라가 그들 대부분을 카라의 수용소에 집어넣었어."

그가 고개를 흔들었다.

"지금 단계에서 그런 작전을 전개한다는 것은 그들에게 무리일 거야. 거발드 동생은 어떻게 생각하고 있던가?"

"그는 머피가 술 보급 창고를 습격할 거라고 생각하는 모양입니다. 아시죠? 군인 복장으로 군 트럭을 타고 들어가는 상투적인 수법 말입니다."

"그래서 5천 파운드 상당의 스카치와 담배를 싣고 나온다는 거겠군. 그들이 써먹는 수법이지."

로건이 말했다.

"그럼, 머피는 단지 큰 건수를 노리는 도둑에 불과하다는 건가요?"

"무릎을 쏘았다는 사실만 없다면 그렇게 볼 수도 있네. 하지만 무릎을 쏜 것은 어디까지나 IRA 짓이야. 이 사건 얘기로 내 왼쪽 귀가 근질근질해졌어, 퍼거스. 이것은 뭔가 엄청난 사건의 실마리가 될지도 몰라."

"알겠습니다. 다음에 취해야 할 조처는요?"

로건은 생각에 잠긴 채 창 쪽으로 걸어갔다. 창 밖은 전형적인 가을 날씨로 집집마다 지붕 언저리에 템스 강의 안개가 희미하게 떠돌고 단풍나무 가지 끝에서 빗방울이 방울방울 떨어지고 있었다.

그가 돌아섰다.

"한 가지만은 분명히 해둘 필요가 있네. 버밍엄 경찰서에 잘못 맡겨 일이 재미없게 되면 곤란해. 자네가 직접 맡게. 차를 빌려 오늘 바로 현장으로 가는 거야. 서류철, 사진, 그 밖의 모든 것을 가져오게. IRA 대원으로 아직 체포 안 된 자들의 관계 서류 모두를. 거발드가 그자의 사진을 찾아낼지도 모르니까."

"만일 찾아내지 못하면요?"

"그땐 이쪽에서 정보 수집을 개시한다. 모든 정보원을 최대한 활용하는 거야. 더블린의 특별보안부가 적극 협조해 줄 거야. 작년에 오브라이언 경찰서장이 사살된 이래 그들은 더욱 IRA를 증오하고 있어. 자기 동료가 그렇게 되면 미움이 더해지는 법이지."

"그렇죠. 그럼, 나가 보겠습니다."

그랜트는 서둘러 나갔다.

그날 밤 칼 슈타이너 장군이 게슈타포 본부 2층에 있는 자기 방에서 저녁 식사를 끝냈을 때는 8시가 되어 있었다. 닭다리에 알맞게 튀겨진 감자튀김, 야채샐러드, 그리고 적당히 차가운 와인, 믿을 수 없는 대접이었다. 더구나 식후에는 진짜 커피가 나왔다.

전기 쇼크로 인해 인사불성이 된, 저 불길했던 밤 이후로 상황이 일변했다. 다음날 아침 정신을 차려 보니 부드러운 침대에서 청결한 시트를 덮고 누워 있었다. 그 짐승만도 못한 로스만과 두 고문관의 모습은 보이지 않았다. SS 대원이지만 매우 인상이 좋은 차이들러라는 중령이 곁에 있을 뿐이었다. 그 중령은 진심으로 사과했다. 엄청난 잘못이 저질러졌다. 악질적인 허위정보가 흘러들어왔다. 철저하게 조사하도록 장관이 엄명을 내렸다. 관계자는 반드시 체포되어 엄벌에 처해질 것이다. 그 동안 방문에 자물쇠를 채워 두겠지만 이것도 앞으로 며칠에 불과하다. 이런 사정은 이해해 주실 것으로 생각한다 등등.

물론 슈타이너 장군은 충분히 이해했다. 게슈타포가 문제삼고 있는 것은 자신의 완곡한 비판적 언사로, 구체적인 증거는 하나도 없었다. 더구나 로스만의 잔혹한 고문에도 불구하고 자신은 한마디도 말하지 않았다. 그러므로 모두 누군가 일부러 저지른 극히 악질적인 모략으로 보일 것이다. 그들이 아직 자신을 구금하고 있는 이유는, 석방했을 때 고문한 흔적이 남아 있지 않도록 하기 위해서다. 이미 시퍼렇게 멍이 들었던 자국은 거의 없어졌다. 눈 주위의 거무스름한 자국만 빼면 일단은 평상시와 다를 바 없다. 그들은 새로 제복까지 준비해 주었다.

커피는 매우 훌륭했다. 한 잔 더 따르고 있는데 자물쇠를 여는 소리가 들리고 등 뒤의 문이 열렸다. 기분 나쁜 정적이 흘렀다. 그는 목덜미 털이 거꾸로 솟는 듯한 느낌이 들었다.

천천히 뒤를 돌아보니 로스만이 입구에 서 있었다. 중절모를 쓰고 가죽 코트를 어깨에 걸친 채 입가에 담배를 물고 있었다. 제복을 말쑥하게 차려 입은 게슈타포 두 명이 그의 양옆에 서 있었다.

"안녕하시오, 각하. 우리가 당신을 잊었는 줄 아시오?"

로스만이 말했다.

슈타이너 장군의 가슴속에서 뭔가 와르르 무너져 내렸다. 순간 모든 것을 똑똑히 깨달았다.

"이 개새끼!"

로스만의 얼굴을 겨냥해 커피 잔을 집어던졌다.

"예의가 형편없군. 그러니까 이런 꼴을 당하지."

로스만이 말했다.

게슈타포 한 명이 재빨리 앞으로 나왔다. 곤봉 끝으로 아랫배에 일격을 가하자 장군은 고통스러운 신음 소리를 내며 무릎을 꿇었다. 머리 옆을 다시 내려치자 완전히 실신했다.

"지하실로."

로스만은 한마디 내뱉더니 밖으로 나갔다.

두 게슈타포가 발목을 한쪽씩 잡고 널브러져 있는 장군을 질질 끌며 뒤를 따라갔다. 그들은 계단에 다다를 때까지 보기 좋게 보조를 맞추며 걸었다.

막스 라들은 SS 장관 사무실 문을 노크하고 들어갔다. 히믈러는 난로 앞에 서서 커피를 마시고 있다가 잔을 놓고 책상에 앉았다.

"지금쯤은 이미 현지로 향하고 있을 걸로 알았는데. "

"파리행 야간편으로 출발할 겁니다. 각하께서도 알고 계시듯 카나리스 제독이 오늘 아침 이탈리아로 떠나셨습니다. "

"예정이 어긋났군. 하지만 시간은 아주 충분해. "

히믈러가 코안경을 벗어 들고 언제나처럼 정성들여 닦기 시작했다.

"자네가 오늘 아침 로스만에게 건넨 보고서를 보았네. 이 근처에 나타난 레인저 부대는 어떻게 된 건가? 장소를 알려 주게. "

그가 육지 측량부 지도를 펼치자 라들이 멜섬하우스를 가리켰다.

"각하, 보시는 바와 같이 멜섬하우스는 스터들리 콘스터블 해안 도로에서 북쪽으로 13킬로미터 떨어진 곳에 있습니다. 홉스앤드에서는 20킬로미터 정도 떨어져 있죠. 지난번 무전 연락에서 그레이 부인은 계획에 지장을 줄 사태는 전혀 없을 것이라고 얘기했습니다. "

히믈러가 고개를 끄덕였다.

"그 아일랜드 인은 보수에 합당하게 활동을 하는 것 같더군. 뒷일은 슈타이너에게 달렸지. "

"그는 우리의 기대를 배반하지 않을 겁니다. "

"그렇군. 내가 잊고 있었군. 뭐니뭐니해도 이번 작전에는 개인적인 문제가 관련되어 있으니까. "

히믈러가 냉랭한 말투로 말했다.

라들이 말했다.

"실례지만 슈타이너 소장의 건강 상태를 여쭤 보고 싶습니다. "

"내가 마지막으로 본 때는 어제 저녁이었네. "

히믈러는 완벽한 진실을 얘기하고 있었다.

"솔직히 말해서 그는 내가 있는 걸 알지 못했어. 그때 그는 구운 감자와 야채샐러드에 커다란 스테이크를 먹고 있던 중이었어."

그가 한숨을 쉬었다.

"육식주의자들은 그런 식사가 몸에 악영향을 미치는 것을 알지 못하나 보더군. 자네도 고기를 먹나, 중령?"

"예, 그렇습니다."

"게다가 저 독한 러시아 담배를 하루에 6, 70개비 피우고 술도 마신다, 요즘 자네의 브랜디 소비량은 어느 정도지?"

그는 고개를 저으면서 책상 위의 서류를 차근차근 쌓아 올렸다.

"뭐, 자네 같은 경우는 별로 걱정하지 않지만."

'이 돼지가 모르는 일이 있을까?'

라들은 생각했다.

"예, 걱정할 정도는 아닙니다, 장관 각하."

"그들은 금요일 몇 시에 출발하나?"

"밤 12시 조금 전입니다. 날씨만 좋다면 한 시간 거리입니다."

갑자기 히믈러가 근엄한 표정으로 고개를 들었다.

"라들 중령, 한 가지 분명히 해둘 것이 있네. 그것은 슈타이너와 부하들은 날씨에 관계없이 출발한다는 거야. 이 일은 다음으로 연기할 수 있는 일이 아니야. 이것은 일생에 한 번뿐인 기회야. 본부와 연락할 수 있는 통신선 하나를 항상 열어 두겠네. 금요일 아침부터 자네는 한 시간마다 정시에 연락하고, 작전이 완료될 때까지 계속해 주게."

"알겠습니다, 장관 각하."

라들이 문으로 향하자 히믈러가 말했다.

"또 하나, 나는 여러 이유로 본 작전의 진행 상황을 총통께 보고하지 않고 있네. 지금은 매우 곤란한 시기니까, 라들. 독일의 운명이 그의 두 어깨에 달려 있어. 나는 이것을 뭐랄까, 그를 깜짝 놀라게 해줄 만한 선물로 만들고 싶어.”

순간 라들은 히믈러가 미친 게 아닐까 하고 생각했다. 그러나 다음 순간 히믈러의 태도가 너무 진지함을 알아챘다.

“그를 실망시키지 않는 게 가장 중요하네. 바야흐로 우리들의 운명은 슈타이너의 손에 달려 있어. 그 사실을 그에게 강조해 주고 싶네.”

“잘 알겠습니다, 장관 각하.”

라들은 큰소리로 웃어대고 싶은 미칠 듯한 충동을 가까스로 억눌렀다.

히믈러는 오른손을 들어 그다지 내키지 않는 듯이 나치식 경례를 했다.

“하일 히틀러!”

라들이 뒷날 아내에게 말했듯이, 생애 최고의 용기를 내어 군대식 경례를 하고는 우향우로 서둘러 방을 빠져나왔다.

그가 틸피츠 우파에 있는 군 정보국의 자기 사무실로 돌아가니 호퍼가 여행용 가방에 여러 가지 물건들을 챙겨 넣고 있었다. 라들은 브랜디를 꺼내 잔에 듬뿍 따랐다.

“중령님, 무슨 일이 있었습니까?”

호퍼가 걱정스런 얼굴로 물었다.

“지금 막 우리의 존경하는 SS장관 각하께서 뭐라고 말했는지 아나, 칼? 그는 이 계획의 진행 상황을 총통께 보고하지 않았어. 깜짝 놀라게 해드리고 싶다나. 얼마나 갸륵한 마음씨인가?”

“중령님, 말을 조심해서 하십시오.”

라들이 잔을 들어올렸다.

“저 동계전투에서 죽은 우리 연대 전우들 3백 열 명에 대한 건배다, 칼. 그런데 그들은 무엇을 위해 죽었는지 난 모르겠어. 혹 알면 가르쳐 주게나."

호퍼가 그를 바라보자 라들이 싱긋 웃었다.

"알았네, 칼. 입조심하지. 파리행 비행기 시간은 조사해 됐나?"

"10시 30분 템펠호프 발입니다. 9시 15분에 차를 이리로 보내라고 해뒀습니다. 시간은 충분합니다."

"그리고 암스테르담 행은?"

"내일 아침입니다. 정확한 시간은 모르지만 11시쯤 출발할 듯하다고 말하더군요."

"빠듯하겠군. 만일 날씨가 나빠지면 목요일에야 란즈부르트에 도착하게 되겠네. 기상 정보는 어떤가?"

"별로 좋지 않습니다. 러시아로부터 한랭 전선이 다가오고 있다는 군요."

"그건 언제나 그래."

라들이 침울한 말투로 말했다. 그리고 책상 서랍을 열고 봉해진 봉투를 꺼냈다.

"집사람에게 쓴 편지네. 틀림없이 집사람에게 전달되도록 해주게. 자네가 함께 갈 수 없는 게 유감이지만, 자넨 무슨 일이 있어도 여기를 지키고 있어야 하네. 내 말 알아듣겠나?"

손에 든 편지를 보고 있는 호퍼의 눈에 공포의 기색이 서렸다.

"설마 중령님께서 만일의 경우에……."

"칼, 난 아무것도 생각하고 있지 않아. 단지 만일의 사태에 대비할 뿐이야. 이번 작전이 만에 하나라도 실패로 끝난다면, 관계자는 뭐랄까, 법정에서 탐탁지 않은 인물로 비치게 될지도 모른다는 생각이 드네. 만일 그렇게 되면 자넨 이번 일에 대해 아무것도 모르고, 전혀 관계없는 일이라고 끝까지 부정하도록 하게. 모든 것은 나 혼자 한 것이라고."

"중령님, 제발 그런 말씀은……."

쉰 목소리로 말하는 호퍼의 눈에 눈물이 괴었다.

라들이 또 하나의 잔을 꺼내 브랜디를 따라 호퍼에게 건넸다.

"자, 건배다, 무얼 위해 건배할까?"

"모르겠습니다."

"그럼 내가 가르쳐 주지. 인생을 위해 건배하세, 칼. 그리고 사랑과 우정과 희망을 위해."

라들은 쓴웃음을 지었다.

"지금 금방 생각났는데, SS 장관 각하는 그것들 중 어느 하나도 알지 못할 거야. 뭐, 그야 상관없겠지만……."

그는 고개를 뒤로 젖히고 단숨에 들이켰다.

런던 경시청 대부분의 간부가 그러하듯이, 잭 로건은 공습으로 귀가가 어려울 경우에 대비해 사무실에 작은 간이 침대를 놓아두고 있었다. 수요일 정오 조금 전에 매주 행해지는 특수 보안부 과장 회의를 마치고 부국장방에서 돌아오니 그랜트가 그 침대에 누워 눈을 붙이고 있었다.

로건은 문 밖으로 고개를 내밀어 근무하고 있는 경찰에게 차를 부탁했다. 그리고 그랜트를 발로 가볍게 걷어차고는 창가에 서서 파이프에 담배를 채워 넣기 시작했다. 오늘은 안개가 유달리 짙게 끼었다. 일찍이 디킨스가 런던의 진짜 명물이라고 표현했던 안개였다.

그랜트가 넥타이를 고치면서 일어났다. 옷이 구김살투성이고 수염은 길게 자라 있었다.

"돌아오는 길은 정말 지독했어요. 안개가 짙게 껴 있었어요."

"뭐 좀 알아냈나?"

그랜트가 서류 가방을 열고 서류와 카드 각각 한 장씩을 꺼내 로건의 책상 위에 놓았다. 그 카드에는 리엄 데블린의 사진이 클립으로 끼워져 있었다. 뒤에 안 일이지만 묘하게도 사진 속의 얼굴은 당시의 실제 모습보다 더 늙어 보였다. 그 밑에 몇 개의 이름이 타이핑되어 있었다.

"이자가 머피입니다."

로건이 가볍게 휘파람을 불었다.

"이자가? 틀림없나?"

"루벤 거발드가 틀림없다고 했습니다."

"하지만 말이 안 되는군. 마지막에 들은 얘기로는 이자는 에스파냐에서 포로가 됐다고 했어. 교도소 어딘가에 종신형으로 복역하고 있다던가."

"그렇지 않은 것 같습니다."

로건은 자리에서 벌떡 일어나 창가로 갔다. 두 손을 주머니에 찔러 넣은 채 잠시 서 있었다.

"알고 있나? 그는 과격파의 최고 간부로, 내가 한 번도 만나 본 적이 없는 소수 인물 가운데 한 명이야. 항상 신비의 베일에 싸인 인물이지. 그 수많은 가명을 봐도 알 수 있을 거야."

"이 서류에 의하면 트리니티 대학에 다닌 걸로 되어 있는데 가톨릭 교인으로서는 드문 일이군요. 영국문학으로 학위를 받는데 IRA의 일원이라는 걸 생각하면 좀 아이러니칼합니다."

그랜트가 말했다.

"그게 바로 아일랜드 인이네."

로건은 손끝으로 머리를 톡톡 치면서 그랜트를 돌아보았다.

"태어날 때부터 머리가 이상한 거야. 정상이 아니지. 내가 말하는 뜻은, 큰아버지가 신부이고 자신은 대학에서 학위를 받았다, 그런 그가 지금 어떤 인간인가 해서 하는 말이야. 콜린스와 그의 살인 집단 이래 IRA에서 가장 냉혹한 실행자네."

"그렇군요, 이 건을 어떻게 처리할까요?"

"먼저 더블린 특별보안부와 연락을 취해 그들 쪽에 무슨 정보가 들어 왔는지 알아보게."

"그 다음은요?"

"합법적으로 입국했다면 거주지 경찰서에 등록했을 거야. 외국인 등록서에 사진이 붙어 있겠지."

"그것이 관할 본서로 보내져 있다는 말씀이군요."

"그렇지."

로건이 책상을 걷어찼다.

"나는 최근 2년 동안 그 등록서를 모두 중앙에서 집중 관리할 것을 주장해 왔지만, 70만도 더 되는 아일랜드 인이 이쪽에서 활동하고 있다는 이유로 아무도 진지하게 받아들이지 않았어."

그랜트가 사진을 들어올렸다.

"그럼 이 사진을 복사해서 모든 주와 시 경찰본부에 보내 등록서류를 조사하도록 해야겠군요. 시간이 걸리겠는데요."

"그 밖에 무슨 방법이 있겠나. 신문에 실어 '누군가 이자를 본 사람은 없습니까?'라고 하라는 건가? 나는 그가 뭘 꾀하고 있는지를 알고 싶네, 퍼거스. 상대방이 알아채지 못하게 그 현장을 포착하고 싶단 말이야."

"물론이죠."

"빨리 착수해 주게. 초특급 국가 안전 보장 관련 긴급 사건으로 취급하도록. 그러면 모두가 금방 해줄 거야."

그랜트가 밖으로 나가자 로건은 데블린의 서류를 집어들어 의자에 기대서 읽기 시작했다.

파리에서는 모든 비행기 운항이 중지되어 있었다. 라들이 오클리 공항 로비에서 밖으로 나오자 안개가 짙어 얼굴 앞에 들어올린 손이 보이지 않을 정도였다. 안으로 다시 들어가 근무중인 장교에게 물었다.

"어떻겠나?"

"유감스럽지만 중령님, 최신 기상 정보에 따르면 내일 아침 전까지는 도저히 날지 못할 것 같답니다. 솔직히 말해 더 늦어질지도 모르고요. 기상대원들은 이 안개가 2, 3일 더 계속될지도 모른다고 보고 있습니다."

그가 싱긋 웃었다.

"어쨌든 영국 공군도 꼼짝 못하겠군."

라들은 곧 마음을 정하고 가방으로 손을 뻗었다.

"난 무슨 일이 있어도 내일 정오까지 로테르담에 가야만 하네. 주차장은 어디 있지?"

10분 후 그는 운송 부대에 있는 중년의 대위 앞에 총통의 지령서를 내보이고 있었고, 20분 후에는 운전병이 딸린 검은 시트로엥 대형 세단을 타고 오클리 공항 정문을 나섰다.

그 시간, 스터들리 콘스터블의 조애너 그레이의 집 거실에서는 헨리 윌러비 경이 베리커 신부와 조애너 그레이를 상대로 베이직 트럼프 놀이를 하고 있었다. 적량을 훨씬 초과한 술을 마셔서인지 헨리 경은 매우 기분이 좋아 보였다.

"어디 봅시다. 로열 매리지로 40점에 으뜸패가 연속으로 돼 있군."

"그럼, 몇 점이죠?"

베리커가 물었다.

"2백 50점이에요. 로열 매리지를 합쳐서 2백 90점."

조애너 그레이가 말했다.

"잠깐만요. 퀸 앞에 10이 있어요."

베리커가 말했다.

"그건 아까 설명했잖아요. 베이직 놀이에서는 10이 퀸 앞에 오게 되어 있어요."

조애너가 말했다.

필립 베리커가 고개를 설레설레 흔들었다.

"안 되겠어요. 이 놀이는 도저히 알 수가 없군요."

헨리 경이 매우 기쁜 듯이 웃었다.

"신사의 놀이지요. 카드놀이 중의 귀족놀이지."

그는 기세 좋게 일어나다가 의자를 쓰러뜨렸다. 그 의자를 일으켜 세우며 말했다.

"마음대로 따라 마셔도 괜찮겠소, 조애너?"

"물론이죠."

그녀가 쾌활하게 말했다.

"오늘밤에 매우 기분이 좋으신 것 같군요."

베리커가 말했다.

난롯불에 등을 쬐고 있던 헨리 경이 씨익 웃었다.

"물론이오, 필립. 그럴 만한 이유가 있지."

갑자기 억제할 수 없는 듯 말이 흘러 나왔다.

"자네한테야 말해서 안 될 이유는 없겠지. 조만간 모두 알게 될 테니까."

'바보 같은 늙은이 같으니라구.'

조애너 그레이는 깜짝 놀라 서둘러 말했다.

"헨리, 말해도 괜찮아요?"

"왜 안 되지? 당신과 필립을 믿지 못한다면 누굴 믿겠소?"

헨리 경이 베리커를 보고 말했다.

"실은 수상이 토요일 날 이곳에서 주말을 보낼 거라오."

베리커가 깜짝 놀라며 말했다.

"그래요? 물론 킹즈린에서 연설한다는 얘긴 들었습니다만. 솔직히 말해서 당신이 처칠 수상과 아는 사이인 줄은 몰랐습니다."

"아는 사이는 아니오. 수상이 런던으로 돌아가기 전에 어딘가에서 조용히 주말을 보내며 그림을 그리고 싶다고 생각한 것이오. 당연히 스터들리의 정원에 관해선 알고 계셨고 그건 누구나 다 아는 사실이지만, 에스파냐 무적 함대가 공격해 오던 해에 만들어진 것이오. 비서관으로부터 얘기를 들었을 때 나는 기꺼이 받아들였소."

"물론 그럴 테죠."

베리커가 말했다.

"이 일은 누구한테도 말해서는 안돼요. 마을 사람들한테도 그가 이곳을 떠날 때까지 알리면 안돼요. 그 점은 특히 저쪽에서 강조했소. 수상의 안전을 위해서지요. 신중한 배려가 필요하니까."

이젠 정말 취기가 심한 듯 헨리 경은 혀 꼬부라진 소리로 말했다. 곧 베리커가 말했다.

"수상의 신변은 철저히 경호하겠지요?"

"그런데 그게 그렇지 않아요. 수상은 떠들썩한 걸 별로 좋아하지 않거든요. 수행원이 서너 명만 따를 따름이오. 그가 머무르는 동안 저택 주변을 경계하도록 이미 국방 시민군 1개 소대를 동원해 놓았소. 그들조차 무엇 때문인지 모르오. 단지 연습이라고 생각하고 있소."

"그래요?"

조애너가 말했다.

"그렇소. 토요일에 나는 킹즈린에 가 그를 만날 거요. 돌아올 때는 함께 차를 타고 올 것이오."

헨리 경은 트림을 하고 잔을 내려놓았다.

"잠깐 실례하오. 속이 좋지 않아서."

"그러세요."

조애너 그레이가 말했다.

그는 입구로 걸어가더니 두 사람을 향해 손가락을 입술에 댔다.

"절대 비밀이오."

그의 모습이 보이지 않게 되자 베리커가 말했다.

"저러고서 절대 비밀이라니 재미있군요."

"정말 그래요. 아무한테도 얘기하면 안 되는데. 지난번 지금처럼 술이 좀 취했을 때 이미 저한테 얘기했어요. 물론 전 아무에게도 말하지 않았지만요."

"당연하지요."

베리커가 지팡이를 손으로 더듬으면서 일어섰다.

"제가 집으로 바래다주겠어요. 저래서는 운전할 수 없겠어요."

그녀는 신부의 팔을 잡고 현관까지 배웅하러 나갔다.

"무슨 말씀이세요? 그 때문에 차를 가지러 사제관까지 올라가야 하잖아요. 걱정하지 말아요. 제가 바래다 드릴 테니까."

그녀는 그가 코트 입는 것을 거들었다.

"정말로 괜찮겠습니까?"

"물론이죠. 참 토요일에 파밀라를 만날 수 있겠군요."

신부의 뺨에 키스하며 그녀가 말했다.

그는 다리를 절면서 어둠 속으로 사라졌다. 그녀는 입구에 서서 멀어져 가는 발자국 소리에 귀를 기울였다. 주위가 너무 고요했으므로 처녀 시절에 살았던 남아프리카 초원의 정적이 떠올랐다. 이상하게도 오랜 세월 동안 그 시절이 떠오른 적이 한 번도 없었다.

그녀는 집으로 돌아와 문을 닫았다. 헨리 경이 계단 밑 욕실에서 나와 비틀거리면서 난로 옆 의자로 돌아왔다.

"이만 가봐야겠소."

"그런 말 마세요. 언제 어느 때고 한 잔 더할 시간은 있는 법이니 까요."

그녀는 그의 잔에 스카치를 가득 따르고 팔걸이의자에 걸터앉아 부드럽게 그의 목덜미를 어루만졌다.

"저, 수상을 만나 보고 싶어요, 헨리. 이 세상에서 그 이상의 희망 은 없을 거예요."

"정말이오?"

헨리 경은 멍하니 그녀의 얼굴을 올려다보았다.

그녀가 미소 지으며 그의 이마에 살짝 입술을 갖다 댔다.

"그래요. 그 무엇과 바꿔도 좋을 만큼."

히믈러가 계단을 내려왔을 때 SS본부 지하실은 정적에 휩싸여 있었 다. 로스만이 계단 아래에서 기다리고 있었다. 팔꿈치까지 소매를 걷 어올리고 얼굴이 새파래져 있었다.

"어떻게 된 거야?"

히믈러가 물었다.

"죄송합니다, 그가 죽었습니다. 장관 각하."

히믈러가 눈썹을 추켜올렸다.

"무슨 소린가, 로스만? 신중히 다루라고 했잖아!"

"장관 각하, 그가 심장 발작을 일으켰습니다. 지금 프라거 의사가 확인하고 있습니다. 즉시 그를 불렀고 아직 안에 있습니다."

로스만이 바로 옆의 문을 열었다. 로스만의 조수 두 명 역시 고무 장갑에 고무 앞치마를 착용한 채 한쪽에 서 있었다. 트위드 양복을 입은, 작은 몸집에 활달한 느낌을 주는 사내가 구석에 있는 침대의 시체 위에 엎드려 청진기를 가슴에 대고 있었다.

히믈러가 들어가자 그가 나치식 경례를 했다.

"하일 히틀러."

히믈러는 잠시 동안 슈타이너 장군을 내려다보았다. 장군은 상반신이 벗겨져 있었고 발도 맨발이었다. 반쯤 떠 있는 눈이 먼 곳을 바라보고 있는 듯했다.

"어떤가?"

히믈러가 말했다.

"심장 발작입니다, 장관 각하. 의심할 여지가 없습니다."

히믈러가 코안경을 들어올리고 콧등을 부드럽게 문질렀다. 오후 내내 머리가 아픈 게 도무지 낫지 않았다.

"좋아, 로스만. 그는 국가에 대한 반역죄를 범하고 총통 암살 계획에 가담한 자야. 자네도 알다시피 총통은 그와 같은 자에 대한 벌칙을 정하셨다. 설사 죽었어도 슈타이너 소장 또한 예외일 수는 없거든."

"물론입니다, 장관 각하."

"벌칙을 실행하도록. 난 라스텐부르크에 가봐야 하므로 입회할 수 없지만 다른 때와 마찬가지로 사진을 찍고 시체를 처리하게."

모두가 구둣발을 올리며 나치식 경례를 하자 그는 방을 나왔다.

"그를 체포한 게 아니라고?"

로건이 깜짝 놀라 말했다. 5시 조금 전이었으나, 밖은 등화 관제용 커튼을 쳐야 할 정도로 어두웠다.

"작년 6월 케리 주 카러 호 근처 농가에서입니다. 총격전에서 경관 둘을 쏘고 자신도 부상을 입었답니다. 다음날 그 지역 병원에서 탈주하여 그 길로 자취를 감췄구요."

"그들은 그러고도 스스로 경찰이라고 말하던가?"

로건이 어이없는 듯이 말했다.

"문제는 더블린 특별보안부가 그 건에 전혀 관여하지 않았다는 점입니다. 그들은 나중에 권총 지문으로 겨우 그의 소행임을 알았을 뿐입니다. 그를 체포한 것은 술 밀조장을 조사하여 돌아다니던 그지역 순찰대였습니다. 또 하나, 그 친구가 저쪽 교도소에 수감돼 있었다는 소문이 있어 더블린에서 에스파냐 외무부에 문의해 보았지만, 아시는 바와 같이 이런 일에서는 여러 핑계를 대면서 좀처럼 답변을 해주지 않는군요. 그래도 그가 1940년 가을 그라나다의 죄수 농장에서 탈주한 사실만은 인정했습니다. 그들의 정보에 의하면 리스본으로 가 미국행 배를 탔다는 것입니다."

"그자가 돌아왔다. 하지만 무엇 때문에? 그게 문제야. 각 지역 경찰서에선 아직 아무런 연락이 없나?"

"일곱 군데에서 연락이 왔습니다. 유감스럽게도 모두 모르겠답니다."

"좋아, 당분간 기도하는 수밖에 없겠군. 무슨 소식이 오거든 즉시 알려주게. 언제 어느 때 어디에 있더라도 말야."

"알겠습니다."

14

금요일 오전 11시 15분 정각, 멜섬 그레인지에서 부대의 공격 훈련을 지휘하고 있던 해리 케인은 즉시 섀프트가 있는 곳으로 오라는 연락을 받았다. 사령관실 밖 사무실에 도착하니 일종의 공포 상태가 발생해 있었다. 사무실에 있는 자들이 떨고 있었고, 가비 상사가 신경질적으로 담배를 피우면서 방 안을 왔다갔다하고 있었다.

"무슨 일인가?"

케인이 물었다.

"그걸 모르겠습니다, 소령님. 아는 것이라고는 약 15분 전에 본부에서 긴급 연락을 받고 나서 사령관이 잔뜩 화가 나 있다는 것뿐입니다. 존스를 사무실에서 발로 차 내쫓았습니다. 그야말로 무자비하게 걷어찼습니다."

케인이 노크를 하고 들어갔다. 새프트는 한 손에 승마용 채찍을 쥐고 다른 한 손에 잔을 든 채 창가에 서 있었다. 노기가 가득 찬 채 케인을 노려보았으나 곧 표정이 바뀌었다.

"아, 자넨가, 해리?"

"무슨 일입니까?"

"얘기는 간단해. 전부터 날 어디인가 멀리 내쫓으려고 하던 공동 작전 사령부 패거리가 마침내 소원을 이룬 것이야. 다음 주말 훈련이 끝나면 샘 윌리엄스가 내 대신 사령관으로 올걸세."

"그럼 사령관님은요?"

"본국으로 돌아가는 거지. 포트베닝 야전 훈련 주임 교관이야."

그가 방 저쪽 끝으로 휴지통을 걷어찼다. 케인이 말했다.

"무슨 방법은 없겠습니까?"

새프트가 미친 사람 같은 얼굴로 말했다.

"방법?"

명령서를 집어 들어 케인의 코앞에 들이밀었다.

"이 서명이 보이지 않나? 아이젠하워 자신의 서명이야."

종이를 뭉쳐 집어던졌다.

"알겠나, 케인? 그는 한 번도 전투를 해 본 적이 없어. 전 군력을 통해서 말야, 한 번도."

홉스앤드에서는 데블린이 침대에 누워 노트에 뭔가를 적고 있었다. 밖에는 비가 세차게 내리고 안개가 늪지를 자욱하게 뒤덮고 있었다. 문이 열리고 몰리가 들어왔다. 데블린의 트렌치코트를 입고 쟁반을 들고 있었다. 그녀가 쟁반을 침대 옆 테이블 위에 놓으며 말했다.

"식사 준비가 다 되었습니다, 주인님. 차와 토스트, 달걀은 명령하신 대로 반숙에, 그리고 치즈 샌드위치."

데블린은 쓰던 것을 멈추고 만족스럽게 쟁반을 바라보았다.

"이 상태로 계속 가면 경우에 따라 영구 고용하는 것도 생각해 보도록 하지."

그녀가 트렌치코트를 벗었다. 속에는 팬티와 브래지어뿐이었다. 침대 끝에 있는 자신의 스웨터를 집어 들어 뒤집어썼다.

"그만 가봐야겠어요. 어머니한테 점심때까지는 돌아오겠다고 약속하고 왔거든요."

그에게 차를 따라 주고 노트를 집어들었다.

"이건 뭐죠? 시?"

노트를 펼쳤다.

그가 빙그레 웃었다.

"사람에 따라 견해가 다를 수도 있겠지만……."

"당신이 쓴 거예요?"

매우 감탄하는 얼굴로 그녀가 말했다. 그날 아침에 쓴 곳을 펼쳤다.

"해가 저물고 나는 숲 속을 걸었으나 아무도 내가 지나간 것을 알지 못한다."

그녀가 얼굴을 들었다.

"정말 아름다워요, 리엄."

"그래, 네가 항상 말하듯이 난 사랑스러운 소년이지."

"당신을 통째로 삼켜 버리고 싶어요."

그녀는 그의 위로 올라와 미친 듯이 키스를 퍼부었다.

"오늘이 무슨 날인지 알아요? 11월 5일이에요. 하지만 저 고약한 히틀러 때문에 모닥불을 피울 수 없어요."

"정말 유감이군."

그가 놀렸다.

"하지만 괜찮아요. 오늘 밤 다시 와서 당신의 저녁식사를 만든 뒤 둘만의 작은 모닥불을 지피면 되니까."

그녀는 다리를 휘감으며 몸을 밀착시켰다.

"안돼, 와도 난 없을 거야."

그녀의 얼굴이 어두워졌다.

"일?"

그가 가볍게 키스했다.

"약속했을 텐데?"

"알았어요. 묻지 않을게요. 내일 아침엔 오는 거죠?"

"아니, 내일 오후까진 못 돌아올 거야. 내가 연락할 때까지 집에 있어, 알았지?"

그녀는 마지못해 고개를 끄덕였다.

"당신이 그러라면요."

"그래, 착하지."

그녀에게 키스를 하는데 밖에서 경적이 울렸다. 몰리가 창가로 달려가더니 급히 되돌아와 바지를 집어 들었다.

"큰일났어요. 그레이 부인이에요."

"'바지를 내리고 있을 때 기습을 당한다.' 정말 지금 같은 경우를 두고 한 말이군."

데블린이 웃으며 말했다.

그는 스웨터를 입었다. 몰리가 코트와 시 노트를 집어 들며 말했다.

"그럼, 갈게요. 내일 봐요. 이것 갖고 가도 돼요? 다른 것도 읽어 보고 싶어요."

그의 시 노트를 들어올렸다.

"요놈, 어지간히 따끔한 맛을 보고 싶은가 보군."

그녀가 힘주어 키스했다. 그는 뒷문을 열어 주고, 이것이 마지막일 거라는 생각을 하면서, 둑을 향해 갈대숲 사이를 달려가는 그녀의 뒷모습을 꼼짝도 않고 지켜보았다.

"그녀에겐 이게 잘된 거지."

그가 낮은 소리로 말했다.

그리고 그는 아까부터 계속 문을 두드리고 있는 조애너 그레이를 위해 밖으로 나갔다. 그녀는 그가 셔츠 끝을 바지 속으로 밀어 넣는 것을 냉정한 표정으로 보고 있었다.

"조금 전 몰리의 모습이 둑 위에 얼핏 보였어요."

그녀는 그의 옆을 지나 안으로 들어왔다.

"부끄러운 줄 아세요."

"알고 있소. 난 원래 그런 놈이요. 자, 드디어 오늘입니다. 건배할 만하지 않아요? 한잔 어때요?"

그녀를 따라 거실로 들어오면서 그가 말했다.

"아주 조금만, 그 이상은 안돼요."

그녀가 단호히 말했다.

그가 부시밀스 병과 잔 두 개를 가져와 술을 따랐다. 그가 말했다.

"공화국 만세! 아일랜드와 남아프리카 둘을 위해. 그런데 무슨 연락 없었나요?"

"어젯밤에 지시대로 새 주파수를 이용해 란즈부르트로 직접 송신했어요. 라들이 거기에 와 있어요."

"그럼, 역시 계획대로? 기후는 상관없어요?"

그녀의 눈이 빛나고 있었다.

"하늘이 무너지는 일이 있어도 슈타이너와 그의 부하들은 1시쯤에 여기로 올 거예요."

슈타이너는 본부에서 자신의 기습 부대원들에게 주의를 환기시키고 있었다. 실제로 낙하하는 자 이외에 그 자리에 있는 사람은 막스 라들뿐이었다. 게리케조차도 제외되어 있었다. 모두가 지도 주위에 둘러섰다. 창가에서 라들과 조용히 애기를 나누던 슈타이너가 모두를 향해 몸을 돌리자, 순간 팽팽한 긴장감이 방 안을 가득 메웠다. 그는 게르하르트 크루겔이 만든 모형과 사진, 지도를 가리켰다.

"좋아, 모두들 어디로 가는가는 알고 있겠지. 또 나무 조각 하나, 풀 한포기의 위치까지 머릿속에 들어 있겠지. 그 때문에 요 몇 주 일간 계속 훈련해 왔으니까. 너희들이 모르는 것은 저쪽에 가서 뭘 할 건가 하는 것뿐이다."

그는 잠시 말을 멈추고 기대에 차서 긴장하고 있는 얼굴 하나하나를 둘러보았다. 상당히 오래 전부터 이 일을 알고 있던 프레스턴조차도 그 자리의 극적인 분위기에 감전되어 있는 듯했다.

슈타이너는 다시 천천히 입을 열었다.

모두가 힘차게 질러대는 함성이 격납고에 있는 페터 게리케한테까지 들렸다.

"대체 무슨 일이 있는 거죠?"

보믈러가 말했다.

"나한테 묻지 마. 여기선 아무도 내게 어느 것 하나 얘기해 주지 않았어."

기분이 씁쓰레하던 게리케가 갑자기 불만에 찬 분노를 터뜨렸다.

"이쪽은 저들을 수송하기 위해 어떤 위험도 불사할 작정인데 말야. 적어도 작전의 목적 정도는 가르쳐 줘도 좋잖아."

"하지만 그렇게까지 중요한 작전이라면 전 모르는 게 마음 편할 거예요. 레이더를 보고 올게요."

보블러가 말했다.

그가 비행기로 올라가자 게리케는 담뱃불을 붙이고 조금 떨어진 위치로 옮겨 다시 한번 다코타를 신중히 점검했다. 비트 중사가 영국 공군 기장을 멋지게 그렸다. 방향을 바꾸었을 때 야전 승용차가 활주로를 가로질러 이쪽으로 오는 것이 보였다. 리터 노이만이 운전하고 그 옆에 슈타이너, 뒷좌석에는 라들이 타고 있었다. 차가 1, 2미터 떨어진 곳에 멈췄으나 아무도 내리지 않았다.

슈타이너가 말했다.

"별로 인생이 즐겁지 않은 듯한 얼굴인데, 페터."

"당연하잖아요? 이 쓰레기 처리장에서 꼬박 한 달 동안 아침부터 밤까지 저 비행기에 매달려 있었으니까요."

게리케는 안개, 구름, 하늘 전체를 안을 듯이 두 손을 크게 벌렸다.

"이런 빌어먹을 날씨에 날 수 있을지 모르겠어요."

"자네 같은 특별 기능 소유자라면 날씨 따윈 문제가 안된다는 것을 우린 확신하고 있다네."

모두 차에서 내렸는데 그 중에서 리터가 웃음을 참느라고 울상을 지었다.

"도대체 무슨 일이죠? 뭐냔 말이에요?"

게리케가 대들 듯 물었다.

"얘긴 간단해. 냉대받으면서도 열심히 일하고 있는 불쌍한 자네에 대한 일이네. 바로 이 순간, 자네가 기사십자장을 받게 되었음을 알려 주니 나로서도 대단한 영광이라네."

라들이 말했다.

게리케가 입을 딱 벌리고 라들을 쳐다보자 옆에서 슈타이너가 말했다.

"알겠나, 페터. 이제 자넨 카린할에서 주말을 보내게 될 거야."

쾨니히가 슈타이너, 라들과 함께 항해용 지도를 바라보고 있을 때 뮐러 상사는 상관들에게 경의를 표하며 조금 떨어져 서 있었지만 대화 내용은 한마디도 놓치지 않았다.

젊은 소위가 말했다.

"4개월 전, 영국의 무장 트롤 선이 헤브리디스 제도 근해에서 제 친구 호르스트 벵겔이 지휘하는 U보트의 어뢰 공격을 받았습니다. 승무원이 15명밖에 없었으므로 그는 전원을 포로로 잡았죠. 그들에게는 불운하게도 기밀 서류를 처분할 틈이 없었고, 압수한 서류 중에는 영국 해안의 기뢰 설치 지역에 관한 흥미로운 해도도 포함되어 있었습니다."

"어떤 자들에겐 무척 도움이 되겠군."

슈타이너가 말했다.

"저희도 마찬가지입니다, 중령님. 그것은 빌헬름스하펜(독일 해군 기지)에서 도착한 이 최신 해도를 보면 알 수 있습니다. 여기 워시 동쪽 해안을 보십시오. 연안 항로를 보호하기 위해 기뢰를 해안선과 평행하게 설치했습니다. 그중 한 항로가 뚜렷이 표시되어 있습니다. 영국 해군이 자기들을 위해 표시한 것인데, 로테르담을 근거지로 하고 있는 우리 제8고속 어뢰정 부대가 이미 상당한 기간 아무 위험없이 그 항로를 이용하고 있습니다. 항로를 벗어나지만 않는다면 상당한 속력으로 전진할 수 있습니다."

"이번 경우 그 기뢰들은 오히려 자네를 보호하게 되겠군."

라들이 말했다.

"그렇습니다, 중령님."

"그러면 곧 뒤쪽에서 홉스앤드에 이르는 곳에서의 항해는 어떤가?"

"쉽지 않은 건 분명하지만, 뮐러와 저는 영국 해군 본부 해도를 철저히 검토해서 완전히 암기하고 있습니다. 모든 장소의 수심, 모래톱의 위치, 게다가 10시에 진입하기 때문에 밀물을 타고 들어가게 됩니다."

"자넨 가는 데 소요되는 시간을 8시간으로 보고 있는데, 몇 시에 여기를 출발할 건가? 1시인가?"

"저쪽에 도착해 다소 여유를 가지려면 그렇게 해야 합니다. 물론 아시는 바와 같이 이것은 매우 독특한 배입니다. 필요하다면 7시간에 갈 수도 있습니다. 저는 만전을 기하기 위해 8시간으로 보는 거죠."

"매우 좋은 생각이야. 실은 슈타이너 중령과 상의한 결과, 자네에 대한 명령 내용을 다소 변경하기로 했네. 9시부터 10시 사이 언제라도 곶을 출발해 진입할 수 있는 태세로 대기해 주기 바라네. 진입에 관한 지시는 무전기로 데블린한테서 받도록. 그의 지시에 따라 행동해 주게."

라들이 말했다.

"알겠습니다, 중령님."

"어둠 속에 있을 테니 특별히 위험에 처할 일은 없을 거야. 게다가 뭐니뭐니해도 이것은 영국배니까."

슈타이너가 미소 지으며 말했다.

쾨니히가 씩 웃고는 해도대 아래 서랍에서 영국 군함기를 꺼냈다.

"그렇죠, 이걸 달고 있으니까요."

라들이 고개를 끄덕였다.

"출발하는 순간부터 무전기는 사용하지 않는다. 어떤 일이 있어도 데블린한테서 연락이 오기까지는 사용하지 말도록. 호출 암호를 기억하고 있나?"

"물론입니다, 중령님."

쾨니히는 예의를 지키려고 애썼고, 라들이 그의 어깨를 툭 쳤다.

"알고 있다고? 자네 눈엔 내가 걱정 많은 늙은이로 보이겠지. 나는 내일 출발하기 전에 자네와 한 번 더 만날 거야. 그러나 슈타이너 중령에게는 지금 작별 인사를 해두는 게 좋을 것 같군."

슈타이너가 두 사람과 악수했다.

"나로선 특별히 할말이 없네. 다만 제 시간에 도착해 주기 바라네."

쾨니히가 멋진 해군식 경례를 했다.

"그 해변에서 다시 뵙겠습니다, 중령님. 약속합니다."

슈타이너가 떠름한 웃음을 지었다.

"나도 그렇게 되길 바라네."

그는 라들을 따라 배에서 내렸다.

두 사람은 차가 있는 곳을 향해 방파제를 걸어갔다.

"잘될 것 같소, 쿨트?"

마침 그때 베르너 브리겔과 게르하르트 크루겔이 모래 언덕을 넘어 왔다. 둘 다 판초 외투를 걸치고 있었고 베르너 브리겔은 차이스 쌍안경을 목에 걸고 있었다.

"저 둘의 의견을 물어 봅시다."

슈타이너가 두 사람의 이름을 영어로 불렀다.

"쿠니키 일병, 모자르 일병! 잠깐 이리 좀 와주게!"

브리겔과 크루겔이 조금도 머뭇거리지 않고 달려왔다. 슈타이너가 둘에게 계속 영어로 물었다.

"내가 누구지?"

"공군 특수 연대, 폴란드 독립 낙하산 중대 지휘관 하워드 카터 중령입니다."

즉각 브리겔이 영어로 멋지게 대답했다.

라들이 슈타이너를 보며 미소 지었다.

"훌륭하오."

슈타이너가 말했다.

"자네들은 여기서 뭘 하고 있나?"

"브렌트 특무상사가……."

브리겔은 얼른 정정했다.

"쿠르체크 특무상사가 잠시 쉬라고 했습니다."

그리고 조금 머뭇거리다가 독일어로 덧붙였다.

"바다지빠귀를 찾고 있습니다."

"바다지빠귀?"

슈타이너가 물었다.

"예, 무척 알아보기 쉽습니다. 얼굴과 목에 검고 노란 뚜렷한 무늬가 있으니까요."

슈타이너가 큰소리로 웃었다.

"들었소, 막스? 바다지빠귀라고. 우린 실패할 리가 없을 거요."

그러나 날씨는 어떻게든 실패하게 만들려고 작정을 한 것 같았다. 날이 저물어도 여전히 안개가 서유럽 대부분을 뒤덮고 있었다. 란즈부르트에서는 게리케가 6시 이후 계속해서 활주로 상태를 점검하고 있었으나 세찬 비에도 불구하고 안개는 전혀 걷힐 기미를 보이지 않았다.

그는 8시에 슈타이너와 라들에게 보고했다.

"바람이 없습니다. 지금 필요한 것은 이 안개를 날려버릴 바람입니다. 그것도 아주 강한 바람이."

북해 너머 노퍽에서도 상황은 마찬가지였다. 지붕 밑 다락방에서 조애너 그레이는 헤드폰을 낀 채 수신기 옆에 앉아 베리커 신부가 빌려준 책을 읽으며 시간을 보내고 있었다. 보어 전쟁 때 윈스턴 처칠이 포로 수용소에서 탈출한 얘기였다. 무척 재미있었고 내키지는 않았지만 감탄을 금할 수 없었다.

홉스앤드의 데블린은 게리케와 마찬가지로 계속 밖에 나가 날씨를 살피고 있었으나, 변할 조짐은 전혀 보이지 않고 오히려 안개는 더 짙어져 가는 것만 같았다. 10시에 둑길을 따라 벌써 네 번째 해변으로 상황을 살피러 나갔으나 상황은 여전히 바뀌지 않았다.

손전등으로 어둠을 비춰 보고는 고개를 저으며 중얼거렸다.

"나쁜 일을 하기엔 최고로 좋은 밤이군. 그 말밖에 할 수가 없어."

모든 것이 헛수고로 끝나 버릴 것이 명백해졌고, 란즈부르트에서도 그 밖의 다른 결론을 얻을 수는 없었다.

"결국, 이륙할 수 없다는 얘긴가?"

게리케가 또다시 밖의 상황을 보고 격납고로 돌아오자 라들이 물었다.

젊은 게리케가 말했다.

"아니, 문제없습니다. 무모할지 모르지만 날 수는 있습니다. 이렇게 평탄한 지역에서는 별로 위험하지 않죠. 다만 문제는 저쪽에 도

착했을 때 일입니다. 그들을 떨어뜨려 놓고 행운을 빌고 있을 수만
은 없지요. 해안에서 1.6킬로미터나 떨어진 바다로 낙하할 수도 있
습니다. 단 몇 초라도 목표물이 보여야만 합니다."

보블러가 격납고의 큰문에 붙어 있는 쪽문을 열고 안을 들여다보았
다.

"대위님!"

게리케가 그에게 다가갔다.

"뭐냐?"

"직접 보십시오."

게리케가 밖으로 나가자 보블러가 밖의 조명등을 켰다. 어둡긴 했
으나, 기묘한 소용돌이를 일으키고 있는 게 보였다. 뭔가 선뜩한 게
게리케의 뺨에 느껴졌다.

"바람이다! 오, 하느님, 바람이 불기 시작했어!"

갑자기 안개에 틈이 생기고, 얼핏 본부로 쓰고 있는 농가가 보였
다. 희미하긴 했지만 틀림없이 보였다.

"가는 겁니까?"

보블러가 물었다.

"물론, 그것도 지금 당장이다!"

게리케가 말했다.

그는 슈타이너와 라들에게 보고하기 위해 격납고로 달려갔다.

20분 뒤 11시 정각, 헤드폰에서 신호음이 들리기 시작했다. 조애
너 그레이는 얼른 몸을 일으켰다. 책을 내던지고서 연필을 쥐고 종이
에 받아쓰기 시작했다. 매우 간단한 전문으로 곧 해독되었다. 그녀는
잠시 홀린 듯이 그 전문을 바라보다가 이윽고 수신 확인 암호를 보냈
다.

그녀는 재빨리 계단 아래로 내려가 문 안쪽에 걸려 있는 양가죽 코트를 집어 들었다. 개가 다리에 달라붙었다.

"안 돼, 패티, 지금은 안 돼."

안개가 짙었으므로 조심스레 차를 몰아 20분 후 홉스앤드 오두막에 도착했다. 데블린은 부엌 테이블 위에 준비물을 정돈하고 있었는데 차 소리가 들렸다. 그는 재빨리 모제르를 들고 복도로 나갔다.

"나예요, 리엄."

그녀가 불렀다.

그가 문을 열자 그녀가 미끄러지듯 안으로 들어왔다.

"무슨 일입니까?"

"11시 정각에 란즈부르트로부터 연락을 받았어요. 독수리가 날았다고요."

믿을 수 없다는 표정으로 그가 그녀를 바라보았다.

"정말 그들은 미쳤군. 해변은 안개로 한치 앞도 보이지 않아요."

"둑길을 지나올 때 보니 전보다는 엷어지는 것 같았어요."

그가 재빨리 현관으로 나가 문을 열었다. 그리고 흥분으로 핼쑥해진 얼굴을 하고 곧 돌아왔다.

"바다쪽에서 바람이 불기 시작했어요. 아직 대단한 것은 아니지만 차츰 강해질지도 몰라요."

"계속해서 불 것 같아요?"

"모르죠."

그는 테이블 위에 놓여 있는 조립한 슈텐 건을 그녀에게 건넸다.

"사용 방법은 알고 있겠죠?"

"물론이죠."

그는 커다랗게 부풀어 있는 배낭을 집어 들어 어깨에 멨다.

"좋아요. 우리도 행동 개시입니다. 일이 있습니다. 당신이 말한 시간이 틀림없다면 그들은 40분 뒤 해안 상공에 도착할 것입니다."

복도로 나갔을 때 그가 긴장한 나머지 쉰 목소리로 웃었다.

"그들은 끝까지 해낼 생각이군. 그 점은 인정해 주지."

문을 열고 두 사람은 안개 속으로 뛰어나갔다.

이륙하기 전 최종점검에서 엔진 상태를 조사하면서 게리케가 쾌활하게 보믈러에게 말했다.

"내가 자네라면 눈을 감고 있을걸. 이번 비행은 머리털이 곤두서는 비행일 테니까."

활주로에는 조명이 켜져 있었으나 보이는 것은 앞쪽의 서너 개뿐이었다. 여전히 가시 거리는 기껏해야 35~45미터였다. 뒤쪽 문이 열리고 슈타이너가 고개를 들이밀었다.

"모두 준비됐습니까?"

게리케가 물었다.

"장비, 사람, 이쪽은 모두 준비가 되었네."

"좋아요. 위협할 생각은 조금도 없지만, 언제 어느 때 무슨 일이 일어날지 모르고 또 일어날 가능성이 있다는 것을 알아두십시오."

게리케가 엔진의 회전수를 올리자 슈타이너가 싱긋 웃으며 굉음 속에서 큰소리로 외쳤다.

"모두 자네를 절대적으로 믿고 있다네."

게리케는 문을 닫고 조종석으로 돌아왔다. 그는 곧 회전의 힘을 끌어 올리고 브레이크를 풀었다. 저 회색의 벽 속으로 돌진해 들어가는 것은 그의 인생에서 가장 공포스러운 일이었을 것이다. 이륙에는 450~550미터의 활주 거리와 시속 130킬로미터의 속력이 필요했다.

그가 중얼거렸다.

"오, 하느님, 드디어 이게 마지막인가요?"

엔진의 회전수가 올라감에 따라 진동이 견디기 힘들 정도로 격렬해졌다. 아주 약간 조종 장치를 앞으로 누르자 꼬리 부분이 올라갔다. 미미한 바람을 옆으로 받아 기수가 약간 오른쪽으로 기울었으므로 곧 방향타로 조정했다.

엔진 굉음이 어둠 속을 꽉 채우는 듯했다. 시속 130킬로미터에 이르자 살짝 엔진 회전수를 떨어뜨리고 그 상태를 유지하였다. 다음 순간, 그 불가사의한 느낌, 육감이라고나 할까, '지금이다'라는 느낌이 전신을 휩쓸자 그는 조종 장치를 천천히 앞으로 당겼다.

"좋아!"

그가 소리쳤다.

착륙 장치 레버에 손을 댄 채 신경을 집중하며 기다리고 있던 보블러가 필사적으로 바퀴를 감아 올렸다. 다음 순간 비행기는 공중으로 떠올랐고, 게리케는 계속해서 안개 속으로 돌진했다. 고도를 높이기 위해, 조종 장치를 오른편 뒤쪽으로 잡아당기기 전 최후의 가능한 순간까지 엔진의 힘을 늦추지 않았다. 마침내 고도 150미터에 이르러 안개 속을 벗어나자 오른쪽으로 방향을 돌려 바다로 향했다.

격납고 밖에서 차의 조수석에 앉아 안개 너머 저 위를 바라보던 막스 라들의 얼굴에 경탄하는 표정이 떠올랐다.

"해냈다! 정말 멋지게 해치웠어!"

그는 속삭이듯 말했다.

잠시 동안 그대로 앉아 어둠 저편으로 멀어져 가는 폭음에 귀를 기울이다가 이윽고 운전석의 비트에게 고개를 끄덕였다.

"지금 즉시 농가로 돌아간다, 중사. 해야 할 일이 많아."

다코타 기내에서는 긴장감을 풀 수가 없다. 원래부터 긴장감 따윈 없기 때문이다. 모두들 그 같은 일을 수도 없이 경험해 모든 것이 일상 생활의 일부로 되어 버린 베테랑 특유의 평정을 유지한 채 낮은 소리로 이야기를 나누고 있었다. 독일 담배를 소지하는 것이 엄금되었으므로 리터 노이만과 슈타이너가 한 개비씩 나눠 주었다.

알트만이 말했다.

"저 게리케야말로 진짜 조종사야. 그 점은 인정해 줘야 해. 이런 안개 속에서 이륙하다니."

슈타이너가 줄의 뒤쪽에 앉아 있는 프레스턴에게 눈을 돌렸다.

"담배 태우겠나, 소위?"

"감사합니다, 피우겠습니다."

프레스턴은 근위 보병 연대의 대위역을 연기하듯 훌륭한 상류 사회 말투로 대답했다.

"기분은 어떤가?"

슈타이너가 작은 소리로 물었다.

"매우 좋습니다. 뛰어내릴 때까지 기다릴 수 없을 정도입니다."

프레스턴이 침착하게 말했다.

슈타이너가 따분한 나머지 조종석으로 가자, 보블러가 보온병에서 커피를 따라 게리케에게 건네고 있었다. 비행기는 고도 900미터에서 날고 있었다. 때때로 구름 사이로 별과 초승달이 보였다. 아래쪽에는 오랫동안 괴어 있는 연기처럼 안개가 바다를 완전히 뒤덮고 있어 제법 장관이었다.

"상태는 어떤가?"

슈타이너가 물었다.

"모두 순조롭습니다. 앞으로 30분입니다. 하지만 바람이 별로 없어요. 풍속은 기껏해야 5노트입니다."

슈타이너가 아래쪽을 기웃거리며 고개를 끄덕였다.

"어떻게 생각하나? 우리가 고도를 낮출 무렵에는 안개가 다소 엷어지지 않겠나 ? "

"글쎄요. 어쩌면 저도 함께 해안에 내릴지도 모르죠. "

게리케가 싱긋 웃었다.

그때 레이더를 바라보고 있던 보블러가 헉 숨을 삼켰다.

"뭔가 비쳤어요, 페터. "

"뭐 같은가 ? "

"아마 야간 전투기겠죠. 혼자 날고 있는 걸 보면. 우리 쪽 비행기가 아니길 바래야죠. 만일 그렇다면 우린 순식간에 박살이 날 겁니다. "

게리케가 말했다.

비행기가 구름에서 벗어나자 보블러가 게리케의 팔을 쳤다.

"오른쪽 후방에서 굉장한 기세로 접근해 오고 있어요. "

슈타이너가 돌아보니 오른쪽에서 자신들과 똑같은 높이로 다가오고 있는 쌍발기의 모습이 분명히 보였다.

게리케가 침착한 어조로 말했다.

"모스키토야. 우군기로 식별해 주길 기도합시다. "

모스키토는 몇 초간 평행으로 날다가 날개를 두세 번 흔들고는 빠르게 오른쪽으로 선회해 구름 속으로 사라져 갔다.

"어떻습니까 ? "

게리케가 씨익 웃으며 슈타이너를 올려다보았다.

"평소 열심히 정진한 덕택이죠. 안으로 돌아가서서 준비가 되어 있는지 확인해 주십시오. 이대로 순조롭게 나아가면 20킬로미터 근해에서 데블린과 무전기로 연락할 수 있을 겁니다. 연락이 오면 알리겠습니다. 자, 이제 나가 주십시오. 보블러가 복잡한 계산을 해야 하니까요. "

슈타이너는 조정석에서 돌아와 리터 노이만 옆에 앉았다.

"다 왔네."

노이만이 담배 하나를 내밀었다.

"고맙네, 그렇지 않아도 한 대 피우고 싶던 참이었네."

해변은 춥고 밀물이 3분의 2 정도 차 있었다. 데블린은 몸을 따뜻하게 녹이기 위해, 회로를 열어 둔 무전기를 손에 들고 안절부절 서성대고 있었다. 12시 10분 전, 나무 아래에서 비를 피하고 있던 조애너 그레이가 그에게 다가왔다.

"이제 근처까지 왔을 거예요."

그 말이 끝나자마자 무전기에서 치지직 소리가 나더니 놀랄 만큼 또렷한 페터 게리케의 목소리가 흘러나왔다.

"여기는 독수리, 들리나 방랑자?"

조애너 그레이가 얼른 데블린의 팔을 붙잡았다. 데블린이 그 손을 뿌리치며 응답했다.

"감도 양호."

"둥지 상공의 상황을 알려 주시오."

"시계 불량. 가시 거리 100~150미터. 바람이 점차 강해지고 있음."

"고맙소, 방랑자. 도착 예정, 6분."

데블린이 무전기를 조애너 그레이에게 건넸다.

"표지등을 설치할 동안 갖고 있어요."

배낭에는 표지등이 열 개 남짓 들어 있었다. 그는 바람 부는 쪽으로 빠르게 나아가면서 13미터 간격으로 늘여놓고 스위치를 넣었다. 그리고 다시 그 선과 18미터 간격을 두고 평행하게 늘어놓았다.

조애너 그레이 쪽으로 돌아왔을 때는 그는 희미하게 숨을 몰아쉬고 있었다. 대형의 강력한 스포트라이트를 꺼내며 그는 한 손으로 이마의 땀을 닦았다.

"오, 이 저주받을 안개. 그들에겐 우리가 전혀 보이지 않을 거예요. 난 알아요."

데블린은 조애너가 평정을 잃은 모습을 처음으로 보았다. 그는 그녀의 팔을 잡았다.

"침착해요."

그때 멀리서 희미하게 엔진 소리가 들려왔다.

다코타는 이미 300미터 상공까지 내려와 있었으나, 자욱한 안개를 헤치며 계속 아래로 내려갔다. 게리케가 어깨 너머로 말했다.

"상공을 한 번 지나갈 뿐이니까 잘하시기 바랍니다."

"알았네."

슈타이너가 말했다.

"행운을 빕니다, 중령님. 란즈부르트에서 샴페인을 차갑게 해놓고 기다리겠습니다. 일요일 아침에 건배하지요."

슈타이너는 그의 어깨를 툭 치고 부하들이 있는 곳으로 돌아갔다. 그가 고개를 끄덕이자 리터가 명령을 내렸다. 모두 일어서 앵커 라인 케이블에 자동 낙하산 줄을 끼웠다. 브렌트가 문을 열자 안개와 찬바람이 휘몰아쳐 들어왔다. 슈타이너가 한 사람 한 사람 점검하면서 앞으로 나갔다.

게리케가 천천히 고도를 낮추자, 어둠 속에서 파도가 하얗게 부서지고 있는 것이 보블러의 눈에 비쳤다. 앞쪽은 안개와 어둠뿐이었다.

"부탁하네!"

주먹으로 무릎을 치면서 보블러가 속삭였다.

"표지등이여, 나와 다오!"

뭔가 눈에 보이지 않는 힘이 개입한 듯 갑자기 돌풍이 몰아치며 안개 장막에 구멍이 뻥 뚫린 순간, 데블린이 설치한 두 줄로 된 표지등 이 비록 잠깐이지만 똑똑하게 보였다.

게리케가 고개를 끄덕였다. 보믈러가 스위치를 누르자 슈타이너 머리 위의 빨간 램프가 켜졌다.

"준비!"

그가 소리쳤다.

게리케는 속도를 시속 160킬로미터로 늦추고 오른쪽으로 선회한 뒤, 고도 100미터를 유지하며 해변의 상공으로 들어갔다. 녹색 램프가 켜지자마자 리터 노이만이 뛰어내리고 브렌트가 뒤를 이었으며, 대원들이 차례차례 뛰어내렸다. 슈타이너는 바람에 실려오는 비릿한 냄새를 맡으며 프레스턴이 뒷걸음치기를 기다렸다. 그러나 프레스턴은 조금도 망설이지 않고 뛰어내렸다. 길조라고 할 만했다. 슈타이너도 뒤를 따랐다.

조종석 입구에서 들여다보고 있던 보믈러가 게리케의 팔을 두드렸다.

"모두 뛰어 내렸어요, 페터. 문을 닫고 올게요."

게리케는 고개를 끄덕이며 다시 바다 위로 기수를 돌렸다. 5분이 지나지 않아 무전기에서 데블린의 목소리가 흘러나왔다.

"새끼들은 모두 무사히 둥지에 들어왔음."

게리케가 마이크를 잡았다.

"고맙소, 방랑자. 행운을 비오."

그가 보믈러에게 말했다.

"지금 이걸 빨리 란즈부르트에 전해. 라들은 이 한 시간 동안 바늘 방석에 앉아 있는 기분일 거야."

SS장관 사무실에서는 히믈러가 책상 스탠드 불빛 아래 혼자 앉아

365

있었다. 난롯불이 약해 방안이 추웠으나, 그는 그것을 전혀 느끼지 못하는 듯 열심히 뭔가를 쓰고 있었다. 조심스러운 노크 소리가 나더니 로스만이 들어왔다.

히믈러가 얼굴을 들었다.

"뭔가?"

"지금 막 란즈부르트에서 연락이 왔습니다, 장관 각하. 독수리가 무사히 착륙을 완료했답니다."

히믈러의 얼굴에는 아무런 감동의 흔적도 떠오르지 않았다.

"고맙네, 로스만. 또 연락이 있으면 알려 주게."

"예, 장관 각하."

로스만이 나가고 히믈러는 일을 계속했다. 들리는 것은 그가 펜을 굴리는 소리뿐이었다.

데블린, 슈타이너, 조애너 그레이 세 사람은 테이블을 둘러싸고 대축척 지도를 보고 있었다.

"성당 뒤를 보시오, 올드 우먼스 메도우 헛간이지요. 현재 사용하지 않지만 성당 소유지요."

데블린이 말했다.

"당신들은 내일 그리로 가는 거예요. 베리커 신부에게 훈련 연습중인데 그 헛간에서 하룻밤 묵게 해달라고 하는 거예요."

조애너 그레이가 말했다.

"그가 틀림없이 허락할까요?"

슈타이너가 말했다.

조애너 그레이가 고개를 끄덕였다.

"물론이지요. 그런 일은 종종 있었어요. 군인들이 훈련이나 강행군을 하러 왔다가는 그것이 끝나면 사라지거든요. 그들이 누군지는 아무도 몰라요. 9개월 전 체코 부대가 여기를 지나갔는데 부대 장교들조차 제대로 영어를 하지 못했어요."

"또 하나, 베리커 신부는 낙하산 부대 종군 신부로 튀니지에 낙하한 경험이 있었소. 그러므로 그 빨간 베레모를 보면 어떠한 협력도 아끼지 않을 거예요."

데블린이 덧붙였다.

"우리들에게는 그보다 더 좋은 조건이 있어요. 그는 수상이 스터들리 그레인지에서 주말을 보내기로 한 사실을 알고 있고, 그게 우리에게 매우 유리하게 작용할 거예요. 어젯밤 헨리 경이 우리집에서 조금 과음하고는 무심코 말해 버렸어요. 물론 베리커는 절대로 말하지 않겠다고 맹세했어요. 수상이 떠날 때까지 자기 여동생한테도 말하지 않을 거예요."

"그것이 어떻게 도움이 된다는 거죠?"

슈타이너가 물었다.

"간단해요. 당신이 베리커에게 연습인가 뭔가로 주말을 여기서 보내기로 했다고 하면, 여느 때라면 그 말을 액면 그대로 받아들이겠지만, 이번 경우에는 좀 다르겠지요. 그는 처칠이 은밀히 이 지역에 오는 것을 알고 있지요. 그렇다면 공군 특수 정예 부대가 나타난 걸 어떻게 해석하겠소?"

데블린이 말했다.

"특별 경비로 알겠지요."

슈타이너가 말했다.

"바로 그거예요."

조애너 그레이가 고개를 끄덕였다.

"또 한 가지 좋은 일이 있어요. 내일 밤 헨리 경이 수상을 위해 집에서 저녁 연회를 열기로 했어요."

그녀는 미소 지으며 정정했다.

"미안, 오늘밤이군요. 여덟 명이 7시 반에 가기로 했는데 저도 초대받았어요. 저는 가서 참석할 수 없다는 핑계를 대고 돌아올 생각이에요. 부인 의용대의 긴급 야간 근무 때문이라고 하면서요. 전에도 그런 일이 있어 헨리 경이나 윌러비 부인도 완전히 믿을 거예요. 그렇게 해서 나와 당신들이 그레인지 근처에서 연락을 취할 수 있으면 그 저택의 상황을 정확히 알릴 수 있게 되죠."

"훌륭해요. 시간이 갈수록 성공할 수 있다는 확신이 더욱더 깊어지는군요."

슈타이너가 말했다.

"난 그만 가봐야 해요."

조애너 그레이가 말했다.

데블린이 그녀의 코트를 가져오자 슈타이너가 그것을 받아 정중히 그녀를 위해 들어 주었다.

"이런 한밤중에 혼자서 시골길을 달려도 남들이 수상하게 여기지 않을까요?"

그녀가 미소 지었다.

"천만에요. 나는 부인 의용대 차량 관리인이에요. 그래서 차를 모는 게 허락되죠. 그 대신 이 마을과 근처 주민에게 긴급 운송 서비스를 해야만 해요. 밤중에 불려 나가 사람들을 병원으로 긴급 운반한 적이 몇 번이나 돼요. 마을 사람들은 제가 밤중에 차를 모는 것에 익숙해 있어요."

문이 열리고 리터 노이만이 들어왔다. 그는 얼룩무늬 전투복에 빨간 베레모를 쓰고, 단검에 깃털이 달린 모양의 공군 특수 부대 배지를 달고 있었다.

"그쪽은 이상 없나?"

슈타이너가 물었다.

리터가 고개를 끄덕였다.

"모두 취침 준비를 마쳤습니다. 불만이 하나 있을 뿐이죠. 담배가 없습니다."

"맞아요. 뭔가 있을 듯하더라니까, 차에 두고 왔군요."

조애너 그레이가 서둘러 밖으로 나갔다.

그녀가 곧바로 돌아와 플레이어스 두 상자를 테이블 위에 놓았다. 한 상자에 스무 개비들이 담배가 25갑씩 들어 있었다.

"놀랍군요. 본 적 있소? 이건 지금 금값이나 다름없어요. 도대체 어디서 얻었나요?"

데블린이 감탄해 마지않는 표정으로 말했다.

"부인 의용대 창고에서요. 이것으로 이제 저는 도둑질도 겸하게 된 것이죠."

그녀가 미소 지었다.

"그럼 여러분, 이제 그만 가볼게요. 내일 당신들이 마을에 있을 때 또 만나기로 하죠. 물론 우연이지만."

슈타이너와 리터 노이만이 경례를 하고 데블린이 그녀를 차까지 전송했다. 그가 돌아오자 두 독일인은 상자를 뜯어 난로 옆에서 담배를 피우고 있었다.

"나도 두 개비만 빌리겠소."

데블린이 말했다.

슈타이너가 불을 붙여 주었다.

"그레이 부인은 참으로 놀라운 여성이오. 참 저쪽은 누가 감독을 하고 있지, 리터? 프레스턴, 아니면 브렌트?"

"누군지 짐작이 갑니다."

문을 가볍게 노크하며 프레스턴이 들어왔다. 얼룩무늬 전투복 허리에 권총을 차고, 빨간 베레모를 알맞게 왼쪽 눈 위로 비스듬히 쓰고 있는 모습은 지금까지 본 중에서 가장 멋지게 보였다.

"과연, 꽤 어울리는데. 매우 멋지고, 그래, 잘 있었나? 다시 고향 땅을 밟아 기쁘지 않나?"

데블린이 말했다.

프레스턴의 얼굴에 벌레 씹은 듯한 표정이 떠올랐다.

"베를린에서 만났을 때도 별로 기분이 좋지 않았지, 데블린. 지금은 더 불쾌해. 네 주의를 어디 다른 데로 돌려주지 않겠나? 그렇다면 더없이 고맙겠네."

"어이가 없군. 도대체 이 애송이는 이번에 누구 역을 연기하는 거지?"

깜짝 놀란 표정으로 데블린이 말했다.

프레스턴이 슈타이너에게 말했다.

"그 밖에 다른 명령은요?"

슈타이너가 담배 상자를 집어 건넸다.

"이거 대원들에게 나눠주게."

"점수 따겠군."

데블린이 말했다.

프레스턴은 그 말을 무시한 채 상자를 왼쪽 옆구리에 끼고 경례했다.

"알겠습니다."

다코타 조종석에 있는 두 사람은 최고의 행복감에 젖어 있었다. 귀로는 더없이 순조로웠다. 네덜란드 해안까지는 앞으로 48킬로미터밖에 남지 않았다. 보믈러가 보온병에서 커피를 따라 게리케에게 주었다.

"무사 귀환입니다."

그가 말했다.

게리케가 싱긋 웃으며 고개를 끄덕였다. 다음 순간 그의 얼굴에 갑자기 미소가 사라졌다. 헤드폰에서 귀에 익은 목소리가 들려왔다. 그가 전에 소속해 있던 제7야간 전투 연대의 관제관 한스 베르거의 목소리였다.

보믈러가 그의 어깨를 쳤다.

"베르거죠?"

"그래, 항상 듣던 목소리야. 틀림없어."

게리케가 말했다.

"항로, 0—8—3."

심한 잡음을 통해 베르거의 목소리가 들렸다.

"목표물을 향해 야간 전투기를 유도하는 모양이군. 우리와 같은 방향으로 나는 것 같아요."

보믈러가 말했다.

"목표 지점, 5킬로미터."

갑자기 베르거의 목소리가, 관에 마지막 못을 박아대는 쇠망치 소리처럼 똑똑히 전해졌다. 게리케의 복부가 격렬한 경련을 일으키며 오그라들었다. 공포에 사로잡힌 것은 아니었다. 오랫동안 찾아 헤매다가 지금 갑자기 발견한 그 죽음을, 동경하는 듯한 기분으로 바라보고 있었다.

보믈러가 그의 어깨를 붙잡았다.

"우리예요, 페터! 목표물은 우리였어요!"

바로 그때 기관총알이 조종석 바닥을 뚫고 들어와 계기판을 부수고 바람막이를 산산조각 내버려 기체가 격렬하게 흔들렸다. 파편이 게리케의 오른쪽 넓적다리에 박히고 뭔가 세찬 기세로 왼팔을 으스러뜨렸다. 시시각각 상황은 나빠지고 있었다. 아래쪽에서 동료인 슈레게 무지크가 쏜 것이다. 이번에 당하는 쪽은 바로 독일 공군 조종사인 자신이었다.

비행기가 하강하기 시작했으므로 게리케는 혼신의 힘을 다해 조종 장치를 앞쪽으로 당겼다. 일어서려고 애쓰는 보믈러의 얼굴은 피투성이였다.

창에서 몰아쳐 들어오는 바람의 굉음을 누르고 게리케가 고함쳤다.

"탈출해! 더 이상 조종할 수 없어!"

보믈러가 겨우 일어서서 뭐라고 입술을 달싹거렸다. 게리케가 상처 입은 왼팔로 보믈러의 얼굴을 냅다 후려쳤다.

"탈출해! 명령이다!"

보믈러는 뒤쪽 출구를 향해 뛰어나갔다. 기체는 보기에도 무참한 상태로 여기저기에 커다란 구멍이 나 있고, 찢어진 동체가 펄럭이고 있었다. 연기와 기름타는 냄새가 보믈러의 코를 찔렀다. 공포감이 어렵게 해치의 손잡이를 돌리고 있던 그에게 새로운 힘을 주었다. 그는 마음속으로 기도를 하고 있었다.

"하느님, 제발 타죽게만은 하지 말아 주세요, 그것만은 어떻게, 제발……"

갑자기, 정말 갑자기 해치가 열렸다. 그는 잠시 멈춰 있다가 곧 어둠 속으로 떨어져 갔다.

다코타는 왼쪽 날개를 올린 채 나선형으로 맴돌며 떨어져 갔다. 한 바퀴를 돌고 보믈러가 낙하산 고리를 붙잡았을 때 머리가 세찬 기세로 꼬리날개에 부딪쳤다. 죽음의 순간에 그는 끈을 당겼다. 낙하산이 새하얀 꽃처럼 퍼지고 천천히 어둠 속으로 내려갔다.

다코타는 하강하면서도 계속 날았다. 왼쪽 엔진이 불을 뿜고 불꽃이 날개에서 동채로 번졌다. 게리케는 아직도 조종 장치를 붙잡고 비행기의 평형을 유지하기 위해 필사적인 노력을 계속했다. 왼쪽 팔이 두 곳이나 부러진 것도 느끼지 못했다.

눈으로 피가 흘러 들어왔다. 연기 사이로 전방을 보려고 눈을 집중시키면서 희미한 웃음소리를 냈다.

"이런 꼴로 죽다니!"

이것으로 괴링의 별장에 초대받을 일도, 기사십자장을 수여받을 일도 없어지리라. 아버지는 그 사실을 유감스럽게 여길 것이다. 그렇지만 훈장은 죽은 자에게도 수여된다.

갑자기 시야를 가렸던 연기가 날려가고 안개 틈새로 바다가 보였다. 네덜란드 해안은 이제 멀지 않았다. 아래쪽으로 적어도 두 척의 배가 보였고, 야광탄이 날아오르자 몇 척의 E보트가 모습을 드러냈다. 너무나도 우스꽝스러웠다.

그는 좌석에서 몸을 움직이려다가 왼발이 비틀린 동체 한쪽에 낀 것을 알았다. 이미 탈출하기엔 고도가 너무 낮았다. 움직이지 못하니 그것은 아무래도 상관이 없었다. 이제 해면까지는 90미터밖에 안 된다. 오른쪽에 E보트 한 척이 사냥개처럼 쫓아오면서 쉴 새 없이 화기를 발사했고, 속사포탄이 다코타에 명중하고 있었다.

"빌어먹을!"

게리케가 소리쳤다.

"이 바보 멍청이들아!"

또다시 희미하게 웃고는 옆에 아직 보블러가 앉아 있는 것처럼 평온한 말투로 말했다.

"그러고 보니 누구를 위해 무엇 때문에 싸우는지도 모르겠군."

갑자기 옆에서 바람이 불어와 연기를 날려 버리자 30미터도 안되는 아래쪽 해면이 급속히 다가오는 게 보였다.

그 순간, 그는 비로소 목적 의식을 가진 참으로 위대한 조종사로

변했다. 생존 본능이 새로운 힘을 주었다. 왼팔의 통증에도 개의치 않고 조종장치를 잡아당겨 조금 남아 있는 날개를 낮추었다.

속도를 잃어버린 다코타의 꼬리날개가 내려가기 시작했다. 해면에 닿는 순간 엔진을 고속으로 회전시켜 기체를 수평으로 되돌리고 다시 한번 힘껏 조종 장치를 당겼다. 기체는 거대한 서핑 보드처럼 해면을 서너 번 튀기고 멈췄다. 타오르던 엔진이 물을 뒤집어쓰며 슛 소리를 냈다.

게리케는 잠시 그대로 앉아 있었다. 모든 것이 교과서와 어긋나는 비상 조치였으나 모든 불리한 조건을 극복하고 목적을 달성했다. 물이 발목까지 차올랐다. 일어서려 했으나 왼발이 빠지지 않았다. 오른쪽 벽에 걸려 있는 소화용 도끼를 집어 비틀린 동체를 내려치기 시작했다. 도끼가 발에 부딪쳐 뼈가 부러졌으나, 그는 이미 이성을 상실하고 있었다.

어느 사이엔가 다리가 빠져 자기가 서 있음을 알아차렸으나 별로 놀라지는 않았다. 해치가 간단히 열리고 그는 물속에 잠긴 날개 위로 떨어졌다. 날개에 부딪치면서 구명 재킷의 고리를 당겼다. 재킷이 부풀자 날개를 박차고 침몰하기 시작하는 다코타에서 벗어났다.

E보트가 뒤로 다가왔을 때도, 그쪽을 돌아보지 않고, 물 위에 뜬 채 다코타가 바닷속으로 미끄러져 들어가는 것을 지켜보았다.

"잘했어. 넌 정말 잘해 줬어."

곧 옆으로 로프가 떨어지고 독일 악센트가 강하게 섞인 영어로 누군가가 외쳤다.

"붙잡아라 토미, 살려 줄 테니까. 이젠 안심하라구."

게리케가 소리나는 쪽을 돌아보니 독일 해군의 젊은 중위와 수병 너댓 명이 난간에서 몸을 내밀고 있었다.

"안심하라고? 이 멍청이들아, 난 네놈들 편이란 말이다!"

그가 독일어로 소리쳤다.

15

토요일 아침 10시가 조금 지났을 무렵, 몰리는 말을 타고 홉스앤드를 향해 들판을 달리고 있었다. 전날 밤의 폭우는 가랑비로 변해 있었으나 늪지 일대는 여전히 안개로 뒤덮여 있었다.

레이커 암즈비가 무덤을 하나 파야 했으므로, 그녀는 아침 일찍 일어나 가축에게 먹이를 주고 젖을 짜는 등 오전 내내 힘겹게 일을 했다. 늪지로 말을 타고 갈 생각이 든 것은 갑작스러운 충동 때문이었다. 데블린이 연락을 할 때까지 기다리겠다고 약속은 했지만, 그에게 무슨 일이 일어나지나 않았나 걱정이 되어 견딜 수가 없었다. 암거래를 하는 자는 붙잡히면 대개 무거운 징역형을 선고받기 때문이었다.

그녀는 늪지로 들어선 뒤부터는 말에게 길을 맡겼고, 말은 갈대밭을 지나 오두막 뒤쪽으로 향해 걸었다. 흙탕물이 말의 배에 튀기며 장화 속으로 들어왔지만 개의치 않고 말 등에 엎드려 전방의 안개 속을 바라보았다. 장작이 타는 연기 냄새가 났다. 이윽고 안개 속에서 창고와 오두막이 모습을 드러냈다. 역시 굴뚝에서 연기가 나고 있었다.

그녀는 잠시 마음을 정하지 못하고 망설였다. 리엄은 예정보다 빨리 돌아와 오두막에 있지만, 지금 자기가 가면 또 엿보았다고 생각할 것이다. 그녀는 말의 배를 걷어차고 말 머리를 돌렸다.

창고 안에서는 대원들이 이동 준비를 하고 있었다. 브렌트와 알트만 중사는 브라우닝 M2형 중기관총을 지프에 설치하는 작업을 감독하고 있었다. 프레스턴은 그 옆에서 뒷짐을 지고 모든 일을 감독하는 태도로 서 있었다.

베르너 브리겔은 크루겔과 함께 뒤쪽 문을 약간 열어놓고 늪지를 쌍안경으로 보고 있었다. 둑 옆 갈대 숲에 여러 종류의 새들이 있었다. 그를 만족시키기에 충분할 정도였다. 농병아리, 홍뇌조, 마도요, 홍머리오리, 박새기러기, 깜짝도요새 등등.

그가 크루겔에게 말했다.

"이거 재미있군, 녹색의 깜짝도요새가 있어. 철새도 대개 가을에 이동하는데, 이 지역에서 겨울을 난다는 것은 이미 알려져 있지."

쌍안경을 이동시키는 데 몰리가 시계로 들어왔다.

"큰일났다! 누가 이쪽을 보고 있어!"

브렌트와 프레스턴이 옆으로 달려왔다.

"내가 붙잡아 오겠어."

프레스턴은 이렇게 말하고는 곧 문 쪽으로 달려갔다.

브렌트가 만류하려 했으나 너무 늦었다. 프레스턴은 순식간에 뜰을 지나 갈대 숲으로 뛰어들었다. 순간 몰리가 말고삐를 쥐고 돌아보았다. 데블린이라고 생각했으나 웬 낯선 사람이 말고삐를 잡자 그녀는 깜짝 놀라며 그를 내려다보았다.

"잡았다!"

그가 손을 뻗치자 그녀는 말 머리를 돌리려고 했다.

"놔요! 난 아무것도 하지 않았어요!"

프레스턴은 그녀의 오른 손목을 잡아 끌어당긴 뒤 떨어지는 그녀를 두 손으로 받았다.

"그건 천천히 물어 보면 알겠지."

그녀가 발버둥치자 그는 팔을 꽉 죄었다. 그리고 다리를 버둥거리며 아우성치는 그녀를 어깨에 둘러메고 오두막으로 돌아왔다.

데블린은 밀물이 전날 밤의 흔적을 없애 주었으나 확인하기 위해 날이 새자마자 해변으로 나갔다. 그리고 아침 식사 후 슈타이너와 함께 다시 밖으로 나갔다. 두 사람은 안개 속을 누비며, 만곡에서 곶까지 여기저기를 살펴보면서 쾨니히의 배와 접촉할 지점에 대해 얘기를 나누었다. 두 사람이 오두막에서 30미터 못 미친 부근에 도달했을 때 여자를 둘러멘 프레스턴이 갈대 숲에서 나타났다.

"저게 뭐지?"

슈타이너가 물었다.

"몰리 프라이어, 내가 아까 말한 여자요."

데블린이 뛰어가 뜰 안으로 들어갔을 때 프레스턴은 이미 현관에 도착해 있었다.

"그 애를 내려 놔라!"

데블린이 외쳤다.

프레스턴이 돌아섰다.

"난 자네한테 명령을 받는 몸이 아냐."

그러자 데블린의 바로 뒤에 도착한 슈타이너가 명령했다.

"프레스턴 소위, 당장 그 아가씨를 내려놔라."

쇠같이 차가운 말투에 프레스턴은 잠시 망설이다가 마지못해 몰리를 내려놓았다. 그녀가 곧장 그의 따귀를 갈겼다.

"앞으로는 함부로 남의 몸에 손대지 마! 이 나쁜 놈 같으니라고."

와 하는 웃음소리에 그녀는 창고 쪽으로 눈을 돌렸다. 놀랍게도 싱글거리고 웃고 있는 얼굴들, 트럭, 그 뒤로 중기관총을 실은 지프가 보였다.

데블린이 달려와 프레스턴을 밀어붙였다.

"괜찮니, 몰리?"

"리엄, 이게 어찌된 거죠? 무슨 일이에요?"

그녀가 어리벙벙한 표정으로 말했다.

그러나 슈타이너가 아주 부드럽게 그 장면을 수습했다. 그가 차갑게 말했다.

"프레스턴 소위, 당장 이 아가씨에게 사과해라."

프레스턴이 머뭇거리자 슈타이너가 더욱 엄한 어조로 말했다.

"지금 당장이다, 소위!"

프레스턴은 두 다리를 모았다.

"사과드립니다, 아가씨. 제 잘못이었습니다."

프레스턴은 다소 빈정대는 말투로 말하고는 창고로 들어갔다.

슈타이너가 엄숙한 표정으로 경례했다.

"너무 죄송해서 어떻게 사과드려야 할지 모르겠군요."

"이분은 카터 중령이다, 몰리."

데블린이 설명했다.

"폴란드 독립 낙하산 중대죠. 우린 야외 전술 훈련 때문에 이곳에 왔는데, 프레스턴 소위는 기밀 유지에 다소 지나칠 정도로 신경질 적이지요."

슈타이너가 설명했다.

그녀는 점점 더 어안이 벙벙해졌다.

"하지만, 리엄……."

그녀가 입을 열자 데블린이 그녀의 팔을 잡았다.

"자, 가자. 말을 붙잡아 타는 거야."

데블린은 말이 한가롭게 풀을 뜯고 있는 늪지 가장자리까지 그녀를 끌고 가서는 질책했다.

"봐라, 어처구니없는 짓을 저질렀잖아. 오늘 오후 내가 연락할 때 까지 기다리랬잖아? 자신과 관계없는 일에는 상관하지 말라고 했 는데, 도대체 언제나 그걸 깨달을까?"

"그래도 전 이해할 수 없어요. 낙하산 부대가 이런 곳에 있는 것도 그렇고, 또 당신이 페인트칠을 한 저 트럭과 지프도."

그는 그녀의 팔을 세게 붙잡았다.

"기밀 유지 때문이야, 몰리. 중령이 한 말의 뜻을 모르겠니? 저 소위가 그런 행동을 취한 게 뭐 때문이겠니? 그들은 특별한 임무를 띠고 이곳에 왔어. 그들이 떠나고 나면 알게 되겠지만 지금으로선 극비 사항이란다. 그들을 본 사실을 아무한테도 얘기해선 안 돼, 절대로. 날 사랑한다면 분명히 약속해 줘."

그녀는 눈을 동그랗게 뜨고 그를 바라보았다. 그리고 점점 알겠다는 표정으로 바뀌어 갔다.

"이제 겨우 알겠어요. 당신이 하던 여러 가지 일, 밤중에 나갔던 일도요. 전 무슨 암거래를 하는 줄 알았고, 당신도 그렇게 생각하도록 만들었어요. 하지만 제가 잘못 알고 있었군요. 당신은 아직 군대에 적을 두고 있는 사람이죠, 그렇죠?"

"그래, 그렇단다."

얼마쯤은 사실이었다.

그녀의 눈이 빛났다.

"오, 리엄 용서해 줘요. 전 당신이 술집이나 돌아다니며 실크 스타킹과 위스키를 파는 범죄인일 거라고 생각했어요."

데블린은 깊이 심호흡을 하고는 간신히 미소를 지었다.

"생각해 보지. 자, 이제 집으로 돌아가 내가 연락할 때까지 얌전하게 기다리는 거야. 설령 그게 언제가 되더라도."

"기다릴게요, 리엄. 정말이에요."

그녀는 한 손으로 그의 목을 껴안으며 키스하고는 말 안장에 올라탔다. 데블린이 다짐하듯이 말했다.

"알았지? 절대로 말해선 안 돼."

"걱정 마세요."

그녀는 발뒤꿈치로 말의 배를 걷어차고는 갈대 숲으로 달려갔다.

데블린은 빠른 걸음으로 창고로 돌아왔다. 리터가 창고에서 나와 슈타이너 옆에 서 있었다. 중령이 말했다.

"괜찮소?"

데블린은 그 말을 흘린 채 그의 옆을 지나 창고로 뛰어들어갔다. 대원들은 몇몇 그룹으로 나뉘어 얘기를 나누고 있었다. 프레스턴은 성냥불을 두 손으로 감싸고 담뱃불을 붙이고 있었다. 그가 조롱하는 엷은 미소를 띠고 얼굴을 들었다.

"이것으로 이 몇 주일 동안 네가 무엇을 하고 있었는지 모두 알았어. 어때, 재미 좋았나, 데블린?"

그 순간 데블린의 오른손 펀치가 보기 좋게 날아가 프레스턴의 뺨에 명중했다. 영국인이 누군가 뻗은 다리에 걸려 넘어지자 슈타이너가 데블린의 팔을 붙잡았다.

"이 개새끼, 죽여 버릴 테다!"

데블린이 외쳤다.

슈타이너가 그의 앞으로 와 두 손으로 어깨를 눌렀다. 그 힘에 데블린은 깜짝 놀랐다.

"오두막에 가 있으시오. 여긴 내가 알아서 할 테니까."

슈타이너가 조용히 말했다.

데블린은 살기가 가득 찬 눈으로 슈타이너를 노려보았으나 곧 누그러지는 듯했다. 데블린은 홱 등을 돌려 밖으로 나가더니 뜰을 가로질러 달려갔다. 프레스턴이 한 손을 얼굴에 대고 일어났다. 창고 안이 쥐 죽은 듯 조용해졌다.

슈타이너가 말했다.

"그는 마음만 먹으면 널 죽일 수 있는 자야, 프레스턴. 경고하지만, 또 한번 이런 짓을 하면, 그가 죽이지 않더라도 내가 널 쏠 것이다."

그리고 리터에게 고개를 끄덕였다.

"잘 감독해!"

슈타이너가 오두막에 들어가니 데블린은 부시밀스를 마시고 있었다. 딱딱한 웃음을 짓고 중령을 바라보았다.

"내버려뒀으면 저놈을 죽였을 거요. 아무래도 신경이 좀 날카로워진 것 같소."

"그 아가씨는 어떻소?"

"걱정할 필요는 없어요. 내가 아직 군인 신분으로 극비 임무를 수행하고 있는 걸로 믿고 있소."

데블린의 얼굴에 자신을 혐오하고 있는 기색이 역력히 떠올랐다.

"나의 아름다운 사람, 날 그렇게 불렀지. 정말 그대로군."

그는 다시 위스키를 따르고 조금 망설이다가 단호히 마개를 닫았다.

"이제 괜찮소, 이제부터 어떻게 할 거죠?"

그가 슈타이너에게 말했다.

"우리는 점심때쯤 마을로 이동하여 훈련하는 흉내를 낼 것이오. 이건 내 생각이지만, 당신은 우리와 완전히 분리되어 있는 게 좋을 것 같소. 오늘밤 어두워지고 습격 개시 직전에 합류하는 게 나을 것 같소."

"알겠소, 오늘 오후 마을에서 어떤 방법으로든 조애너 그레이가 당신과 연락을 취할 것이오. 내가 6시 반에 그녀 집으로 가겠다고 전해 주시오. E보트는 9시에서 10시 사이에 언제든 부를 수가 있어요. 내가 무전기를 갖고 갈 테니까, 당신이 작전 현장에서 직접 쾨니히와 연락을 취해 합류 시간을 결정하시오."

"좋소."

슈타이너는 왠지 머뭇거리고 있었다.

"또 한 가지."

"뭐죠?"

"처칠에 대해 내가 명령받은 것이오. 지극히 분명한 지시인데, 가능한 한 생포하라는 것이오. 그것이 불가능할 때는……."

"한 방으로 끝내는 거겠군. 그게 어쨌다는 것이오?"

"그 점을 당신이 어떻게 생각할지 확신이 서지 않소."

"전혀 신경 쓸 필요없소. 지금은 모두가 군인이며, 군인과 똑같은 위험을 무릅쓰는 것이오. 처칠이라 해서 예외는 아니지 않소."

런던에서는 로건이 점심 식사를 하려고 책상 위를 치우고 있는데, 노크도 없이 문이 열리고 그랜트가 들어왔다. 흥분으로 얼굴이 굳어 있었다.

"지금 막 텔레타이프로 들어왔습니다."

그는 로건 앞에 통신 용지를 펼쳐 보았다.

"그를 찾아냈어요."

"노리치 시, 노퍽 주 경찰."

로건이 중얼거렸다.

"거기는 그의 외국인 등록서가 최종적으로 보관되어 있는 곳이지만, 그는 거기에서 상당히 떨어진 노퍽 북부의 스터들리 콘스터블과 블레이크니 근처 해안에 있습니다. 마을과 완전히 동떨어진 곳입니다."

"자넨 그 지역을 알고 있나?"

보고 내용을 읽으면서 로건이 물었다.

"어렸을 때 셸링엄에서 두 번 방학을 보낸 적이 있어요."

"과연 데블린이라는 이름으로 그 지역 지주인 헨리 윌러비 경의 늪지 관리인 노릇을 하고 있군. 놈도 이번에는 조금 놀랄걸. 거기까지 거리는 어느 정도인가?"

"320킬로미터 정도입니다."

그랜트가 아무래도 이해할 수 없다는 듯 고개를 갸웃했다.

"도대체 무엇을 계획하고 계신가요?"

"곧 알게 돼."

로건이 보고서에서 고개를 들었다.

"다음은 어떻게 하죠? 그를 체포하도록 노픽 주 경찰에 연락할까요?"

로건이 펄쩍 뛰었다.

"미쳤나? 시골 경찰관들이 어떤지는 자네도 알잖아. 모두 형편없는 멍텅구리들이야. 이 일은 우리가 직접 맡는 거야. 자네와 나 둘이서. 오래 간만에 시골에서 주말을 보내면 기분 전환도 되고 좋을 거야."

"점심 식사 뒤 재판소에 가야 되잖아요? 그 헬로건 사건에 대한 증언 때문에요."

그랜트가 주의를 주었다.

"3시에는 끝나. 늦어도 3시 반까지는 주차장에서 차를 빌려 그대로 출발할 수 있도록 대기해 주게."

"부국장의 양해를 얻어 놓을까요?"

로건이 초조감을 노골적으로 드러냈다.

"무슨 소리야, 퍼거스? 머리가 어떻게 됐나? 그는 포츠머스에 가 있어. 그렇지? 자, 서둘러 준비해."

그랜트는 왠지 기분이 내키지 않았다.

"알겠습니다."

그가 문손잡이를 잡았을 때 로건이 덧붙였다.

"그리고 퍼거스."

"예?"

"무기고에 가서 브라우닝 하이 파워를 두 자루 빌려 놓도록. 상대는, 먼저 총부터 쏘고 나서 그 뒤에 용건을 물어야 할 자니까."

그랜트가 꿀꺽 마른침을 삼켰다.

"알겠습니다."

그는 약간 떨리는 목소리로 대답하고 나갔다.

로건은 의자를 밀어 넣고 창가로 갔다. 그는 팽팽한 긴장감을 풀어 버리려는 듯 두 손을 맞잡아 앞으로 내밀었다.

"자, 간다, 이놈. 소문만큼 실력이 대단한지 어디 한번 봐주지."

그는 낮게 중얼거렸다.

정오 바로 전에 필립 베리커는 사제관 복도 막다른 곳에 있는 아래 문을 열고 지하실로 내려갔다. 다리의 고통이 심해 어젯밤에 거의 한숨도 자지 못했다. 그것은 일종의 자업자득이라 할 수 있었다. 의사가 모르핀 알약을 얼마든지 주겠다고 했으나, 베리커는 중독이 될 것 같아 그것을 병적으로 두려워했다.

그래서 이를 악물고 고통을 참았다. 그건 그렇고, 주말을 보내러 파밀라가 온다. 그녀는 아침 일찍 전화로 온다는 것을 알렸을 뿐만 아니라 해리 케인이 팽번까지 마중 나와 교회로 데려다 주기로 했다고 말했다. 덕분에 가솔린을 1갤런 정도 절약할 수 있어 크게 도움이 될 것이다. 그리고 그는 케인이 좋았다. 그로서는 드물게 직감적으로 호감을 가졌다. 또 파밀라가 드디어 이성에 관심을 갖게 된 것이 기뻤다.

지하 계단 아래에 커다란 손전등이 못에 걸려 있었다. 베리커는 그 손전등을 집어 막다른 곳에 있는 검은 휘장을 열고 안으로 들어가 문을 닫았다. 손전등을 켜고 비밀 손잡이를 더듬더듬 찾아내 돌리자 판자가 열리고 컴컴한 긴 터널이 나타났다. 양쪽 돌로 된 벽에 서리가 어려 불빛에 반짝였다.

그것은, 그 같은 구조로 현존하고 있는 것들 중, 나라 안에서 가장 훌륭한 것의 하나였다. 엘리자베스 튜너 시대에 로마 가톨릭 교회가 박해받을 때의 유물로, 사제관과 교회를 연결하는 사제 전용 비밀 터널이었다. 그 비밀은 사제들에게 대대로 이어져 왔는데, 베리커에게는 그저 매우 편리한 것에 지나지 않았다.

터널 끝에 다다라 돌계단을 올라가려 하던 그는 깜짝 놀라 걸음을 멈추고는 신중히 귀를 기울였다. 그렇다, 틀림없다. 누군가 오르간을 치고 있고 그것도 상당한 솜씨다. 돌계단을 올라간 후 성물실 나무벽에 난 문을 열었다. 그 방을 지나 또 다른 문을 열고 본당 안으로 들어갔다.

통로를 걸어가던 베리커는 깜짝 놀랐다. 얼룩무늬 옷을 입은 낙하산 부대 중사가 빨간 베레모를 옆에 벗어 놓고 의자에 걸터앉아 있었다. 그는 바흐의 코럴 전주곡을 치고 있었는데 보통 강림절 찬미가 〈신의 아들이 내려오시다〉에 앞서 불리는 것으로 계절적으로 매우 적합한 곡이었다.

한스 알트만은 진심으로 즐거웠다. 훌륭한 오르간에 아름다운 교회였다. 문득 눈을 들자 연주자용 거울에 성단 계단 아래 서 있는 베리커의 모습이 비쳤다. 그는 연주하던 손을 멈추고 돌아보았다.

"죄송합니다, 신부님. 한 번 치고 싶어서 참을 수가 없었습니다."

그가 두 손을 벌렸다.

"요즘 오르간을 칠 기회가 거의 없었거든요."

매우 훌륭한 영어였으나 약간 악센트가 달랐다.

"당신은 누구요?"

"에밀 자노브스키 중사입니다."

"폴란드 인?"

알트만이 고개를 끄덕였다.

"그렇습니다, 신부님을 뵈러 대장과 함께 이곳에 들어왔죠. 안 계셔서 기다리라고 대장이 말했습니다."

"오르간을 매우 잘 치시더군요. 바흐는 잘 치는 사람이 아니면 곡이 형편없이 되어 버리죠. 솔직히 말해 저는 그 자리에 앉을 때마다 유감스럽게도 그런 생각이 들곤 한다오."

"아, 신부님도 치십니까?"

"그렇소. 그리고 당신이 친 그 곡을 나는 매우 좋아하오."

"저도 좋아합니다."

알트만은 오르간을 치면서 노래를 부르기 시작했다.

"신이여, 부디 그 손으로 가난한 자에게……"

"그것은 삼위일체 주일 찬미가인데."

베리커가 말했다.

"튀링겐(현재 독일의 남서부 지방)에서는 그렇지 않습니다, 신부님."

바로 그때 떡갈나무로 된 큰 문이 열리고 슈타이너가 들어왔다. 그는 한 손에는 가죽 채찍, 다른 한 손에 빨간 베레모를 들고 통로를 걸어왔다. 돌 바닥 위로 군화 소리가 높게 울리고, 높은 창에서 비스듬히 쏟아져 들어오는 햇살을 받아 그의 연한 금발이 붉은 색을 띠고 있었다.

"베리커 신부님이십니까?"

"그렇습니다."

"공군 특수 연대의 폴란드 독립 낙하산 중대를 지휘하고 있는 하워드 카터입니다."

그리고 알트만 쪽을 바라보았다.

"예의 바르게 행동했나, 자노브스키?"

"중령님도 아시다시피 오르간을 좋아해서요."

슈타이너가 미소 지었다.

"자, 가서 밖에서 기다리도록."

알트만이 나가자 슈타이너가 교회 내부를 둘러보았다.

"정말 아름답군요."

베리커는 윗옷에 붙은 중령 계급장을 발견하고 호기심을 갖고 그를 훑어보았다.

"그래요, 우리도 매우 자랑으로 여기고 있죠. 공군 특수 부대라. 당신과 부하들은 평소의 근무지에서 매우 멀리서 왔겠군요. 저는 그리스 섬이나 유고슬라비아가 당신들의 전문 지역인 줄 알았는데."

"그렇습니다. 저도 그렇게 알고 있었죠. 한 달 전쯤에 높으신 분이 갑자기 특별 훈련을 위해 우릴 본국으로 불러들이기로 결정하기까지는요. 애초에 본국이라는 말이 맞지 않을지도 모르겠군요. 부하들은 모두 폴란드 인이라서."

"자노브스키 같은?"

"아니, 그렇지 않습니다. 그는 영어가 매우 능숙하지만 대부분은 '헬로'나 '오늘 밤 같이 있지 않겠나' 뭐 고작 그런 정도죠. 그 이상은 필요없다고 생각하는 모양입니다."

슈타이너가 미소 지었다.

"낙하산 부대라서 별로 예절이 바르지 못하죠. 툭하면 다른 부대와 문제를 일으키곤 합니다."

"알고 있습니다. 저도 예전에는 그중 한 명이었기 때문이지요. 저는 제1낙하산 여단 종군 사제였지요."

"그랬습니까? 그럼, 튀니지 전투에 참가했겠군요."

"그래요, 우드너 전투에서 이걸 얻었지요."

베리커가 지팡이로 알루미늄 의족을 두드렸다.

"그래서 지금은 여기에 있는 겁니다."

슈타이너가 그의 손을 잡고 악수했다.

"당신을 만나게 되어 매우 기쁩니다. 전혀 예상도 하지 못했던 일입니다."

베리커가 그로서는 드물게 미소 지었다.

"제게 무슨 볼일이라도?"

"하룻밤 묵고 싶습니다. 근처 들판에 있는 헛간은 지금까지 같은 목적으로 이용되어 왔다고 들었습니다만."

"당신들은 훈련을 하고 있나요?"

슈타이너가 엷게 미소 지었다.

"그렇게 생각해 주시면 좋겠군요. 여기에 있는 병력은 한줌밖에 안 되죠. 나머지는 노퍽 북부 일대에 흩어져 있습니다. 내일 특정 시각에 모두가 어느 지점으로 집합하기로 되어 있죠. 그저 부대의 집합 속도를 측정하기 위해섭니다."

"그럼, 오늘 오후와 밤밖에 머물지 않는다는 얘긴가요?"

"그렇습니다. 물론 폐는 끼치지 않겠습니다. 놀러온 게 아니므로 제가 부하들에게 마을을 중심으로 전술 훈련을 시킬 겁니다. 그런 데 마을 사람들이 곤란해하지 않을까요?"

데블린이 말한 대로였다. 필립 베리커가 미소 지으며 말했다.

"스터들리 콘스터블은 지금까지 군의 여러 가지 훈련에 이용되어 왔습니다, 중령. 모두들 가능한 한 협력을 아끼지 않을 것이오."

성당에서 나온 알트만은 올드 우먼스 메도우 헛간으로 통하는 오솔 길 옆에 세워 둔 트럭 쪽으로 걸어갔다. 지프는 묘지 문 옆에 있었는데, 크루겔이 운전대에 앉아 있고 베르너 브리겔이 기관총에 붙어 앉아 있었다.

베르너는 쌍안경으로 밤나무 숲의 떼까마귀 무리를 관찰하고 있었다. 그가 크루겔에게 말했다.

"정말 흥미로운걸. 좀더 가까이 가서 봐야겠어. 같이 가겠나?"

주변에 아무것도 없었으므로 그는 독일어로 말했고 크루겔도 독일어로 대답했다.

"가도 괜찮을까?"

"별일 없겠지, 뭐."

베르너가 말했다.

그가 지프에서 내려 묘지 문으로 들어가자 크루겔이 그다지 내키지 않는 모양으로 뒤를 따랐다. 레이커 암즈비가 묘지 서쪽 끝에서 무덤을 파고 있었다. 두 사람이 묘비 사이를 누비며 걸어가자, 그것을 본 레이커가 일을 멈추고 귀 뒤에 꽂아 둔 담배를 집어들었다.

"안녕하십니까?"

베르너가 말했다.

레이커가 두 사람을 올려다보았다.

"외국인이군, 엉? 그 제복 때문에 꼭 영국 젊은이인 줄 알았네."

"폴란드 인입니다. 그러니 이 친구를 이해해 주셨으면 합니다. 영어를 못하거든요."

베르너가 말했다.

레이커가 부자연스럽게 피우던 담배를 만지작거리자 베르너가 눈치를 채고 플레이어스 갑을 꺼냈다.

"한 대 태우시겠소."

"이거 고맙군."

레이커가 눈을 반짝였다.

"하나 더 집으시죠."

레이커는 당장 또 한 개비를 집었다. 하나는 귀에 꽂고 다른 하나에 불을 붙였다.

"그런데 이름이 뭔가?"

"베르너."

베르너는 곧 실수를 깨달았다. 잠깐 사이를 두고 덧붙여 말했다.

"쿠니키입니다."

"아, 그런가? 베르너는 독일 이름인 줄 알았는데, 1915년 프랑스에서 독일군 한 명을 포로로 잡은 적이 있었지. 그자가 베르너라는 이름이었어. 베르너 슈미트."

레이커가 말했다.

"어머니가 독일 사람이지요."

베르너가 설명했다.

"아니, 자네가 미안해할 건 없어. 태어나는 쪽이 부모를 선택하는 건 아니니까."

레이커가 말했다.

"저 떼까마귀 떼가 언제부터 여기에 있었는지 가르쳐 주시겠습니까?"

베르너가 말했다.

레이커가 이상하다는 듯 그를 쳐다보다가, 숲으로 눈을 돌렸다.

"내가 어렸을 때부터라네. 뭐야, 새에 흥미가 있나?"

"그럼요. 가장 흥미 있는 생물이죠. 사람과 달리 서로 싸우는 일 따윈 거의 없고, 또 그들에게는 국경이 없고 온 세상이 자기 집이니까요."

레이커가 마치 미친 사람을 보듯 바라보다가 웃음을 지었다.

"애길 계속하게. 시시껄렁한 떼까마귀 몇 마리가 있다고 해서 그렇게 흥분할 것까지는 없지 않겠나?"

"하지만 정말 그럴까요, 아저씨? 떼까마귀가 노픽 주 전역에 걸쳐 광범위하게 떼지어 살고 있지만, 그 대부분은 늦가을부터 겨울 사이에 멀리는 러시아 근처에서 온답니다."

"웃기지 말게나."

레이커가 말했다.

"정말이에요. 이 지역 떼까마귀 중에, 예를 들면 레닌그라드 근처에서 발에 고리를 끼웠던 것들이 많이 있는 사실이 이미 전쟁 전에 발견되었거든요."

"내 머리 위에 앉아 있는 저 시끄러운 새들이 그런 데서 날아왔다는 얘긴가?"

레이커가 대들 듯이 물었다.

"그래요."

"그런 줄은 꿈에도 몰랐네."

"그러니까 아저씨, 이제부터는 레닌그라드에서 온 저 떼까마귀들을 멀리서 온 신사 숙녀로 깍듯이 대접해야 합니다."

그때 큰소리로 부르는 소리가 들렸다.

"쿠니키, 차르!"

두 사람이 돌아보니 슈타이너와 신부가 성당 현관 앞에 서 있었다.

"가자!"

슈타이너가 소리치자 베르너와 크루겔은 즉시 지프로 돌아갔다.

슈타이너와 베리커 신부는 오솔길을 내려가기 시작했다. 경적이 들리는가 싶더니 지프 한 대가 마을 쪽에서 언덕을 올라와 도로 반대편에 섰다. 공군 부인 보조 부대 제복을 입은 파밀라 베리커가 차에서 내렸다. 베르너와 크루겔은 그녀의 모습을 보고 있다가, 해리 케인이 지프 반대편에서 돌아 나오는 것을 보고 몸이 굳어졌다. 그는 전투모에 전투복을 입고 군화를 신고 있었다.

슈타이너와 베리커가 성당 입구에 다다르자 파밀라가 두 사람 쪽으로 다가오더니 발돋움해 오빠의 뺨에 키스했다.

"늦어서 죄송해요. 해리가 지금까지 보지 못한 노력을 보고 싶다고 해서요."

"그래서 빙 둘러 안내했니?"

베리커가 애정이 담긴 목소리로 물었다.

"늦어서 죄송합니다."

케인이 말했다.

"두 사람에게 폴란드 독립 낙하산 중대의 카터 중령을 소개하지. 중령과 부하들은 이 지역에서 훈련중이야. 올드 우먼스 메도우 헛간을 사용하기로 했지. 이쪽은 제 누이동생 파밀라입니다, 중령. 이쪽은 해리 케인 소령이고요."

베리커가 말했다.

"제21특별 기습 부대입니다."

케인이 악수를 청했다.

"이 앞 멜섬하우스에 있죠. 이리로 오는 도중 부하들을 보았습니다, 중령님. 저 강렬한 빨간 베레모가 효과를 내고 있더군요. 여자들이 난리지요?"

"그렇긴 한 모양이네."

슈타이너가 말했다.

"폴란드 인 부대입니까? 우리 부대에도 폴란드 인이 몇 명 있죠. 그 가운데 한 명이 크루코프스키라는 자인데 시카고 출신입니다. 시카고에서 태어나 자랐지만 폴란드 말을 영어와 똑같이 잘하죠. 재미있는 사람들이더군요. 양쪽 대원들간에 친목회라도 계획해 보면 어떨까요?"

"유감이지만 그럴 수 없네. 나는 특별 명령을 받고 있어. 오늘 오후부터 저녁까지 훈련을 하고 내일 다른 부대와 합류해야 하거든. 사정을 이해할 수 있을 걸세."

슈타이너가 말했다.

"알겠습니다. 저도 마찬가지 입장이군요."

시계를 보며 케인이 말했다.

"실은 지금 20분 이내로 멜섬하우스로 돌아가지 않으면 대령에게 혼날 것입니다."

슈타이너가 상냥하게 말했다.

"만나서 기쁘네. 그럼 실례하겠습니다. 베리커 양. 그리고 신부님."

그가 지프에 올라타자 크루겔이 브레이크를 풀고 차를 출발시켰다.

"이 나라에서 차를 운전할 때는 좌측 통행이라는 사실을 잊지 말게, 크루겔."

슈타이너가 부드럽게 말했다.

헛간 벽은 곳에 따라 두께가 90센티나 되었다. 중세 시대에는 장원 저택의 일부로 헛간을 짓는 것이 전통적인 양식이었다. 헛간답게 오래된 건초와 쥐똥 냄새가 배어 있었다. 한쪽 구석에 부서진 짐마차가 있고, 넓은 지붕 아래 유리 없는 둥근 창에서 빛이 쏟아져 들어오고 있었다.

트럭은 보초 한 명을 붙여 바깥에 세워 두었으나 지프는 헛간 안에 넣었다. 슈타이너가 지프 위에 서서 모두에게 지시를 했다.

"이제까지는 모든 것이 순조로웠다. 앞으로는 모든 행동이 자연스럽게 보이도록 주의해야 한다. 먼저 야전용 스토브를 꺼내 식사 준비를 하기로 한다."

그리고 그는 시계를 보았다.

"식사가 끝나면 3시쯤 될 것이다. 그 후 잠시 야외 훈련을 한다. 표면상 그 때문에 온 것이고, 사람들은 당연히 그렇게 알 것이다. 들판, 개울, 가옥을 이용한 보병의 기초 훈련이다. 또 한 가지, 무슨 일이 있어도 독일어를 사용하지 않도록 주의하라. 소리를 죽이고, 가능한 한 손으로 신호를 보낸다. 당연하지만 명령을 할 때는 모두 영어로 한다. 야전 무전기는 긴급 사태가 발생했을 때만 사용한다. 그 밖의 경우에는 절대 사용하지 말라. 노이만 중위가 뒤에 각 반장에게 호출 부호를 가르쳐 줄 것이다."

브렌트가 물었다.

"사람들이 말을 걸어오면 어떻게 하죠?"

"설사 영어로 말할 수 있어도 모르는 체하라. 일이 귀찮아지는 것보다는 그편이 낫다."

슈타이너가 리터에게 말했다.

"야외 훈련 계획은 자네에게 맡긴다. 영어에 능숙한 자가 각 반에 적어도 한 명은 있도록 편성해 주게. 그 점은 문제없겠지?"

그리고 다시 부하들을 향해 얼굴을 돌렸다.

"모두들 알겠나, 6시 반이면 해가 질 것이다. 그때까지 바쁘게 보이면 된다."

그는 지프에서 뛰어내려 밖으로 나갔다. 오솔길을 걸어 내려가 문에 기대어 섰다. 조애너 그레이가 꽃이 가득 들어 있는 바구니를 핸들에 건 채 힘겹게 자전거를 타고 언덕길을 올라왔다. 그 뒤에 애견 패티가 따라왔다.

"안녕하세요?"

슈타이너가 경례했다.

그녀가 자전거에서 내려서 힘겹게 자전거를 끌면서 다가왔다.

"모든 진행 상황은요?"

"좋습니다."

그녀가 자기 소개를 하듯 손을 내밀었다. 멀리서 보면 매우 자연스럽게 보일 것이다.

"그런데 필립 베리커는요?"

"매우 협조적이었소. 데블린이 말한 대로요. 거의 우리가 수상의 경비 때문에 왔다고 생각하는 것 같았소."

"앞으로 어떻게 하나요?"

"우리가 마을 근처에서 병정놀이 하는 것을 볼 수 있을 것이오. 데블린이 6시 반에 댁으로 간다고 했소."

"알았어요."

그녀는 또 손을 내밀었다.

"그럼 나중에 또."

슈타이너가 경례를 하고 헛간으로 돌아가자 조애너 그레이는 자전거를 몰아 성당 언덕길을 따라 올라갔다. 베리커가 현관에 서서 그녀를 기다리고 있었다. 그녀는 자전거를 벽에 세워 둔 채 꽃을 들고 그에게 다가갔다.

"예쁘군요. 대체 어디서 이런 걸 얻었죠?"

"홀트의 친구한테서요. 붓꽃이에요. 물론 온실에서 재배한 거지만요. 애국심이 결여되어 있어요. 그럴 여유가 있으면 감자나 배추를 심는 게 나을 텐데."

"천만에요. 인간은 빵만으로 사는 게 아니니까요."

보기 드문 농담조로 그가 말했다.

"헨리 경을 만나 보셨나요?"

"네, 그가 막 나가려던 참에 들렀지요. 제복 차림이었는데 정말 훌륭했어요."

"해가 저물기 전에 수상과 함께 돌아오겠군요. 나중에 수상의 전기에 한 줄 들어가겠군요. '스터들리 그레인지에서 1박'이라고요. 마을 사람들이 아무것도 알지 못하는 사이에 작은 역사가 이루어지고 있군요."

베리커가 말했다.

"그래요, 맞는 말이에요."

그녀가 아름답게 미소 지었다.

"자, 그럼 이 꽃으로 제단을 장식합시다."

두 사람은 문을 열고 안으로 들어갔다.

16

란즈부르트는 안개가 걷혔지만 바다는 안개가 심해 100야드 정도 밖에 안 보였다. E보트에서는 뮬러의 감독아래 승무원들이 출항준비를 갖추고 있었다. 쾨니히는 보슬비 속에서 담배를 피우며 나루터를 서성댔다. 부츠에 낡은 더블 재킷을 입고 소금기를 털어 낸 모자를 쓰고 있는 모습에서 해군사관다운 면모는 찾기 어려웠다.

"준비완료 되었습니다, 소위님." 뮬러가 말을 붙였다.

"좀 더 기다려야겠네." 쾨니히가 대답했다. "출항하기 전에 게리케 대위의 소식이 듣고싶군."

그때 야전용 승용차가 모래언덕 사이로 난 오솔길을 달려오더니 나루터 가까이에 섰다. 비트 중사가 운전하고, 라들이 옆에 타고 있었다. 중위가 차에서 내리고 쾨니히가 마중을 갔다.

"그는 어떻게 되었습니까?"

"암스테르담에서 최고로 좋은 병원에 옮겨졌네. 공군에서 제일가는 외과의, 항공기 요원의 부상이라면 최고 전문가인 외과의가 파리에서 비행기로 올 거야. 오늘 저녁이면 도착할 걸세."

"다행입니다만, 상태는 어떻습니까?" 쾨니히는 조급하게 물었다.

"괜찮을 거야." 라들의 목소리엔 힘이 없었다. "구체적인 상황을 알고 싶다면 말하지. 오른쪽 허벅지 골절, 발목은 부서졌고, 왼쪽 팔도 가루가 된 모양이네."

"살 수 있습니까?"

"의사들은 그렇게 생각하는 모양이지만 두 번 다시 하늘을 날 수는 없네."

"어떻게 그런 일이!" 쾨니히는 소스라쳤다. "비행이 그의 인생의 전부였는데."

라들은 쾨니히의 마음을 달래려 최대한 노력했다. "그래, 굉장히 유감스런 일이야. 따라서 지금까지 그의 놀라운 임무수행에 대해서 반드시 괴링 원수에게 보고되도록 내가 힘써보겠네. 잘하면 게리케는 기사십자훈장에 월계훈장을 받게 될 거야."

"그렇게만 되면 정말 좋겠군요." 쾨니히가 말했다. "잘됐어요! 그러면 일생을 편안히 살 수 있겠지요."

"정말 안됐네, 파울." 라들이 자상하게 말했다. "나는 마음으로부터 유감스럽게 생각하는데, 이 전쟁에서는 승자가 없어. 희생자밖에 없지. 우리 모두가 전쟁의 희생자라네." 그리고는 손을 내밀었다. "행운을 비네."

"중위님!" 쾨니히는 해군식의 경례를 붙인 뒤 몸을 돌려 E보트의 손잡이를 훌쩍 뛰어넘었다. 그리고는 그대로 조종실로 들어가 버렸고, 뮐러가 출발작업을 감독했다.

라들은 오랫동안 그 자리에 서서 함정이 안개 속으로 사라지는 것을 지켜본 뒤에야 차로 돌아왔다. "좀 걷다가 돌아가겠네." 그는 비트에게 말했다.

차는 사라졌고, 라들은 그 자리에 서서 이루 형용할 수 없는 고뇌에 찬 기분으로 바다를 지켜보았다. 늘 누군가가 고통을 받는다, 언제나. 그는 손이 얼어붙는 것 같고, 안구가 타들어가는 듯이 아팠다. "하루라도 빨리 모든 것이 끝나기만을 빌어야지." 그는 낮은 소리로 혼잣말을 하면서 돌아서서 걸어갔다.

런던 국회 의사당의 시계가 3시를 알렸을 때 로건은 왕립 재판소에서 나와 세단형 험버 운전석에서 기다리고 있는 퍼거스 그랜트 쪽으로 바삐 걸어갔다. 억수 같은 비에도 불구하고 문을 연 로건 경감은 기분이 매우 좋았다.

"모든 게 잘되었나요?"

퍼거스가 물었다.

로건이 만족스러운 듯 미소 지었다.

"우리 친구 핼로건의 형량이 10년 이하가 되는 일은 절대 없을 걸세. 그걸 가져왔나?"

"거기에 들어 있습니다."

로건이 좌석 앞에 붙어 있는 문을 열자 브라우닝 하이 파워 자동권총이 한 자루 들어 있었다. 그는 탄창을 점검하고 손에 쥐어 보았다. 이상하게도 감촉이 좋았다. 꼭 맞았다. 잠시 손바닥에 올려놓았다가 이윽고 가슴속 호주머니에 넣었다.

"좋아, 퍼거스. 다음은 우리 친구 데블린이다."

바로 그때 몰리는 말을 타고 들판 오솔길을 지나 성당으로 향하고 있었다. 가랑비 때문인 듯 낡은 트렌치코트에 스카프를 두르고 있었고, 마대로 덮은 배낭을 짊어지고 있었다.

그녀는 사제관 뒤쪽 나무 아래 말을 매어 놓고 묘지 뒷문으로 들어갔다. 앞 현관 쪽으로 돌아왔을 때 호령 소리가 그 언덕 위까지 들려와 잠시 멈춰 서서 마을을 내려다보았다. 낙하산 병사들이 개울 옆 낡은 물레방앗간을 향해 각기 전진을 하고 있었다. 빨간 베레모가 푸른 들판 위로 또렷이 떠올랐다. 베리커 신부, 조지 와일드의 아들 그레이엄과 어린 수잔 터너가 물레방아용 둑 위에 걸린 다리에서 병사들의 훈련 광경을 구경하고 있는 것이 보였다. 또 호령소리가 들리고 군인들이 일제히 땅에 엎드렸다.

그녀가 성당 안으로 들어가니 파밀라 베리커가 제단 앞에 무릎을 꿇고 놋쇠 난간을 닦고 있었다.

"안녕, 몰리? 도와주러 왔니?"

"이번 주말은 어머니가 제단 당번인데, 감기에 걸려서 오늘은 좀 쉬겠다고 했어요."

배낭에서 팔을 빼면서 몰리가 말했다.

또 호령 소리가 마을에서 희미하게 들려왔다.

"저 사람들, 아직도 저러고 있니? 이미 많은 싸움이 있었는데, 아직도 저런 병정놀이를 해야만 하다니. 우리 오빠도 거기에 있니?"

"내가 들어올 때 거기에 있었어요."

파밀라 베리커의 얼굴이 어두워졌다.

"때때로 이런 생각이 들어. 오빠는 두 번 다시 전쟁에 나갈 수 없다는 사실을 안타깝게 여기는 것이 아닐까 하고 말야. 남자란 정말 알 수 없는 동물이야."

그녀는 고개를 흔들었다.

마을에는 여기저기 굴뚝에서 연기가 나는 것 말고는, 사람들이 살고 있다는 기색을 별로 느낄 수 없었다. 주민 대다수가 일하러 나가고 없었다. 리터 노이만은 대원을 다섯 명씩 세 반으로 나누고, 각반에 연락용 야전 무전기 한 대씩을 나눠주었다. 그와 하피 프레스턴은 각자 반을 이끌고 마을의 집 사이에 흩어져 있었다. 프레스턴은 자신의 역할을 무척 즐기고 있었다. 권총을 손에 쥐고 술집 창가에 몸을 붙인 채 손을 흔들어 대원들에게 전진 명령을 내렸다. 조지 와일드가 벽에 기대어 보고 있는데 아내 베티가 앞치마로 손을 닦으면서 입구로 나왔다.

"군대로 돌아가지 못하는 게 유감이에요?"

와일드가 어깨를 으쓱했다.

"그럴지도 모르지."

"남자들은 정말 이해할 수 없어요."

그녀가 혐오하는 듯한 표정으로 말했다.

초원에 있는 그룹은 브렌트, 슈투름 중사, 베커 하사, 그리고 얀센과 하글 두 일병이었다. 그들은 물레방앗간 건너편에 흩어져 있었다. 물레방앗간은 이미 30년 이상이나 방치되어 슬레이트 지붕에 구멍이 나 있었다.

평상시 그 커다란 물레방아는 정지해 있었으나, 연일 계속된 호우로 불어난 강물이 세찬 기세로 흐르며 물레방아에 강한 압력을 가해 어젯밤에 이미 녹슬어 약해져 있던 쇠막대기를 부러뜨려 버렸다. 그 때문에 지금은 물레방아가 기분 나쁜 소리를 내며 돌면서 물거품을 일으키고 있었다.

지프 위에서 물레방아를 흥미 있게 보고 있던 슈타이너가 어린 얀센의 사격 자세를 고쳐 주고 있는 브렌트에게 눈을 돌렸다. 상류 둑 저쪽에서 베리커 신부와 어린애 둘이 보고 있었다. 조지 와일드의 아들 그레이엄은 열한 살로 낙하산 부대의 행동을 보고 상당히 흥분해 있었다.

"저 사람들은 지금 뭘 하고 있어요, 신부님?"

그가 베리커에게 물었다.

"저건 말이야 그레이엄, 양팔꿈치 위치를 고치고 있는 거란다. 안 그러면 정확한 조준을 할 수 없거든. 잘 봐, 이번엔 포복 전진이다."

수잔 터너는 훈련을 구경하는 일에 싫증이 나 있었다. 다섯 살 난 여자아이로서는 당연한 일로, 어젯밤 할아버지가 만들어 준 나무 인형을 가지고 노는 편이 훨씬 재미있었다. 버밍엄에서 피난 온 금발의 귀여운 아이였다. 조부모인 테드와 애그너스 터너는 마을 우체국과 작은 전화 교환대의 책임자이자 동시에 잡화점을 경영하고 있었다. 수잔은 여기로 온 지 벌써 1년이 되었다.

수잔은 다리 맞은편으로 걸어가 난간 밑으로 몸을 숙인 뒤 그 끝에 웅크리고 앉았다. 물거품이 일고 있는 황토색 개울물이 60센티도 안 되는 아래에서 격렬한 기세로 흐르고 있었다. 그녀는 자유로운 한 팔로 인형을 물 위까지 늘어뜨려, 인형 다리가 수면에 닿아 물보라가 일면 까르르 웃으며 재미있어했다. 머리 위 난간을 붙잡은 채 몸을 더 구부려 인형의 다리를 물에 쑥 담그는 순간 난간이 뚝 부러졌다. 그녀는 외마디 비명을 지르며 거꾸로 떨어졌다.

베리커와 소년이 돌아보았을 때, 수잔의 모습이 물속으로 사라지고 있었다. 베리커가 어찌해 볼 틈도 없이 수잔의 몸은 다시 아래를 지나 떠내려가기 시작했다. 그레이엄이 용기라기보다는 본능적으로 뒤를 쫓아 뛰어들었다. 그 주변의 수심은 보통 60센티 전후였다. 여름에는 종종 올챙이를 잡던 곳이다. 그러나 지금은 상황이 완전히 달랐다. 그 아이는 수잔의 옷자락을 붙잡고 발로 바닥을 더듬었다. 그러나 발 닿는 곳이 없자 두려운 나머지 비명을 질렀고, 두 아이는 함께 둑 쪽으로 떠내려갔다.

베리커는 너무나 경악한 나머지 그 자리에 얼어붙은 듯 소리조차 지르지 못하고 있었다. 슈타이너와 부하들은 그레이엄의 비명 소리에 모두 긴장했다. 무슨 일인가 하고 모두 비명 소리가 들리는 쪽을 바라보니, 두 어린애가 둑의 콘크리트 경사면을 미끄러져 물레방아쪽 연못으로 흘러들어가고 있었다.

슈투름 중사가 장비를 벗어 던지고 연못을 향해 달려갔다. 윗옷을 벗고 어쩌고 할 틈이 없었다. 격류에 휩쓸린 수잔과 수잔의 옷자락을 잡고 있는 그레이엄이 이미 물레방아 가까이 떠내려왔던 것이다.

슈투름이 주저없이 뛰어들자 두 사람 쪽으로 나아갔다. 그가 그레이엄의 팔을 잡았을 때 브렌트가 뒤를 이어 허리까지 차는 물에 뛰어들었다. 슈투름은 크게 활 모양을 그리는 자세로 소년을 브렌트 쪽으로 밀어내고는 수잔의 뒤를 쫓았다.

여자아이는 세찬 물살 덕분에 물 위에 떠올라 있었다. 슈투름이 옷자락을 붙잡자 비명을 질렀다. 수잔을 껴안고 일어나려 하는 그는 다음 순간 완전히 물속에 잠겼다. 그가 다시 물 위로 고개를 내밀었을 때는 이미 사정없이 수문 쪽으로 떠내려가고 있었다.

급류의 소음을 뚫고 날카로운 소리가 들렸다. 그가 돌아보니 둑 위의 한 동료가 소년을 물가로 끌어올리고, 브렌트가 다시 물속으로 들어와 자기 쪽으로 오는 게 보였다. 칼 슈투름은 혼신의 힘을 다해 소녀를 공중으로, 팔을 내밀고 있는 브렌트에게 던졌다. 그리고는 이내 급류에 휩쓸린 채, 큰소리를 내면서 돌고 있는 물레방아 밑으로 빨려들어갔다.

조지 와일드는 입구 계단을 씻기 위해 양동이에 물을 푸러 가게 안으로 들어갔다. 다시 밖으로 나온 순간, 어린애 둘이 둑을 넘어오는 것이 보였다. 그는 양동이를 내던지고 아내에게 뭐라고 외치고는 다리 쪽으로 달려갔다. 하피 프레스턴과 대원들도 그 장면을 보고 뛰어갔다.

흠뻑 젖었을 뿐 소년은 아무런 상처도 없었다. 울고 있긴 하나 수

잔도 마찬가지였다. 브렌트는 수잔을 조지 와일드에게 넘겨주고는 물레방아 저쪽에서 슈투름을 찾고 있는 슈타이너와 대원들 쪽으로 달려갔다. 그때 물살이 완만한 수면 위로 슈투름이 떠올랐다. 브렌트가 뛰어들어 물가로 끌어당겼다.

이마에 희미한 멍이 생긴 것을 빼고는 아무런 상처가 없었으나 눈을 감고 입술이 약간 벌어져 있었다. 브렌트가 슈투름을 안고 물가로 올라왔을 때 모두가 달려왔다. 먼저 베리커 신부가, 이어서 하피 프레스턴과 그의 반 대원, 남편에게서 수잔을 넘겨받은 와일드 부인이 달려왔다.

"괜찮소?"

베리커가 물었다.

브렌트가 윗옷을 젖히고 가슴에 손을 집어넣어 심장의 맥박을 살폈다. 그가 이마의 작은 상처에 손을 대보니 살과 뼈가 문드러져 있었다. 그래도 브렌트는 영국에 있음을 잊지 않을 만큼 냉정을 유지하고 있었다.

슈타이너를 올려다보고 상당히 유창한 영어로 말했다.

"안됐지만, 두개골이 으스러졌습니다."

순간, 들리는 것이라고는 기분 나쁜 물레방아 소리뿐이었다. 그 정적을 그레이엄 와일드가 깨뜨렸다.

"아빠, 저 제복 좀 봐. 저게 폴란드 제복이야?"

브렌트는 서두른 나머지 돌이킬 수 없는 실수를 저지르고 말았다. 젖혀진 슈투름의 윗옷 속에, 오른쪽 가슴에 독일 공군의 독수리 배지를 단 제복이 보였다. 왼쪽 가슴에 제1급 철십자장, 동계 전쟁 종군장, 은으로 된 상이기장이 붙어 있었다. 영국 낙하산 부대 전투복 안에는 히틀러가 명령한 대로 독일군 제복을 입고 있었던 것이다.

"오, 하느님!"

베리커가 중얼거렸다.

독일병들이 민첩하게 주위를 둘러쌌다. 슈타이너가 독일어로 브렌트에게 말했다.

"슈투름을 지프에 태워라."

야전 무전기를 짊어지고 있는 얀센을 향해 딱 하고 손가락을 울렸다.

"독수리 1호에서 독수리 2호로, 응답하라."

리터 노이만 반은 마을 저 멀리에 있어 모습이 보이지 않았으나 곧바로 응답했다.

"여기는 독수리 2호."

"독수리의 정체가 알려졌다. 즉시 다리로 집합하라."

슈타이너가 말했다.

그가 무전기를 얀센에게 돌려주었다. 베티 와일드가 어쩔 줄 모르는 모습으로 말했다.

"어떻게 된 거죠, 조지? 저는 뭐가 뭔지 영문을 모르겠어요."

"저들은 독일군이야. 나는 저런 제복을 본 적이 있어. 노르웨이에 있을 때."

와일드가 말했다.

"그렇소. 우리들 가운데 몇 명이 그곳에 갔었소."

슈타이너가 말했다.

"그런데 무엇이 목적이죠? 도무지 어처구니가 없군요. 여기에는 당신이 노릴 만한 게 하나도 없어요."

와일드가 말했다.

"이 불쌍한 멍청이 같으니라구. 오늘밤 스터들리 그레인지에 누가 오는지 아나? 너희들에겐 하느님 같은 처칠 경이야."

프레스턴이 비웃으며 말했다.

와일드는 깜짝 놀라 그를 쳐다보다가 소리를 내어 웃었다.

"자네 미쳤군. 이런 바보 같은 얘기는 태어나서 처음 듣겠네. 그렇습지요, 신부님?"

"유감스럽지만 사실입니다."

베리커가 말을 하는 데 무척 어려움을 느끼면서 천천히 말했다.

"좋소, 중령. 이제부터 어떻게 할 것인지 가르쳐 줄 수 없겠소? 무엇보다도 우선 이 두 아이는 추위에 떨고 있소."

슈타이너가 베티 와일드에게 말했다.

"와일드 부인, 아들과 여자아이를 집으로 데리고 돌아가도 좋습니다. 아이들은 우선 마른 옷으로 갈아 입히고, 수잔은 조부모한테 데려다 주십시오. 두 사람은 우체국 잡화점을 하고 있지요?"

그녀는 아직도 어리둥절한 모습으로 남편을 바라보며 말했다.

"예, 그래요."

슈타이너가 프레스턴에게 말했다.

"이 마을 주변에는 전화가 여섯 대밖에 없다. 통화는 모두 우체국을 경유해야만 하며, 터너 부부가 연결해 주고 있다."

"선을 끊어 버릴까요?"

프레스턴이 물었다.

"아니, 그러면 불필요한 관심을 끌게 된다. 누군가 수리하는 사람을 부를지도 몰라. 여자아이에게 옷을 갈아 입히고 나면 할머니와 함께 교회로 데려오도록. 터너는 교환대에 붙어 있게 해라. 전화가 걸려 오면, 그 집이 부재중이라든가 적당히 대답하도록 시키는 거야. 당분간은 그것으로 충분할 것이다. 자, 빨리 가라. 쓸데없는 짓은 하지 말도록."

프레스턴은 베티 와일드를 바라보았다. 수잔은 울고 있었다. 그가 상냥한 미소를 띠고 두 손을 내밀었다.

"자, 이리 오렴, 업어 줄게."

수잔이 기쁜 표정으로 곧 그를 따랐다.

"그럼 와일드 부인, 갑시다."

베티 와일드가 절망적인 모습으로 남편 얼굴을 흘끗 보고는 아들 손을 잡고 프레스턴을 따라갔다. 프레스턴 반 대원인 딘터, 마이어, 리델과 베르크가 1, 2미터 정도 떨어져 따라갔다.

와일드가 쉰 목소리로 말했다.

"아내에게 무슨 일이 일어나면……."

슈타이너가 그 말을 묵살하고 브렌트에게 말했다.

"베리커 신부와 와일드 씨를 성당으로 데려가 밖에 나오지 못하게 하게. 베커와 얀센을 데려가. 하글, 너는 날 따라와."

리터 노이만 반이 다리 있는 곳까지 왔다. 프레스턴이 마침 그곳을 지나가다가 중위에게 상황을 설명하고 있는 듯했다.

필립 베리커가 말했다.

"중령, 난 당신의 위협적인 태도를 허세라고 보오. 만일 내가 이대로 걸어서 이곳을 떠나더라도 총을 쏠 수 없을 것이오. 마을 사람들에게 알려질 테니까."

슈타이너가 그를 향해 돌아섰다.

"이 스터들리 콘스터블에는 집과 오두막이 열여섯 채 있소. 주민은 47명. 더구나 남자들 대부분은 지금 마을에 없소. 모두 여기서 반경 8킬로미터 안의 지역에 흩어져 있는 열 개 남짓한 농장에서 일하고 있소. 그건 그렇고……."

슈타이너는 브렌트를 바라보았다.

"보여 줘라."

브렌트는 베커 하사한테서 슈텐 건을 받아 엉덩이에 붙이고는 연못의 수면을 향해 쏘았다. 물보라가 높이 튀어 올랐으나 들리는 것은 노리쇠가 찰칵 하는 금속성 소리뿐이었다.

"보시는 대로 훌륭한 총이오. 더구나 영국이 만든 것이오. 그러나 더 확실한 방법이 있소, 신부. 브렌트는, 당신의 늑골 밑에 단검을 찔러 비명도 지르지 못하고 즉사하게 만들 수가 있소. 거짓말 아니오. 그는 그 방법을 알고 있소. 지금까지 몇 번이나 그렇게 해왔소. 그러니 당신들을 둘다 지프 조수석에 앉아 그대로 달려 가는 거요. 자, 이만하면 충분하겠소?"

슈타이너가 말했다.

"그 정도면 됐소."

베리커가 말했다.

"좋아, 가봐. 나도 곧 뒤를 따라가겠다."

슈타이너가 브렌트에게 고개를 끄덕이며 말했다.

그들을 보내고 슈타이너는 다리를 향해 서둘러 갔다. 걸음이 빨랐으므로 하글은 거의 뛰다시피 했다. 리터가 두 사람 쪽으로 다가왔다.

"큰일났군요. 이제부터 어떻게 하죠?"

"마을을 점령한다. 프레스턴의 임무는 알고 있나?"

"예, 그한테 들었습니다. 우린 뭘 하면 되죠?"

"누군가에게 트럭을 가져오게 하고, 마을 한쪽부터 한 집 한 집 이 잡듯이 철저히 수색한다. 어떤 방법으로든 15분에서 20분 이내에 마을 주민 전원을 교회로 데려오도록."

"그 다음은요?"

"마을 양쪽을 봉쇄한다. 공식 조치처럼 보이도록 하고, 사람들에게 부드럽게 대하되 안에 있는 자는 절대로 밖으로 내보내지 않도록 하는 거야."

"그레이 부인에게 알릴까요?"

"아니, 그녀는 당분간 내버려둬. 무전기를 사용해야 하니까 자유롭게 행동할 수 있도록 내버려두는 거다. 필요해질 때까지는 그녀가 우리편이라는 사실을 아무한테도 알려서는 안 돼. 절대로, 후에 내가 그녀를 만나겠다."

슈타이너는 씨익 웃었다.

"일이 좀 귀찮게 되었다, 리터."

"처음이 아니니까요, 중령님."

"좋아, 그럼 곧 시작해 주게."

노이만의 경례에 답하며 슈타이너가 정식으로 경례를 받았다. 그리고 성당을 향해 언덕길을 올라가기 시작했다.

우체국 겸 잡화점 거실에서는 애그너스 터너가 손녀의 옷을 갈아입히며 울고 있었다. 베티 와일드가 아들 손을 꼭 쥐고 그 옆에 앉아 있었다. 딘터와 베르크, 두 일병은 문 양쪽에 서서 일이 끝나기를 기다렸다.

"무서워 죽겠어요, 베티. 저들에 대한 무서운 얘기를 많이 들었어요, 아무렇지도 않게 사람을 죽인다든지 하는, 우릴 어떻게 할까요?"

터너 부인이 말했다.

우체국 카운터 뒤 교환대가 놓인 작은 방에서 테드 터너가 약간 흥분한 말투로 말했다.

"아내를 어떻게 했지?"

"아무 일도 없었어."

하피 프레스턴이 말했다.

"우리가 시키는 대로만 하면 아무 걱정없어. 그러나 누가 전화를 걸어왔을 때 알리려고 소리치거나 쓸데없는 짓을 하면……"

프레스턴은 권총을 케이스에서 뽑았다.

"나는 널 쏘지 않아. 여자를 쏘겠어. 약속하겠지."

"이 개새끼, 너는 그러고도 영국인이냐?"

노인이 말했다.

"당신보다는 훌륭한 영국인이지, 영감태기야. 지금 말한 것을 잊지마."

이렇게 말하며 프레스턴은 손등으로 노인의 뺨을 쳤다.

프레스턴은 구석에 있는 의자에 앉아 담배에 불을 붙이고 잡지를 집어 들었다.

몰리와 파밀라 베리커는 제단의 장식을 마친 뒤 성수반 주위를 몰리가 가져온 갈대와 들꽃으로 장식했다. 파밀라가 말했다.

"좋은 생각이 떠올랐어. 담쟁이덩굴 잎을 뜯어 올게."

문을 열고 현관을 나선 파밀라는 탑으로 기어오르는 담쟁이덩굴에서 잎을 두세 웅큼 땄다. 그녀가 다시 성당 안으로 들어가려고 했을 때 브레이크 소리가 들려 돌아보니 지프가 멈추고 있었다. 오빠와 와일드가 내리는 것을 보고 낙하산 병사가 차로 바래다 준 것이라 생각했다. 다음 순간, 체격이 우람한 상사가 총을 엉덩이에 걸친 채 오빠와 와일드에게 겨누고 있음을 알아챘다. 너무 어처구니가 없어 하마터면 웃음이 나올 뻔했으나, 베커와 얀센이 슈투름의 시체를 운반하며 묘지 문을 들어서는 것을 보고는 심한 당혹감을 느꼈다. 약간 열려 있던 문 안으로 주춤주춤 물러서던 파밀라는 몰리와 부딪쳤다.

"무슨 일이에요?"

몰리가 물었다.

파밀라는 낮고 굳은 목소리로 몰리의 입을 막았다.

"잘 모르겠지만 뭔가 이상해, 정말 이상해."

조지 와일드는 오솔길을 지나는 도중 탈출을 시도했으나, 그의 움직임을 간파하고 있던 브렌트가 능란하게 발을 걸었다. 그는 와일드 위로 몸을 기대고 M1 소총 총구를 턱 아래로 들이댔다.

"좋아, 토미. 자넨 용기가 있군. 인정해 주지. 하지만 또 그런 짓을 하면 단번에 머리를 날려 버릴 테다."

베리커의 도움을 받아 와일드가 일어나고, 일행은 현관으로 향했다. 안에서 몰리가 소스라치게 놀라며 파밀라를 바라보았다.

"이게 어떻게 된 거죠?"

파밀라가 또 입을 막았다.

"자, 빨리 이리로."

두 사람은 성물실로 들어가 문을 닫고 안쪽에서 빗장을 걸었다. 잠시 후 사람들의 목소리가 똑똑히 들려왔다.

베리커가 말했다.

"이제 어떻게 할 건가?"

"중령님이 오기를 기다리는 거요. 그 틈을 이용하여 불쌍한 슈투름을 위해 당신이 할 수 있는 일을 해주었으면 싶소. 그는 루터파이지만 별 상관은 없을 것이오. 가톨릭이든 프로테스탄트든, 독일인이든 영국인이든 시체를 파먹는 벌레한테는 마찬가지요."

브렌트가 말했다.

"성당으로 운반하시오."

베리커가 말했다.

발소리가 멀어져 가자 문에 바싹 붙어 있던 몰리와 파밀라는 얼굴을 마주보았다.

"지금 독일인이라고 했어요? 어떻게 그럴 수가……."

몰리가 말했다.

현관 바닥에 발소리가 울리고 밖의 문이 끼익 열렸다. 파밀라가 입술에 손가락을 대고 귀를 기울였다.

슈타이너는 성수반 앞에 멈춰 채찍으로 허벅지를 두드리며 주위를 둘러보았다. 이번엔 베레모를 벗으려 하지 않았다.

"베리커 신부님, 이쪽으로 와 주셨으면 합니다."

슈타이너는 성물실 입구로 가 손잡이를 돌렸다. 안에 있던 두 사람은 깜짝 놀라 문에서 떨어졌다. 베리커가 절름거리며 통로를 걸어오자 슈타이너가 말했다.

"여기는 잠겨 있군요. 왜죠? 안에는 뭐가 있죠?"

베리커가 알고 있는 한 그 문이 잠긴 적은 없었다. 사실 그 열쇠는 몇 년 전에 어디론가 사라졌던 것이다. 그렇다면 누군가 안에서 빗장을 걸었다고밖에는 볼 수 없었다. 다음 순간, 자기가 낙하산 부대의 훈련을 보러 밖으로 나갈 때 파밀라가 제단을 청소하고 있던 것이 떠올랐다. 답은 분명해졌다. 그가 분명한 어조로 말했다.

"거기는 성물실이오, 중령. 성당의 기록이나 내 소지품 따위가 들어 있소. 열쇠는 사제관에 있소. 좀 비효율적이라서 미안하오. 당신네 독일인들은 좀더 잘 정돈하겠죠?"

"우리 독일인들은 뭐든지 질서가 있다는 그런 의미인가요, 신부님? 사실이오. 그렇지만 나는 런던에서 학교를 다녔고 어머니는 미국인이오. 사실 오랫동안 런던에서 살았소. 그렇다면 어떻게 될까요?"

"당신 이름은 카터일 리 없다는 것이지요."

"진짜는 슈타이너요, 쿨트 슈타이너."

"소속은 친위대요?"

"영국인은 병적이리만큼 SS에 관심을 갖고 있는 것 같더군요. 독일 군인은 모두 히믈러의 개인 부대라고 생각하나요?"

"그렇지는 않지만 모두 그와 같은 행동을 하니까 그렇게들 생각하는 겁니다."

"예를 들면 슈투름 중사처럼?"

그 말에 대해서 베리커는 아무 말도 하지 않았다. 슈타이너가 덧붙였다.

"만일을 위해 말해 두지만, 우린 SS가 아니오. 그냥 낙하산 부대원이지. 영국 낙하산 부대에도 경의를 표하지만, 이 분야에서는 우리가 최고요."

"그래서 오늘밤 스터들리 그레인지에서 처칠을 암살할 생각이오?"

"불가피한 경우에만 그렇소. 나는 가능한 한 생포하고 싶소."

슈타이너가 말했다.

"그런데 이제 그 계획에 적잖이 차질이 생기겠군요. 그 완전무결한 계획에……."

"내 부하 한 명이 마을 어린애 두 명의 목숨을 구하기 위해 자신을 희생했기 때문이오. 당신은 그 사실을 모른 척하고 싶은 모양이죠? 하지만 왜죠? 독일군은 모두 강간과 살인 전문의 야만인이라는 그 불쌍한 망상을 계속 간직하고 싶어선가요? 아니면 더 깊은 어떤 이유가 있기 때문인가요? 독일 총탄에 의해 불구가 되어 독일인 전체를 증오하는 겁니까?"

"빌어먹을!"

베리커의 말이었다.

"그렇지만 신부님, 로마 교황은 그런 감정적인 생각을 좋아하지 않을 겁니다. 당신의 처음 질문에 대답하겠소. 그렇소, 확실히 계획은 다소 어긋났지만 임시 조치를 강구하는 게 우리 같은 부대의 특징이지요. 당신도 낙하산 부대에 있었으니 잘 알 것이오."

"아직도 모르겠소? 당신들의 계획은 실패했어요. 기습이라는 요소가 사라져 버렸단 말이오."

"아직 남아 있소. 필요한 기간 동안 마을 전체를 외부와 단절시켜 두면 되니까."

슈타이너가 침착한 어조로 말했다.

베리커는 그 대담무쌍한 말에 잠시 말이 나오지 않았다.

"그러나 절대로 도망칠 수 없을 것이오."

"헨리 윌러비 경은 오늘 아침 11시에 그레인지를 출발해 킹즈린으로 가 거기서 수상과 점심 식사를 하기로 되어 있소. 그들은 오토바이를 탄 헌병 네 명의 호위를 받으며 3시 반에 두 대의 차로 그곳을 출발할 것이오."

슈타이너는 손목시계를 보았다.

"그렇다면 1, 2분 정도 늦어진다 하더라도 바로 지금이오. 수상은 특별히 월싱엄을 지나고 싶다고 표명하셨소. 그런데 이거 실례했군요. 이런 얘기는 당신에겐 따분한 일일 테니까."

"여러 가지로 잘 알고 있는 것 같군요."

"물론이오. 그러므로 우리는 예정대로 오늘밤까지만 버티면 되오. 그러면 전리품은 우리 수중에 들어올 것이오. 마을 사람들은 시키는 대로만 하면 아무 걱정할 필요가 없소."

"당신들은 절대로 도망칠 수 없을 거요."

베리커가 단호하게 말했다.

"흠, 글쎄요. 전에도 이런 일이 있었소. 오토 스코르체니는 절대로 불가능하다고 생각되는 상황에서 무솔리니를 구출했소. 국회 의사당 연설에서 처칠이 인정했듯이 군사적인 업적이었소."

"그 국회 의사당도 당신네 폭탄으로 파괴되어 버렸어."

"요즈음엔 베를린도 그다지 보기 좋은 상태가 아니오. 그리고 당신 친구 와일드가 흥미를 갖는다면 말해 주어도 좋소. 그의 아들의 목숨을 구해 준 저 중사의 다섯 살 난 딸과 아내가 4개월 전 영국 공군의 폭격으로 죽었소."

슈타이너가 손을 내밀었다.

"당신의 차 열쇠를 받아 두겠소, 무슨 도움이 될지도 모르니."

"여기 없소."

베리커가 말했다.

"시간 낭비요, 신부. 필요하다면 부하들을 시켜 옷을 벗길 수도 있소."

베리커가 마지못해 열쇠를 꺼냈고 슈타이너가 그것을 받아 주머니에 넣었다.

"좋소, 난 할 일이 많소."

그가 소리를 질렀다.

"브렌트, 여기를 부탁하네! 프레스턴을 보낼 테니까, 교대한 뒤 마을의 내가 있는 곳으로 와 주게."

그가 밖으로 나가고 얀센 일병이 들어와 소총을 들고 입구에 섰다. 베리커는 천천히 통로를 걸어갔다. 브렌트와 와일드가 앉아 고개를 숙이고 있는 좌석 옆을 지났다. 슈투름은 성당의 제단 앞에 놓여 있었다. 베리커 신부는 잠시 시체를 내려다보다가 이윽고 무릎을 꿇고 두 손을 모은 뒤, 힘이 담긴 분명한 목소리로 임종에 든 사람을 위한 기도를 올리기 시작했다.

"이제 알았어!"

슈타이너가 나가고 문이 닫히자 파밀라 베리커가 말했다.

"이제 어떻게 하죠?"

몰리가 멍하니 물었다.

"무엇보다도 우선 여기를 나가는 거야."

"하지만 어떻게?"

파밀라가 방 저쪽으로 가서 비밀 손잡이를 당기자 판자벽이 빙글 돌며 비밀 터널이 나타났다. 그녀는 오빠가 테이블 위에 놓아둔 손전등을 집어 들었다. 몰리가 깜짝 놀란 얼굴로 보고 있었다.

"자, 빨리. 서둘러야 해."

파밀라가 초조한 듯 말했다.

두 사람은 문을 닫고 빠른 걸음으로 터널을 지나갔다. 사제관 지하의 작은 방을 빠져 나와 계단을 오르고 복도로 나왔다. 파밀라는 손전등을 전화기 옆에 놓았다. 돌아보니 몰리가 분한 듯이 울고 있었다.

"몰리, 왜 그러니?"

그녀는 손을 잡고 파밀라가 물었다.

"리엄 데블린은 저들과 한패예요. 틀림없어. 그들은 그의 오두막에 함께 있었어요. 제가 봤단 말이에요."

"그게 언제 일이지?"

"오늘 아침 일찍. 그는 자기가 아직 군인이라고 날 속였어요. 무슨 비밀 임무를 띠고 있다고."

몰리가 파밀라의 손에서 자신의 손을 빼 주먹을 쥐었다.

"그는 날 이용했어요. 처음부터 이용한 거예요. 오, 하느님. 그를 교수형에 처해 버렸으면 좋겠어!"

"몰리, 정말 안됐구나. 유감스럽게도 네가 말한 게 사실이라면 그는 반드시 그만한 벌을 받을 거야. 하지만 지금 우린 어떻게든 여길 빠져나가야 해."

파밀라는 전화를 응시했다.

"그들이 마을 교환대를 점령하고 있어서, 경찰이나 다른 사람들에게 연락하려 해도 소용없어. 게다가 난 오빠의 차 열쇠를 갖고 있지도 않아."

"그레이 부인이 차를 갖고 있어요."

몰리가 말했다.

"맞아."

파밀라는 흥분으로 눈을 반짝였다.

"어떻게든 그녀의 집까지 갈 수만 있다면."

"그 다음엔 어떻게 하죠? 몇 킬로미터나 더 가야 전화가 있는데."

"난 곧바로 멜섬하우스로 갈 거야. 거기에 미국의 레인저 부대가 있어. 선발된 정예 부대야. 그들이 슈타이너 패거리를 혼내 줄 거야. 넌 어떻게 여기에 왔니?"

"말을 타고요. 사제관 뒤쪽 숲에 매어 놨어요."

"좋아, 말은 그대로 두는 편이 나아. 들판 오솔길을 통해 호크스우드로 나가 그들에게 들키지 않도록 그레이 부인의 집으로 가는 거야."

몰리는 별로 반대하지 않았다. 파밀라가 그녀의 소매를 당기는 것을 신호로 두 사람은 길을 가로질러 호크스우드 숲 속으로 뛰어들었다.

숲 속 오솔길은 몇 세기 전에 땅을 깊이 파헤쳐 만든 길로, 완전히 은폐되어 있었다. 앞서 뛰어가던 파밀라가 조애너 그레이의 집 앞에 있는 개울가에 멈춰 섰다. 좁은 다리가 놓여 있고 길에는 아무도 보이지 않았다.

파밀라가 말했다.

"자, 가자. 곧장 달리는 거야."

몰리가 그녀의 팔을 잡았다.

"난 안 갈래요. 생각이 변했어요."

"왜?"

"언니는 이쪽으로 가고, 나는 말 있는 데로 돌아가 다른 길로 갈게요. 따로 떨어져 가는 게 좋을 것 같아요."

파밀라가 고개를 끄덕였다.

"그것도 괜찮겠구나. 자, 그럼 몰리, 조심해! 저들은 만만한 상대가 아니야."

파밀라는 몰리의 뺨에 키스했다.

몰리가 가볍게 몸을 떠밀자 파밀라가 길을 가로질러 뛰어갔다. 파밀라가 정원 담 모퉁이를 돌아 보이지 않게 되자 몰리는 숲 속 오솔길로 달려갔다.

"데블린, 이 나쁜 놈, 죽어 버려라."

언덕 꼭대기에 도달했을 때 참을 수 없는 고통의 눈물이 갑자기 쏟아졌다. 도로에 사람이 있는지 없는지도 확인하지 않은 채 그대로 가로질러 정원 담을 따라 사제관 뒤쪽 숲으로 왔다. 말은 매어 둔 곳에서 풀을 뜯으며 얌전하게 기다리고 있었다. 그녀는 재빨리 말고삐를 풀고 안장에 뛰어올라 달려갔다.

파밀라가 집 뒤뜰에 들어가니 모리스 세단이 차고 밖에 세워져 있었다. 문을 여니 열쇠가 꽂혀 있었다. 그녀가 운전석에 타려고 하는데 성난 목소리가 들렸다.

"파밀라, 대체 뭘 하는 거니?"

조애너 그레이가 뒷문에 서 있었다.

"미안해요, 그레이 부인. 무서운 일이 벌어졌어요. 마을에서 훈련하고 있는 저 카터 중령과 부하들은 우리 공군의 특수 부대가 아니에요. 그는 슈타이너라는 독일 장교이며, 수상을 납치하러 온 독일 낙하산병이에요."

조애너 그레이가 그녀를 부엌으로 데리고 들어와 문을 닫았다. 패티가 주인 발에 달라붙었다. 조애너 그레이가 말했다.

"자, 진정해. 정말 믿을 수 없는 애기구나. 수상이 이런 곳에 올 리가 없잖아."

조애너는 등뒤 문에 걸려 있는 외투 쪽으로 가 주머니 속을 더듬었다.

"그렇지만 그가 오늘 저녁에 온대요. 헨리 경과 킹즈린에서 함께 오기로 되어 있대요."

그러나 돌아서는 조애너의 손에 윌서 권총이 들려 있었다.

"여러 가지로 멋대로 생각한 모양이군."

그녀는 뒷걸음질쳐 지하실로 통하는 문을 열었다.

"내려가!"

파밀라는 깜짝 놀랐다.

"그레이 부인, 무슨 일이에요?"

"설명할 시간이 없어. 다만 이번 경우에는 서로 입장이 다르다는 것만 얘기해 두지. 자, 그 계단을 내려가. 허튼 짓하면 당장 쏘겠다."

파밀라가 내려가자 패티가 그 앞으로 달려갔다. 조애너 그레이가 뒤를 따랐다. 계단을 다 내려가자 그녀가 불을 켜고 지하실 문을 열었다. 창이 없는 어두컴컴한 창고로 여러 잡동사니가 쌓여 있었다.

"들어가!"

주인의 발 주위를 돌고 있던 패티가 그녀의 발 사이로 들어갔다. 그녀가 비틀거리며 벽에 기대는 순간, 파밀라는 혼신의 힘을 다해 그녀를 창고로 밀어 넣었다. 조애너 그레이는 쓰러지면서 권총을 쏘았다. 파밀라는 눈앞이 캄캄해지며 머리 옆을 새빨갛게 달군 쇠막대기로 얻어맞은 느낌이 들었으나 내팽개치듯 문을 닫고 빗장을 질렀다.

총상에 의한 쇼크는 매우 격렬하여 잠시 동안 온 신경 조직이 마비

되어 버린 것 같았다. 계단을 올라가는 동안 파밀라는 모든 것이 꿈속의 일처럼 느껴졌다. 그녀는 옷장에 기대 몸을 지탱하면서 위에 걸려 있는 거울을 들여다보았다. 왼쪽 이마의 뼈가 보였다. 그러나 의외로 출혈이 적었고, 상처를 만져 보았으나 그다지 아프지 않았다.

"빨리 해리가 있는 곳으로 가야 해! 해리가 있는 곳으로!"

그녀는 소리내어 말했다. '조만간 아픔을 느끼겠지.'

파밀라는 비몽사몽간에 어느덧 자기가 모리스를 운전해서 정원을 빠져나가고 있음을 알았다. 모든 것이 슬로 모션 영화를 보는 것 같은 느낌이 들었다.

도로를 걷고 있던 슈타이너는 파밀라가 몰고 가는 차를 보고 당연히 조애너 그레이일 거라고 생각했다. 그는 작은 소리로 욕을 해대며 지프를 놓아 둔 다리로 돌아왔다. 베르너 브리겔이 기관총에 붙어 있고 크루겔은 운전석에 앉아 있었다. 그가 지프 있는 곳에 도착했을 때 트럭이 성당 쪽의 언덕길을 내려왔다. 리터 노이만이 발판 위에 탄 채 문을 붙잡고 서 있었다. 그가 뛰어내렸다.

"지금 교회에 수용한 인원은 어린애 둘을 포함해서 모두 스물 여섯 명입니다. 남자 다섯, 여자 열아홉입니다."

"아이들 열 명이 농촌 봉사 활동에 나가 있네. 데블린의 계산에 의하면 현재 주민은 47명으로, 교환대의 터너와 그레이 부인을 제외하고, 앞으로 여덟 명이 더 나타날 것이다. 그 대부분은 남자이겠지. 베리커의 누이동생은 찾았나?"

슈타이너가 말했다.

"사제관에도 없습니다. 그에게 물어 봐도 아무 말도 하지 않아요. 여자들 중에 좀 정직한 사람이 몇 명 있었는데, 그녀는 여기에 오면 토요일은 승마하러 나간답니다."

"그럼, 그녀가 나타나기를 기다려야겠군."

슈타이너가 말했다.

"그레이 부인을 만났습니까?"

"아니, 아직."

슈타이너는 차가 지나간 것을 얘기했다.

"잘못했어. 자네가 말했을 때 그녀에게 자네를 보냈어야 했는데. 곧 돌아오기를 빌 수밖에."

"데블린한테 갔는지도 모르죠."

"그럴 수도 있겠군. 확인해 보지. 어쨌든 그에게 상황을 알려야만 해."

슈타이너는 채찍으로 손바닥을 툭 쳤다.

터너 할아버지 가게에서 유리가 깨지는 소리가 나고, 의자가 창문 밖으로 날아갔다. 슈타이너와 리터 노이만이 권총을 빼들고 달려갔다.

아서 시모어는 아침부터 스터들리 콘스터블 동쪽에 있는 농장의 작은 조림지에서 나무를 베고 있었다. 그는 마을 안팎의 주민에게 장작을 팔아 수입으로 삼고 있었다. 그날 아침 그는 터너 부인으로부터 주문을 받았다. 나무를 베는 일이 끝나자, 마대 두 개에 장작을 담아 리어카에 싣고 들판 오솔길을 지나 터너의 가게 뒤뜰로 들어갔다.

노크도 하지 않고 부엌문을 발로 차 열고는 장작 부대를 짊어지고 들어갔다. 그러자 테이블 가에 앉아 커피를 마시고 있는 딘터, 베르크와 얼굴을 마주보는 꼴이 되었다. 깜짝 놀란 쪽은 시모어보다도 두 사람 쪽이었다. 시모어가 물었다.

"이봐, 무슨 일이지?"

슈텐 건을 가슴에 비스듬히 걸쳐두고 있던 딘터가 총구를 시모어에게 겨누었고, 베르크가 M1 소총을 집어 들었다. 그리고 그때 하피 프레스턴이 입구에 나타났다.

그가 허리에 두 손을 대고 시모어를 훑어보았다.

"이건 뭐야, 완전히 원숭이잖아."

시모어의 미친 듯한 검은 눈 속에 무엇이 스쳐 지나갔다.

"말조심해!"

"말도 하네. 별스런 일도 다 보겠군. 좋아, 다른 사람들 있는 곳으로 데려가."

프레스턴이 말했다. 그가 교환대 쪽으로 돌아가기 위해 등을 돌린 순간, 시모어가 장작 부대를 딘터와 베르크에게 내던지고 프레스턴에게 달려들었다. 한쪽 팔로 프레스턴의 목을 휘감고 무릎을 등에 대고는 짐승 같은 괴성을 질렀다. 베르크가 일어나 시모어의 하복부를 소총 개머리판으로 내질렀다. 거대한 몸뚱이는 고통스런 비명 소리를 지르며 프레스턴을 놓고 베르크에게 덤벼들었다. 그 기세로 두 사람은 문을 부수고 가게로 밀려 나가 진열대를 뒤집어 버렸다.

베르크는 소총을 놓치고 가까스로 일어서 뒷걸음질쳤다. 시모어가 카운터 위 통조림과 물건들을 옆으로 밀쳐내고는 으르렁거리며 다가섰다. 베르크가 카운터 뒤에서, 항상 터너 부인이 앉던 의자를 집어 들었다. 시모어가 날아오는 의자를 옆으로 밀치자 의자가 창 밖으로 날아갔다. 베르크가 총검을 뽑았고 시모어도 싸울 태세를 갖췄다.

그때 프레스턴이 베르크의 소총을 들고 뒤로 접근해 개머리판으로 시모어의 후두부를 내리쳤다. 시모어가 비명을 지르며 돌아보았다.

"이 고릴라 놈, 예의를 가르쳐 주겠다!"

프레스턴이 소리치며 개머리판으로 시모어의 복부를 찌르자 시모어는 배를 움켜쥐며 주저앉았다. 프레스턴은 다시 목덜미를 내리쳤다. 시모어는 넘어지면서 버팀대를 붙잡아 몸 위로 선반 위에 있던 물건들이 우르르 떨어져 내렸다.

그때 슈타이너와 리터 노이만이 총을 들고 밖에서 뛰어들어왔다. 가게 안은 엉망진창으로 통조림, 설탕, 밀가루 따위가 온통 흩어져 있었다. 하피 프레스턴이 베르크에게 소총을 건넸다. 딘터가 약간 비틀거리면서 입구에 나타났다. 이마에서 피가 흐르고 있었다.

"밧줄이 어디 있지? 이 놈을 묶어 둬야 해. 그렇지 않으면 또 난동을 부릴 테고, 그때는 이 정도로 끝나지 않을지도 모르거든."

프레스턴이 말했다.

터너 할아버지가 교환실 입구에 서 있었다. 가게의 모습을 보고 눈에 눈물이 맺혔다.

"누가 보상을 해줄 거지?"

"윈스턴 처칠에게 청구서를 띄워 보시지. 잘 될지도 모르잖소. 아니면 내가 얘기해줄 수도 있고, 당신 대신 부탁해 주지."

프레스턴이 비아냥댔다.

노인은 절망에 빠진 비참한 모습으로 교환실 의자에 털썩 주저앉았다. 슈타이너가 말했다.

"좋아, 프레스턴. 여긴 이제 됐어. 카운터 뒤의 그 괴물을 데리고 교회로 가라. 브렌트와 교대하고, 그에게 노이만 중위한테 가라고 전하게."

"교환대는요?"

"알트만에게 시키겠다. 그는 영어를 잘하니까. 그때까지 딘터와 베르크가 감시하면 돼."

시모어는 꿈틀거리며 무릎을 딛고 일어서려다가 두 손이 뒤로 묶인 것을 알았다.

"기분이 어떤가?"

프레스턴이 엉덩이를 발로 찬 뒤 일으켜 세웠다.

"따라와, 이 원숭아. 한 걸음씩 내딛는 거야."

성당에서는 마을 사람들이 지시대로 의자에 앉아 낮은 소리로 얘기를 나누면서 자신들의 운명이 결정되기를 기다리고 있었다. 여자들은 거의 다 겁에 질려 있었다. 베리커가 돌아다니면서 기운을 내도록 위로하고 격려했다. 베커 하사가 슈텐 건을 겨누며 성단 계단 옆에 서 있고, 얀센 일병이 입구를 지키고 있었다. 두 사람 다 영어를 할 줄 몰랐다.

브렌트가 밖으로 나간 뒤, 하피 프레스턴이 종 치는 방에서 끈을 찾아내 시모어의 발목을 묶고 쓰러뜨려 성당까지 끌고 가 슈투름의 시체 옆에 내동댕이쳤다. 시모어의 뺨이 바닥에 쓸리며 피투성이가 되었다. 여기저기서, 특히 여자들이 헉 하고 숨을 삼키는 소리가 들렸다.

프레스턴이 모두를 무시하고 발로 시모어의 옆구리를 걷어찼다.

"이 일이 끝나기 전까지 본때를 보여 주겠다!"

베리커가 절름거리며 다가와 프레스턴의 어깨를 붙잡고 돌려 세웠다.

"그 사람을 내버려둬."

프레스턴이 웃었다.

"사람이라고? 이건 사람이 아니야, 짐승이지."

베리커가 손을 뻗어 시모어의 몸에 손을 대자 프레스턴이 신부를 밀치고 권총을 뽑았다.

"명령을 듣지 않을 셈인가?"

여자 한 명이 터져 나오는 비명을 꿀꺽 삼켰다. 공포에 싸인 정적 속에서 프레스턴이 찰칵 하고 공이치기를 당겼다. 순간적인 일이었다. 베리커가 성호를 긋자 프레스턴이 또 웃고는 권총을 내렸다.

"그래도 소용없을걸."

"자네는 대체 어떻게 된 사람인가? 무슨 이유로 이런 짓을 하는 건가?"

"어떻게 된 사람이냐고? 특별 인종이지. 최고의 전사고, 난 무장 친위대 소위라는 명예로운 계급을 지녔어."

프레스턴이 말했다.

통로를 지나 계단으로 간 그는 뒤로 돌아 얼룩무늬 옷을 벗었다. 칼라에 세 마리의 표범으로 된 훈장, 왼쪽 팔에 독수리, 그 아래 영국 국기와 검은색과 은색의 훈장이 붙은 제복이 드러났다.

조지 와일드 옆에 앉아 있던 레이커 암비즈가 말했다.

"엉, 저놈 팔에 영국 국기가 붙어 있네."

베리커가 의심스러운 듯 눈썹을 모으고 앞으로 나오자 프레스턴이 팔을 내밀었다.

"브리티시 프레이코프."

소리를 내어 읽는 베리커가 날카로운 눈초리로 프레스턴을 쳐다보았다.

"영국 자유군?"

"그래, 이 멍청아. 아직 모르겠나? 나는 너희들과 같은 영국인이지만 붙어 있는 편이 다르다. 승리하는 쪽에 붙어 있어."

수잔 터너가 울기 시작했다. 조지 와일드가 좌석에서 나와 천천히 통로로 걸어오더니 프레스턴을 바라보았다.

"제리(독일인을 경멸하는 말)들은 어지간히도 궁지에 몰린 모양이군. 너 같은 구더기는 돌을 젖혀 내야만 찾아낼 수 있을 텐데."

프레스턴이 정면으로 권총을 쏘았다. 와일드가 얼굴에 피를 흘리면서 성단으로 올라가는 계단 위로 쓰러지고 대혼란이 일어났다. 여자들이 미친 듯이 비명을 지르기 시작했다. 프레스턴이 공중을 향해 또 한 발을 쏘았다.

"움직이지 마!"

완전한 공포 상태가 만들어 내는 얼어붙은 정적이 주위를 뒤덮었다. 베리커가 무릎을 꿇고 고개를 이리저리 움직이며 신음하고 있는 와일드의 상태를 살폈다. 베티 와일드가 급히 통로로 지나 남편 옆에 털썩 주저앉았다. 사내아이가 뒤를 따라왔다.

"괜찮소, 베티. 운이 좋았어요. 보세요, 총알이 뺨을 스쳤을 뿐이오."

베리커가 말했다.

그때 성당의 저쪽 문이 왈칵 열리며 브라우닝을 손에 쥔 리터 노이만이 뛰어들어왔다. 그는 곧 바로 중앙 통로를 지나 성단 앞에서 멈췄다.

"무슨 일이야?"

"SS동료에게 물어 보면 알 거요."

베리커가 말했다.

리터가 힐끗 프레스턴을 보고 와일드 옆에 한쪽 무릎을 꿇었다.

"만지지 마, 이 개 같은 독일놈."

베티가 말했다.

리터가 가슴속 주머니에서 구급 붕대를 꺼내 그녀에게 주었다.

"이것으로 감아 주십시오. 상처는 그리 대단치 않습니다."

그는 일어서서 베리커에게 말했다.

"우리는 낙하산 부대입니다, 신부님. 저희는 낙하산 부대원임을 자랑으로 여기고 있죠. 그런데 이자가……."

너무나도 자연스럽게 돌아서더니 권총으로 프레스턴의 얼굴에 세찬 일격을 가했다. 프레스턴이 고통스러운 비명을 지르고 무너지듯이 쓰러졌다.

또 문이 열리고 조애너 그레이가 뛰어들어왔다. 그녀는 독일어로 소리쳤다.

"중위님, 슈타이너 중령은 어딨죠? 그를 만나야 해요."

그녀의 얼굴은 먼지투성이였고 두 손은 심하게 더럽혀져 있었다. 노이만이 통로를 지나 그녀에게 걸어갔다.

"여기에 없어요. 데블린한테 갔습니다. 무슨 일이죠?"

"조애너?"

베리커가 말했다. 물어 보는 듯한 말투였으나 그 이상의 것도 포함되어 있었다. 어떤 사실을 분명히 알게 되는 것을 두려워하는 말투였다.

그녀가 신부를 무시하고 리터에게 말했다.

"여기가 어떻게 됐는지 모르고 있었는데, 약 45분쯤 전에 파밀라 베리커가 집으로 왔고, 그녀는 모두 알고 있었어요. 멜섬하우스의 레인저 부대에 알리기 위해 내 차를 쓰고 싶어했어요."

"그래서요?"

"그녀를 막으려다 오히려 내가 지하실에 갇혀 버렸어요. 5분 전에 간신히 빠져 나왔어요. 어떻게 하면 좋죠?"

베리커가 그녀의 팔을 잡고 자기 쪽으로 돌려 세웠다.

"당신도 그들과 한편이라는 얘긴가요?"

그녀도 초조한 듯이 말했다.

"그래요. 그러니까 내버려둬요. 난 지금 바쁘니까."

그녀는 다시 리터 쪽으로 돌아섰다.

"하지만 왜죠? 전 이해할 수 없군요. 당신은 영국인……"

베리커의 말에 그녀가 홱 돌아섰다.

"영국인? 난 보어인이야, 이 멍청아! 보어인! 왜 내가 영국인이지? 모욕하지 말아요."

마을 사람들은 모두 놀라 아연해 있었다. 베리커의 눈에 고뇌하는 빛이 역력히 떠올랐다.

"오, 하느님. 어찌 이럴 수가······"

리터가 그녀의 팔을 잡았다.

"빨리 집으로 돌아가십시오. 란즈부르트에 연락하세요. 라들에게 상황을 알려주세요. 회로를 열어 두고요."

그녀는 고개를 끄덕이고 서둘러 밖으로 나갔다. 리터는 그 자리에 서 있었다. 군인이 된 이래 처음으로 어찌해야 좋을지 모르는 상태가 되었다. 도대체 어떻게 해야 할 것인지 답이 떠오르지 않았다. 슈타이너가 없으면 정말 아무 일도 되지 않을 듯했다.

"너와 얀센은 여기 있어."

그는 베커 하사에게 말하고 서둘러 밖으로 나갔다.

교회 안은 물을 끼얹은 듯 조용했다. 베리커는 심한 피로감을 느끼며 통로로 걸어나갔다. 그리고 성단 계단을 올라가 모두를 향해 돌아섰다.

"이럴 때 우리가 할 수 있는 일은 기도뿐이오. 그리고 그것이 종종 위안이 되지요. 그럼 여러분, 모두 무릎을 꿇읍시다."

그는 성호를 긋고 놀랄 만큼 힘이 담긴 크고 분명한 목소리로 기도를 올리기 시작했다.

17

멜섬 농장 뒤 숲 속에서 전투 훈련 지휘를 하던 해리 케인은 훈련 중인 대원들과 함께 즉시 본부로 돌아오라는 연락을 받았다. 케인은 텍사스 주 포트워드 출신인 허슬러 중사에게 대원을 통솔하여 돌아오도록 명령하고는 먼저 본부로 돌아왔다.

본부에 도착해 보니 주변 각처에서 훈련하고 있던 대원들이 속속

모여들고 있었다. 시동을 거는 소리가 뒤쪽 마구간에 있는 주차장에서 잇달아 들려오더니 지프 몇 대가 앞으로 돌아 나와 횡렬로 늘어섰다.

대원들이 기관총과 장비 점검을 시작했다. 맨 앞 지프에서 맬러리 대위가 내려왔다.

"대체 무슨 일인가?"

케인이 물었다.

"전혀 모르겠습니다. 저는 명령을 받고 실행할 뿐이오. 그가 당신을 기다리고 있어요. 알고 있는 것은 그뿐이오."

맬러리의 말에 케인은 씨익 웃었다.

"적이 제2전선을 전개했는지도 모르지."

케인이 계단을 뛰어올라갔다. 사무실 밖은 대소동이 벌어져 있었다. 가비 상사가 뻑뻑 담배를 피우면서 섀프트 사무실 밖에서 왔다갔다하고 있다가 케인을 보자 금세 얼굴이 밝아졌다.

"도대체 무슨 일이야? 이동 명령이라도 내렸나?"

케인이 물었다.

"제게 물어 봐도 소용없어요, 소령님. 제가 알고 있는 것은 15분전에 소령님 친구 분인 그 아가씨가 사색이 되어 달려오고, 그 뒤에 대소동이 일어났다는 것뿐입니다."

케인이 문을 열고 들어갔다. 승마용 바지에 군화 차림을 한 섀프트가 입구 쪽으로 등을 돌린 채 책상 옆에 서 있다가 휙 돌아섰다. 놀랍게도 그는 손잡이에 자개를 박아 넣은 콜트 권총에 총알을 장전하고 있었다. 그리고 그의 모습에 믿기 어려운 변화가 일어나 있었다. 전신은 전기에 감전된 듯하고, 눈은 열병 환자처럼 번쩍이고, 얼굴은 지나친 흥분으로 창백했다.

"빨리 왔군, 소령."

그가 벨트와 권총 케이스를 집어 들었다. 케인이 물었다.

"무슨 일입니까? 베리커 양은 어디 있죠?"

"내 침실에 있네. 심한 쇼크를 받아 진정제를 먹였어."

"무슨 일이 있었습니까?"

"그녀는 이마에 총을 맞았어."

섀프트는 민첩하게 벨트를 매고, 권총 케이스를 오른쪽 허리 아래에 오게 했다.

"총을 쏜 사람은 그녀 오빠 친구인 그레이 부인이야. 그녀에게 직접 물어 보게. 3분간 시간을 줄 테니."

케인이 침실 문을 열고 들어가자 섀프트가 따라 들어왔다. 커튼이 반쯤 닫혀 있고, 턱까지 모포를 뒤집어쓴 파밀라가 침대에 누워 있다. 얼굴은 창백하고 기분이 좋지 않은 듯했다. 머리에 감은 붕대에서 피가 약간 배어 나와 물들었다.

케인이 앞으로 가자 그녀는 눈을 뜨고 가만히 그를 쳐다보았다.

"해리?"

"이젠 걱정하지 않아도 돼요."

그가 침대 가장자리에 걸터앉았다.

"아니에요, 잘 들으세요."

그녀는 밀어 올리듯 상체를 일으켜 그의 소매를 잡았다. 그리고 멀리서 들려오는 듯한 목소리로 말했다.

"처칠 경이 3시 반에 헨리 월러비 경과 함께 킹즈린을 출발해서 스터들리 그레인지로 와요. 월싱엄을 지나서요. 당신은 수상을 도중에서 멈추게 해야 해요."

"왜요?"

케인이 부드럽게 물었다.

"당신이 멈추게 하지 않으면 슈타이너 중령과 그의 부하들이 납치할 거예요. 그들은 지금 마을에서 기다리고 있어요. 마을 사람들 모두를 성당에 가둬 놓고요."

"슈타이너?"

"당신이 카터 중령으로 알고 있는 그 자예요. 그리고 그의 부하들, 그들은 폴란드 인이 아니에요, 헤리. 독일 낙하산 병들이에요."

"하지만 파밀라, 난 카터 중령을 만났어요. 그는 당신과 똑같은, 틀림없는 영국인이오."

케인이 말했다.

"아니에요. 그는 어머니가 미국인이고, 런던에서 학교를 다녔어요. 모르겠어요? 그것으로 모든 것이 분명해졌어요."

이제는 초조해 견디지 못하겠다는 말투였다.

"슈타이너와 오빠가 교회에서 얘기하는 것을 들었어요. 몰리와 전 숨어 있었어요. 거기서 빠져나와 우리는 둘로 나뉘었고, 저는 조애 너 그레이 집으로 갔지만, 그녀는 적과 한패였어요. 조애너 그레이 가 저를 쏘았고, 전 그녀를 지하실로 밀어 넣었어요. 그리고 그녀 의 차로 여기까지 왔어요."

파밀라는 얼굴을 찡그리며 열심히 얘기했다.

그녀는 온몸의 긴장이 일시에 누그러짐을 확연히 느낄 수 있었다. 지금까지 의지력 하나만으로 버텨 왔으리라. 그러나 이제는 그럴 필 요가 없었다. 베개에 머리를 파묻고 눈을 감았다. 케인이 말했다.

"그런데 어떻게 성당에서 빠져나왔소? 파밀라?"

그녀가 눈을 뜨고 이해할 수 없다는 표정으로 멍하니 그를 쳐다보 았다.

"성당? 아, 언제나 하던 식으로요."

목소리가 속삭이듯 가늘어졌다.

"그리고 제가 조애너한테 갔는데 그녀가 저를 쏘았어요."

또 눈을 감았다.

"저, 피곤해요, 해리……"

케인은 일어섰다. 섀프트가 앞장서고 둘이 방을 나왔다. 섀프트는 거울을 보고 모자를 매만졌다.

"어떤가? 우선 그 그레이라는 여자야. 전대미문의 악녀에 틀림없어."

"어디로 연락할까요? 우선 육군성과 이스트 앵글리아 지구 총사령관과……"

섀프트가 말을 가로막았다.

"자네는 상상이 안 가나? 그 참모 본부 허수아비들이, 우리가 상황 파악을 정확하게 했는가 어떤가를 결정하기까지 내가 얼마나 전화통을 붙잡고 있어야 하는지."

섀프트는 주먹으로 테이블을 내리쳤다.

"그런 짓은 하지 않아! 나는 지금 여기서 저 독일군들을 해치우겠어. 또 그럴 만큼의 인원도 있고, 곧바로 행동 개시다!"

그가 귀에 거슬리는 웃음소리를 냈다.

"처칠이 자주 입에 담는 모토지. 이번 일에 정말 잘 어울리는 말이지 않나?"

그 순간 케인은 모든 것을 알아챘다. 섀프트 쪽에서 보면 하늘이 준 기회일 것이다. 퇴색해 가는 군인으로서의 명성을 되찾을 수 있을 뿐만 아니라, 단번에 자기의 명예를 높일 수 있는 절호의 기회다. 처칠을 구한 사나이, 역사에 남을 위업이다. 이 일이 끝난 뒤 국방성이 그를 장성으로 승진시키는 걸 거부하면 거리에 폭동이 일어날 것이다.

"괜찮을까요? 만일 파밀라의 말이 사실이라면 이것은 전례 없는 문제입니다. 감히 말씀드리자면, 영국 육군성은 매우……"

케인이 버티자 섀프트가 또 테이블을 내리쳤다.

"자네, 머리가 어떻게 됐나? 아니면, 그 게슈타포의 고문이 예상 이상으로 효과를 발휘하는지도 모르겠군."

그는 초조한 모습으로 창가로 향했으나, 곧 장난을 뉘우치는 초등학교 소년 같은 웃음을 띠면서 돌아섰다.

"미안하네, 해리, 내가 좀 심했네. 물론 자네 말이 옳아."

"알겠습니다. 그럼, 어떻게 할까요?"

섀프트가 시계를 보았다.

"4시 15분, 그렇다면 수상은 이곳에 매우 가까이 와 있다는 얘기다. 우린 그가 지나가는 길을 알고 있어. 자네가 지프를 타고 가서 그를 멈추게 하는 게 좋겠군. 저 아가씨 말로 미루어 볼 때 윌싱엄 못 미처에서 일행을 만날 수 있을 거야."

"그렇군요, 적어도 이리로 오면 완벽하게 경비를 할 수 있습니다."

섀프트는 책상에 앉아 수화기를 집어 들었다.

"그렇다. 자, 가봐. 그리고 가비를 데려가도록."

"갔다 오겠습니다."

케인이 문을 열었을 때 섀프트가 말하는 것이 들렸다.

"이스트 앵글리아 지구 총사령관에게 전화를 연결시켜 줘. 그와 개인적으로 전화하고 싶네. 다른 사람은 안 돼."

문이 닫히자 섀프트는 전화기를 누르고 있던 손가락을 떼었다. 교환수가 나왔다.

"무슨 일이십니까, 대령님?"

"맬러리 대위에게 지금 곧 이리로 오도록 전하게."

맬러리가 1분도 되지 않아 들어왔다.

"부르셨습니까, 대령님?"

"그래, 지금부터 5분 이내에 출발할 수 있도록 40명의 인원을 준비시켜라. 지프 여덟 대로 충분하겠지."

"알겠습니다."

맬러리가 머뭇거리다가 결심한 듯 물었다.

"어떻게 하실 생각이신지 여쭤 봐도 되겠습니까?"

"글쎄, 이렇게만 얘기해 두지. 자넨 오늘 저녁 안으로 소령이 되던가, 아니면 죽을 것이다."

맬러리가 가슴을 두근거리며 밖으로 나가고 새프트는 구석에 있는 찬장으로 가 버번 위스키를 꺼내 잔에 절반 정도 따랐다. 비가 창문을 때리고 있었고, 그는 그 창가에 서서 천천히 버번을 마셨다. 24시간 이내에 자신은 아마 미국에서 가장 유명한 사나이가 될 것이다. 드디어 운이 돌아온 거야. 그는 절대적으로 확신했다.

3분 뒤 그가 밖으로 나가자 병력을 태운 지프가 정렬해 있었다. 맬러리는 그 앞에서, 부대에서 가장 젊은 장교인 차머스 소위와 얘기하고 있었다. 새프트가 단 위로 올라서자 두 사람은 재빨리 부동 자세를 취했다.

"너희들은 무슨 일인가 하고 궁금하게 여길 것이다. 지금부터 설명하겠다. 여기서 13킬로미터 정도 남쪽에 스터들리 콘스터블이라는 마을이 있다. 지도에 분명히 나와 있다. 윈스턴 처칠이 오늘 킹즈린 근처 영국 공군 기지를 시찰한다는 사실을 모두 알고 있을 것이다. 너희들이 모르는 것은 그가 오늘 밤 스터들리 그레인지에서 하룻밤 묵는다는 사실이다. 여기서 얘기가 재미있게 된다. 스터들리 콘스터블에서 공군 특수 연대의 폴란드 독립 낙하산 중대 열여섯 명이 현재 훈련을 하고 있다. 멋진 빨간 베레모에 얼룩무늬 옷을 입고 있어서 못 알아볼 염려는 절대로 없다."

누군가 웃었고, 새프트가 술렁거림이 멎기를 기다렸다.

"그런데 실은 그렇지 않다. 그자들은 독일군이다. 처칠을 납치하러 온 독일 낙하산 부대원이야. 우리는 지금부터 놈들을 쳐부수러 간다."

기침소리 하나 들리지 않았다. 그가 천천히 고개를 끄덕였다.

"한 가지만 너희들에게 약속하겠다. 이 사건을 무사히 처리하면, 내일 너희들의 이름이 미국 전역에 울려 퍼질 것이다. 자, 출발 준비!"

모두가 곧바로 행동을 개시하자 엔진이 굉음을 내기 시작했다. 새프트가 단에서 내려와 맬러리에게 말했다.

"도중에 충분히 지도를 검토해 두도록 모두에게 전하라. 그쪽에 도착하고 설명하고 어쩌고 할 틈이 없어."

맬러리가 서둘러 지프 쪽으로 가자 새프트가 차머스에게 말했다.

"그렇게 실망하지 말라구. 소령이 처칠 경을 데려오면 잘 대접하도록."

그런 다음 선두 지프에 올라타고 운전병에게 고개를 끄덕였다.

"좋아, 출발이다!"

지프가 달려 내려가자 위병이 육중한 정문을 열었다. 도로를 180 미터 정도 달렸을 때 새프트가 정지 명령을 내리고, 지프 운전병에게 근처에 있는 통신용 전신주 옆으로 차를 대라고 지시했다. 그리고 뒷좌석의 허슬러 중사를 돌아보았다.

"그 경기관총을 이리 줘."

허슬러가 건네자 새프트는 전신주 위쪽을 겨냥했다. 방아쇠를 당기자 가로목이 산산조각으로 부서지며 전화 줄이 요동을 쳤다.

새프트는 경기관총을 허슬러에게 돌려주었다.

"이제 잠시 동안 쓸데없는 통화는 할 수 없겠지."

새프트는 의기양양한 모습으로 지프 옆을 군화발로 툭 쳤다.

"좋아, 가자. 전진이다, 전진!"

가비 상사는 뭔가에 홀린 듯 좁은 시골길을, 마주 오는 차가 전혀 없는 것처럼 초스피드로 질주했다. 그래도 하마터면 두 사람은 그 일행과 엇갈릴 뻔했다. 그들이 월싱엄으로 통하는 큰길로 막 들어서려는데, 그 일행이 빠른 속도로 지나가고 있었다. 오토바이에 탄 헌병 두 명이 선도하고, 험버 세단 두 대가 뒤따랐으며, 그 뒤에 또 헌병 둘이 붙어 있었다.

"저거다!"

케인이 소리쳤다.

지프가 옆으로 미끄러지며 큰길로 들어 섰고, 가비가 액셀을 밟아 순식간에 수상 일행을 따라잡았다. 전속력으로 다가가자 뒤쪽 헌병이 어깨 너머로 돌아보며 떨어지라고 손짓을 했다.

케인이 말했다.

"상사, 옆으로 빠져 추월하라. 정지시킬 수 없으면 선두 차에 부딪쳐도 좋아."

가비 상사가 씨익 웃었다.

"말해 두겠지만요, 소령님, 일이 묘하게 되면 소령님도 모르는 사이에 본국의 영창에 처박히는 꼴이 될지도 모릅니다."

상사가 오토바이 오른쪽으로 빠져 뒤쪽의 험버에 접근했다. 사람들의 시선을 충분히 막을 수 있을 정도로 창문에 커튼이 쳐져 있어, 뒷좌석에 앉은 사람의 모습을 자세히 볼 수가 없었다. 짙은 곤색 제복을 입은 운전사가 놀라 옆 눈으로 지프를 바라보았고, 조수석의 회색 옷을 입은 사람은 권총을 뽑았다.

"앞차에 접근하라!"

케인이 명령했고 가비가 경적을 울리면서 앞차로 접근해 갔다.

네 명이 타고 있었다. 둘은 육군 제복을 입은 중령으로, 한 사람은 붉은 색 참모 견장을 달고 있었다. 다른 한 명이 놀란 눈으로 지프를 바라보았는데 그는 다름 아닌 헨리 경이었다. 이제 상대방을 확인했다. 케인은 가비 상사에게 외쳤다.

"좋아, 일행 앞으로 가라! 그들은 멈출 거야!"

가비가 속력을 내 선두 헌병을 추월했다. 뒤에서 경적이 세 번 울렸는데 그것이 미리 정해 둔 신호인 듯했다. 케인이 어깨 너머로 돌아보니 과연 일행이 도로 옆에 멈추고 있었다. 가비가 지프의 브레이크를 밟자마자 케인이 뛰어내려 뒤쪽으로 달려갔다.

그러나 케인은 곧 멈춰 서야 했다. 헌병들이 슈텐 건으로 그를 겨누고 있었고, 수상의 경호원인 듯한 회색 옷의 사내도 리볼버 권총을 들고 이미 차 밖에 나와 있었다.

선두 차에서 붉은 색 참모 견장을 단 중령이 내리고, 바로 뒤에 국방 시민군 제복을 입은 헨리 경이 뒤따랐다.

"케인 소령, 대체 여기서 뭘 하는 건가?"

당혹한 표정으로 헨리 경이 말했다.

참모가 무뚝뚝한 어조로 말했다.

"나는 이스트 앵글리아 지구 총사령관의 선임 정보 장교 코코런이다. 무슨 일인지 설명해 주겠나?"

"수상께서는 스터들리 그레인지에 가시면 안 됩니다. 지금 마을은 독일 낙하산 부대에 점령되어……"

"무슨 소린가?"

"그런 어처구니없는 일이……"

헨리 경이 끼어들자 코코런이 손짓으로 헨리 경을 막았다.

"그 얘기를 증명할 수 있나, 소령?"

"무슨 소릴 하는 겁니까? 그들은 스코르체니가 무솔리니를 구출했을 때처럼 이번에는 수상을 노리고 온 것이오, 아직도 모르겠나요? 대체 어떻게 말을 해야 믿을 수 있소? 아무도 들을 생각이 없는 것 같군."

케인이 소리쳤다.

그때 뒤에서 귀에 익은 목소리가 말했다.

"내가 들어 주지, 젊은 친구. 내게 말해 보게나."

해리 케인은 천천히 뒤로 돌아 뒷좌석의 창을 들여다보았고, 저 위대한 수상과 얼굴을 마주 보게 되었다.

슈타이너가 홉스앤드 오두막 문손잡이를 돌려보니 잠겨 있었다. 뒤쪽 헛간으로 가봤으나 거기에도 데블린의 모습은 없었다. 그때 브리겔이 외쳤다.

"그가 옵니다, 중령님!"

데블린은 오토바이를 타고 좁은 둑길을 달려왔다. 뜰에 들어와 오토바이를 받쳐 놓고 먼지막이 안경을 밀어 올렸다.

"사람들 눈에 띄지 않을까요, 중령?"

슈타이너는 그의 팔을 잡고 벽 쪽으로 끌어당겨 간략하게 상황을 설명했다. 설명을 끝낸 그가 말했다.

"그렇게 됐소, 어떻게 생각하시오?"

"혹, 당신 어머니는 아일랜드 인이 아닌가요?"

"외할머니가 그렇소."

데블린이 고개를 끄덕였다.

"그럴 거라고 생각했지. 하지만 아직 모르는 일이오, 어떻게 해낼 수 있을지도 모르잖소."

그가 미소 지었다.

"한 가지만은 분명하군. 오늘 밤 8시까지 나는 손톱이나 물어뜯으면서 시간을 보내고 있겠지."

슈타이너는 가볍게 지프에 올라 크루겔에게 고개를 끄덕였다.

"또 연락하겠소."

도로 건너편 언덕 숲 속에서 몰리는 말 옆에 서서 데블린이 열쇠를 꺼내 문을 여는 것을 보았다. 그녀는 오해일지도 모른다는 필사의 염원을 갖고 그에게 물어 볼 생각이었으나, 슈타이너와 지프에 있는 두 부하의 모습을 보고 사실을 인정할 수밖에 없었다.

스터들리 그레인지에서 1킬로미터 떨어진 지점에 이르자 섀프트가 손을 흔들어 정지 명령을 내렸다.

"더 이상 우물거릴 시간이 없다. 그들이 눈치채기 전에 단숨에 기습해서 제압하는 거다. 맬러리 대위는 지프 세 대와 부하 15명을 데리고 지도에 나와 있는 농장 길을 통해 들판을 건너 마을 동쪽으로 나온다. 우회해서 물레방아 북쪽 마을 길로 나오도록. 허슬러 중사는 마을 입구에 도착하는 즉시 차에서 내려 부하 12명을 이끌고 숲 속 개울 길을 따라 성당으로 가라. 나머지는 나와 함께 행동한다. 우리는 그레이라는 여자의 집 앞길을 봉쇄한다."

"놈들을 완전히 포위하려는 것이군요, 대령님?"

맬러리가 말했다.

"포위? 쓸데없는 소리. 모두들 제 위치에 도착할 때쯤 야전 무전기를 통해 신호를 보내겠다. 그 신호에 따라 단번에 쳐부수는 거야."

모두가 입을 다물고 있었으나 허슬러 중사가 침묵을 깼다.

"실례지만 대령님, 우선 어느 정도 정찰해 보는 게 낫지 않을까요?"

그는 어떻게든 웃음을 지으려고 애썼다.

"독일 낙하산 부대는 만만치 않다고 하던데요."

새프트가 차갑게 말했다.

"허슬러, 다시 한번 내 명령에 의심을 품고 말할 경우, 네가 자기 이름을 떠올릴 틈도 없이 당장 이등병으로 강등시키겠다."

새프트는 오른 뺨을 씰룩거리면서 모여 있는 하사관들을 한 사람 한 사람 둘러보았다.

"여기엔 겁쟁이밖에 없나?"

"물론 저희들은 대령님 명령에 따르겠습니다."

맬러리가 말했다.

"그래야지. 난 지금 백기를 들고 놈들이 있는 곳으로 가겠다."

새프트가 말했다.

"항복을 권하는 겁니까?"

"항복이라고? 바보 같은 소리 그만두게, 대위. 내가 얘기를 나누고 있는 동안 너희들은 각각 제 위치에 도착하는 거야. 내가 저쪽에 도착한 순간부터 10분 후 공격 개시다. 즉시 제 위치로."

데블린은 배가 고팠다. 그는 수프를 조금 데우고, 달걀 프라이와 두터운 빵 두 조각으로 샌드위치를 만들었다. 몰리가 구운 빵이었다. 난로 옆 의자에 앉아 먹고 있는데 왼쪽 뺨에 냉기가 느껴졌다. 문이 열렸다! 고개를 들어 바라보니 그녀가 거기에 서 있었다.

"아, 왔나?"

그가 밝은 목소리로 말했다.

"너에게 가기 전에 배를 좀 채우고 있었지."

그는 샌드위치를 들어올렸다.

"어느 백작이 이런 걸 생각해 낸지 알고 있나?"

"이 나쁜 놈! 너는 더러운 돼지야. 날 이용했어."

그녀는 덤벼들어 그의 얼굴을 할퀴려고 했다. 그가 곧 그녀의 손목을 잡았다.

"무슨 일이지?"

그러나 그는 잘 알고 있었다.

"난 전부 알고 있어. 그의 이름은 카터가 아니라 슈타이너고, 그들은 처칠을 납치하러 온 독일 놈들이지. 네놈의 이름은 뭐지? 물론 데블린이 아니겠지."

그는 그녀를 떼어놓고 부시밀스와 잔을 집어 들었다.

"그래, 몰리. 데블린이 아니야."

그가 고개를 끄덕였다.

"널 끌어들일 생각은 조금도 없었어. 어쩌다 그렇게 되었을 뿐이야."

"이 더러운 매국노!"

그가 어이없는 듯이 말했다.

"몰리, 난 아일랜드 인이야. 그 말은, 독일인과 프랑스 인이 다르듯이 너와 난 다르다는 뜻이지. 나는 외국인이란다. 너와 내가, 악센트는 좀 다르지만, 같은 영어를 사용한다고 해서 같은 나라 사람인 것은 아니야. 언제쯤 돼야 알겠니, 너희 영국인들은?"

이제는 뭐가 뭔지 잘 모르겠다는 듯한 눈빛이었으나 그녀가 계속 우겨댔다.

"매국노!"

그러자 그가 맑은 눈에 엄숙한 표정으로 턱을 추켜 올랐다.

"배신자가 아니야, 몰리. 나는 아일랜드 공화국 군인이야. 난 너희들과 마찬가지로 자신의 임무에 충실할 따름이야."

그녀는 그에게 상처를 입히고 싶었고, 또 그 방법을 알고 있었다.

"그래도 아무 소용없을걸요. 당신 친구 슈타이너도 마찬가지예요.

그는 곧 죽을 거예요, 그 다음은 당신 차례고."

"무슨 말이지?"

"슈타이너와 부하들이 신부님과 조지 와일드를 성당으로 데려왔을 때 파밀라 베리커와 나는 함께 성당 안에 있었어요. 둘이서 대화 내용을 몰래 엿들었죠. 그녀는 미군 레인저 부대가 있는 멜섬하우스로 달려갔어요."

그가 몰리의 팔을 붙잡았다.

"그게 언제지?"

"내가 가르쳐 줄 것 같아요?"

"말해, 말하지 않겠니!"

그는 그녀를 세차게 흔들었다.

"그들은 이미 마을에 도착했을걸요. 바람 방향이 바뀌면 총성이 들릴지도 모르죠. 그러니까 당신은 이제 도망치는 수밖에 없어요."

그가 손을 놓고 빈정대듯이 말했다.

"그래, 그게 영리한 길이겠지만 난 그렇게는 못하는 사람이란다."

그는 모자를 쓰고 먼지막이 안경을 낀 다음 트렌치코트를 입고 벨트를 맸다. 난로로 가 장작더미 뒤의 낡은 신문 뭉치 아래로 손을 집어넣었다. 거기에는 리터 노이만이 준 수류탄 두 개가 있었다. 신중히 뇌관을 장치하고 코트 안에 넣었다. 모제르 권총을 오른쪽 주머니에 넣고 슈텐 건 손잡이를 폈다. 슈텐 건은 필요하면 언제든지 한 손으로 쏠 수 있도록 목에 건 뒤 손잡이가 허리 높이에 오도록 조절했다.

몰리가 말했다.

"어떻게 하려고요?"

"6백 명의 기사가 말을 타고 죽음의 계곡으로 들어간다. 이건 말야, 내 사랑하는 몰리, 영국의 시시껄렁한 옛날 얘긴데, 지금 내

기분이 딱 그렇단다. "

그는 잔에 술을 따르면서 깜짝 놀라는 몰리의 모습을 바라보았다.

"나혼자 살겠다고 슈타이너를 죽게 내버려둔 채 산속으로 도망칠 줄 알았니 ? "

그는 고개를 흔들었다.

"나에 대해 좀더 잘 알고 있을 줄 알았는데. "

그녀가 허둥대며 말했다.

"가면 안돼요, 리엄, 가면 죽을 거예요. "

그녀가 그의 팔을 붙잡았다.

"하지만 가야 해, 내 귀여운 몰리. "

그는 그녀의 입술에 키스를 하고는 떼밀었다.

"무슨 도움이 될지 모르겠지만 네 앞으로 편지를 써두었어. 시시하겠지만 관심이 있다면…… 벽난로 위에 있다. "

그는 문 쪽으로 향했다.

문이 닫히고 그녀는 얼어붙은 듯 그 자리에 서 있었다. 어딘가 다른 세계에서 들려오는 엔진 소리가 나더니 이내 멀어져 갔다.

그녀는 편지를 발견하고 떨리는 손으로 봉투를 열었다.

　

내가 진정으로 사랑하는 몰리. 예전에 어느 위대한 사람이 말했듯이 나는 어느 한순간 변해 버렸고, 그 후 다시 원래의 나로 돌아가지 못했다. 내가 노력에 온 이유는 어떤 임무를 완수하기 위해서였지, 좀더 영리했어야 했을 못생긴 시골 아가씨와 생애에서 처음이자 마지막인 사랑을 나누기 위함은 아니었다. 지금쯤 넌 나의 정체를 알고 있을 것이나, 가능하면 생각하지 않기를 바란다. 내겐 너와 헤어지는 것이 이미 충분한 벌이다. 그러므로 이쯤에서 그만두자꾸나. 짧았지만 즐거웠다. 리엄.

눈물이 솟구쳐 글씨가 희미해졌다. 몰리는 편지를 주머니에 집어넣고 비틀거리며 밖으로 나왔다. 말은 벽 고리에 매어 있었다. 재빨리 고삐를 풀고 등에 올라타 주먹으로 말 머리를 치며 맹렬히 달렸다. 둑 끝에서 그대로 길을 가로질러 나무 울타리를 뛰어넘고, 지름길로 들판을 지나 마을로 향했다.

오토 브렌트는 다리 난간에 기대 너무나도 태평한 모습으로 담배에 불을 붙였다.

"이제 어떡한다? 도망치는 건가?"

"어디로?"

리터가 시계를 보았다.

"5시 20분 전. 늦어도 6시 반이면 어두워진다. 그때까지 버티면 두세 명씩 홉스앤드에 갈 수 있다. 몇 명은 보트를 탈 수 있을지도 모른다."

"중령님에게 다른 생각이 있을지도 몰라."

알트만 중사의 말에 브렌트가 고개를 끄덕였다.

"그럴 거야. 하지만 그는 여기에 없어. 그 동안에 조금이라도 전투 준비를 해두는 게 낫겠어."

"거기에 중요한 문제가 있지. 우린 독일군으로서 싸운다. 그것은 처음부터 분명히 정해져 있었어. 슬슬 위장복을 버려야 할 때가 온 것 같아."

이렇게 말한 리터가 빨간 베레모와 얼룩무늬 윗옷을 벗어버리자 항공대의 짧은 윗옷이 드러났다. 뒷주머니에서 독일 공군 시프를 꺼내 적당한 각도로 머리에 비스듬히 눌러썼다.

"좋아, 모두 마찬가지다. 빨리 준비해."

리터는 브렌트와 알트만에게 말했다.

조애너 그레이는 침실 창문으로 그들을 바라보고 있다가 리터의 제복을 보자, 가슴속에서 무언가 싸늘한 것이 스쳐 지나감을 느꼈다. 그녀가 보고 있으려니 알트만이 우체국으로 들어가고 잠시 후 터너 노인이 나왔다. 그는 다리를 건너 성당으로 올라갔다.

리터는 궁지에 빠졌다. 보통 이러한 경우에는 즉시 후퇴 명령을 내리겠지만, 브렌트에게도 말했듯이 어디로 후퇴한단 말인가. 자기를 포함해서 겨우 12명으로 마을 사람들을 감시하고, 마을을 점령하고 있어야 한다. 절대절명의 상황이었다. '그러나 알베르트 운하, 에반에 메르에서도 그랬다'고 슈타이너는 말하겠지. 처음 느낀 것은 아니지만, 지금까지 자기가 얼마나 슈타이너에 의지해 왔는가를 새삼스럽게 통감했다.

그는 다시 야전 무전기로 슈타이너를 불러 보았다.

"독수리 1호 응답하라. 여기는 독수리 2호."

영어로 말했다. 대답은 없었다. 리터는 하글 일병에게 무전기를 돌려주었다. 하글은 다리 벽 뒤에 숨어 배수구 사이로 브렌 건을 내밀고 있었다. 총을 쏘기에 아주 좋은 위치였다. 그도 빨간 베레모와 얼룩무늬 윗옷을 벗고 시프에 짧은 윗옷 차림이었으나 얼룩무늬 바지는 그대로 입고 있었다.

"안 됩니까, 중위님?"

하글이 물었다. 다음 순간, 그는 몸이 굳어졌다.

"지프 소리가 들려요."

"그렇군, 하지만 방향이 전혀 달라."

리터가 굳은 어조로 말했다.

그가 다리 벽을 뛰어넘어 하글 옆으로 가 바라보니 지프 한 대가 조애너 그레이의 집 모퉁이를 돌고 있었다. 무선 안테나 끝에 하얀 헝겊이 펄럭거렸다. 타고 있는 사람은 운전석의 한 사람뿐이었다. 리터가 벽 뒤에서 나와 두 손을 허리에 댄 채 기다렸다.

섀프트는 철모를 쓰지 않고 여전히 전투모를 비스듬히 쓰고 있었다. 극적인 효과를 노리는 듯 셔츠 주머니에서 여송연을 꺼내 입에 물었다. 일부러 뜸을 들이며 불을 붙이고 지프에서 내려 걸어왔다. 리터 앞 11미터 지점에 멈추어 우뚝 선 채 그를 빤히 쳐다보았다.

리터가 상대의 계급을 알아차리고 예의를 지켜 경례했다.

섀프트가 답례했다. 두 개의 철십자장, 동계 전쟁 종군장, 은으로 된 전상 배지, 각지 지상전에서의 훈장, 낙하산병 자격 배지 따위를 보고, 이 생기에 찬 젊은이가 역전의 용사임을 알았다.

"이젠 위장 따위는 필요없게 되었군, 중위? 슈타이너는 어디 있나? 제21 특별 기습 부대장 로버트 E. 섀프트 대령이 만나고 싶어한다고 전해주게."

"여기서는 제가 지휘관입니다, 대령님. 용건이 있으시다면 제게 말씀하십시오."

섀프트는 다리 벽에서 난 배수구 사이로 내민 브렌 건 총신을 본 다음 우체국으로 눈을 돌렸다. 선술집 스터들리 암스 2층의 침실 창문 두 개가 열려 있었다. 리터가 정중히 물었다.

"다른 용건은 없습니까, 대령님? 이제 충분히 보셨나요?"

"슈타이너는 어떻게 됐지? 자네들을 내버려두고 도망이라도 쳤나?"

리터가 가만히 있자 섀프트가 계속 말했다.

"알겠나, 난 자네 쪽 인원이 몇 명인지 알고 있네. 우리 부대가 공격을 시작하면 자네들은 10분도 버티지 못해. 잘 생각해서 타월을 링에 던지는 게 어떻겠나?"

"죄송하지만 급히 나오느라 타월을 잊고 왔군요."

섀프트가 여송연의 재를 떨었다.

"10분간 여유를 주겠다. 10분이 지나면 공격을 개시한다."

"우리 쪽은 2분이오, 대령. 냉큼 물러가지 않으면 부하들이 발포할 것이오."

리터가 말했다.

찰칵 하고 사격 준비를 하는 금속성 소리가 들렸다. 섀프트가 창을 올려다보고 엄숙하게 말했다.

"좋아, 원한다면 할 수 없지."

여송연을 던져 발로 힘껏 비벼 꺼버리고는 지프로 돌아와 운전석에 앉았다. 달리면서 야전 무전기의 마이크를 잡았다.

"여기는 슈거 원. 20초 세겠다. 십구, 십팔, 십칠……."

열둘에서 조애너 그레이의 집 앞을 지나고, 열에서 커브 길을 돌아 사라졌다.

그녀는 침실 창문에서 그가 지나가는 것을 보고 있다가 몸을 돌려 서재로 들어갔다. 지붕 밑 다락방으로 통하는 비밀 문을 열고 안으로 들어가 자물쇠를 잠갔다. 계단을 올라가 무전기 앞에 앉아 서랍에서 루가 권총을 꺼내 바로 손이 닿는 곳에 놓았다. 이상하게도 막상 사태가 이와 같이 되고 보니 전혀 두렵지 않았다. 그녀가 스카치 병을 집어 들고 한잔 듬뿍 따랐을 때 밖에서 총성이 울리기 시작했다.

섀프트 휘하의 선두 지프가 모퉁이를 돌아 직선으로 돌진했다. 네 명이 타고 있고, 뒤의 두 명은 브라우닝 기관총에 붙어 있었다. 그들이 조애너 그레이의 집 근처 오두막에 다다르자 딘터와 베르크가 일어났고, 베르크가 사격하는 동안 딘터가 어깨로 브렌 건 총신을 받치고 있었다. 한 번의 연발로 기관총에 붙어 있던 두 명이 날아갔다. 지프는 길에서 벗어나 굴러 떨어지더니 개울가에 그대로 거꾸로 처박혔다.

두 번째 지프는 풀이 돋아난 강가에서 재빨리 U턴을 했는데 하마터면 개울로 떨어질 뻔했다. 베르크가 총신의 방향을 바꾸어 짧게 짧게 끊어 쏘자 기관총수 한 명이 지프에서 떨어지고, 앞 유리창이 박살난 지프는 허겁지겁 도망쳤다.

폐허가 된 스탈린그라드에서 싸울 때, 딘터와 베르크는 이런 경우에는 상대방에게 일격을 가하고 재빨리 위치를 바꾸는 것이 싸움의 요령임을 배웠다. 두 사람은 벽에 난 철문을 빠져나와 집 뒤 울타리를 엄폐물로 이용하여 우체국으로 돌아왔다.

공격이 실패로 끝나는 것을 숲 속 높다란 지점에서 지켜보던 섀프트는 이를 갈며 분노했다. 주변을 천천히 관찰하도록 내버려둔 것이 책략이었음을 문득 깨달았다.

"저 애송이한테 한 방 먹었군."

낮은 소리로 중얼거렸다.

총탄 세례를 받은 두 번째 지프가 세 번째 지프 앞의 길가에 멈췄다. 운전병이 얼굴에 심한 상처를 입어 토머스 중사가 응급 처지를 하고 붕대를 감아 주었다. 섀프트가 외쳤다.

"뭘 꾸물거리고 있나, 중사! 두 번째 오두막집 담 뒤에 기관총이 있다. 세 명을 데리고 가서 처치해!"

야전 무전기를 메고 그의 뒤에서 대기하고 있던 크루코프스키가 깜짝 놀랐다. '5분전까지만 해도 열세 명이었어. 지금은 아홉 명. 대체 섀프트는 뭘 생각하는 거지?'

마을 반대쪽에서 격렬한 총소리가 들려왔다. 섀프트가 쌍안경을 돌렸으나 다리 저 멀리로 구부러진 길의 일부와 물레방앗간 지붕밖에 보이지 않았다. 그가 딱 하고 손가락을 튕기자 크루코프스키가 무전기를 건넸다.

"맬러리, 들리나?"

맬러리가 즉시 응답했다.

"들립니다, 대령님."

"거긴 대체 뭘 하고 있나? 지금쯤은 적을 제압했어야 하지 않나!"

"물레방앗간 2층을 거점으로 한 적은 강력한 화력을 갖추고 있습니다. 선두 지프가 당했습니다. 그게 지금 길을 막고 있고, 벌써 네 명을 잃었습니다."

"그럼 더 당해 봐! 물레방앗간으로 들어가서 불태워 버려! 뭐든 좋으니까 해치우란 말야!"

새프트가 으르렁거렸다.

또 다른 방향에서 총소리가 들려왔고, 새프트가 그쪽을 불렀다.

"들리나, 허슬러?"

"허슬러입니다, 대령님."

다소 희미하게 들렸다.

"지금쯤은 이미 성당에 도착했어야 하지 않나!"

"좀처럼 나아갈 수 없습니다, 대령님. 명령대로 들판을 건넜더니 수렁에 빠져 버렸습니다. 이제 겨우 호크스 우드 남쪽으로 접근하던 중이었습니다."

"어쨌든 빨리빨리 전진하라!"

크루코프스키에게 무전기를 건넨 새프트가 쓰디쓰게 내뱉었다.

"빌어먹을! 믿을 놈이 하나도 없군. 결국에 가서 무엇이든 내가 직접 해야 한다니까."

그는 제방을 미끄러져 내려가 도랑으로 들어갔다. 토머스 중사와 세 명의 부하가 돌아와 있었다.

"아무것도 없습니다, 대령님."

"무슨 말이냐, 아무것도 없다니?"

"사람은 없고 이것이 있었을 뿐입니다."

토머스가 303구경 탄피를 한줌 내밀었다.

새프트가 그 손을 냅다 후려치자 탄피가 사방으로 흩어졌다.

"좋아, 지프 두 대를 앞으로 가져와. 기관총에 둘씩 붙어 저 다리를 향해 계속 쏴라. 풀 한 포기 남지 않을 정도로 계속 쏘는 거다."

"하지만, 대령님……."

토머스가 말했다.

"너는 네 명을 데리고 걸어서 건너편 집 뒤로 가라. 저 다리 옆에 있는 우체국을 뒤에서 공격한다. 크루코프스키는 날 따라와."

그리고 지프의 보닛을 손으로 힘껏 내리쳤다.

"자, 빨리!"

오토 브렌트는 발터 하사, 마이어, 리델과 함께 물레방앗간에 있었다. 방어하기에는 이상적인 장소였다. 낡은 석벽은 두께가 90센티나되고 1층의 떡갈나무 문에는 빗장을 채워 놓았다. 2층 창으로 보이는 시야가 넓어, 그는 거기에 브렌 건을 설치해 놓았다.

멀리 아래쪽에는 지프 한 대가 불타며 길을 막고 있었다. 아직 한명이 안에 있고 다른 두 명은 옆 도랑 속에 처박혀 있었다. 그 지프는 브렌트가 직접 해치운 것이었다. 맬러리가 지휘하는 지프들이 돌진해 오기를 숨어서 기다리고 있다가, 결정적인 순간에 지붕 밑 문으로 수류탄을 두 개 던졌을 뿐이었다. 효과는 대단했다. 멀리 앞쪽 길가에 있는 울타리 뒤에서 미군이 제법 격렬하게 총을 쏘아댔으나 두터운 석벽 때문에 아무 소용없었다.

"누가 지휘하는지는 모르지만 전투에는 초보자군."

발터가 M1 소총에 총알을 다시 장전하면서 말했다.

"자네라면 어떻게 하겠나?"

브렌 건을 겨누고 쏘아대면서 브렌트가 물었다.

"저기에 개울이 있잖아? 그쪽으로는 창이 없어. 뒤에서 공격해 오면 된다구……."

브렌트가 손을 들며 말했다.

"사격 중지."

"왜?"

발터가 물었다.

"그들이 멈췄어. 몰랐나?"

순간 모두가 조용해졌고 브렌트가 낮은 소리로 말했다.

"무슨 일이 일어날지 모르니까 준비해."

다음 순간 맬러리와 8, 9명의 부하가 함성을 지르며 엄폐물 뒤에서 뛰어나와 마구 총을 쏘아대면서 다음 도랑으로 뛰어들었다. 울타리 건너편에 남아 있는 두 대의 지프가 기관총으로 엄호 사격을 하고 있더라도 무모할 정도로 어리석은 행동이었다.

"저걸 좀 봐! 자신들이 지금 어디에 있는지도 모르는 듯하군. 여기가 프랑스의 솜 전선인 줄 아나?"

상대방을 비웃으며 브렌트는 천천히 저 멀리 보이는 맬러리를 겨냥했다. 방아쇠를 당기자 목표물이 그 자리에 푹 쓰러졌다. 일제히 사격을 개시하자 세 명이 더 쓰러졌다. 그중 한 명이 일어나 다른 사람들이 도망친 울타리 뒤로 비틀거리며 걸어갔다.

주위를 휩싸고 있는 정적 속에서 브렌트가 담배를 꺼내 물었다.

"미쳤군, 자살행위야. 왜 저렇게 서두르는 거지? 가만히 기다리기만 해도 될걸."

발터가 말했다.

케인과 코코런 대령은 멜섬하우스 정문에서 200미터 정도 떨어진 곳에서 지프에 탄 채 윗부분이 총격으로 부서진 전신주를 보고 있었다.

"맙소사! 정말 믿을 수가 없군. 대체 뭘 어떻게 하려는 거지?"

코코런이 말했다.

케인은 차마 대답할 수가 없었다.

"모르겠습니다. 대령님. 보안 조치일지도 모르죠. 그는 독일 낙하산 부대와 일전을 벌이고 싶어했거든요."

지프 한 대가 정문에서 나와 다가왔다. 운전석에 앉아 있는 가비 상사의 얼굴은 매우 굳어 있었다.

"지금 막 무전실에서 연락받았습니다."

"섀프트에게서?"

가비가 고개를 흔들었다.

"그게 공교롭게도 크루코프스키로부터입니다. 소령님과 직접 통화하고 싶다고 했어요. 그쪽은 위험한 지경인 것 같습니다. 그들은 곧장 적진 속으로 뛰어들어갔답니다. 주위에 시체가 즐비하고요."

"그럼 섀프트는?"

"크루코프스키는 상당히 당황하고 있었어요. 대령이 미치광이처럼 날뛰고 있다고 몇 번이나 말했습니다. 때로는 무슨 말인지 모를 정도로 횡설수설했답니다."

'오, 하느님! 그는 부대 깃발을 바람에 날리면서 돌진한 거야.'

"대령님, 아무래도 제가 가보는 게 좋을 것 같습니다."

"나도 그렇게 생각하네. 물론 수상을 경호하기에 충분한 인원은 남겨두었겠지?"

케인이 가비에게 말했다.

"주차장에 뭐가 남아 있나?"

"정찰차 한 대와 지프 세 대입니다."

"좋아, 그것과 대원 20명과 함께 간다. 5분 후에 출발할 수 있도록 준비해 주게."

가비는 재빨리 차를 돌려 질주해 갔다.

"여기에 25명을 남기겠습니다. 그걸로 되겠습니까?"

케인이 코코런에게 말했다.

"날 포함해서 26명. 넉넉하네. 게다가 당연히 내가 지휘를 할 테니까. 이 기회에 자넨 식민지인들을 잘 훈련시켜 주겠지."

"알고 있습니다. 벙커힐 전투 이래 열등감에 사로잡혀 있었다니까요."

해리 케인은 클러치를 넣고 달려나갔다.

18

마을에서 2킬로미터 정도 떨어진 지점에 이르렀을 때 슈타이너는 비로소, 야전 무전기가 끊임없이 잡음 소리를 내고 있음을 알았다. 누군가 통화를 시도하고 있지만 거리가 너무 멀었다.

"서둘러, 뭔가 이상하다!"

그가 크루겔에게 말했다.

마을에서 1.5킬로미터 정도 떨어진 곳에 이르렀을 때 멀리서 계속 총소리가 들려왔다. 그는 최악의 사태가 벌어졌다고 판단했다. 슈텐건의 공이치기를 당기고 베르너를 쳐다보았다.

"그걸 언제든 사용할 수 있도록 해두게. 곧 사용하게 될지도 모르겠군."

데블린이 액셀을 힘껏 밟았다.

"어떻게 된 거냐? 속력을 내봐. 이 구닥다리 지프 같으니라구!"

슈타이너가 고함쳤다. 야전 무전기의 잡음이 그치고 마을에 가까워지자 그가 연락을 시도했다.

"여기는 독수리 1호, 독수리 2호 응답하라."

대답이 없었다. 다시 한번 해보았으나 역시 마찬가지였다. 데블린이 말했다.

"무전기에 응할 수 없을 정도로 다급한 상황일지도 모릅니다, 중령님."

잠시 후 지프가 언덕 위로 올라섰다. 그곳은 성당이 서 있는 서쪽 270미터 지점으로 아래쪽 전경이 잘 내려다보였다. 슈타이너는 쌍안경으로 물레방앗간과 그 건너편 들판에 있는 맬러리 대위의 부하들을 살펴보았다. 그리고 천천히 몸을 돌리며 우체국과, 선술집 뒤편 울타리 뒤에 있는 레인저들과, 섀프트의 남은 지프 두 대의 기관총이 퍼붓는 집중 사격 때문에 다리 옆에 나란히 엎드려 꼼짝도 못하고 있던 리터와 베르크를 살펴보았다. 그 지프 중 한 대는 조애너 그레이의 정원 담 뒤에서 기관총만 내놓고 사격하고 있었고, 다른 한 대도 옆집 담 너머로 쏘아대고 있었다.

슈타이너는 다시 통화를 시도했다.

"여기는 독수리 1호, 들리나?"

물레방앗간 2층에 있던 리델이, 접전이 한 고비 지난 틈을 이용하여 무전기의 스위치를 막 돌리자마자 슈타이너의 목소리가 들려왔다.

"중령님이다!"

그는 브렌트에게 소리치고 무전기에 대고 말했다.

"여기는 독수리 3호, 지금 어딥니까?"

"성당 너머 언덕이다. 그쪽 상황은 어떤가?"

슈타이너가 말했다.

몇 발의 총탄이 유리 없는 창으로 날아 들어와 벽에 박혔다.

"이리 줘!"

기관총을 앞으로 하고 엎드려 있던 브렌트가 외쳤다.

"그는 언덕 위에 있어. 중령은 항상 중요한 때에 달려와 주거든."

리델이 말했다. 그리고 물레방앗간 꼭대기에 있는 문으로 기어가 문을 열었다.

"돌아와!"

브렌트가 소리쳤다.

리델이 상체를 일으키고 밖을 내다보았다. 그는 흥분한 채 웃음을 띠고 말했다.

"보입니다, 중령님. 여기는……"

밖에서 자동 화기가 불을 뿜었고 피와 뇌가 벽에 흩어졌다. 후두부가 없어진 리델이 무전기를 쥔 채 밖으로 거꾸로 떨어졌다.

브렌트는 문 쪽으로 몸을 날려 문가에서 아래를 내려다보았다. 리델은 물레방아 위에 떨어져 있었다. 물레방아가 그를 실은 채 돌았다. 물레방아는 물속을 통과해 다시 위로 올라왔으나 그의 모습은 보이지 않았다.

베르너가 슈타이너의 어깨를 쳤다.

"아래쪽입니다, 중령님. 오른쪽 숲 속에 군인들이 있습니다."

슈타이너가 쌍안경을 돌렸다. 높은 곳에 있는 덕분에 호크스 우드 안을 도랑처럼 지나고 있는 길의 일부를 볼 수 있었다. 허슬러 중사와 부하들이 전진하고 있었다.

슈타이너는 결단을 내리고 곧 행동으로 옮겼다.

"아무래도 낙하산병으로 돌아가야 할 것 같다."

빨간 베레모를 던져 버리고, 권총 벨트를 풀어 얼룩무늬 윗옷을 벗었다. 독일 공군의 짧은 윗옷이 드러나며 무공 훈장이 붙은 기사십자 장이 가슴에서 빛나고 있었다. 주머니에서 시프를 꺼내 머리에 썼다.

크루겔과 베르너가 그의 뒤를 따랐다.

슈타이너가 말했다.

"좋아, 달리자. 숲 속 저 길까지 곧장 내려간 뒤 다리를 건너 저 지프 두 대에게 인사하는 거다. 고속으로 돌진하면 노이만 중위가 있는 곳까지 갈 수 있을 것이다, 크루겔."

그리고 베르너를 바라보았다.

"무슨 일이 있어도 계속 쏴라."

성당 근처에 도달했을 때 지프는 시속 80킬로미터로 달리고 있었다. 베커 하사가 현관 밖에 서 있었다. 그가 경계하며 몸을 구부리는 순간, 슈타이너가 손을 흔들고 크루겔이 핸들을 꺾어 숲으로 달려갔다.

지면이 약간 도드라진 곳을 뛰어넘고 가파른 벼랑 사이에 난 커브 길을 돌았다. 18미터 앞에서 허슬러의 편대가 길 양쪽으로 갈라져 이쪽으로 오고 있었다. 베르너가 조준할 틈도 없이 쏘아댐과 동시에 지프가 상대편 대열로 돌진해 들어갔다. 병사들이 지프를 피하기 위해 양쪽의 경사가 심한 벽면으로 오르려 했다. 앞바퀴가 누군가를 치고 지나간 순간 차는 이미 대열을 벗어나 있었다. 그 뒤에는 호러스 허슬러 중사와 부하들 일곱 명이 나뒹굴고 있었다.

지프는 번개같이 그 길 입구로부터 달려나갔다. 크루겔은 명령대로 허술한 난간을 성냥개비처럼 쓰러뜨리면서 폭 1.5미터 정도 너비의 다리를 건너 둑으로 올라간 뒤 공중을 날아 도로로 나왔다.

조애너 그레이의 정원 담 뒤에 있던 기관총수가 당황하며 총을 겨누었으나 너무 늦었고, 베르너가 두 사람 모두 총으로 쏘아 날려 버렸다.

그러나 그 두 명 덕분에 두 번째의 기관총수들은 2, 3초 여유를 얻었다. 생사의 갈림길이 되는 2, 3초였다. 그들은 재빨리 기관총을 돌려놓고, 크루겔이 차 머리를 돌려 다시 다리로 향했을 때 사격을 개시했다.

이번에는 레인저의 차례였다. 베르너가 사격을 가하자 기관총수 한 명이 사라졌다. 그러나 남은 한 명이 계속 쏘아대 총탄이 지프를 맞추며 앞 유리를 박살냈다. 크루겔이 갑자기 날카로운 비명을 지르며 핸들 위로 엎어지자 지프는 획 돌아 다리 옆 벽에 부딪쳤다. 그리고 잠시 거기에 멈추는 듯하더니 천천히 옆으로 넘어졌다.

크루겔은 지프 위에 몸을 웅크린 채 누워 있었다. 유리에 찢겨진 얼굴에서 피가 계속 흐르는데도 베르너는 크루겔 위로 몸을 구부렸다. 그리고 무서운 눈빛으로 슈타이너를 올려다보며 말했다.

"죽었습니다, 중령님."

베르너가 슈텐 건을 들고 일어서려 하자 슈타이너가 잡아 앉혔다.

"정신 차려! 그는 죽었지만 넌 살아 있어!"

베르너는 멍하니 고개를 끄덕였다.

"예, 중령님."

"기관총을 일으켜 저들을 견제하라."

슈타이너가 돌아서니 리터 노이만이 브렌 건을 쥐고 벽 뒤에서 기어오고 있었다.

"저들을 해치웠더군요."

"숲 속을 지나 성당으로 향하던 놈들이었다. 그들을 혼내 주었지. 그런데 하글은 어떻게 됐지?"

슈타이너가 말했다.

"유감스럽지만 당했습니다."

노이만이 벽 뒤로 삐죽이 나온 하글의 군화를 향해 고갯짓을 했다. 곧 베르너가 기관총을 지프 옆에 세워 놓고 짧게 짧게 끊어 쏘아대기 시작했다. 슈타이너가 말했다.

"좋아, 중위. 무슨 좋은 생각 없나?"

"앞으로 한 시간 뒤면 어두워집니다. 그때까지 버틸 수가 있다면, 그 뒤에는 두 세 명씩 소그룹으로 나뉘어 살그머니 탈출할 수 있지 않을까 생각합니다. 어둠을 이용해서 홉스앤드 늪지에 몸을 숨길 수 있고, 쾨니히가 예정대로 오면 보트에 탈 수 있고요. 이제 저 할아버지에게 접근하는 것은 불가능하니까요."

리터는 잠시 머뭇거리다가 조심스럽게 덧붙였다.

"그렇게 하면 탈출할 기회가 다소 있다고 봅니다."

"유일한 기회다. 하지만 여기 있어서는 안 돼. 슬슬 다시 모이는 게 좋을 거야. 모두들 어디 있지?"

슈타이너가 말했다.

리터가 상황을 간추려서 설명하자 슈타이너는 고개를 끄덕였다.

"오는 도중에 물레방앗간과는 겨우 연락을 취했다. 리델과 통화했는데 기관총 소리가 상당히 시끄러웠어. 자네는 알트만 반과 연락을 취하게. 나는 브렌트를 불러 보겠다."

노이만 중위가 도로를 가로지르는 동안 베르너가 엄호 사격을 했다. 슈타이너는 야전 무전기로 브렌트를 불렀으나 아무리 불러도 응답이 없었다. 노이만이 알트만, 딘터, 베르크와 함께 우체국에서 나왔을 때 물레방앗간 쪽에서 격렬한 총소리가 터져 나왔다.

모두 벽 뒤에 몸을 숨겼다. 슈타이너가 말했다.

"아무리 해도 브렌트와 연락이 안 된다. 무슨 일이 일어났는지 모르겠어. 너희들은 성당을 향해 돌진하라. 산울타리를 따라가면 거의 괜찮을 거다. 리터, 자네가 지휘하라."

"중령님은 어떻게 하실 겁니까?"

"기관총으로 잠시 상대를 위협해 놓고 바로 뒤따라가겠다."

"하지만, 중령님!"

리터가 말했다.

슈타이너가 말을 막았다.

"하지만은 없다. 오늘은 내가 주인공 역을 연기할 차례다. 자, 가라. 명령이다!"

리터가 머뭇거렸지만 그것은 아주 잠시뿐이었다. 알트만에게 신호하고 지프 옆을 빠져나간 뒤 벽을 따라 다리 끝까지 갔다. 슈타이너가 기관총을 잡고 사격을 시작했다.

다리 저쪽 끝에는 엄폐물이 전혀 없는 공터가 있었다. 산울타리까지 거리는 6미터도 안 되었다. 한쪽 무릎을 꿇고 몸을 웅크리고 있던 리터가 말했다.

"한 명씩 뛰어가서는 안 돼. 저 기관총수가 두 명째부터는 겨냥을 하고 기다릴 테니까. 내가 신호를 하면 모두 함께 뛴다."

잠시 후 그가 뛰어나가 길을 건너 산울타리 속으로 무사히 몸을 숨겼다. 리터 바로 뒤를 알트만을 비롯해 모두가 뒤따랐다. 마을 저쪽 끝에서 기관총을 붙잡고 있던 레인저는 전쟁 전에 케이프 곶에서 어부 생활을 하던 블리커라는 하사였다. 그는 그때 유리 파편이 오른쪽 눈 밑에 박혀 고통으로 미칠 지경이었다. 무엇보다도 자기를 이런 곳으로 끌고 온 섀프트가 미워 견딜 수가 없었다. 지금은 그 미움으로, 기관총을 쏴댈 수만 있다면 목표물은 아무래도 좋았다. 독일군이 도로를 건너는 것이 보여 얼른 기관총을 겨누었으나 때는 이미 늦었다. 분노와 초조감으로 마구 산울타리를 향해 쏘아댔다.

산울타리 너머에서 베르크가 뭔가에 걸려 넘어지자 딘터가 그를 돕기 위해 뒤돌아보았다.

"손 이리 내, 이 굼벵이야. 항상 이렇다니까!"

베르크가 딘터의 손을 잡고 일어선 순간, 두 사람은 총을 맞고 춤추듯 들판으로 날아갔다. 베르너가 비명을 지르며 그쪽으로 가려 하자 알트만이 어깨를 잡아 누르고 등을 밀어 리터를 따라 달리게 했다.

물레방앗간 2층 문에서, 브렌트와 마이어는 들판에서 일어난 일을 바라보고 있었다.

"이제 대충 짐작이 가는군. 상황으로 미루어 보건대 우리 둘 다 여기서 저 세상으로 갈 것 같아."

마이어가 말했다.

브렌트는 리터, 알트만, 베르너가 산울타리를 따라 긴 언덕길을 달려 올라가 묘지 벽을 타고 넘는 것을 지켜보았다.

"무사히 도착했다! 우선은 기적이다."

그는 마루 중앙에 있는 상자에 기대고 있는 마이어에게 다가갔다. 그는 배에 총을 맞았다. 윗옷 앞이 열려 있고, 배꼽 바로 밑에 흉한 구멍이 뚫려 있으며, 그 부근의 살이 입술처럼 부어 올라 있었다. 얼굴이 땀으로 흠뻑 젖어 있었다.

"이걸 봐, 적어도 피는 흐르지 않아. 어머니가 항상 말씀하셨거든. 나보고 악마처럼 운이 질기다고 말야."

"그런 것 같군."

브렌트가 마이어에게 담배를 물리고 불을 붙이려 할 때 밖에서 다시 격렬한 총소리가 들렸다.

샤프트는 조애너 그레이의 집 정원 담 아래 몸을 웅크리고 있었다. 허슬러 중사의 대원 중 생존자 한 명으로부터 얘기를 듣고 일의 심각함에 아연해 있었다. 완전한 대실패였다. 30분 남짓한 사이에 22명의 사상자가 나왔다. 데려온 부하의 반수 이상이다. 책임자인 자신이 어떻게 될까 생각하는 것조차 두려웠다.

야전 무전기를 들고 그의 뒤에 웅크리고 있던 크루코프스키가 말했다.

"어떻게 하죠, 대령님?"

"무슨 말이냐, 어떻게 하다니? 결국 마지막엔 언제나 내가 나서야만 한다니까. 규율도 책임감도 없는 놈들한테 맡기면 이렇게 되어버리거든."

섀프트는 쓰러지듯 담에 기대 위를 쳐다보았다. 마침 그때 조애너 그레이가 침실 커튼 틈으로 밖을 내다보았다. 즉시 뒤로 물러섰으나 한 발 늦었다. 섀프트가 낮은 신음 소리를 토했다.

"놀랍군, 크루코프스키. 저 배신자 계집년이 아직 집 안에 있다!"

섀프트가 창을 가리키며 일어서자 크루코프스키가 말했다.

"아무도 안 보이는데요."

섀프트가 소리치며 허리에서 콜트 권총을 뽑았다.

"곧 보일 거다! 자, 가자!"

그들은 오솔길을 지나 현관으로 달려갔다.

조애너 그레이는 비밀 문에 자물쇠를 잠그고 지붕 밑 다락방을 향해 재빨리 계단을 올라갔다. 무전기 앞에 앉아 란즈부르트로 송신을 시작했다. 계단 밑에서 소리가 들렸다. 문을 열어제치고 가구를 밀어붙이며 섀프트가 집 안을 수색하고 있었다. 이젠 근처까지 와 있고 서재를 뒤지고 있었다. 그가 계단 쪽으로 나오며 화가 나 고함치는 것이 똑똑히 들렸다.

"어딘가 분명히 있을 거다!"

다른 목소리가 계단에 메아리쳤다.

"대령님, 개가 지하실에 갇혀 있었습니다. 동굴에서 뛰쳐나온 박쥐 같은 기세로 그쪽으로 올라갑니다."

조애너 그레이는 루가 권총을 찾아 공이치기를 당겨 놓고 송신을 계속했다. 계단 위에서 섀프트가 옆으로 비켜서자 그녀의 애견 패티가 달려 지나갔다. 그가 개 뒤를 쫓아 서재로 들어가자 개가 구석의 벽을 발로 긁어댔다.

섀프트는 즉시 벽을 조사하여 작은 열쇠 구멍을 발견했다. 그는 기뻐 날뛰며 큰소리로 외쳤다.

"여기다, 크루코프스키! 찾아냈다!"

그는 열쇠 구멍 주위에 세 발을 쏘았다. 크루코프스키가 M1 소총을 겨누고 들어왔을 때 자물쇠가 산산조각이 나며 문이 저절로 열렸다.

"조심하십시오."

"걱정 마."

콜트를 내밀고 계단을 올라가는 섀프트의 옆을 개가 쏜살같이 빠져 지나갔다.

"이년, 내려와!"

그의 머리가 마루 바닥위로 떠오르는 순간, 조애너 그레이가 그의 미간을 쏘았다. 그가 서재로 나뒹굴었다. 크루코프스키는 구석에서 M1 소총을 들이대고 순식간에 여덟 발을 쏘았다. 개가 짖어대고 사람이 굴러 떨어지는 소리가 들린 뒤 주위가 조용해졌다.

데블린이 성당 밖에 도착했을 때, 리터, 알트만, 베르너가 현관을 향해 묘지 사이를 달리고 있었다. 데블린이 묘지 문 옆에 급히 멈추자 세 사람이 그에게 달려왔다.

"엉망진창이오. 그리고 중령은 아직 저 다리에 있소."

리터가 말했다.

데블린이 마을 아래를 내려다보니 옆으로 넘어진 지프 뒤에서 슈타이너가 기관총을 쏘아대고 있었다. 리터가 그의 팔을 붙잡고 가리켰다.

"저걸 봐요, 저기 오는 저것!"

데블린이 그쪽을 보니 조애너 그레이의 집 너머의 커브 길에 정찰차와 지프 세 대가 있었다. 그는 오토바이 엔진을 고속으로 회전시키고 씨익 웃었다.

"그렇지. 지금 가지 않으면 딴 생각을 할지도 모르고, 그렇게 되면 곤란하지."

언덕길을 달려 내려가 옆으로 미끄러지듯 올드 우먼스 메도우 입구를 지나고, 짧은 오솔길을 지나 들판을 가로질러 물레방아 둑 위에 걸린 다리로 향했다. 그는 여기저기 풀숲을 튀기듯 넘어갔다. 묘지문에서 보고 있던 리터는 그가 오토바이에서 떨어지지 않는 것이 너무도 신기했다.

갑자기 총탄이 머리 옆 나무문에 박혔다. 리터는 얼른 몸을 웅크렸다. 베르너와 알트만도 담 뒤로 뛰어들어 자세를 잡고, 성당 건너편 숲에 도착한 허슬러 중사의 살아남은 대원들에게 응전을 개시했다.

데블린은 다리를 건너 맞은편 입구를 향해 숲 속 오솔길을 달렸다. 도로를 따라 레인저가 숨어 있을 것으로 판단했다. 코트 안에서 수류탄을 하나 꺼내 입으로 핀을 뽑았다. 숲 속을 빠져나오자 풀 위에 지프가 한 대 서 있고, 타고 있던 자들이 놀라 돌아보았다.

그는 수류탄을 던지고 계속 달렸다. 왼쪽의 산울타리 뒤에는 더 많은 레인저가 있었고, 두 번째 수류탄을 던졌다. 그 순간 첫 번째가 폭발했다. 경사진 길을 내려간 뒤 물레방앗간을 지나고 모퉁이를 돌아 슈타이너가 아직도 기관총을 붙잡고 있는 다리 옆에 급정거했다.

슈타이너는 한마디도 하지 않았다. 벌떡 일어나 두 손으로 기관총을 쥐고 단숨에 탄창의 총알을 다 쏘았다. 그 격렬한 기세에 블리커 하사는 담 뒤로 몸을 웅크렸다. 그와 동시에 슈타이너는 기관총을 내던지고 오토바이 뒷좌석에 올라탔다. 데블린이 속력을 내어 다리를 건너 언덕길을 올라갔을 때 조애너 그레이의 집 모퉁이에서 정찰차가 나타났다. 해리 케인이 서서 오토바이가 사라지는 것을 보았다.

"대체 저게 뭐죠?"

가비 상사가 물었다.

블리커 하사가 지프에서 굴러 떨어지듯이 내려 비틀거리며 정찰차 쪽으로 다가왔다.

"위생병 없습니까? 오른쪽 눈을 당한 것 같아요. 아무것도 보이지 않습니다."

누군가 차에서 뛰어내려 몸을 부축했다. 케인은 주변의 참상을 둘러보며 낮은 소리로 중얼거렸다.

"이 멍청이 같은 놈."

크루코프스키가 문에서 나와 경례했다.

"대령은 어딨나?"

케인이 물었다.

"죽었습니다. 저 집 2층에서요. 여자가 있었는데 그녀가 대령을 쏘았습니다."

케인이 서둘러 차에서 내렸다.

"그 여자는 어디 있지?"

"제가, 제가 죽였습니다, 소령님."

크루코프스키의 눈에 눈물이 글썽거렸다.

케인은 뭐라 할말이 없었다. 그는 크루코프스키의 어깨를 두드리고 오솔길을 걸어 집 쪽으로 갔다.

데블린과 슈타이너가 언덕 꼭대기에 도착했을 때, 리터와 부하 둘이 담 뒤에서 숲 속의 레인저에게 일제 사격을 하고 있었다. 데블린은 기어를 바꾸고 발을 내려 오토바이 속도를 늦추면서 핸들을 꺾은 뒤 묘지 문에서 성당 현관까지 곧장 돌진했다. 리터와 부하들도 묘비를 이용하여 서서히 후퇴해 무사히 성당 현관에 도착했다.

베커 하사가 문을 열고 기다리고 있다가 모두들 들어오자 급히 문을 닫고 빗장을 걸었다. 밖의 총소리가 갑자기 기세를 더했다. 마을 사람들은 몸을 서로 바짝 붙이고 불안에 떨며 긴장해 있었다. 필립 베리커가 절름거리며 통로로 걸어와 분노로 핼쑥해진 얼굴로 데블린을 바라보았다.

"자네도 배신자였군!"

데블린이 싱긋 웃었다.

"어쨌든 친구들 있는 곳으로 와서 기쁘오."

물레방앗간 안은 조용했다.

"왠지 기분이 이상한데."

발터가 말했다.

"넌, 항상 그러잖아."

브렌트가 갑자기 눈썹을 찡그렸다.

"저게 뭐지?"

차 소리가 들렸다. 브렌트는 도로 쪽에 난 창으로 내다보다가 갑자기 총탄 세례를 받았다. 그는 목을 움츠렸다.

"마이어는 어때?"

"죽은 것 같아."

브렌트는 점차 가까워지는 차 소리를 들으면서 담배를 한 개비 집었다. 그가 말했다.

"생각해 봐. 알베르트 운하, 크레타 섬, 스탈린그라드, 그리고 종착역이 어디지? 바로 스터들리 콘스터블이다."

그가 담배에 불을 붙였다.

가비가 핸들을 꺾어 물레방앗간 안으로 돌진해 왔을 때 정찰차는 적어도 시속 65킬로미터로 달리고 있었다. 케인은 대공 기관포를 쥐고 나무로 된 천장을 향해 쏘아댔다. 50구경 총탄이 쉽사리 천장을 뚫고 들어가 2층 마룻바닥에 사방으로 흩어졌다. 고통에 찬 비명 소리가 들렸으나 좌우로 계속 쏘아댔고, 천장 여기저기에 커다란 구멍이 뚫리자 겨우 쏘기를 멈췄다.

구멍 사이로 피투성이가 된 팔이 보였다. 물레방앗간 안은 소리 하나 들리지 않았다. 가비가 경기관총을 들고 부하 한 명과 함께 구석에 있는 계단을 올라갔다. 그리고 곧 돌아왔다.

"죽었습니다."

해리 케인은 얼굴이 창백했으나 행동은 지극히 침착했다.

"좋아, 이번엔 성당이다."

몰리가 개로비히스에 도착했을 때, 무선 안테나 끝에 흰 손수건을 단 지프가 성당을 향해 언덕을 올라가는 게 보였다. 지프가 묘지 문 밖에 멈추고 케인 소령과 가비 상사가 내렸다. 성당 묘지의 길을 걸어가면서 케인이 작은 소리로 말했다.

"주위를 잘 봐두게, 상사. 다시 왔을 때 당황하지 않도록 신중히 봐두는 거다."

"알겠습니다, 소령님."

성당 문이 열리고 슈타이너가 현관으로 나왔다. 데블린이 그 뒤에서 벽에 기대 담배를 피우고 있었다. 해리 케인이 예의를 갖춰 경례했다.

"전에 한번 만났었죠, 중령님."

슈타이너가 대답하기 전에 필립 베리커가 입구를 지키고 있는 베커 하사의 옆을 지나 절름거리면서 나왔다.

"케인, 파밀라는 어디 있나? 그 애는 괜찮은가?"

"괜찮습니다, 신부님. 멜섬하우스에 있습니다."

베리커가 창백하고 수척한 얼굴을 슈타이너에게 돌렸다. 그러나 그의 눈은 승리감에 가득 차 반짝였다.

"그 애가 당신들을 멋지게 해치웠군. 어떻소, 슈타이너? 동생이 없었다면 당신들은 성공했을지도 모르지."

슈타이너가 침착한 어조로 말했다.

"사물을 보는 관점이 묘하게 다를 때가 있는 법이죠. 나는 우리가 실패한 이유는 칼 슈투름 중사가 두 아이의 목숨을 구하기 위해 자신을 희생했기 때문이라고 생각하오."

슈타이너는 상대의 대답을 기다리지 않고 케인을 향해 몸을 돌렸다.

"무슨 용건인가?"

"당연하겠지만 항복입니다. 이 이상 피를 흘리는 것은 무의미합니다. 물레방앗간에 있던 당신 부하들은 죽었어요. 그레이 부인도 죽었고."

베리커가 케인의 팔을 붙잡았다.

"그레이 부인이 죽었다고? 어떻게?"

"그녀는 자신을 체포하려던 새프트 대령을 죽였고, 그 뒤 총격전에서 죽었습니다."

베리커는 진한 슬픔의 표정을 지으며 고개를 돌렸다. 케인이 슈타이너에게 말했다.

"당신은 지금 완전히 고립되었어요. 수상은 무사히 멜섬하우스로 들어가 그로서는 두 번 다시 경험할 수 없을 정도의 엄중한 경호를 받고 있소. 모든 게 끝났습니다."

슈타이너는 브렌트, 발터, 마이어, 게르하르트 크루겔, 딘터, 베르크 등 부하들의 얼굴을 머릿속에 그리며 핼쑥한 얼굴로 고개를 끄덕였다.

"명예로운 항복인가?"

"무조건이다! 이자들은 영국군 제복을 입고 왔어. 잊었소, 소령?"

하늘을 향해 절규하듯 베리커가 소리쳤다.

슈타이너가 말을 막았다.

"하지만 싸울 때는 그 옷을 벗었소. 독일군으로서 독일군 제복을 입고 당당하게 싸웠소. 낙하산 부대원으로서 말이오. 그때까지 입고 있던 옷은 전쟁에서 허용되고 있는 위장에 불과하오."

"명백한 제네바 협정 위반이오. 협정은 전시 중에 적군의 제복을 입는 것을 금지할 뿐만 아니라 위반자에게는 사형을 언도하고 있소."

슈타이너가 케인을 보고 빙긋이 웃었다.

"신경 쓰지 말게, 소령. 자네가 미안해할 건 없어. 이를테면 게임의 룰 같은 거지."

그가 베리커 신부에게 돌아섰다.

"아무래도 신부님, 당신의 하느님은 복수의 하느님 같군요. 당신은 내 묘지 위에서 춤추고 다닐 것이오."

"무슨 말인가, 슈타이너!"

베리커는 지팡이를 치켜들고 앞으로 나왔으나, 자신의 긴 수단 자락을 밟고 쓰러지며 옆에 있던 돌 모서리에 머리를 부딪쳤다.

가비가 신부 옆에 무릎을 꿇고 살피더니 고개를 들었다.

"기절했습니다. 진찰을 받아 보는 게 좋을 것 같습니다. 마을에서 우수한 위생병을 데려오죠."

"지금 데려가도 좋네. 모두 데리고 가게."

슈타이너가 말했다.

가비가 케인의 얼굴을 힐끗 보고는 베리커를 안고 지프로 갔다. 케인이 말했다.

"마을 사람들 모두를 보내 준다는 말입니까?"

"전투 재개가 불가피한 상황이니까 당연히 그렇게 해야겠지."

슈타이너는 약간 흥분한 듯한 표정을 지었다.

"그럼, 우리가 마을 사람 전원을 인질로 삼고, 여자들을 앞세워 총을 쏘면서 탈출할 거라고 생각했나? 잔혹한 독일군, 그런 얘긴가? 기대에 미치지 못해 미안하군."

그가 돌아섰다.

"베커, 마을 사람들을 밖으로 내보내라, 전부."

문이 덜컹 열리고 레이커 암즈비를 선두로 마을 사람들이 서둘러 밖으로 나왔다. 여자들 대부분은 울부짖으며 달려나왔다. 마지막으로 아들 그레이엄을 데리고 베티 와일드가 나왔다. 리터 노이만이 환자처럼 멍해 있는 그녀의 남편을 부축했다. 가비 상사가 서둘러 돌아와 와일드의 겨드랑이 밑으로 팔을 넣었다. 베티는 아들 손을 잡고 리터를 돌아보았다.

"그는 곧 괜찮아질 겁니다, 와일드 부인. 안에서 있었던 일은 매우 죄송하게 생각합니다."

젊은 중위가 말했다.

"괜찮아요. 당신 탓이 아니에요. 부탁이 있어요. 당신의 이름을 가르쳐 주시겠어요?"

"노이만 입니다. 리터 노이만."

"감사합니다. 아까 당신에게 퍼부었던 악담을 잊어 주기 바랍니다."

그리고 슈타이너 쪽으로 고개를 돌렸다.

"그레이엄을 구해 주신 당신과 부하들에게 감사드립니다."

"칼 슈투름 중사는 용기 있는 사람입니다. 조금도 주저하지 않았습니다. 곧바로 뛰어들었지요. 용기가 없으면 불가능한 일이지요. 용기란 어느 시대에든 퇴색하지 않는 소중한 것입니다."

슈타이너가 말했다.

사내아이가 슈타이너를 쳐다보았다.

"아저씨는 왜 독일인이야? 왜 우리편에 서지 않아요?"

슈타이너는 크게 웃었다. 그리고 베티 와일드에게 말했다.

"자, 어서 데리고 가세요. 제가 이 아이의 유혹에 넘어가기 전에."

그녀는 아들 손을 잡고 서둘러 떠나갔다. 담 너머로 여자들의 행렬이 마을로 향하고 있었다. 그때 호크스 우드 길에서 정찰차가 나타나 성당 현관을 향해 대공 기관포와 중기관총을 설치했다.

슈타이너가 쓴웃음을 지으며 고개를 끄덕였다.

"자, 소령, 드디어 대단원이다. 전투를 시작하지."

그는 경례를 하고 데블린이 한마디도 하지 않고 서 있는 현관으로 돌아갔다.

"이렇게 오랫동안 침묵을 지키고 있는 것은 처음 보는 것 같소."

슈타이너가 말했다.

데블린이 씨익 웃었다.

"솔직히 말해 살려 달라는 말밖에 떠오르지 않았소. 이제 안으로 들어가 기도를 올려도 되겠소?"

전망이 좋은 위치에 있는 몰리는 데블린이 슈타이너와 함께 성당으

469

로 들어가는 것을 보고 마지막 희망이 사라짐을 느꼈다.

"큰일이다! 내가 어떻게든 하지 않으면 안돼."

그녀가 일어섰을 때 거구의 흑인이 인솔하는 열 명 남짓한 레인저가 성당에서는 보이지 않는 위쪽 숲에서 나와 길을 건넜다. 그들은 담을 따라 뒤로 돌아 쪽문을 지나서 사제관 정원으로 들어갔다.

그러나 그들은 사제관 안으로 들어가지는 않았다. 담을 뛰어넘고 묘지로 숨어든 다음 탑 쪽에서 성당으로 접근하여 현관으로 돌아 나왔다. 그녀가 보고 있으려니, 거구의 상사가 로프를 어깨에 메고 현관 홈통에 달려들어 덩굴을 타고 5미터 위의 납으로 된 지붕에 도달했다. 그리고 그가 로프를 풀어 밑으로 던지자 다른 레인저들이 올라가기 시작했다.

갑자기 뭔가를 결심하고 몰리는 말에 올라타서 들판을 건너 사제관 뒤 숲 속으로 내려갔다.

교회 안은 매우 추웠다. 그리고 촛불 몇 개와 성단의 램프 불빛이 비칠 뿐 어두웠다. 지금 남아 있는 사람은 데블린을 포함해 여덟 명이었다. 슈타이너, 리터, 데블린, 베르너, 알트만, 얀센, 베커 하사와 프레스턴이었다. 그리고 아무도 몰랐으나, 마을 사람들이 급히 서두른 나머지 잊어버린 아서 시모어가 성당의 어둠 속에서 여전히 손발이 묶인 채 슈투름 옆에 누워 있었다. 그가 상체를 일으켜 벽에 기대고 번뜩이는 눈초리로 프레스턴을 노려보면서 손목 끈을 풀려고 했다.

슈타이너는 탑의 문과 성물실 문의 손잡이를 돌려보았으나 모두 자물쇠가 채워져 있었다. 커튼 뒤로 탑 아래쪽 마룻바닥과 몇 개의 로프가 보였다. 그 로프들은 마룻바닥에 뚫린 몇 개의 구멍에서 솟아, 1939년 이래 울린 적이 없는 높이 9미터 위 종으로 이어져 있었다.

그는 돌아서서 모두가 있는 곳으로 돌아왔다.

"이젠 싸우는 수밖에 없는 것 같다."

"말도 안 됩니다. 어떻게 싸운다는 거죠? 그들은 병력과 병기에서 우리보다 월등해요. 그들이 공격을 개시하면 우린 10분도 견디지 못해요."

프레스턴이 말했다.

"답은 간단하다. 그 밖에 다른 길이 없어. 너도 들었듯이 제네바 협정 조항을 위반하고 영국군 제복을 입었기 때문에 우리는 꼼짝할 수 없게 되어 있어."

슈타이너가 말했다.

"우린 독일 군인으로서 싸웠어요. 독일군 제복을 입고, 당신도 그렇게 말했잖아요."

프레스턴이 고집을 부렸다.

"미묘한 문제야. 설사 우수한 변호사가 도와준다 해도, 나는 거기에 내 목숨을 걸 생각은 없어. 어차피 총에 맞는다면 나중에 총살당하는 것보다 지금 맞는 편이 나아."

슈타이너가 말했다.

"대체 네가 왜 그렇게 흥분하는지 이해를 할 수 없군, 프레스턴. 너 같은 경우엔 런던 탑은 이미 정해진 거야. 유감스럽게도 예부터 영국인은 배반자를 그리 좋게 받아들이지 않았어. 넌 조만간 높이 매달릴걸. 까마귀 떼도 접근하지 못할 정도로 높이."

리터가 말했다.

프레스턴은 머리를 감싸고 무너지듯 자리에 앉았다.

오르간이 울리고, 성가대석 위쪽 의자에 앉은 한스 알트만이 모두에게 말했다.

"요한 세바스찬 바하의 코럴 전주곡입니다. 〈죽는 자를 위해〉라는 곡으로 지금 우리에게 가장 잘 어울리는 곡이죠."

오르간 소리가 높아짐에 따라 그의 목소리가 본당에 울려 퍼졌다.

"그 얼마나 덧없는 것인가. 우리 인생은 한순간의 꿈⋯⋯."

본당 위쪽 높다란 창문의 유리창 한 장이 깨졌다. 경기관총이 날카
로운 소리를 내고, 알트만의 성가대석 앞으로 떨어졌다. 베르너가 돌
아서서 몸을 웅크리며 슈텐 건을 쏘았다. 레인저 한 명이 예배석 사
이로 떨어졌다. 순간, 여기저기 유리창이 깨지며 격렬한 사격이 성당
안으로 퍼부어졌다. 남쪽 통로를 달리던 베르너가 머리를 맞고 소리
도 지르지 못한 채 쓰러졌다. 누군가 위에서 경기관총을 앞뒤로 마구
갈겨대고 있었다.

슈타이너는 베르너가 쓰러져 있는 곳으로 기어가 그의 몸을 위로
젖혔다. 그리고 다시 계속 기어 성단에 이른 다음 잽싸게 몸을 날려
알트만에게 다가갔다. 그는 간헐적으로 퍼붓는 총알을 피해 의자에
몸을 숨기며, 남쪽 통로를 통해 돌아왔다.

데블린이 그에게로 기어왔다.

"저쪽은 어떻소?"

"알트만과 베르너가 죽었소."

"이건 죽음을 기다리는 거나 같군. 살아남을 가능성은 전혀 없소.
리터는 다리에 총을 맞았고 얀센은 죽었어요."

슈타이너가 데블린과 함께 성당 뒤쪽으로 기어가 보니 리터가 좌석
뒤에 누워 한쪽 허벅지에 붕대를 감고 있었다. 프레스턴과 베커 하사
가 그 옆에 웅크리고 있었다.

"괜찮아, 리터?"

슈타이너가 물었다.

"나라에서 상이기장이 부족해질 것 같지 않아요?"

리터가 씨익 웃었으나 고통이 심한 것 같았다.

위에서는 여전히 사격을 계속하고 있었다. 슈타이너가 어둠 속에 희미하게 보이는 성물실 문 쪽으로 턱짓을 하며 베커에게 말했다.

"저 문을 부술 수 있는지 봐봐. 여기에 있다가는 오래 버티지 못하게 돼. 그것만은 분명해."

베커가 고개를 끄덕이며 몸을 낮춰 성수반 뒤 어둠 속으로 소리없이 미끄러져 갔다. 소음 장치가 붙은 슈텐 건의 기분 나쁜 금속성 소리가 들렸다. 베커가 성물실 문을 밀자 스르르 열렸다.

총상이 그치고 위에서 가비 상사가 말했다.

"아직 단념하지 않았습니까, 중령님? 이건 마치 어항 속 고기를 쏘는 것 같군요. 더 이상 계속하기는 싫지만, 필요하다면 당신을 문짝으로 실어 나르게 될 때까지 쏘겠습니다."

그 말에 프레스턴이 자제를 잃고 벌떡 일어나 성수반 앞 넓은 곳으로 달려나갔다.

"나는 항복하겠소! 이제 그만 해!"

"개새끼!"

베커가 성물실 입구 어둠 속에서 뛰어나와 개머리판으로 프레스턴의 머리를 후려갈겼다. 그때 경기관총이 불을 토했다. 짧은 연발에 불과했으나 베커의 등을 정통으로 꿰뚫어 그는 탑 아래 커튼 속으로 머리 쪽부터 쓰러졌다. 그는 죽기 전에 생명줄에 매달리듯이 늘어져 있는 줄을 붙잡았다. 위쪽 어딘가에서 몇 년 동안 울린 적이 없던 종이 소리를 냈다.

다시 주위가 조용해지고 가비가 큰소리로 말했다.

"5분입니다, 중령님."

"장소를 바꿉시다. 여기는 있는 것보다 성물실로 들어가는 게 낫겠소."

슈타이너가 작은 소리로 데블린에게 말했다.

"그래서 얼마나 더 버틸 수 있다는 거요?"

데블린이 물었다.

삐꺽 하고 희미하게 기분 나쁜 소리가 들렸다. 데블린이 뚫어져라 바라보니 부서진 문이 흔들리고 성물실 입구에 누가 서 있는 것이 보였다. 귀에 익은 소리가 속삭였다.

"리엄?"

"세상에! 몰리요? 대체 어디서 나타난 거지?"

그가 슈타이너에게 말했다.

그는 마루를 기어 그녀 쪽으로 가더니 곧 돌아왔다.

"갑시다!"

그는 리터의 왼팔 아래로 손을 넣었다.

"저 애가 출구를 알고 있소. 자, 리터를 일으켜 저들이 기다리고 있는 사이에 빠져 나갑시다."

두 사람은 리터를 가운데에 세우고 어둠 속을 더듬어 성물실로 들어갔다. 몰리가 비밀 벽 옆에서 기다리고 있었다. 안으로 들어가자 그녀가 문을 닫고 앞장서서 계단을 내려간 다음 터널을 지나갔다.

모두가 사제관 밖으로 나왔을 때 주변은 너무나도 고요했다. 데블린이 물었다.

"이제 어떻게 하지? 리터는 이런 상태로는 멀리 갈 수 없어요."

"뒤뜰에 베리커 신부의 차가 있어요."

몰리가 말했다.

슈타이너가 기억해내고 주머니 속에 손을 넣었다.

"내가 차 열쇠를 갖고 있지."

"무슨 소립니까? 시동을 걸자마자 레인저들이 몰려올 겁니다."

리터가 말했다.

"뒤에 문이 있어요. 또 산울타리의 옆으로 들판을 지나가는 길이 있어요. 함께 차를 180미터 정도 밀면 돼요. 간단해요."

몰리가 말했다.

모두가 4백 미터 정도 떨어진 초원 끝에 다다랐을 때 다시 총성이 울리기 시작했다. 그 틈을 이용하여 슈타이너가 시동을 걸고 몰리의 지시에 따라 들판을 지나는 농로를 달려 해안 도로로 나왔다.

성물실 문이 딸깍 하고 닫히자 성당에 있던 아서 시모어가 일어났다. 손발이 자유로워졌다. 프레스턴이 발을 묶었던 끈을 감아 왼손에 들고 소리없이 북쪽 통로를 걸어갔다.

이미 주위는 완전히 어두워졌고 제단의 촛불과 성단의 램프가 빛을 발하고 있을 뿐이었다. 그는 몸을 굽혀 프레스턴이 숨을 쉬고 있음을 확인하자 그를 안아 올려 어깨에 둘러맸다. 그리고 돌아서서 제단을 향해 중앙 통로를 걸어갔다.

지붕 위에 있던 가비는 걱정이 되기 시작했다. 어두웠으므로 아래는 아무것도 보이지 않았다. 야전 무전기로 문 앞 정찰차에서 기다리고 있던 케인에게 연락했다.

"소령님, 이쪽은 무덤 속처럼 조용합니다. 이상한데요."

"다시 한 번 쏴라. 그리고 상황을 살펴보라구."

케인이 명령했다.

가비가 경기관총 총신을 창으로 들이밀고 쏘아댔다. 아무런 반응이 없었다. 다음 순간 그가 옆에 있는 동료의 팔을 잡았다.

"저기다, 중사. 설교단 옆이야. 뭔가 움직이고 있지 않나?"

가비가 위험을 무릅쓰고 손전등을 비쳤다. 그의 오른쪽에 있던 어린 병사가 공포의 비명을 질렀다. 가비가 남쪽 통로를 재빨리 비추어 보고 무전기로 말했다.

"무슨 일인지 잘 모르겠습니다, 소령님. 소령님이 직접 안으로 들어가 보시는 게 좋을 것 같습니다. ”

잠시 후 경기관총이 불을 뿜었고 자물쇠가 부서지며 문이 기세 좋게 열렸다. 해리 케인과 열 명 남짓한 레인저가 총을 들고 재빨리 들이닥쳤다. 그러나 데블린과 슈타이너의 모습은 어디에도 없었다. 단지 아서 시모어가 가장 앞좌석에 무릎을 꿇고 꺼져 가는 촛불 빛을 받으며, 강단 뒤의 가운데 기둥에 매달린 하피 프레스턴의 흉하게 부어 오른 얼굴을 쳐다보고 있을 뿐이었다.

19

수상은 멜섬하우스 뒤쪽 테라스 위쪽 서재를 전용 방으로 사용하고 있었다. 7시 반에 해리 케인이 그 방에서 나오자 코코런 대령이 기다리고 있었다.

“수상께서는 어떠신가요 ? ”

“매우 흥미를 갖고 계십니다. 싸움의 상황을 시시콜콜 물으셨어요. 슈타이너에게 무척 관심을 보이셨습니다. ”

케인이 말했다.

“우리도 그렇소. 도대체 슈타이너와 그 아일랜드 인은 어디에 있는 거요 ? ”

“그가 살고 있던 오두막 근처에는 없었습니다. 그것은 확실합니다. 수상의 방에 들어가기 바로 전에 가비 상사에게서 무전기로 연락을 받았죠. 그들이 더블린의 오두막을 조사하러 갔더니 더블린의 특별 보안부 경감 둘이 그가 나타나기를 기다리고 있더랍니다. ”

“그거 놀랍군. 그들은 어떻게 냄새를 맡았지 ? ”

코코런이 말했다.

“경찰 조사나 아니면 다른 걸로 알았겠죠. 어쨌든 그들이 그 오두막으로 돌아올 가능성은 우선 없습니다. 가비가 그 근처에 머물며 해안 도로에 검문소를 설치하고 있지만 지원군이 오기까지는 더 이상 손쓸 도리가 없습니다."

"지원 부대는 틀림없이 올 거요. 당신 부하가 전화선을 수리한 뒤 나는 런던의 관계 부처와 신중히 의논했지. 앞으로 두 시간 이내에 노퍽 주 전역이 완전히 봉쇄될 것이오. 또 내일 아침까지 이 지역에 계엄령이 선포되고 슈타이너가 붙잡힐 때까지 그 상태가 계속될 것이오."

케인이 고개를 끄덕였다.

"그는 이제 절대로 수상에게 접근할 수 없을 겁니다. 수상의 방 입구와 테라스에 병력을 배치해 두었고, 스무 명 정도가 얼굴을 검게 칠하고 경기관총으로 뜰을 경계하고 있습니다. 확실히 지시해 두었죠. 먼저 쏘라고요. 사고에 대해서는 후에 논의해도 되니까요."

문이 열리고 타이프 친 종이 두 장을 든 젊은 하사가 들어왔다.

"최종 리스트가 작성되었습니다, 소령님."

그가 밖으로 나가고 케인이 첫 페이지를 보았다.

"베리커 신부와 마을 사람 몇 명에게 독일군의 시체를 보여 주었죠."

"베리커 신부의 상태가 어떤가?"

"뇌진탕을 일으켰을 뿐 괜찮은 모양입니다. 그 결과 슈타이너와 노이만 중위, 그리고 그 아일랜드 인 이외에는 모두 확인되었습니다. 열네 명 모두 죽었습니다."

"그러나 그들이 어떻게 탈출했는지 그것을 알고 싶군."

"그들은 지붕에서 가비와 부하들이 퍼붓는 사격을 피하기 위해 자물쇠를 부수고 성물실로 들어간 듯합니다. 제 추측으로는 파밀라와 플레이어라는 아가씨가 비밀 터널을 이용해서 탈출했을 때 급하게 서두른 나머지 비밀 문을 제대로 잠그지 않았던가 봅니다."

"그 플레이어라는 아가씨는 악당 데블린에게 꽤 호의를 품고 있었다던데, 그녀가 어떤 식으로 관련되어 있을 가능성은?"

"없다고 봅니다. 파밀라의 얘기로는 그 아가씨는 이번 일로 데블린을 마음속 깊이 증오하고 있답니다."

"그렇겠지. 그건 그렇고, 자네 쪽 피해는 어떤가?"

케인이 두 페이지째 리스트를 보았다.

"섀프트와 마로리 대위를 포함해서 사망 21명, 부상자 8명입니다."

고개를 흔들었다.

"총 인원 40명 중에서. 이게 알려지면 엄청난 소동이 일겠죠."

"알려질 경우의 얘기지."

"무슨 뜻이죠?"

"런던은 이미 이번 사태를 은밀히 처리하고 싶다는 태도를 확실히 하고 있네. 무엇보다도 국민을 동요시키고 싶지 않기 때문이지. 생각해 보게. 독일 낙하산 부대가 수상을 납치하기 위해 노퍽에 낙하했다, 더구나 하마터면 성공할 뻔했다, 정말 놀라운 일이지. 그리고 저 영국 자유군은 어떤가. SS에 영국인이 들어 있다는 게 신문에 실리면 어떻게 되겠나?"

그는 몸서리를 쳤다.

"나라도 이 손으로 그놈을 매달고 싶은 기분이야."

"말씀하시는 뜻은 알겠습니다."

"게다가 미국 국방성의 입장에서 보아도 그렇다네. 정예 중의 최정예인 부대가 한줌도 안되는 독일 낙하산 부대를 상대해 70퍼센트의 사상자를 냈어."

케인이 고개를 갸우뚱했다.

"하지만 어떨까요, 엄청나게 많은 사람들이 입을 다물고 있어야 할 텐데요."

"지금은 전쟁중이야, 케인. 전쟁 중엔 사람들을 이쪽 지시에 따르게 할 수가 있지. 그건 간단해."

문이 열리고 다시 젊은 하사가 얼굴을 내밀었다.

"중령님, 또 런던에서 전화입니다."

코코런이 서둘러 나가고 케인도 방을 나왔다. 담뱃불을 붙여 그 불이 보이지 않도록 손바닥에 감추고 정면 현관을 나가서 위병이 서 있는 계단을 내려갔다. 비가 세차게 내리는 칠흑 같은 밤으로 밖의 테라스를 가로지를 때 안개 냄새를 맡을 수 있었다. 코코런의 말이 맞을지도 모른다. 그렇게 될 가능성이 있다. 전쟁 중에는 모든 사람이 일종의 광기 상태에 있으므로 어떤 일이든 있을 수 있었다.

계단을 내려가는 순간, 누군가 목을 감고 무릎으로 등을 밀어 눌렀다. 희미하게 칼이 보였다.

"누구냐?"

"케인 소령이다."

손전등이 깜빡거렸다.

"실례했습니다. 블리커 하사입니다."

"쉬고 있어야 할 텐데, 블리커. 눈은 어떤가?"

"다섯 바늘 꿰맸는데 괜찮답니다. 그럼 경비를 계속하겠습니다."

그가 사라지고 케인이 어둠 속을 바라보았다.

"나는 죽을 때까지 결코 인간이라는 존재를 이해할 수 없을 거야."

낮은 소리로 중얼거렸다.

기상 통보에 의하면 북해 전역은 내일 아침까지 풍속 4노트에 소나기, 때로 안개가 낀다는 것이었다. E보트는 순조롭게 항해를 계속해 8시에는 기뢰 밭을 빠져 나와 연안 항해로에 들어섰다.

뮐러가 조종키를 잡고 있고, 쾨니히가 신중히 최종 항로를 기입하고 있던 해도대에서 고개를 들었다.

"블레이크니 곶 정동쪽 16킬로미터이다, 에리히."

뚫어져라 전방 어둠 속을 바라보면서 뮐러가 고개를 끄덕였다.

"이 안개가 오히려 방해가 되는군요."

"글쎄, 도착할 무렵에는 어쩌면 고마워할지도 모르지."

문이 세차게 열리고 선임 무전병 토이젠이 들어왔다. 그가 통신 용지를 내밀었다.

"란즈부르트에서 온 연락입니다, 소위님."

쾨니히는 받아 들고 해도대 불빛으로 읽었다. 그는 오랫동안 바라보다가 오른손으로 종이를 움켜쥐었다.

"뭐죠?"

뮐러가 물었다.

"독수리의 정체가 드러났다. 뒷말은 별게 아니고."

잠시 침묵이 흘렀다. 비가 창을 때리고 있었다. 뮐러가 말했다.

"그럼, 우리에 대한 명령은?"

"내 판단에 따르도록. 생각해 봐, 슈타이너 중령, 리터 노이만, 그리고 그 훌륭한 사나이들을."

쾨니히는 고개를 저었다.

어른이 된 이래 처음으로 울고 싶어졌다. 문을 열고 비가 얼굴을 내리치는 것에 개의치 않고 어둠 속을 바라보았다. 뮐러가 조심스럽게 입을 열었다.

"이런 경우 몇 명이든 탈출에 성공할 가능성은 항상 있는 법이죠. 한 명이든 두 명이든. 그렇죠?"

쾨니히가 문을 쾅 닫았다.

"그래도 예정대로 진입하겠다는 건가?"

뮬러가 당연하다는 듯이 입을 다물고 있자, 쾨니히가 토이젠에게 고개를 돌렸다.

"너도?"

토이젠이 말했다.

"우린 오랫동안 같이 있었습니다. 전 지금까지 행선지를 물은 적이 한 번도 없습니다."

쾨니히는 펄쩍 뛰고 싶은 환희에 휩싸여 토이젠의 등을 냅다 쳤다.

"좋아, 이렇게 송신하라!"

오후에서 저녁 사이에 들어 라들의 건강 상태는 눈에 띄게 악화되었으나 그는 비트의 간청을 물리치고 자리에 누우려고 하지 않았다. 조애너 그레이로부터 온 마지막 통신 이후로 그는 계속 무전실에 있기를 고집했다. 그는 무전병이 쾨니히와의 연락을 시도하는 동안 비트가 가져온 낡은 팔걸이의자에 앉아 있었다. 가슴의 통증이 더욱 심해질 뿐더러 왼팔로 퍼지고 있었다. 그도 바보는 아니었다. 그것이 무엇을 의미하는가는 충분히 알고 있었다. 그렇다고 해서 달리 이렇다 하게 걱정하고 있는 것은 아니었다. 이제 모두 끝난 것이다.

8시 5분 전에 무전병이 기쁜 웃음을 지으며 그에게 돌아섰다.

"중령님, 연락이 됐습니다. 연락 수신, 해독."

"잘됐군."

라들은 담배 케이스를 열려고 했으나 갑자기 손가락이 굳어지는 듯한 느낌이 들며 움직이지 않아 비트에게 부탁했다.

"한 개비밖에 없습니다, 중령님."

비트가 러시아 담배를 꺼내 라들에게 물려주며 말했다.

무전병이 열심히 뭔가를 받아 적고 있었다. 그는 통신종이를 잘라내고 라들에게 돌아섰다.

"답장입니다, 중령님."

라들은 묘한 현기증이 일어나 눈이 잘 보이지 않았다.

"읽어 주게, 비트."

"예정대로 둥지를 방문. 조력을 요하는 새끼새가 있을지도 모름. 행운을 빈다."

비트가 의아한 표정을 지었다.

"왜 이런 말을 덧붙였을까요?"

"그는 매우 선경지명이 있는 젊은이로 그와 마찬가지로 나도 행운이 필요함을 간파했기 때문이다."

그가 천천히 고개를 저었다.

"저들과 같은 훌륭한 젊은이들을 어디서 또 만나겠나? 모든 위험을 무릅쓰고 모든 것을 희생하지만, 도대체 무엇 때문이지?"

비트가 걱정스러운 표정이 되었다.

"제발, 중령님."

라들이 미소 지었다.

"이 최후의 러시아 담배처럼, 좋은 일, 즐거운 일에도 언젠가는 끝이 있기 마련이지."

그는 무전병에게 고개를 돌리고 적어도 두 시간 전에 했어야 했던 일을 마치기 위해 마음을 정했다.

"이번엔 베를린을 불러 주게."

플레이어 농장 동쪽 경계선 부근에, 즉 홉스앤드에서 보아 큰길 맞은편에 있는 숲 뒤에 허물어져 가는 오두막이 있었다. 거기에 가까스로 신부의 차를 숨길 수가 있었다.

몰리에게 리터의 간호를 맡기고 정황을 살피기 위해 슈타이너와 데블린이 조심스레 숲 속으로 내려간 시간은 7시 15분이었다. 바로 그

때 가비 상사와 부하들이 데블린의 오두막을 향해 둑 위를 걷고 있는 것이 보였다. 두 사람은 서둘러 숲 속으로 되돌아와 담 아래에 웅크리고 앉아 의견을 나누었다.

"별로 좋지 않군."

데블린이 말했다.

"당신은 오두막으로 갈 필요가 없소. 늪지를 걸어서 가도 시간 안에 해변에 도착할 수 있을 거요."

슈타이너가 그렇게 말하자 데블린이 한숨을 쉬었다.

"큰일났소. 실은 고백을 할 게 있소, 중령. 급히 서두르는 바람에 연락용 무전기를 부엌문에 걸어 둔 감자 자루 속에 놓고 그냥 나와 버렸소."

슈타이너가 소리를 죽이고 웃었다.

"당신 같은 사람은 이 세상에 한 명도 없을 거요. 당신을 만든 다음 하느님은 그 거푸집을 부숴 버렸을 게 틀림없소."

"알고 있어요. 괴로운 운명이지. 그런데 본론으로 돌아가, 그게 없으면 쾨니히와 연락을 취할 수가 없소."

"무전 연락이 없더라도 올 거라고 생각하지 않소?"

"이렇게 약속을 했소. 명령대로 9시에서 10시 사이에 연락하기로. 그뿐만이 아니오. 조애너 그레이에게 무슨 일이 있었는지는 모르지만 아마도 란즈부르트로 연락했을 거요. 라들이 그 내용을 쾨니히에게 전했다면 그와 부하들은 이미 돌아가는 중일지도 모르오."

"아니, 나는 그렇게 보지 않소. 쾨니히는 반드시 올 거요. 설사 당신한테서 연락이 없어도 그는 꼭 해변으로 올 것이오."

"어째서?"

"그렇게 하겠다고 나한테 말했소. 그러니 당신은 무전기가 없어도 괜찮소. 설령 레인저들이 이 부근을 수색해도 저 지뢰밭 팻말을 보고 해변에는 들어가지 않을 것이오. 지금은 썰물이오. 시간 안에 해변에 도착해 400미터 정도 바다로 나가 있으면 될 것이오."

슈타이너가 태연하게 말했다.

"리터가 저런 상태인데도?"

"그는 지팡이와 기댈 어깨만 있으면 돼요. 일찍이 러시아에서 그는 오른발에 총을 맞고서 3일 동안 눈 속을 130킬로미터나 걸은 적이 있소. 인간이란, 그 자리에 있으면 죽는다는 것을 알면 몸을 움직이기 위해 모든 정신을 집중하는 법이오. 바다로 나가 있으면 상당히 시간을 절약할 수 있소. 도중에서 쾨니히와 만나도록 하시오."

"당신은 함께 가지 않을 모양이군요."

그것은 질문이 아니라 사실을 말하는 데 지나지 않았다.

"내가 어디로 가야 하는지 당신도 알 것이오."

데블린이 한숨을 지었다.

"나는 지금까지는 사내가 목숨을 버리고 싶다면 좋을 대로 내버려 두는 편이었지만, 당신 경우엔 이의를 제기하고 싶소. 옆에 접근하는 것조차 불가능할 것이오. 무더운 여름날 꿀단지에 덤벼드는 파리 떼보다 많은 인원이 그를 경비하고 있을 거란 말이오."

"그래도 나는 해야만 하오."

"왜지? 아버님에게 도움이 될지 모른다고 생각해서? 그것은 환상에 지나지 않소. 현실을 직시하시오. 프린츠 알브레히트 거리의 그 늙은이가 생각을 바꾸지 않는 한 어떤 일을 해도 소용없을 거요."

"그래, 아마도 당신 말이 맞을 거요. 나도 속으로는 처음부터 그렇게 생각했소."

"그럼 왜 가는 거지?"

"다른 게 떠오르지 않아서요."

"무슨 말인지 모르겠소."

"당신은 알고 있을 것이오. 예를 들면 당신이 하고 있는 게임이지. 아침 일찍 트럼펫을 불고 회색 하늘에 삼색기를 게양한다. 공화국 만세. 1916년의 부활제를 생각해 보시오. 그런데 한 가지 묻겠소. 도대체 당신이 그 게임을 통제하고 있는 거요, 아니면 게임의 포로가 된 것이오? 그만두고 싶을 땐 그만둘 수 있는 거요, 아니면 언제까지나 똑같은 일을 계속해야만 하는 거요? 총알을 맞고 구렁텅이에 쓰러지는 날까지?"

"난 그렇지 않소."

데블린이 쉰 목소리로 말했다.

"그런데 난 그렇다오. 자, 슬슬 두 사람 있는 데로 돌아갑시다. 부탁인데 내 개인적인 계획에 대해선 아무 말도 하지 말아 주시오. 리터가 고집을 부릴지도 모르니."

"알겠소."

데블린이 마지못해 대답했다.

두 사람이 어둠 속을 더듬어 오두막으로 돌아오자 몰리가 리터에게 붕대를 감아 주고 있었다.

"어떤가?"

슈타이너가 리터에게 물었다.

"괜찮습니다."

그러나 슈타이너가 이마에 손을 대보니 땀으로 젖어 있었다.

몰리는 비를 피해 담 모퉁이에서 담배를 피우고 있는 데블린 곁으로 갔다.

"그는 괜찮은 게 아니에요. 의사가 필요해요."

그녀가 말했다.

"내친 김에 장의사도 부르는 게 좋겠군. 하지만 그 일은 아무래도 좋아. 내가 걱정하고 있는 건 네 일이야. 오늘밤 우릴 도와준 걸로 일이 귀찮아질지도 몰라."

데블린이 말했다.

그러고 보니 그녀는 전혀 신경을 쓰지 않고 있었다.

"내가 세 사람을 성당에서 데리고 나온 것을 아무도 보지 못했고, 증명할 수도 없어요. 마을 사람들은 내가 언덕 위에서 비를 맞으며 연인의 정체를 알고 가슴이 터질 듯이 울고 있을 걸로 생각할 거예요."

"어지간히 해, 몰리."

"불쌍한 바보 아가씨라고 말하겠죠. 혼구멍이 났지만, 외지 사람을 신용한 당연한 벌이라고요."

그가 어색하게 말했다.

"아직 네게 고맙다는 말도 하지 않았군."

"괜찮아요. 나는 당신을 위해 한 게 아니에요. 나 자신을 위해 했어요."

그녀는 여러 면에서 단순 소박한 아가씨이고 또 그런 것으로 만족하고 있었으나, 지금은 그 어느 때보다도 더한층 자신의 마음과 생각을 분명하게 표현하고 있었다.

"당신을 사랑해요. 하지만 당신의 정체와 하고 있는 일을 인정하는 것은 아니고 이해할 수도 없어요. 그것은 다른 문제예요. 사랑은 전혀 다른 것이에요. 그것만은 내 마음속 깊은 곳에 간직되어 있어요. 그래서 오늘 밤 난 당신을 성당에서 데리고 나왔어요. 옳고 그른 그런 것이 아니라, 아무것도 하지 않고 당신을 죽게 내버려두면 내 자신을 평생 용서하지 못할 것 같았어요."

몰리는 그로부터 몸을 빼냈다.

"중위가 어떤지 보고 올게요."

그녀가 차 있는 곳으로 가자 데블린은 꿀꺽 침을 삼켰다. 지금까지 살아오면서 들어 보지 못한 다부진 말이었다. 군중이 지붕 위에서 박수 갈채를 보낼 만한 아가씨다. 그러나 지금의 그는 그 다부진 말도 결국 헛된 것이 되어 버리고 말 것에 울고 싶을 정도로 슬퍼졌다.

8시 20분에 데블린과 슈타이너는 다시 숲 속으로 내려가 정찰에 나섰다. 늪지 속 데블린의 오두막은 칠흑같이 어두웠으나 해안 도로 위로 차의 윤곽이 희미하게 떠올랐고 소곤거리는 사람들의 말소리가 들렸다.

"좀더 가까이 가봅시다."

슈타이너가 속삭였다.

두 사람은 숲과 도로의 경계를 이루고 있는 벽 위로 엿보았다. 비가 세차게 내리고 있었다. 도로 양쪽에 지프가 한 대씩 서 있고 몇 명의 레인저가 나무 아래에서 비를 피하고 있었다. 가비 상사의 손바닥 안에서 성냥이 지직거리며 타오르는 순간 그의 얼굴이 비쳤다.

슈타이너와 데블린은 물러섰다.

"그 거구의 흑인이오, 케인과 함께 있던 상사요. 당신이 나타나길 기다리고 있군."

슈타이너가 말했다.

"왜 오두막에서 기다리지 않을까?"

"그쪽에도 부하를 배치해 뒀을 거요. 여기에 있으면 도로도 지킬 수 있으니까."

"상관없소. 조금 더 가면 도로를 건널 수 있어요. 당신이 말한 대로 걸어서 해변으로 갈 수 있소."

"상대의 주의를 다른 데로 끌면 더 쉬울 거요."

"예를 들면?"

"내가 신부의 차로 저 검문소를 돌파하는 거요. 그런데 당신이 영구히 빌려 줄 마음이 있다면 그 트렌치코트를 빌려주시오."

어둠 때문에 데블린은 그의 얼굴을 볼 수 없었다. 그리고 언뜻 보고 싶지 않은 느낌이 들었다.

"알았소, 슈타이너. 마음대로 하시오."

데블린이 힘없는 목소리로 말했다. 슈텐 건을 어깨에서 끌어내리고 트렌치코트를 벗어 건넸다.

"오른쪽 주머니에 소음 모제르 권총과 예비 탄창이 두 개 들어 있소."

"고맙소."

슈타이너는 시프를 벗어 항공대 윗옷 속에 집어넣었다. 그리고 트렌치코트를 입고 벨트를 맸다.

"드디어 대단원이군. 여기서 작별을 해 두는 게 좋겠지."

"한 가지만 묻겠소. 이번 일이 할 만한 가치가 있었다고 보시오?"

슈타이너가 가볍게 웃었다.

"좀 봐주시오. 더 이상 어려운 얘긴 그만둡시다."

슈타이너가 손을 내밀었다.

"당신이 찾고자 하는 것을 발견하길 빌겠소."

"난 벌써 발견했고, 그리고 발견한 순간 잃어 버렸다오."

"그럼, 앞으로는 어찌 되든 상관없다는 얘기군. 위험한 생각이오. 주의하시오."

그들은 낡은 오두막으로 돌아갔다. 그들은 리터를 차에서 내리게 한 다음, 다섯 개의 막대기로 만들어진 문을 향해 길이 경사지기 시작하는 곳까지 차를 밀고 갔다. 문 밖은 해안 도로였다. 슈타이너가 뛰어내려가 문을 열고, 울타리에서 길이 1.8미터 되는 막대기를 빼내 돌아와서 리터에게 주었다.

"이걸로 어떻겠나?"

그가 물었다.

"좋습니다. 그럼 나갈까요?"

리터가 씩씩하게 말했다.

"자네가 가는 거다. 난 가지 않아. 도로 이 앞에 레인저가 있어. 자네들이 이 길을 건너는 동안 내가 잠시 저들의 주의를 끌겠다. 곧 뒤따라가지."

리터가 그의 팔을 잡았다. 놀란 나머지 말이 제대로 나오지 않았다.

"안돼요, 쿨트! 그렇게 할 수는 없어요."

"노이만 중위, 자넨 지금까지 내가 만나 본 군인 중 가장 훌륭한 군인이었다. 나르빅에서 스탈린그라드에 이르기까지 자넨 한 번도 책임을 회피하지 않았고 내 명령에 거역한 적도 없었어. 설마 이제 와서 그러겠다는 것은 아니겠지?"

리터는 막대기를 짚고 똑바로 서려고 애썼다.

"중령님의 뜻에 따르겠습니다."

그가 딱딱한 말투로 말했다.

"좋아. 그럼 출발하시오, 데블린 씨. 행운을 빌겠소."

슈타이너가 말했다.

그가 차의 문을 열자 리터가 낮은 소리로 말했다.

"중령님!"

"뭔가?"

"당신의 부하였음을 더없는 영광으로 생각합니다."

"고맙네, 중위."

슈타이너는 모리스에 올라탄 다음 브레이크를 풀고 비탈길을 내려가기 시작했다.

데블린, 몰리, 리터 일행은 숲을 지나 낮은 담 아래 멈추었다.

"이제 그만 가봐."

데블린이 속삭였다.

"해안까지 같이 갈래요, 리엄."

몰리가 단호히 말했다.

30미터 정도 떨어진 도로 위에서 모리스의 시동이 걸리고 헤드라이트가 켜졌으므로 더 이상 말다툼하고 있을 틈이 없었다. 레인저 한 명이 외투 속에서 빨간 램프를 꺼내 흔들었다. 데블린은 슈타이너가 그대로 달려나갈 것으로 생각했으나 놀랍게도 차가 속도를 떨어뜨렸다. 슈타이너는 냉정하게 계산된 위험을 무릅쓰고 그 자리에 있는 자들을 모두 끌어들이려 하고 있었다. 그러려면 한 가지 방법밖에 없었다. 그는 왼손으로 핸들을 잡고 오른손으로 모제르를 쥔 채 가비가 다가오길 기다렸다.

가비가 옆으로 오면서 말했다.

"죄송하지만 신분증을 보여 주십시오."

그가 왼손에 쥐고 있던 손전등을 켜 슈타이너의 얼굴을 비췄다. 가까운 거리였으나 슈타이너가 5센티미터 남짓 벗어나게 겨냥을 하고 방아쇠를 당기자 모제르가 기침 소리를 냈다. 그리고 액셀을 밟자 차바퀴가 미끄러지며 곧 고속으로 달려나갔다.

"빌어먹을, 슈타이너다!"

가비가 고함쳤다.

모두가 허겁지겁 차에 올라타고 가비의 지프를 선두로, 뒤이어 또 한 대가 달려나갔다. 소리가 어둠 속으로 사라져 갔다.

데블린이 말했다.

"좋아, 갑시다."

두 사람은 리터를 부축해 담을 넘어 길을 건너기 시작했다.

1933년 형 모리스가 아직껏 사용되고 있는 까닭은 오로지 전시라 새 차가 부족했기 때문이었다. 엔진이 너무 낡아, 베리커가 일을 보기엔 충분하겠지만 슈타이너에게는 너무나 느렸다. 액셀을 아무리 세게 밟아도 바늘은 64에서 꿈쩍도 하지 않았다.

몇 분의 여유밖에 없었다. 아니, 그것조차 없었다. 차를 버리고 숲으로 달아날 생각을 하고 있는데 선두 지프에 있던 가비가 기관총을 쏘기 시작했기 때문이다. 슈타이너가 고개를 숙이자 총알이 차체를 뚫고 유리 조각이 눈송이처럼 흩어졌다.

모리스는 오른쪽으로 돌아 나무 울타리를 뚫고 어린 전나무가 심어진 경사면으로 떼굴떼굴 굴러 내렸다. 그 어린 나무들 덕분에 속도가 떨어졌다.

슈타이너는 문을 열고 밖으로 굴러 나와 곧바로 일어선 다음 어두운 숲 속으로 달려갔다. 모리스는 아래쪽 늪 속으로 떨어져 잠기기 시작했다.

두 대의 지프가 위쪽 도로에 급정거했다. 가비가 맨 먼저 뛰어나와 손전등을 손에 쥐고 늪으로 달려 내려갔다. 늪 가에 도달했을 때 늪의 흙탕물이 모리스의 지붕을 덮고 있었다.

그가 철모를 벗고 벨트를 풀기 시작했으나 뒤따라 내려온 크루코프스키가 팔을 잡고 말렸다.

"안돼요, 저건 그냥 물이 아닙니다. 곳에 따라서는 사람을 삼켜 버릴 정도로 깊어요."

가비가 천천히 고개를 끄덕였다.

"그렇군, 자네 말이 맞아."

거품이 부글부글 솟아오르는 수면을 손전등으로 비춰 보다가 잠시 후 무전기로 보고하기 위해 비탈길을 올라갔다.

케인과 코코런이 내부가 훌륭히 꾸며진 응접실에서 저녁식사를 하고 있는데 무전실의 하사가 통신용지를 들고 뛰어들어왔다. 케인이 재빨리 훑어보고 윤기 나는 테이블 위로 대령에게 밀어 건넸다.

"오, 하느님. 그가 이쪽으로 오고 있었소. 알겠소? 그 정도의 사나이로서는 억울한 죽음이겠군."

코코런이 눈썹을 찡그렸다.

케인이 고개를 끄덕였다. 기뻐해야 될 텐데 묘하게 마음이 무거웠다. 그가 하사에게 말했다.

"현장에서 대기하고 있도록 가비에게 전하라. 그리고 주차장에 연락해서 구급차를 파견하도록. 슈타이너 중령의 시체를 인양하고 싶다."

하사가 나가자 코코런이 말했다.

"또 한 명, 아일랜드 인은 어떻게 됐지?"

"걱정할 필요없다고 봅니다. 조만간 모습을 드러내겠지요. 그러나 이제 여기에는 없을 것입니다."

케인이 한숨을 쉬었다.

"그래요, 마지막은 슈타이너의 단독 행동이었다고 봅니다. 절대로 단념이라는 것을 모르는 사나이죠."

코코런이 찬장으로 가 잔에 위스키를 따르고, 한 잔을 케인에게 건넸다.

"당신의 기분을 알 것 같으니 건배란 말은 하지 않겠소. 친구를 잃은 기분이 아닌가?"

"그렇습니다."

"아무래도 너무 오래 이런 일을 해온 듯하오. 난⋯⋯."

코코런이 몸서리를 치고는 위스키를 단숨에 들이켰다.

"수상에게는 당신이 말하겠소, 아니면 내가?"

"당신이 말씀드리는 게 낫겠죠. 전 부하들에게 알리고 오겠습니다."

케인이 가까스로 미소를 띠었다.

그가 밖으로 나가 보니 비가 더욱 세차게 내리고 있었다. 현관 계단 위에 서서 외쳤다.

"블리커 하사!"

블리커가 어둠 속에서 달려나왔다. 전투복이 비에 흠뻑 젖어 있고, 철모가 비를 맞아 반짝였으며, 얼굴에서는 검은 위장용 크림이 흘러내리고 있었다.

케인이 말했다.

"가비와 부하들이 해안 도로에서 슈타이너를 죽였네. 모두에게 전하라."

블리커가 말했다.

"그랬군요. 근무를 해제할까요?"

"아니, 그러나 경계 태세는 약간 늦춰도 좋다. 교대로 따뜻한 식사를 하도록 하게."

블리커가 계단을 내려가 어둠 속으로 사라졌다. 소령은 오랫동안 그 자리에 서서 빗속을 바라보다가 이윽고 돌아서서 안으로 들어갔다.

데블린, 몰리, 리터 노이만 세 사람은 홉스앤드 오두막 옆까지 갔을 때 안은 완전히 캄캄했다. 세 사람은 벽 옆에 멈춰 섰다. 데블린이 속삭였다.

"괜찮을 것 같은데."

"위험을 무릅쓸 것까진 없어요."

리터가 작은 소리로 말했다.

그러나 데블린은 무전기가 마음에 걸려 고집을 부렸다.

"안에 아무도 없으면 완전히 바보 같은 얘기가 되겠군. 둘은 둑에서 기다리고 있으시오. 곧 뒤따라갈 테니."

데블린은 두 사람이 반대할 틈도 없이 그곳을 떠나 조심스레 뜰을 가로질러 창 옆에서 귀를 기울였다. 주위는 조용했으며 빗소리 외에는 아무것도 들리지 않고, 빛이라고는 한 줄기도 보이지 않았다. 문을 가볍게 밀자 희미하게 삐그덕 소리를 내면서 열렸다. 그는 슈텐 건을 겨누고 복도로 들어갔다.

거실 문이 약간 열려 있고 난로의 남은 불이 붉은 빛을 내고 있었다. 한걸음 안으로 내딛는 순간, 그는 엄청난 실수를 범했음을 깨달았다. 등뒤에서 문이 쾅 닫히더니 누군가 총구를 그의 목덜미에 들이대고 슈텐 건을 빼앗았다.

"꼼짝마! 좋아, 퍼거스, 불을 켜게"

잭 로건이 말했다.

퍼거스가 성냥을 그어 석유 램프에 불을 붙이고 유리통을 원래대로 해놓았다. 로건이 무릎으로 데블린의 등을 밀자 그는 방 저쪽으로 비틀거리며 밀려갔다.

"어디, 얼굴 좀 볼까?"

데블린은 한 발을 난로 받침대에 올리고 몸을 반쯤 돌려 두 사람을 향했다. 그리고 벽난로에 한 손을 얹었다.

"처음 뵙는 분들 같은데."

"특별 보안부의 로건 경감과 그랜트 경위다."

"아일랜드 과인가?"

"그렇다네, 젊은 친구. 체포 영장을 보여 달라는 등 허튼 소릴 지껄이면 때려눕히겠네."

로건이 테이블 가에 걸터앉아 허벅지에 권총을 든 손을 얹었다.

"듣자하니 자넨 매우 장난꾸러기 악동이었더군."

"호오, 그런가?"

데블린은 기대듯이 난로 옆으로 몸을 더 굽혔다. 설사 월서 권총에 손이 미친다고 해도 사용할 수 있는 가능성은 전혀 없음을 잘 알고 있었다. 로건이 뭘 하고 있든 그랜트는 방심하지 않고 총을 겨누고 있었다.

"그렇다, 너희들은 매우 골치 아픈 놈들이야. 왜 시골 놈들답게 고 향에서 얌전히 있지 않는 거지?"

로건이 말했다.

"그것도 나쁘진 않겠군."

데블린이 말했다.

로건이 코트 주머니에서 수갑을 꺼냈다.

"이리 와."

그때 오두막 맞은편 창으로 돌이 날아와 유리창을 깨자 두 경관이 놀라 그쪽을 돌아보았다. 데블린은 난로 뒤 못에 걸어 둔 권총을 집 어 들고 로건의 머리를 향해 쏘았다. 비록 그는 테이블에서 굴러 떨 어졌으나 그랜트가 이미 이쪽을 겨냥하고 있었다. 그가 쏜 한 발이 데블린의 오른쪽 어깨에 맞았고, 데블린은 계속 총을 쏘면서 안락 의 자로 넘어졌다. 한 발이 젊은 경감의 왼팔을 관통하고 또 한 발이 왼 쪽 어깨에 맞았다.

그랜트는 벽에 부딪치며 바닥으로 쓰러졌다. 그는 큰 충격을 받은 듯 멍청한 표정으로 테이블 건너편에 쓰러져 있는 로건을 바라보았 다. 데블린은 경감의 권총을 집어 들어 허리춤에 찔러 넣은 뒤, 문 쪽으로 가 못에 걸려 있는 자루를 내려 감자를 바닥에 쏟았다. 거기 에 무전기와 자질구레한 물건들이 들어 있는 작은 주머니가 있었다. 데블린은 그것을 집어 어깨에 걸쳤다.

"왜 나를 죽이지 않지 ? "

퍼거스 그랜트가 가냘픈 목소리로 물었다.

"넌 저자보다는 나아 보여서다. 내가 너라면 좀더 품위 있는 직업을 선택하겠다. "

그는 재빨리 방을 나섰다. 문을 열어 보니 몰리가 벽에 붙어 있었다.

"천만 다행이에요. "

그러나 데블린은 몰리의 입을 손으로 막고 서둘러 밖으로 나왔다. 리터가 기다리고 있는 담에 도착하자 몰리가 말했다.

"무슨 일이 있었어요 ? "

"한 명을 죽이고 다른 한 명에게 중상을 입혔어. 두 명 모두 특별보안부원이야. "

데블린이 말했다.

"내가 도움이 됐나요 ? "

"그래. 이제 집으로 돌아가 주겠니, 몰리 ? 아직 무사히 돌아갈 수 있는 동안에 말야. "

그녀는 갑자기 등을 돌리더니 둑을 따라 달리기 시작했다. 데블린은 일순간 머뭇거렸으나 더 이상 참지 못하고 뒤를 쫓아갔다. 그는 곧 그녀를 붙잡아 부둥켜안았다. 그녀는 그의 목을 감고 정열적으로 키스했다. 잠시 후 그는 그녀를 밀어냈다.

"자, 가라. 신의 가호가 있기를 빌겠다 ! "

그녀가 말없이 어둠 속으로 달려가자 데블린은 리터에게 돌아왔다.

"매우 훌륭한 아가씨군요. "

중위가 말했다.

"그렇소, 그렇다고 할 수 있지. 지극히 겸손한 표현이지만. "

데블린은 그 작은 주머니에서 무전기를 꺼내 스위치를 켰다.

"여기는 독수리, 방랑자 나와라. 여기는 독수리, 방랑자 나와라."

E보트의 브리지에 있는 수신기에서, 마치 문 밖에서 말하고 있는 듯 데블린의 목소리가 똑똑하게 흘러나왔다. 쾨니히가 가슴을 두근거리면서 얼른 마이크를 집어 들었다.

"여기는 방랑자, 상황을 알려 달라."

"독수리 두 마리가 아직 둥지 안에 있다. 즉시 올 수 있나?"

데블린이 말했다.

"진행중. 발신 끝."

쾨니히는 마이크를 놓고 뮬러에게 말했다.

"좋아, 에리히, 통신을 일체 차단하고 영국 군함의 깃발을 달아라. 진입한다."

노이만과 데블린이 숲에 이르렀을 때 해안 도로에서 둑 위로 들어서는 차의 불빛이 보였다.

"누굴까?"

리터가 말했다.

"모르겠소."

데블린이 말했다.

3킬로미터 정도 떨어진 도로에서 구급차가 오기를 기다리고 있던 가비 상사는 다른 지프 한 대를 돌려보내며 두 경찰관의 상황을 살펴보라고 지시했다.

데블린이 리터의 팔 아래로 손을 넣었다.

"자, 갑시다. 여기서 빨리 떠나는 게 좋겠소."

냉정함을 되찾은 지금, 갑자기 달군 쇠로 지지는 듯한 통증이 어깨를 휩쓸자 그는 무심코 저주의 말을 내뱉었다.

"괜찮아요?"

리터가 물었다.

"약간 피가 흐르고 있소. 오두막에서 어깨에 한 방 맞았지만, 지금은 그런 것이 문제가 아니오. 바다로 나가면 모든 고통이 사라질 거요."

두 사람은 지뢰밭 팻말을 지나고 조심스럽게 철조망을 빠져나와 해변을 걷기 시작했다. 리터는 걸을 때마다 고통스러운 신음 소리를 냈다. 슈타이너가 준 막대기에 체중을 싣고 있었으나 단 한 번도 멈춰서지 않았다. 두 사람 앞에 넓고 평평한 모래톱이 펼쳐져 있고 안개가 바다에서 밀려왔다. 이윽고 물속을 걷고 있었다.

두 사람은 위치와 방향을 확인하기 위해 멈춰 섰다. 데블린이 뒤돌아보니 불빛 몇 개가 숲 속을 돌아다니고 있었다.

"놀라운데. 놈들은 단념이라는 것을 모르나 보지?"

데블린이 말했다.

두 사람은 불안한 걸음걸이로 만 입구를 향해 모래 위를 걸어갔다. 밀물이 차기 시작하고 물이 점차로 깊어졌다. 처음에는 무릎까지, 그리고 곧 허벅지까지 이르렀다. 이제는 만 입구로 나와 있었다. 그때 갑자기 리터가 한쪽 무릎을 꿇고 지팡이를 떨어뜨렸다.

"틀렸어요, 데블린. 난 더 이상 움직일 수가 없어요. 이런 통증은 처음이오."

데블린이 그의 옆에 웅크리고 앉아 무전기를 입에 댔다.

"방랑자, 여기는 독수리. 우리는 해안에서 400미터 정도 바다로 나와 기다리고 있다. 이제부터 신호등을 사용하겠다."

그가 작은 주머니에서 빛을 발하는 전구를 꺼냈다. 영국이 지하 조직에 투하한 것을 독일군 정보국이 입수한 것이다. 그것을 오른손 바닥에 쥐고 손을 높이 들어올렸다. 그리고 두루두루 해안을 살펴보았으나 안개가 모든 것을 가로막고 있었다.

20분 후에는 물이 가슴까지 차 올랐다. 이런 추위는 태어나서 처음이었다. 두 다리를 벌려 왼팔로 리터를 부축하고 오른손으로 신호등을 들어올린 채 모래톱 위에 서 있었다. 밀물이 점점 더 차 올랐다.

"소용없어. 감각이 없어졌어. 이젠 틀렸어. 더 이상 버틸 수가 없어."

리터가 가느다란 목소리로 중얼거렸다.

"오플린 부인이 주교에게 말했듯이, 힘내시오. 지금 단념해선 안 돼. 슈타이너가 있으면 뭐라 하겠소?"

"슈타이너? 아마 그는 헤엄치며 돌아갈 거요."

바닷물이 턱을 넘어 입에 들어오자 리터가 기침을 했다. 데블린이 억지로 웃었다.

"바로 그거야, 웃음을 잃지 마시오."

그가 큰소리로 노래를 부르기 시작했다.

'그리하여 녹색 재킷을 입은 병사들은 골짜기로 진격했다.'

파도가 데블린의 머리 위로 지나가고, 두 사람은 물속에 잠겼다. 제기랄, 이게 마지막인가. 그러나 파도가 지나가자 데블린은 간신히 몸을 추슬러 다시 몸을 세웠다. 턱까지 차 오른 물속에서 오른손으로 신호등을 높이 쳐들었다.

무전병 토이젠이 뱃전에서 신호등 불빛을 발견하고 즉시 브리지에 알렸다. 3분 후 E보트가 어둠 속에서 나타났고, 누군가 손전등으로 두 사람을 비추었다. 줄이 던져지고 수병 네 명이 내려와 리터 노이만을 안아 들었다.

"조심하시오. 그는 상태가 매우 좋지 않소."

데블린이 주의를 주었다. 그러나 자신도 뱃전을 타고 넘자마자 그대로 쓰러져 버렸다. 모포를 가져온 쾨니히가 그의 옆에 무릎을 꿇었다.

499

"데블린 씨, 이걸 마셔 보세요."

그가 병을 내밀었다.

데블린이 뭐라고 중얼거렸다.

쾨니히가 얼굴을 갖다 댔다.

"실례지만 못 알아들었는데요."

"알아들을 리가 없지. 아일랜드 말이오, 왕의 말이라오. 난 단지 십만 군중이 환영한다고 말했을 뿐이오."

쾨니히가 어둠 속에서 미소 지었다.

"다시 만나게 되어 정말 기쁩니다, 데블린 씨. 기적입니다."

"그러나 오늘밤 기적은 이걸로 마지막이오."

"확실합니까?"

"관 뚜껑이 닫히는 거나 마찬가지로."

쾨니히가 일어섰다.

"그럼, 곧바로 출발하겠습니다. 실례합니다."

E보트는 곧 뱃머리를 돌려 빠른 속도로 달리기 시작했다. 데블린은 병마개를 뽑아 냄새를 맡았다. 럼주였다. 좋아하는 술은 아니었으나 크게 한 모금 들이킨 다음 몸을 구부려 뱃전에 기댄 채 육지를 바라보았다.

농장 침실에 있던 몰리가 벌떡 일어나 창가로 가서 커튼을 젖혔다. 그녀는 창을 열고는 더할 나위 없는 환희와 해방감을 맛보면서 빗속으로 몸을 내밀었다. 바로 그때 E보트는 곶을 돌아 먼바다로 나서고 있었다.

프린츠 알브레히트 거리의 사무실에서는 히믈러가 스탠드 불빛 아래에서 산더미처럼 쌓인 서류 더미를 처리하고 있었다. 노크 소리가 들리고 로스만이 들어왔다.

"뭐냐?"

히믈러가 물었다.

"방해해서 죄송합니다만 지금 방금 란즈부르트에서 연락이 왔습니다. 독수리의 정체가 탄로났다고요."

히믈러는 얼굴 근육 하나 바꾸지 않았다. 조심스럽게 펜을 놓고 손을 내밀었다.

"이리 줘 봐."

로스만이 통신 용지를 건네자 히믈러가 잠시 뒤 고개를 들었다.

"할일이 있다."

"예, 장관 각하."

"가장 믿을 만한 부하 두 명을 데리고 즉시 란즈부르트로 날아가 라들 중령을 체포하라. 출발할 때까지 필요한 지령서와 기타 모든 것을 준비해 두겠다."

"알겠습니다, 장관 각하. 그런데 죄명은?"

"국가에 대한 반역 행위다. 처음엔 그것으로 충분할 거야. 돌아오는 즉시 내게 보고하라."

히믈러가 다시 펜을 들자 로스만은 물러갔다.

9시 조금 전에 헌병대의 조지 왓슨 하사는 멜섬하우스 남쪽 3킬로미터 정도 떨어진 도로 옆에 오토바이를 세웠다. 호우 속을 뚫고 노리치에서 달려왔기 때문인지 긴 방수 코트를 걸쳤음에도 불구하고 내의 속까지 흠씬 젖어 있었다. 추위와 공복에 시달리고 게다가 길까지 잃어 헤매고 있었다.

라이트 앞에서 통에 들은 지도를 꺼내 길을 찾았다. 그때 오른쪽에서 인기척이 나 고개를 들어 보니 트렌치코트를 입은 사내가 서 있었다.

"안녕하시오? 길을 잃었소?"

그 사내가 말했다.

"멜섬하우스를 찾고 있어요. 이런 빗속을 뚫고 노리치에서 달려왔다오. 도로 표지도 없고, 시골은 어디나 모두 비슷하게 보여서요."

왓슨이 말했다.

"어디 좀 봅시다. 가르쳐 드리지."

슈타이너가 말했다.

왓슨이 다시 지도 위로 몸을 구부리자 슈타이너가 권총을 들어 그의 목덜미에 일격을 가했다. 그는 물웅덩이 위로 쓰러졌다. 슈타이너는 전령의 서류 통을 열고 재빨리 내용물을 조사했다. 엄중히 봉해진 '긴급'이라고 씌어 있는 편지가 한 통 들어 있을 뿐이었다. 멜섬하우스의 윌리엄 코코런 중령 앞으로 되어 있었다.

슈타이너는 왓슨의 두 겨드랑이 밑으로 손을 넣어 후미진 곳으로 그를 끌고 갔다. 되돌아온 슈타이너는 전령의 방수 코트, 헬멧, 먼지막이 안경, 그리고 긴 가죽 장갑을 끼고 있었다. 그는 서류통을 어깨에 비스듬히 둘러메고 오토바이에 올라타 달려나갔다.

도로 옆에는 스포트라이트가 설치되어 있었다. 구급차의 윈치가 돌기 시작하고, 모리스가 늪에서 언덕으로 서서히 끌어올려졌다. 가비는 도로 위에서 기다리고 있었다. 작업반 하사가 차의 문을 열었다. 안을 들여다본 그가 위쪽을 향해 말했다.

"아무도 없는데요."

"무슨 소리야?"

가비가 재빨리 비탈길을 내려왔다.

그가 안을 들여다보았으나 하사가 말한 대로였다. 냄새나는 진흙과 물이 가득 차 있었으나 슈타이너의 모습은 없었다.

"오, 하느님!"

가비는 그 사실이 의미하는 것을 깨달은 듯 급히 비탈길을 올라가 지프에 있는 무전기의 마이크를 집어 들었다.

슈타이너는 길에서 벗어나 멜섬하우스 정문으로 다가갔다. 닫혀 있는 문 앞에서 정지 명령을 받았다. 문 너머에 있는 레인저가 손전등 으로 그를 비추며 불렀다.

"위병 중사."

토머스 중사가 수위실에서 나와 문으로 걸어왔다. 슈타이너는 헬멧 을 쓰고 안경을 낀 채 오토바이에 타고 있었다.

"뭔가?"

토머스가 물었다.

슈타이너가 서류통을 열고 편지를 꺼내 문으로 내밀었다.

"노리치에서 코코런 중령 앞으로 긴급 연락이오."

토머스가 고개를 끄덕이고 옆에 있던 레인저가 문을 열었다.

"똑바로 가면 집 정면이다. 보초가 안으로 들여보내 줄 것이다."

문을 지나 달리던 슈타이너는 집 현관 앞에서 사잇길로 들어서 뒤 편의 주차장에 도착했다. 트럭 옆에 멈춰 스위치를 끄고 오토바이를 세웠다. 정원 쪽으로 빙 돌아 나 있는 작은 길을 4, 5미터쯤 걷다가 석남 덩굴 속으로 몸을 숨겼다.

헬멧과 방수 코트, 먼지막이 안경을 벗고 안에서 시프를 꺼내 썼 다. 목 아래 기사십자장의 위치를 바로 하고 모제르를 손에 들었다.

위치를 확인하기 위해 테라스 아래 둘레보다 낮게 만들어진 화단 가에 멈춰 섰다. 등화 관제가 잘되지 않아 여기저기 창에서 불빛이 새어 나왔다. 한걸음 내디뎠을 때 누군가 말했다.

"블리커, 자넨가?"

슈타이너가 뭐라고 중얼거렸다. 희미한 그림자가 다가왔다. 모제르가 기침 소리를 내자 놀란 레인저가 헉 숨을 들이켜고 그대로 땅에 쓰러졌다. 그때 커튼이 열리고 위쪽 테라스에서 빛이 흘러 나왔다.

슈타이너가 올려다보니 처칠 수상이 난간 옆에 서서 여송연을 피우고 있었다.

코코런이 수상의 방에서 나와 보니 케인이 기다리고 있었다.

"수상은 어떻습니까?"

케인이 물었다.

"매우 좋아. 오늘밤 마지막 여송연을 피우러 테라스로 나가셨네. 다 피우고 나면 잠자리에 드실 걸세."

두 사람은 홀로 들어갔다.

"제 보고를 듣는다면 잘 주무시지 못할 테니 오늘밤은 보고하지 않겠습니다. 늪에서 모리스를 끌어올렸지만 슈타이너는 없었습니다."

"자넨 그가 도망쳤다고 보나? 그가 늪지에 없다고 어떻게 판단할 수 있지? 차 밖으로 내팽개쳐졌을지도 모르잖아."

"그럴 수도 있습니다. 그러나 여하튼 경비를 두 배로 늘리겠습니다."

밖의 문이 열리고 토머스 중사가 들어왔다. 그가 비를 털어 내려고 코트 단추를 끌렀다.

"부르셨습니까, 소령님?"

"그렇다. 늪에서 차를 끌어올렸으나 슈타이너는 없었다. 신중을 기해 경비를 두 배로 늘린다. 문 쪽에는 이상 없나?"

케인이 말했다.

"구급차가 나간 후로는 아무 일도 없었습니다. 코코런 중령님 앞으로 편지를 갖고 노리치에서 헌병이 왔을 뿐입니다. ”

코코런이 눈썹을 치켜세우고 중사를 바라보았다.

“처음 듣는 얘기군. 그게 언제지 ? ”

“10분 정도 됐습니다. ”

“큰일났다 ! 그가 여기에 있어 ! 그자가 여기에 와 있어 ! ”

케인이 말했다. 그는 허리에 있는 권총 케이스에서 콜트를 뽑아 들고 서재로 달려갔다

슈타이너는 테라스의 계단을 천천히 올라갔다. 최고급 아바나 여송연의 냄새가 밤 공기 속에 떠돌았다. 거의 다 올라갔을 때 자갈 밟는 소리가 났다. 수상이 민첩하게 돌아서서 그를 보았다.

여송연을 입에서 빼고 언제나처럼 냉정한 표정으로 말했다.

“독일 낙하산 부대의 쿨트 슈타이너 중령인가 ? ”

“처칠 경. ”

슈타이너는 잠시 말문이 막혔다.

“제 뜻에 어긋나는 일이나, 임무를 완수해야만 합니다. ”

“그렇다면 왜 망설이고 있나 ? ”

수상이 조용히 말했다.

슈타이너가 모제르를 들어올렸을 때 프랑스 식 창문의 커튼이 물결치며 해리 케인이 총을 재빠르게 쏘면서 굴러 나왔다. 첫발이 슈타이너의 오른쪽 어깨에 맞아 슈타이너의 몸이 빙글 뒤로 돌았다. 두 번째 총알이 심장을 꿰뚫자 그는 난간을 넘어 떨어졌다.

바로 뒤 권총을 손에 쥔 코코런 중령이 테라스로 올라왔다. 레인저들이 어둠 속에서 달려와 반원을 그리며 둘러섰다. 열린 창에서 흘러나오는 불빛을 받으며 슈타이너가 쓰러져 있었다. 목에 기사십자장이 빛나고 있고, 오른손은 아직껏 모제르를 꽉 쥐고 있었다.

"이상하군. 방아쇠에 손가락을 대고 있으면서 그는 왠지 망설였어. 왜 그랬을까?"

수상이 말했다.

"어머니 쪽으로 절반 섞여 있는 미국인의 피가 그렇게 만들었을지도 모릅니다."

케인이 말했다.

"그 누가 뭐라 해도 그는 용기 있는 훌륭한 군인이었다. 정중히 다루어 주게, 소령."

수상은 이렇게 말하고 돌아서서 안으로 들어갔다.

20

이 이야기에 등장하는 역사적 인물이라면, 1945년 4월의 마지막 광란과도 같은 며칠동안 베를린 총통용지 하수구에서 일어난 일에 대해서는 세상 사람들도 다 알고 있다. 빌헬름 카나리스 제독은 마침내 총통의 신임을 잃으면서 1944년 2월 아프베르는 해산되었고, 1944년 6월 히틀러 암살미수 사건 후의 공황상태에서 다른 수백 명과 함께 체포되었다. 그리고 종전 1개월 조금 전, 프로센부르크수용소에서 SS에 의한 즉결재판을 받은 다음, 4월 9일 발가벗긴 채 감옥에서 끌어내 교수형에 처해졌다.

하인리히 히믈러는 한쪽 눈에 검은 안대를 하고 병졸의 제복으로 종전 직후의 혼란스런 독일에서 모습을 감추려고 했다. 그러나 영국군에게 잡히자 잇몸에 숨기고 있던 작은 병에 든 청산가리를 먹고 자살하고 말았다.

로스만은 훨씬 운이 좋았다. 전쟁에서 살아남아 몇 년간 함부르크 경찰관으로 근무하였는데 1955년 옛날 동료, 특히 프로센부르크수용소에서 카나리스 및 그 밖의 인물들을 처형하는데 참여했던 옛 동료들이 체포되어 재판을 받게 되자, 그는 즉시 행방을 감춘 뒤 전직 SS 대원들의 비밀조직인 '오뎃사'에 의해 남미로 피신했다. 포병소장 칼 슈타이너의 처형에 관한 서류며 관계 기록이 프린츠 알브레히트 거리에서 발견되었다. 현재 기록은 모두 중앙연방국에 보관되어 있으며, 연방국은 나치시대의 범죄를 적발하고자 애는 쓰고 있지만 그리 만족할 만한 성과는 없는 듯하다.

잊지 못할 그 날, 바르샤바 역의 플랫폼에서 슈타이너가 대결하고 있던 냉혹 비정한 사나이 유르겐 슈트로프 소장은 뉘른베르크에서 유죄판결을 받았다. 증거는 '바르샤바의 유대인 거주지는 이미 존재하지 않는다'라는 제목으로 그가 총통을 위해 정리해놓은 훌륭하게 장정된 책 한 권으로 충분하였다. 그는 일지 형식으로 자신이 행한 모든 짓을 하나도 빼지 않고 상세하게 적어놓았던 것이다. 그는 그 기록을 자랑스럽게 생각하고 있을 게 분명하였으므로, 엄청나게 불명예스러운 행위를 범한 슈타이너라고 하는 독일군 중령과 그 부하들에 대해서는 조금도 언급하고 있지 않은 것도 사실 특별히 놀랄 일도 아니었다.

나는 바르샤바에 가서 연합군이 결국 슈트로프를 교수형에 처했다는 그 장소를 살펴본 뒤, 사자를 위한 유대인 거주지역의 기념비를 둘러보았다. 슈타이너에 관해서는 폴란드 국민군의 일원이었으며 나를 돌봐주었던 인물에게 그간의 사정을 설명하면서 도움을 청하였다. 그는 잘 기억하고 있었다. 슈타이너가 구한 유대인 소녀 브라나 레젬니코프는, 시에서 7마일 떨어진 곳에서 열차에서 뛰어내리다 발목을 다쳐 도랑에 빠져 있는 것을 파르티잔 대원들이 발견했다. 1947년에 들은 마지막 소문에 의하면 그녀는 전쟁에서 살아남아서 다른 유대인 그룹과 함께 바르샤바를 떠나 마르세유로 갔고, 영국의 봉쇄를 돌파하여 팔레스타인으로 들어가려고 계획하고 있는 어떤 배를 탈 생각이었다고 전해진다. 부디 그녀가 무사히 도착했기를 나는 진심으로 기도하고 있다.

앞에서 말한 대로 내게는 사건에 관한 공식기록이 거의 없다. 여기저기 얼마 안 되는 기술이 있을 뿐이다. 거대한 지그소 퍼즐에 비하면 너무도 작은 단편들이다. 베리커가 말한 영국 측의 견해는 너무도 지당한 것이었다. 마을을 공격한 레인저 부대의 여지없는 실패와 많은 부하들을 잃은 충격 때문에 워싱턴은 대단히 엄중한 비밀유지조치를 취했다.

1943년 11월 독일은 패배가 아닌 승리를 필요로 했다. 스터들리 콘스터블은 그랑 삿소와는 전혀 의미가 달랐으므로, 히믈러는 사람의 생사를 지배할 수 있는 절대적인 권력을 이용하여 그 사건은 마치 존재하지 않았던 것처럼 되었다.

막스 라들이 1945년 12월까지 살아 있었던 것은 그야말로 기적이었다. 로스만과 그의 게슈타포 부하들이 라들을 체포하려고 네덜란드에 도착했을 때, 그는 마침 대단히 위급한 심장발작을 일으킨 후 바로 암스테르담 병원의 집중치료실에 들어가 있었다. 목숨이 경각에 달렸다는 이유로 그는 편안히 눈을 감을 수 있도록 방치되었던 것이다.

그러나 그는 그대로 병원에서 환자로 살아남아서 바바리아 알프스의 홀츠바하라고 하는 아름다운 마을에서 사랑하는 아내 트루디와 세 딸과 함께 2년 가까이 살고 있었다. 그는 그곳에서 대부분의 시간을 긴박했던 수주 간의 일기를 완성하여 편집하는데 쏟아 부었다. 내가 열심히 설득한 결과 1973년 6월, 기억에도 선명한 어느 주말에 그의 미망인이 마침내 그 일기를 읽어보도록 허락해주었던 것이다.

덕분에 상세한 정보를 얻었으므로 나중에는 비교적 용이하게, 그 사건에 대해 처음에는 말하고 싶은 생각이 없던 사람들도 내가 이미 많은 것을 알고 있다는 이유로 대개는 마음을 바꿔주었다.

물론 많은 사람들이 죽었다. 리터 노이만은 프랑스 외인부대의 낙하산부대 하사로서 1954년에 디엔 비엔 푸에서 전사하였고, 그 깜깜한 밤에 인생에서 가장 큰 도박을 한 젊고 용감한 바다사나이 파울 쾨니히는 연합군이 침공을 개시한 날로부터 3일 후, 말베리 항을 기지로 하고 있던 영국 운송선단에게 어뢰공격을 가하다, 미국 구축함의 대포를 맞고 그의 E보트는 침몰하고 말았다.

그러나 에리히 뮬러는 살아남았다. 나는 그를 만나러 로테르담으로 갔다. 그는 지금 유럽에서 가장 큰 심해 침몰선 인양작업을 하고 있는 회사의 전무이사였고, 귀화한 네덜란드 인이기도 했다. 그는 도시를 종횡으로 가로지르고 있는 운하관람선 위에서 저녁을 함께 하면서 알고 있는 모든 것을 숨김없이 내게 들려주었다.

식사가 끝날 무렵, 그는 나에게 굉장히 기묘한 질문을 했다.

"가르쳐주시게. 이토록 오랜 시간이 지난 지금도 나는 꼭 알고 싶다네. 그건 도대체 무슨 일이었나?"

"정말 몰라서 그래?" 내가 물었다.

"우리들이 알고 있는 것은 그들을 맞으러 가는 장소뿐이었어. 작전의 목적이 무엇인지는 아무도 몰랐지. 독일 제국의 기밀보호니 뭐니 하면서 어떠한 경우에도 남에게 얘기해서는 안 된다고만 단단히 못을 박더군. 만약 그렇지 못하면 돌아올 때에는 게슈타포들이 마중을 갈 거라고 하면서."

나는 설명했고, 이윽고 그가 말했다.

"그랬군! 바로 그런 일이었군."

"세계에서 제일 큰 사냥감이지!"

그는 고개를 저었다. "우리 업계에서 떠도는 말이 있지. '끌어올리지 못하면 급료도 없다'고, 무사히 배를 끌고 돌아가지 못하면 아무런 의미가 없는 걸세." 고개를 저으면서 쾨니히와 같은 소리를 했다. "수많은 훌륭한 사내들이 모두 무의미하게 죽었다." 그리고 잔을 향해 손을 뻗었다. "적어도 우리들은 그들에게 건배할 수 있어. 그들과 내가 지금까지 알고 있는 최고의 뱃사람 파울 쾨니히를 위해. 그리고 당신의 행운을 빌지. 꼭 필요한 거니까." 그는 씁쓸하게 웃었다. "아무도 당신 말 따위는 절대 믿지 않을 거요."

성 조지 영국인 의용군의 창설자 존 에머리는 1945년 11월 중앙형사재판소 제1법정에서 헴프리 판사에 의해 대역죄로 사형을 선고받았고, 영국 자유군의 하피 프레스턴의 동료들도 그와 별반 다름없는 처분을 받았다. 열심히 사람들을 불러모았지만 허망하게도 SS는 2개 소대 이상의 인원을 모으는 데는 마침내 실패하고 말았다. 전쟁에서 살아남은 자들은 최고 무기징역에서 가벼운 사람은 1, 2년형을 선고받았다. 흥미로운 사진이 남아 있었다. 놀란트 SS장갑사단에 소속된 하사와 20인의 남자들이 찍혀 있는 사진이었다.

이 사단이 베를린 방어의 마지막 격전지로 보내졌을 때, 영국인 부대는 1945년 4월 15일에 템플린에 가도록 명령받았고 그들의 이름은 사단 기록에서 지워졌다. 어떻게 보면 프레스턴은 어떤 의미에서는 그가 생각하기보다는 훨씬 행운이 따랐는지도 모르겠다.

연이은 기습공격에 보기 좋게 성공했던 오토 스코르체니는, 부하가 미국군의 제복을 입고 있던 작전의 책임자라는 이유만으로 1947년에 다하우의 피고석에 세워졌다. 검찰 측은, 변호인 측의 중요한 증인이 조지 크로스훈장을 받은 영국군 장교인데다 '하얀 토끼'로 알려진 탁월한 비밀공작원인 요우 토마스 공군중위라는 사실에 곤혹스러워했다. 배신당해서 게슈타포에게 붙잡혀 고문당했던 그는 부헨바르트수용소에서 탈주했던 것이다. 그는 여러 작전에서 영국 공작원이나 프랑스의 레지스탕스 조직의 남자들이 독일군 제복을 입고 있는 것을 알고 있다고 법정에서 폭로했다. 그리하여 스코르체니에 대한 기소 원인은 소멸되었고, 그의 여러 가지 죄상도 무혐의 처리되었다. 1944년에 아르덴느에서 미국군의 제복을 입은 채로 포로가 되어 제네바협정의 위반자로 그 자리에서 처형된 부하들에 비하면 그는 운이 좋은 편이었다. 베리커가 한 말이 옳았다는 얘기였다.

칼 호퍼는 지구상에서 싹 쓸어낸 듯이 없어져 버렸는데, 로스만과 그의 부하들인 게슈타포에게 죽은 것이 분명했다. 너무 많은 것을 아는 사내가 있다고 하면 호퍼는 그 대표적인 존재였으니까.

그러나 해리 케인은 행운이 계속되어, 내가 워싱턴의 국방성 기록부에 조회해본 결과 그는 대위로 종전을 맞았다고 알려주었다. 캘리포니아에 살고 있을 거라고 짐작되어 나는 샌프란시스코로 날아갔고, 렌터카로 첫째 주 일요일에 마음먹고 빅 서에 있는 그의 집으로 찾아가서 솔직하게 용건을 털어놓았다.

이것이 주효했다. 그는 굉장히 호기심을 자극받은 듯했다. 그는 오랜 세월 문필을 업으로 삼고 있었다. 영화대본을 비롯한 TV는 물론이고, 지금은 제작에도 깊이 관여하고 있었다. 그는 1945년에 파밀라 베리커와 결혼했다. 그날 오후 해변을 걸으면서, 그는 그 사실에 대해서 허심탄회하게 털어놓았다. 결혼생활은 그다지 순탄한 것 같지 않은 인상이었는데, 어쨌거나 그녀는 1948년 백혈병으로 세상을 떠났다.

그는 아무것도 모르고 있었던 그 사건의 독일 측 태도에 상당한 흥미를 갖고 내 이야기를 들었고, 흔쾌히 내 지식의 여백을 메워주었다. 그 가운데에는 스터들리 콘스터블에서 있었던 싸움의 마지막 단계뿐 아니라 그 후 멜섬하우스에서 있었던 그날 밤의 일도 포함되어 있었다.

"생각해 보니 우스꽝스럽군." 그가 말했다. "나는 1초도 안 되는 시간 차이로 우리 시대의 위대한 한 인물의 생명을 구했지만 비밀유지를 위해 상부 보고서에 이름조차 올라가지 못했으니."

"그토록 엄격했나?"

"당신은 아마 상상도 할 수 없을 거야. 한 사람 한 사람 전원 면접을 받으면서 그 사건 전체는 최고기밀에 속해 있다고 분명하게 못을 박더군. 누구든 입을 여는 사람은 10년 간 형무소에 들어갈 것이라며. 그렇지만 특별한 일은 없었어. 스터들리 콘스터블의 그 사건 후 부대는 정식으로 해산했고, 뒤에 정예 유도공정부대로 재편성되었는데 굳이 설명하자면 자살하기 위한 대단히 특수한 방법에 불과했던 것이니까. 이해하겠나? 스터들리 콘스터블 전까지는 그 부대에 90명 정도밖에 없었으니까. 아마도 군 당국의 어떤 머리 좋은 녀석이 남아 있는 우리들을 처리해버릴 좋은 방법이라고 생각해 낸 것이겠지."

"그 녀석의 생각은 성공했나?"

"그렇게도 얘기할 수 있겠지. 침공 개시 전날 밤, 우리들은 제82공정부대나 제101공정부대 같은 사단들의 유도부대로 성 메르 에그리즈에 투하됐어. 바람도 강했지만 누군가가 방향을 조금 잘못 잡았던 것이지. 하여간 우리들은 목표에서 5마일 떨어진 독일 정예부대의 한복판에 떨어진 것이야. 최고 정예 기갑부대였어." 그는 자주 고개를 저었다. "내가 본 중에서 가장 치열한 백병전이었어. 날이 샐 무렵에는 우리측 대부분은 죽어 있었어."

"가비는 거기 있었나?"

"지금도 있지. 작년에 프랑스에 갔을 때 그의 묘를 돌아보았어. 토머스 하사, 블리커 분대장. 처참한 전투였어."

빗발이 날리기 시작해서 우리들은 집으로 발걸음을 돌렸다.

내가 말했다.

"그러나 이만큼 세월이 흘렀으니 이제는 그 사건에 대해 쓰고 싶다는 생각도 할 것 같은데?"

"지금도 비밀사항이니까. 30년이나 지났으니 그런걸 걱정하는 건 아니지만, 집에 돌아가면 보여줄 것이 있네."

그가 보여준 것은 타이프로 친 사건의 회고록으로, 색깔이 바랜 종이 모서리가 세월을 대변해주었다.

"역시 썼군?" 내가 말했다.

"12년 전에. 그런데 마침 그때 이렇게 된 거야."

잡지를 한 권 던져주었다.

'나는 어떻게 전쟁에서 이겼나?' 대충 이런 문구로 된 표지에는 한 여자가 속옷바람으로, 한 손에는 토미 건을 들고 게슈타포들을 싹쓸이하면서, 다른 한 손으로는 꽁꽁 묶여 있는 체격 좋은 미국인 병사 애인을 구하려고 나이프로 로프를 자르고 있는 그림이 실려 있었다.

"20페이지야." 케인이 말했다.

그 기사에는 '내가 어떻게 해서 윈스턴 처칠의 목숨을 구했나'라는 제목이 붙어 있었다. 가슴이 덜컹할 정도로 불명확하게 그 사건을 기술하고 있었는데, 심지어는 지명조차 달랐다. 가령 필자가 싸운 장소를 노퍽의 작은 저자거리 메르톤 콘스터블로 적고 있는 것은 스터들리 콘스터블과 바꿔치기 한 것이 틀림없어 보였다. 슈타이너는 SS의 폰 슈타겐 중령이라고 부르는 식으로.

"도대체 누가 이런 엉터리를 적었지?"

그가 이름을 짚어주었지만 나는 제목 아래 한구석에 작은 글자로 인쇄되어 있는 그 이름을 미처 보지 못했던 것이다.

'조지 크루코프스키, 레인저의 통신수. 조애너 그레이를 쏜 그 젊

은이다.'

나는 잡지를 돌려주었다. "그에게 연락했나?"

"물론이지. 피닉스에서 상이용사연금으로 살아가는 것을 찾아냈어. 그 침공 전야의 강하 때 머리에 부상을 입었어. 가엾게도 이걸로 한 재산 모일 거라고 진짜로 믿었던 거지."

"무슨 일이 있었나?"

"아무 일도," 케인은 나를 향해 잡지를 흔들었다. "이런 데 적혀있는 이야기를 그 누가 믿겠나?" 고개를 저었다. "히긴스, 딱 한마디만 하지. 육군이 온갖 수를 다 썼는데도 불구하고 그 이야기는 사건 발생 직후부터 새어 나갔다네. 여기저기서 왜곡된 이야기도 귀에 들어왔지만 아무도 믿지 않았어. 당시는 그런 이야기가 난무했으니까. 오토 스코르체니가 아이젠하워를 노리고 있다, 누군가가 패튼을 암살하려 했다, 등등. 결국 너무 많은 거짓말 속에 섞여 있어서 진상이 그대로 묻혀버렸다고 생각해." 그는 원고를 던져주었다. "하여간 원고는 자네에게 주겠네. 잘 되길 빌겠네만, 난 입도 벙긋 않았네! 자, 한잔 더 마시자고."

헨리 윌러비 경은 1953년에 사망했지만, 윌리엄 코코런 준장은 콘월의 카멜 강어귀를 사이에 둔 팻즈투의 건너편 록에서 은퇴생활을 보내고 있었다. 82세가 된 그는 정중한 태도로 나를 맞아주었다. 나에 대해서 이야기하는 것도 허락해주었다. 얘기가 다 끝났을 때 처음과 마찬가지로 정중한 태도로, 당신은 머리가 이상한 게 분명하다며 단호하게 결론 내리더니 문까지 배웅해주었다.

전직 특별보안부 아일랜드 담당 경찰부 보좌였으며 지금은 영국에서 가장 큰 민간 경비회사의 전무이사를 맡고 있는 퍼거스 그랜트의 경우도 마찬가지였다. 면회를 요청하는 편지를 보냈더니, 어떠한 상황이든 또 어떠한 형태로든 나와 면회하거나 서신을 교환할 생각이 없다는 답장이 와서 누군가 그에게 주의를 준 모양이라고만 짐작했다. 사실 그가 데블린의 충고를 진지하게 받아들여서 훨씬 격이 높은 자리에 앉게 된 것만은 틀림없었다.

그리고 데블린? 나는 함부르크에 살고 있던 페터 게리케를 찾아내면서 우연찮게 데블린에 대해서도 알게 되었다. 전직 비행사로서는 믿어지지 않는 일이지만 페터는 해운회사 기획부장으로 유람순항을 전문으로 취급하고 있었다. 내가 그를 처음 만나려했을 때 그는 극동에 가 있어서 얼굴을 맞대게 된 것은 그로부터 두 달 뒤였다. 페터의 집은 엘버 강변 브랑케니제에 있는 대단히 느낌이 좋은 집으로, 그가 강 복판에 뗏목으로 지어놓은 레스토랑 가운데 한곳에서 식사나 하자며 안내해주었다.

다른 대부분의 사람들과 게리케의 차이점은, 그는 온갖 사실을 다 알고 있다는 점이었다. 나 못지않게 많은 사실을 알고 있는 것은 아무래도 그가 있던 암스테르담 특별병동으로 리터 노이만과 리엄 데블린이 실려왔기 때문인 듯했다. 말하는 것으로 짐작하건대, 그곳에 갇혀 있던 세 사람은 지금까지 있었던 모든 일들을 서로 자세하게 주고받은 모양이었다. 그가 나를 깜짝 놀라게 한 것은 커피를 마시고 있을 때였다.

"리엄이 저토록 오래 사는 것을 보고 난 놀랐어. 작년에 우연히 스웨덴에서 열린 어느 파티에서 그를 만났는데 벨파스트에서 쉬러왔더군."

"벨파스트?" 내가 말했다.

"당연히 알고 있겠지? 그래, 잠깐 기다려주게."

지갑을 열고 안을 뒤지더니 신문기사를 오려 접어둔 것을 꺼냈다.

나는 그것을 펴보고 심장이 멎는 줄 알았다. 거기 찍혀 있는 것은 내가 어릴 때부터 말로만 들어온 전설적인 남자의 얼굴이었다. 아일랜드 지하 정치조직의 위대하고 신화적인 인물 가운데 한 사람, IRA기독정파 설립의 주요 지도자이자 최근 4년 간 알스타의 끝에서 끝까지 영국군에게 쫓기고 있는 바로 그 남자였다.

"그럼, 이 사람이 리엄 데블린?"

너무 뜻밖이어서 머릿속이 텅 비는 것 같았다.

"그래, 1943년부터 10~15차례 정도 그를 만났어. 꽤 긴밀하게 연락을 주고받는 편이지."

"그는 어떻게 되었지? 그러니까, 그 후에?"

"우리들은 히믈러에게 최악의 대접을 받았다고 생각하고 있어. 내가 살게 된 것은 오른쪽 다리에 문제가 심해지면서 절단하지 않으면 안되었기 때문이겠지." 무릎을 콩콩 두들기며 그는 씨익 웃었다. "자넨 알아채지 못한 모양이군. 그래서 나는 1년 이상 입원해 있었다네. 리터의 경우도 비슷해. 그는 6개월을 병상에 누워 있었는데, 리엄은 2, 3주 후에는 걸을 수 있게 되어 최악의 사태가 일어나는 것을 두려워하여 그날 밤 감쪽같이 병원을 빠져나갔어. 몇 년인가 지나서 그가 이야기해주었는데 고생 끝에 리스본에 들어갔고, 거기서 미국행 배를 탔다더군. 인디애너의 한 작은 대학교에서 학생들을 가르치면서 몇 년인가 거기 있었던 모양이더군. 1950년대가 끝나갈 무렵 IRA투쟁 중에는 잠시 아일랜드로 돌아왔다가, 투쟁에 실패하자 다시 미국으로 돌아갔고."

"그러다 투쟁이 격렬해지자 또 돌아오고?"

"게다가 좀 속되게 하는 말로 한번도 꽁무니를 보인 적이 없었지."

그럼에도 좀처럼 쉽사리 믿어지지 않았다.

"그가 지금도 살아 있다니 기적이군."

"그를 만날 생각인가?"

"그래, 그럴 생각이야."

"행운을 빈다고 전해주게. 그리고 그에게…… 그에게……"

주저하는 듯했다.

"뭔데?" 호기심에 내가 재촉했다.

갑자기 게리케가 너무도 슬픈 표정을 지었다. "아니, 아무 도움도 안될 거야. 난 벌써 몇 년 전부터 말하고 싶었어. 그 무의미한 폭력 행위, 그가 걷고 있는 어둠의 길……" 그는 고개를 절레절레 저었다. "종착지는 하나뿐이야."

그러나 벨파스트로 가기 전에 나는 또다시 스터들리 콘스터블로 갔다. 아직 한 사람 더 만나야 할 사람이 있었기 때문이었다. 매우 중요한 사람이었다. 플레이어 농장은 데블린이 있을 때와는 너무도 달라졌을 게 분명했다. 사일로가 있고, 부속건물도 굉장히 많아졌고, 광장은 콘크리트로 포장되어 있었다. 문을 두드리니 멜빵바지를 입고 옆구리에 어린애를 끼고 있는 젊은 여자가 문을 열어주었다.

"무슨 일이시죠?" 정중한 말투였다.

"당신에게 물어봐도 모를지 모르지만, 실은 몰리 프라이어 씨를 만나고 싶습니다만."

그녀는 터질 듯한 함박웃음을 터뜨렸다. "놀라워요. 당신은 아주 옛날분이시군요!" 그녀가 불렀다. "엄마, 손님 오셨어요."

현관으로 나온 여성은 머리가 희었고, 앞치마를 두르고 있었다. 소매를 걷어올리고 있었는데 양팔에는 밀가루가 묻어 있었다.

"몰리 프라이어 씨?" 내가 물었다.

그녀는 깜짝 놀랐다. "1944년까지는요. 그때 하워드로 이름을 바꿨어요." 그리고 미소를 지었다. "무슨 볼일이라도?"

나는 지갑을 열고 게리케가 보여준 것과 같은 신문조각을 내밀었다. "이것에 흥미가 있을지도 모르겠다 싶어서요."

그녀는 눈을 동그랗게 뜨더니 앞치마에 두 손을 훔치고 내 팔을 잡았다. "들어와요, 어서 들어오세요."

우리가 현관 응접실에 앉아서 이야기하는 동안 그녀는 줄곧 신문조각을 꼭 쥐고 있었다.

"이상한 일이에요, 그 이름은 분명 들은 기억이 있는데 리엄이라고는 꿈에도 상상도 해보지 않았어요."

"그럼, 지금까지 신문에 난 그의 이런 사진은 보신 적이 없습니까?"

"여기는 지방신문밖에 없고, 나는 신문을 안 봐요, 늘 너무 바쁘거든요."

"그렇다면 어떻게 이것이 리엄이라고 확신할 수 있습니까? 어째서 리엄이 아직도 살아 있다고 확신하고 계십니까?"

"그가 편지를 보냈어요." 그녀가 솔직히 털어놓았다. "딱 한 번이지만 1945년 미국에서. 이토록 오랜 세월 걱정을 끼쳐서 미안하다면서, 그리로 건너와서 자기와 결혼해달라고 하더군요."

마치 남 얘기하듯 말하는 그녀의 어투에 나는 완전히 뒤통수를 얻어맞은 듯했다.

"답장은 쓰셨습니까?"

"아니오."

"왜죠?"

"무의미했으니까요, 나는 이미 두 살 연상의 훌륭하고 다정하며 내 흠집을 이해해주는 그런 사람과 결혼해 있었으니까요."

그 순간 나는 모든 것을 이해했다.

"그래요, 그렇게 된 거예요."

그녀가 일어서서 선반에서 오래된 보석상자를 꺼낸 뒤, 벽난로 위에 놓인 시계 뒤에 숨겨두었던 열쇠로 상자를 열었다. 여러 가지 물건을 꺼내서 보라고 밀어주었다. 시를 적은 노트, 운명의 날에 그가 남기고 간 편지, 미국에서 보낸 또 다른 한 통, 그리고 사진이 있었다.

그녀가 사진을 한 장 건네주었다. "브로니의 카메라로 내가 찍은 거예요."

모자에 고급 트렌치 코트차림의 데블린이 오토바이 옆에 서있었다.

그녀가 한 장을 더 건네주었다. 이번에도 데블린이었는데, 트럭을 운전하고 있는 모습에서 나는 미묘한 차이를 알아챘다.

"내 아들 윌리엄!" 그녀가 불쑥 내뱉었다.

"그는 알고 있습니까?"

"알아야될 만큼은. 7년 전, 남편이 죽고 나서 내가 말해줬어요. 리엄을 만날 건가요?"

"만나보고 싶어요."

"그 사진을 전해주십시오." 그녀가 한숨을 쉬었다. "그는 정말 좋은 사람이에요. 내 인생에서 그가 어디 있을지, 무슨 일이 생겼는지 걱정하지 않은 날은 단 하루도 없었어요."

문까지 바래다준 뒤 그녀는 나와 악수했다. 내가 차까지 걸어가자 그녀가 불렀고, 나는 뒤돌아보았다. 그때 쏟아지는 햇빛 속에서 그녀는 한순간 긴 세월을 지우고 어슴푸레한 실루엣으로 떠올랐는데, 못생기기도 하고 아름답기도 한 데블린의 시골처녀로 돌아가 있었다.

"그에게 전해주세요, 히긴스 씨." 그녀가 말했다. "그가 늘 찾아 헤매던 메이오 평원이 언젠가는 발견되기를 빌고 있다고요, 꼭."

그녀는 문을 닫았고, 나는 차를 타고 떠났다.

벨파스트의 유럽 호텔에 체크인을 하고 나서 나는 연줄이 닿을 만한 사람들에게 모조리 전화를 걸어 미리 용건을 전한 뒤, 한 이틀은 느긋하게 기다렸다. 그 사이 시내에서는 폭탄소동이 18번이나 일어났고, 병사도 세 사람이 사살되었다. 시민은 제외하고라도.

이틀째 되는 저녁 무렵에 전화가 걸려와서 택시로 로열 병원으로 달려가니, 그곳에서 팬 운반차에 실려 5분쯤 달린 뒤 폴즈 로드의 인적 없는 한적한 마을에 위치한 테라스하우스 앞에 내려졌다. 안에 들어가니 고집이 세 보이는 험한 인상의 젊은이 두 명에게 순식간에 신체검사를 받고, 마침내 작은 거실로 들여보내졌다.

한때 리엄 데블린이라 자칭하던 남자는 와이셔츠 차림으로 창가에 앉아 노트에 뭔가를 적고 있었다. 독서용 안경을 쓰고 있었고, 책상 위에는 손 가까운 곳에 38구경 스미스 앤드 웰슨이 놓여 있었다. 그가 펜을 놓더니 안경을 벗고 나를 보았다. 나는 세월로 초췌해진 그를 바라보며 그 얼굴에서 어떤 모습을 떠올려보려고 했다. 밝고 푸른 눈과 비웃음을 띤 표정 속에서 이윽고 내가 아는 그 남자를 찾아냈다.

"다음에 만나면 나를 알겠나?"

"아무렴." 나는 말했다.

"자네의 그 책은 읽어보았어. 알버트 브리지 로드에서 자란 오렌지당의 젊은이치고는 과히 나쁘지 않더군. 어째서 맹세를 하고 운동에 참가하지 않는지 이해하기 어렵군. 울프 톤도 그런 생각을 했고, 그 역시도 프로테스탄트였어." 그는 담배를 입에 물고 성냥을 그었다. "그런데 무슨 일이지? 굉장히 위급한 일이라고 했던가? 인터뷰를 원한다면 내 시간을 쓸데없이 만든 죄로 사내구실을 못하게 만들어주지."

나는 몰리가 준 사진을 꺼내 책상 위에 놓았다. "당신 아들이야."

내가 말했다. "몰리는 당신이 원할 거라고 생각하더군."

그는 마치 한 대 얻어맞기라도 한 듯이 몸을 휘청거리더니 얼굴에서 핏기가 걷혔다. 말없이 오랫동안 사진만 물끄러미 바라보고 있었다. 그 동안 내가 말했다.

"어떻게 된 일인지 말해주게."

이야기를 하게 되자 그는 끊임없이 참견을 하면서 조그만 일이라도 그냥 넘어가는 법 없이 바로잡거나 덧붙이거나 했다. 마지막 장면인 멜섬하우스의 테라스에 있던 슈타이너의 이야기를 하게 되자 그는 벌떡 일어나서 선반에서 부시밀스 병과 잔을 두 개 꺼냈다. "그는 벼랑 끝까지 내몰렸던가? 그는 정말 위대한 남자였다!" 잔에다 위스키를 따랐다. "그를 위해 건배하지."

우리는 건배했다. 내가 말했다.

"전후 미국에서 몇 년인가 교편을 잡았다던데?"

"여기선 할 일이 없었으니까."

"그럼 처칠 건은? 사실을 공개할 생각은 전혀 없었는가?"

"내가? IRA 가운데서 당국이 가장 잡고 싶어하는 남자인 내가? 내가 그런 소릴 한다고 누가 믿어주기나 하고?"

말인즉 바른 소리였다.

"가르쳐주게." 내가 말했다. "1943년 10월 막스 라들에게 무차별 폭파에는 찬성할 수 없다고 말한 인간이 어째서 IRA기독정파에 들어갔고, 지금은 투쟁의 핵심 지도자 가운데 한 사람이 되었는지. 결국은 폭탄이 주된 무기면서도?"

고통스런 빛이 그의 눈에 어리면서 포악하다고 표현할 수밖에 없는 웃음을 지었다.

"시대가 변하면 인간도 변하는 법이지. 어디 사는 어떤 어리석은 놈이 그런 소릴 했는지는 내 새까맣게 잊었네만."

"그토록 가치가 있는 건가? 이토록 긴 세월을? 폭력이나 살인이?"

"내가 대표하고 있는 것은 정의야. 나는 자유라는 이상을 위해 싸우고 있고."

그는 갑자기 말을 멈추고 상체를 의자 위로 내던지더니 어깨를 들먹였다.

처음에는 그가 운다고 생각했는데 얼굴을 드는 것을 보니 그는 미친 듯이 웃고 있었다.

"놀랍군! 난 갑자기 6피트나 떨어진 곳에 서서 내가 하는 소리를 듣고 있었네. 자네도 이따금 해보게나. 유익한 경험이 될 테니." 그리고는 다시 자기 잔에 술을 따랐다. "슈타이너가 한 말은 옳았어. 결국엔 어리석다는 소리조차 아까울 게임이지만 한번 발목을 잡히면 절대 놓아주지 않는다네."

"몰리에게 무슨 전할 말이라도?"

"이토록 오랜 세월이 흘렀는데? 살아있는 시체 같은 내가 무슨 할 말이? 철없는 소리하는군! 자, 어서 돌아가게. 난 할 일이 많아."

멀리서 권총소리와 육중한 폭발음이 꼬리를 물었다. 나는 문가에 섰다.

"미안, 깜박 잊어버릴 뻔했어. 몰리가 전하는 말이 있었네."

그가 무표정하게 고개를 들었다. "그녀가?"

"그래, 당신이 메이요 평원을 하루빨리 발견하게 되길 기도하고 있다고 하더군."

그는 마치 꺼져버릴 듯한 깊은 슬픔을 얼굴에 드러내면서 억지로 웃었다. 그러나 맹세해도 좋지만 눈에는 눈물이 고여 있었다.

"그녀를 만나면" 그가 지나가는 말처럼 건조하게 말했다. "사랑하고 있다고 전해주게. 그때도 사랑했고, 지금도 사랑하고 있다고." 그리고 안경을 벗었다. "자, 어서 나가주게, 빨리!"

필립 베리커 신부의 초대로 내가 다시 스터들리 콘스터블을 방문한 때는 그 성당의 묘지에서 놀라운 발견을 한 날로부터 거의 1년이 지난 무렵이었다. 아일랜드 악센트가 섞인 한 젊은 신부가 나를 맞아주었다.

베리커는 활활 타오르는 서재의 난로 앞 의자에 앉아 무릎에 모포를 걸치고 있었다. 죽음이 가까워진 것을 한눈에 알 수 있었다. 여윈 얼굴에 뼈가 앙상하게 드러나 있고, 눈에는 고통스러운 빛이 어려 있었다.

"잘 오셨습니다."

"건강이 별로 좋지 않으신 것 같군요."

"위암이라오. 손쓸 도리가 없어요. 주교께서 친절하게도 여기서 죽는 것을 허락해 주시고, 교구 일을 도와주라고 데미언 신부를 파견해 주셨소. 그러나 당신을 초대한 이유는 그 때문이 아니오. 듣자하니 요 1년 동안 매우 바쁘셨다구요."

"알 수 없군요. 지난번 여기에 왔을 때는 신부님께서 전혀 얘기를 하지 않았죠. 사실 그때 신부님은 날 쫓아낼 정도였어요."

"이유는 매우 간단하오. 오랫동안 나는 그 얘기를 절반밖에 알지 못했소. 어느 날 문득 너무 늦기 전에 나머지 절반을 알고 싶은 강한 호기심이 생겼던 것이오."

말해서는 안 될 특별한 이유가 없었으므로 나는 모든 것을 얘기해 주었다. 얘기가 끝났을 무렵에는 밖의 잔디밭에 땅거미가 지고, 방안은 이미 어두워져 있었다.

"놀라운 일이군요. 대체 어떻게 그런 사실들을 알아냈죠?"

"공적인 정보 자료는 전혀 이용하지 않았습니다. 아직 살아 있고, 말할 의향이 있는 사람들로부터 들은 것뿐이죠. 가장 큰 행운은, 모든 계획의 책임자였던 막스 라들 중령이 쓴 매우 자세한 일기를 읽은 것이었습니다. 미망인이 아직 바바리아에 살고 있어요. 지금 제가 알고 싶은 것은 사건 뒤의 이쪽 상황입니다."

"철저한 기밀 유지 조치가 취해졌지요. 관계 있는 마을 사람들은 모두 정보부와 보안부의 면접을 받았어요. 그리고 국가 기밀 보호법이 발동되었소. 본래 그럴 필요조차 없었지만. 이곳 주민들은 약간 독특한 사람들이오. 역경을 만나면 굳게 단결하고 당신도 경험했듯이, 외지인에게는 적대감을 표시하지요. 그래서 마을 사람들은 그 일을 외지인과는 관계없는 자기네들만의 일이라고 정해 버렸소."

"게다가 시모어의 일도 있고."

"바로 그렇소. 그가 올해 2월에 죽은 걸 알고 있나요?"

"아뇨."

"어느 날 밤 취한 채 홀트에서 차를 몰고 왔죠. 그 차가 해안 도로에서 길을 벗어나 늪으로 굴러 떨어졌다오."

"그 일이 있은 뒤 그는 어떻게 됐나요?"

"18년 간 정신 병원에 들어가 있었는데 정신병 관계 법률이 느슨해지자 퇴원 허가를 받을 수 있었어요."

"그런데 마을 사람들은 왜 그를 관대하게 봐주었죠?"

"그는 이 지역 주민의, 적어도 절반 정도와 혈연 관계가 있었소. 조지 와일드의 아내 베티는 그의 동생이지요."

"놀랍군요. 그것은 정말 몰랐습니다."

"어떤 의미에서 마을 사람들이 오랫동안 입을 다물어 온 것은 시모어를 보호하기 위해서였죠."

"다른 견해도 가능하죠. 그가 그날 밤 저지른 엄청난 일을, 마을 사람들 모두가 불명예라고나 할까 수치라고 생각했을 테죠. 그래서 극구 숨겼던 것이겠죠."

"그것도 있소."

"그런데 그 묘비는요?"

"마을의 청소와 복구를 위해 파견된 공병대가 묘지에 커다란 무덤을 파고 시체를 모두 묻었어요. 물론 처음에는 묘비도 없었고, 세워서도 안 된다고 했지요."

"그런데 당신은 다른 생각이 있었군요?"

"나뿐만이 아니오. 모두요. 전시중의 선전이란 필요악이죠. 우리가 본 사진, 영화, 책, 신문 모두가 일반 독일 병사를 비정하고 잔인한 야만인으로 묘사하고 있었는데, 그들은 그렇지 않았어요. 슈타이너의 부하 한 사람이 자기를 희생하고 아이들을 구했기 때문에 그레이엄 와일드는 지금도 건강하게 살아 있고, 수잔 터너는 결혼해서 세 아이의 어머니가 되었어요. 그리고 알겠소? 슈타이너는 모두를 성당에서 밖으로 내보내 주었어요."

"그래서 비밀 묘지를 만들기로 결정했군요?"

"그래요, 일은 쉬웠소. 테드 터너 노인은 은퇴할 때까지 기념비 전문 석공이었어요. 묘비를 만들고, 마을 사람들이 모인 자리에서 내가 헌납식을 치르고, 그 뒤 당신도 알다시피 외부에서 온 방문객 눈에 띄지 않도록 숨겼지요. 그 프레스턴이라는 자도 저기에 함께 들어 있으나 묘비명에는 포함시키지 않았죠."

"그런데 마을 사람들과 당신, 모두가 그 계획에 동의했나요?"

그가 좀처럼 보이지 않는 싸늘한 미소를 지었다.

"말하자면 일종의 속죄요. 자기 묘 위에서 춤출 거라는 게 슈타이너의 표현이었는데, 그가 말한 대로였소. 그날 난 그를 증오했어요, 내 손으로 죽이고 싶을 정도로."

"왜죠? 독일군 총탄에 불구가 되었기 때문인가요?"

"어느 날 무릎을 꿇고 진실을 바로 볼 수 있는 용기를 달라고 신에게 빌었을 때까지 나는 자신을 속이고 있었소."

"조애너 그레이는요?"

내가 조심스레 물었다.

그의 얼굴은 완전히 그늘에 가려 표정을 알 수 없었다.

"나는 고백을 하는 것보다 듣는 쪽이 익숙해 있지만, 그렇소. 당신 말대로요. 나는 마음속 깊이 그녀를 경모하고 있었소. 흔히 말하는 성적인 의미는 추호도 없어요. 그녀는 내가 그때까지 알고 있던 사람 중에서 가장 훌륭한 여성이었어요. 그녀의 진짜 역할을 알았을 때의 그 충격은 말로 표현할 수 없을 정도였다오."

"그래서 그것을 슈타이너의 탓으로 돌리고 그를 증오했군요?"

"심리적으로 그랬소."

그가 한숨을 지었다.

"먼 옛날 얘기지요. 1943년에 당신은 몇 살이었죠? 열둘, 열셋? 당시의 일을 기억하고 있나요?"

"아뇨, 당신이 의미하는 그런 일들은 기억하고 있지 않습니다."

"그때는 전쟁이 한없이 계속될 것처럼 보였고 사람들은 지쳐 있었소. 슈타이너와 부하들의 일이 세상에 알려지면 국민들의 사기에 어떤 타격을 줄 것인가 상상할 수 있겠소? 독일 낙하산 부대원이 영국에 낙하하여 종이 한 장 차이로 수상을 납치할 뻔했던 게 알려지면 말이오."

"방아쇠를 당기면 그의 머리가 날아갈 수 있었으니까요."

그가 고개를 끄덕였다.

"여전히 책을 출판할 생각이시오?"

“해서는 안 될 이유가 없으니까요.”

“그 일은 일어나지 않았어요. 이제 묘비도 없고, 그 일이 있었음을 증언해 줄 수 있는 사람도 없어요. 혹 그 사진을 뒷받침할 공문서를 한 장이라도 찾아냈나요?”

“아니, 없습니다. 그러나 많은 사람들과 얘기를 나누었고, 그들의 얘기를 종합해 보면 상당히 설득력 있는 얘기가 될 겁니다.”

나는 쾌활하게 대답했다.

“매우 중요한 한 가지를 당신이 빠뜨리지 않았다면, 그럴 수도 있죠.”

“무슨 얘기인가요?”

“지난 전쟁에 관한 역사책을 조사해서 문제의 그 주말에 윈스턴 처칠이 무엇을 하고 있었는가를 확인해 보는 게 좋을 것이오. 아주 단순하고 명백한 얘기지요.”

“좋습니다. 들려주십시오.”

“테헤란 회담에 참석하기 위해 전함 레나운에서 출발 준비를 하고 있었어요. 도중에 알제리에 들러서 아이젠하워와 알렉산더에게 특별 북아프리카 종군장을 수여했소. 내 기억에 의하면 그는 11월 17일 몰타 섬에 도착했소.”

나는 잠시 멍해 있었다.

“그럼, 스터들리 콘스터블에 있던 그는 누구였죠?”

“조지 하워드 포스터라는 인물로 동료들 사이에서는 〈그레이트 포스터〉로 알려져 있었어요.”

“직업은?”

“배우요, 히긴스 씨. 포스터는 만담가로 유명인의 흉내에 뛰어났어요. 그는 전쟁 덕분에 살아났죠.”

“무슨 뜻입니까?”

"그는 수상의 흉내만 잘 내는 것이 아니라 외모까지 닮았던 거요. 됭케르크 이후 그는 특별 연기를 시작했어요. 쇼의 마지막 장면에서 '내가 봉사할 수 있는 것이라고는 피와 땀과 눈물밖에 없소. 자, 적을 바다로 몰아냅시다' 하며 관객의 인기를 독차지했죠."

"그래서 정보부가 그를 이용했다?"

"특별한 경우에. 예를 들면 U보트의 공격 위험에 노출된 바다로 수상이 나가야 할 경우, 그를 어딘가 다른 곳에 있는 공개 석상에 출석시켜 두면 매우 도움이 되었지요. 물론 그들은 모두 그를 진짜라고 믿었소. 진실을 알고 있던 사람은 코코런뿐이었어요."

"그랬군요! 그럼, 포스터는 지금 어디에 있죠?"

"죽었소. 1944년 2월 이즐링턴의 작은 극장에 로켓 폭탄이 명중했을 때 108명의 관객과 함께. 그러므로 모든 것이 헛된 노력이었소. 그 일은 일어나지 않았어요. 관련자 모두에게는 그게 나을 거요."

그가 온몸을 뒤흔들며 기침을 하기 시작했다.

문이 열리고 수녀가 들어오더니 그에게 급히 뭐라고 속삭였다.

"미안합니다. 너무 오래 일어나 있었군요. 실례지만 좀 쉬어야겠소. 여기까지 와주시고, 내가 모르는 부분을 들려주셔서 매우 감사합니다."

그가 다시 기침을 시작했으므로 나는 실례가 되지 않도록 서둘러 방을 나왔다. 데미언 부부가 정중한 태도로 입구까지 배웅해 주었다. 계단을 내려오기 전에 나는 그에게 명함을 건넸다.

"병세가 더욱 악화되면……"

나는 잠시 망설였다.

"무슨 뜻인지 아시겠죠? 연락해 주시면 매우 고맙겠습니다."

나는 담배를 물고 묘지 문 옆의 돌담에 기댔다. 물론 사실을 더 조사해 볼 생각이지만, 베리커가 진실을 얘기했음은 조금도 의심할 여지가 없었다. 그러나 그렇다고 해도 그 사실에는 아무런 변함이 없을 것이다. 수십 년 전의 어느 날 저녁 무렵 슈타이너가 해리 케인과 대결했던 현관을 바라보며, 멜섬하우스 테라스에서의 그를, 그리고 그 마지막 순간에 그에게 치명적이었을 망설임의 한순간을 떠올렸다.

'설령 그가 방아쇠를 당겼다 하더라도, 모든 것이 헛된 일이었음에는 변함이 없다'

그게 바로 인생의 아이러니라고 데블린은 말하겠지. 그의 웃음소리가 들리는 것 같았다. 뭐, 아무럼 어때, 내가 아무리 머리를 짜낸들, 저 운명의 하룻밤, 자신의 역을 훌륭히 연기해 낸 사나이가 한 말보다 더 나은 표현은 떠올리지 못하리라.

'누가 뭐라 해도 그는 용기 있는 훌륭한 군인이었다.'

그것으로 모든 것이 끝났다고 생각하면 되는 것이다. 나는 돌아서서 빗속을 걸어갔다.

대담무쌍한 전쟁모험

'독수리는 날개치며 내렸다'

1983년 하와이언 오픈 골프의 최종일, 제18번 홀에서 어느 프로골퍼가 눈이 번쩍 뜨일 '이글 샷'을 쳐내고 극적인 역전승을 연출한 다음날 아침 신문은 1면 기사제목을 이렇게 뽑았다고 한다.

이것은 말할 것도 없이 《독수리는 날개치며 내렸다》의 원제 그대로이다. 이 제목 하나만으로도 게임이 얼마나 아름답고 공정했는지, 또 얼마나 산뜻하고 관중들에게 기적을 보는 듯한 감동을 불러일으켰는지 하는 사실을 단번에 알게 되는 것이다. 이 기사를 쓴 기자의 흥분한 모습까지 이 글귀 속에는 생생하게 살아 있다.

이 사실은 곧 영어권 남자들에게는 이 책이 이미 '기초교양'이 되어 있다는 사실을 드러낸다. 최소한 제목은 안다든지, 또는 영화는 보았다고 하는 전제가 없으면 도저히 이런 글귀를 신문제목으로 뽑을 수는 없는 일이니까. 그러므로 《독수리는 날개치며 내렸다》는 대중적인 엔터테인먼트인 셈이다. 음악에서 말하는 '스탠더드 넘버'라고 바꿔 말해도 상관없을.

더 나아가서 조금 무리한다면 지금은 이 작품이 완전히 영화 〈카사블랑카〉에 가까운 위치에 있다고 보아도 좋지 않을까. 〈카사블랑카〉는 패션이나 엔터테인먼트를 논할 때 몰라서는 안될 기본적인 소재 가운데 하나니까.

"그대 눈동자에 건배" "샘, 그 곡을 다시 한번 연주해주오" "눈물 겨운 우정의 시작이군"

이러한 말들에 '에잉?' 하면서 고개를 갸웃거린다면 당신은 그런 대사를 내뱉는 상대와 더 이상 대화를 계속한다는 것이 고역이 아니겠는가?

《독수리는 날개치며 내렸다》에서도 그와 마찬가지 경우를 상상할 수 있다.

"이 세상은, 신이 생각해낸 농담이다. 아마도 신은 그때 술이 덜 깼던 모양이다." "아저씬 왜 독일인이지? 왜 우리편이 아니야?" "그렇다면, 왜 망설이고 있나?"

이러한 대사나 서술은 비단 모험소설 팬들뿐 아니라 세계의 모든 남자들이 공유하는 재산이 되었다. 거듭 말하지만 만약 그렇지 않다면 첫머리에 썼듯이 어째서 골프 결과를 알리는 신문기사의 제목이 '독수리는 날개치며 내렸다'가 될 수 있겠는가! 전후 모험소설의 최고걸작, 베스트 원이라는 평가도 이로써 충분히 납득이 가리라 본다.

대부분의 사람들이 전후 모험소설 가운데 역시 《독수리는 날개치며 내렸다》를 최고걸작으로 추천하는 데 조금도 서슴지 않는다. 그렇다면 도대체 무엇이 이 책을 걸작으로 만든 것인가?

먼저 무엇보다 나치스 독일까지 상대적인 견해에서 본 히긴스의 대담함일 것이다. 전후의 모든 엔터테인먼트는 나치스 독일을 절대악으로 취급했다. 그러나 이 책에서는 나치스 독일을 우리가 냉정하게 음미하면서 새롭게 판단해야 할 존재로 인정하고 있다. 현대 문화인류학에서 '모든 문화 사이에 우열이 없다'고 말한 것처럼, 그는 나치스 독일이 무조건적인 절대악일 리가 없다고 하는 인식에서 작품을 쓰고 있는 것이다.

물론 전후 1960년에 들어서면, 고급 엔터테인먼트 분야에서는 세계대전 당시의 독일도 같은 인류로 공평하게 그려보려고 하는 움직임이 생겨난다. 이를테면 영화 〈사상 최대의 작전(1962년)〉에서는 독일군인도 연합군과 같은 비중으로, 동질의 감수성을 가진 사람으로 묘사된다. 그렇지만 양산되는 전쟁영화를 떠올려보면, 독일군인이 나온다고 하면 반드시 입에서 저도 모르게 분노의 욕설이 터져 나오는 그런 배역이 대부분이다.

그런데 잭 히긴스는 《독수리는 날개치며 내렸다》뿐 아니라 다른 작품에서 독일인을 그릴 때, 그 인간 개인의 타락 정도에 따라 엄밀하게 구분하는 편이었다. 심지어 《독수리는 날개치며 내렸다》의 속편인 《독수리는 날아오르다》에서는 히틀러조차도 냉정하게 이성적으로 판단되어, 그가 과연 진짜 적인지 아닌지를 검토해보았던 것이다.

나치스 독일이라고 해도 사람마다 다르다고 하는 인식을 갖고 있으면, 그들 사이에서 또 히어로가 탄생한다한들 조금도 이상할 게 없는 것이다.

쿨트 슈타이너, 독일 국방군 중령. 공정부대 지휘관. 전설적인 임무를 몇 개나 완수한 독일군의 영웅이면서, 본국으로 귀환 도중에 바르샤바에서 한 유대인 처녀를 구한 책임을 물어 부하와 함께 징벌부대로 보내진다. 잘 모르는 사람들은 슈타이너를 이렇게 평가했다. 용기있고 냉정하며 탁월한 군인. 그러나 어리석은 로맨티스트!

그에게 주어진 임무는, 극비리에 영국에 하강하여 처칠을 납치할 것. 그런 임무를 기꺼이 받아들인 그의 이유도 단순 명쾌했다.

"그곳에 모험이 있으니까. 나는 위대한 모험가의 마지막 후손이

다."

옛말에 '가도 지옥, 있어도 지옥'이라는 말이 있는데 슈타이너가 사는 세계가 바로 이런 극한상황이었다. 그는 이 세상 그 어디에도 그가 원하는 세계를 갖지 못한 사내였다. 그럼에도 그는 늘 낭만적이었고, 구차한 삶을 원치 않았다. 이러한 히어로는 복원병원호법이라든지 GI장학금이 있는 미국 육군에서는 좀처럼 나올 수 없을지도 모르겠다. 배후에 나치스 독일이 있기 때문에 비로소 등장할 수 있는 히어로이기 때문이다.

슈타이너의 와이즈크레이커적인 버릇을 여기서 몇 가지 들어보자. 와이즈크레이크(wisecrack. 경구, 재치있
는 말이나 잘 비꼬는 말)는 하드보일드소설 속에서 너무 남용되는 감도 없지 않지만 그렇다손 치더라도 게슈타포에게 끌려가는 마당에 이렇게 말할 수 있는 사내가 달리 또 얼마나 될 것인가!

"당신을 보고 내가 무슨 생각을 했는지 아는가? (중략) 하수구에서 이따금 구두에 붙는 그런 오물, 날씨가 더우면 더 불쾌하다고나 할까."

살아있는 세계가 나치스 독일 같은 부조리한 현실이라면 와이즈크레이크를 내뱉음으로써 당하게 될 불이익도 그만큼 더 클 것이다. 독자는 이쯤에서 이미 히긴스가 설정한 극한상황에 빨려들게 되고 슈타이너 중령에게 감정이 이입될 것이다.

이 책이 걸작인 두 번째 요소로는, 대담하면서도 기상천외한 아이디어가 아니겠는가? 적지에 하강하여 잠입한 뒤 처칠을 납치하라니!

대전 중에 독일이 처칠을 납치하려고 특수부대를 영국에 하강시켰다고 하는 이 황당무계한 아이디어를 실감나게 만들기 위해서, 히긴스는 제2차 세계대전과 독일군에 관한 정보를 총동원하여 충분히 있을 수 있는 이야기로 꾸며냈다. 그 철저한 준비작업은 박수라도 보내고 싶도록 훌륭하다.

물론 역사적으로 처칠이 독일에 납치된 적은 없다. 그러므로 우리 독자들은 주인공들의 노력이 허사로 돌아간다는 것을 미리 알고 있다. 그럼에도 책을 펼쳐들어 읽는 도중에는 도저히 이 책을 손에서 내려놓지 못하게 되는 것은 왜일까?

대개 모험소설에서 주인공들의 실패는 마지막 한순간에 일어나는 것이 보통이다. 본인들의 책임이 아닌 다른 어떤 사정에 의해서. 그렇지만 목표달성을 위한 그들의 아름다운 행위는 조금도 손상되지 않는다. 모험소설에서 목표란 일종의 상징에 지나지 않고, 모험가들이 마지막으로 얻게 되는 것은 진정한 내적 가치니까. 역사를 바꿨는가 어떤가 하는 것은 사실 중요하지 않다. 그러니 목표와 교환할 가치 같은 건 더 말할 것도 없다. 슈타이너에게 주어진 '처칠 납치'라는 달성목표는 주인공들의 용기와 긍지를 더 돋보이게 만드는 상징일 뿐, 그 밖에 아무런 의미가 없는 것이다.

모험행위에는 대가가 없다. 의미가 있는 것은 그 무상의 모험을 하는 남자들의——때로는 여자들도——두뇌와 기량과 신념뿐이다. 위기에 직면하였을 때 그들이 보여주는 고귀한 행위인 것이다. 따라서 슈타이너는 처칠 납치에는 성공하지 못하지만, 그와 그 동료들은 결코 실패자가 아니다. 우둔하고 태만했다고 문책 받아야 할 실패자도 아니며, 애처로운 눈길로 지켜봐야 할 패자도 아니다. 전원이 역사의 그늘 속으로 소리 없이 사라진다해도 그들을 알게 된 독자들은 큰 박수로 이들을 칭찬하지 않고는 견딜 수 없는 훌륭한 모험가들인 것이다.

《독수리는 날개치며 내렸다》를 걸작으로 만드는 요소는 아직도 많이 남았다. 다채로운 등장인물이며 저마다 매력적인 개성으로도 잊을 수 없다.

가령 히긴스 작품의 단골인물인 아일랜드 독립운동가 리엄 데블린. 그는 열렬한 애국자이자 영국문학 연구가이며 대단한 와이즈크레이커에 술고래. 지식인이지만 한편으로는 모험가. 이 복잡하고 매력적인 캐릭터에 대해서 말하자면 밤을 새워도 모자랄 것이다!

또한 독일군 스파이로 보어인이며 노부인인 조애너 그레이, 산악부대 출신 용사이며 오른쪽에 검은 안대를 한 독일군 정보부의 라들 중령, 또는 자기보다 나이가 배 가까이 되는 리엄 데블린을 사랑하는 몰리 프라이어라는 시골처녀, 슈타이너 중령의 부하로 조류 관찰을 취미로 하는 브리겔 병장…… 등. 헤아리자면 끝도 없을 수많은 인물들이 선명한 인상을 남기고 있다.

그리고 전편을 채우는 적당한 페티시즘과 적당한 도락. 비 내리는 묘지, 신부, 오래된 성당, 타로 점이라고 하는 고딕 취미의 색깔들. 그리고 이러한 요소를 한데 버무려 농익은 와인 같은 작품을 빚어낸 히긴스의 솜씨야말로 완벽하다고 혀를 찰밖에. 참으로 요소의 배분이 절묘한 작품이며, 걸작이라 불리기에 조금도 부족함이 없다.

리엄 데블린이 몰리에게 남긴 편지의 한 구절을 음미해 보는 것도 색다른 정리가 되리라.

'내가 노퍽에 온 것은 어떤 임무를 수행하기 위함이지, 남들보다 더 영리해도 모자랄 못난 시골처녀와 내 생의 처음이자 마지막이 될 사랑을 하기 위함이 아니었다. 이제는 너도 내 정체를 알고 있으리라 생각하는데, 될 수 있으면 더 이상 생각지 않도록 애쓰거라. 내게는 이미 너와 헤어진다는 것만으로도 충분히 벌을 받고 있는 중이니까.'

훗날 '히긴스 절(節)'로 불리는 그의 리듬은 이 편지에서 비롯되었다.